임화문학예술전집

지은이 임화는 1908년 서울 낙산(駱山)에서 태어났으며, 본명은 인식(仁植)이다. 이후 필명으로 성아(星兒), 임화(林華), 임(林)다다, 쌍수대인(雙樹臺人) 등을 사용하였다. 시인, 문학평론가, 문학사가, 영화배우 등으로 활동했던 임화는 한국 근대문학 100년사의 질곡을 온몸으로 겪으며 살았던 문인 중 한 명이다. 특히 그는 카프의 서기장을 역임하고, 해방 이후 조선문학가동맹을 실질적으로 주도하는 등 프로문예운동사에서 독보적인 이론가·실전가였다. 김남천과 함께 월북하여 남로당 계열의 입장에서 활동하였고, 한국전쟁 중에는 종군체험을 담은 시 「서울」, 「너 어디에 있느냐」 등을 발표하였다. 이후 북에서 숙청·총살당하는 비운으로 삶을 마감했다.

임화문학예술전집 편찬위원

김재용 원광대 교수
임규찬 성공회대 교수
신두원 문학평론가
하정일 원광대 교수
류보선 군산대 교수

임화문학예술전집 5—평론 2

초판인쇄 2009년 5월 23일 **초판발행** 2009년 5월 29일
지은이 임화 **엮은이** 임화문학예술전집 편찬위원회 **펴낸이** 박성모 **펴낸곳** 소명출판 **출판등록** 제13-522호
주소 서울시 서초구 서초동 1621-18 란빌딩 1층
전화 02-585-7840 **팩스** 02-585-7848 **전자우편** somyong@korea.com

값 31,000원

ⓒ 2009, 임화문학예술전집 편찬위원회

ISBN 978-89-5626-396-0 93810
ISBN 978-89-5626-391-5 (세트)

임화문학예술전집

5

평론2

책 임 편 집
하정일

소명출판

◉ 일러두기

1. 발표 당시의 표기 방식을 따르지 않고 오늘날의 표기 방식으로 수정하되, 원 텍스트의 모습에 훼손이 가해지지 않는 선에서 수정하였다.
    - 예) 띄인 → 띤, 끄으렀다 → 끌었다, 도웁지 → 돕지, 난호이는 → 나뉘는, 廿年 → 20년, 卅年 → 30년
    - '푸로'와 '뿌르'는 각각 '프롤레타리아' '부르주아'의 준말로서 '프로', '부르'로 표기한다.
    - 及, 그實, 그他 등과 같은 표현은 한자는 병기하되 수정하지 않고 살린다.
2. 한자 표기는 한글화하되, 한글만으로 의미가 모호해질 경우 한자를 병기한다.
    - 특수 사례 : 『林巨正』의 경우는, 『임꺽정林巨正』
3. 외국어 표기는 전부 현대식으로 전환한다. 외국어 고유명사의 경우 초출 시 외국어를 병기한다. 일본어 고유명사 역시 원문에 주로 한자로 표기되어 있으나 모두 일본어 발음대로 한글로 표기하며, 역시 초출 시 한자를 병기한다.
    - 예) 골키 → 고리키M. Gorki, 甘粕石介 → 아마카스 세키스케甘粕石介
    - 단, 東京, 大坂, 明治, 大正, 昭和의 경우는 동경東京, 대판大坂, 명치明治, 대정大正, 소화昭和와 같이 한글 식으로 읽는다. 초출 시 한자 병기하고, 이후는 그냥 한글만으로 쓴다.
4. 외국어 표기에서 따옴표는 없앤다. 예)「코스모폴리탄」→ 코스모폴리탄
5. 숫자의 한자 표기 중 아라비아 숫자로 교체하여 자연스러운 것은 교체하였다.
    - 예) 三人 → 3인, 二三의 → 2, 3의
6. 원문의 복자는 복원할 수 있을 경우 복원하며, 복원하기 어려운 경우는 복자의 모양(X, ○ 등)은 그대로 둔다. 복자를 복원할 경우에는 복자 다음에 [ ]를 두어 복원한다. 아울러 한두 글자의 탈자를 복원할 경우에도 [ ]를 사용한다.
    - 예) ××적 계급 → ××[혁명]적 계급
7. 판독불능인 글자는 □로 처리한다.
8. 복자의 복원 이외에 원문을 수정할 경우에는 모두 각주에서 수정이 어떻게 이루어졌는지 밝혀준다. 단 조사의 경우 명백한 오류인 경우는 주석 없이 수정한다.
9. 모든 주석은 각주로 처리하며, 임화 자신의 주는 주석 말미에 (원주)라고 밝힌다.
10. 인용문은 5행 미만일 때는 본문 내에서 따옴표 처리하고, 5행 이상일 때는 가능한 본문으로부터 한 행씩 떼어 인용문임을 쉽게 구별할 수 있도록 한다.
11. 방점에 의한 강조는 의미에 따라 고딕체에 의한 강조로 교체하기도 하였다.
12. 이해를 돕기 위해 인용부호를 첨가할 수 있다.
    - 예) 思想을 가지고 作品가운데 드러가지 못한다 할지라도 常識으론 이러한것임에 不拘하고 眞狀은 어떠한것이냐 하는 常識에 對한 懷疑에서 시작하는게 언제나 文學의 出發點이고 思考의 始初다. → 사상을 가지고 작품 가운데 들어가지 못한다 할지라도 '상식으론 이러한 것임에 불구하고 진상(眞狀)은 어떠한 것이냐' 하는 상식에 대한 회의에서 시작하는 게 언제나 문학의 출발점이고 사고의 시초다.

　시간이야말로 인간을 지배하는 자라고 셰익스피어는 말한 바 있다. 무엇보다 역사 속의 인물들을 생각할 때 그런 시간의 진정한 무게는 더욱 막중해지는 듯하다. 한때 한 시절을 풍미한 인물이 언제인지도 모르게 자취를 감추고, 전혀 이름없던 어떤 인물이 순식간에 역사의 전면에 내세워지기도 하는 것을 우리는 곧잘 목도한다. 실제로 임화란 한 문제적 인물을 떠올릴 때도 시간의 결이 펼쳐내는 시대의 풍속화는 참으로 달랐다. 1980년대 말엽에 보여준 임화의 화려한 부활과 지금의 적막은 너무도 대비된다. 물론 역사는 아무렇게나 되풀이되는 게 아니라는 사실을 유념할 때 이 적막의 역사적 간지奸智 또한 예사롭지 않을 것이다. 그러나 새로운 21세기적 전환을 위해서라도 식민지와 분단으로 점철된 우리는 상처투성이 20세기를 먼저 생각하지 않을 수 없다. 20세기의 '청승'과 '궁상'이 싫어 하루라도 빨리 벗어나고 싶은 오늘이기도 하지만 조상들이 익지 않은 포도를 먹었기 때문에 자손들의 이빨이 아프다는 말처럼 전前 세대의 빛과 그늘을 우리는 지워버릴 수는 없다.

오히려 오늘의 우리는 난장이이지만 '과거'라는 거인의 어깨 위에 올라타고 있어서 그만큼 위대해진다고 하는 만큼, 지금 우리가 소유하고 있는 과거는 어느 만큼 풍부하며, 그리하여 우리 자신의 현재는 과연 풍요로운 것인지 자문할 일이로다. 새삼 그렇게 역사의 발치를 들여다보면 다른 어느 시대보다도 새로운 것에의 질주와 과거로부터의 탈주가 왕성한 지금이야말로 참된 과거와 대면하는 일이 절실하며, 무엇보다 잠들 수 없는 과거의 거인들과 만나는 일이 중요함을 깨닫게 된다.

우리는 그렇게 역사의 무덤에 그냥 잠들게 할 수 없는 지상의 별 하나로 임화를 선택했다. 무엇보다 당대의 시간 속에서 가장 설득력 있고 영향력이 가장 큰 목소리를 냈을 뿐만 아니라, 이후의 역사에서도 항상 살아있는 문학사적 인물로 우리와 미래를 놓고 이야기를 나눌 수 있는 가장 대표적인 문학인이라는 판단 때문이다. 불과 20세의 젊은 나이에 카프KAPF의 지도적 인물로 부상한 그의 활동은 일제하 프로문학운동과 해방직후 민족문학운동의 전개과정과 그 성과, 모든 면에서 결코 뗄 수 없는 깊은 연관을 가지고 있다. 또한 시인으로서, 비평가로서, 조직운동가로서, 그리고 한때는 영화배우가 되기도 했던 그의 다방면에 걸친 정력적인 활동은 참으로 눈부시다. 가히 그 자체가 하나의 문학사라 할 만하다.

실제로 많은 연구자들이 임화를 '넘어서야 할 벽'으로 생각하고 그에 대한 암묵적 겨냥 속에서 자신의 논리를 펴고 있을 만큼 임화는 근대문학사에서 가장 문제적인 인물이기도 하다. 임화는 짧지만 강렬한 삶을 살았다. 그는 자기 조국의 문학과 사회의 진보를 향해 비장할 정도로 헌신을 투여했다. 임화의 글에는 언제 어느 때나 열기가, 심장의 피로써 키운 언어의 박동이 느껴진다. 그래서 항상 역사의 바람소리가 있고, 방향을 다투는 화살의 속도가 있다. 임화는 식민지 조국에서 언어의 임시정부를 지켜낸 선각자 중의 한사람이다. 문학의 자유뿐만 아니라 문학의 방법까지 고민한 실천적 문학인이었다. 그는 비평의 정신에 현실의 육체를, 문학의 육체에 혁명의 입을 부여했다. 현실과 민중이야말로 가장 견실한 문학의 친구이며 그런 관계적 삶의 연대감이 문학의 원천임을 입증해주었다. 물론 이 모든 것을 그 혼자 다 했다는 것은 아니다. 오히려 그는 성공과 실패로서 이것이 한 사람의 힘으로 충분하지 않다는 것을 보여준 좌절의 인물이기도 하였다.

그런 임화의 목소리를 이제야 비로소 견고한 하나의 성채로 모아냈다. 이 작업을 하면서 우리 편자들은 예술의 역사란 걸작의 역사이며, 결코 실패작과 범작凡作의 역사가 아니라는 에즈라 파운드의 말을 절실히 깨달았다. 벌써 그 성채로부터 때로 고독한 독창이, 때로 폭풍과도 같은 합창이 여기저기서 울려퍼져 나올 듯하다. 그래서일까, 좋은 책이란 것도 마음대로 출간되는 것이 아니라 사람처럼 감당할 만한 고통과 인고의 세월을 통과해서야만 가치있는 '역사의 장부丈夫'로 태어날 수 있음을 깨달았다. 예정보다 훨씬 늦게 책이 나오게 되었지만 그만큼 전집의 완성을 위해 편자들이 최선을 다한 결과라는 사실을 변명삼아 덧붙여둔다.

본 전집은 무엇보다 지금까지 알려지지 않은 많은 자료들을 수합하여 '전집'이란 말에 진정으로 부합할 만큼의 성과를 담아냈다. 또한 전공자뿐만 아니라 누구나 읽을 수 있게끔 현대어로 고치고, 거기에 주해작업을 철저히 하여 현재화된 정전으로 바람직한 모델이 될 수 있게끔 편집에도 혼신의 노력을 기울였다. 하여 지금까지 말없이 기다려준 소명출판 식구들이나 말 그대로 거인 '임화'의 출현을 손꼽

아 기다린 독자 모두에게 다시금 감사드리며, 무엇보다 임화 탄생 100주년을 기념해 전집 출간의 기쁨을 모두와 함께 하고자 하는 바이다.

2009년 3월
편자 일동

◻ 차례

5월 창작평[*]

잡지 창작란의 몰락

단편소설이란 본시 잡지문화와 분리할 수 없는 것이다. 더구나 일간신문이 부단히 잡지가 점유해오던 독서영역을 침식해가고 있는 금일 연재 장편을 가지고 잡지가 소설독자를 붙잡을 가능성은 점차로 희박해진다. 그러므로 부득이 잡지는 참신한 형식이라든가 예리한 내용을 가진 제종諸種의 단편 시리즈를 제공하여 현대독자의 다채한 취미와 변화를 구하는 심리를 자극하지 아니할 수 없게 된다.

이런 의미에서 종합잡지의 소설란은 그것으로도 문학의 형태를 빈 종합문화지적 역할을 한다 할 수 있다.

• 『동아일보』, 1938.4.28~5.7.

일편-便 단편소설 자신은 더욱 잡지 저널리즘과 밀접히 교섭을 맺게 된다.

이런 상호관계는 최근 동경東京 잡지 같은 것들이 장편 연재 대신에 '일회치의' 소설을 빈번히 게재하고 있는 데서도 볼 수가 있다.

결국 잡지로서 가능한 길은 '일회치의' 장편이나 단편소설에 의거할 수밖에[1] 없게 되매 장편은 신문이나 그렇지 않으면 '완편完篇 출판'의 형식을 취하지 아니할 수 없는 것이 자연의 추세 같다.

그러나 최근 우리 문단의 소설과 저널리즘이 교섭하는 형태는 이와 약간 다른 길을 걷고 있다.

최근 양兩 신문이 다투어가며 단편작가를 동원하여 소설을 쓰게 하는[2] 반면에 잡지로부터는 볼 만한 단편이 자취를 감춰가고 있다.

이 점은 신문이 아직 다른 곳에 그것과 같이 상업화하지 못한 결과라고도 할 수 있고 혹은 아직도 학예면 같은 곳에 문화의식이 잔존해 있는 증좌라고도 할 수 있으나 잡지에 이르러서는 완전히 잡지문화의 정신이 퇴산退散하고 있는 표현이 아닌가 한다.

수 삼년 전만 해도 월평의 붓을 들려면 의례依例히 몇 가지 잡지를 들추면 족했으나 최근엔 그 달 잡지를 들추어 가지고 소설평을 쓰려면 쓸거리가 도무지 없다. 위선 소설을 전문적으로 싣는 문예지도 똑똑한 게 없어졌고 『개벽開闢』이나 『조선지광朝鮮之光』 같은 문화잡지도 볼 수 없으며 겨우 신문사 발행의 잡지 1,2종을 대할 수 있는 것뿐인데 그나마도 이즈음엔 수나 질로나 읽을 만한 소설을 싣지 않는다. 이 달에도 다른 잡지는 모르나 우리가 누구나 손쉽게 읽을 수 있는 『조광朝光』『여성女性』 등을 들춰보아야 겨우 완결되는 소설은 네 편

---

1 원문에는 그냥 '수'로 되어 있으나 문맥상 '수밖에'가 더 적절하다.
2 원문에는 '씨우는'으로 되어 있으나 문맥상 '쓰게 하는'이 적절해 보인다.

이 있을 따름인데 그나마도 중견이라 지목할 이의 작품은 민촌民村의 것뿐이요 그 나머지는 신인들인데 신구 작가를 막론하고 역작이라고 볼 작품은 한 편도 없다.

조선에 이만치 잡지가 영성零星한 때도 물론 드물거니와 더욱 몇 개 안 되는 잡지에 이만치 소설이 안 실리던 때는 일찍이 본 일이 없지 않은가 한다.

역작이 없다는 것은 작가들이 창작의 열정을 상실했다는 증좌이거니와 잡지 창작란이 일조一朝에 몰락한 것이 조선의 잡지문화 그것의 몰락상의 하나가 아닌가 한다.

그러니 아무리 순연한 직업의식에서 월평의 붓을 든다 해도 3,4편의 시답지 않은 소설을 상대로 4,50매의 원고를 써낸다는 것은 웬만해선 마음이 허락치 않는다.

그래 결국 생각던 끝에 전부터 따로 써보자고 별러오던 본보 게재의 주간 단편과 『조선일보』의 당선작가 릴레이 중 여태까지 완결된 작품을 골라 금월분 잡지와 아울러서 간단한 소감을 말해보고자 한 것이다.[3]

그런데 잡지의 창작란이 터울도 없이 몰락해 가는 이때 신문들이 일시의 이러한 열의를 보여준 것이 즐거울 뿐만 아니라 또한 그들이 당선작가들의 발표 기회를 장만해 주었다는 것은 더욱 뜻있는 일이라 아니할 수가 없다.

금후에도 우리는 때때로 잡지문화가 독자적으로 발전해 가지는 못하는 한 신문이 정기적으로 이런 기회를 만들기를 바라지 않을 수 없다.

---

3 원문에는 '게다'로 되어 있다.

그런데 이러한 일견 기인한 역현상이 저널리즘 표면에만 떠도느냐고[4] 보면 병원病原은 더 깊은 곳에 있는 듯하다.

우리가 상기한 십수 편에 긍亘하는 작품을 읽고 가장 크게 느껴지는 것은 문학정신의 저미低迷·부진不振·위축萎縮이다.

위선 이런 냄새를 대표적으로 풍기고 있는 몇 개의 작품을 들어보자.[5]

빈곤의 문학과 문학의 빈곤

오래간만에 민촌民村의 단편 「설」이 『조광朝光』에 실렸다. 일찍이 서해曙海와 더불어 소위 '빈궁소설'의 길을 개척한 민촌의 손을 거치면 웬만한 생활고는 상당히 담담한 색채감을 획득하는 것으로 이 작품도 이렇다 할 특색이 없는 대신 또한 꼬집어 말할 결점도 없다.

그러나 '구정' 전후에 의례히 목도할 수 있는 인텔리 세민細民의 생활고의 평담平淡한 묘사에서 우리가 히멀끔한 애수의 장막을 대하는 것만으로는 역시 만족할 수 없는 것이다.

작자는 주인공 '경준'이 "천량, 만량 술!" 하고 자기를 반성하는 심리를 높게 평가시키고자 애쓸지 모르나, 그가 '딸'에게 들려주는[6] 장황한 설교와 더불어 적어도 현대의 어떤 정신적 문제 앞에서 가슴을 치고 있는 청년들에게 있어 적이 싱거운 것임을 부정할 수가 없다.

우리는 결코 빈궁에 대한 25년대적 절규를 현대작가에게 기대하진

---

4 원문에는 '떠도는냐고'로 되어 있다.
5 원문에는 '들어보라'로 되어 있다.
6 원문에는 '들어주는'으로 되어 있다.

않는다.

그렇지만 애수와 탄식엔 벌써 우리는 한참 전에 식상하였다.

빈곤이란 것이 우리의 피부에 닿는 고유의 촉감, 하다못해 가난이란 얼마나 참기 어려운 것인지? 좀더 깊은 묘사라도 보고 싶은 것이다.

'주간 단편'의 이규희李圭憙 씨 작 「외로운 사람들」은 이런 의미에서 소설의 평면상平面相을 극복해보려고 노력해본 점만은 수긍할 수가 있다.

그러나 구도構圖된 성격과 갈등의 성질은 진부한 멜로드라마의 역域을 넘지 못했고 따라서 전 작품에서 현실감을 투철히 감쇄減殺시켰다.

이 점은 다음에 인용된 소설 줄거리를 읽어보면 작자나 독자가 한가지로 수긍할 수 있지 않은가 한다. 어떤 가난한 부부가 있었는데 생활고에 쪼들리다 못하여 내종乃終에는 일찍이 처의 허혼자許婚者이었던 현재의 남주인공은 몇 해 전에 처의 허혼자에게서 본인을 가로챘다 친구에게 통사정을 하고 마지막엔 그의 집의 이남일녀가 공접共接을[7] 하게 된다. 그러면 아무도 상상할 수 있듯이 자연 전前 허혼자는 그전 애인이고 현재엔 친구의 부인에게 애정을 느끼게 되며 나중엔 현실적 관계에까지 발전하게 되는 것이다. 그러면 역시 뒤이어 부부간의 싸움과 친구간에 갈등이 재기再起하여 사건은 클라이맥스로 올라가 일가의 생활은 카타스트로프[8]에서 파열하게 되는데 이 소설은 바로 이 진부한 멜로드라마의 원리를 따라 전개된 것이다.

최후에 가서 두 남자에게 몸을 허한 여인이나 한 여자에게 마음을 두고 싸우던 그[9] 남자를 다 같이 온정과 눈물로써 불행한 희생자로

---

7 원문에 따른 것이나, '공서(共棲)를'의 오식으로 보인다.
8 원문에는 '카타스토피'로 되어 있다.

보듬는[10] 작자의 인생태도는 아름답다 아니할 수가 없다.

이것은 빈곤의 세계에 붓을 잠그는 현대 작가의 존귀한 교의敎義로서 나는 찬미하나 그것이 피로와 절망의 노래를 쥐어뜯는 것은 참기 어려운 일이다.

만일 우리가 빈곤의 세계 가운데서는 소위 빈곤의 문학밖에는 만들어낼 수가 없다 하면 문학은 결코 독창과 발견의 사업이 될 수가 없는 것이다.

그것은 빈곤의 문학일 뿐만 아니라 오히려 문학의 빈곤에 끝나는 것이다.

나는 단편은장편도 그러할 것이니 모파상의 말 같이 작가가 평범하고 진부한 생활 단편을 탐구하는 것은 그 가운데 평범 이상의, 사소성 이상의 무엇이 발견됨을 확신하기 때문에 씌어지는 것이라고 믿고 싶다.

그것은 작가와 소재와의 싸움이다. 작가가 소재를 정복한다면 예술이 발견될 것이며, 소재가 끝내 작가를 지배한다면 예술 대신 소재가 남을 따름이다.

이 점은 온갖 예술의 중점重點일 뿐만 아니라 실로 단편의 결정적 요점임을 명기銘記할 필요가 있다.

「외로운 사람들」 같은 것은 좀더 고도의 방법을 가져야 정복될 소재를 너무나 안이한 구도를 가지고 작품을 설계하려는 작가적 실패의 실례라 아니할 수가 없다.

이런 의미에서 단편 가운데 입체적 디자인을 시試하는 덴 스스로 일개一個 한계가 있는 것이다.

---

9 원문대로이나, '두' 혹은 '二'의 오식으로 보인다.
10 원문에는 '몰음는'으로 되어 있으나 '보듬는'의 오식으로 보인다.

현대와 인간성의 가치

다시 한 개 소재의 이해와 작가의 의도가 어긋난 작품을 들자면 『조광』에 실린 김소엽金沼葉 씨의 「그늘 밑에서」 같은 것이다.

이 작품은 결코 구조상의 초점을 가지고 있지 않은 것은 아니다. 분명히 누구에게나 감지될 수 있도록 작가는 소재와 의도가 결부될 핵심을 제시하고 있다.

그러나 문제는 이 작품의 핵심의 성질 여하에 있다. 그것은 작품의 초점이 얼마나 자유롭게 소재의 세계로부터 독립하였는가에 가치를 두면서 일방 얼마나 충분히 소재의 제상諸相을 자기 가운데 소화하고 있는가에 자연 또 한 개의 중심重心이 있다.

즉 소재에 즉卽하면서 동시에 소재를 얼마나 자유로이 극복했는가 하는 작가의 정신능력의 표현이다. 그러므로 작가와 소재는 작품이 구조構造되는 초점을 통하여 조화될 것은 필연지사나 우리가 「그늘 밑에서」 가운데 만들어진 초점을 이러한 것으로 믿지 않는 것은 이 초점의 진실성을 회의하는 때문이다.

두 사람의 '술에미'와 포주 노파, 한 여자의 연인, 그 여자를 탐내는 부호 5,6인의 인물은 우리에게 있어 이미 진부한 인물일 뿐 아니라 인물들의 이러한 배합이 얽어낼 소설의 줄거리나 구조란 것은 더욱 상상에 족하지 않은가 한다.

그것은 흥행극장이나 순회극단의 무대 위에서 발견할 수 있는 한 막의 멜로드라마의 역을 도저히 넘을 수 없는 것이다. 이것을 초월하려는 작가란 너무나 천진난만타 아니할 수 없다. 왜 그러냐 하면 이런 것은 이미 이러한 방법으로 멜로드라마 이외의 것을 창조할 수는 없는 때문이다.

「그늘 밑에서」 짓밟히는 '옥화'와 같이 노파와 부호의 마수를 물리치고 제 순결을 고수한다는 것이 어떤 의의를 가지며 또 과연 가능한 것이냐? 작자는 '옥화'의 입을 통하여 "팔려왔어도 사람이다"고 절규하나 이 '사람'이라는 말속엔 진정한 인간성보다는 더 많이 작자의 감상성이 충만[11]되어 있음을 지적치 않을 수가 없다.

감상주의는 멜로드라마와 불가분한 요소일 뿐 아니라 실로 그 모태라 할 수 있다.

소설과 신파 비극의 분기점은 실로 현실성과 감상성의 분기점이다. 차라리 '옥화'의 아무런 노력에 불구하고 제 자신을 지킬 수 없는 현실의 의의의 승인과 그곳에서 시작되는 '옥화'의 새로운 생활을 전개하는 데 「그늘 밑에서」는 소설이 될 수 있을 것이다.

그러한 곳에서만 우리는 일편一片의 감상感傷이 아니라 실實 인생과 그것의 성실한 이해에 접근할 수 있는 것이다.

그러므로 「그늘 밑에서」의 휴머니스틱한 초점은 현대생활의 자연한 결과가 아니라 작품의 멜로드라마적 구조, 구도의 진부한 형성이 전개한 인위人爲의 감상에 불과한 것이다. 이것은 또한 소재의 소박한 해석이다.

그러나 인간성의 존중이란 그 자체가 결코 진부한 것은 아니다. 그러나 휴머니즘은 감상주의가 아님을 명기銘記할 필요가 있다.

벽암碧岩의 「유전보流轉譜」,'주간 단편', 본보 소재 같은 작품도 이런 범위 내에서 일고一考되는 것이 아닌가 한다.

일찍이 자기가 근무하던 모某 백화점 여점원을 뜻밖에 거친 항구의 '술집 계집'으로 만난다는 데서 이 소설은 형성되는데 그실 이런 의외의 해후란 현대작가의 그리 즐기는 바가 아니다.

---

11 원문의 판독이 어려우나 문맥상 '충만'이 적절해 보인다.

단편소설을 돌발사건, 중대사, 기사奇事의 표현이라 생각한 것은 전前세기의 일이다. 차라리 현대인은 여점원이 작부가 되어 가는 과정에 더 많이 흥미를 갖는다. 그러나 작부의 생활이 또한 소설이 안 되란 법은 없다.

그렇지만 인생의 새로운 해석방법이 없이 이런 생활을 예술화시키긴 퍽이나 곤란하다.

이런 의미에서 모 백화점 출장소 사원과 작부와를 관계시키면서 소설을 읽는 것은 전저前著[12]「그늘 밑에서」에 비하여 훨씬 소설적이라 할 수 있다.

이 인물관계 자신이 벌써 작자로 하여금 감상주의를 물리쳐버리기에 좋은 상비조건이 될 수 있다. 그러나 유감이나 작자는 이 좋은 조건을 그대로 작품 속에 사장해버리고 말았다.

그것을 초석으로 디디고 「그늘 밑에서」보다는 좀더 높은 인생의 하늘을 발견하지 못하고 말았다.

남주인공은 실로 졸렬한 방법으로 그 여자를 구원하려 애쓴 일개 어리석은 인도가人道家에 불과하였다. 주지와 같이 이러한 구원방법이란 조금도 인생의 비극을 완화시키는 것은 아니다. 오히려 일층 비극을 비참하게 만들고 고뇌하는 인간에게 비극의 의식을 심화시킴에 불과하다. 사실 그 여자는 자살하고 말았다. 그러나 「유전보」의 주인공은 슬픔과 애처로움과 불쌍함을 느낀 데 불과하지 않았는가?

나는 그 여자의 사死에 그 남자의 책임이 당연히 따르는 것이라고 해석한다. 왜 그러냐 하면 그가 그 여자를 물 속에다 밀어 넣지는 않았다 할지라도 그 여자로 하여금 절망의 의식을 강케 한 것은 부정할

---

12 원문에는 '前者'로 되어 있으나 '전저(前著)'가 적절해 보인다.

수 없는 때문이다.

작자는 이러한 중대사에 대하여 일고도 던지지[13] 않고 오직 비극의 동정자로서 그것과 초연한 관찰자로서 안한安閑할 따름이다.

나는 이러한 동정이 과연 휴머니즘인지 의심치 아니할 수 없다. 휴머니즘의 미명하에 그실은 자기 자신을 만족시키는 감상주의로 왕왕 사람은 불행한 인간을 모욕하고 사死로 인도하는 것이다.

나는 이런 소설에 이렇게 순결한 남자란 것을 극도로 싫어한다. 이것은 명확한 자기애무인 때문이다. 타인의 불행이 자기의 행복감을 확인하는 방편에 불과한 때문이다.

휴머니티란 타인의 불행을 자기 자신 가운데서 발견하는 때 비로소 가능한 것이다. 현대란 정히 이러한 시대가 아닌가?

어떠한 인간도 초연할 수 없는 것이 현대다!

만일 남주인공이 그 여자와의 연애, 성애의 관계에 들어갔다면 비로소 「유전보」는 어느 의미에서이고 열독熱讀할 보람이 있는 문학[14]이었을지도 모른다.

문학자는 항상 자기 자신을 심판대 위에 올려놓을 용기를 가져야 한다.

골계와 풍자의 한계

사물의 표면으로 사물의 이면이 노출[15]되어 표면과 이면이 대질될

---

13 원문에는 '더지지'로 되어 있으나 문맥상 '던지지'의 오식으로 보인다.
14 원문에는 '文字'로 되어 있으나 '文學'의 오식으로 보인다.

때 사람은 웃는다는데,[16] 우리는 웃음이란 게 흔히 어처구니없는 감정의 발로란 것을 생각할 필요가 있다.

단순한 추악한 표면상의 폭로란 놀랍고 통쾌하기는 해도 결코 우습지는 않다.

그러므로 저만치 점잖은 사람이 저렇게 너절했는가? 하는 것을 발견한 순간의 감정은 경탄 혹은 환멸에 머무르는 것이고, 미와 추, 상반한 표리가 동시에 같은 장소에서 시치미를 뚝 떼고 대조될 때 그 부자연한 조화되지 않는 해조諧調가 비로소 웃음을 터뜨리게 한다.

아이러니라든가 패러독스라든가 하는 희극의 수법은 그실 점잖은 언어를 가지고 너절한 것을 이야기하는 방법, 또는 너절한 언어를 빌어 점잖은 것을 표현하는 방법이라 할 수가 있다.

이렇게 웃음이란 것이 유발되는 심리 도정道程이나 문학적 방법을 생각하며 이 달 소설에서 얻은 인상을 정리하면 이운곡李雲谷 씨의 「이초시李初試」,『조광』와 채만식 씨의 「치숙痴叔」,'주간 단편'이 머리에 떠오른다.

더욱이 하나에 혼동할 수 없는 대조를 이루어 가지고 나타난다.

운곡 씨의 소설은 누구나 알 수 있게 수전노 이초시를 가소로운 인간으로 표현하고 있다. 물론 그 속에는 작자의 인색에 대한 증오라든가 수전노에 대한 경멸이 숨어있다.

그러나 실제 작품을 읽어 가면서 점차로 똑똑해지는 것은 가소로운 인간으로서의 수전노 이초시가 아니라 인색에 대한 작자의 부정이나 수전노의 대한 노골적 경멸뿐이다.

그러면 우리는 이러한 평범한 작자의 태도나 진부한 1,2의 관념을

---

15 원문 해독이 불가능하나 문맥상 '노출'이 적당해 보인다.
16 원문에는 '우는다는데'로 되어 있으나 문맥상 '웃는다는데'가 적절하다.

학득學得하려고 소설을 읽어야 할 것이냐 하면 그렇지 않다. 이만것쯤은 하필 소설을 안 읽어도 알 일이고 또 이보다 더 대단한 사상이라도 싱겁디 싱거운 소설보다는 조리 정연한 과학서가 훨씬 재미나는 것이다.

현상으로서의 인간을 통하여 본질로서의 인간을 표현하는 것이 형상의 원리라면 「이초시」는 위선 제일 원리가 무시되어 있고 구체적으로는 이초시 영감의 표리가 같은 장소에서 조화되지 않는 해조諧調를 이루어 서로 대질한다는 웃음의 방법이 몰각되어 있다.

이초시 영감은 그저 처음부터 끝까지 원숭이와 같이 우스운 인간으로 시종始終하였다. 실로 너무나 희극적인 그실 희극일 수 없는 것이다.

이런 경우엔 오히려 그 작자 자신이 예술가로서의 희극을 폭로하든가 작자의 단순한 캐리커처화化, 골계화가 남을 뿐이다.

「이초시」 가운데서 볼 수 있는 게 바로 이 골계미뿐이다. 큰 것을 일부러 작게 만든, 즉 대단한 것을 하잘 것 없는 것을 만들어 버리는 데서 오는 넌센스!

그러나 희극적 효과는 항상 넌센스 이상이다.

큰 것 가운데 작은 것을, 작은 것 가운데 큰 것을 자유로 별택別擇하고 능청맞게 가치를 전화시키는 웃음은 예술이 된다.

이 점에서 「치숙」은 너절한 것을 통하여 훌륭한 것을 표현하고, 추악한 것을 미화美化하면서 기실은 추악한 것을 더욱 더 참혹하게 만드는 패러독스의 방법을 우수하게 구사하고 있다.

아마도 이런류의 조선소설 중 백미라 할 것이다.

아무래도 한자리에 앉을 수 없고 마주라도 이야기시킬 수 없는 아저씨와 조카를 대질시키는 장면 같은 데선 희극적 효과는 고조에 달했다고 볼 수가 있다.

부자연한 결합이 희극적 효과 가운데 그 중 큰 것의 하나이라면, 그 부자연한 양자간의 거리가 크면 클수록 웃음은 참기 어려운 정도에 이른다.

읽기에 따라선 이 작품이 서술체가 아니라[17] 조카의 고백적 설화로 시작한 것이 약간 단순하고 색채감이 부족하다 할 수 있으나 이러한 소년의 이야기조로서는 채씨의 어느 작품보다도 문장과 어감은 생생하다.

그러나 이렇게 단순한 작품이 '조카'의 캐리커처나 넌센스조에 빠지지 않은 것은 작자가 '아저씨'의 단점과 조카의 장점까지를 충분히 잊지 않을 여유를 가졌기 때문이고 오히려 소설 그것의 구조를 이 외면상의 장점과 단점 위에 형성한 데 있다 아니할 수 없다.

훌륭한 조카가 몹쓸 아저씨를 책망하고 비난하는 이야기가 이 소설의 컴포지션인데 조카의 단점을 통하여 직접으로 조카의 단점을, 간접으로 아저씨의 장점을 그리고 반대로도 그것이 진리였다는 데 이 작품이 성공한 이유가 있다.

「이초시」는 인간의 이 표면과 이면을 안 생각하고 이면의 과장에 시종始終한 데 골계에 머물러버린 것이다. 그리하여 작품은 추해진 것이나 「치숙」은 아름다워졌고 그러면서도 대상을 「이초시」 이상으로 적실, 정확히 모가지를 누른 것이다.

이것이 풍자다. 그것은 대상을 용서하지 않는 것이다. 그러나 골계라든가 유머는 대상에 대한 적의가 불충분 불철저한 것이다.

---

17 원문에는 '아니다.'로 되어 있으나 문맥상 '아니라'가 적절해 보인다.

여성에 대한 세 개의 시각

사회의 영역에서 개인의 부면部面으로 문학의 중심이 옮겨지고 있는 경향은 분명히 이즈음의 시대색을 반영하고 있는 것인데, 그만치 최근의 작품에서 작가들이 개인적 사상事象을 취급하고 있는 태도나 방법은 자연 개인 이상의 의미가 있다.

우리의 최근 생활은 분명히 일신상의 사사些事가 실질 이상의 커다란 의의를 갖는 생활이다.

마치 전대의 사람들이 거대한 사회적 역사적 주제와 맞서던 만신滿身의 정력을 가지고 일상 사사私事에 악착하고 있는 생활! 이런 불행하고 슬픈 사태가 작품 가운데 주제를 잘게 만들고, 그런 것이 오늘날엔 지나치게 큰 의의를 갖게 만들었다.

이런 의미에서 나는 '주간 단편' 소재의 「염마閻魔」한인택[韓仁澤] 씨, 「산제山祭」최정희[崔貞熙] 씨, 「숙직사원宿直社員」엄흥섭[嚴興燮] 씨 등 세 작품을 한꺼번에 이야기하련다.

그 중에서 「숙직사원」은 직접으로 여성이 주인공 된 것도 아니고 작자의 결혼관 같은 것이 표면에 드러난 것도 아니나, 이런 것들을 빼놓으면 이 작품을 읽어 내려갈 흥미도 거의 상실되다시피 되고 하여 역시 이 소설을 통하여 그 중 작자를 알아보기 좋은 부면을 집어내서 다른 작품들과 비교해 보는 것이다.

「염마」는 보통 우리가 견문할 수 있는 신여성의 결혼비극을 그린 것이고 「산제」는 무이해無理解한 결혼이 낳는 구여성의 비극을 주제로 한 것이다.

이런 의미에서 이 두 소설은 호好대조를 이루나 「숙직사원」은 약간 다른 복잡한 면모를 정呈하고 있다.

이것은 「숙직사원」의 주인공이 남성이고 그가 「염마」나 「산제」에 나오는 결혼이나 연애문제를 이 소설들의 주인공들보다는 한층 높은 혹은 뚝 떨어져 자유롭게 음미할 수 있고 처리할 수 있는 입장의 인간이란 데 특이성이 있다 할 수 있다.

그러므로 요만한 전제를 생각하고 전기前記의 두 소설을 읽은 다음 「숙직사원」을 읽고 나면 조선의 여성이나 결혼제도나 연애나 현대 청년의 성애윤리 등을 어느 정도까지 감득感得할 수 있을 성 싶으나 작품의 성과는 우리의 기대에 멀다 아니할 수 없다.

「산제」는 작가가 여성인 만큼 전기 어느 작품보다도 산 여자를 그리고 있고 무지한 조혼이 낳는 성적 공포 같은 것을 상당히 대담하게 묘사하려 한 것만은 인정해도 좋으나 낡은 결혼 제도에 대한 작자의 고유하고 신선한 해석을 발견할 수는 없었다. 특히 부인 작가인 만큼 우리는 더 절실하고 고유한 본성으로서의 비밀의 개시開示, 우리는 이런 테마를 취급하는 부인작가에게[18] 이런 기대와 호기심을 품어도 과히 실례될 것은 없을까 한다.

이것은 기이한 성의 세계에의 기대도 아니고 여성의 불행을 제도의 허물로 간단히 돌려버리는 류의 낡은 정의감을 몇 번씩 되풀이하는 데 있는 것만도 아니다.

커다란 사회적 불행의 한 가닥으로서의 여성의 운명이 현대에 볼 수 있는 어떤 여자의 몸 위에 나타나는가? 혹은 그런 여성은 20년과 현대에 있어 개성으로 어떻게 특이한가? 우리는 이런 것들이 알고 싶다.

이런 반면에 「염마」 같은 소설은 적어도 현대에 있어 우리들의 생

---

18 원문에는 '婦人作家에'로 되어 있으나 문맥상 '~에게'가 적절해 보인다.

활을 얽어맨 유대紐帶의 한 가닥이고, 우리의 생활의 쾌락과 고뇌의 한 개의 중심인 애정의 현실, 연애의 진리를 한끝이나마 풀어주어야 할 것이다.

그러나 선량한 여자와 방탕한 남편과, 죽은 자식과, 이혼과, 교원 생활과, 그를 첩으로 탐내는 학교설립자들이 연출해내는 비극을 '세상은 염마다!'라든가 '남성은 염마다!' 하는 일구─句로 끝마쳐 버림은 지나치게 진부한 일이다.

'염마'란 말은 악마와 같은 의미의 말인 듯한데, 일찍이 상애相愛하던 남자도 돈을, 색욕을 탐하는 남자도 다 같이 악마라 하면 이 세상[19]은 여자에겐 살 곳이 못 된다는 의미의 말이다.

물론 이러한 판단이 진리일 때가 불소不少하나 우리 여성들이 아직 생활하고 애정에 행복을 느끼고 경제의 즐거움을 느끼고 하는 세상에 적어도 예술가가 도덕가와 같이 이런 관념밖에 느낄 수 없다면 우리 문학의 전도는 엔간히 암담하다 아니할 수 없다. 「염마」 속엔 사랑과 미움의 비극, 즐거움과 슬픔의 길느,[20] 행복과 불행의 채彩, 순란한[21] 연애와 결혼이란 것에 대하여 작자가 심정으로써 느끼고 생각한 구절이 있던가를 인정하기 어렵다.

그러나 「숙직사원」의 주인공이 가지고 있는 연애나 결혼관 내지 여성관이 「염마」의 그것 이상으로 진부한 데는 아연하지 아니할 수 없다.

연애감정?이 없는 여자와 결혼할 수 없는 주인공이 여자에게 무슨 그전 허물이 없다는 것을 그렇게도 심히 관심하는 것은 작자가 연애

---

19 원문에는 '以上'으로 되어 있으나 문맥상 '세상'이 적절해 보인다.
20 원문대로이다. 오자나 탈자가 있는 것으로 보이나 수정하기 어렵다.
21 원문대로이다. 오자나 탈자가 있는 것으로 보이나 수정하기 어렵다.

란 것을 대단히 상식적으로 생각하고 있는 증좌 같다.

연애라는 심리가 본능적으로 가지고 있는 자유성 발랄욕發剌慾, 더욱이 현대인이 가진 애정이 처녀를 구求하던 예전 관념과 일정한 차이가 있는 것을 잊어서는 아니 된다. 그러므로 주인공이 지배인의 누이를 싫어하는 데는 그것이 지배인의 누이라든가 무슨 허물이 있었든가 하는 구실 외에 그 여자를 좋아할 수 없는 개성적 이유가 명문明文되어야 할 것이다. 항상 이것만이 남녀가 상애相愛하는 비밀의 핵심이 되는 것이다.

이것을 '연애감정'[22]을 느낄 수 없는…… 류의 진부한 서술로 대신한다는 것은 예술의 할 일이 아니다.

따라서 같은 날 저녁 여급을 '학대받는 여성'이란 이유 아래 직업의 위험까지를 무릅쓰고 감연히 구호하는 류의 치졸한 정의감이 발로되는 것이다. 이러한 것이 물론 작가가 품고 있는 사회정의도 아니며, 또한 거듭 말하거니와 소위 연애감정을 형성하는 무엇은 더욱 아니다.

여급을 숙직실에 재우고, 자기는 밖으로 나오는 주인공의 도의심이나, 지배인이 오는 꿈을 꾸는 장면이나, 사직원을 쓰고 지배인과 여급을 옹호하여 인간성의 정의를 논하는 장면은 예술소설에는 있어서는[23] 안 될 부면이다.

문학은 적어도 이러한 것들 이상이다. 가혹하나 나는 이것을 의심할 수가 없다. 이것을 또한 나는 작자의 남주인공에 대한 너무나 낙천적인 너무나 관대한 태도와 관련시키고 싶다.

일전 말한 벽암碧巖 씨의 「명랑보明朗譜」[24]와 어딘지 이런 점에선 일

---

22 원문에는 '戀愛同情'으로 되어 있으나 문맥상 '연애감정'이 적절해 보인다.
23 원문에는 '있어'로 되어 있으나 문맥상 '있어서는'이 적절해 보인다.

치하는데, 다른 것보다 나는 이것이 작가의 정신적 태도의 정돈停頓과 직관력의 소실의 표현이 아닌가 생각한다.

어느 사람이 말한 것처럼 작가가 작품 속에서 제 자신을 애무하는 것처럼 보기 싫은 것은 없을 뿐만 아니라 이 한계를 넘어서야 현실을 볼 가능성을 취득하는 것이다.

『비판批判』에 실린 정비석鄭飛石 씨의 「저기압低氣壓」과 『조선일보』의 현덕玄德 씨 작품을 꼭 이야기하고 싶었으나 지면이 다하여 초지初志를 이루지 못하니 섭섭타. 다음 달에나 한 때 기회를 보아 소감을 적으려 한다.

---

24 「流轉譜」의 오식 아닐까?

잡지문화론[*]

잡지는 신문과 더불어 현대 저널리즘을 구성하는 양대 지주支柱의 하나이다. 신문으로부터 구별되는 어떤 특성으로 말미암아 독자獨自의 존재를 계속하는 것이다.

그러면 신문에 비한 잡지의 특성은 무엇인가? 위선 양자가 가지고 있는 성격과 발휘하는 기능을 비교해보자.

신문과 잡지가 사회현상을 시사적 입장에서 취급한다는 것은 동일하다 할 수 있다.

그러나 신문이 대상을 취급하는 시간적 한계는 24시간 내지 12시간조석간이고, 잡지는 1개월을 원칙적 한계로 한다.

뉴스 밸류를 생명으로 하는 저널리즘의 입장에서 볼 때 잡지에 비

● 『비판』, 1938.5.

하여 신문의 가치가 더 큼은 부정할 수 없는 일이다.

그러나 연감年鑑의 역할을 잡지가 할 수 없고 역사서의 역할을 연감이 대신할 수 없는 것과 같이 잡지의 역할을 신문이 빼앗을 수도 없다고 말할 수가 있다.

이 가운데 은연중 일종의 질의 차이라는 것이 발생한다. 예하면 연감 백 권을 모아놓으면 백년간의 역사가 되지 않는 것과 마찬가지로 삼십일간의 신문을 모아놓는대도 잡지는 안 되는 것이다.

이런 양의 퇴적으로 얻을 수 없는 질적 특성의 발생이 서상敍上의 예에서 보면 분명히 시간적 경과 속에서 생겨남을 알 수가 있다.

우리의 생활에 있어 시간의 경과란 것이 어떠한 작용을 하는가를 이해하기 위하여서는 우리가 역사라는 것을 '생긴 일'의 역사로서 성찰할 필요가 있다.

'생긴 일', 즉 보통 우리의 일상생활 가운데서 일어나는 대소 무수無數의 사건이란 것은 그것이 생기는 각 순간에 있어서는 부단히 새로운 의의가 있는 것이고 각 장소에 있어서는 언제나 중요한 것이라 할 수 있다.

그러나 새로운 것은 낡아지고 의의 있는 것, 중요한 것은 차차로 무의미하고 중요치 않은 것으로 변해서 우리의 생활과 기억 가운데로부터 몰각沒却되어 가는 것도 또한 진리라 할 수 있다.

역사의 영역은 생물계와 마찬가지로 부단한 도태작용이 일어난다. 이 사회적 도태의 과정이 역사에 있어서의 시간이다.

그리고 새 세대는 낡은 세대 속에서 제게 필요한 가장 의의 있는 것만을 취택取擇하고 그 나머지는 내버리는 게 또한 인간사 가운데 시간이 표현되는 실상이라 할 수 있다.

따라서 장구한 역사과정을 지내는 동안 인간사회의 여러 억만 가지 생긴 일은 각 시대와 각인&人에게 보편적으로 유의의有意義한 것만이 기억되고 전승되며 중요시된다.

역사서를 한 권 들어보면 이 사실은 당장에 알 수 있는 일이다.

어떤 역사책에도 무명청년이 실연 끝에 투신자살하였다는 기록이나 묘령소녀가 총각과 단봇짐을 쌌다는 이야기는 한마디도 없다.

이런 사실은 당시 그 당자當者들에 있어선 전 생애를 도睹한 대사건이고 그 부모나 친척 그 지방에서는 전체를 떠들썩하게 만든 큰 변變이며 몇 천년간 이런 사건은 만억萬億으로 헤일 수 없었을 것임에 불구하고 국경지방에 어느 때 몇 백 명 외적이 침입했더란 사실에 비하면 무無와 동의어였다.

그러나 신문은 실연 자살, 연애 도피행이나 외적 침입을 똑같이 센세이셔널하게 취급한다.

이곳에 즉 각 시대, 각 순간에 일어나는 대소사를 거의 선택하지 않고 보도하는 데 신문의 특색이 있다.

그렇다고 신문이 인생 만사를 하나도 빼놓지 않고 아무거나 전부를 취급한다는 것은 아니다. 신문도 기사 재료 되는 것과 안 되는 것을 구분하고, 사건의 일반적 의의나 흥미라는 것을 필수적으로 고려하는 것이나, 다른 것에 비하면 그것이 전무하다고 해도 좋을 만치 시사時事에 즉卽하고 있다.

그러므로 신문은 저널리즘의 기본 성격인 시사성이란 점에서는 모든 종류의 문화형태로부터 참연嶄然히 솟아 있다.

그러나 잡지는 신문이 대상에 대하여 불과 수 시간 기껏해야 1일의 거리밖에 못 가지고 있는 대신 1개월이란 상거相距를 가지고 사회현상을 바라본다.

다시 말하면 신문이 등하불명燈下不明격으로 사회현상과 지나치게 밀착하여 있기 때문에 채 분간키 어려운 것을 잡지는 명징히 관찰할 특장特長을 향유하고 있다.

따라서 신문이 사회현상을 선택하는 범위보다는 훨씬 좁은 한도에서 대상을 고르게 되고 그만치 신문보다는 더 선택의 수준이 높아지고 엄격해진다.

백 명 가운데서 오십 인을 고르는 것하고 백 명 가운데서 십 인을 택하는 것은 현저히 의미가 다르다. 즉 오십 인보다는 십 인이 더 우수분자인 것이다.

그러므로 사회현상 가운데 취급될 만한 것을 택한다는 게 벌써 신문이나 잡지나 다 같은 일종의 평가행위라 할 수 있으나 신문의 그것은 보도의 역域을 넘지 못하는 평가요 잡지는 비평의 수준 위에 오른 평가라 할 수가 있다.

뿐만 아니라 1일에 생긴 일을 취급한다는 게 벌써 일종의 평가라 할지라도 그것은 취택된 현상을 개괄할 여유를 갖지 못한다.

그러나 1개월이란 시일은 대상들을 충분히 개괄하여 진정한 의미의 평가를 내릴 가능성이 있다.

그러므로 광의의 저널리즘이 일종의 비평의식을 내포한 것이라고 말할 수 있음에도 불구하고 신문의 기능은 주로 보도에 있고 잡지의 기능은 주로 평가에 있다 할 수 있다.

따라서 잡지의 특성은 신문에 대하여 시사성의 일부를 상실하는 대상代償으로 획득하는 특성이라 할 수 있는데, 그러면 잡지는 신문에 비하여 시사적으로 열등한가 하면 그렇지가 않다.

신문의 시사성은 주로 보도의 시사성에 있다면 잡지의 시사성은 실로 평가의 시사성에 있는 것이다.

평가의 시사성, 바꿔 말하면 시사적 평가란 곧 비평에 불외不外한다.

그러므로 사회현상을 종횡으로 비평하는 평론성에서[1] 잡지는 진정한 기능을 발휘하는 것이다.

이 평론성에 있어 잡지는 신문의 보도성과 더불어 저널리즘의 불가결한 2대 지주支柱가 되는 것이다.

×

따라서 문화 가운데 비평정신이 풍부하지 못하고 혹은 기식氣息이 엄엄奄奄할 때는 잡지는 번영하지 못하고 잡지의 질은 시시時時로 저하해 버리고 만다.

물론 비평정신의 앙양 없이 문화의 융성이란 것도 기대할 수 없는 것으로 상기한바 같은 경우엔 신문과 잡지가 같은 운명 하에 서게 될 것이나 이상한 일은 이런 때일수록 잡지의 특성이 나타난다.

최근 동경東京서 발행하는 『조일朝日, 아사히』이나 『일일日日, 니치니치』[2]과 『개조改造』 『중앙공론中央公論』 등의 대大신문[3] 잡지의 현상現狀을 보아도 때의 영향을 가장 먼저 가장 똑똑히 나타내는 것이 잡지 등임을 알 수가 있다.

또한 잡지와 다른 출판문화, 예하면, 문학이나 과학서나, 철학, 역사서 등과 비겨본다 하더라도 시세를 가장 명확히 반영한 것이 잡지임을 알 수 있다.

이러한 부정적 측면에서 본다면 잡지란 신문보다도 훨씬 저널리스틱한 것이 아니냐는 생각도 가져 볼 수가 있다.

---

1 원문에는 '評論性에'로 되어 있다.
2 마이니치(每日)신문의 전신(前身).
3 신문이나 잡지 앞에 대(大)자가 붙으면 대개 '정론지'를 통칭하는 것이다.

저널리즘을 단순히 출판 상업주의나 정기 간행물계로만 이해하지 않고 철저하게 일상화한 사회의 공통한 비평의식의 일종이라고 본다면 잡지야말로 저널리즘의 정예精銳라고 말할 수가 있다.

잡지야말로 논평에 생명이 있고, 시사적 평론성을 제외하면 잡지란 존재 의의가 즉석에서 소멸되는 것이다.

따라서 여러 가지 종류의 잡지 중에 그 중 잡지다운 잡지는 종합적 평론잡지라 할 수 있다.

『개조』나 『중앙공론』이 일본의 잡지문화를 대표하는 것은 그것이 발행부수나 혈頁 수가 많은 때문은 아니다.

발행부수로나 혈頁 수로 『개조』 『중앙공론』은 『킹구キング』[4]나 『조일朝日』에 필적할 수 없음에 불구하고 그것이 갖는 고도의 비평정신 때문이다.

그러나 이 비평정신으로 잡지 문화의 기준을 삼는 데는 곧 정치잡지를 생각지 않을 수가 없다. 정치 잡지는 그 일관성이나 적극성에서 종합잡지에 으뜸갈 것이고, 어느 종류의 정치 잡지는 종합잡지가[5] 훨씬 미치지 못하는 정당하고 유익한 논평으로 일관되었을 것도 상상할 수가 있다. 분명히 이 점은 종합잡지의 약점이다.

그러나 현대사회에 있어 잡지의 비평정신은 하나의 공통한 여론으로서의 성격을 갖지 아니하면 안 된다. 그러므로 잡지의 평론에선 커먼 센스가 중요한 의미를 갖는다.

요컨대 정치적 요구로서 최고 수준의 것도 안 되며 너무 반동적도 아닌 중용의 길, 바꿔 말하면 대부분[6]의 사회인이 일반적으로 요구하

---

4 1925년에 창간된 대중오락지로 소화(昭和) 전반기 대중문화의 중심이 되었던 잡지.
5 원문에는 '綜合雜誌의'로 되어 있으나 문맥상 '綜合雜誌가'가 적절해 보인다.
6 원문에는 '大部'로 되어 있으나 '분'이 빠진 것으로 보인다.

는 수준, 그러므로 최고 수준에서 보면 최저한을 항상 유지할 줄 알아야 한다.

그러므로 종합잡지의 정치적 요구는 항상 데모크라틱하고 또한 이런 잡지의 탄생이 데모크라시 정신의 산물임도 수긍되는 일이다.

뿐만 아니라 종합잡지는 때로 부분적으로 정치논평을 할 수가 있으나 전체로선 민중의 문화적 욕구를 충족시키는 문화기관인 점에 중점이 있다.

이 문화란 단지 교양의 의미 상식의 의미의 문화로, 문예·철학·과학·역사·연예·스포츠 등과 같이 종합잡지의 정치평론은 어디까지든지 넓은 문화적 교양, 사회상식의 한 부분으로서 머무르는 것이다.

그러므로 종합잡지에 의하여 만들어지는 비평정신이란 구체적으로 어느 호, 무슨 논문이나 작품만을 지적해서 말하기는 곤란하나 은연중 잡지의 풍격風格으로 나타나는 것이다.

따라서 이런 잡지는 표면으로는 각 필자의 의견이 춤추고 있으나 실상은 그 편집부의 정신이 반영되는 것이다.

그렇다고 우리는 이밖에 여러 가지 종류의 잡지의 존재 의의를 무시할 것이냐 하면 그렇지 않다.

잡지란 『개조改造』『중앙공론中央公論』과 같은 광의의 종합잡지와 『문예文藝』『역사歷史』『사상思想』 등과 같은 광의의 문화적 장르별의 전문잡지로 분류되는 것으로, 이런 잡지는 제 부문 안에서 일반 종합잡지와 조금도 다름이 없는 시사적 논평의 역할을 연演하는 것이다.

일례로 상기한 정치잡지를 보더라도 종별에 있어선 종합잡지와 엄밀히 구별되는 것이나, 그것이 비록 정당의 기관機關 잡지일 때라도 그 정당의 강령이나 전략적 견지에서 각 순간순간의 정치현상을 들어 비평하는 것이다.

역사 철학 문예 등도 역시 다 동일한 것으로, 잡지를 통하여 대규모의 통사通史나 체계나 작품의 결정적 위치를 정하는 것이 아니라 실로 다양한 시사적 각도에서 역사연구나 철학계 문단 등에 산재한 문제를 논평하고 소개하는 것이다.

요컨대 당해當該 부문에 있어 연구나 창작을 자극하고 감각을 세련하며 결국에선 전문적 교양을 넓혀주는 역할을 하는 것이다.

그러므로 이러한 부문일수록 신문 저널리즘의 의의는 감소되고 잡지의 의의가 고양되는 것이다.

×

이러한 점들은 우리에게 잡지가 존재할 독자獨自의 문화적 이유를 암시하는 것이나 그보다 중요한 것은 우리의 교양과 문화의 발전을 위하여 신문과 다른 잡지를 가져야 할 필요를 생각케 하는 것이다.

그러나 일반으로 비평정신이 발달할 지반이 취약하고 조건이 불리했던 조선에 잡지문화가 발달할 이유가 없었다.

이 점은 조선의 신문 발달과 동일한 운명 하에 있었다고 할 수 있으나 잡지는 또한 잡지로서 특이한 지위를 차지하고 있지 않았는가 한다.

조선 저널리즘 발전의 특수상特殊相은 벌써 한말의 제諸 조건 가운데서 전통이 만들어졌다[7] 할 수 있는 것으로, 그것은 신문이 정치 기관시되고 잡지가 문화기관으로 편향되어 온 것이다.

왜 그러냐 하면 온갖 문제 중 정치문제가 목전의 절박한 급무였을

---

7 원문에는 마침표가 있으나 오식으로 보인다.

때 일간日刊이고 분포범위가 비교적 넓은 신문이 곧 정치적 프로퍼갠더나 아지테이션을 위한 최적의 수단이었다.

또 하나는 그 전 조선신문이 순연한 정부 기관지로 탄생하여 종내 정부의 의견을 지지하는 입장을 떠날 수 없는 특수 사정에 있었던 만큼 한말韓末 신문은 곧 정치신문이었다고 해도 과언이 아니다.

그러므로 신문화 발전 ─ 순문화적 의미에서 ─ 과 신문은 그렇게 큰 직접관계는 적었다고 봄이 타당할 것이다.

잡지가, 주로 『소년少年』『청춘靑春』[8] 등이 신문화의 씨를 뿌려온 것이다. 여기엔 잡지가 신문보다 정치적 아지테이션 수단으로 뒤졌다는 이유도 있겠지만, 당시의 사상이 정치편중에서 점차 계몽주의로 옮아온 데 큰 이유가 있을까 한다.

그러나 이러한 것은 자세히 이야기할 수 없는 일이고 신문의 정치적 전통이 기미己未 뒤 각 신문에까지 미친 것과[9] 조선서 문화발전과 가장 긴밀한 교섭을 가진 저널리즘이 잡지였음을 지적해 두는 데 그친다.

『개벽開闢』『조선지광朝鮮之光』, 이 두 조선문화사상 특기할 잡지가 최근년간까지 조선의 사상계와 문예계를 좌우하고 공헌한 것은 실로 신문보다 크다.

이 두 잡지의 특색은 조선서 드문 정치시사 비평의 잡지를 향수享受[10]받은 신문지법에 의한 잡지였다는 점에서 비로소 종합잡지로서 기능을 다했다는 점에서 필적할 자가 없을 것이다.

---

8 원문에는 『 』부호 없이 그냥 '靑年'이라 되어 있으나 최남선이 1910년대에 주도한 잡지 『靑春』의 오식일 것이다.
9 원문에는 마침표가 있으나 오식(誤植)으로 보인다.
10 원문에는 '亨受'라 되어있으나 '亨'은 '享'의 오자일 것이다.

조선에서 이런 종합잡지가 이 두 가지 밖에 못 나왔다는 것은—
그 외에도 몇 가지 있었으나 일반적으로 읽혔던[11] 것은 아니었다—
다른 조건도 많겠지만 조선의 법률관계의 특수성에 연유함이 불소不
少하다. 신문잡지의 이런 특수성이 최근년간에 와서 조선문 신문의
정치적 가치가 점차로 저하하는 바람에 반대로 문화적 가치가 증대
하게 된 것은 기현상이라 아니할 수 없다. 학예면의 증대가 그것이
다. 이리하여 신문 학예면은 문단의 중심이 되고 그 반면, 권위 있는
문예잡지가 하나도 없게 되었다.

뿐만 아니라, 신문사가 정치적 가치를 상실해 가는 반면 차차로 기
업적으로 성장하여 각기 종합잡지—그실 정치비평이 없는 취미문
화나—를 발행하여 순연한 자본의 힘으로 잡지계의 왕좌를 점하여
오늘날엔 잡지라고는 이것밖에 없는 형편이 되었다.

이런 편집형식의 다른 잡지는 도저히 신문사 잡지를 못 이겨낼 것
이다. 그것은 다른 또 한 개의 조건과 더불어 앞으로 조선 잡지문화
의[12] 발전상 지대한 장애라 아니할 수 없다.

왜 그러냐 하면 자본의 힘으로 다른 잡지의 성장을 조지阻止한 한
편 잡지라는 것을 신문의 부록처럼 만들어 사소하나마도 잡지로서의
독자성을 없이 한 때문이다.

그러나 조선잡지의 장래에 대한 비관론 밖에 없느냐?[13] 그렇지도
않다.

문예, 오락, 기타 전문적 잡지, 개성적 잡지의 길을 개척하고 일방
순수한 의미에서 새 종합잡지를 의도한다면 대자본을 배경으로 한

---

11 원문에는 '읽컬'로 되어 있으나 '읽혔던'이 적절해 보인다.
12 원문에는 '文化가'로 되어 있으나 문맥상 '文化의'가 적절한 것으로 보인다.
13 원문에는 물음표가 없으나 문맥상 집어넣는 것이 적절해 보인다.

무능한 잡지와 어깨를 겨룰 수 있을 것이다.

그러나 이 땅에 있어 비평정신의 침묵이[14] 무엇보다도 잡지계에 나타나 있는 것은 실로 생각해볼 만한 일이다.

---

14 원문에는 '沈默은'으로 되어 있으나 문맥상 '沈默이'가 적절해 보인다.

비상(飛翔)하는 작가정신*

정비석(鄭飛石) 작「저기압(低氣壓)」(『비판(批判)』)

정비석 씨의 소설「저기압」을 읽고 내가 생각한 것은 작가가 어떤 때 작품을 쓸 수 있느냐 하는 질문이었다.

이 소설은 작품을 쓸 수 없는 소설가의 소설이다.

그러면 작자 자신이 소설 전편을 통하여 작품을 쓸 수 없는 제 생활과 제 자신을 그려서 한 편의 소설을 만들어내는 지극히 당착撞着하는 사실의 의미는 무엇인가?

우리가 이 소설을 읽고 작자가 소설 제명題名대로 저기압에 싸인 우리의 생활현실의 일부면을 보였다고 느낀다는 것은 지극히 용이한 일이다.

그러나 문학할 수 없는 생활과 소설 쓸 수 없는 심리가 역시 소설

• 『조선일보』, 1938.5.8.

로서밖엔 표현될 수 없었다는 기묘한 비밀을 아무래도 우리는 알고 싶다.

이것이 문학의 비밀이라고 생각할 수 있는데 이런 비밀을 짐작하는 독자도 드물거니와 이 비밀을 체득한 작가란 더욱더 희소稀少한 것이다.

이런 작가에겐 하나의 영롱한 지혜라는 것이 부여되어야 한다. 이 지혜란 다른 어떠한 의미보다도 현재 우리와 같은 생활 속에선 어느 때를 물론하고 저와 제 주위를 일정한 여유를 가지고 분간할 수 있는 작가 심리의 지적그것은 인간적이라고도 말할 수 있다! 확실성이다.

잡연雜然한 생활현실이나 부글부글 끓는 심리생활 가운데 제 자신이나 주위 환경을 모른다면 우리는 도저히 문학할 수 없는 것이다.

이것은 사유의 확실성이라고도 말할 수 있고 지적 독립성이라고도 할 수 있으나 결국은 개성으로서의 인간의 자유성, 자율의 정신의 존립이라고 말할밖에 없다.

그러나 이 자율의 정신이 작가가 단순히 주위사태도周圍事態度를 관조하여 사람들을 동정한다거나 불쌍해한다거나 혹은 함부로 평가를 내린다는 의미와는 다르다.

이런 것은 지나치게 상식을 존중하는 작가나 우스꽝스런 도의가道義家들의 태도다.

작가란 진부한 말 같지만 일일이 그러한 인간, 그러한 사태에 처處하는 것으로만 제 자신의 자유를 보상할 수 있는 것이다.

그러므로 현재 우리와 같은 처지, 우리와 같은 인간의 문학은 불가불 억압된 제 자신에 의한 화려한 비상이 아니될 수 없다.

그것은 결코 전前 시대의 경향문학의 방법처럼 공조空粗한 비상이 아니라 그 그릇 자체 속에서 포화점飽和點을 향하여 팽창되는 그러한 성질의 것이 아닐 수가 없다.

나는 「저기압」의 1편 속에서 비상하려는 정신이 격렬하게 갈등치 못한 것을 구태여 책責하고 싶지 않다.

오히려 이 소설 초두 2혈頁에 긍亙하는 고백에서 볼 수 있는 심리적 공허감과 침전된 부부생활, 멀리 떠도는 옛 애인의 면영面影 등이 모두가 하나의 회색 장벽으로 주인공의 정신을 둘러막은 사실을 명백히 긍정할 수 있는 작자의 심적 여유와 침착을 칭찬하고 싶다.

이런 여유는 작자로 하여금 항용 때 같으면 다분히 추하게 되기 쉬운 부부싸움 장면 같은 것을 넉넉히 깨끗이 만들었고 독자로 하여 남녀의 마음의 미세한 변화 유동流動을 선명히 느끼게 하였다.

이러한 것은 확실한 생략법에 의하여서만 가능한 것이다. 이 생략법은 또한 작가의 전기前記와 같은 심리적 여유 없이는 불가능한 것이다.

물론 이런 생략법은 남편이 여행을 떠나는 부분에서와 같이 간결이 지나쳐 공조空粗의 감을 줄 수 있으나 젊은 작가로선 드물게 귀중한 것이다.

나는 젊은 작가들이 이러한 요소를 대담히 고집할 것을 오히려 부질없는[1] 준순逡巡보다는 권하는 것이다.

이 소설에서 몇 번째 남편이 발견하는 여인의 눈초리나 본인의 입에서 나오는 남자에 대한 비난성非難聲은 그리 인상적은 못 된다 할지라도 현現 시대에서 우리가 차차로 느끼지 못해가는 제 자신의 면영을 연상시키는 것이다.

그렇다고 나는 이 소설이[2] 훌륭한 소설이란 말은 아니다. 단지 소

---

1 원문에는 '부지러운'으로 되어 있으나 문맥상 '부질없는'이 적절해 보인다.
2 원문에는 '小說을'로 되어 있으나 문맥상 '小說이'가 적절해 보인다.

설 못 쓰는 소설가의 소설에서[3] 생활할 수 없는 생활자의 의식과 교묘히 또는 용기있게 맞붙어 보려는 작자의 정신을 현대의 독자로서 존중하고 싶을 따름이다.

이런 정신—그것을 나는 억압된 정신의 비상이라 생각해 보는데—없이는 여하간 현대의 문학은 어떤 의미에서이고 읽을 흥미가[4] 소少한 것이다.

---

3 원문에는 '小說이'로 되어 있으나 문맥상 '小說에서'가 적절해 보인다.
4 원문에는 '興味의'로 되어 있으나 문맥상 '興味가'가 적절해 보인다.

몽롱(朦朧) 중에 투명한 것을?

「두꺼비가 먹은 돈」(『조광(朝光)』, 현덕(玄德) 작)

이 소설의 비평을 맡기는 맡아 놓았으나 실상 읽고 나서 보니 이 작품을 가지고서 현덕 씨에 대한 나의 생각을 피력하고 싶지는 않았다.

씨는 금번 당선작 이후 내가 주목하고 읽어오는 작가의 한 사람이요, 그 까닭은 애당초에 순본작巡本作으로부터 만만치 않은 개성을 가진 작가라 생각하였기[1] 때문이다.

차라리 당선작이나 그렇지 않으면 당선 작가 릴레이 속에 실리던 작품 등을 내게 주었으면…… 하나 이번 작품이 그를 이야기하기에 아주 부적당하다는 말은 아니다. 단지 이번 작품의 됨됨이가 현덕 씨란 신인 가운데 싹트고 있는 어떤 핵심을 분석하기엔 반증反證의 재료

• 『조선일보』, 1938.6.26.
1 원문에는 '생각히었기'로 표기 되어 있다. 오식으로 보여 바로잡는다.

로서 약간 전기前記 제작諸作에 비하여 손색이 있다 함이다.

우수작을 비평하기가 쉬운 일이고 졸작을 가지고 걸작 가운데² 있는 것과 같은 것을 찾아낸다는 것이 어려운 비평에 속한다 함을 이제 새삼스러이 독자들에게 진정陳情하고 싶은 것은 아니다. 위선 생각나는 것이 이 작가가 벌써부터 어쩐지 정력을 억제할 줄 모르는, 막 말하자면 남작가濫作家의 기질을 타고난 사람이나 아닌가를 기우하는 나머지 길어진 잔설殘舌이다.

각설하고 「두꺼비가 먹은 돈」 이야기를 읽고 나서 얻은 첫째 감상은 이 작가가 아직 신인임에 불구하고 무심無心히 풀어나가는 이야기를 통하여 제법 무엇을 이야기할 줄 아는 소설의 묘미를 체득하고 있다고 직각直覺하였다.

조급히 서둘지 않고 실마리를 풀듯 이야기를 연달아간다는 말은 결코 화술話術의 묘가 아니라 더 근본적으로 일상성을 조리 있게 처리해간다는 말이다.

함부로 적어내지 않고 거의 전부라 할 만치 지지한 사사些事를 수용하면서 자연히 그것이 생략될 건 생략되고 다음 이야기에 씨가 될 만한 놈이 남아 꼬투리를 짓는다는 것은 본래부터 소설의 일류一流가는 기술인데, 그동안에 만들어지는 것은 소설의 현실이다.

잡다雜多한 일상성이 자꾸만 작가의 붓끝에 닿아 종이에 씌어지면서 신비롭게 일이 만들어지는 게 이 소설의 현실이다.

그래서 일상의 현실을 빠뜨리지 않고 감수感受할 수 있는 것이 소설가의 으뜸가는 자질이라 하는 것이나 그실 이것은 소설 쓰는 전제에 불과하다.

---

2 원문에는 '하운대'라고 되어 있으나 '가운데'의 오식으로 보인다.

소설은 글자대로 쓰는 것이다. 그런 때문에 소설을 만드는 힘, 읽는구성하는 힘이 문제가 된다.

그렇다고 하면 이 소설의 작자가 '노마'란 아이가 내일 아침 자기 아버지서울로 잡혀 간를 만나러 가려고 어머니한테 얻었던 차 삯을 잃어버려 놓고 그놈을 찾으려고 애쓰는 하루 동안에 일어나는 여러 가지 '사사些事'를 그려가면서 만들어낸 것은 무엇이냐 하면 우리는 곧 이 소설의 테마가 무엇인가를 묻게 되는 게 순서인데, 사실은 그보다 먼저 테마를 모으기[3] 위하여 읽어온 소설의 현실이 더 먼저 알고 싶은 것이다. 이 소설의 현실이 '노마'가 돈을 찾으려 헤맬 제 일어나는 대소사大小事의 연결이 아님은 넉넉 짐작할 수가 있다. 그렇다고 양철 학원을 지어놓고 '김金오장'과 싸우다가 어찌하여 서울로 잡혀간 아버지의 사건 속에 소설 뿌리가 맺혔느냐 하면 보기에 따라선 그런 것도 같으면서 또한 그렇지도 않다.

소설 후반 3분의 2에 일어나는 제종諸種의 '노마'집 가정사나 '노마'의 심리 과정은 이것과는 전연 별개의 세계다. 동저고리 바람으로 서울로 잡혀간 어느 학원 선생의 가정으로 이 소설엔 전연 생활이 없다.

결국 소설은 두 개의 부분으로 쪼개져 있다 할 수 있다.

그러나 소설의 구조가 쪼개져 있으면 아무리 유능有能한[4] 작가라도 붓을 들 수 없는 법이다.[5] 그럼 무엇이 이 소설을 만들어내게 했느냐가 문제인데, 작자가 잡혀간 나머지와 남은 모자母子의 생활을 유기적으로 연결시켜 이야기를 꾸미려 하지 않았음은 분명하다. 비록 소설

---

3 원문에는 '모허기'로 되어 있으나 수정했다. '보이기'의 오식일 수도 있겠다.
4 원문에는 '無能한'으로 되어 있으나 문맥상 '有能한'이 적절해 보인다.
5 원문에는 '멍이다'로 되어 있으나 '법이다'의 오식으로 보인다.

적 사건의 인과因果가 거기에 있다 하여도 그것은 부득이 소설이란 것을 쓰자니 그러한 외형을 취한 데 불과하고 그실은 소설 전체를 흐르고 있는 어떤 부정不定한 '카오스'?, 몽롱한 분위기를 작자는 사랑하는 듯 싶다.

그것은 생각컨대 인생에 대한 하나의 극화劇畵인 듯 싶다. '어른의 동화'?, 나는 이 소설에서 얻은 언뜻 미치는 것이 이런 것이라 생각했는데, 솔직히[6] 말하거니와 인생을 캘커라이즈 하는 데 이 작가는 투명한 혜지慧智를 갖지 않았다. 작고한 유정裕貞이 이런 약점을 가진 작가이었다. 그러나 유정은 어느 편이냐 하면 현덕 씨보다는 리얼리티를 중시한 작가다. 이런 점에서 현덕 씨를 또한 작고한 이상李箱에 비길 수도 있으나 이상은 보다 더 투명한 정신의 빛깔을 가졌었다.

이 두 사람의 것을 거지반 다 요소만은 가졌으면서도 하나도 철저히 갖지 않은 이가 혹 현씨가 아닐까?

재능만으로 문학을 하려는 작가가 아닌가. 이 점에서 나는 이 작자가 성장하기 위하여 재능 이상의 것의 파악을 뜻하지 않으면 안되리라 믿는다.

시대적 퇴폐의 거센 물살이 자라나려는 재능을 삼키려는 두려운 그림의 한 폭을 나는 현덕 씨에게서 느끼고 있다.

---

6 원문에는 '卒直히'라고 되어 있으나 '率直히'의 오식으로 보인다.

문학과 저널리즘과의 교섭[•]

×

작가에게 있어 저널리즘이란 곧 작품을 사주는 시장이다.

저널리즘은 작품을 읽기 위해서 사는 것이 아니라, 팔기 위해서
산다.

따라서 읽기 위하여 사는 독자를 상대로 작품을 쓰고 있는 작가는
직접 제 작품을 수요자需要者에게 주지 못하고 항상 매개자媒介者의 손
을 빌게 된다.

그러므로 상품으로서의 문학의 교환관계 가운데서만 저널리즘을
고찰한다면 그것은 작품의 소비자인 독자와 생산자인 작자와의 중간

• 『사해공론』, 1938.6.

을 차지하고 있는 상인이 된다.

팔기를 목적하고 물건을 산다는 것은 숙명적으로 상업행위다.

이런 경우에 있어 G-W-G[1]의 관계는 명백하다. 또한 중간에 저널리즘을 어떤 특정한 신문·잡지라 해석치 않고 출판업자란 순상인純商人을 연상해도 공식은 개변改變되지 않는다.

그러면 아무리 문학이란 예술품을 다루는 교환관계라 할지라도 그것이 하나의 시장관계인 한 상업자로서의 저널리즘이 작가에게 작품을 쓸 때 지불하는 화폐액수와 독자에게 작품을 팔 때 거두어들이는 금액이 자연 일정의 차이를 가지지 아니할 수가 없다.

즉 문학작품을 사고 파는 과정에서 이윤의 발생을 상상하지 아니할 수가 없다.

이윤이란 본래 자본이 시장관계 속에서 운동하는 원천의 동력이고 추구의 목표이니까…….

그러나 자본의 추구 목표로서의 이윤이란 문화영역에선 이중으로 해석할 필요가 있다.

하나는 저널리즘이 다른 상업관계와 조금도 다름없이 직접으로 경제상의 이득을 목표로 정하지 않을 수 없는 데 물론 있다.

이것은 아무의 눈에도 명백히 보이는 사실이다.

그러나 또 다른 하나는 문화적 정신적 반면半面으로,[2] 한 기관이라든가 한 사람의 어떤 이득이 아니라 사회, 공중의 문화적 복지를 추구한다는 보편적 형식 가운데 표현되는 하나의 문화의식으로서의 캐피탈의 정신이다.

---

1 원문에는 'G-w-너'로 되어 있으나 'G-W-G'(화폐−상품−화폐)의 오식으로 보인다.
2 원문에는 이 사이에 '제'가 있으나 문맥상 부적절해 빼는 것이 좋을 듯하다. 혹은 '볼제'의 '볼'자가 탈자되었을 수도 있겠다.

이것은 의식하면서 혹은 의식하지 아니하면서 은연중 저널리즘 가운데 투하된 자본이[3] 가진 성격이라고 할 수 있고 본능의 발현이라고 말할 수가 있다.

오히려 기원에 있어서의 저널리즘, 단초端初에 있어서의 저널리즘은 목전의 경제적 이익을 목표로 하였다느니보다, 시민사회의 일반적 요구의 실현을 위한 문화형태로서 또는 그들의 고유한 문화적 욕구의 달성을 위한 독자의 방법이었다고 봄이 타당할지도 모른다.

실제에 있어 저널리즘의 본질, 중요한 측면은 후자에 있다.

말할 것도 없이 이것은 저널리즘이 수행한 찬연燦然한 계몽행위의 발원이며 저널리즘의 진보적 측면이었다.

×

이런 의미에서 우리는 저널리즘이 지식과 예술을 일반화한 공적을 몰각沒却할 수 없고, 이러한 일반화의 가장 유효한 형태 또는 기관으로서의 저널리즘의 가치를 부정할 수 없는 것이다.

이것은 중세적, 귀족적인 문화독점에 대한 하나의 훌륭한 비평행위였고 또한 창조였다.

사실 어느 시대에 있어 저널리즘은 여러 가지 종류의 비평정신의 의거점依據點이었고 자유스런 비평적 발언의 방법이었다.

사실의 진상을 보도한다는 것이 이미 근대의 충일한 실증정신의 표현이다.

그러므로 저널리즘의 정신이란 모든 형이상학에 대한 시민적인 사

---

3 원문에는 '資本의'로 되어 있으나 문맥상 '資本이'가 적절해 보인다.

실의 논리의 확립의 초석이라[4] 할 수 있다.

이 점에서 벌써 저널리즘은 역사적 의미에서 훌륭한 한 개 비평이었을 뿐만 아니라, 보도할 만한 사실과 보도 안 될 사실을 구분하는 선택행위에서 은연중 하나의 평가와 평가하는 기준을 가지고 있지 않을 수 없었다는 데 또한 날카로운 비평의 권능을 스스로 내포하고 있었다.

단지 신문에서 보는 바와 같이 모든 현상을 보도한다든가, 시사時事로서만 취급한다는 데 이 비평기능이 가리어져 있었을 따름이다.

그런데 우리가 주의할 것은 문예작품이나 논문이 신문이나 잡지에 실린다 할 제 저널리즘 자체의 본능적 기능인 이 은폐된 평가의식과 어떻게 관계하느냐가 주목할 문제다.

얼른 생각하면 저널리즘은 독자가 좋아하는 것, 즉 쉽게 말하면 잘 팔리는 것만을 고른다 생각된다.

야담野談 같은 거라든가, 취미 소설이라는 소위 탁속卓俗한[5] 것만이 저널리즘이 요구하는 것이 된다.

그러나 이런 해석은 저널리즘을 상업적 측면에서만 볼 때 그러한 것이고 그것을 문화적 정신적 측면에서 볼 때는 의미가 다르다 아니 할 수 없다.

사실 소위 예술문학 — 속문학에 대립하는 의미에서 — 도 저널리즘은 게재하지 않는가?

또는 월간잡지의 훌륭한 창작란이라든가 또는 전문의 문예잡지는 저널리즘이 아니냐 하면 도저히 그렇게 생각할 수는 없다.

이것들도 다 훌륭한 저널리즘이고, 단행본 출판 같은 데 비하면 더

---

4 원문에는 '確石이라'로 되어 있으나 '確'은 '礎'의 오식으로 보인다.
5 원문에 따른 것이나, '비속(卑俗)한'의 오식일 수도 있겠다.

욱더 저널리스틱한 것이다.

그 잡지 혹은 신문은 그러한 작품이나 논문 등을 보도될 가치가 있는 것이라고 하여 게재하는 것이다.

그러면 우리는 저널리즘과 문학과의 접촉에 있어 맨 먼저 눈에 띄는 교착점交錯點으로서 보도될 가치 있는 문학과 보도될 가치 없는 문학이 어떻게 구별되느냐 하는 데 있음을 알 수가 있다.

그런데 보도란 항상 그때의 현재에 있어 의의 있는 것을 선택하는 것으로 그실實 시사성 있는 것이 보도될 가치 있는 문학으로 해석된다.

그러나 소위 시사문학만이 저널리즘이 소욕所欲하는 문학이냐 하면 우리가 신문과 잡지를 펼쳐보면 즉석에 알 수 있듯 그렇지 않은 것이 얼마든지 있고 오히려 더 많이 지면을 차지하고 있음을 알 수가 있다.

더구나 잡지 창작란이나 문예잡지에는 이런 해석이란 비속한 억측에 지나지 않는다.

그러므로 무엇이 저널리즘에 있어 소위 보도될 가치가 있는 문학이냐 하는 것은 신문이 사실의 보도에 적용하는 척도나 잡지가 토픽을 고르는 수준보다는 일층 깊은 곳에 있게 된다.

이 표준이란 곧 다른 것이 아니라 정신적 기준 그것이다.

사실의 보도나 토픽의 선택, 그것을 보이지 않게 지배하고 있는 현대 저널리즘 그것의 성격적 본질이다.

따라서 예술문학에 임하는 저널리즘의 태도는 단순한 보도성, 목전의 시사성을 넘어서 하나의 정신적 입장에 선 그것이라 할 수 있다.

그러므로 문예잡지에서 볼 수 있는 시정적市井的 의미의 보도성과 시사성과 일견 무관계한 듯 하면서도 역시 저널한 문예 저널리즘이란 것이 훌륭히 가능케 된다.

뿐만 아니라, 이러한 정신적 방법으로 리파인되지 않은 정보와 시사성은 문학의 영역에선 저널리즘으로 통용되지 않는다.

이것은 마치 일국의 사법정책과 교육정책이 서로 다른 것과 비슷하며 또 양자가 서로 다르면서도 그실은 일관—貫[6]되는 것과 비길 수 있는 것이다.

그런데 나는 먼저 저널리즘의 본질적 특징의[로] 에스프리로서의 캐피탈이 문화의 영역에서 전개하는 고유한 형태라고 말한 일이 있다.

이 논법대로 하면 이런 경향과 일치하지 않는 작품이나 평론은 원칙적으로 저널리즘 위에 나타날 수 없을 것이다.

그러나 사실에 있어선 『개조改造』나 『중앙공론中央公論』에 경향작가의 소설이나 논문이 실리지 않는가?

물론 이것은 그것이 수요자인 독자가 요구하는 때문이라는 경제상 이유가 이런 경우엔 중요하다.

하지만 지금 우리가 말하는 저널리즘은 제가 의거한 사회적 지반 그것의 존폐 여하를 불구하고 경제상의 이득을 목표로 온갖 것을 다 싣느냐 하면 물론 그렇지 않은 것은 상상할 수가 있다.

따라서 이런 때 경제상의 이유가 중대는 하지만 전체로서는 그실 자유주의 정신의 발로라고 보는 게 타당하다.

즉 그러한 문학까지를 보도될 가치가 있다고 생각할 정신적 여유가 사회생활 가운데 있을 때 저널리즘은 자유주의적일 수 있는 것이다.

그러므로 문학과 저널리즘과의 관계는 사상상의 관계이고, 더 나가선 정치와 문학과의 관계이다.

---

6 원문에는 '一實'로 되어 있으나 '一貫'의 오식으로 보인다.

이것은 저널리즘 없이 현대문학에 고유한 문학생활인 문단사회란 것을 생각할 수 없는 것을 보아도 명백한 것이다.

저널리즘이 어떻게 문학의 형태를 고치느냐?

그것은 또한 별개의 테마로 단지 여기선 문학에 대하여 저널리즘이 경제일 뿐 아니라, 실로 정치란 점을 암시하는 데 그친다.

문화기업론*

　문화를 기업의 측면에서까지 의논할 수 있을 만큼 조선의 문화란
것도 변모되었던가 하면 기이한 감이 없지 않다.

　물론 온갖 것이 돈으로 매매되는 세상에 문화를 경제기구 속에서
생각하지 않는 사람이 오히려 기이하다 할 것이나 오늘날까지의 조
선의 문화실정은 이런 상식을 기이하게 생각할 만큼 비ᅢ기업적이
었다.

　아무도 문화사업이라면 일종의 사회사업, 현대화된 자선사업이라
생각해온 것이 사실이다. 한번 문화사업 속에 투자된 돈은 이윤을 낳
기는커녕 본전도 다시 살아나지 않는다는 것이 한 개 상식이 되어버
렸다.

●『청색지』, 1938.6.

그러므로 학교나 신문사나 출판이나 영화 같은 데 돈을 내는 사람은 독지가로서 존경되어왔다.

따라서 자연히 문화영역은 항상 자금난에 신음하여 왔고, 다른 나라 같은 곳에선 훌륭한 독립적 기업인 출판이나 영화 같은 것도 이윤을 낳는 기업이라고는 생각되어 오지 않았다.

동시에 문화인은 직업인으로서 확립되지 않고 늘 청빈에 안한安閑하든가 그러지 않으면 다른 직업으로 생도生途를 찾지 아니할 수 없었다.

그만치 문화인이란 사람들도 일종 고결한 희생적 정신을 가진 사람으로 우러러 뵈어 왔다 할 수 있다.

또한 문화 자신은 여태껏 자본이란 것의 위력을 그것이 결핍한 측면에만 느껴왔고 그것의 물질적 압력이란 것을 느껴본 일이 태무殆無하였다 할 수 있다.

이러한 사정은 문화가 수요될 시장이 극히 협소하였던 것이 그 원인의 하나라 할 수 있고, 또한 여태까지의 조선문화의 정신이 시장관계를 초월하여 수요자를 만들어내려는 욕망에 불타고 있었던 때문이라고도 할 수 있다.

지금까지의 조선문화 앞에는 지불능력이 있는 구매자가 문제인 것보다도 차라리 거저라도 그것의 수요를 청請하는 사람의 유무가 급한 과제였다.

기숙사에 두고 밥을 먹이고 학용품을 대고 용돈을 지불해가면서 학생을 모집하러 다니던 시절이 없지 않았고 종이[1]값도 안 되는 돈으로 신문과 잡지를 배포한 때가 또한 멀지 않다.

---

1 원문에는 '조희'로 되어 있다.

요컨대 조선의 신문화는 수입 당초부터 오늘날까지 대부분 영리 이상의 목적을 추구한 것이다.

한말의 개화주의나 기미己未 전후의 민족주의나 프로문학이나 또는 순문학에 이르기까지 그들이 각각 추구하는 목표는 다르다 할지라도 궁국窮局에선 계몽이라든가 문화 자체의 발전이라든가 하는 이상적 성격을 가졌었다.

물론 수요의 부족 내지 결핍이란 민중의 사정이 이 이상적 성격을 고양시키고 그것을 격성激成하였다.

그러므로 수업료를 냈다든가 책값을 냈다든가 입장료를 냈다든가 하는 것은 정상한 상업관계였다느니보다 오히려 증여의 별다른 형식에 불과하였다.

이렇게 문화가 교환관계 속에서 경제가치를 실현하지 못하는 만큼 문화영역은 진정한 기업자본의 활동이 되지 못하였다.

×

그러나 수년래數年來로 문화인이 지사, 선구자이었던 시절은 이미 끝나고 있지 않은가 한다.

위선 수요의 성질이 점차로 의식화하여 범위가 괄목할 만큼 넓어지고 문화적 영역領域² 을 시장적으로 평가할 수 있을 만큼 되어간다 할 수 있다. 이것은 주로 교육의 보급 결과라 할 수 있는데 피교육자의 수준을 중등中等 정도 이상에 둔다면 구매능력으로서 보통 생활필수품 시장에 뒤떨어진다고 할 수는 없다.

---

2 원문에는 '領求'로 되어 있으나 '領域'의 오식으로 보인다.

동시에 조선 신문화의 전통[3]이었던 계몽적 혹은 이상적 성격이 전부 시장 확대의 결과라고는 할 수 없어도 좌우간 점차로 희박해지고 있는 것이 사실이다.

이 두 개 조건은 여하간 문화영역에다 자본을 투하할 가능성을 증장增長시키는 것이며, 문화가치가 경제가치로서의 의의를 취득하기 비롯하는 현상이라 볼 수가 있다.

현재 출판업이나 신문잡지나 영화나 연극이 얼마만한 이윤을 내는지 혹은 못 내는지는 알 수 없으나, 그것들이 명확한 기업화의 방면을 걷고 있는 것은 사실이다. 학교 경영만 하더라도 기幾십만 금을 희사하는 동상銅像될 만한 독지가篤志家[4]가 있는 한편, 주야 수종數種 학급의 기천 명 학생을 두어 돈 만원이나 착실히 늘려가고 있는 학교가 있다는 것은 놀랄 만한 현상이다.

뿐만 아니라 출판 신문잡지 영화 연극, 하다못해 스포츠까지가 웬만하면 결손 안보고 해나갈 가능성이 생기고 그런 가능성을 이윤을 만들 가능성으로 조직화하려는 지향이 명백히 나타나 있다.

이런 것은 모두가 문화영역 가운데 기업적 대자본이 활동할 지반이라 할 수 있는 것으로 이미 출판과 연극 영화 같은 부문엔 수십만의 자본이 위력을 나타내기 시작하고 있다.

신문은 본래 조선[에]선 독점사업과 같아서[5] 독자의 한계가 있는 것이나, 잡지는 벌써 보통잡지로선 신문사 경영 잡지에 미치지 못할 것은 결정적 사실이 되었으며, 영화계에도 내지內地 자본이 군림할 날이 목전에 박두하였다. 이 외의 문화영역, 예하면 스포츠 연극 같은

---

3 원문에는 '傳說'이라 되어있으나, '說'은 '統'의 오식일 것이다.
4 원문에는 '特志家'로 되어 있으나 '篤志家'의 오식으로 보인다.
5 원문에는 '갓타야'로 되어 있으나 수정하였다.

곳도 미구에 대자본의 세례를 치러낼 각오를 가져야 할 것 같다. 이곳에서 즉시 문제되는 것은 문화인의 직업인으로서의 재생 혹은 확립의 문제다.

여태까지 문화인은 직업인으로서 각오와 자신을 못 가져왔고 또한 문화 가운데 들어온 자본도 문화인을 직업인으로서 대우할 여유가 없었다 할 수 있다.

그러나 문화에 있어 자본주의의 확립에 따라, 문화인은 직업인으로서의 권리를 자각해야 할 것이며 자본은 문화인을 생산자로서 대우할 줄 알아야 할 것이다.

×

그러나 문화인에게 있어 보다 큰 문제는 어떠한 문화를 생산할까 하는 문제다. 영화는 동보東寶 같은 곳의 대자본이 주는 기술적 편의 같은 조건으로 분명히 일부 유리한 결과를 수득收得할 수 있다 하나 문학 같은 것은 출판이나 간행물의 기업화에서 무슨 예술적 이익을 끌어내지는 못한다. 이 점은 본질적으로 영화도 역시 동일하지 않은 가 한다.

우리는 간행물의 독자나 상설관의 관객만을 늘리기 위하여 문화하는 것은 아니다. 그것은 기업가의 목적이다. 문화는 항상 문화가 이상하고 뜻하는 방향으로 독자나 관중을 이끌기 위하여 대중을 구하고 있는 것이다.

그러므로 시장을 가지고 있지 못했던 어젯날의 문화는 고독하였음에 불구하고 고결하였다 할 수 있다.

최근년간에 볼 수 있는 조선문화의 이상적 계몽적 성격의 붕괴는 시장의 유혹에 있느니보다 오히려 다른 데 원인하였다.

그러나 이러한 곤경에 들어선 문화 앞에 열린 광범한 시장과 대자본의 위력은 과연 문화에 대하여 반가운 조건이냐 하면 그렇지 못하다고 아니할 수 없다.

왜 그러냐 하면 새 시장은 문화 자체의 영역이라느니 보다 더 많이 자본의 힘이 지배하는 영역인 때문이다.

그러므로 문화의 앞엔 수요력이 증대함에 불구하고[6] 그것은 다른 어떤 원인과 더불어 문화의 순수한 발달을 방해하는 새로운 장벽이 아닐 수가 없다.

따라서 기업화 도정 위에 있는 조선문화는 직업인으로서의 자기와 문화인으로서의 자기를 어떻게 통일, 조화해 나갈까가 실로 새로운 난문제難問題의 하나라 생각한다.[7]

삼월십칠일

---

6 원문에는 '不拘하며'로 되어 있으나 문맥상 '불구하고'가 적절해 보인다.
7 원문에는 '생각는다'로 되어 있으나 '생각한다'로 수정한다.

예문(藝文)의 융성과 어문 정리[*]

셰익스피어William Shakespeare가 영어의 기초를 만들어냈다고 하는데 한편 우리는 러시아의 문법사전의 완성과 대로서아자전大露西亞字典의 성립이 또한 푸쉬킨A. S. Pushkin을 만들어냈다는 사실을 간과할 수가 없다.

두 개의 역사적 사실은 오늘날엔 벌써 의문을 삽입할 여지가 없는 것으로 단지 우리에게 있어 이 사실을 어떻게 이해해야 좋으냐 하는 것이 문제일 따름이다.

물론 위대한 시인이 남으로써 그 나라의 언어나 문법 그타他를 훌륭한 작품 가운데 완성해 놓는다면 문학이 어문 정리의 선편을 짓는 것이고, 또한 거대한 언어학자나 문법학자가 그곳 말과 문법

• 『사해공론』, 1938.7.

을 정리 완성해 놓으면 위대한 문학이 창조될 지반을 닦는다고 생각하면 문제는 간단하다.

그실 문학과 언어의 관계에 있어 양자 중의 어느 방도가 달성되든지 간에 문운文運의 융성을 위하여 경하할 일이다.

그러나 위대한 시인이 작품을 통해서 어문을 정리한다는 것과 언어, 문법학자의 과학적 노력이 어문의 정리를 통하여 예문藝文의 발달을 촉진한다는 것은 의미가 약간 틀릴 뿐만 아니라 그실 하나의 모순되는 사실이다.

×

도대체 어문의 정리라는 것은, 첫째 말예하면 단어의 사용되는 의미를 밝히어 일정한 것으로 정착 확립하는 것이요, 둘째는 어맥語脈 혹은 문맥 속에 각各 말이 연결되는¹ 법칙, 즉 문법을 합리적으로 수립하는 것이다.

그런데 이 두 가지의 확립의 표준과 준거점準據點이 되는 것은 말할 것도 없이 현실생활 가운데서 다대수多大數 인민이 사용하는 일상의 산 언어다.

그런 때문에 자연히 시인이나 언어학자나 어느 자者를 물론하고 말의 의미의 정착과 문맥의 합리성을 찾는 곳은 똑같이 사회의 생활이 되는 것이며, 따라서 두 가지 부류의 인간이 각각 다른 방법으로 어문의 정리를 행하는 게 시인과 언어학자다.

시인은 문학적 방법을 가지고, 언어학자는 과학적 방법을 가지고

---

1 원문에는 '連結하는'으로 되어 있다.

一.

그러나 시인에게 있어서는 어문의 정리란 부차적인 성과인 대신 언어학자에 있어서는 제일의 목적이다.

바꿔 말하면 시인은 예술의 완성을 위하여 언어를 모으고 그것을 선택하며, 그것의 의미를 정련하여 가장 적절한 것으로 정착시키며 문맥의 구조를, 내용을 정리하는 데 있어 가장 적절하게 형성하며, 간결화시킨다.

언어학자도 역시 이러한 동일 목적을 추구하나 언어 일반의 정리란 추상적 목적을 따르기 때문에 문학이 개개의 구체적 세부에서 내용에 적응한다는 견지를 고수하는 대신 언어학은 일반의 추상적인 전부를 통하여 언어 그것의 ᵃ이곳에선 내용에 철저한다는 것은 제이의[第二義]다ᵃ 정비를 한다는 입장을 취하게 된다.

그러므로, 시인이 곧 언어의 완전한 정리자가 되지 못하는 대신 어문의 정리는 곧 문예의 융성 그 자체는 될 수가 없다.

×

그러나 시詩 없이는 언어가 진실로 산 의미에서 내용이 정착되고, 어맥이 적절 완미하게 합리화하지 못하며,² 또한 어문 정리 없이는 시는 제가 지불하지 않아도 좋은 언어에 대한 극히 일반적인 노력을 경주하기 때문에 예술로서의 자기완성에 지대한 영향을 받지 아니할 수가 없다.

전자의 예가 푸쉬킨 이전의 러시아 문법과 사전 편성編成의 길이고

---

2 원문에는 '못하여'로 되어 있으나 '못하며'의 오식으로 보인다.

후자가 셰익스피어의 곤란한 길이다.

그러면 어문의 정리, 사상적 의미에 있어 그 곳 말의 완성이란, 문학적 의미의 상호 통일적인 노력에서만 비로소 가능한 것이며, 또한 그 중 어느 일자─者가 결여된 채 어느 일자─者의 완성을 꾀한다는 것이 하나의 모순이라 함을 수긍할 수 있을 것이다.

그러나 구체적인 역사상 사실은 항상 이런 모순 위에 전개되어 왔다. 즉 푸쉬킨 이전의 러시아의 예, 혹은 셰익스피어의 예!

이것은 그 고장의 문화적, 역사적 발전의 특수성의 산물이다. 독일도 루터Martin Luther의 성서 번역으로 어문 정리의 사업이 시작되었다.

우리 조선의 예를 보면 역시 신문학의 발전으로 단어[3]의 발굴 혹은 그 의미의 재생이 실현되고 문맥의 합리화가 개척되었다. 그러나 우리의 생활의 특수성은 이것의[4] 완성을 수행치 못하였고, 근자에 와선 언어의 문제란 전혀 언어학자의 수중으로 옮겨간 감이 있다.

물론 이것도 즐거운 현상이다. 그러나 이것의 완성 앞엔 현재 우리가 이 사업 자체 중에서 볼 수 있는 크나큰 내적 결함과 또 그 밖의 장애도 있는 것이고, 어느 정도까지 그것이 우리 곳의 문화를 개화시킬 만한 전정前程을 만들어줄지 기대는 하는 것이나 성과를 전폭全幅에서 믿을 수는 없다.

그렇다고 몇몇 어학자語學者들이 근간 떠들듯 우리도 덮어놓고 조선어 조선어 하고 외칠 수도 없다. 이렇게 떠들지 않던 십년 전이 오히려 순정한 의미에서 언어 개조의 정열이 살았던 시대가 아닌가 한다. 언어 개조의 정열! 이 말은 결코 하나의 유행하는 문화풍속으로서의 조선열朝鮮熱은 아니다. 깊이 현실 속에 뿌리를 박고 생활적 목적을 추

---

3 원문에는 '어'자가 탈자되고 그 대신 느낌표가 거꾸로 식자되어 있다.
4 원문에는 '이것은'으로 되어 있으나 문맥상 '이것의'가 적절해 보인다.

구하는 자연한 일부분으로서의 표현의 완성에 대한 관심이다. 언어에 대한 관심을 우리는 형식주의와 엄밀히 준별峻別하지 아니하면 아니 된다.

우리는 다시 문학정신 그것의 재연再燃 위에, 언어학자는 문학정신 그 속에서 어문의 정리란 것을 생각하지 않으면, 문화부흥의 전제로서의 어문 정리란 어느 때 이르러도 불가능한 일이다.

10월 창작평[*]

신영역에의 갈망

자연의 혜택인지는 몰라도 수확의[1] 계절에 부끄러움이 없이 이 달
은 근래 문단 희유稀有의 풍획豊穫[2]이다. 잡지를 뒤척거리며[3] 녹녹히 청
추淸秋의 천혜天惠를 감사하면서 한 편 나는 제게 맡겨진 짐에 무거움
을 아니 느낄 수가 없었다.

추수란 타작을 그르치면 곡식의 값어치를 떨어뜨리는 것이라 낫질
한 번 방아질 한 번을 삼가고자 마음먹었다.

좀더 좀더 깊이 우리와 동시인同時人인 창작하는 이들의 고충을 이해

● 『동아일보』, 1938.9.20~9.28.
1 원문에는 '收獲의'로 되어 있으나 '收穫의'의 오식으로 보인다.
2 원문에는 '豊獲'으로 되어 있으나, '豊穫'의 오식으로 보인다.
3 원문에는 '뒤척리니며'로 되어 있다.

하고 그이들로서 가능한 문제의 고구考究란 점에 관심의 중점을 정하고 싶었다. 비평가에 대하여 가끔 던져지는 비난인 '창작의 노고를 모른다!' 항상 나는 이 말이 작가의 무능을 대변하는 상투어가 아니 되기를 희망하며 든가 하는 말에도 힘써 충실해 볼 겸, 비평의 가장 아름다운 성분의 하나인 작품의 좋은 이해자로서 제 글을 꾸며보겠다는 심정에서 출발하고자 했다.

좋은 이해! 그것을 왕왕 해치기 쉽고, 실상은 분分 이상으로 그것을 두려워하는 분들의 의구도 풀어드릴 겸 과분한 선입관념의 형성을 피하기 위하여 작품을 전부 읽고 한데 뭉쳐 줄거리를 장만해 가지고 평필評筆을 드는 대신 한두 편씩[4] 읽어가면서 곧 작품에서 받은 인상을 중심으로 감상을 적는 데 그칠 심사를 차렸다.

그렇다고 새삼스러이 인상비평의기실은[5] 서구의 인상비평은 은폐된 체계가[體系家]였을지도 모른다! 입문入門을 뜻하고자 함은 아니고, 실상은 점차로 아주 산문화해 가는 우리 문단 사정을 좇아서 내 자신의 일을 꾀해 보려는 데 본의가 있을지도 모른다.

그러면 작품에 대한 즉실卽實적인 이해란 어떤 것일까?

사실이지 나는 이 문제의 어려움에 오래 머리를 썩힌 한 사람이다. 그러나 이 문제는 가치판단과 식별의 능력을 상관시켜 볼 제 생각드느니 보다는 용이하게 해결되는 것 같다.

명철한 식별은 언제나 투철한 판단의 전제다. 나는 이러한 의미에 있어선 역시 생트 뵈브Saint Beuve의 문제門弟인 것을 부끄러워하고 싶지는 않다.

위선 검분檢分하고, 표식標識을 주고, 문학의 새 영토를 가장 명석히 인정할 수 있는 한 사람이 되자!

---

4 원문에는 '篇式'으로 되어 있으나 수정했다.
5 원문에는 '文實은'으로 되어 있으나 '기실은'의 오식으로 보인다.

새삼스러이 우리 작가들이 창작평에 붓을 대는 비평가에 대하여 시의猜疑의 눈초리를 향할 필요는 없을 것 같다.

비평가가 모든 작가를 제 성격과 취향에 맞도록 지휘할 수 없는 것처럼, 작가들도 제 영지領地 안에 비평가를 정주定住시키려 들 필요도 권리도 안 가진 것이라면 비평이 작품들의 새 가치의 성장이나 새 영토의 발견을 검분하려는 그것을 적의를 가지고 노려볼 필요는 없는 것이다.

이런 무엇인가를 찾으려는 눈이 한두 번 제 작품 위를 지나간다고 그 작품의 어느 한 부품일지라도 손당損當하는 일은 없지 않은가?

그런 때문에, 방금 내가 20편에 가까운 작품을 읽고, 마지막[6] 한 회에 가서 나의 본 바의 수지결산을 제출한대도 작가 여러분은 또한 내 책무가 외람한 경지에 이르렀다고 책할 바는 아니 된다.

본시 월평시평月評이란 것은 장구한 생명을 갖는[7] 작품 가치의 완전한 정착, 역사적 지위의 결정 등을 기대할 수 없는 것으로, 다만 작품이나 문학이나 문단의 각 순간 순간이 나타내는 변화와 성장의 국부적 위상을 표시하는 데 기능이 있는 것으로, 이 다량의 작가 가운데서 내가 일심一心으로 찾고자 하는 것도 이것이기 때문이다.

누가[8] 얼마나 성장했는가 혹은 퇴보했는가 또는 얼마나 변화했는가 그렇지 않으면 한 자리에 얼마나 답보를[9] 하고 있는가, 될 수 있으면 이런 것을 정밀히 알고자 하는 것이다.

그래서 근 20편에 차는 거량巨量의 작품이 대부분 현역의 중견과

---

6 원문에는 '막음'으로 되어 있으나 문맥상 '마지막'이 적절해 보인다.
7 원문에는 '같은'으로 되어 있으나 문맥상 '갖는'이 적절해 보인다.
8 원문에는 '누구가'로 되어 있다.
9 원문에는 '답보로를'로 되어 있다.

그에 준하는 이들 작품이요 그만치 이달 창작은 조선문학의 일반적인 동태를 어느 정도 알아볼 수 있는 만큼 현대 조선문화 일반의 걸음걸이에까지 언급해 보고자 한다.

명실 공히 풍년인가 그렇지 않으면 풍작 기근인가? 결과는 둘 중의 하나인데, 누구나 물론 전자를 희망하고 있다.

처음 생각은 머리말을 쓰지 않자고 하던 것인데, 이달 창작평만은 다른 달보다 의의가 다를 듯도 하여 한 마디 적은 바이다.

현대인의 회화(會話)

소설의 회화가 희곡만치 결정적은 아니라 할지라도 지문과 회화가 결국 소설을 형성한다는 것을 생각할 제 회화를 소홀히 여길 수가 없다. 소설의 본질인 묘사력은 물론 대부분 지문에 의존한다. 그러나 묘사를[10] 실제로 살리고 구성에까지 높여가는[11] 인물과 성격을 창조함에 있어 회화는 무비無比의 의의를 갖는다.

『삼천리』를 펴고 『삼천리문학』에서부터 계속해온 유진오兪鎭午 씨의 「수난의 기록」을 읽고 나는 그 주인공 남녀의 회화의 너무나 소박한 단순성에 놀라지 않을 수 없었다.

아직 끝나지 않은 연재중의 소설을 시비한다는 것은 온당치 못한 일이나, 나는 이 회화의 이러한 연유가 현대 조선 소설의 어떤 중요한 약점과 연결되어 있지 않은가 생각하기 때문에 특히 이 소설에 있

---

10 원문에는 '로'로 되어 있으나 문맥상 '를'이 적절해 보인다.
11 원문에는 '놀려가는'으로 되어 있으나 문맥상 '높여가는'이 적절해 보인다.

는 회화의 일절一節을 차용하기로 한 것이다.

"미안합니다." 이것은 병석病席의 여주인공이 불을 때어주는 남주
인공에게 하는 말이고,[12] "미안합니다" 역시 여주인공이 불을 다 때
고 화로를 들고 들어왔을 때 하는 말이다.

"졸리거든 좀 잠들어 보시지요. 오한 끝에는 포근하게 한잠 자면
좋습니다." 이것은 남주인공이 누운 여주인공을 보고 하는 소리다.

"여러 날 잠을 못 잤더니."

누워서 여주인공이 자기를 변명하는 소리다.

"그러지 말고 잠들어 보세요."

피로한 폐환肺患의 여주인공을 잠 들이려고 애쓰는 남주인공의 말
이다.

결국 이 다섯 마디의 말이 병석에 누운 사랑하는 여자와 상애相愛하
는 남자 사이에 주고받은 대화이다.[13] 거기다 이 남녀는 작자에 의하여
교양 있고, 이성적이고, 거의 이상화되다시피 한 사람들의 대화다.

이 회화 가운덴 감정의 색채가 결여되어 있어 그 장면의 남녀의
심리와 성격을 표시하기에 여간만 부족하다는 것은 중언重言을 요치
않는다.

그러나 교육과 이상과 생활을[14] 우리와 같이 하는 인물을 그릴 제
대화가 이렇게 무미건조해지는 이유가 어디에 있을까. 나는 이 작자
가 다른 인물들을 그릴 때[15] 사용하던 이보다는 훨씬 윗길의 대화술
과 또한 다른 작가들 역시 자기 이외의 희망인물들을 표현할 제 발휘

---

12 원문에는 '말인'으로 되어 있으나 문맥상 '말이고'가 적절할 듯하다.
13 원문에는 '對話化다'로 되어 있으나 문맥상 '대화이다'가 적절해 보인다.
14 원문에는 '生活과를'로 되어 있다.
15 원문에는 '그러케'로 되어 있으나 문맥상 '그릴 때'가 적절해 보인다.

하던 능숙한 대화술을 생각하기 때문에 이런 이야기를 꺼낸 것이다. 농민을 그릴 제 혹은 도시 하층민을 그릴 때 대화들은 비교적 살아 있다. 그러나 어느[16] 작가를 물론하고 자기의 동同 부류의 인물을 그 릴 때 대화술은 놀랄 만치 위축하고 만다.

나는 이 현상을 위선 무엇보다 우리 작가들이 자기표현의 능력이 부족한 것에 원인한다고 생각한다. 이것은 과거의 거장들이 가르친 '무엇보다 먼저 자기 자신을 알라!'든가 혹은 '자기 자신에 대하여 명 석하라!'는 문학상의 중요한 교훈이 우리 문단의 창작 정신 가운데 그다지 깊이[17] 삼투되어 있지 않은 증거가 아닐까?

허나 구체적으로 우리 사회의 문화인이란 어느 조선인보다도 조선 말의 회화술이 졸렬하고 제가 보고 느끼고 제가 생활하는 것에 대한 표현이 부족한 것의 반영이 아닌가 한다. 이것은 외래어의 영향이 장 차 조선말 위에 미칠 영향을 예언하는 사실의 하나이라 보아 족하리 라 믿는다.

「수난의 기록」에 나오는 그렇게 절절한 장면에 그만한 말밖에 쓸[18] 수 없다면,[19] 혹언酷言 같지만 우리는 벙어리에 가깝다 아니할 수 없다.

이것이 이로부터 우리의 손으로 만들어질 현대의 문장을 규정하는 중요한 사실이기는 하다. 그 실례로선 이런 현대어로 문장을 쓰는 작 가가 우리 문단에선 그 중 문장이 곧지 못한 작가로 통평通評되는 것 을 보면 암시 깊은 일이다.

설야雪野 · 남천南天 · 무영無影 · 현민玄民(그타[他]도 인례[引例]할 수 있으나)의

---

16 원문에는 '어디'로 되어 있다.
17 원문에는 '길이'로 되어 있으나 '깊이'의 오식으로 보인다.
18 원문에는 '바꿀'로 되어 있으나 문맥이 통하지 않아 '쓸'로 고쳤다.
19 원문에는 '없다는'으로 되어 있으나 문맥상 '없다면'이 적절해 보인다.

문장은, 민촌民村의 글보다도, 춘원春園의 글보다도, 태준泰俊의 글보다도 현대 인텔리겐차의 어법을 가지고 만들어진 문장이다. 바꿔 말하면 현대 조선 문장이 이런 이들의 글을 중심으로 만들어져야 할 그런 문장인데 불구하고 우리는 그이들의 글이 춘원이나 태준이나 민촌보다 손색이 있다는 말을 듣는다. 그것은 내겐 마치 전기前記 현민의 소설의 지문과 회화의 차이처럼 느껴진다. 그런 의미에서 민촌이나 태준이나 춘원은 현대의 어법, 우리 자신의 회화의 정신에서 글을 삼는 이가 아니라 한 시대 전의 생판 딴 사람의 언어 감정에서 현대와 자기를 이야기하는 셈이다.

가장 현대적인 어법의 구사자驅使者[20]가 우리 문단에선 제게 가장 가까운 사람의 회화를 기술할 때와 같다는 사실에 대하여 우리는 상당히 반성할 필요가 있다.

그렇지 않으면 우리는 현대문학을 정말 우리들의 문학으로서 기록해갈 자격을 얻지 못하지 않을까 한다.

묘사와 분석의 정신─『삼천리』의 창작란

「수난의 기록」을 들추다가 부질없이 이야기가[21] 지로支路로[22] 흘러 심히 죄송하다. 결국 현민玄民의 회화술을 예로[23] 삼아 하고[24] 싶었던

---

20 원문에는 '使驅者가'로 되어 있다.
21 원문에는 '이애가'로 되어 있으나 '이야기가'의 오식으로 보인다.
22 원문에는 '岐路로'로 되어 있으나 '支路로'의 오식으로 보인다.
23 원문에는 '例를'로 되어 있다.
24 원문에는 '삼고'로 되어 있으나 문맥상 '삼아 하고'가 적절해 보인다.

말은 현대와 우리 자신에 대한 작가의 명석한 묘사의 능력이 도무지 전진하고 있는 것 같지 않다는 일어一語인데, 이곳에 곧 연달아 생각나는 것은 상섭想涉의 소설 「자살미수自殺未遂」『삼천리(三千里)』소재다. 이 소설은 벌써 제목부터 신문기사요 내용도 이렇다 할 아무것도 없어 일찍이 「만세전萬歲前」[25]이나 「표본실[26]의 청개구리」를 써 신문학사 위에 자연주의 정신을 수립한 기혼氣魂을 그대로 느끼기는 어려운 작품으로, 물론 이 작자 위에 무슨 근경近境을 인정해서 꺼내는 말은 아니다. 오히려 우리들의 시대감각으로 볼 제 다분히 진부하고 3면 기사와 문학적 현실을 식별해내기에조차 힘들이지 않는 작자를 슬퍼하는 바이나, 그래도 나는 이 작가가 아직도 소설의 정신은 잃지 않고 있다는 것이 퍽이나 즐거웠다. 「수난의 기록」끝도 안 난 소설을 자꾸 끌어내[27] 미안하나은 「자살미수」에 비하여 훨씬 더 소설적인 제재나 소설의 정신으로 말미암아 소재가 언더라인[28]되어 있지 않음에 불구하고 「자살미수」는 「수난의 기록」에 비하면 전혀 소설적이 아닌 제재인데도 작가는 소설의 정신을 가지고 소재를 작품으로써 파악하고 있다.

다시 말하면 이 작가의 눈은 어느 작가의 눈보다도 묘사의 정신으로 명징明澄해[29] 있다. 연달練達한 외과의사! 『삼천리』소재 창작 중에 상섭은 역시 나에게 이렇게 생각되었다. 묘사는 과학의 분석과 같다. 졸라는 늘 이렇게 생각해 왔는데 이 말은 소설도小說道에 있어 어느 시대에도 폐물이 되지 않은 자연주의의[30] 존중할 유물의 하나다. 상

---

25 원문에는 '「萬歲前後」'로 되어 있으나 '「萬歲前」'의 오식이다.
26 원문에는 '實驗室'로 되어 있으나 '표본실'의 오식이다.
27 원문에는 '끄으러'로 되어 있다.
28 원문에는 '으리라인'으로 되어 있다.
29 원문에는 '證明해'로 되어 있으나 문맥상 '明澄해'가 적절해 보인다.
30 원문에는 '自由主義의'로 되어 있으나 '자연주의의'의 오식으로 보인다.

섭보다도 훨씬 앞선 젊은 작가들이 이 정신을 계승하고 진보시키는 데[31] 어느 정도까지나 유의하고 있는지 항상 나의 알고 싶어하는 과제다.

그 다음 나는 전추호田秋湖란 분의 「여자도 사람인가?」라는 자못 쿼렐한[32] 작품을 읽었다. 이 소설은 작자가 여자인 듯 싶어 제목에 대한 해답으로서 소설을 쓴 모양으로, 결국 여자도 사람이란 것을 삼단논법을 빌어 증명하고 있다. 조선과 같이 여자가 역대로 천시되는 고장[33]에서 여인작가로서 한 번 써봄직한 과제요 여권의 신장을 위하여 많이 있어 좋은 작품이다. 그러나 적어도 이 소설은 우리 조선 사람의 사회생활에 있어 여자의 가치를 선양하고 여성의 인간으로서의 존엄을 표시하기에 족한 이야기는 아니다. 작자의 이야기와 같이 불우不遇의 노교원을 위하여 청춘을 육아와 생계에 고스란히 바치는 것이 여자도 사람인 증거였다면 백년 전에도 천년 전에도 조선에선 여자도 사람이었을 것이다. 작자는 이 소설의 갸륵한 여주인공인 '명희'가 항용 신여성이 따르기 쉬운 청춘의 허영을 버리고 불우의 노교원 '최선생'을 위하여 인고忍苦하는 지순한 동정을 찬양하는 듯싶은데, 이것은 우리 고향엔 옛날부터 미덕으로 불러온 현모양처의 길이다. 바꿔 말하면 남자에 대한 여자의 순종의 길이다.

얼마나 진부한 일인가? 나는 남자이나 이 여류작가와 더불어 현대 여성들에게 신판 열녀전을 권할 의사는 아니 가지고 있다. 「여자도 사람인가?」의 작자는 확실히 '노라' 이전의 감정과 윤리를 가지고 동

---

31 원문에는 '게'로 되어 있다.
32 원문에 따른 것인데, '쿼렐'은 '싸움'을 뜻하는 'quarrel'일 것이다. 따라서 '호전적'이라는 의미의 'quarrel some'에서 'some'이 탈자된 것으로 보인다.
33 원문에는 '고랑에서'로 되어 있으나 '고장에서'의 오식으로 보인다.

시대의 여성들에게 이야기하고 있는 것이다. 꼬집어 말하면 이 소설은 여자는 아직도 사람이 아니라는 사실을 이야기하는 소설이다.

이러한 모랄리티에서[34] 풀려나가는 작품이 소설의[35] 정석을 밟았을 리가 없는 것으로 작자는 인물과 환경 어느 것에 대하여도 일찍이 묘사(그것은 분석한다는 의미대)의 능력을 발휘해본 적이 없다. 결국 이 작품에선 문학의 진보가 문제되는 것이 아니다. 문학까지 올 작가의 요원한 길이 이야기되어야 한다. 이것은 짧은 창작 월평이 담당키엔 너무나 무거운 과제라 누구이고 유능한 교사에게[36] 맡기지 아니할 수가 없다.

그 다음 역시 장덕조張德祚 씨의 「여름밤」을 읽었는데 솔직히 말하여 나 같은 사람은 이런 소설?에 대하여 감상을 베풀 자격이 결여된 듯싶다. 단지 생각나는 것은 이만 작품을 써서도 큰 잡지 창작란에 실을 수가 있다면 조선에서 소설을 쓰기란 무엇보다도 용이한 직업일 듯싶다. 즉 실례의 말이나 기왕 소설을 쓰실 바에는 좀더 힘이나 들여주었으면 하는 점이다. 이런 의미에서 「여자도 사람인가?」의 작자는 비록 작품에서 취할 바 없다 해도 그 작품을 쓴 노력과 무엇이고 작품에 탁托하여 과제를 풀어보겠다는 정성만은 가상可賞할 바가 없지 않다.

그 다음 『삼천리』지엔 이무영李無影 씨의 소설 「전설傳說」이 상반上半만 실렸는데, 씨의 소설로는 『청색지靑色紙』 2집에 실렸던 작품보다는 역작이요 『삼천리』 10월호에선 그 중 이야기할 맛있는 작품이나, 완결을 기다려 차월次月에나 이야기할 셈치고 이만 둔다.

---

34 원문에는 '모랄퇴에서'로 되어 있다.
35 원문에는 '小說을'로 되어 있으나 문맥상 '小說의'가 적절해 보인다.
36 원문에는 '敎師에도'로 되어 있다.

그런데, 『삼천리』 창작란을 통독하고 얻은 감상이란 낙막落莫하기 비할 데 없는 점이다.

일찍이 창작정신의 이완을 말한 분이 있었는데, 『삼천리』에 한해서 볼 제 사태는 조금도 개선되어 있잖다. 섭섭한 일이다.

사실 파악의 능력

소재와 표현의 능력이라든가 소재를 작품으로 형성하는 힘이라든가 하면 이야기가 훨씬 문학적이어서 알기 쉬운 것인데, 일부러 전게前揭의 소제小題를 붙여본 것은 따로이 이유가 있다. 『조광朝光』에 실린 아홉 편 소설을 읽어 가면서 엄흥섭嚴興燮 씨의 「유한청년有閒靑年」을 읽고 적절히 비평할 말이 없어 지어낸 일구一句다.

소재란 어느 의미에선 벌써 작품의 구성범위 가운데 들어선 사실事實이다. 마치 어둔 밤에 등명기燈明器를 들이비친 무대의 일우一偶와 같이 한 번 광범한 사실 속에서 작품의 대상이 되게끔 한계가 주어진 것이다. 따라서 소설 제작에 있어 소재의 결정이란 벌써 작품의 태반胎盤의 완성이라 할 수 있다. 그런데 그것이 결정되지 않고 소설이 씌어지는 수가 더러 있는데[엄밀하게 말하면 그 결과가 소설이 되지 않음은 물론이다] 작품 속에 초점이 둘씩 셋씩도 되고 혹은 아주 불분명하고 그렇지 않으면 초점도 아무것도 없는 데다 작가가 일루전을 가지고[37] 무엇인가를 만들어내는 실로 너무나 문학적이 아닌 결과를 가져오는 애당초의 근원이

---

37 원문에는 '가리고'로 되어 있다.

이것이다.

그러므로 이런 것을 해낼, 즉 사실을 작품의 소재로서 먼저 형성할 줄 알고 모르는 것, 예술가와 그냥 사람과의 분기점이다.

남의 소설을 읽고 이런 소리를 첫머리에다 늘어놓는 것은 완곡한 악평을 가하는 것처럼 오해하기 쉬우나 「유한청년」에게 나는 바로 이 말을 드리는 것이다. 작자는 무엇보다 아직 사실을 지배하고 있지 못하다고……. 사실을 지배하는 능력이란 물론 이데아다. 작자가 「유한청년」,사실 유한부인과 대척적으로 씌어진 이 말의[38] 어감을 나는 그리 문학적이라고 생각지 않으나을 어떻게 그려가려고 했는가. 나는 작자의 의도의 범용凡庸함에 실로 아연치 아니할 수 없었다.

정체모를 여자에 의하여 '유한청년'의 볼 위에 떨어지는 한 자루 뺨이 작자의 이데아이었는가? 이 작자가 최근 몇 개의 소설을 두고 이런 방법을 되풀이하면서도 내내 그 범용함의 허망을 깨닫지 못함은 씨의 장래를 위하여 애석치 아니할 수가 없다. '유한청년'의 생활을 그림에 다점茶店 가서 지불하는 돈의 액수를 일일이 계산하고[39] 거스름돈 안 받는 액額을 암시하며 심지어는 돌아다니는 찻집·바·식당·요리집 이름과 먹는 약, 맞는 주사약까지 레테르를 재록再錄함은 무슨 취미일까? 이 작자가 그것을 가지고 능히 '유한청년'의 '유한함'을 표현하리라고[40] 믿었는지 않았는지 모르나, 이것은 소설에 있어 인물이나 그 생활을 표시하는 데 가장 부적당한 방법임을 말함에 그친다. 마지막으로[41] 이 작자에게 하고 싶은 것은 일개의 동물 교원이

---

38 원문에는 '날의'로 되어 있으나 '말의'의 오식으로 보인다.
39 원문에는 '許算하고'로 되어 있으나 '計算하고'의 오식으로 보인다.
40 원문에는 '表現되리라고'로 되어 있으나 문맥상 '表現하리라고'가 적절해 보인다.
41 원문에는 '막걸러'로 되어 있으나 문맥상 '마지막으로'가 적절해 보인다.

한 조각 곰팡이의 성능과 본질을 설명하기에 얼마나 정치한 방법을 취하는가 일고—考를 촉促하는 바이다. 하물며 '인간의 곰팡이'를 표현함에 있어서랴!

다음 함대훈咸大勳 씨의 소설 「자황紫煌」인데 예의를 돌보지 않고 직언을 드리자면 이 소설 역시 소재가 소설이 될 만한 어떤 힘으로 파악되어 있지 않다고 생각 아니할 수가 없다. 극단 '문학좌文學座'의 연출자인 '나'와 여배우 심은희沈恩喜의 관계는 직절하게[42] 말하여 윤리적[43] 의무와 애정의 자유의 갈등이란 모티브에서 붙잡아야 비로소 소설이 되지 않는가 한다. 그리고 우리가 그 작품을 읽어 가는 흥미와 소설이 풍기는 매력은 주인공의 마음 속에서 일어나는 정욕과 윤리의 상극相剋이나, 또는 생활의 지반이 흔들리는 은희의 성격이 정애情愛의 화염으로 허물어져 가는 과정, 그리고 두 조류를 둘러싸고 일어나는 극단의 내부생활, 이것들이 우리가 소설에서 찾고자 하는 알맹이가 아닌가 한다.

그러나 이 소설의 작자는 불행히 그 중의 어느 선도 고르지 않고 은희를 일종 불가해不可解한 정염의 화신으로[44] 만듦에 그쳤다. 우리는 작자의 '내'가 『안나 카레니나』의 연출에 당當하여 은희에게 일러준 일구를 작자와 더불어 기억할 필요가 있다.

안나는 결코 음탕한 여자는 아닙니다. 비록 남편을 두고 딴 남자와 연애는 했다 하더라도 그는 음부는 아니었습니다. 그러므로 이야기에 있어서 주의해야 할 것은 고상한 귀족적인 품격을 갖추어야 할 것은 물론 정열적인

---

42 원문에는 '直截가게'로 되어 있으나 '直截하게'의 오식으로 보인다.
43 원문에는 '論理的'으로 되어 있으나 '倫理的'의 오식으로 보인다.
44 원문에는 '代身으로'로 되어 있으나 '化身으로'의 오식으로 보인다.

일면이 있어야 합니다. 비천한 음욕적 표현을 해서는 이 성격을 죽입니다.

거듭 말하거니와 작자는 은희를 단지 일개 음탕한 여자로[45] 만드는 외外에 이 소설에서 '내'가 『안나 카레니나』를 연출하는 실로 중요한 조건을 이 소설 제작에 당當하여 한각閑却한 듯싶다. 여기에서 이 소설은 작자의 만들어진 생각이 일견 소설적인 사실의 형태를 빌어 유영遊泳한 데 그치고 말았다.

풍자와 유머

채만식蔡萬植 씨의 「소망小妄」[46]은 수삭數朔 전 본지에 발표되었던 「치숙痴叔」과 수법과 내용이 동일한 작품이나 「치숙」에 뒤짐을 면치 못했다.

일인칭 설화체란 실상 벌써 낡아빠진 수법이나 역시 이 작자가 일인칭 소설을 지리한 고백체에서 구救한 것만은 다행한 일이었다. 그렇지 않고는 이런 형식의 소설은 단조로워 못 읽는 법이다. 한데 요점은 얼마나 이 작자가 조선말의 설화상 묘미를 체득하였는가에 달렸다. 이것은 이미 정형定形이 되어 있는 전설이나 고담古談에서 배워야 할 것이다. 그렇지만 소위 '옛날이야기'가 그대로 우리의 생활과 감정을 표현하는 데 소용되지 않음도 사실이다. 그러니까 불가불 현행의 회화會話를 기조로 새 시대의 설화조가 만들어져야 하는데, 이것

---

45 원문에는 '여자를'로 되어 있으나 문맥상 '여자로'가 적절해 보인다.
46 원문에는 '少妄'으로 되어 있으나 '小妄'의 오식이다.

은 전래의 '옛날이야기'와는 근본에서 틀리는 것이다. '옛날이야기'
는 일종 객관소설, 그실實 유치하나마 서사시다. 그러나 현대의 설화
는 대화의 일방一方의 구조口調를 확대 연장시키는 데 불과하다. 그러
므로 이 형식이 장편엔 부적당하고 단편에나 쓰이는 것인데, 단편에
나마도 특유特有한[47] 때밖에 씌어지는 게 아니다.

분명히 이 작자도 이것을 의식하고 있다고 나는 생각된다. 구체적
으로 말하면 「치숙」이나 「소망」[48] 같은 풍자조의 소설.

왜 그러냐 하면 그 노골성을 자제하는 데 안출案出되지 않는가 한
다. 분명히 설화조는 소설적인 묘사성을 감쇄減殺하는 게 사실이니까!
「소망」[49]에도 이 약점이[50] 명백히 나타나 있다.

그러나 이 소설을 이야기하는 데 중점은 이렇게 형식적인 점에 있
지 않고 실상은 전번 「치숙」을 읽은 때도 이야기했고 그 외에 채씨의
근래 작품 경향을 이야기하는 몇몇 분이 이야기한 것과 같이 이 작자
가 이녕泥濘의 세계를 그리는 피안彼岸에 무엇이 있느냐 하는 문제다.
항상 풍자는 풍자에서 끝나는 것이 아니고 또한 거기에 끝난다면 풍
자란 단순한 유머와 그리 큰 차이가 없다고도 할 수 있으니까…….

그런데 풍자라는 것을 그냥 작가의 태세態勢라고 보지 않고 한걸
음[51] 나아가 풍자의 정신이란 것을 생각해볼 때[52] 문제는 아연俄然 중
대성을 띤다.

그것은 곧 작가의 문학하는 정신의 문제다. 한데 풍자하는 작가의

---

47 원문에는 '特有'로 되어 있다.
48 원문에는 '少妾'으로 되어 있으나 '少妄'의 오식이다.
49 원문에는 '少妾'으로 되어 있으나 '少妄'의 오식이다.
50 원문에는 '弱點을'로 되어 있으나 문맥상 '弱點이'가 적절해 보인다.
51 원문에는 '한금'으로 되어 있다.
52 원문에는 없으나 문맥상 '때'를 집어넣는 것이 적절해 보인다.

정신이란 곧 풍자되는 대상을[53] 향한 부정의 정신이 아니냐고 말하면 이야기는 실로 간단하나, 그 물음 가운덴 스스로 작가가 무엇을 부정하느냐 하는 문제가 들어 있기 때문에 이야기는 또한 작가가 무엇을 찬양하고 있느냐 하는 곳에까지 미친다.

부정의 배후에 무엇에 대한 긍정을 감추었고 풍자하는 마음속엔 어디로 향한 사랑[54]이 있는가?

풍자하는 문학은 본시 이것을 감추기 때문에 풍자요, 제 본심을 가소로운 아이러니로 장식하는 것이다. 그러나 비평은 그 감춘 것을 냄새 맡아내야 하는 데 또한 사냥개 같아야 하는 것이다. 우리는 그러나 이런 작가에게 공연公然한 사랑[55]의 문학을 만들어내라고 강요하는 수는 없는 것이다.

그것은 마치 세르반테스에게 『햄릿』을 쓰지 않는다고 책責하는 것과 일반이다. 그러므로 그런 작품에 있어서 모티브의 정확성이 이 종류의 문학보다도 더 요구되는 것이다. 이런 의미에서 볼 제 「소망」[56]의 노리는 곳은 「치숙」보다 현저히 불분명하다.

이야기하는 주인공인 처妻의 시정적市井的 속물성을 꼬집는 것은 통쾌한 일일지 모르나 겨울옷을 입고 말복날 종로 복판에 버티고 서는 거나, 외상진 싸전 앞을 활보해보는 것은 그다지 통쾌한 일이 못된다. 비록 통쾌하다 할지라도 웃음의 나머지 눈물을 자아내는 코미디처럼 뼈 속을 찌르는 침針은 준비되어 있지 않다. 이런 의미에서 이야기하는 처나 이야기되는 남편이나 속물이기는 일반이라 아니할 수

---

53 원문에는 '對象에'로 되어 있다.
54 원문에는 '사람'으로 되어 있으나 1938.9.27자의 부기에 '사랑'의 오식이라고 밝히고 있어 바로잡는다.
55 위의 주와 동일.
56 원문에는 '少妾'으로 되어 있으나 '少妾'의 오식이다.

없다. 붓끝은 자연 교양있는 속물에까지 미쳐야 할 것이다. 어느 의미에서 처의 말 속에 남편의 이런 속물성이 비치는 듯도 하나 작자의 본의인지도 알 수 없고 오히려 대조對照의 선명성을 저해하였다. 이런 작품의[57] 결정적 요건의 하나가[58] 정부正否의 대조의 선명성임을 잊어서는 아니 된다. 그런 때문에 이 작품의 풍자소설로서의 컴퍼지션은 깨어진 데가 많고 더욱이 근본적으로 안 된 것은 남편을 비범한 인물로 보이려는 데서 이 작품의 의도는 어긋났다. 따라서 소설 초두에 작자가 적어 넣은 몇 줄은 아이러니가 아니라 일종 히네구레 같은 감을 준다. 히네구레! 그것은 풍자하려면서 대상을 명확히 잡지 못했을 때 생기는 필수의 결과다.

「소망」[59] 이야기가 길어져 민촌民村의 「대장간」을 평설評說할 지면이 다했는데, 나는 이 작가에 대하여 그리 많은 비평의 말을 가지고 있지 못하다. 이 작作 역시 『고향』을[60] 그린 씨의 성가聲價를 깎아내리는 작품에 지나지 않아 민촌도 이만 지점地點을 붓을 씻어 작가로서 새로운 방향의 전개를 꾀할 때가 아닌가 한다. 아마도 이 이상 이런 류類로 소설을 써내려가기는 작자 자신도 즐겨할 배 아닐 것이다.

선배에 대하여 죄만한 말이나 이 소설에서 작자는 분명히 중대한 어떤 것을 그릇 이해하고 있는 듯싶다. 노동의 창조적 의의란 결코 '대장장이'의 직인職人 기질과는 천양의 차가 있는 것이다. 노동의 수단과 성과에 대한 지배력이 없을 때 노동은 인간에게 가혹한 중하重荷고 고통에 불과하다. 이런 것이 옳게 이해되지 않았을 때 전혀 이 한

---

57 원문에는 '作品이'로 되어 있으나 문맥상 '作品의'가 적절해 보인다.
58 원문에는 '하나로'로 되어 있으나 문맥상 '하나가'가 적절해 보인다.
59 원문에는 '少妄'으로 되어 있다.
60 원문에는 '故鄕이'로 되어 있으나 문맥상 '故鄕을'이 적절해 보인다.

점에 기축基軸을 둔 작품은 구성을 근본에서 그르치고 소설은 실로 얼 토당토않은 방향으로 놀라울 만치 틀어져 나가는 법이다.

정진과 자중을 빌어둔다.

연마(鍊磨)되는 관찰안(觀察眼)[61]

그 다음 「철령鐵嶺까지」란 남천南天 씨의 소설을 읽고 느낀 바는 일 찍이 씨의 언명한 창작태도가 최근 상당히 개변되어지면서 있지 않은가 하는 점이다. 그러나 이것은 씨를 위하여 결코 우려할 일이 아니라[62] 도리어 어느 의미에선 경하할 현상이라고까지 말할 수가 있다. 그것은 이 소설에서도 볼 수 있는 것과 같이 문학적인 관찰안의 연마다.

이 소설은 양덕陽德역에서 성천成川까지 오는 동안의 차행車行 기행紀行을 스케치한 것으로 꽤 곰상스러이 소설가답게[63] 비춰내는 여러 가지 풍물은 분명히 즐거운 이야기다.

그러나 그것만으로는 소설이 아니 되는 것으로 역시 작자는 만주 국滿洲國 철령 땅으로 가는 노인과 며느리 모자를 등장시켜 전후 이야 기를 장만하여 비로소 소설을 구성하였는데[64] 그것은 분명히 효과적

---

61 원 발표문엔 이 절이 다음 절인 다음 날짜 연재분자 '풍작기근의 비애' 뒤에 게재되어 있으나, 논리의 전개상 '풍작기근의 비애' 앞에 놓이는 것이 맞을 듯하여 순서를 바로 잡는다.
62 원문에는 '憂慮할 일이라'로 되어 있으나 문맥상 '憂慮할 일이 아니라'가 적절해 보인다.
63 원문에는 '小說家다운'으로 되어 있으나 문맥상 '小說家답게'가 적절해 보인다.
64 원문에는 '構成的였는데'로 되어 있으나 '構成하였는데'의 오식으로 보인다.

이고, 차중에서 노인의 자부子婦가 비스켓을 권하는 장면이나 플랫폼에서 그들을 보내는 끝 장면 같은 데는 시정詩情이 비치는 곱다란 부분이었다. 그런데 이 작자는 일전에 장편소설론에서 소설의 분열 이야기를 했고[65] 나 역시 그런 논제를 취급해본 일이 있지만, 현실에 대한 관찰안의 연마라는 것이 작가의 굵다란 주관의 활동을 정식停息시키고 나타나는 것은 웬일인가? 작자는 어찌 생각하는지는 알 수 없으나 이 작자의 일련의 그 전작前作 「남매」나 「처를 때리고」 같은 데서 움직이던 치열한 기백氣魄은 그 뒤에 작품이 발표를 거듭할수록 감퇴되는 것은 이러한 사실의 반영이 아닐까? 『청색지靑色紙』에 발표된 「누나의 사건」이나 이 소설에선 이 작자가 말하는 고발의 정신은 실로 편린조차 찾아내기 어렵다. 그러나 이러한 주관적 색채가[66] 강한 여러 작품이 가지고 있는 기본 결함인 픽션의 비현실성예하면 그의 작품마다 등장하는 기생 같은 인물이 관찰안의 연달鍊達이 가져오는 사실의 풍부한 영양營養으로 현실화되지 않을까? 우리는 이 작자에게 이것을 요구할 권리를 가진 것이다. 그러나 이 소설에서와 같이 사실에 의하여 사상이 감상感傷에까지 내려가느냐 그렇지 않으면 새로운 사실과 조화하고 그것의 지배자가 되느냐? 그것은 언제나 씨의 논문이 아니라 소설이 회답하는 사실일 것이다.

뒤이어 나는 몇 편의 작품을 더 읽은 다음[67] 효석孝石의 「해바라기」를 읽고 금월 일석一席에 오를 작품이라 생각하였다. 견고한 구조를 가진 단편소설이고 그려진 사실과 인물들이 작자의 명징明澄한[68] 눈을

---

65 원문에는 '하고'로 되어 있다.
66 원문에는 '色彩와'로 되어 있으나 문맥상 '色彩가'가 적절해 보인다.
67 원문에는 '읽다은음'으로 되어 있으나 '읽은 다음'의 오식으로 보인다.
68 원문에는 '明證한'으로 되어 있으나 '明澄한'의 오식으로 보인다.

거침으로써 문학적이 아닌 대부분의 때가 벗겨졌다. 아마 씨는 현재 우리 문단을 통하여 단편소설의 기법을 가장 정확히 체득하고 있는 분일 것이다.

씨의 소설은 이즈음엔 계산되어 가지고 씌어짐이 특색인 것 같다. '운채'란 인물은 이런 계산을 거쳐서 우리들 앞에 여러 가지 복색을 하고 나타났다가 스러지는 게 마치 작자가 독자들을 향하여 교묘한 변장술과 설복술說服術을 가진 심부름꾼을 보냄과 같다 할 수 있다.

그러나 이 작품을 읽고 일어나는 여러 가지 의심 가운데 중요한 것의 하나로 예를 회회繪畵에서 든다면 작자는 화포畵布에다가 화구를 칠해가는 게 아니라 어쩐지 색종이를 발라 가는 것 같은 감이다. 이것 [은] 계산 이상의 것이 필요할 때도 작자는 그냥 계산으로 끝내고 마는 데 원인하지 않을까? 사실 '운채'를 묘사하는 데 작자는 그 인물을 이따금 한번씩 평양이란 무대로 불러왔다가 보내기만 하는 흠이 없지 않다. 의장을 벗고 화장을 거두면 그의 본직本職과 본얼굴은 어떤 사람인가? 이것을 알기엔 이 소설은 대단한 부족이 있다. 요컨대 너무 관찰함이[69] 지나쳐 그 속에서 '운채'의 심장을 잡아내기에 소홀했다. 그러나 이 달 창작 중 1위에 가는 가작임은 사실이다.

뿐만 아니라 전일의 『사해공론四海公論』에 실린 「부록」에서부터 작자가 오랫동안 방치해 두었던 초기의 경향노령근해(露領近海)에서 볼 수 있는을 다시 요망料望해 보려는 새로운 출발?로서 의의 있는 작품일지도 모른다.

그런데 현민의 「어느 부부」는 작자가 최초부터 관찰의 일선을 넘어서 출발했기 때문인진 몰라도 제재가 입체적인 구조에서 얽어지지 않

---

69 원문에는 '觀察함에'로 되어 있다.

았다. 물론 작자의 부기附記와 같이 예정의 절반이라니까 면할 수 없는 결과라 하더라도 효석의 소설 만드는 법과 근본에서 다른 점은 「수난의 기록」을 통해서도 넉넉히 알 수가 있다. 형용을 하자면 현민의 소설은 바늘처럼 가늘고 긴 대신 효석은 네모가 반듯이 구격이 쨌다.[70]

어떤 것이 보다 좋은 스타일이냐는 것은 속단키 어려우나 좌우간 소설이란 딱딱한 뼈대로 구조되어야 할 것만은 사실이다. 더구나 단편을 가늘고 길게 쓴다는 것은 작품의 역감力感을 감쇄減殺하고 이데아의 대담한 활약을 제한하는 것만은 사실이다. 이 소설만 해도 우리는 지드A. Gide의 '모랄'론에 적힌 괴테Goethe의 말에도 언더라인을 치는 남편의 마음과 더불어 그 글 가운데 남편이 보았을, 또한 그의 처가 실제로 체험하고 있는 처의 자태를 역시 보고 싶은 것이다.

그것을 위하여는 불가불 두 사람의 어떤 '관계'가 소설을 컴퍼지션하는 무슨 도선導線이 될 수 있지[71] 않을까. 그렇지 않으면 이 소설의 단조성은 어디에서 오는가? 요컨대 구조성構造性만이 유장체悠長體를 덜고 협잡물을 깎아내어 현실에서 문학만을 작품 가운데 결정結晶시키는 것이리라.

풍작기근의 비애

안회남安懷南 씨는 이 달에 『조광』에 「기차」와 『사해공론四海公論』에 「등잔」 두 작편을 발표하여 여름 동안 쉬었던 정력을 뽑으신 모양인

---

70 '짜였다'는 의미이다.
71 원문에는 '없지'로 되어 있으나 문맥상 '있지'가 적절해 보인다.

데, 씨의 그 전前 작품에 비하여 그다지 눈에 띨 진경進境은 발견할 수 없다 해도 수완이 점차 탐탁해져 가는 것만은 엿볼 수가 있다. 씨는 근일近日 『조선일보』에 발표한 「결혼과 연애와 문학」이란 논문 가운데서 예술지상주의라는 것도 실상은 인생주의와 마찬가지로 생활을 위하여 있다는 의미의 말을 하였는데, 모호하나마 흥미 있는 말이다.

이 말은 어떻게 해석하면 예술지상주의도 존재를 주장할 수 있다는 것과 같이 들릴 것이나 또 한편으로 예술지상주의도 생활의 지배를 면할 수 없다는 의미로 들을 수가 있다.

예술에 있어 일종의 숙명이 되어 있는 생활, 이 관계 가운데서 예술은 소위 인생의 것이 된다는 것인데, 그 관계만으로써 곧 모든 예술이 인생에 공헌한다고는 물론 못할 것이다. 예술과 생활이 관계하는 방법은 실로 다양한 것으로 특종의 방법만이 비로소 인생에 공헌할 수가 있다.

어느 정도까지 씨의 말을 씨의 작품을 이해하는 '키'로[72] 삼아야 옳을지 속단키 어려우나 늘상 신변사의 서술을 득의得意해온 씨에 있어 이 두 작품은 적어도 작가로서의 '눈'을 객관세계에 내던졌다는 특색만은 인정할 수 있는 작품이다. 그러나 「기차」도 「등잔」도 구격을 갖춘 본격소설은 아니었다.

두 작품이 다 무슨 꺼풀을 한 겹 쓰고 있는 것처럼 인물도 사건도 불투명한 감이 있고 작자의 어떤 정서가 작품구조에서부터 문장에 이르기까지를 지배하고 있는 듯싶다. 소설로써 시를 쓰려고 함일까? 효석의 작품의 명징明澄[73]함에 비하여 이 소설들은 '아테네'와 '런던'의 차이 같은 게 있다 할 수 있다. 그것 때문에 우리는 이 작품이 전

---

72 원문에는 '키를'로 되어 있다.
73 원문에는 '證明'으로 되어 있으나 문맥상 '明澄'이 적절해 보인다.

하는 묘한 분위기를 제법 음미할 줄 알면서도 건강한 소설적 감흥을 받지 못한다. 사건과 인물이 명징明澄할 것! 이것은 도스토예프스키 같은 혼탁의 작가까지도 존중한 소설문학의 대요결大要訣이다. 징명澄明하지 않은 곳에 묘사의 정신은 침투되지 않는 법이니까! 소설은 현실이란 장소 위에 작가의 눈이란 고촉광선高燭光線이 조사照射하는 데서 비로소 시작된다.

결국 이 두 작품이 작가의 그야말로 지순한 동정으로 윤색된 인생이라 할지라도 인간들은 그 생활이 철과 콘크리트의 결합처럼 그것의 안을 받치지 아니했기 때문에 우리는 이 작가가 소설로써 시를 쓰려 하지 않는가 하는 착각을 일으키는 것이다.

하물며 그 지순한 바의 동정의 현실 가운데서의 가치 여하를 묻게 될 때 우리는 이 소설들에 대하여 일층 딱딱한 표정을 짓게 될지도 모르는 것이다.

다음 『조광朝光』「천재와 악희惡戱」란 한인택韓仁澤 씨의 소설이 있는데, 정직히 말하여 이 작품은 도무지 무언지 분명할 수가 없는 구절의[74] 연속과 같이밖엔 내게 느껴지지 않았다. 소설을 쓰기엔 씨의 머리와 붓은 한가지로 너무 피로해 있지 않을까? 오직 당선작을 쓸 때와 같은 열의와 노력을 다시 회복함이[75] 하루라도 일찍 오길 고대될 뿐이다.

이것으로 연재물과 아직 나오지 않은 잡지를 빼놓고 대부분 보아 온 모양인데, 김남천·안회남 씨의 아직 완성되지 않은 또는 채 성공치 못한 새 노력과 채만식 씨의 범속 세계자世界者의 고전苦戰, 효석 씨의 「부록附錄」에서 시작하는 「노령근해露領近海」[76]적 세계의 재음미를

---

74 원문에는 '句節이'로 되어 있으나 문맥상 '句節의'가 적절해 보인다.
75 원문에는 '回復됨이'로 되어 있으나 문맥상 '回復함이'가 적절해 보인다.

제한 외外 조선소설계 별무이상別無異常!이란 지극히 평범한 보고를 하지 아니할 수 없다. 민촌과 홍섭과 인택 씨 등은 명백히 기득既得 지점에서 후퇴중이며 그 외의 분들은 바캉스[77] 중이고 전추호·장덕조 씨 등은 다만 얼마나 더 있어야 그들이 문학의 영역으로 들어오는가 하는 실로 흥미 적은 기대밖에 우리는 이 달 제작諸作에서[78] 얻은 바가 없다. 풍작의 가을도 황무지와 같이 소소적적蕭蕭寂寂 자못 가을의 비애가 깊다.

풍豐이 들자 미가米價가 폭락하면 오히려 흉작이 들어 곡가가 등귀騰貴한 흉년만 못한 데서 풍년 기근이란 게 생겼는데, 10월 문단의 수확도 마당질한 결과가 이렇듯 서글프다. 대망하던 신영토新領土의 갈망도 헛되어 자못 적막함을 금할 수 없으니, 오직 제씨諸氏의 정진精進을 빌고 망평忘評을 사謝한다.

*

'정정'—5회분 채만식 씨 소설에 대한 평 중 '사람' 운운한 것은 전부 '사랑'의 오식이었사오니 악필(惡筆)을 사(謝)합니다. 필자.

---

76 원문에는 '露領進躍'으로 되어 있으나 '露領近海'의 오식이다.
77 원문에는 '바너쓰'로 되어 있으나 '바캉스'의 오식으로 보인다.
78 원문에는 '製作에서'로 되어 있으나 '諸作에서'의 오식으로 보인다.

비평의 시대*

문예시평(文藝時評)

문예시평文藝時評이란 글이 어떤 스타일의 것일까?

오래전 한두 차례 이런 문장을 초草해 본 기억을 더듬자 새삼스레 의문이 떠오르는데 암만해도 이렇다고 적절한 정의를 내리기 어려운 것만 같다.

새삼스럽게 이런 말을 시작하는 것은 특별히 무슨 근거가 있어 그렇다느니보다 평론적인 문학의 영역과 한계를 명백히 해두고 싶은 욕망을 가지고 있기 때문이다.

얼마 전 나는 어떤 익명 비평란에서 이론과 평론과 비평을 제각기 구분을 두고 좀더 명백히 여러 가지 평론적 문학이 가진 기능을 살려보고 싶다는 의견을 피력한 일이 있다.

• 『비판』, 1938.10.

대략의 의미를 재록再錄하면 이론은 독일 사람들이 말하는 문예학, 혹은 러시아 사람들이 만들어낸 문예이론또는 그 운동이론에 한정하고 평론은 문학 시사時事, 또는 문단 이론의 비교적 자유로운 논평, 이 논평이란 점에서 문예 저널리즘을 예상하고, 그런 곳에서 평론이란 것의 기능을 한정하고 연마하라는 것이며 비평은 전혀 작품의 연구와 가치판단, 그러므로 작가론 같은 것은 쓰는 데 따라 전기도 될 수 있고 평론도 될 수 있으며 비평도 될 수 있는 것이다.

그러나 평론의[1] 붓을 들려면 의연히 이런 몇 가지 규구規矩를 사용해야 하고 그 가운데로 꼭 들어가야 한다는 것은 페단틱한 취미에 불과하다.

그렇지만 평론적 문학의 이런 스타일의 구분과 기능의 인식은 우리 평단에 관하는 한 분명히 하나의 의의를 갖는 것이라고 생각된다.

우리 문단에 비평이라든가 평론이라는 게 생긴 이래 몇 해를 쳐야 좋을지 속단키 어려우나 좌우간 소설이나 시가 형성된 훨씬 뒤인 것만은 사실이라 할 수 있다.

아마도 월탄月灘·팔봉八峯의 창작월평에서 비평은 시작되고 회월懷月·상섭想涉의 논쟁에서 평론 혹은 문예이론이라는 것이 조선 독자에게 알려졌을지도 모른다.

그러던 것이 경향문학의 급격한 발전과 더불어 조선문단엔 평론의 황금시대가 왔고, 일방 평론이라는 것을 그리 중시하지 않던 비非경향파도 비로소 평론이라는 것의 중요성을 깨달았다 할 수 있다.

그동안엔 문단의 가장 인기 있는 것이 작가가 아니라 평론가였던 기현상이 한동안 편만하여 평론가는 언제나 문단의 왕자로서 군림했었다.

---

1 원문에는 '評論을'로 되어 있으나 문맥상 '評論의'가 적절해 보인다.

이것은 경향문학운동이[2] 창작의 운동이었다느니보다 문학적 정치의 운동이었다는 시대 사정의[3] 반영으로 경향문학은 그실 이론의 문학운동인 감이 있었다.

그 다음이 현대의 개시로 경향문학이 퇴세退勢해 가는 반면 비非경향문학이 대두하고 또한 경향문학 자체가 정치의 문학으로부터 예술의 창작의 문학으로 반성하고 이전해 오는 바람에 논단의 예봉이 점차 경향문학의 작품비평으로 옮아왔다.

비경향문학은 경향문학의 작품으로서의 불비不備를 공격했고 경향문학 자신은 자기의 작품적인, 즉 예술적인 결함을 반성하고 있었다.

이리하여 작금간에 평단은, 표면상[4] 의연히 여러 가지 추상적 과제, 예하면 휴머니즘이라든가[5] 로맨티시즘이라든가 리얼리즘이라든가 주체론主體論・모랄론・지성론 등등 매거枚擧하기조차 수고스러운 일반이론 위를 황급히 뛰어왔으나, 차차로 관심의 초점은 작품비평으로 모여들고 있었다 할 수 있다.

그런 의미에서 현재는 조선의 평론문학사상 비평의 시대라 할 수가 있을지도 모른다.

×

그러나 논단의 관심이나 중점이 비평으로 옮아오는 동안, 또는 거의 완전히 옮아와 버렸다 해도 과언이 아닌 오늘날, 여태까지 우리가

---

2 원문에는 '운동의'로 되어 있으나 문맥상 '운동이'가 적절해 보인다.
3 원문에는 '事情이'로 되어 있으나 문맥상 '事情의'가 적절해 보인다.
4 원문은 '表面으로 되어 있으나 문맥상 '表面상'이 적절해 보인다.
5 원문에는 '휴머니즘이라든'으로 되어 있다.

상기한 바와 같은 일반이론상거[上擧]한 여러 가지 과제가 문예일반론이라기보다 일반문화, 일반사상, 심지어는 일반정치의 이론이라고 보아도 족할 것이 적지 않았다!의 선상을 더듬어 왔다. 아직도 그 위에서 전회轉廻하고 있는 것은 무엇보다 조선의 문학이 정치에 대하여 떨어질 수 없는 관심을 가지고 있다는 증거일 것이다.

물론, 이밖에 우리는 현대 세계문학의 보편적 특성인 세계관에 대한 갈망의 한 개 표현이라고도 못 볼 배 아니나, 거듭 우리는 조선의 문학이 너무나 정치에 밀착하여 왔고, 또한 떨어질 수 없으리라는 것을 잊어서는 아니 된다.

그러므로 벌써 과거過去한 경향문학의 십 년간은 평론의 시대였다느니보다 차라리 이론의 시대였다고 봄이 옳을 것이며 그 전의 시대를 그 뒤 올 모든 것의 남상濫觴의 시대였다고 볼 수도 있다.

이것은 일부러 득의得意하게 벌써 몇 해 안 되는 신문학사를 시대로 구분해두자는 것이 아니라, 명백히 인정할 수 있는 이곳 평론적인 문학의 변화를 뇌리에 기억하면서 문학이 발달하면 할수록 평론적인 문학의 정론적, 세계관적 성질이 고조되어 왔다는 사실에 유의를 청하고 싶은 때문이다.

독자는 이 말이 작금간 평단의[6] 중점이 일반이론에서 현저히 작품비평으로 옮아오고 있다는 전언前言과 모순하지 않을까 하고 반문할지 모르나, 기실은 반대의 방법으로 점점 더 고조되어간다고 나는 생각한다.

정치상의 동요, 세계관상의 혼란, 최근 수년간에 조선문단을 지배한 특징이라는 것은 누구나 인정하는 것이나 우리의 앞에 제출되었

---

6 원문에는 '評境의'로 되어 있으나 '評壇의' 오식으로 보인다.

던 수다數多한 제목은 문학자들의 세계관과 확고히 신뢰할 수 있는 사상에 대한 열광적인 갈망의 표현 이외의 아무것도 아니다.

문학하는 온갖 사람이 작품으로 예술적 완성完成[7]에 그의 노력을 집중하고 또 요우僚友의 그런 현상을 명백히 문학적 진보를 위하여 즐기나 동시에 우리들의 노력이 그곳만에 그치는 것을 슬퍼하지 않는 사람이 과연 몇이나 되는지도 나는 역시 알 수가 없다.

우리는 문자의 주장鑄匠이[8] 아닌 한 우리들의 작품이 작품 이상의 것과 융합되고, 그것과의 조화에 의하여 찬란할 것을 내심 열연熱然히 희망하고 있다.

그럼에도 불구하고 우리들의 평단은 벌써 이론의 시대에서 비평의 시대로 옮겨가고 있으며 다시 이 비평이란 것에 적지 않은 의의를 부여하려 하고 있다.

우리는 이 현상을 부질없이 슬퍼하는 자는 아니다. 문학은 비평에 의하여 성장하는 것이고 이론이나 평론은 어느 의미에선 비평이 됨으로써 작품과 독자에게 산 영향을 줄 수가 있다.

그것은 독자와 더불어 우리가 한가지로 신뢰할 수 있는 비평, 비평의 본래의 어의語義와 기능에 해당하는 비평이다.

그러나 우리 문단의 평단이 비평의 시대로 옮겨오면서 결정적으로 움직일 수 없는 새 특징은 비평이 차차 작품의 가치판단을 주저한 현상이다.

주지와 같이 어느 사람에게 이미 이 경향은 평가의 기준에 대한 격렬한 증오로서 나타나고[9] 혹은 인상비평의 예찬으로 고양되거나

---

7 원문에는 '完完'으로 되어 있으나 '完成'의 오식으로 보인다.
8 원문에는 '疇匠이'로 되어 있으나 '鑄匠이'의 오식으로 보인다.
9 원문에는 '나타고'로 되어 있다.

그렇지 않으면 순연한 해석비평에 그치는 현상으로 결과하고 있다.

바꿔 말하면 비평이 작품을 분석하는 일련의 기술로 떨어지는 것이 비평의 시대라고 불러 본 현대의 특징이 아닌가 한다.

이것을 엄밀한 의미에서 우리가 비평이라고 부를 수 없는 것은 사실이다. 그러나 중요한 것은 우리가 문학 가운데 정치적 방향이나 세계관상의 욕구의 진화가 작품비평의 외형을 빌어 표현되었다는 것을 지적하는 데 있지 않은가 한다.

다시 말하면 조선의 평론적인 문학의 발전상에 현대란 시대가 찍은 시대적 낙인으로서 지금의 비평의 시대를 이해하는 것이다.

이것은 말할 것도 없이 진실한 의미의 비평정신의 침묵의 시대일지도 모르며, 비평 그 자체의 동면기冬眠期인지도 모른다.

이런 의미에서 어떤 부류의 비평가에겐 현대란 가장 활약하기 좋은 시대일지도 모르며 또한 시대는 그런 비평가를 만들어낼 수도 있는 것이다.

이것이 내 억측이 아닌 증거로서 동경 문단의 논진論陣 교체를 보면 족하다. 어떤 사람은 교양 기타의 유무를 이와 유사한 조선현상을 설명하는 데 기준을 삼았으나 결코 정곡正鵠을[10] 득得한 설명은 되지 못한다.

물론 교양의 유무란 비평가에게 중요한 전제나 문단 인물의 교체에도 지배자는 역사와 사회의 국면전환의 법칙이다.

새 국면은 동경 문단에 판단하지 않는 신비평가의 대군大群을 만들어 냈다.

결국 다시 막음해 생각하면 우리가 말하는 비평의 시대란 상공엔

---

10 원문에는 '正酷을'로 되어 있으나 '正鵠을'의 오식으로 보인다.

아직 사상과 세계관상의 갈망을 채워달라는 소리가 아우성을 치고, 지상에는 평가 안하고 판단 안하고[11] 교통순사가 행인을 정리하듯[12] 작품의 해석과 현상정리에 머무르는 사死한 비평이 병재並在하지 않는가 한다.

이것은 명백히 한 개 속에 통일 조화되어야 할 것이 두 개로[13] 분열된 것이다.

그러므로 우리는 어느 것에게서도 만족을 얻을 수 없는 것이 비평과 독자가[14] 맺고 있는 현재의 운명이라 할 수 있다.

이것은 여러 사람[15] 별로 나눠질 수도 있고 또 한 사람 가운데 마치 현대작가의 그것처럼 내적 분열로서 잠재해 있을지도 모른다.

이 점에서 조금도 비평가가 작가에게 상석上席을 요구할 권리는 없다. 비평가가 작가에 비하여 언제나 사고가 수미일관하다고 생각는 것은 비평가의 한낱 자기 과신에 불과하다.

해석과 평가를 어떻게 통일해갈 것인가? 그것은 현대 비평의 과제일 뿐 아니라 각 개인의 과제이기도 하다.

결국 현대는 괄호부括號付의 비평의 시대에 불과하다.

---

11 원문에는 '判斷하고'로 되어 있으나 문맥상 '판단 안하고'가 맞을 듯하다.
12 원문에는 '整理하든'으로 되어 있으나 문맥상 '정리하듯'이 적절해 보인다.
13 원문에는 '두 개에'로 되어 있다.
14 원문에는 '讀者를'로 되어 있으나 문맥상 '讀者가'가 적절해 보인다.
15 원문에는 '사람의'로 되어 있으나 문맥상 '의'를 빼는 것이 적절해 보인다.

문학어로서의 조선어

일편(一片)의 조잡한 각서(覺書)

　문학어로서의 조선어의 성능 내지 가능성에 대하여 본시 나는 회
의하지 않는 한 사람이다. 그러나 지금 내가 생각하고자 하는 것은
조선어의 문학어로서의 한계 혹은 질곡桎梏이라고 느껴지는 점이다.

　창작 앞에 나타나는 조선어, 그것은 우선 담화談話에서 쓰이어지는
말, 그리고[1] 사유에서 머릿속에 떠오르는 말이다. 그것이 함께 우리
앞에는 생활어로서의 조선말이다. 그러나 유감이나 우리의 사유상의
언어로부터 떨어진 것은 오래다. 그러므로 우리가 의지할 말은 자연
담화어談話語다. 담화어가 우리에겐 현재 유일의 생활어다. 우리는 모
어母語의 충분한 교육을 받을 기회를 많이 갖지 못했기 때문이다.

　거기서 자연 우리는 외어外語, 혹은 빈약한 말로 사유하여 풍부한

● 『한글』, 1939.3.
1 원문에는 '그러고'로 되어 있다.

말로 표현해야 할 고통을 어느 곳 작가보다도 많이 받는다.

그래서 조선어의 어휘에 대한 여러 가지 불신이 생긴다. 최근의 창작적 성과는 이 불신을 상당히 소청掃淸했고 우리는 이미 어휘의 부족을 탄嘆하지 않아도 족할 만하다. 뿐만 아니라, 우리는 조선어의 어휘의 풍다豊多함을 자랑할 수까지 있다. 그러나 어휘란 속에는 사어死語, 고어古語, 외래어外來語, 와전어訛傳語, 혼성어混成語, 방언方言까지 드는 것이다. 천혈千頁 사서辭書의 오분의 일이나 현대어로서의 가치가 있을까? 조선어는 어떤 곳 말보다도 이 차이가 심할 것이다. 사서辭書가 전부 문학어가 되지는 않는다.

일례로 누구나 쉬이 자랑하는 형용사의 뉘앙스의 미묘함을 말한다. 하면—이것은 크로포트킨P. P. A. Kropotkin도 그리 생각했는데—나는 그것을 과연 자랑이라 생각해야 좋을지 알 수 없다. 단일한 사물을 여러 가지로 형용할 수 있음은 그 언어인言語人의 직관력의 발달을 증명하는 것이나 반대로 지력이성의 미발달을 이야기하는 것이다.

복잡한 과정을 표현할 말이 있는 대신 그것을 통일하여 표현할 말이 없지 않은가? 의미의 정착의 불성립不成立, 그것은 과학특히 철학과 문화의 미발달한 일 증거다. 조선어는 아직 철학용어가 형성되어 있지 못하고 있지 않은가?

이것은 무엇보다 시가 통감한다. 미묘한 형용으로 시가 되는 것은 아니다. 명확하고 불가역적不可易的인 표현! 한 자를 고쳐도 전편全篇이 틀리는 언어! 이것은 함축성 많고 그러고도 의미가 명료하며 어감이 투명한 말이다. 조선어의 행문行文이 길어지는 이유의 하나가 여기 있지 않을까?

인구어印歐語에 비하여 성性, 시상時相, 수數의 표현이 부정확함은 무슨 이유일까? 이것은 창작보다 더 많이 번역을 불가능하게 한다. 우리의 문학이 더 개성화=인간화하려면 불원간 이런 말에 대한 높은 요구가 불가피하다. 이런 곳에서 우리는 한번 조선어의 표현능력과 기능에 대한 낭만적 생각을 반성할 필요가 있지 않을까?

> 이태리어가 단테(A. Dante)에, 영어가 쵸서(G. Chaucer)에, 독일어가 루터
> (A. Luther, 1483.11.10~1546.2.18)에, 정말어(丁抹語)[2]가 크리스체른 페터센
> 에게서라는 식으로 대국어(大國語)는 어느 것이나 어떤 대작가에 의하여 만
> 들어졌다고 예전엔 일반이 믿어왔으나 근대의 연구에 의하면 이 사람들이
> 이런 영향을 미치지 못한 것이 명백하다. 그들이 각각 그것을 채용할 때엔
> 본질적 특징에 있어 이미 형성된 언어를 주로 사용한 것이다.
> 그들이 쓰기 시작한 때엔 벌써 통일적 힘이 움직인 것으로 그들이 일행
> (一行)도 아니 썼다 하더라도 이리어(伊利語),[3] 영어, 기타의 국어는 모든 요
> 점에서 금일과 조금도 틀림없는 것이었을 터이다.”

언어학자 예스페르센J. O. H. Jespersen의 이 말은 극단에 치우친 점이 있으나 일반 사회나 문학자 자신이 가지고 있는 로맨티시즘을 타파하기엔 실로 필요한 일 구절이다.

문학자는 항상 '랑그'[4]이고 언어 동태動態의 모태는 늘 '빠롤'[5]이기 때문에!

조선어의 운율과 성조聲調는?

이조 가사나 소설에 나오는 4·4조四四調는 과연 조선어의 자연한

---

2 덴마크어.
3 이태리어.
4 원문에는 '랭'으로 되어 있다.
5 원문에는 '퍼롤'로 되어 있다.

운율적 결정結晶이냐?

"일조낭군—朝郎君 이별離別하고"①가 한문운漢文韻에서 온 것이라 가정할 수 있을까? 칠언七言 · 오언五言 · 육언六言 어느 것도 여기 맞지 않는다. 그러면

"상단으게 붓들니어"②와 마찬가지로 조선어의 운韻이다. 그러면
"청산靑山에 사러리 랐다.

청산靑山에 사러리 랐다."③

혹은

"어름 우희 댓닙자리 보하"④와의 관계는 어떤가? 고려 가사歌詞는 이조적李朝的 운율의 산문에의 해체 과정인가?

우리는 조선 어운語韻의 단위 음수音數를 알고 싶다. ①과 ②의 단위 음수가 2음二音이고 ③이 이二와 일一인 것 ④는 2음二音의 이합離合인 것을 알 수 있는데, 이것은 운율로서 자유로운 것이다. 이것은 서구의 운율보다 구어口語의 운율화, 내지는 그 운율 발견을 용이하게 하는 조건이 아닐까?

그러나 성조聲調 표현에 중대한 역할을 하는 액센트의 불분명은 조선어의 운율을 대단히 단순하게 만들었다. 조선의 문장그전4 · 4조의!은 춘향전春香傳 같은 것을 예 들 때도 사람들은 흔히 그 음악성을 고조하는 나머지 산문체를 가사적歌詞的인 미까지가 있다고 과장하는데 사실은 정히 그 반대다. 조선 문장은 톤이 전체 소위 낭음체朗音體로, 가사까지가 낭음체朗吟體로 비음적非音的이다. 그러므로 조선어는 시와 웅변에는 심히 지장이 많다.

그러므로 역亦 시나 산문이 다 평조平調다.

이것을 깨뜨릴 원천이 무엇이냐?

인구어印歐語, 내지는 인구어의 영향을 받은 동양 각국의 외래어와

조선어와의 교섭에 대한 관심, 혹은 영남과 관북關北의 특수한 방언의 연구.

아직도 아직도 조선어는 우리의 중하重荷임을 불면不免한다.

문예잡지론[*]
조선잡지사의 일 측면

　『창조創造』라든가 『백조白潮』같은 잡지들이 문단의 왕자와 같이 군
림했던 시대는 지금 우리들에겐 한낱 지나간 청춘일지 모른다. 『백
조』의 폐간과 더불어 대체로 우리네의 문화활동에 있어 순문예잡지
가 연연演하는 바 역할은 현저히 감퇴減退하였다.[1]

　『조선지광朝鮮之光』이나 『개벽開闢』같은 잡지의 문예란이 주요한 역
할을 하기 시작한 시대로부터 조선은 정치잡지의 시대 혹은 신문의
시대가 된 감이 있었다.

　이런 시대에 잡지 『조선문단朝鮮文壇』의 지위는 여러 가지로 특이한
바가 있었다. 시대의 풍조가 정치에로 옮아가면서 오히려 『조선문
단』같은 잡지가 마치 순문학의 보루堡壘처럼 일방一方에 용립聳立하여

　●『조선문학』, 1939.4~6.
　1　원문에는 '減退하였다'로 되어 있으나 문맥상 '減退하였다'가 적절해 보인다.

있었다는 것은 그 당시의 지나친 정치열에 대한 문학의 한낱 자기 격리라고도 생각되며 혹은 그때까지 소장消長해오던 각 유파의 종합형태라고도 볼 수가 있다. 혹은 다음에 올 새 조류가 생탄生誕키 위한 역사적인 혼성과 교류의 표현이라 할 수도 있다.

이 잡지엔 그 당시의 모든 유파 예하면 춘원春園 같은 이상주의적 계몽파나 자연주의·낭만주의 혹은, 신경향파의 지도자들까지가 이 잡지와 협동하고 있었다.

좌우간 이 잡지가 문단의 일반 의사를 대표할 자격을 상실하면서부터 신경향파의 신문학으로부터의 격렬한 분리의 운동이 시작된 것만은 사실이다. 『개벽』과 『조선지광』의 문예란이 그때 문단의 창작상의 새 조류와 더불어[2] 비평적인 패권을 장악하면서 순문예잡지의 생명은 문학사 위에서 스러졌다고 볼 수가 있다.

이 사실은 정치잡지의 시대가 와서 문학잡지의 좌석을 빼앗았다느니보다 저널리즘의 견지에서 보면 조선에 있어 종합잡지의 문예란이 문단의 주조主潮를 대표하는 새 시대의 시작이라고 봄이 더 편의하고 타당할 것이다. 이것은 저널리즘의 성장이다.

그러나 돌이켜서 『조선문단』의 성질을 회고한다면 그 이전의 『창조創造』[3]라든가 『폐허廢墟』『백조白潮』 등의 여러 잡지가 순동인지 혹은 그에 준하는 주조와 성격을 가졌던 대신 『조선문단』은 그러한 것을 갖지 아니하였다는 것이 특색이다. 즉 어느 유파가 문단 위에 제 주장을 건립하기 위한 기관도 아니요, 그 잡지 자신이 무슨 창작상의 개성이나 이론상의 주장을 표현하고도 있지 아니하였다.

다만 일반적인 문예잡지 그 이름이 의미하듯이 조선문단의 공기公器

---

2 원문에는 '더구나'로 되어 있으나 문맥상 '더불어'가 적절해 보인다.
3 원문에는 '劇造'로 되어 있으나 '創造'의 오식이다.

란 정도로 범박凡써한 것이었다. 이 사실은 따로이 보면 먼저도 말한 바와 같이 각 유파의 종합형태라고도 볼 수 있으며 또한 각 유파가 그 개성을 차차 상실하기 시작한 결과의 표현이라고도 할 수 있다.

여기에 여러 가지 다른 문학조류를 어떤 평균수준에다 중화中和시키는 저널리즘의 탄생이 가능하게 되고 그것을 구체적으로 매개하는 문예잡지의 융성이 가능케 된다.

『조선문단』은 바로 이 문예 저널리즘의 최초의 모뉴먼트가 아닐까?

이러한 때 이러한 조건을 배경으로 하지 않고는 문단에 대자본의 운동이 없이 문예 저널리즘 간행물은 불가능하다.

대립된 유파의 격렬한 상쟁相爭의 시대엔 문예 저널리즘은 일반으로 불가능한 것이 원칙이다.

그러한 시대라도 두 유파의 공동한 발언의 기회를 균등하게 주는 간행물은 자유주의가 전통으로서 살아오는 사회에서만 가능하다.

그러므로 신경향파가 래디컬한 전투적 자세를 취하면서부터 조선문단에는 이런 출판물은 자취를 감추었다. 그러나 그 결과로 종합잡지의 문예란의 비중이 별안간에 무거워진 것은 일방으론 신경향新傾向 같은 것이 자기의 독자獨自한 출판물을 갖기 어려웠던 사정도 있었으나 또 신문학편에서 독자의 출간물을 갖지 아니했던 것은 어떤 의미에서 문학하는 정열이 그 이전의 시대에 비하여 감퇴한 결과라고도 할 수 있다. 그 이유로는 『문예운동文藝運動』 같은 기관잡지의 출현을 생각할 수도 있다. 그런데 이곳에서 우리가 더 생각할 필요가 있는 것은 그때 조선의 문단에 막대한 지면을 제공한 종합잡지[4]의 성질이다.

---

4 원문에는 '綜合雜의'로 되어 있어, '지'자를 보충하였다.

× ×

　문단에 지면을 제공한 잡지라고 해야 그때엔 결국 『조선지광』과 『개벽』이다. 이 두 잡지가 문예에다 불소不少한 지면을 제공한 직접의 이유는 무엇인지 알 수 없는 일이며 또 두 잡지의 성질상 동기에도 차이가 있었을 것은 능히 상상할 수가 있다.

　『개벽』은 기미己未 이후 천도교회가 정치적인 문화적인 여러 가지 기대를 걸고 간행한 잡지로서 초창기에는 그때 인내천주의人乃天主義[5]라고 성盛히 근대적 위장僞裝에[6] 머무른[7] 천도교적 논문이나 색채가 농후하였으나 시대의 사조가 급격히 변하고 새로운 기운이 일세一世에 점점漸漸하게 되매 『개벽』은 천도교의 기관지와 같은 성질을 벗어나 순연純然히 그 시대의 사조와 식파識派의 공기公器[8]로서 사회에 제공되었다.

　조선사람의 사상사적 문제라든가 봉건의식의 청산의[9] 문제라든가 민족적 내지는 사회주의적인 논문까지가 실리게 되고 신문지법에 의한 간행이었던 만큼 정치문제에까지 당당한 논평을 펴고 있었다.

　이 잡지는 『소년少年』 『청춘靑春』 이후 조선에 있어 잡지문화 발전사 상의 정통을 밟은 대잡지로 지금 와서는 이 잡지 전질을 읽지 않으면 그 때의 문화사뿐만 아니라 일반 사상사나 정치적인 동향까지를 알 수 없을 만치 중요한 간행물이다. 더욱이 문예사에 있어 그 중에도 신경향파문학의 성립과 발전에 있어 이 잡지의 문예란이[10] 없이

5　원문에는 '人爲天主義'로 되어 있으나 '人乃天主義'의 오식이다.
6　원문에는 '僞裝을'로 되어 있으나 문맥상 '僞裝에'가 적절해 보인다.
7　원문에는 '머물여는'으로 되어 있으나 문맥상 '머무른'이 적절해 보인다.
8　원문에는 '公爲'로 되어 있으나 '公器'의 오식으로 보인다.
9　원문에는 '淸算이'로 되어 있으나 문맥상 '청산의'가 적절해 보인다.

는 거의 아무것도 알 수 없는 형편이다. 『개벽』이 문예에[11] 그 중에도 신경향파가 한창 대두할 무렵 그 운동에 막대한 지면을 공개한 이유는 나변那邊에 있을까?

이것은 위선 그 잡지가 당시에 사회적 공기로서 개방되어 있었던 사실과 또 모든 첨단적 사조를 솔직히 받아들여 지면에다 반영시키고 있었던 사실에 미루어 저널리스틱한 현상의 하나라고 보아버릴 수도 있다. 그러나 중요한 것은 처음엔 분명히 천도교파의 세력 신장이나 교지敎志 선전의 기관지적 성질을 가진 이 잡지를 사회의 공기公器로 혹은 대두기의 신경향파문학의 이론적 내지 창작적인[12] 중심을 만든 배후의 힘, 시대사조의 거센 파도를 생각하는 것이다.

물론 직접으로 회월懷月 박영희朴英熙 같은 이가 편집에 있었다는 것은 일부의 원인이 되나 그때 만일 『개벽』의 전 지면이 시대의 사조를 받아들이는 데[13] 그와 같이 예민하고 충실치 못하였다면 오늘날 우리가 평가하는 것과 같은 『개벽』도 없었을 것이며 그 당시에 『개벽』도 그와 같은 굉장한 인기와 민중의 신망을 일신에 모으고 있지는 못했을 것이다.

박영희 씨는 물론 신경향파의 중요한 이론적 창작적 창시자 팔봉八峰 김기진金基鎭 등의 전투적인 비평의 본무대였으며 송영宋影도 이 잡지를 통해 나왔고 이기영李箕永도 이 잡지의 현상懸賞에 응모하여 당선됨을 기회로 문단에 나온 사실 등을 생각할 제 이 잡지의 중요성은 형용할 바이 없다. 실로 신경향파문학의 전투적 중심이었다. 그러나 『개벽』보다는

---

10 원문에는 '文藝欄의'로 되어 있으나 문맥상 '문예란이'가 적절해 보인다.
11 원문에는 '文藝에는'으로 되어 있으나 문맥상 '는'을 빼는 것이 적절해 보인다.
12 원문에는 '創作者인'으로 되어 있으나 '창작적인'의 오식으로 보인다.
13 원문에는 '게'로 되어 있으나 문맥상 '데'가 적절해 보인다.

조금 뒤늦게 나온『조선지광』에 비하면 이 잡지는 끝까지 내셔널리즘적인 색채가 없었고[14] 문예란도 소위 저널한 성질이 불소不少하였다.『조선지광』은 그 출발점에서부터『개벽』과는 달리『공제共濟』이후[15] 순純한 정치적 사상적 색채를 가진 최대의 조선잡지로서 처음부터 노동사상勞動思想 소셜리즘적 계몽과 논평을 목적으로 하여 간행된 것이다.

이 잡지도 신문지법에 의하였었으며 그런 의미에서도 조선잡지사상 그 스케일과[16] 의의에 있어「개벽」과 대비되는 유일의 대大잡지[17]다.

『개벽』이 폐간된 뒤에까지 남아 있어 그 전엔『개벽』이 다 하고 있던 역할을 계승하여 그 시대 잡지 문화의 중심이 된 것이었다. 두 잡지가 병존해 있을 때의『조선지광』은『개벽』과 더불어 조선 잡지의 쌍벽이라 칭할 수 있었다.

『조선지광』은 최초부터 간행의 주지主旨가 단순했던 만큼 그 시대 사조의 신흥적인 측면을 순연히 반영하였고 또 시대 자체가[18] 급격히 그러한 방향으로 전환되어 옴에 따라『조선지광』의 비중은 차차로 무거워졌으며 성질도[19] 래디컬해졌다.

× ×

『조선지광』문예란은 최초『개조改造』를 모방한 것으로 본문과 혈수頁數까지를 달리 하여 전 지면의 약 3분의 1이 창작과 평론, 시 등으로

---

14 원대로이나, '있었고'의 오식일 수도 있다.
15 원문에는 '以後는'으로 되어 있다.
16 원문에는 '스케일이'로 되어 있으나 문맥상 '스케일과'가 적절해 보인다.
17 정론지를 일컫는다.
18 원문에는 '自治가'로 되어 있으나 '자체가'의 오식으로 보인다.
19 원문에는 없으나 문맥상 '도'를 넣는 것이 적절해 보인다.

채워졌었으나, 처음부터 무슨 일관한 주장을 반영하지는 아니했었다.

주간에서 순간으로 다시 순간에서 월간으로 옮겨감에 따라 지면이 상기上記와 같이 정정整整되고 문예란은 단지 『개조』의 그것처럼 약간 진보적인 의미의 시사성을 반영하려는 역域을 그리 넘지 아니했다.

이 점은 동지同誌의 전체 편집방침 더욱이 월간이 되면서 본문 편집에 나타난 폴리티컬한 경향의 명백함에 비하여 일보 뒤져 있음을 면치 못하였다.

그때 본문에는 『개벽』의 폐간 이후 조선잡지로서는 처음 명백히 폴리티컬한 방향을 표현하고 있었다.

뿐만 아니라 『조선지광』은 『개벽』에 비하여 더 단순히, 바꿔 말하면[20] 더 당파적黨派的인[21] 의미에서 정치성을 반영하였다.

일반 사회의 동향動向이 내셔널리즘으로부터 소셜리즘으로 전환하려 할 제 『개벽』은 먼저 전환기의 양상을 충실히 반영했다고 말할 수가 있다.

그러나 『개벽』은 어디까지든지 리버럴한 객관성을 잃지 아니하였다.

그러나 『조선지광』은 시대가 전환하는 터임에 하나의 적극적인 브레이크의 역할을 해該하였다.

『조선지광』의[22] 정치논문들은 새로운 시대사조의 실천적 이론적인 방침의 집중화된 표현이라고 볼 수까지 있다.

이러한 잡지가 문예란에[23] 대하여 일정한 방침을 준비하고 있지 아니했다는 것은 또한 당시 소셜리즘 운동이 문화영역에 대하여 하

---

20 원문에는 '박저말면'으로 되어 있으나 '바꿔 말하면'의 오식으로 보인다.
21 원문에는 '光派的인'으로 되어 있으나 '黨派的인'의 오식이다.
22 원문에는 '『朝鮮之光』은'으로 되어 있으나 문맥상 '『조선지광』의'가 적절해 보인다.
23 원문에는 '文書欄에'로 되어 있으나 '문예란에'의 오식으로 보인다.

등의 구체안을 갖지 아니했다는 사실을 규지窺知케 한다.

그러나 월간이 되면서부터 급속히 이러한 상태는 자연적으로 개선된 것 같다. 문예란은 어느새 색채감이 농후해지고 조명희趙明熙·이기영李箕永·김기진金基鎭·박영희朴英熙·김영팔金永八·최승일崔承一·이량李亮·한설야韓雪野·송영宋影 등 신경향파의 쟁쟁한 신예분자新銳分子들이[24]『조선지광』문예란의 창작적, 이론적인 중심이 되었다.

이러한 변화에는 물론 어느 정도까지 문예란의 내용을 전체의 편집방침 아래 통일하고 유용하게 써보려는 의사도 반영되어 있었겠지만 역시 구체적으로 편집에 당當하는 조명희·이기영 등 제씨諸氏의 존재를 가벼이 볼 수가 없다.

조명희 씨는 그때 시집『봄 잔디밭 위에서』나「전일前日」,「김영일金英一의 사死」, 같은 감상적 낭만적浪漫的[25] 경지에서 신경향파로[26] 갓 전환해 온 분이요, 이기영 씨는『개벽』에 처녀작 당선으로부터 농민작가로서 서해曙海와 더불어 신경향파의 창작적인 쌍벽雙璧이[27] 된 분이다.

「원보元甫」,「쥐 이야기」,「오남매 둔 아버지」,「민촌民村」 등 씨氏 자신뿐만 아니라 조선 경향문학에 있어서 기념될 만한 창작創作을[28]『조선지광』을 통하여[29] 발표하였다.

이 두 분이 상시常時로[30]『조선지광』의 편집부의 일원이었고[31] 또한 회월 박영희 씨가 이 잡지와 불가분의 관계를 가져 매일같이 사社에

---

24 원문에는 '들이'가 없으나 문맥상 집어넣는 것이 적절해 보인다.
25 원문에는 '注浮的'으로 되어 있으나 '浪漫的'의 오식으로 보인다.
26 원문에는 '신경향파는'으로 되어 있으나 문맥상 '신경향파로'가 적절해 보인다.
27 원문에는 '雙望이'로 되어 있으나 '雙璧이'의 오식으로 보인다.
28 원문에는 '詩作을'로 되어 있으나 '創作을'의 오식으로 보인다.
29 원문에는 '退하여'로 되어 있으나 '退'는 '通'의 오식으로 보인다.
30 원문에는 '上式'로'로 되어 있으나 '常時로'의 오식으로 보인다.
31 원문에는 '一頁이었고'로 되어 있으나 '一員이었고'의 오식으로 보인다.

나왔던 만큼 문예란은 급속도로 경향문학의 이론과 창작의 일대 중심이 되었다.

그러나 『개벽』의 문예란이 신경향파문학의 발상지發祥地고 하나의 중심이었다는 의미와 『조선지광』 문예란이[32] 속續한 바의 의의와 역할은 현저히 다른 점이 있다.

『개벽』 문예란은 신경향파문학의[33] 탄생 기운을 촉진하고 그것을 명백한 형태로 포촉捕促하여 형성을 도왔다고 하면, 『조선지광』은 벌써 새로운 유파流派로서 형성形成되어[34] 제2단第二段의 활동을 개시하려고 할 때 무대를 제공하고 새로운 비약을 촉진시켜준 기관이다.

신경향파는 『개벽』이 폐간될 임시臨時하여 비로소 새 조직체를 가졌다.

그러나 이 조직 안에 초기의 이런 유파 운동이 모두 그러하듯 여러 가지 사조가 강화强化해 있었다. 따라서 독립된 유파流派로서의[35] 행동은 아직 명백히 나타나 있기 어려웠다. 뿐만 아니라 신경향파라는[36] 명칭名稱에서[37] 또 알 수 있듯[38] 사상적으로도 퍽 루스한 것이었다.

그러나 『조선지광』에 무대가 옮아지면서부터 신경향파문학은 명확한 프로문학으로 변하였다.

일체의 정신적 협잡물狹雜物의[39] 청산과 더불어 방향전환의 대도정大道程이 이 잡지를 중심으로 수행되었다.

---

32 원문에는 '文藝欄의'로 되어 있으나 문맥상 '문예란이'가 적절해 보인다.
33 원문에는 '新傾派文學이'로 되어 있으나 '신경향파문학의'의 오식으로 보인다.
34 원문에는 '形生되어'로 되어 있으나 '形成되어'의 오식으로 보인다.
35 원문에는 '立派로서의'로 되어 있으나 '流派로서의'의 오식으로 보인다.
36 원문에는 '新傾向派인'으로 되어 있으나 문맥상 '신경향파라는'이 적절해 보인다.
37 원문에는 '明秘에서'로 되어 있으나 '名稱에서'의 오식으로 보인다.
38 원문에는 '있는'으로 되어 있으나 문맥상 '있듯'이 적절해 보인다.
39 원문에는 '挨維物에'로 되어 있으나 '狹雜物의'의 오식으로 보인다.

최근 10년간 문예비평의 주조와 변천[*]

본지 십주년 기념을 위하여 우리 문예평론의 십년 회고를 써보라 하는 것이 편집부의 말씀인데 본래 내가 그러한 문장을 쓸 적임자가 아님은 백명白明한 일이다.

뿐만 아니라 무학비재無學菲才를 돌아보지 않고 편집부의 후의를 그대로 받는다 하더라도 이것은 다대한 준비와 아울러 약간의 시간을 요구하는 일이다.

나의 최근 생활이 이러한 준비와 시간상의 여유를 장만키엔¹ 너무나 황잡한 이제² 이런 글을 초草한다는 것은 더욱이 허락되지 않는 일이다.

• 『비판』, 1939.5~6.
1 원문에는 '작만키엔'으로 되어 있으나 '장만키엔'의 오식으로 보인다.
2 원문에는 '더욱이'가 있으나 문맥상 빼는 것이 적절해 보인다.

그러나 생각하면 본지가 살아온 십년간이란 나 개인에 있어서도 막대히 중요한 동안이었고 우리네의 문학의 역사로 보아도 역시 대단히 중요한 시기라 할 수 있다.

십년! 하면 십분의 일 세기다. 보통 역사의 시간으로 볼 때 그리 대수로운 시간은 아니다. 그러나 현세기 더구나 우리 조선이나 동양의 현재에 있어 이 십년이란 다른 시대의 한 세기 혹은 그 이상의 의미意味를[3] 갖는 시간일지도 모른다.

이 십년간이란 아마도 우리와 제너레이션을 비슷이 한, 즉 삼십대 이상의 사람에겐 사적으로 혹은 공적으로 수다數多한 감명으로 충만된 기간일 것이다.

정직히 말하여 우리는 여러 가지 놀람과 감회와 그리고 또한 시간이란 것이 인간의 문화와 사회생활에 던지는 영향의 큼과 일으키는 파란의 두려움의, 일종 공포의 감이 없이 회상키는 어려울 것이다.

그러므로 이 짧은[4] 일문一文을 초하는 이유는 조금도 우리의[5] 비평의 역사를 기술한다는 외람한 기분으로서가 아니라 우리 동시인同時人과 더불어 살아온 십년간을 특히 문예비평의 측면에서 느끼고 본 바 감상을 피력함에 그치는 것이다.

『비판批判』이 창간한 해는 나 개인이나 구舊카프로서 볼 땐 잡지 『집단集團』을 세상에 내놓은 해다.

이렇게 말하면 혹 '아! 그렇던가?' 하고 기억을 더듬을 이가 있을지도 모르나 아마도 '『집단』이란 잡지가 무엇인가?' 하고 의심할 이가 대부분일 것이다.

---

3 원문에는 '意氣를'로 되어 있으나 '意味를'의 오식으로 보인다.
4 원문에는 '쩌른'으로 되어 있다.
5 원문에는 '우리에의'로 되어 있으나 문맥상 '우리의'가 적절해 보인다.

『집단』은 구카프가 발행한 그때의 대중적 계몽잡지다. 그 잡지는 일년 동안에 겨우 세 호를 내놓고 그만두었는데 창간호가 세상에 나오기까지엔 여러 가지 곡절과 파란이 있었다.

이 잡지는 물론 문학잡지가 아니요 문학과 예술가의 단체인 카프로서는[6] 격에 맞지 않는 비문학적 간행물이다.

이러한 잡지를 내기 위하여 카프가 전력을 경주하였다는 것은 지금 생각하면 일견 기이한 일이나 문학을 하는데도 항상 문학 이상의 세계에다 행동의 기준을 두고 있던 당시로서는 지극히 당연한 일이었다.

물론 그것은 폴리티컬한 세계다.

『집단』의 간행에도 이러한 폴리티컬한 의미가 있었다. 단순히 문학 이상의 폴리티컬한 계몽의 의미가 아니라, 직접 예술부문 내에 움직이고[7] 있던 폴리티컬한 카프의 상쟁相爭 결과로 발간되고 반대파에 대한 투쟁수단이었다.

즉 먼저 카프가 발행하고 있던 잡지『군기群旗』가 반대파의 수중으로 넘어가면서 그 대신 간행된 것이 『집단』이다.

요컨대 예술단체 카프는 훌륭한 하나의 정치단위였었다. 이것은 물론 문단 내에서가 아니라 사회적 전체 가운데서 였다.

그러니만큼 카프가 문단 내에서 얼마나 강한 정치성을 가졌었느냐는 상상하고 남음이 있을 것이다.

또한 당시의 문예비평 내지는 평론의 주조가 경향파에 의하여 영도되고 있었다는 사실은 곧 문예비평이 정치성을 띠고 있었다는 것을 쉽사리 이해할 수 있게 한다.

---

6 다음에 '격(格)은'이 삽입되어 있으나 문맥상 빼는 것이 적절해 보인다.
7 원문에는 '울즉이고'로 되어 있으나 '움직이고'의 오식으로 보인다.

그것은 현재 우리가 가지고 있지 않은 문학의 운동이론이란 것이 왕성하였다는 곳에[서] 일례-例를 볼 수가 있다.

문학의 운동이론이라는 것은 문학의 일반이론이 아니라 문학권 내에 적용되는 정치방침이다. 즉 문예정책 그것은 조직을 가졌던 문학운동인 만큼 그 조직을 운용해가고 또한 비평이나 창작의 전반 활동을 조직의 활동과 연결시키기 위한 하나의 폴리스다.

이런 이론은 경향문학의 대두 이래 문학제작을 하나의 단체의 중심에다 집중하면서부터 생긴 특유한 것으로 창작의 실제에 적용된다느니 보다 오히려 창작 그것을 통제하고 제작의 결과를 어떻게 운용하는가 하는 전全혀 문학 그것에 비하여 사회적이고 정치적인, 말하자면 문예정책에 관한 것이다.

그 전에 한때 문예이론 하면 전專혀 이 문학의 운동이론이었을 만큼 문학 그것을 사회적으로만 보고 정책적으로만 생각한 때가 없지 아니하였으나, 본지가 처음 창간될 당시는 문학의 창작이론이 전면에 나선 때였다.

즉 창작방법에 관한 논의가 그것이다.

이 현상은 문학의 사업이란 것은 그것이 제 아무리 단결을 갖고 정책을 가지며 사회적인 측면이 중요하다 하더라도 근본적인 것은 역시 작품을 만드는 데 있다는 사실에 대한 반성의 표현이 아닐 수 없다.

물론 이 풍조는 가까이는 내지內地에서 온 것이요 멀리는 서구나 소련의 경향문학운동의 영향이나, 여하간 문학이 그대로 정치 가운데 동화될 수 없다는 것을 증명하는 일이었다.

그러므로 지금 그때 경향문학을 말하는 사람이나 혹은 그 뒤의 시대에 그때를 비판하는 사람이 정치문학의 시대라고 하나 그실은 창작방법론이 등장된 시대는 정치만능의 후박한 운동이론 전성의 시대에 비하여 문학의 독자성에 대한 최초의 자각기라고 보아야 할 시대나, 전언前言과 같이 최초의 정치주의는 문예정책 가운데 일체를 함축하려고 했던 운동이론 전성기에 표현되어 있었다.

우리 조선에서 이 시대를 대표하는 이는 물론 박영희朴英熙 씨다. 신경향파운동의 초기 시대 김기진金基鎭 씨와의 논쟁의 승리로부터 박영희 씨의 이론가 혹은 비평가로서의[8] 지위는 확립되면서 조선 경향문학의 정치주의도 확립되었다.

카프의 극도의 공리주의와 조선문단의 운동이론의 전성을 논할 제 우리는 박씨의 존재를 떠나서 이야기할 수는 없다. 그러나 박씨의 이론가로서의 자태가 희박해지고 활동이 적어지면서 이런 경향은 침퇴沈退하였는가 하면 그렇지 않다. 오직 약 일년반 동안 새로운 운동이론이 이곳 경향문학을 지배한 데 불과하다. 권환權煥·안막安漠[9]·김남천金南天·임화林和 등이 이런 이론의 새로운 창도자였으나, 결국은 박영희 씨적 경향의 색다른 연장에 불과하였다.

이것이 오늘날 조선적 정치주의의 건설자요 그 장년長年의 지주支柱였던 박씨를 위시로 불소不少한 사람들이 전기前記 수인數人을 정치주의의 장본인처럼 몰게 하는 근거나, 사실 그들은 새로운 정치주의의 에피고넨에 불과하였다.

『집단』 등의 간행도 이런 조류의 산물일 것이다.

그러나 거듭 우리는 창작방법론이라는 것이 지금 볼 제 제 아무리 소박하고 비문학적이라 하더라도 낡은 강고한 전통을 가진 정치주의에의 퍽 유력한 문학적 반성이었다는 사실은 확인해야 할 것이다.

---

8 원문에는 '朴氏의'가 삽입되어 있으나 문맥상 빼는 것이 좋을 것으로 보인다.
9 원문에는 '安漢'으로 되어 있으나 '安漠'의 오식으로 보인다.

단지 그 창작방법론이 '유물변증법적 창작방법'이란 명칭으로 불러지고 '좋은 세계관 없이는 좋은 문학은 불가능하다'는 이론理論[10]을 공식적으로 경화시켜 사용했다는 데 낡은 정치주의가 연장된 것이나 그것이 전혀 개인적인 창작도정에 관한 문제로 국한되었다는 데 주의하지 아니 하면[11] 아니 된다.

바꿔 말하면 문학의 효용에 대한 순정론적純政論的 견지에서 문학이 생산되는 내부의 원리를 발견하고 그것으로 문학의 성격을 규정하려는 의도의 표현이다.

즉 문학운동의 원리를 문학 외의 다른 곳에서 빌려온다거나 혹은 문학의 효용가치에서 끌어내 오는 대신 문학생산의 자신 가운데서 그것을 발견하고 그것으로써 문학운동의 원리에까지 높이자는 것이다.

이것은 폴리티컬한 사업의 단순한 일익으로서 문학운동을 생각하지 않고 어디까지나 독자의 성질을 가진 것으로서 문학을 인정하고 문학 그 자체의 원리로써 문학운동의 최고원리를 삼자는 것이다.

그러므로 그 전前 시대와 같이 무슨 폴리티컬한 명제에 의하여 문학이 만들어지는 것이 아니라 일반적인 철학으로서의 세계관 즉 유물변증법을 가지고 창작의 방법을 삼았다.

이 세계관이 정치 대신 문학과 다른 영역을 연락하여 즉 행정적으로가 아니라 문화적으로 문학과 타자와의 연형連衡이 유지되었다.

그러므로 비평이 근저에는 어떻게 이 세계관의 눈과 감각을 가지고 현실을 예술화했느냐가 근본명제로 되어왔다.

물론 이 기준은 비非경향적 작가를 대할 때도 척도가 된 것으로 의

---

10 원문에는 '現論'으로 되어 있으나 '理論'의 오식으로 보인다.
11 원문에는 '아니으면'으로 되어있으나 '아니 하면'의 오식으로 보인다.

연히 예술성보다도 사상성을 중시한 전통은 지속되었다.

그러나 예술과 문학을 비평함에 사상만을 판단의 척도로 할 수 없는 것은 자명한 것이었다.

문학의 예술성과 사상성은 그때 우리가 생각한 것과는 더 복잡하게 관계하고 보다 더 감성적 능력의 빛이 온 것이었다.

소셜 리얼리즘 이론이 동경을 통하여 모스크바에서 수입되면서부터 전기한 창작방법론은 도그마주의로 일축되었다.

이 이론의 프린시플이 된 것은 유명한 엥겔스F. Engels가 영국의 규수작가 하크네스M. Harkness에게 보낸 발자크론이다.

위대한 리얼리스트는 꼭 똑바른 세계관만에 인도되지 아니할 때라도 상당한 정도로 현실의 예술적 파악이 가능하다는 것이다.

이런 결과 작가에게[12] 철학을 가르칠 것이 아니라 현실을 똑바로 있는대로 그리는[13] 길을 지시하라는 결과로 되었다.

이것은 예술에 있어 사실주의적 방법의 우월이란 결론으로 나타났다.

그리하여 실제적으로는 반드시 경향적 세계관을 갖지 아니하여도 작가가 철저한 리얼리스트인 경우에는 현실을 정확하게 파악하고 또한 형상화할 수 있다고 말하게 되어 리얼리즘이 비평과 창작의 군호같이 되었다.

이것은 마치 경향문학운동에 면면히 내려오던 정치주의와의 완전한 결별과 같으나 소셜 리얼리즘은 리얼리즘과 세계관으로서의 소셜리즘의 통일을 합리적으로 완성하는 것으로서 낡은 방침이 폐기된 게 아니라 문학적으로 강화되어 계승되게 되었다.

---

12 원문에는 '作家에서'로 되어 있으나 '작가에게'의 오식으로 보인다.
13 원문에는 '그리든'으로 되어 있으나 문맥상 '그리는'이 적절해 보인다.

여기에서 논단의 주요 토픽은 세계관과 창작방법의 문제의 토론으로 각성된 감이 있었다.

그러나 이 새 이론은 적어도 조선에 들어와서는 대단한 변용을 맞지 아니할 수 없게 되었다.

즉 리얼리즘은 무원칙화無原則化되고 문학으로부터 일체의 세계관적인 것의 구축驅逐으로 결과된 것이다. 또한 리얼리즘과 더불어 형상화를 중시하게 된 결과 고전의 재인식이라든가 문학유산의 계승이라든가 등 요컨대 그 전에는 엄두도 내지 못할 문학의 예술성을 중요시하게 됨에 이르러 문학의 예술적 측면만을 고조하는 문학주의적 기풍이 대두하였다.

이러한 조선 고유의 변형과정의 근저에는 이 이론이 가지고 있는 문학의 예술성과 독자성獨自性을[14] 중시하는 새 요소가 그런 해석의 종자가 된 것으로, 요컨대 이런 측면이 일방적으로 과장된 것이다.

이러한 요소는 그것이 일방적으로 과장되지 않으면 그 전 예술이론의 막대한 발전이고 작가활동의 자유와 창작적인 충동을 줄 수 있는 것이며, 다른 면에서는[15] 곧 경향문학운동의 문호를 광범위로 개방하여 문학의 다수를 풍부히 하고 또한 역량을 늘이는 것이나, 우리네 가운데 와서 이러한 방향으로 변한 것은 이곳의 경향문학이 가진 그때의 성격 때문이었다.

다름이 아니라 구카프 내에서 모든 사상성을 청산하려는 새 의도의 가장 편의하고 유력한 수단으로 이용된 것이다.

박영희 씨의 유명한 "얻은 것은 이데올로기요 잃은 것은 예술이다"는 견해를 피력한 논문으로부터 이갑기李甲基 씨 등에 이르기까지

---

14 원문에는 '독실성(篤實性)을'로 되어 있으나 '독자성(獨自性)을'의 오식으로 보인다.
15 원문에는 없으나 문맥상 집어넣는 것이 좋을 것으로 보인다.

조선 경향문학의 급격한 붕괴의 가장 선명한 표현이었다.

나아가서는 조직 그 자체의 폐기에까지 미친 것으로 객관적으로는 물론 변화한 정황이 문학 위에 던지는 영향의 표현에 불과하였다.

그러나 이러한 이론적 경향에 작가들이 취한 태도, 혹은 적어도 그러한 이론이[16] 작가들에게 파급한 어느 영향력 이런 것은 자뭇 시사적인 데가 있다.

물론 이러한 현상도 새로운 시대의 변천이 비평가와 더불어 작가들까지 동요케 하였다면 사태는 단순하나 연然이나 비록 그러한 경로를 사실에서 작가들이 밟았다 하더라도 문학의 세계에는 문학의 세계 그것의 질서를 움직일 고유한 동력이 가加하지 않고는 쉽사리 영향이 파급되는 것은 아니다.

창작과정의 복잡한 비밀과 문학 그것의 고유한 법칙과 질서에 대한 정치적 비평의 무無이해, 이것이 그때 평가評家와 작가와의 불일치로 표현되어 있었는데, 먼저 말한 경향의 무원칙적인 리얼리즘이나 문학주의는 작가들의 이러한 본능적 불만과 접촉점을 발견할 수 있었다는 것이 지금 중요하다.

그때 작가들의 정론적政論的 비평에 대한 불만이 이 이외의 방법으로 달리 해결될 수가 있었는지 없었는지는 별문제나 청산적 이론이 작가의 지위를 선명하게 인식시킨 것만은 사실이다.

거의 프로퍼갠더에 가까우리만치 작가의 입장이라는 것을 고양하였다.

이러한 조건 가운데서 더욱이 그 전시대부터 급격히 달라지고 있는 정황 속에서 경향문학의 주체는 최후의 만회책을 생각한 것이 구

---

16 원문에는 '理論의'로 되어 있으나 문맥상 '이론이'가 적절해 보인다.

카프 최후 플레넘의 결정이다.

그것은 문학단체의 관료적 분위기와 정론주의의 수정이며 반대 클럽을 포용하려는 것이었으나, 뜻하지 아니한 일년 동안이 내방하여 모든 노력은 오유烏有에[17] 돌아가고 구카프는 해산하고 말았다.

이 평단에 새 동향이 큰 파문을 던지고 경향문학이 운동으로써 소청掃淸되기 전 일년간에 조선문단엔 고전의 재인식과 유산계승에 관한 대단한 열이 일어났다. 김태준金台俊 씨의 춘향전 연구, 박사점朴士漸 씨 유산계승론, 그타 각 신문 잡지에 이런 풍조는 일시에 복고적 현상을 가져왔다.

이 현상은 최량最良의 의미에 있어 경향문학의 새로운 방출로放出路나 그러나 그것을 빙자삼아 복고현상이 대두한 것은 일찍이 문단의 주조이었고 문학정신의 통일적인 방향을 의미하던 카프[18] 무트[19]가 소모된 뒤 무방향의 일—표현이라 볼 수 있었다.

뿐만 아니라 여태 우리가 기억할 틈이 없었던 중간파적인 제諸 경향이 이때 와서 여러 가지 의미에서[20] 주목할 동향을 보이기 시작하였다는 것을 잊을 수가 없다.

먼저 우리는 세칭 '해외문학파'라고 불러오는 이들의 동향을 아니 생각할 수는 없다.

'해외문학파'는 외국문학의 소개를 조선문학 건설의 당면 최급무라 생각하여 오던 이들인데, 그들이 실제 조선문학과 관계된 것은 작자의 번역이 아니라 평론으로서였던 만큼 최초부터 경향문학의 가장

---

17 원문에는 '鳥有에'로 되어 있으나 '烏有에'의 오식으로 보인다.
18 원문에는 '칼포'로 되어 있으나 '카프'의 오식으로 보인다.
19 무브먼트(운동)의 약자로 보인다.
20 원문에는 '意味에'로 되어 있으나 문맥상 '의미에서'가 적절해 보인다.

신미新味 있는 대립자였다.

경향문학을 빼놓고 이들 이외에 조선엔 거의 평론과 비평이라는 것이 없다 해도 과언이 아니었던만큼 그들의 존재는 문학적으로 모두 더 저널리즘상에[21] 평론적으로 컸었다.

그러므로 당시의 경향이론가들은 그들을 비경향문학의 이론적 용병이란 형용을 썼던 만큼 가장 평론적으로 경향문학과[22] 래디컬하게[23] 대립하여 갔다.

그런데 이때 와서 해외문학파들은 가장 노골적으로 카프 내의 청산적 경향을 지지하고 정치주의의 개혁의 형태를 빌어 경향문학 그것의 정벌을 기도한 것은 명백한 일이었다. 정인섭鄭寅燮 씨의 『조선일보』 신년호의 논문은 이런 정황을 알기에 가장 좋은 예다.

비유컨대 황혼의 예배종을 조종으로 바꾸어 난타한 셈이다.

그러나 드디어 모든 경향의 문학 위에 근원적인 물음을 던지는 커다란 시련의 때는 왔다.

역사가 한 개의 커다란 전기轉機에 임했다는 사실이 만인 앞에 명백한 시기가 왔다.

× × ×

35년 5월 카프 해산 후 문단적 혹은 사회적인 제諸 사실의 경과는 프로문학의 붕괴와 퇴조가 조선문학의 발전을 촉促하는 계기의 하나라고 보는 견해가 전혀 돌아볼 여지가 없는 망론妄論인 것이 판명되었다.

---

21 원문에는 '저널리즘상의'로 되어 있으나 문맥상 '저널리즘상에'가 적절해 보인다.
22 원문에는 없으나 문맥상 '과'를 넣는 것이 적절해 보인다.
23 원문에는 '「라디칼」히'로 되어 있다.

예하면 전기 정인섭 씨 외 박영희 씨 등 카프내 청산파 이론의 지지와 아울러 당시 프로문학의 몰락을 축하한 '춘사春士'란 복면자覆面子 (후에 김동인[金東仁] 씨의 문장임을 알았으나)의 일문—文 같은 것은 사실의 판단인 것보다 카프에 대한 연래年來의 숙원宿怨을 이 기회에 표명한 데 불과하였다.

오히려 조선문학이 미증유의 위기에 직면하지 않았는가 하는 불안이 대부분의 문단인 가운데 전파되기 비롯하였다.

그렇다고 나는 직접 카프 해산을 계기로 쓰여진 구카프 작가의 강개慷慨한 문장이나 동정적인 감상을 여기에 소개하고자 하는 것은 아니다.

문학의 밑바닥을 흐르는 사회정세의 커다란 변화가 카프의 해산이란 사실 위에 단적으로 표현됨에 그치지 않고 연延하여는 다른 조선문학 위에 혹은 언어적 문화적인 전全 영역에까지 파급되지나 않을까 하는 일반 문단인의 심리상태를 솔직히 회고하는 데 불과하다.

동년 8월에 발표된 함대훈咸大勳 씨의 「현하 사회정세와 조선문학의 위기」란 논문은 조선문단인의 이런 심리상태를 알기에 편의便宜한[24] 논문이다.[25]

씨는 경향문학의 존속이 불가능한 현실, 오랫동안 연장적延長的 존재로 남아오던 내셔널리즘문학이 과연 의연히 건재하고 또는 발전을 꾀할 수 있는가? 하는 물음을 제출해 놓은 다음 대체로 회의적 부정적으로 이 물음에 대답하였다.

그리고 종래엔 조선의 문학이 그다지 좋아하지 않았던 순수문학이 이유를 씨는 조선의 사회현실이 정치적인 작품, 이데올로기화한 작품을 좋아했기 때문이라고 설명했다

---

24 원문에는 '便誼한'으로 되어 있다.
25 원문에는 8월에 발표된 것으로 되어 있으나, 실제로는 6월(『조선일보』)에 발표되었다.

이 혹은 신비주의·슈르리얼리즘·퇴폐주의·딜레탕티즘 등 일괄하여 비현실적 문학이 금후 조선문학의 주요한 조류가 되지 아니할까 하고 예측하였다.

그리하여 저널리즘의 흥미적인 작품의 요구, 거익去益 옹색해지는 주위 환경, 작가 자신들의 의식상의 동요 등은 위기가 단지 경향문학 위에만 온 것이 아니라 실로 내셔널리즘적 문학의 위기로까지 해석될[26] 것이라 결론하였다.

참고로 부언할 것은 씨가 내셔널리즘문학이라는 것은 결코 과거의 춘원春園 같은 협의의 그런 문학만이 아니라 진보적인, 추측컨대 경향적은 아니면서도 일반으로 내셔널리스틱한 기분과 사조적 지반에서 제작에 종사하던 작가들까지를 이름이니, 이것은 결국 조선문학의 대부분에 적용될 의견이 아니었던가 한다.

이 논문은 지금 읽어도 시사하는 바 불소不少한 논문으로, 그 일년 간 사실 조선의 문학론은 이러한 불안을 음으로 양으로 표백해 왔었다.

안함광安含光 씨 같은 이는 소셜[27] 리얼리즘 제창 후의 조선문학의 추향趨向을 논하는 글 가운데서 역시 문학의 내용상 퇴화를 지적했고, 그외의 분들도[28] 대개는 문학이 점차 현실로부터 유리遊離하고 있는 현상을 지적하기에 급급했으며, 심지어 현민玄民 같은 이는 '장래 조선문학의 주조는?' 하는 설문에 대하여 '침병沈病 일색이 아닐까?' 하고 비관적인 회답을 피력한 일까지 있다.

요컨대 문단의 주조이었던 경향문학의 퇴조와 더불어 전기 함씨의

---

26 원문에는 '解釋할'로 되어 있으나 문맥상 '해석될'이 적절해 보인다.
27 '소셜'은 소시얼(social)의 옛표현이다.
28 원문에는 '분들때'로 되어 있으나 '분들도'의 오식으로 보인다.

예측과 같이 순수문학이 새로운 시대의 조류로서 등장했느냐 하면 그렇지 못하였다. 오히려 평단의 경향을 보면, 과거에 조선문학이 가지고 내려오던 일체의 내용적인 전통傳統을[29] 문학상에서 방축하고 심기일전하여 순수문학의 개척에 종사하기 어려운 조선문학인의 심경을 표백하는 데 불과하였다.

먼저 우리는 경향문학이 벌써 중심이 상실되었음에 불구하고 김두용金斗鎔 · 한효韓曉 · 안함광安含光 씨를 중심으로 논쟁된 창작방법론파를 상상할 필요가 있다.

이때의 상황으로 보아 이 논쟁은 분명히 아나크로닉[한] 점이 있다 하겠다.

그러나, 이 논쟁의 의의는 일찍이 카프 해산에 쓰여진 학령산인鶴嶺山人의 글이 말하던 거와 같이 운동의 중심은 소멸되었을망정 문학 자체나, 혹은 문학에 있던 파별성派別性이 없어지는 것은 아니라는 구舊경향문학의 심정을 반영한 데 있다. 뿐만 아니라, 전기 함대훈 씨의 논문이나 그 외의 이헌구李軒求 씨의 35년 논단 일년을 총결산하는 논문 등은 과거 조선문단에 있어 그다지 큰 존재가 아니었던 리버럴한[30] 조류가 급격히 경화해졌음을 의미한다.

그러나 경향문학도 내셔널한 문학도 아니요, 또한 순수예술문학도 아닌 이른바 당시의 시의時宜[31]에 적適한 무슨 방향이 나타났느냐 하면 그렇지 못하였다.

불안과 그리고 마치 폐허로부터 문학을 시작하는 사람들처럼 일종의 암중모색暗中摸索이 있었을 뿐이었다.

---

29 원문에는 '傳說을'로 되어 있으나 '傳統을'의 오식으로 보인다.
30 원문에는 '리레랄한'으로 되어 있다.
31 원문에는 '時誼에'로 되어 있다.

여기에 근년의 조선문단으로선 간과하기 어려운 자극이었던 문화 옹호의 파리작가회의의 의사록이 동경을 통하여 들어온 것이다.

이 회의는 우리 문단으로 하여금 불안이나 암중모색이 조선의 고유한 것이 아니라, 문화의 위기라는 세계적 원인으로부터 오는 일현상이라는 것을 인식케 하였다.

문화의 위기의 문제는 휴머니즘과 리버럴리즘의 의의를 급격히 앙등昻騰시켰다. 리버럴리즘은 어느 의미에선 휴머니즘의 폴리티컬한 표현이다.

요컨대 토탈리즘의 협위脅威 아래에 정치적으로 리버럴리즘 이후의 제조류와 협동하는 것처럼, 문화적으론 휴머니즘으로부터 경향문학에[32] 이르는 제유파가 어떤 평균 수준에서 일정된 자태를 취하자는 게 문화의 옹호였다.

그러나 문화, 예술의 영역이란 폴리스의 영역같이 단순한 것은 아니었다.

여러 가지 형식과 국민 혹은 계층의 차이만큼 정신상의 고유한 전통과 습관을 가지고 있는 문화의 영역에서는 휴머니티란 한마디 말에 온갖 것을 조화시킬 수는 없었다.

이 점은 문학이 행동처럼 결단적이고 정계政界처럼 명확치 않은 때문이라 할 수 있다.

그러나 문화의 옹호란 명제는 곧 문학유산의 보존과 존중이란 결과를 초래하였고, 이것은 또한 과거 경향적인 비평의 일 방수로放水路였던 고전에의 관심을 시사성을 가진 명제로 재등장시켰다.

이것은 적어도 세계문학, 국제문화란 의미에서 고전에 향한 것으

---

32 원문에는 '傾向文學의'로 되어 있으나 문맥상 '경향문학에'가 적절해 보인다.

로 단순한 복고현상과는 구별될 성질의 것이라 하겠다.

그러나 고전연구나 관심의 특별한 성과는 나타나지 않았고_{물론 이것}
_{은 다른 사업과 달라 일시에 성과를 기대할 수 없으나} 부단히 향토적인 방향으로 이끌
리어 현재에까지 이르렀다. 이 점은 조선의 현대정신의 근저 속에 잠
재된 내셔널한 심정의 부단한 표현이라고도 할 수 있다.

오히려 이러한 조류에 비교적 명확한 형태를 부여한 것은 최재서崔
載瑞 씨 같은 이에게서 볼 수 있는 지성의 옹호라는 명제일 것이다.

휴머니티라는 말은[33] 문화라고 하는 말과 같이 분명한 의미 한정
이[34] 곤란한 말이다.

더구나 조선과 같이 근대문화가 성숙치 않고 휴머니즘의 원천이라
고 할 희랍과 라마羅馬[35]의 고문화古文化의 전통과 육체적으로 반감反感
할[36] 수 없는 상황에서는 휴머니티란 다단多端하게 해석될 수 있는 일
이다.

한 가지 말의 다단한 해석이란 결국 정곡正鵠을 득得한 해석이 아니
요, 나아가서는 각인各人이 자기류로 해석하는 것밖에 아니 된다.

자의적 해석이란 언제나 왜곡과 오해의 근원이 되는 법이 아닐까?

일시 논단에 소란을 극했던 휴머니즘 논쟁을 상기해보자.

이것은 후술後述키로 하고 어째서 지성이란 말이 휴머니티란 말에
비하여 명확성을 가졌느냐 하면, 지성이란 비합리주의에 대척되는
합리주의, 보다 명백히는 행동성에 대척되기 때문이다.

일부러라도 말하자면 비행동적 합리성! 이것이 지성 옹호擁護의[37]

---

33 원문에는 없으나 문맥상 집어넣는 것이 적절해 보인다.
34 원문에는 '限定에'로 되어 있으나 문맥상 '한정이'가 적절해 보인다.
35 로마.
36 원문에 따른 것이나, '교감(交感)할'의 오식일 수도 있다.
37 원문에는 '擁設의'로 되어 있으나 '擁護의'의 오식으로 보인다.

모양일지도 모른다.

그것이 오늘날 우리의[38] 문단에 얼마나 적용될지는 의문이나 전체주의가 그 엄청난 행동성과 비합리주의를 가지고 문화의 협위로서 나타날 때 지성옹호란 하나의 시사적인 의미를 가진다 할 수 있다.

그러나 이러한 사고방법은 19세기 문화의 전통,[39] 적어도 불란서의 형이상학이나 영국의 경제론, 독일의 관념철학을 일상의 문화상식으로 견문해온 시민적 인텔리겐차가 아니고는 수긍키 어려운 명제였다.

경향문학자의 일군이 일명제에 접근해온 경로를 보면 조선문학자들의 사고의 특수성을 알 수가 있다.

예하면 나의 '낭만주의론' 같은 것 혹은 백철白鐵 씨의 '휴머니즘', 김오성金午星 씨의 '네오 휴머니즘'론, 이것들은 모두 차라리 합리주의를 수어守禦하면서 일체로 행동을 피해 버리려는 서구 시민인市民人의 생각과는 근본적으로 다른 성격을 가지고 있었다.

'낭만주의론'은 저조低調하는 '리얼리즘'에 고도의 세계관을 조화시키려는 시험이었고, 백철 씨가 비록 '휴머니즘'이나 '인간주의'를 경향문학으로부터 불안의 문학으로 옮기는 전이과정으로 지나가는 것 같은 자세를 취하여 경향문학자 편의 공격을 받았으나, 역시 행위의 정열에 이끌리고 있었다.

김오성 씨는 더욱 유물론을 숙명론이라고까지 단斷하여 행위에의 정열을 표백하기에 열중하였다.

'휴머니즘'이나 '문화옹호'의 문제에까지 조선문단에서는 행동 정신이 일관하여 우위를 점하였다.

---

38 원문에는 '우리가'로 되어 있으나 '우리의'의 오식으로 보인다.
39 원문에는 '傳說'로 되어 있으나 '傳統'의 오식으로 보인다.

이것은 먼저도 어느 분이 말한 것처럼 조선의 현실이 일관하여 문학 위에 행동과의 동화를 요구해왔기 때문이다.

행동과 문학을 매개하는 것은 언제나 사상성이다.

이 사상성이 그러므로 조선 근대문학의 일관한 전통이라[40] 하겠다.

여기서 우리는 휴머니즘 논쟁에 일언―言할 지점에 도달치 아니했는가 한다.

조선 휴머니즘론을 먼저 서구의 그것으로부터 구별할 것은 서구엔 르네상스 이후 면면히 흘러 내려와 전통으로서[41] 존재하던 것을 재발양再發揚하고 옹호하자는 것이나, 조선에서는 새로운 문화사상의 하나로서 휴머니즘을 수입[42] 내지 배제하자는[43] 데[서] 문제가 자연히 발생할 수밖에 없었다.

휴머니즘은 합리주의와 같이 현대에 있어서 옹호될 전통의[44] 하나인 것은 틀림없다. 그러나 현대가 '휴머니즘'과 '합리주의' 가운데 만족할 사상, 혹은 현대가 나아갈 방향을 발견하기 때문이 아님은 물론이다.

그러나 조선의 휴머니즘 논자들은 이것을[45] 현대의 당위적 사상으로 제창하였다. 모순은 이곳에서 시작하였고 또한 휴머니즘을 각자가 자의恣意대로 개조하려는 기도企圖도 여기서 발생하였다.

이 논쟁이 휴머니즘의 옹호에 결과하지 않고 오히려 휴머니즘이란 것을 무대로 각 개인이 자기의 소론所論을 토로한 결과가 된 것은 이

---

40 원문에는 '傳說이라'로 되어 있으나 '전통이라'의 오식으로 보인다.
41 원문에는 '傳說으로서'로 되어 있으나 '전통으로서'의 오식으로 보인다.
42 원문에는 '輪之'로 되어 있으나 '輸入'의 오식으로 보인다.
43 원문에는 '排之하자는'으로 되어 있으나 '排除하자는'의 오식으로 보인다.
44 원문에는 '傳說의'로 되어 있으나 '전통의'의 오식으로 보인다.
45 원문에는 '이것은'으로 되어 있으나 문맥상 '이것을'이 적절해 보인다.

때문이다.

이것은 벌써 2년이나 전에 속하는 일이다.

그러면 지성의 옹호란 입장에서 합리주의자 혹은 주지주의적인 태도를 가지고 나온 최재서 씨 같은 이의 그 후는 어떻게 발전되었는가 하면, 이원조李源朝 씨와 더불어 최씨는 우리 시단의 좋은 해석가로서의 입장을 닦았다 할 수 있다.

우리는 연전年前 김기림金起林 씨가 「오전의 시론」 가운데서 언급한 지성론을 생각할 수 있다.

씨는 '수단으로서의 지성'과 '목적으로서의 지성'을 논하였는데, 최씨는 그 출발점에 있어 다분히 소위 목적으로서의 지성론자라는[46] 풍모를 가지고 있었다.

그러나 『기상도氣象圖』 비평에 있어, 「날개」[47] 비평에 있어 그의 해석은, 그의 논리는 목적에 있어 지성 이상의 것을 갈망하는 수단으로서의 지성을 어떻게 하면 가질 수 있는가의 좋은 시험이었다.

비평은 언제나 해석 이상이다. 즉 판단이다. 그것은 기술의 양부良否에 대한 판단뿐이 아니라 내용의[48] 선악에 관한 판단이다.

그러나 시대가 명확한 주조主潮에 의하여 움직이지 아니할 제 문학평론이나 비평이 명쾌한 판단에 종從해 있기는 곤란하다.

결국 비평에 기대하는 최대한의 것이 명철한 해석이 아닐 수 없게 된다.

이리하여 리얼리즘론에서 파생한 주체론이나 그곳에서 나오는 모랄론 등이 몇 사람에 의하여 쓰여졌다고 하나, 조선 문예비평은 해석

---

46 원문에는 '知性論者는'으로 되어 있으나 문맥상 '지성론자라는'이 적절해 보인다.
47 원문에는 '「날내」'로 되어 있으나 '「날개」'의 오식이다.
48 원문에는 '內容이'로 되어 있으나 문맥상 '내용의'가 적절해 보인다.

의 시대로 들어서고 말았다.

그 결과 문예이론이나 시사적인 문예평론이나가 줄어지고 전소혀
비평적 논문이 논단의 중요한 활동형태가 되었다.

장편소설론·세태소설론·작가론, 그 전부⁴⁹다가 실은 비평적 논
문이고, 또한 해석적인 논문이었다.

이것이 현재까지의 현상^{現狀}인데 이후를⁵⁰ 말하면 물론 예측을 아주
불허하지도 않으나 이곳에서 말할 것도 아니다.

---

49 원문에는 '前보'로 되어 있으나 문맥상 '전부'가 적절해 보인다.
50 원문에는 '以後는'으로 되어 있으나 문맥상 '이후를'이 적절해 보인다.

농민과 문학*

문학의 독자로서의 농민과 문학의 소재로서의 농민, 이 두 가지로 우리는 농민과 문학이라는 문제를 갈라서 생각할 필요가 있다.

경향문학傾向文學이 한참 왕성旺盛할 때부터 농민과 문학이라면 곧 소재로서의 농민만을 문제삼아 온 것이 여태까지 하나의 불변不變한 습속習俗처럼 되어 왔기 때문이다.

그나마 농민이란 것을 문학과 연결시켜서 생각한 일이 없는 우리 조선문학의 전통 위에 비추어 보면 경향문학의 이러한 문제제기 자체가 막대한 의의를 갖는 것이라 하겠으나 독자로서의 농민이란 것도 이와 못지 않게 중요한 것이요 아직 우리의 사고가 전연全然 미치지 아니했던 미개지未開地라 특별히 유의해 볼 필요가 있다.

● 『문장』, 1939.10.

과연 우리 현대문학의 독자 가운데 순수한 농민 독자가 얼마나 될까? 먼저 생각나는 것은 이 점이다.

우리의 문학은 지식인에게 읽혀지는 것도 필요한 일이나 우리 인구의 대다수를 점한 농민에 의하여 읽혀지는 것이 무엇보다도 보람 있는 일이 아닐까? 그들에게 유락愉樂을 주고 위안을 주고 지식을 주고 사상을 주고 몽매蒙昧로부터 깨어나게 하는 것은 우리 새 문화 창조에 종사하는 이의 한 즐거움이요 착한 봉사가 아닐 수 없다.

농민을 우리들과 같이 예술문학을 향락享樂할 줄 알게 하는 것은 얼마나 즐거운 일인가?

그러나 불행히 우리의 현대문학은 농민으로부터 전연全然히 격리되다시피 떨어져 있는 것이 사태의 솔직한[1] 고백이 아닐 수가 없다.

이러한 현상은 문학이 농민으로부터 유리遊離해 가지고 있는 것[2]에서도 유래하는 것이요, 또한 농민이 문학을 읽을 만한 지적 준비가 결여된 데서 오는 간격이기도 하다.

이러한 간격은 어떻게 접근시킬 수 있는 것이냐 하면 역시 한편으로는 농민의 지적 수준을 높이는 것이요 다른 편으로는 문학의 수준을 농민에까지 낮추어 가는 길이다.

그러나 두 갈래의 길이 한가지로 곤란한 길임은 사실이다.

농민으로 하여금 현대문학을 읽을 만큼 교육한다는 것도 지난至難하고 장구한 시일을 요要하는 일이며 문학의 수준을 농민의 수준에까지 낮추어 간다는 것도 말은 쉬우나 실제는 어려운 일이 아닐 수가 없다.

허나 문제는 그래도 후자의 경우에서 생각해봄이 역시 현재 가능

---

1 원문에는 '卒直히'로 되어 있으나 '率直히'의 오식으로 보인다.
2 원문에는 '곳'으로 되어 있으나 문맥상 '것'이 적절해 보인다.

한 길이 아닌가 한다.

이러한 방법은 일찍이 경향문학이 문학 대중화大衆化를 부르짖을 때 시험한 방법으로 마치 상품을 도시향都市向 상품과 농촌향農村向 상품으로 분류하듯 문학을 독자의 층層을 따라 제작코자 한 것으로, 이 방법은 문학의 실제에 비추어 그리 성공된[3] 성질의 방법이 못되었다 할 수 있다.

문제는 역시 상식적인 길이나 문학이 좀더 평이화平易化하는 데 있지 않을까 한다. 단순성과 건강성, 지식인적인 편벽된 취미의 이탈離脫, 난삽難澁한 심리화의 수법·불필요하게 복잡한 구조·과장된 문장의 굴곡屈曲 등으로부터의 분리分離가 모두 문학을 농민을 위시하여 인민에게 접근시키는 가장 가까운 길이다.

이 가운데서도 제일 중요한 것은 경향문학이 일찍 대중화를 주장하면서도 스스로 대중의 길을 조지阻止한 결함인 노골적인 정론성政論性, 형상화되지 않은 계몽성啓蒙性의 반성의 필요다.

이렇게 미처 예술적으로 소화되지 아니한 정론성이나 계몽성은 문학이 농민에게 주는 문학의 미적 유락성愉樂性을 빼앗는다.

농민에게는 정론과 계몽만이 필요한 것이 아니다. 유락과 위안도 또한 필요하다.

더욱이 정론과 계몽이 유락과 미감을 통해서만 완전히 독자를 감화感化의 경지에서 매료할 수 있는 것임을 몇 번 명기銘記할 필요가 있다.

이 점은 조선과 같이 문학의 정론성이나 계몽성이 전통이 되어 흘러 내려오는 문학에서는 일층 중요한 일이다.

---

3 원문에는 '成巧된'으로 되어 있으나, '成功된'의 오식으로 보인다.

×

그러나 보다 더 중요하게 문제되는 것은 소재로서의 농민의 문제다.

농민이나 농민생활을 문학의 소재로[4] 삼고 일보一步 더 나아가 농민생활이 가지고 있는 문제를 작품의 주제로 삼을 때 작가는 어떻게 어떠한 태도로 제작에 임하느냐 하는 것이다.

그러나 이 문제 역亦 민촌民村의 『고향』, 춘원春園의 『흙』, 심훈沈薰의 『상록수』에서 보는 바와 같이 작가의 사회적 혹은 사상적인 입장에 따라 각각 다른 결과를 맺는다 할 수 있다.

그러나 이러한 차이라는 것은 상기上記의 3작품이 전형적으로 보여주는 바와 같이 작가가 비교적 강한 사상 상의 입장을 유지하고 있을 때 비로소 결과되는 문제다.

즉 농민이나 농민생활의 해석의 문제요, 일편으로는 작가가 농민을 소재로 취급하는 데 미리 준비해둔 작품 가운데 가지고 들어가는 주제설정의 문제다.

이 문제는 또한 농민의 현상과 장래의 운명을 낙관적으로 보느냐 비관적으로 보느냐 하는 상식적인 판단에서도 유래한다 할 수 있다.[5]

주제의 설정은 농민에 대한 이 상식적 판단이 예상외로 좌우하는 바가 많다.

그러나 한 번 농민에 대한 관찰이라든가 농촌에 대한 해석 여하를 떠나 순수히 사실적寫實的인 입장에서 농민과 농촌생활을 향수享受한다는 경우에 이르면 약간 문제의 성질은 달라진다.

거기엔 요컨대 먼저 민촌이나 춘원이나 심훈에 있어서와 같이 미

---

4 원문에는 '素材를'로 되어 있으나, 문맥상 '소재로'가 적절해 보인다.
5 원문에는 '없다'로 되어 있으나 문맥상 '있다'가 적절해 보인다.

리 준비된 관념이 전제되지 않고 정확한 반영反映과 표현만이 문제된다.

이러한 의미에서 최근 내지內地 문단에서 대두하고 있는 '흙의 문학'이라는 것은 호개好個의 자료다.

사람에 따라 흙의 문학이라는 것은 일률로 이야기할 수 없으나 와다 덴和田傳이나 이토 에이노스케伊藤永之介 같은 사람을 예로 보면 거기엔 대략 두세 가지 특성을 발견할 수 있지 아니한가 한다. 하나는 미개未開하고 몽매蒙昧하면서도 농민 가운데 있는 생산적인 건강성, 노둔魯鈍하면서도 강한 생활의욕, 왕왕 야성野性으로 표현되는 수가 있으나 그들의 자연성 등이 그것이다.

이것은 나가쓰카 다카시長塚節의 『토土』에서 시작하여 와다 덴의 『옥토沃土』 그타他 일련의 농민소설에서 볼 수 있는 점이다.

그 다음은 농민의 고유한 습속習俗, 이색異色의 신앙, 경작노동耕作勞働에 수반隨伴하는 거대한 자연과의 원시적이면서 자유롭고 활달한 교섭 등이 역시 주요한 성격으로 이토 에이노스케의 동물 이름을 붙인 일련의 농민소설이 '흙의 문학' 가운데서 이러한 특성을 더 많이 가지고 있다.

이러한 제諸 현상이나 특성은 다 같이 농민과 농민생활 속에 잠재하여 있는 것을 작자의 기호嗜好나 성향 혹은 정신적 경향에 따라 제각각 어느 일면을 취하고 또 다른 일면을 버리고 하는 것으로 사실주의란 것의 주체성을 말하는 일 자료가 되는 것이나 그보다도 중요한 점은 다음의 두 점이다.

하나는 도회에 없는 것을 농민과 농촌 위에서[6] 구하는 심리적 경향

---

6 원문에는 '위에'로 되어 있다.

이다.

생활에서 야성野性에 가까운 굴건屈健한 의욕을 농민 위에서[7] 본다는
것도 도회인의 한 동경이요 벌써 쇠멸衰滅했다고 생각되는 고유한 전
통적 습속을 농촌생활 속에서 발견한다는 것도 근대인의 자국自國 문
화에 대한 하나의 회고回顧며 일종의 역사의식이라 할 수 있고, 농업
생활 가운데서 자연과의 간격 없고 자유로우며 활달스런 교섭을 발
견하는 것 역시 자연에[8] 대한 향수의 하나요 자연과 더불어 생사를
같이한 원인原人의 세계를 즐겨한다는 것도 현대인의 아름다운 꿈의
일폭一幅이다.

특히 '흙의 문학'이 이러한 점으로 인목人目을 즐겁게 하는 것은 도
회인에게 상실된 자연성에의 반성을 환기喚起하고 그러한 생활에의
동경과 너무나 인위화人爲化되고 일상화된 생활로부터의 해방을 자극
하는 데 있다 할 수 있으나, 이것의 기초가 되는 것은 도회생활과 그
것을 태반胎盤으로 한 문학에 이러한 점이 없었던 결과의 한 반동反動
이라 할 수 있다.

그러나 이 지나간 시대나 문학의 반동이라는 데서는 '흙의 문학'에
는 더 큰 특징이 있다.

그것은 그 전 농민문학에서 보는 바와 같은 예비된 관념이 없는
것이요, 따라서 주제가 적극성이 없고 미약한 점이며, 하나의 초목草
木과 같은 자연으로서 농민과 농촌생활을 관조하고 있는 점이다.

일괄하면 '흙의 문학'은 지식인의 정신이 관조觀照의[9] 시대에 처해
있을 때 발견한 문학의 세계라 할 수 있다.

---

7 원문에는 '위에'로 되어 있다.
8 원문에는 '自然의'로 되어 있으나 문맥상 '자연에'가 적절해 보인다.
9 원문에는 '歡照의'로 되어 있으나 '觀照의'의 오식으로 보인다.

우리는 농민의 고장의 문학자다. 그러한 곳에서는 예하면 파란波蘭[10]이 레이몬트W. S. Raymont를 갖는 것처럼 위대한 농민문학을 갖는 법이다.

어떤 의미에서이고 우리는 자기 고장의 최대 다수의 인구人口요 최중요最重要의 사회면인 농민과 농촌을 기념화記念化할 작품을 가지고 싶다.

이러한 의미에서 농민과 문학에 대하여 그 전과는 다른 하나의 감상을 적어봄도 무의미한 일도 아니리라.

10 폴란드

단편소설의 조선적 특성[*]
구월 창작평에 대신함

처음엔 9월 창작평을 쓴다고 붓을 들고 앉았다가 끝내 쓰지 못하고 제목을 고치고 말았다.

의무적으로 8,9편 소설을 읽은 보고서를 작성한다는 것은 그리 어려운 일이 아니다. 지난 달처럼 혹은 또 그 전날처럼 흥미있다고 생각했던 작품을 해설하면서 장단長短을 이야기하면 책임은 끝이 난다.

그러나 이 달엔 사실 붓끝이 용이히 종이 위에 내려앉지 않았다. 종이가 아까운 생각이 몹시 났다. 빈 원고지란 이렇게 두려운 것인지? 새삼스러이 이상한 감상을 맛보았다.

나는 절실히 자기의 재능의 부족을 통감했다. 부단히 새로운 것의 발견 없이 매달 독자에게 어줍지 않은 소설의 해설을 읽힌다는 것은

• 『인문평론』, 1939.10.

교과서의 복습보다도 더 싱거운 일이다.

그렇다고 눈이 부시게 자꾸만 새 과제를 제공하지 않는 작가들을 나무랄 것이냐 하면 그도 어려운 일이다. 달마다 의장意匠을 고치고 새로운 발견을 제공하라는 것은 작가에 대한 무리한 주문임이 뻔하다. 그것은 작가의 혹사酷使요, 문학정신의 학대虐待다.

그럼에 불구하고 같은 내용의 이야기를 다른 형용을 빌어 비평이라고 독자에게 읽기를 요구한다는 것은 독자의 무시다.

분명히 이러한 비평에서 현명한 독자는 일종의 강한 모욕을 느낄 것이다.

비평가의 후안무치厚顔無恥함이 이에 더할 수가 없을 것이다.

국산 화장품에¹ 외국의 레테르를 붙인다는 악덕 상인과 비평이 다를 게 무엇이랴?

사실 구월 창작을 읽고 나는 월평을 쓸 흥미와 용기를 동시에 얻지 못했다.

궁여窮餘의 일책一策일지 모르나 그럴 바이면 이런 소설을 가지고 가장 일반적인 흥미와 혹은 의의가 있을 수 있다면 있을 수 있을 문제를 이야기하자. 이것이 또한 문학에² 대한 가장 양심있는 보답의 방도이기도 하리라.

이렇게 해서 고른 것이 이 제목이다. 다행히 구월 창작이 10편에 불급不及하는 것이나 요만한 이야기를 전개하는 데 과히 부족함은 없을 듯 싶어서이다.

---

1 원문에는 '化粧品을'로 되어 있으나 문맥상 '화장품에'가 적절해 보인다.
2 원문에는 '文責에'로 되어 있으나 '文學에'의 오식으로 보인다.

×

먼저 생각되는 것은 요만한 양의 창작이나마 약간의 시를 빼 놓으면 금월 중에 생산된 조선의 순수문학의 정수란 점이다.

바꿔 말하면 단편소설이 우리 순수문학의 기본적 생산형태라는 의미다.

이러한 현상은 벌써 오래 전부터 우리 문단의 진실이다. 단편소설을 제외하고는 우리의 순수문학사를 문제삼을 수는 없다.

언젠가 이원조李源朝 씨가 단편소설을 옹호하라고 말하면서 그 말이 조선서는 곧 순수문학을 옹호하라는 의미가 된다고 이야기한 것은 우리 문학의 진상에 철撤한 말이다.

이 현상은 조선에서 순수문학이 장편소설로서 표현된 기회를 갖지 아니 했었다는 의미도 된다. 그실實 조선 장편소설의 대부분의 내용을 살피면 거개가 통속문학이었다는 의미에서 더욱 진실에 가깝다.

그러면 조선의 장편소설은 모두가 통속소설이었는가 하면 또한 그렇지는 않았다.

아주 소급하여 『귀鬼의 성聲』이라든가 『치악산雉岳山』이라든가로부터 춘원春園의 『무정無情』『개척자開拓者』, 상섭想涉의 『만세전萬歲前』이라든가 민촌民村의 『고향故鄕』, 태원泰遠의 『천변풍경川邊風景』 채만식蔡萬植의 『탁류濁流』 남천南天의 『대하大河』 등은 그 성과는 여하간 순수문학에 속하는 작품들이요, 또한 우리 순수문학사 상에 중요한 위치를 차지하는 작품들이다.

그러나 이러한 작품들로서 우리 신문학사의 일관한 계열系列을 세우고, 그것만으로 곧 내용의 충족을 기할 수 없는 것이 또한 사실이다.

이 점은 서구문학과 아주 다른 점이다.

서구의 문학사는 결정적으로 장편소설의 역사다.

바꿔 말하면 서구문학은 장편소설을 기본형식으로 하여 존립하고 있으나, 조선문학은 단편을 기본형식으로 하여 존립되어 있다는 의미도 된다.

따라서 단편소설의 중요성은 배가倍加된다. 서구문학의 장편소설의 위치를 조선서는 단편소설이 차지하고 있기 때문이다.

일본의 단편소설은 예술 소설 전체를 대표한다는 가와바타 야스나리川端康成 씨의 일본 소설관에서[3] 우리는 많은 공통성을 발견한다.

따라서 단편이 작가의 기본적 활동 방식이고 장편이 작가의 부차적 활동 방식이란 점도 또한 공통한 현상이다.

이 현상은 또한 후루야 쓰나타케古谷綱武 씨의 말대로 단편이 문학의 보편형식이고 장편이 특수형식이라 할 수도 있다.

여하간 이 현상은 서구문학에 비하면 정히 주객의 전도顚倒다.

이것은 우리 문학의 특수성인 동시에 또한 우리 단편소설의 중요한 성격이 된다.

단편소설의 조선적 특수성이란 말로 이 현상을 개념화할 수도 있다.

그러나 이것만으로 곧 단편소설의 조선적 특징의 전숙 내용을 삼을 수는 없다. 오히려 그것은 내지內地문단이나 조선문단을 공통으로 지배하고 있는 단편소설의 특성이라 할 수 있다.

그러면 무엇이 조선 단편소설만에 있는 특수성인가?

×

먼저 『문장文章』 9월호에 실린 춘원春園의 소설 「육장기鬻庄記」를 읽

---

3 원문에는 '小說觀에'로 되어 있으나 문맥상 '소설관에서'가 적절해 보인다.

으면 이 문제의 진상에 어느 정도 근접할 수 있다.

이 소설은 작자가 집을 팔게 되는 사정을 어느 친구에게 알리는 형식을 빌어 자기의 심경을 피력한 소설이다.

집을 팔게 된 경위라든가, 이사라든가, 혹은 그 집을 짓고 들게 되는 일련의 사실이 소설의 줄거리를 형성하고 있으나, 그러한 사건이나 거기에 등장하는 인물의 성격이라든가가 모두 묘사되어 있지 아니한 게 무엇보다 눈에 띄는 이 소설의 특징이다.

주지와 같이 묘사하지 않고 소설은 성립하지 않는 게 통칙通則이다.

그럼에도 불구하고 묘사에 유의하지 않으면서 이 작가가 「육장기」를 일기나 수필에 머물러 두지 않고 소설의 외형 가운데 담음은 다름아니라 제 사건이나 인물을 전혀 작자의 심경을 피력하는 수단으로서 구사하고 있기 때문이다.

소설이란 본래 사건과 인물과 그것들이 얽어내는 스토리를 통하여 작자의 마음 속에 준비했던 어떤 관념이나 사상을 표현하는 예술이다.

그것들, 즉 소설적 제 수단과 형식을 무시하지 않고 지배해서 구사하는 게 훌륭한 소설가의 본령이다.

이런 수단의 재생再生과 수단의 지배를 가장 완전히 할 수 있는 형식이 물론 객관소설客觀小說이다.

그러나 신변 사실들을 소설적 수단의 기본으로[4] 삼는 소위 사소설私小說에서는 관념이나 사상보다도 작자의 기분 혹은 심경이란 것이 주요한 표현의 기체基體가 된다.

그렇다고 사소설 형식이 전혀 관념과 사상을 표현치 않고 표현 불가능하다는 것은 아니다.

---

4 원문에는 '基本을'로 되어 있으나 문맥상 '기본으로'가 적절해 보인다.

요컨대 객관소설만큼 적절치 않다는 것이다.

그러므로 자연 사소설의 극치는 소위 심경소설心境小說이 되고 만다.

심경소설은 사적 환경과 신변사를 그려서 가장 빠지기 쉬운, 묘사되는 대상으로부터의 구속에서 제일 벗어나기 쉽다.

바꿔 말하면 자기를 그려서 자기를 벗어나기 쉬운 형식이다. 사소설로부터의 자기 해탈이 왜 하필 심경心境이냐 하면, 사소설에서 일반적 관념이나 사상을 표현하여 자기를 초월하는 것은 객관소설이기 때문이다.

즉 그런 경우엔 사적 환경이나 신변사는 사소설의 세계가 아니라 벌써 객관소설의 세계로 전화轉化되기 때문이다.

그러나 사소설이 사소설로서의 기분과 특성을 잃지 않고 자기로부터 떠나는 길은 자기를 자기대로 유지하면서 그곳에서 떠나는 길이다.

이것은 초월이 아니라 해탈이다.

거기서 자연 심경의 단적인 표현이 된다.

이런 경우의 소설에선 독자가 안중에 없고 사건이나 인물을 그려도 그 사건이나 인물이 소설의 주체가 아니라 그 사건 그 인물에서 받은 인상, 감상이 주체가 된다.

「육장기」의 구조는 정히 이런 것이다. 작자는 집을 팔고 이사하는 데 따르는 일련의 대소사를 통하여 얻은 감상, 그것도 은둔과 허무와 동양적 무상관無常觀이 소설의 주체다.

이 점에서 씨의 전작前作 「무명無明」과 더불어 내지內地 작가의 심경소설과 같은 류에 속하나 동시에 내지 작가의 심경소설과 다른 점을 하나 발견할 수가 있다.

그것은 이 소설의 불투명성이다.

내지 작가의 심경소설은 투명하고 맑고 깨끗하다. 그러나 춘원의

「무명」이나 「육장기」는 그렇지 아니하다. 작품 가운데서 노는 인물이 어항 속의 고기들처럼 영롱치 않다. 이것도 내지의 심경소설과의 차이다.

반대로 사건의 구성을 동경憧憬하는 경향이 있다. 「무명」이나 「육장기」가 이 점에선 동일하다. 이것은 심경소설의 평면성과 모순하는 입체성에의 요구다.

궁극에 있언 심경소설인 춘원의 최근 단편이 이러한 제諸 특이성을 가짐은 춘원의 작가적 특이성에 유래함이요 또한 조선소설의 특성에 기인하기도 한다. 그것은 교훈성 정론성의 결과로, 춘원이 수립한 조선소설의 이 특성은 오늘날까지 조선소설에서 제거되지 않고 은연隱然한 경향으로 전승되고 있는 것이 사실이다.

그것은 자연주의의 미未발달 때문이다. 내지의 소설, 그 중에도 단편소설은 자연주의를 기초로 하여 발생하였고 오늘날의 단편소설이 이 전통을 기반을 삼고 성립해 있다. 사소설로부터 심경소설에 이르는 이 과정은 그러므로 궁극에선 자연주의의 전통을 배경으로[5] 삼고 서 있는 것이다.

그러나 조선소설은 동인東仁, 상섭想涉에서보다 더 많이 춘원에서 연원하고 형성되어 왔고, 춘원이 가진 정론성, 교훈성은 동인, 상섭의 미약한 자연주의로는 일소되지 않았다.

여기에 조선의 사소설이 명징明澄한 심경소설이 되지 아니한 이유가 있으며 「무명」 「육장기」와 같이 교훈성 설교성을 벗어나지 못한 이유가 있다.

또한 교훈적·정론적 소설이란 춘원의 초기작에서 보는[6] 바와 같

---

5 원문에는 '背景을'로 되어 있으나 문맥상 '배경으로'가 적절해 보인다.
6 원문에는 '보'로 되어 있으나 '보는'의 오식으로 보인다.

이 더 많이 장편소설 형식을 통하여 표현될 것이요 단편에 적응適應한 것이 아니므로, 자연 춘원은 솜씨 있는 단편작가는 아니다. 결국 그는 낡은 의미의 장편작가다. 함에 불구하고 그의 가장 나은 단편의 최근작이 심경적 소설 형식으로 생산됨은 심경의 사소설성, 또 사소설 표현의 단적인 점이 단편 형성을 조장하는 것이라 할 수 있다.

이것은 조선 단편소설의 한 특색이다.

×

그 다음으로는 「어머니」,『농업조선(農業朝鮮)』 9월호라는 김남천金南天 씨의 단편을 통하여 볼 수 있는 한 경향이다.

장편소설의 일부분을 잘라내어 이야기의 고조된 부분만을 윤색해서 1편을 만드는 방법은 서구에서도 볼 수 있는 단편소설의 일 유형으로 모파상Maupassant과 같은 작가가 이 부류에 속한다. 그러나 오 헨리O. Henry나 포우Poe의 단적인 기교, 체홉Anton Chekhov의 정밀靜謐한[7] 관조가 역시 단편소설 독자의 묘미를 가졌다 아니할 수 없다.

오 헨리나 포우에선 인생의 단편斷片을 통하여 전체를 표시하는 교묘한 트릭이 있고, 체홉에는 심경소설에서 보는 것과 같은 경지가 있다 함은 서구의 단편소설을 말하는 사람의 통설이다.

여기에 비하면 모파상은 그 평명平明함에 있어 조선이나 내지의 일반 단편소설과 비슷하다.

어딘지 장편의 일부인 듯한 특질과 아울러 부족감을 준다. 그럼에도 불구하고 모파상의 단편소설의 미美는 그 절단의 묘와 문장의 미

---

7 원문에는 '靜謐한'으로 되어 있으나 '靜謐한'의 오식으로 보인다.

에 있다 할 수 있다.

그러나 이러한 소설도 장편이 압도적 우위를 차지한 서구에선 일류의 높이에서 평가되지는 아니한다 한다.

그런데 우리 조선의 대부분의 단편소설은 이 장편소설의 일 단편斷片이다. 설야雪野·민촌民村·홍섭興燮·남천南天, 주로 경향파에 속했던 작가가 이런 형식의 소설을 썼다.

남천의 「어머니」가 그런 특성을[8] 더욱 명백히 구체적으로 표현하고 있음은 물론 장단長短 두 가지 점에서 논할 수 있으나 역시 그 작품으로서의 불성공의 측면에서 물음이 당연할 것 같다.

왜 그러냐 하면 남천군의 비교적 성공한 작품, 예하면 「소년행少年行」이나 「무자리」같은 데선 이 장편소설의 단편인 듯한 냄새가 훨씬 덜하다.

즉 이런 유형의 소설의 특색인 독후讀後의 미흡감을 덜 받는다.

그런데 「어머니」가 먼저 이 미흡감을 자아내는 데 큰 작용을 하는 것은 이런 유형의 단편으로나마 그리 성공치 못한 증거일지도 모른다.

그러나 문제는 그런 데 있는 것이 아니고 이런 소설이 조선에 번영하는 이유를 구명究明하는 것이다.

이런 단편을 읽어보면 무엇보다 설립設立된 주제와 취급된 사건이 단편소설의 형식에선 과중한 점이다.

장편소설이라야 능히 소화할 수 있는 주제와 사건을 단편으로 처리하려는 데 자연 모순이 없지 아니할 수 없다.

그것은 조선의 장편소설이 발달치 아니하고 단편소설에다[9] 순문학의 모든 과제를 부과하는 데서 오는 모순이거니와, 또 한편으로는 조

---

8 원문에는 '特性은'으로 되어 있으나 문맥상 '특성을'이 적절해 보인다.
9 원문에는 '短篇小說에도'로 되어 있으나 '단편소설에다'의 오식으로 보인다.

선 현대문학의 긴 전통인 교훈적·정론적 내용을 직접으로 단편소설에서 해결코자 하는 데서 오는 결과이기도 하다.

자연히 거기서는 사상이라든가 묘사의 정확, 현실의 재생 등 단편으로선 좀체 전면적으로 해결하기 어려운 제諸특성이 단편소설의 제일 특징이 되고, 스토리의 묘미라든가, 시적인 문장미, 다채한 구성 등의 단편소설의 필수적인 요건은 제이의第二義적인 것으로 평가된다. 이렇게 과소평가 되는 제점諸點이 그실實은 단편소설의 주제를 명백히 만들고, 스토리를 단소短少하나마 굴곡 있게 하며, 구성을 명확히 하고, 문장의 함축미를 여與한다.

소설 「어머니」가 아니 가지고 있는 소설미의 제諸 조건이 정히 이것이 아닐까? 첫째 주제가 명확치 않다. 요컨대 소설의 관념적인 초점이 불분명하다. 모성애가 주제는 아니리라. 그러면 박급 계원薄給契員으로 하여금[10] 횡령을 하지 아니할 수 없게 만든 사회질서의 폭로일까? 그렇지도 아니한 것은 작자가 궁국에 있어 횡령범의 동정자가 아닌 데서 명백하다. 그러면 어머니의 슬퍼할 말로인가? 그것을 통하여 세상世相을 열어 보인다는 곳에 작가의 의도가 있는 듯 싶으나 그러기 위하여는 이 소설은 적어도 어머니와 그 일가를 중심으로 한 주위를 더 입체적으로 묘사할 필요가 있다.

허나 그것은 단편소설의 영역에 속하지는 않는다.

이러한 모순을 피하지 못하고 단편 가운데 소기의 주제를 살리려면 불가불 이 소설의 평면적인 구성과 스토리의 무미한 단순성을 버리고 기복과 변화를 스토리와 구조 가운데 도입하고 문장에다 시적 함축미를 부가시켜야 한다.

---

10 원문에는 '하야'로 되어 있으나 문맥상 '하여금'이 적절해 보인다.

더 압축되고, 의미가 함축되고, 탁마琢磨의 미를 가지므로 단편의 문장은 장편의 지문에서 구별되어야 한다.

그런 의미에서 「어머니」는 어느 임의의 일부분이 아니라 최량의 부분을 떼어 와도 그대로 독립한 문장으로서의 미를 가지고 있는 부분은 없다.

총괄하여 장편의 산만한 개방성과 단편의 압축적인 결정성結晶性을 구별치 않으면 이런 유형의 단편에서 구하는 분위기의 독자성이라는 것이 또 표현되지 않는다.

우리 문단에 가장 보편화된 단편형식인 만큼 이런 제점諸點에 대한 반성은 지극히 필요하다.

×

여기에 비하여 우리 문단에서 가장 우수한 단편작가는 이태준李泰俊과 이효석李孝石 양씨兩氏이다. 더욱이 이 두 작가는 전연 다른 의미에서 우수한 단편작가다.

이태준 씨는 사소설적 내지 심경적인 의미에서 조선 단편소설의 일방의 전형이고, 이효석 씨는 포우나 모파상과 비슷한 서구적인 의미에서 한 전형이다.

거월去月의 「농군農軍」과 같은 작품은 이태준 씨의 이러한 한계를 넘어 객관소설에 접근하는 일 형태이나 그의 모든 작품은 역시 사소설적, 심경적인 성질의 작품들이다. 그의 단편의 기초에는 자연주의 문학의 순수한 졸업이 전제되어 있는 것으로, 이것은 씨가 아마 경향문학 왕성기에 오래인 칩거에서 세풍世風을 불관不關하고 체득한 소산일 것이다.

여기에 대하여는 모 신문에 방금 집필하고 있는 신문학사에서 언급할 것이요, 달리 씨의 소설을 이야기하는 마당에서 구체적으로 이야기될 것이라 상술을 피하거니와 『여성女性』 9월호에 실린 「향수鄕愁」를 읽으면서 효석의 단편작가로서의 특이한 성격과 우수한 점을 살피면 심히 흥미가 있다.

먼저 「향수」의 특징을 들면 소설은 이 작품 안에 있을 뿐이지 조금도 밖에는 없는 점이다. 소설은 이 단편으로서 충분하다.

미흡한 점도 없고 지나친 점도 없다. 여기에 비하면 남천南天의 「어머니」 같은 작품은 소설이 작품 안에 있는 듯도 하고 밖에 있는 듯도 하여 어리둥절할 때가 많다.

즉 소설의 사실事實이 용기에 담긴 물처럼 완전히 작품 속에 수미首尾 가지런히 수납되어 있지 않고 조그만 그릇에 함부로 쏟아놓은 국수발처럼 얼마만큼은 작품 안에 들어 있고 얼마만큼은 또한 작품 바깥에 흩어져 있다.

다시 말하면 긴 사건의 한 중턱이 작품 위에 걸쳐 있는 셈이다.

그러나 효석의 「향수」는 단편이란 소용기小容器에 알맞은 양의 사실이 가득히 들어 있다.

「향수」의 사실은 결정적으로 단편밖에 아니 되는 사건이다. 단편으로 시작되어 단편으로 끝맺기에 꼭 맞는 것이 「향수」에 수록된 사실이다.

따라서 「향수」에서는 남천의 「어머니」에서처럼 주제의 불분명한 점도 없고, 춘원의 「육장기」에서처럼 조그만 사건에서 얻은 작가의 감명을 연역할 필요도 없다.

선천적으로 단편적인 「향수」의 사건은 그 자신으로서 충분히 주제를 명시하고 그 사건에서 받은 작자의 인상, 감명을 소설의 구조 자체가 고여내는 술처럼 양출釀出시킬 수가 있다.

이 두 점을 총괄하면 작가가 표현하려고 미리 벼르고 준비하고 있던 어떤 관념이나 현실에서 얻은 감명을 단편소설 양식이 허용하는 제諸수단을 합리적으로 이용해서 독자에게 전달시킬 능력을 갖추고 있다고 말할 수가 있다.

장편이 될 사실을 고심하여 압축하고 그것을 초점으로 입체화시켜 주제를 명백히 하려고 할 고심도 필요치 않으며, 조그만 사건에서 받은 감명을 중심으로 심경을 만들어 그것을 교훈소설처럼 확대 과장하여 설법說法할 필요도 없다.

그러므로 자연히 작품의 각 부분 예하면 인물, 사건, 장면이[11] 주제를 전개하는 불가결한 유기체의 한 부분이며 남천이나 춘원이 쓰면 명백히 주관 강조나 설교가 될 지문 가운데 추상적 언구言句가 자연스런 시구로서 살아온다.

효석의 전작前作 「황제皇帝」에서 보는 인생의 고독과 운명의 성쇠盛衰라든가에 관한 순純 추상적 언구나, 「향수」 가운데 있는 '향수'에 관한 혹은 부부간에 관한 추상적 언구가 희귀하게도 부자연미不自然味가 없음은 전專혀 씨의 작품이 선천적으로 단편성을 가지고 있기 때문이다. 조선서 소설 가운데 지문이나 회화의 임의의 일구一句를 잘라 능히 독본에 넣어 부끄럽지 않고 아름다움을 갖춘 작가는 효석밖에 없다.

이 점은 태준까지도 미치지 못하는 점이다.

더욱이 태준의 작품에 비하여 효석의 작품이 색채에 있어 훨씬 풍부한 것은 효석이 사소설의 강조强調로움이나 심경소설의 낙조색落潮色을 아니 가지고, 조선작가로선 희귀하게도 자연의 합리적인 향수력享受力을 가지고 있기 때문이다.

---

11 원문에는 '場面, 이'로 되어 있으나 문맥상 '장면이'가 적절해 보인다.

×

거기에 비하여 최정희崔貞熙 씨의 「지맥地脈」『문장(文章)』9월호은 또한 별다른 특색을 가지고 있는 작품이다.

이것은 우리 단편소설 작가의 여러 사람을 부단히 장편과 단편 사이로 방황케 하는 점으로, 간단히 말하면 주제와 사건이 쓰기에 따라서는 장편도 되고 단편도 될 수 있는 그러한 작품이다.

「지맥」을 읽어보면 주인공이 남편의 사후 자녀를 버리고 떠나는 장면으로부터 시작하여 기생집 침모살이, 첩의 집 가정교사 생활, 옛 애인과의 해후 등에 이르기까지 모두 각개의 단편으로 독립될 수 있는 작품이다.

요컨대 소설적 사건이 중층적重層的으로 누적되어 있다.

이러한 경향은 암만 써도 소설이 되지 않는 무미건조한 사건을 지리한 줄 모르고 써나가는 모모某某 작가에 비하면 훨씬 더 현실 가운데서 소설을 발견할 재능을 가진 작가라고 할 수 있다.

그러한 작품은 암만 늘리고 암만 줄여도 장편도 안 되고 단편도 안 된다.

이러한 작가는 선천적으로 소설적 재능을 가지고 생탄하지 아니한 이로, 대부분 소설의 안일한 유형을 구사하는 통속소설로 가거니와 또한 통속소설에서도 역시 성공하기 어려운 것이다. 이런 경향은 현재 우리 문단에서 성盛히 장편을 발표하는 어느 분에게서 그 가장 적절한 예를 볼 수가 있다.

그러나 최씨와 같은 작가의 소설은 잘 단축하면 단편도 될 수 있고 잘 연延하여 전개하면 장편도 될 수 있다.

오직 작자가 아직 명확히 조형적인 단편소설의 주형主型을 얻지 못한 데서 오는 방황이라고 할 수 있다.

바꿔 말하면 우미優美한 석재石材를 발견할 줄 아는 조각가다. 하지만 거기에다 조형의 미를 부여한다는 것은 다시 하나의 과제가 아닐 수 없다.

왜 그러냐 하면 단편소설의 예술성의 견지에서 볼 때 열악한 석재나 우미한 석재나 다 같이 아직 하나의 소재[이]기 때문이다.

최정희 씨의 「지맥」은 이러한 의미에서 분명히 네 개 혹은 다섯 개의 소설을 한 작품 가운데 차례차례로 싸 놓은 것이다. 그 증거로 우리는 아이들을 떠나는 주인공, 그 다음에 만나는 기생, 그 다음의 첩, 혹은 도망간 여학생, 옛 애인 등이 모두 한 단편의 주인공일 수 있다. 5인의 주인공을 가진 한 편의 단편! 이것은 분명히 단편소설을 와해[12]시키기 쉬운 위험이다.

그 다섯 사람이 주인공의 불행한 운명을 강조한다는 단일한 주제 하에 배열되어 겨우 소설의 와해를 면했다 할 수 있으나, 주제를 단일한 점에서 강조할 수 있는 구심력 있는 사건 가운데 집약되어 있지 아니하고, 노방路傍의 행인처럼 주인공의 곁을 통과하고 말았다.

여기에서 부득이 소설의 집약성과 사건의 주체성, 구조의 구심력이 획득되지 않고 소설은 끝이 난다.

이러한 제諸 결함—이것은 분명히 단편소설의 결함이다—은 우리 문단의 유위有爲한 신인들의 대부분을 장편과 단편의 십자로 상에서 방황케 하는 것으로 왕왕히 그들 가운데 장편에의 욕망을 환기하는 일 원인이 되어 있다.

그러나 이러한 방황이 장편에서 구출되기를 바라는 것은 하나의

---

12 원문에는 '互解'로 되어 있으나 '瓦解'의 오식으로 보인다.

기적에 대한 요망에 가깝다.

왜 그러냐 하면 일견 자유롭고 산만해도 좋은 듯한 장편에서 그 자유로움과 산만성을 구하기 위하여는 구성력과 집약성은 더 많이 요구되기 때문이다. 역시 생략과 압축, 두 가지를 모토로 하여 단편을, 즉 조그만 인물과 사건에다 하나의 결정結晶된 외형을 부여하는 기술에[13] 정진할 수밖에 없다. 그런 의미에서 「지맥」의 처음 부분, 아이를 두고 상경하는 젊은 여인의 심정을 묘사한 아름다운 부분은 실로 애석하다. 그 부분과 최후에 옛 애인과의 해후를 직접 연결하고 중간을 제거하여 소설을 구성할 수 있었다면 「지맥」은 분명히 완성의 역域에 접근하는 단편일 수 있었을지도 모른다.

거기에는 단지 하나 오 헨리 같은 작가가 애용하는 스토리의 미묘한 트릭만 준비하면 그만이다.

이러한 재분才分의 작가가 더구나 우리 여류문단의 어느 작가들에게서와 같이 안일한 통속화의 길을 시험하려드는 것은 배주排主할 수 없는 위험이나, 나는 「지맥」의 작자가 순수 일로로 전편을 일관한 성실을 사고 싶다.

그런 통속화의 위험은 작자도 알겠지만, 기생과 첩, 두 장면에서 농후한 유혹으로 나타났었다.

어찌했든 이런 형태의 단편소설은 조선소설의 하나의 전형이라 이름할 수 있을지는 모르나, 적어도 통속소설이나 실패한 장편소설이 발생하는 일 기초임은 사실이다.

---

13 원문에는 '技術에는'으로 되어 있다.

실험소설론[*]
관찰의 정신과 실험의 정신

에밀 졸라 지음, 가와니시 키요시(河西 淸) 옮김

이 역본譯本 가운데는 「실험소설론」 외에 「공화국과 문학」이란 논문이 일편 첨가되었는데, 본시는 이외의 다수한 논문이 합쳐서 실험소설론이란 명목으로 발행된 것이라 한다. 그 가운데 졸라가 주로 소설의 양식에 대한 견해를 피력한 소설론도 있는 모양이다. 지금 이 역본에 의하여 두 개의 논문을 소개하는 데 그치지 아니할 수 없다.

「실험소설론」은 번역으로 백혈百頁을 상하上下하는 소량의 논문이나, 그 논문이 비평과 문학사 위에서 점유하는 위치는 막대한 바가 있다.

비단 졸라Emile Zola의 이론 다큐멘트일뿐만 아니라, 전全 자연주의문학의 예술철학적 매니페스토다.

•『인문평론』, 1939.10.

이 속엔 자연주의의 위대성과 더불어 그 한계성도 표현되어 있어 자연주의를 알려는 사람의 필독의 서書다.

이 책을 읽는 데 필요한 예비지식은 물론 졸라의 작품이지만, 또한 졸라를 전체로서 이해하는 게[1] 중요하다. 그 필요는 이 역서의 권두卷頭에 실린 「에밀 졸라의 방법과 예술」이란 해설로 간단하나 친절하여 이해를 돕는 바가 불소不少하다.

그 중에도 중요한 것은 졸라의 예술적 사상적인 계보다. 그가 점유하고 있는 문학사 상의 위치다.

간단히 적요摘要하면 대략 아래와 같다.

졸라는 1840년에 나서 1902년에 죽었으나, 그는 전형적인 19세기인이다. 더욱이 19세기 중엽의 사람, 세기말의 풍조와 무연한 사람이다.

발자크Balzac · 스땅달Stendhal · 플로베르Flaubert · 공쿠르 형제Goncourt 등 일련의 불란서 리얼리즘문학의 면면한 대大전통을 이은 역력歷歷한 후예다.

이러한 작가로서 졸라가 1828년에 나서 1893년에 죽은 위대한 실증적 사회적 비평의 창시자 이뽈리트 테느Hippolyte Taine의 결정적 영향 하에 있었다는 것은 당연 이상의 일이다. 약 12세 연령의 차이는 당시의 서구상태로 보아 동세대인으로 볼 수가 있다.

시대는 바로 자연과학이 구주歐洲 각 천지에 개가를 부르던 때다.

최초의 자연주의 소설 『테레즈 라캉』의[2] 제명題銘 "악사惡事나 미덕은 유산염硫酸鹽이나 사탕砂糖과 같이 일종의 생성물生成物이라"는 문구를 테느의 유명한 영문학사 서설緒說에서 차용한 것은 양인兩人의 공통한

---

[1] 원문에는 없으나 문맥상 '게'를 집어넣는 것이 적절해 보인다.
[2] 원문에는 '의'가 없으나 문맥상 집어넣는 것이 적절해 보인다.

과학에의 의거依據를 입증하는 흥미있는 사실이다.

오직 사실만을 믿었던 시대, 모든 것의 분석 가능을 믿었던 시대, 불가지不可知를 믿지 않았던 시대, 과학의 승리적 전진의 시대에 자연과학적 또는 생물학적 대법大法이 사회현상을 증명하는 데 도입된 것은 당연한 일이다.

직접으로 졸라는 클로드 베르나르Claude Bernard의 제자다. 그것은 발자크가 큐비에G. Cuvier의 제자였던 것과 동일한 의미에서다.

「실험소설론」은 공연公然 또한 노골露骨로 베르나르의 「실험의학 연구서설」의 입론立論과 구성과 인례引例까지를 그냥 차용하였다.

「실험소설론」은 「실험의학 연구서설」의 완전한 유추類推의 산물로 졸라는 오히려 공연히 그것을 자기의 영예로 생각한 것이다.

졸라의 생각에 의하면 문학은 그 가치에 있어 과학과 동등할 뿐 아니라, 방법에 있어서도 일치하지 아니할 수 없기 때문이다.

그 이유를 졸라는 실험소설론의 저본底本으로 「실험의학 서설」을 택한 데서 설명한다.

다름 아니라 의학이 소설과 더불어 아직까지 하나의 기술로 중인衆人에게 생각되기 때문이요, 베르나르야말로 전 생애를 의학으로 하여금 과학적 도정 가운데 열列케 하려고 분투한 인人이었기 때문이다.

실험적 방법이 비로소 의학을 경험주의에서 진실에 뿌리를 박은 과학으로 인도하였다 한다.

화학이나 물리학에 과학이 가능하면, 생리학이나 의학에서, 즉 생물의 연구에도 과학은 가능할 것이다. 이것을 증명한 사람이 베르나르이다.

동시에 생리학이나 의학에 과학이 가능하면 감정이나 지적 생명의 인식영역에도 과학은 가능할 것이다.

이것의 편린을 아마 졸라는 테느나 콩트A. Conte에서 발견했을지도 모른다.

그러나 졸라는 이 영역에 있어 자기를 최종적 완성자라고 생각했다.

그가 말한 바와 같이 감정적 지적 인식에 있어 소설은 종극終極의 것이다.

화학으로부터 생리학에, 생리학으로부터 인류학 내지 사회학에,[3] 이런 단계로 과학은 전진하기 때문이다.

첫 항에서 졸라는 종래로 관찰을 위주로 해온 듯한 문학에서 실험적 방법이란 과연 가능한가란 문제를 제출하였다.

이것은 의학이 실험적 방법의 채용을 통하여 경험기술에서 과학의 영역으로 들어왔다는 베르나르의 말에 비추어 보면, 문학은 과연 과학일 수 있느냐는 물음과 같은 의미다.

과학으로서의 문학, 바꿔 말하면 실험소설의 가능성을 위하여 졸라는 역시 베르나르의 관찰과학과 실험과학의 분류를 따라, 관찰문학과 실험문학의 관계를 유추한다.

관찰가란 현상의 사진사다. 관찰은 현상을 정확하게 표현하면 그만이다.

그러나 현상이 잘 관찰되면 관념이 떠오르고 추리가 시작된다. 여기에 실험가가 출현하여 현상을 해석한다.

실험가란 현상을 더 근원에 있어 이해하기 위하여 가설 내지 가구假構를 통하여 관찰한 현상에 대한 해석을 검구檢究한다.

---

3 원문에는 '社會學的에'로 되어 있으나 문맥상 '的'을 빼는 것이 적절해 보인다.

이 실험은 물론 최초에[4] 관찰한 결과가 제공한 예견豫見의 논리에 의거하는 것이다.

요컨대 실험이란 현상의 관찰을 검구檢究하기 위한 현상의 인위적 조작이요, 이 조작은 새 관찰을 유발한다.

졸라는 베르나르를 따라 역시 실험을 유발된 관찰이라 하였다.

자연과학적 실험의 조작은 기계 기구에 의한 자연의 재구성이나, 문학 소설의 경우에 있어선 필연적으로 인간생활의 재구성이 된다.

픽션이란 사회적 실험의 조작이다.

졸라는 소설에 있어서의 실험을 관찰과 구별하면서 대략 다음과 같이 말하였다.

소설가도 과학자와 마찬가지로 관찰가와 실험가로 성립하여, 소설은 결국 관찰에서 시작하여 실험에서 끝이 난다.

관찰은 관찰한 대로를 제공하고, 출발점을 두고, 제諸 인물이 진행하고, 제 현상이 전개할 지반地盤을 만든다. 그 다음에 실험가가 나타나 실험을 설정한다. 즉 어떤 특정의 이야기 가운데 제 인물을 활동시키고 거기서는 사실의 계속이 제 현상의 디테미니즘[5]이 요구하는 대로 과제를 종결시킨다.

이 방법을 졸라는 발작의 『종매從妹 베트』의 분석에 적용했다. 이 비평은 그의 방법을 이해하기에 더욱 편리하다.

졸라에 의하면, 『베트』의 주제는 한 남자男子 유로의 다정한 기질이 그 집, 가족, 사회에 끼치는 재해災害다.

이것이 발자크가 관찰한 일반적 사실이다.

이 주제를 택하면서 즉 관찰된 사실에서 출발한 셈이다.

---

4 원문에는 '最初의'로 되어 있으나 문맥상 '최초에'가 적절해 보인다.
5 determinism.

그 다음에 실험이 시작되는 것으로, 유로 남작을 일련의 사건으로 시련시키고 여러 가지 변화하는 환경 가운데를 통과시키고, 그때그때마다에서 표현되는 인간 정열의 제상諸相, 그것의 기구機構와 작용을 표시하였다. 이 일련의 도정道程이 이른바 실험과정이요, 그의 정열을 변화하는 제상諸相에서 또는 다양한 기구에서 볼 양으로 설정된 픽션이 실험적 조작의 기구라 할 수 있다.

또한 인간 정열을 이러한 픽션을 통하여 시험하는 방법이 실험적 방법일 것이요, 그런 방법으로 인간이란 것을 인식하는 정신이 실험의 정신일 것이다.

졸라가 이 방법과 정신을 엄수했는지 여부는 별 문제로 발자크 이후 면면한 사실주의 소설전통의 양식적 방식임은 사실이다.

발자크의 인간희극 총설總說은 여기에 대면 오히려 보다 일반론의 영역 내에 있다.

또한 졸라가 자연주의 소설가의 일은 회의懷疑에서 시작하여 처음 불명不明한 진리와 미해결의 현상을[6] 대하나, 일단 실험적 구상이 그들의 재능을 환기하고 실험을 설정하여 사실을 분석하면 그 지배자가 된다고 할 제, 우리는 아직도 발자크에서[7] 비롯하는 전진적前進的 시민의 고매한 정신의 여운에 부딪힐 수가 있다.

이것이 졸라가 베르나르에 방倣하여 모든 것은 회의로부터 시작한다고 하면서 자꾸만 떼테미니즘決定論을 이야기하는 소이所以다.

그러나 졸라가 철학은 거부하고 이념의 가치를 믿지 않고, 상대주의에 떨어지는 것은 단지 낭만주의에 대한 리얼리즘 전통적 반항을

---

6 원문에는 '현상과를'로 되어 있으나 문맥상 '현상을'이 적절해 보인다.
7 원문에는 '발작에'로 되어 있으나 문맥상 '발작에서'가 적절해 보인다.

계승받은 때문만 아니라, 19세기 중엽을 풍미하던 자연과학을 그 중에서 진화론과 생물학·유전학 등을 곧 역사와 사회에 기계적으로 적용하는 데서 오는 당연한 결과였다.

발자크는 결코 역사와 사회를 생물적 진화나 동물세계와 동일시하지는 않았다.

더구나 인간의 정열이나 감정, 지성을 본능과는 준별峻別하였다.

그는 결코 인간생활을[8] 생리학이라고는 생각지 않았다.

'역사가가 빠뜨린 역사' — '풍속의 역사' — '악행과 선행의 목록의 작성' — '사회의 박물지', '창조되는 역사의 기술記述' — '역사의 서기書記', 이런 것이 발자크의 창작태도였다.

상인 세자르 비로트의 역사를 그린 작품을 발자크 의식적으로 트로이 전쟁이나 나폴레옹 행군에 비교하였다.

"이 책으로 하여금 부르주아지의 운명의 서사시가 되게 하라. 여기에 대하여는 지금까지 한 사람의 작가도 생각한 일 없고 그만치 일체의 가치가 없다고 생각해 온 것이나, 그러나 이 속에야말로 진정한 가치는 들어 있다."

이 가치란 무엇일까? 화폐고 자본이고 시민의 운명이다.

운명을 생각하는 예술가의 머리 속엔 항상 역사란 것이 열화熱火처럼 의식되어 있는 것이다.

그러나 졸라에겐 그런 것이 없었다.

발자크에 있던 역사와 사회가, 플로베르에 이르러 가정생활과 지방의 풍속화가 되고, 공쿠르 형제에 이르러서는 다시 하층인의 성격이나 환경의 묘사가 되어, 문학은 자꾸 폭이 좁아갔다.

---

8 원문에는 '人間生活의'로 되어 있으나 문맥상 '인간생활을'이 적절해 보인다.

이것이 졸라에 와선 플로베르에서 시작하여 모파상에 이르러 농후해진 생물학적 취미가 집대성되었다.

그러면서 또한 발자크와 같이 사회적 실증주의의 거대한 영역을 전개한 것이다.

육체의 생물, 정열의 생물로서의 인간을 거대한 사회라는 실험적 조작 가운데서 재발견하려는 게 졸라의 이상이었다.

발자크를 지배하는 역사에 대한 정열과 관심은 졸라에 와서 완전히 상실된 것이다.

바꿔 말하면 『인간희극총설』이 시민사회가 역사를 의식하지 아니하면 아니 될 시대의 문학적 매니페스토라면, 「실험소설론」은 모든 영역에서 지배를 확립한 시민사회가 전혀 기술技術을 의식한 때의 문학이론의 다큐멘트라 할 수 있다.

이 시대는 구라파 일반으로 볼 땐 상업자본주의로부터 공업자본주의로의 전형기轉形期요, 불란서에서는 철학과 역사학에 대신하여 자연과학이 패권을 잡은 때다.

공업기술과 자연과학!

졸라 자신이 말하듯 실험소설은 과학의 문학임은 사실이나, 그러나 자연과학과 기술과학의 시대의 문학이다.

그의 결정론이 유전학이나 환경설에서 인간존재의 근원을 묻는 데서 이 특징이 명백히 나타난다. 이것은 자연주의문학 최대의 한계다.

이밖에 모랄과 실험소설과의 관계에 대한 흥미있는 기술記述, 예하면 최고의 도덕을 진실에 두는 등 방법의 비非개인성 객관성의 문제, 형식의 문제, 예하면 위대한 스타일은 논리성과 철학성에 의하여 만들어진다는 것, 과학과 문학의 관계 등 현대문예학에 대하여 중요한 기술이 많으나 일절一切[9]로 할애割愛한다.

결정적인 것은 상기上記의 점에 있다.

그러나 "공화국은 자연주의적이어야 하지, 그렇지 않으면 존재하지 않는다"는 문구로 비롯하는 「공화국과 문학」은[10] 자연주의문학이 생각한 정치와 문학과의 관계를 이해하는 데 중요한 문헌이요, 기타 공화국 각파各派의 문학에 대한 태도를 아는 데 귀중한 역사적 자료를 제공한다.

---

9 원문에는 '一'로 되어 있으나 문맥상 '일절'이 적절해 보인다.
10 원문에는 없으나 문맥상 '은'을 집어넣는 것이 적절해 보인다.

창작계의 1년[●]

연래_{年來}로 문단 부진의 원인의 한 조건으로 발표기관의 부족을 한_恨해 왔으나 금년에 들어오면서 이러한 유감은 위선 한 가지[1] 제거된 듯 싶다.

『동아일보』가 '신인문단 콩쿠르'를 개최하여 신인의 작품을 연달아 십+ 편씩이나 게재했고—작년부터 시작한 것이나—각 신문의 신춘문예는 물론 그 뒤에도 신인, 중견을 하여 십여 편을 실었으며, 새로 『문장文章』『인문평론人文評論』 등 우수한 문예잡지가 발간되며 매호 다수한 스페이스를 창작을 위하여 바치고, 『문장』과 같은 잡지는 창작특간을 내었으며, 『조광朝光』『여성女性』 등이 의연히 불소不少한 창작소설을 싣고,[2] 그타他의 『비판批判』『신세기新世紀』『조선문학朝鮮文學』 광업

●『조광』, 1939.12.
1 원문에는 '한가치'로 되어 있으나 '한 가지'의 오식으로 보인다.

과 농업 잡지와 야담 잡지까지 소설을 실어 편수로 이백 편을 산算하니 여태까지 조선의 문단 사정으로 보아 그대로 부족을 탄嘆할 수는 없다.

거기에다 출판계의 활기를 따라 족출簇出하는 각종 전집 단행본, 전작 간행 등으로 문단에 출판할 원고가 품절品切됨을 우려할 형편이니 더욱 이러한 한탄만을 되풀이하고 있을 수는 없다.

그렇다고 해서 물론 현하現下의 상태가 만족할 만한 상태라는 의미는 아니다. 그러나 이 발표기관의 확장에 따른 작품 생산의 증대에 반伴하여 어느 정도의 질적 수확이 있었느냐를 반성할 제는 이 상태를 오히려 부족하다[3] 한탄하는 것은 과도의 욕망이라 아니할 수 없다.

×

먼저 우리는 신인불가외新人不可畏이라든가 기성불가공旣成[4]不可恐이라든가 하는 언설言說의 왕래로 비롯하여 신세대론의 발전에까지 미쳤던 직접의 주인공인 신인들의 일년간 업적에 대하여 그다지 반가운 보고를 제출하기 어려움을 고백하지 아니할 수 없다.

이러한 말은 조금도 신인들의 무력無力을 들추어내고, 기성旣成[5] 중견들의 업적을 과장하려 함이 아니다.

오히려 우리가 금년 일년 중 가장 큰 기대를 두었던 곳이 신인들의 노작勞作이었다고 말하여 과장이 아니었다.

신인의 한 작품 한 작품을 절박切迫에 가까운 심정을 가지고 읽은

---

2 원문에는 '실고'로 되어 있으나 '신고'의 오식으로 보인다.
3 원문에는 '부족한다'로 되어 있으나 '부족하다'의 오식으로 보인다.
4 원문에는 '槪成'으로 되어 있으나 '旣成'의 오식으로 보인다.
5 원문에는 '槪成'으로 되어 있으나 '旣成'의 오식으로 보인다.

것은 비단 나뿐이 아닐 것이다.

금년만치 신인들에 대하여 관심關心하고 기대한 증거는 신세대론을 전후하여 문단에 파급된 여러 가지 의론議論을 보아 명백할 것이다.

이것은 중견 문단에 침체와 저회低徊의 기분이 떠돌기 시작한 것을 반영하는 사실이기도 하다.

그러나 이 침체와 저회의 기분의 발생이 사실이라 하더라도 신인에의 관심은 다분히 호의적으로 해석할 것이라고 나는 믿는다.

신세대[6] 논의의 근저에는 분명히 이런 분위기로부터의 탈출을 신인이 초래하는 새로운 획득에서 구하려는 심정이 숨어 있었다 할 수 있다.

그러나 이 일년 동안 신인들이 문단에 기여한 것은 무엇이었던가?

동아일보의 '신인 콩쿠르'가 문단에 보여준 것은 그들의 문학적 기술의 놀라운 저도低度뿐이었다. 물론 그들에게서 우리는 문학의 완미完美한 기술을 기대한 것은 아니다. 새로운 정신, 새로운 제재, 혹은 새로운 성격과 새로운 세계 등이다.

그러나 거듭 말하거니와 기술적 미숙 이외에 하등 새로운 것은 없었다.

신인의 현상懸賞[7] 소설에선 오직 『조선일보』에 「소복素服」을 들고 데뷔한 김영수金永壽 씨[8] 한 사람 있었을 뿐이다. 「소복」에는 위태롭지 않을 만큼 정비된 기량과 허욕의 세계를 흥미 있게 보는 한 사람의 작가를 보았다 할 수 있다. 그러나 이것만으로 우리가 이 작가에 대하여 경이의 표정을 지을 수는 없다. 가까이는 이효석李孝石 씨, 좀 멀리는 니와 후미오[丹羽文雄], 더 멀리는 서구 자연주의문학에서 우리는

---

6 원문에는 '新代'로 되어 있으나 '新世代'의 오식으로 보인다.
7 원문에는 '縣賣'로 되어 있으나 '懸賞'의 오식으로 보인다.
8 원문에는 '氏를'로 되어 있으나 문맥상 '를'을 빼는 것이 적절해 보인다.

대체로는 이러한 정신과 감미感美의 수집修集을 받은 사람들이다. 그 뒤 「상장喪章」『문장』 증간 「생리生理」『조광』 9·10월호 등에서 이 작가가 정진하고 있음을 보는 것은 즐거우나 어찌한 일인지 아직도 한 번 당선작의 수준을 넘지 못하는 것은 섭섭한 일이다.

이러한 이로 우리는 또 한 분 현덕玄德 씨를 지적할 수 있다. 「녹성록星座」『조선일보』 6·7월는 노작勞作이나 아직 「남생이」에 필적하지 못하였다. 진절머리가 나도록 산문적인 세계를 똑같이[9] 산문적인 정신과 수법으로 그려 놓으면 사실로 독자란 읽기 어려운 것이다. 묘사는 언제나 묘사 이상의 목적을 위하여 구사된다는 것을 현덕 씨는 기억하고 있는지?

이런 의미에서 최명익崔明翊 씨의 「심문心紋」『문장』 6월호은 출중한 작품이라 할 수 있다. 그 가치는 여하간 한 시대의 지적 분위기를 재출再出시키는 데 성공하였다. 그러나 이 분위기나 기분이라는 것은 새롭다느니보다 오히려 구시대의 그것의 연장이다. 문제는 거기에 무슨 새로운 해석이 가해져 있는가 여부다. 하나 지적知的 운운이 도달하는 심연을 그리기에 이 작가에게는 어딘지 절실한 체험감이 부족했고, 그것을 부정하거나 초월하여 보기에는 또한 최씨는 역시 구전대인舊前代人이었다.

차라리 「심문」은 우유부단하고 불진불퇴不進不退하는 현대 조선문학 정신의 한 주변임을 면치 못하지 아니했는가 한다.

기량에 있어서 그 중 확실한 것은 역시 김동리金東里 씨나, 「황토기黃土記」『문장』 5월호 「찔레꽃」『문장』 증간 「완미설玩味說」『문장』 11월 등은 씨의 정진을 증명하는 작품은[10] 될지 모르나, 고유한 세계를 가진 작가의 한 사람으로 인정하기엔 너무나 많이 우리 문단의 기성旣成 재산의 분양

---

9 원문에는 '또같이'로 되어 있으나 문맥상 '똑같이'가 적절해 보인다.
10 원문에는 '작품을'로 되어 있으나 '작품은'의 오식으로 보인다.

물分讓物로 형성되어 있다.

신인이 새로운 정신적 세대의 주인공이 되려면은 낡은 세대의 용훼 容喙[11]를 허許치 않는 엄숙한 재산을 간직하고 있어야 한다. 신인이 두렵지 않다는 것도, 신인에게 패기가 없다는 것도 모두 이 때문이다.

패기란 반드시 대언장어大言壯語를 의미함도 아니요 잡설雜說의 남발을 가리키는 것도 아니다. 고고하고 묵묵한 가운데서도 감히 기성이[12] 넘어다보지 못할 엄연한 세계를 보유하고 있음을 의미한다.

최인욱崔仁旭 씨의 「월하취적도月下吹笛圖」 『조광』 4월호는 또한 너무나 김동리 씨와 국적을 같이하고 있다. 예술의 영토에선 같은 작품의 여러 매枚의 복제화複製畵는 필요치 않은 것이다.

이밖에 허준許俊 씨가 도무지 활동하지 않고 정비석鄭飛石 씨는 너무 방황하고 있어 보는 자로 하여금 한 자리에서 씨를 바라보지 못하게 하며, 『비판』 『조선문학』 그타他에 집필하고 있는 제씨諸氏는 또한 너무나 노력하는 바 적은 듯하였다. 박노갑朴魯甲·이규희李圭憙·계용묵桂鎔黙·김정한金廷漢·현경준玄卿駿 씨 등 여러분은 좀더 문학자다운 자리를 잡고 붓을 가다듬어 작품에 대하기를 바란다. 그밖에 이주홍李周洪·홍구洪九·이동규李東珪·안동수安東洙·심규섭沈圭燮 씨 같은 이는 좀더 노력하면 성과를 기대할 수 있다. 이들이 지지부진하는 것도 보기에 안타까운 일이다.

『문장』의 신인추천을 통하여 최태응崔泰應·정진영鄭鎭榮·한병각韓柄珏·임옥인林玉仁·선진수宣鎭秀·유운경柳雲卿 등 육씨六氏가 소개되었으나, 문단에서 허심탄회하게[13] 맞을 신인은 아직 나오지 아니했다.

---

11 원문에는 '容喙'으로 되어 있으나 '喙'은 '喙'의 오식으로 보인다.
12 원문에는 '旣成의'로 되어 있으나 문맥상 '기성이'가 적절해 보인다.
13 원문에는 '~하고'로 되어 있으나 문맥상 '~하게'가 적절해 보인다.

그러면 시끄러웠던 신세대론은 무엇을 대상으로 하여 세워졌는가?[14] 역시 지금에 우리가 이야기한 분들을 대상으로 하여 씌어졌다면 신세대론이란 하나의 헛된 당위론이 아니었을까?

유감이나 신세대론은 생탄生誕할 것이로되 생탄하지 않는 신新작가에 대한 이야기였던 점이 불소不少하였던 반면 또한 현재 신인들 가운데 부분적으로 구세대와 다른 어떤 분위기의 일단을 미연未然[15]하게나마 느끼고 있는 증좌證左가 아닐까?

그것은 현재의 중견작가가 생존生存[16]한 토양인 오륙 년[17] 내지 팔구 년 전의 현실에 비하여 일변一變한 현실 가운데서 사색하기 시작한 청년들에게 고유한 정신세계일 것이다.

그러나 아직껏 그러한 특징이 투철히 유표有標하고 전형적으로 나타나지 않은 것은[18] 아직껏 신인이 구시대의 정신적 분위기의 여태餘態 가운데서 호흡하고 있거나 그렇지 않으면 아직 그러한 문학이 생산되기엔 상조尙早한 과도기인 때문인지도 모른다.

여하튼 단언키 어려운 일이다.

×

그러나 이러한 의혹을 푸는 데 흥미있는 일면을 제공하는 작품은 이무영李無影 씨의 「도전挑戰」 『문장』 7월호이다.

---

14 원문에는 '새워졌는가'로 되어 있으나 '세워졌는가'의 오식으로 보인다. '씌어졌는가'의 오식일 수도 있다.
15 원문에는 '美然'으로 되어 있으나 '未然'의 오식으로 보인다.
16 원문에는 '生者'로 되어 있으나 '生存'의 오식으로 보인다.
17 원문에는 '月'로 되어 있으나 문맥상 '년'이 적절해 보인다.
18 원문에는 없으나 문맥상 '것은'을 넣는 것이 적절해 보인다.

솔직히 말하여 이 작품은 그다지 우수한 작품은 아니다. 그러나 주인공이 칠팔 년만에 해후하였으리라고 생각하는 그 제자에게서 자기의 청년시대를 그대로 발견한다는 것은 의미 깊은 일이 아닐 수 없다. 칠팔 년 동안에 세상은 상당히 변했을 것이고, 또한 대부분의 현대인이 그 변한 측면을 따라 생활의 사고의 태도를 정해 가는 것이 현대의 한 상식이다. 그때그때의 변화된 국면이 그대로 사람들의 입장이 된다.

그 전의 국면을 오히려 입장으로 고수한다든가 혹은 거기에 기초를 둔[19] 사고방식을 가지고 새 국면에 임하면 의례히 진부하다고 하는 것이 현대의 논리다.

그럼에 불구하고 「도전」 가운데선 이미 칠팔년 전에 지나갔을 청년 교원의 고뇌가 그 제자인 교원의 몸에서 확대 재생산되는 것이 조금도 부자연하지 않다.

그것은 어찌한 이유일까? 여기엔 적어도 황급히 변하는 현대의 사회의 격변상(激變相) 가운데 불변하는 근원적인 무엇이 있음을 생각케 하는 하나의 암시가 들어있지 않은가 한다.

격변하는 세태의 오저(奧底)에 불변한 채[20] 흐르는 것, 이것은 지극히 중대 의의를 갖는 관념이다. 그것은 이 불변의 것을 하나 알아냄으로써 격변하는 온갖 상면(相面)을 용이히 판별해낼 수 있는, 즉 근원적인 무엇이다.

작가가 이러한 것의 탐구를 위하여 노작(勞作)한다는 것은 비록 그 일이 고난에 차고 빈번한 실패를 거듭한다 할지라도 변화하는 세태의 장면 장면에다 일일이 작품의 구조를 뜯어 맞추어 가며 독자의 갈

---

19 원문에는 '둘'로 되어 있으나 문맥상 '둔'이 적절해 보인다.
20 원문에는 '不變한대'로 되어 있으나 문맥상 '불변한 채'가 적절해 보인다.

채를 기대하는 태도에 비하여 훨씬 예술가이고, 진실로 문학자일 것이다.

이러한 의미에서 비록 지지遲遲하나마 이무영 씨의 노력에 장래를[21] 기대하는 바이며, 또한 「이녕泥濘」『문장』 5월호,[22] 「술집」『문장』 증간, 「종두種痘」『문장』 8월호는 작자 한설야 씨에[23] 대하여 씨의 제재나 제작태도가 새롭지 않다는 적지 않은 비평에 불구하고, 나는 그 작품들에 대하여 가볍지 않은 평가를 하는 것이다.

「이녕泥濘」은 현대의 오예汚穢 가운데서 전시대의 인간의 비참할 만치 무력한 자태를 그린 가작佳作[24]의 하나다. 누가[25] 무어라고 하든지 무력한 인간의 동향과 운명에[26] 현대의 운명의 대부분이 걸려있는 것을 주마등과 같이 변하는 세태를 황급하게 쫓아가는 작가들은 명기銘記해야 할 것이다. 다시 말하면 이러한 인물, 이러한 성격, 이러한 정신이 구원되지 않은 한, 현대는 그 구할 수 없는 오예汚穢 가운데서 벗어가기 어려운 것이다.

사람들은 이즈음 대단히 성격에 대한 갈망과 성격에의 의욕을 표명하길 즐겨한다. 그러나 성격은 정신이다.

부질없이 산문의 매력에 이끌리어 세태에 흐트러진 양자樣姿를 좇는[27] 방탕한 두뇌 가운데선 성격이 만들어지지는 않는다.

생명 없는 사실의 범람 가운데서 불사의 정신을 건져내는 데서 성격은 그 정신의 용기容器로서 탄생하는 것이다.

---

21 원문에는 '將來에'로 되어 있으나 문맥상 '장래를'이 적절해 보인다.
22 원문에는 '「種痘」'로 되어 있으나 「泥濘」이 맞다.
23 원문에는 '氏의'로 되어 있으나 문맥상 '씨에'가 적절해 보인다.
24 원문에는 '組作'으로 되어 있으나 '佳作'의 오식으로 보인다.
25 원문에는 '누구가'로 되어 있다.
26 원문에는 '운명에의'로 되어 있으나 문맥상 '운명에'가 적절해 보인다.
27 원문에는 '또든'으로 되어 있으나 문맥에 맞게 수정했다.

여기에서 우리는 당연히 김남천金南天 씨의 소설에 유의할 순서에 도달한다.

중편 「바다로 간다」『조선일보』 6·7월 「장날」『문장』 6월호 「이리」『조광』 6월호 「길 우에서」『문장』 증간 「녹성당綠星堂」『문장』 3월 등과 장편 『사랑의 수족관』을 합하여 십수 편에 산산算하는 다작多作의 인人으로 김씨는 전기前記 이무영·한설야 씨 등과 대척적對蹠的인 작가다.

『인문평론』 11월호에 실린 「T 일보사日報社」가 아마 씨의 최근의 경향을 이해하기에 좋은 작품의 하나로, 연전年前 소위 고발의 정신 이후, 풍속이라든가 연대기라든가에 대한 관심을 거쳐 새로운 성격이란 것을 염두에 두고 쓴 「바다로 간다」 「이리」 「장날」 이래의 한 도달점인 듯 싶다.

그러나 소위 외부적인 인간을 현대인의 전형이라 생각한 씨의 관념을 표명한 것으로, 「T 일보사」의 주인공은 성격이라고 하기엔 전부 정신이 결여되어 있다.

「바다로 간다」나 『사랑의 수족관』이나 「길우에서」 가운데의 기사技師가 과연 현대의 전형인지는 의문의 여지가 있으나, 비록 그런 타입이 현대인의 전형이라 가정하더라도 외부적 인간은 작자에 있어선 내부적 공허空虛의 측면에서 그려져서 본떠서[28] 예술이 되는 것이 아닐까?

현대에 있어서의 정신의 쇠멸衰滅과 그것에서 오는 허망의 결과로서 외부적 인간이 생탄生誕되기 때문이다. 그러므로 외부적 인간이 잘 그려지면 그려질수록 작품의 근저에는 정신에 대한 열광적 갈망, 정신세계에 대한 그치지 않는 향수가 흐르는 것이다.

---

28 문맥상 '그려질 때 비로소' 정도가 적절해 보인다.

예하면 몽테를랑Montherlant의 소설이나 영화 「페페 르 모코」[29] 가운데 있는 명장名狀할 수 없는 공허가 그것이다.

그러므로 우리는 몽테를랑의 소설이나 영화 「페페 르 모코」의 주인공에 친근할 수 있으면서도 「T 일보사」의 주인공이나 「길 우에서」 혹은 「바다로 간다」의 주인공에 동화同和될 수 없는 것이다.

왜 그러냐하면 「T 일보사」의 작자는 외부적 인간을 정신의 입장에서 그리지 않고 외부적인 입장에서 그리기 때문이다.

그런 경우엔 작품 가운데서 문학의 정신적 기능이 포기되기 때문이다.

바꾸어 말하면 작가가 핵심적인 것 대신에 늘 파생적派生的[30]인 것만을 추구하고 있기 때문이다.

그러나 성격은 언제나 핵심적인 것의 표현이지 파생적인 것의 추구에서 표현되지는 않는다. 파생적인 면을 따라 포착되는 성격은 근원적인 정신을 떠난 성격의 형체에 지나지 않는다

여기에 「T 일보사」가 사고하는 작가의 소설 같지 않고 다분히 감수感受하는 작가의 소설같이 보여지는 원인이 있다.

성격에의 관심이 깊은 사상의 요구로서 생각되느니보다 더 많이 평론의 테마로서 혹은 유행의 제목으로서 생각되는 것은 문학에 이롭지 않은 것이다.

출발 정신 운운할 때부터 여러 가지 테마를 세워 작품으로 혹은 평론으로 이야기해 오는 남천南天 씨의 창작태도에서[31] 온갖 것을 돌

---

29 1937년 파리 필름 작품의 영화. 쥘리앙 뒤비비에가 감독하고 장 가뱅, 밀레유 바랑이 주연을 맡았다. 강도 상습범 페페 르 모코의 비극적 사랑을 그렸다.
30 원문에는 '誕生的'으로 되어 있으나 '派生的'의 오식으로 보인다.
31 원문에는 '創作態度에는'으로 되어 있으나 문맥상 '창작태도에서'가 적절해 보인다.

아보지 않고, 오직 '신新! 신新!' 하고 새것만을 추구하는 유행문학의 편린을 발견함은 단순히 나의 기우에 머무르지는 않으리라.

어느 작가에 있어선 센스의 노둔魯鈍이 한 불행이나 이 작가에 있어서는 센스의 과민이 오히려 한 개의 불행이 되어 있다. 신新! 신新! 하고 변화하는 국면만을 추구하는 동안에 근원적인 것이 소멸되는 것은 억제하기 어려운 일이다.

여기에 우리는 경향문학의 퇴조 이후, 세태의 세계를 그려[32] 변화한 국면에 적응한 작품으로[33] 등장한 채만식蔡萬植 · 박태원朴泰遠 씨 등의 금년 일년간의 고민과 초조와 부진을 생각할 필요가 있다.

근원적인 정신의 깊이에 관계하지 않은 채[34] 변화한 국면에 적응한 문학은, 변화된 국면이 아직 신선미를 정ㅁ하고 있을 동안에만 생명이 있는 것이다.

「골목안」『문장』 7월호 「최노인전초崔老人傳抄」『문장』 증간 「음우陰雨」『문장』 10월 · 11월 등을 통한 박태원 씨의 진지한 노력과 「패배자敗北者」『문장』 4월 「홍보씨興甫氏」『인문평론』 11월 「이런 남매男妹」『조광』 11월 「반점班點」『문장』 증간 등의 단편과 『금金의 정열情熱』『매일신보』 등의 장편을 통한 채만식 씨의 제종諸種 타개책에 불구하고, 이 두 작가가 금년에 들어 용이치 않은 슬럼프에 빠졌다는[35] 것은 이미 명백한 사실이다.

그러기 때문에 김남천 씨 같은 평론가 출신의 작가는 자꾸만 새 제목을 안출案出하여 소설 가운데 몰아넣으려[36] 드는 것이며 유진오俞鎭午 씨 같은 작가의 방황현상이 일어나는 것이다.

---

32 원문에는 '그저'로 되어 있으나 문맥상 '그려'가 적절해 보인다.
33 원문에는 '作品과'로 되어 있으나 문맥상 '작품으로'가 적절해 보인다.
34 원문에는 없으나 문맥상 '채'를 집어넣는 것이 적절해 보인다.
35 원문에는 '빠졌는'으로 되어 있으나 문맥상 '빠졌다는'이 적절해 보인다.
36 원문에는 '모라느랴'로 되어 있다.

「이혼離婚」『문장』 2월호은 「수난受難의 기록記錄」에서 시작하여 「어떤 부처夫妻」 그타他를 거쳐 시정市井 문학에 대한 작자의 관심을 보여오는 것으로 「나비」『문장』 증간에서 한 정점에 도달하였다고 말할 수가 있다. 「나비」는 '애정'에 대한 현대인의 윤리를 그려 성공한 가작佳作[37]이다. 그러나 이 소설에서 우리가 볼 수 있는 것은 채만식 · 박태원 씨 등은 말할 것도 없이[38] 김남천 씨에 비겨서도 시정문학에 들어가기 어려운 점이 표현되어 있지 않을까? 여기에 우리가 씨의 이른바 시정에의 편력에다 어느 정도의 기대를 두어 옳을지 모르는 이유가 있다.

거기에서 역시 전년 「창랑정기滄浪亭記」에서[39] 비롯하여 「가을」『문장』 5월에 이르는 유년시대의 회상세계가 전개되는지는 모르나, 이러한 세계가 「김강사金講師와 T 교수教授」의 작자의 정신적 고향이라고 생각하면 놀라지 아니할 수 없다. 유년시대를 회상하기엔 우리의 나이가 아직 어리고, 그 세계를 그려 예술을 완성하기엔 또한 우리의 정신 내부는 너무 복잡하지 않을까?

너무나 다른[40] 이 두 계열의 작품이 유진오 씨의 한 손으로 씌어짐[41]을 생각할 제 그 길다란 계열의 작품을 어떻게 정당正當[42]하게 평가해야 할지? 이 해답을 유씨 자신이 주지 않는 한 비록 그것이 억측이라 하더라도 시정에의 길은 안이화安易化의 표현이요, 「가을」에의 길은 도피의 길이라고 논단論斷되어도 변명할 길이 없지 않을까 한다.

---

37 원문에는 '自作'으로 되어 있으나 문맥상 '가작'이 적절해 보인다.
38 원문에는 없으나 문맥상 '없이'를 집어넣는 것이 적절해 보인다.
39 원문에는 '「滄浪亭記」에'로 되어 있으나 문맥상 '「滄浪亭記」에서'가 적절해 보인다.
40 원문에는 없으나 문맥상 '다른'을 집어넣는 것이 적절해 보인다.
41 원문에는 '씨처짐'으로 되어 있으나 문맥상 '씌어짐'이 적절해 보인다.
42 원문에는 '不當'으로 되어 있으나 문맥상 '正當'이 적절할 듯하다.

좌우간 「김강사와 T 교수」의 길이 중단되면서 씨의 문학은 분열되고, 그 분열은 아직 조화될 방법을 찾지 못한 것이 현하의 상태가 아닌가 한다.

여기에 비하여 이효석李孝石 씨는 상당히 대담한 태도로 여러 가지 제재를 소설화해가고 있지 않은가 한다.

전년에 씨를 논하여 나는 인간과 자연을 다같이 하나의 자연적인 것으로 보는 견지見地가 수년래로 발전하고 있지 않은가 했는데, 금년에 와서 이러한 씨에 있어서 퍽 중요 의의를 가질 사상은 그리 발전하지 않는 듯 싶다.

「황제皇帝」『문장』 증간, 「향수鄕愁」[43] 『여성』 9월호 「일양一樣의 효능効能」 『인문평론』 10월호 등은 대부분이 기술적 시험 같고, 「황제」 같은 작품도 그 내용에 있어서보다도 격조적格調的인 것에 대한 씨의 탐욕의 표현같이 생각된다.

그러나 이러한 작품을 통해서도, 자연으로서의 인간에 대한 씨의 관찰이 산문적 현실의 틈틈이 편린을 나타내는 것은 수액樹液처럼 신선한 데가 있었다. 그러나 전작全作 『화분花粉』은 데코레이션의 과다로 독자를 지나치게 현혹케 하였을 뿐 나에겐 과히 흥미 있는 작품이 아니었다.

여기에 연달아 일언一言할 것은 경향문학 시대의[44] 열화熱火를 통과하면서 이 시대에 가지고 들어온 사상적인 여운을 씨가 어떻게 처리할까 하는 문제다.[45]

「황제」의 의욕 가운데서 버득버득하는 역사적 운명의식과 혹은 한

---

43 원문에는 '「卿愁」'로 되어 있으나 '「鄕愁」'의 오식이다.
44 원문에는 '時代를'로 되어 있으나 문맥상 '시대의'가 적절해 보인다.
45 원문에는 '問題라'로 되어 있으나 '문제다'의 오식으로 보인다.

줄기 혈연관계를 맺지 아니할까?

여하튼 우리는 명민한 관찰과 더불어 더 많은 사고의 흔적을 문학 위에 기대한다.

「영월영감寧越令監」『문장』 3·4월 「아련阿連」『문장』 6월 등을 통하여 진부陳腐에 가까운 고독한 입장을 지키는 이태준 씨가 「농군農軍」『문장』 증간에서 보여준 성과는 여태까지의 씨의 문학의 여러 인물과 사건과 장면의 밑바닥을 흐르고 있던 어느 근원적인 것을 압축한 듯한 느낌을 주었다. 이 작품은 금년도의 가장 좋은 작품의 하나다.

소박한 조선인의 생활현실을 경박한 유행 테마를 쫓지 않고 들여다보면 자연히 떠오를 어떤 것을 간결하게 표현한 공로는 결코 적은 것이 아니다.[46]

현황眩煌하고 복잡한 것만이 좋은 사상은 아니다.

그러나 범박凡朴한 상식이 또한 곧 위대한 사상은 아니다.

다음에 「수심愁心」『문장』 3월 「계절季節」『동아일보』 5월 「온실溫室」『여성』 5월 「기계機械」『조광』 6월 「투계鬪鷄」『문장』 증간 「번민煩悶하는 짠룩씨」『인문평론』 10월 「겸허謙虛」『문장』 10월 등 제작諸作을 통하여 안회남安懷南 씨는 확실히 전진하고 있다. 그렇다고 해서 무슨 제작태도나 입장의 변화를 의미하지는 않는다. 본래가 변하지 않는 작가로서 세대에 개의함이 없이 일보일보一步一步 걸어가는 태도엔 순純문학자다운 곳이 있었다. 이 분의 문학이 조금도 시대의 정신생활과 관계하고 있지 않은 점은 역시 씨의 탁마啄磨되어 가는 기술에 내용의 공소空疎함을 날로 더[47] 느끼게 한다. 조선문단에서 드물게 보는 사치스런 문학이다. 내용이 없는 기술의 진화가 결국에선 사치가 아니고 무엇일까? 작자와 더불어 깊이

---

46 원문에는 '적은 것이다'로 되어 있으나 문맥상 '적은 것이 아니다'가 적절해 보인다.
47 원문에는 '데'로 되어 있으나 '더'의 오식으로 보인다.

생각해볼 문제다.

송영宋影, 엄흥섭嚴興燮 양씨兩氏의 약간의 작품을 위시로 이기영李箕永 씨의 금년도의 발표한 작품은 경향문학 시대의 사상이 들었던 대신 으로 군림한 상식 때문에 어떠한 문학적 기가技價[48]도 살아나지 못할 깊은[49] 질환에 고민하고 있었다.

상식까지를 버리고 현실로 들어가든지 다시 한번 상식 대신 사상 을 형성해 보든지ー그것은 반드시 경향문학 시대의 사상만을 의미하 지 않는다ー여하튼 지금의 현실과 작품의 관계를 솔직히 다시 한번 성찰하는 데서 문학은 재출발해야 하지 않을지? 씨들의 슬럼프는 실 로 우려할 바가 있다.

×

끝으로 일언一言할 것은 여류문단의 부진이요, 대가진大家陳의 회생 난回生難이다.

오직 최정희崔貞熙 씨 한 분이 괴멸에 가까운 여류문단에서 「지맥地 脈」 일一 편을 들고 재기의 열의를 보였으며, 이광수李光洙 씨가[50] 「무명 無明」 『문장』 2월호 「꿈」 『문장』 증간 「육장기鬻庄記」[51] 『문장』 9월호 3편을 들고 다시 살아오지 못할 것 같은 대가진大家陳을 위하여 기염을 올리었다.

그러나 춘원의 이들 작품 가운데서 『무정無情』의 작자, 조선 신문학 의 창시자의 모습을 다시 발견한다는 것은 어려운 일이요, 더욱이 유

---

48 원문에 따른 것인데, '기량(技倆)'의 오식일 수도 있다.
49 원문에는 '깊을'로 되어 있으나 '깊은'의 오식으로 보인다.
50 원문에는 없으나 문맥상 '이광수 씨가'를 집어넣는 것이 적절해 보인다.
51 원문에는 '鬻壓記'로 되어 있으나 '鬻庄記'의 오식이다.

감된 것은 현대 조선소설의 진보상 그 무슨 기술적인 전범조차도 이 작품들 가운데서 찾기 어려움은 사실이었다.

「무명」은 많은 사람이 선전하는 것같이 걸작이 아님은 「그 여자의 일생」을 읽은 나로서, 또는 「농군」과 「이녕」과 「나비」를 가진[52] 금년 문단으로서 용이히 단언할 수 있는 일이다. 단지 아직도 쇠衰하지 않으려는 춘원의 문학적 정열을 이 작품에서 발견할 수 있음이 반가울 따름이다.

최정희 씨의 소설도 다른 곳에 비평한 일이 있기로 재언再言을 피하나 「초상肖像」 『문장』 10월호까지를 합하여 사상을 말하자면 여류작가가 진정으로 문학을 생각하기 시작한 흔적이 역력한 점이 무엇보다 여류문단의 재건을 위하여 반가울 따름이다. 이 두 작품은 많은 결함에도 불구하고 살림이나 연애의 부산물로서가 아니라 생애의 사업으로 부인작가로서 문학을 인식시키는 데 적지 않은 도움이 되었으리라 믿는다. 좌우간 좀더 엄숙하게 문학을 생각할 필요가 있다.

---

52 원문에는 '가란'으로 되어 있으나 '가진'의 오식으로 보인다.

교양과 조선문단[*]

될 수 있는 대로 작가는 여러 가지를 알아야 한다. 문학은 독자에게 유락愉樂과 더불어 이익을 줄 의무가 있는 때문이다.

무엇이 문학이 주는 이익인가는 사람에 따라 다른 것이요 또한 한 말로 규정해버릴 만큼 단순한 것이 아니다. 유락愉樂도 분명히 하나의 이익이다.

그러나 문학의 이익이라는 것이 이 미적 유락 이외의 것임은 먼저부터 분명하다. 바꾸어 말하면 미적 유락보다는 보다 실제적인 것 즉 그 무슨 가치로서의 의미다.

이것이 미적 유락과 더불어 혹은 미적 유락을 통하여, 또는 그것을 수단으로 하여 작가가 작품 가운데 기탁寄託하고, 독자가 작품에서 취

• 『인문평론』, 1939.12.

득하는 바 이익이다.

이것은 그냥 내용이라든가 도덕적 가치라든가 혹은 아주 '모랄'이란 말로 표현하여도 상관없으나 하여간 여기에서부터는 문학과 다른 문화와의 관계가 일반화된다.

즉 문학의 가치를 판단하는 기준은 또한 다른 문화와 과학 그타他를 판단하는 기준이다.

바꿔 말하면 가치의 일반법칙의 세계다.

여기서 문학을 생산하는 기초가[1] 다른 문화를 만들어내는 기초와 공통함을 알 수 있다.

이 공통한 기초 가운데 아주 일반적인 필수물은 아[知]는 것이다.

문학은 역시 작가가 알아서 독자에게 알리는 과정의 하나다.

알아서 알리는 과정은 곧 아는 것을 전제로 한다.

그런 의미에서 작가란 알아서 알리는 사람인 동시에 아는 사람이다.

아는 것은 무엇이고 간에 그것에 대하여 아는 것이다. 그러나 아는 것의 대상, 따라서 그 내용은 지금 우리가 물을 과제가 아니다.

무엇이고 간에 그것에 대하여 안다는 것은 그것에 통효通曉[2]하고 있다는 것, 쉽게 말하면 그것에 관하여 지식을 가지고 있음을 의미한다.

주지와 같이 지식은 단순한 천재의 소산이 아니다. 실로 노고를 거듭한 학득學得의 결과다.

그러므로 만일 문학의 미적 유락이 학습보다 더 많이 천분天分의 소산이라 하더라도 작품의 내적 가치는 더 많이 후천적인 학득의 결과, 다시 말하면 지식에서 산출되는 것이다.

---

1 원문에는 '기초와'로 되어 있으나 문맥상 '기초가'가 적절해 보인다.
2 원문에는 '通繞'로 되어 있으나 '通曉'의 오식으로 보인다.

허나 독자를 즐겁게 하는 작품의 심미적 부분일지라도, 기왕의 유산을 토대로 하지 않으면 천분의 발양發揚은 불가능한 것이다.

어쨌든 많이 안다는 것은 심미적으로든 내용적으로든 좋은 문학의 전제가 됨은 사실이다.

아는 것이란 주지와 같이 박식하다든가 다람多覽하다든가 하여 일반으로 지식 있다는 것을 의미한다. 문학 그것이 독자의 편에서 볼 때에는 유락을 주는 것인 동시에 지식을 주는 물건의 하나다. 자고로 과학서나 경전이나 사서史書와 더불어 문학서가 적지 않은 것을 독자에게 알려 왔다.

그러므로 본래 문학작품의 생산과 창조란 지식 있는 사람의 소업所業이 되어온 것이다. 지식 있는 사람이 아니고는 남에게 지식을 전하는 문학생산에 종사할 수 없는 까닭이다.

만일 문학이 독자에게 기익寄益하는 바 적을 경우에는 그 문학보다도 작가에게로 비난이 돌아가는 것이며, 그 비난은 작가의 아는 바 적은 곳으로 결국은 귀착하고 마는 것이다.

비록 그 작가의 천분의 소少함을 비난할 때일지라도 문제는 소少한 천분이나마 충분히 수련치 아니한 데까지 자연 이야기는 미치게 된다.

그런데 이 문학을 생산하는 중요한 기초인 아는 것이 작가의 지식으로가 아니라 교양이란 형식으로 제기될 때는 아는 것의 성질은 약간 달라진다.

지식이 곧 교양은 아니다.

지식은 무엇에 대하여 아는 것이나, 교양은 무엇을 알고 있음을 의미한다. 바꿔 말하면 지식이란 대상적 객관적인[3] 것이나, 교양은 주체적 개성적인[4] 것이다. 그러므로 지식은 고도화할수록 전문화하고 체계화하나, 교양은 심화하면 할수록 해박해지고 양식화良識化된다.

원만한 교양이라는 것은 있어도 체계적 교양이란 말의 의미는 분명치 못함은 이 까닭이다. 지식은 궁국窮局에선 학문이나, 교양은 지성이다.

일상사를 처리하고 용의用意함에 있어 교양 있는 사람다운 품격과 절도가 있고 원만한 개성으로서의 입장을 변별해 나가는 데[5] 지성은 양식으로 표현되는 것이다.

바꿔 말하면 감성의 구비에마다 지성이 편만遍滿하여 있는 사람이 교양인이다.

그러므로 전문적 지식이 있고, 체계적인 학문을 가진 사람이 반드시 교양인이 아니다.

문제는 그의 인간이 지적으로 훈련되고 수양되어 있어야 한다.

따라서 교양은 일상적이고 개성적인 지식이며, 그 지식은 전문적 체계적인 것보다 해박함을 필요로 한다.

여기에 교양의 주체성과 원만성이 있다.

그러므로 지식은 있어도 교양은 없는 사람을 우리는 상상할 수가 있다.

몇 해 전 우리 문단에서 평가評家와 교양문제라든가 혹은 작가와 교양문제라든가 하여 이야기되던 문제의 성질이 대략 이러한 데 있지 않았던가 한다.

---

3 원문에는 '客觀的의'로 되어 있으나 문맥상 '객관적인'이 적절해 보인다.
4 원문에는 '個性的의'로 되어 있으나 문맥상 '개성적인'이 적절해 보인다.
5 원문에는 '게'로 되어 있으나 문맥상 '데'가 적절해 보인다.

물론 우리 문단의 평가나 작가가 모두 지식에 있어 충분하다는 의미를 전제두고 하는 말은 아니다.

그러나 당시 평가들이 이론 이외에 작품을 알려 하지 않고, 작가들은 객관성 이외의 주체성이란 것을 체득하고 있지 못했던 경향문학 말기의 상황으로 보아, 너무나 지식적인 데 대한 하나의 반성으로 교양문제가 제기되지 아니했는가 한다.

당시의 용어에 의하면 육체화되지 않은 사상의 공백空白함에 대한 번민과 회의가 성행했던 만큼 현재와 같은 의미에서 교양의 문제가 이야기되지 아니했다 하더라도, 막연하나마 그러한 데 대한 지향에서 문제는 제기된 듯 싶다.

육체화되지 아니한 사상이란, 주체화되지 아니한 지식, 바꿔 말하면 공적 장소에서뿐만 아니라 사적 장소에서, 즉 일신상의 사물 판단과 일상적인 용건처리에까지 능히 자유 활달하게 통용되지 못하는 지식에 대한 일 반성형태라 할 수 있다.

그때 무교양하다는 비난이 주로 고전을 모른다는 의미를 퍽 많이 함축하고 있었던 데서 그것은 더욱 명백치 않은가 한다.

고전은 교양의 거의 유일한 양식糧食이다.

완전하고, 넓고, 전아典雅하고, 그런 의미에서 절도 있고, 품격 있으며, 그리고 강하게 일상적 사물 판단과 처리에서 있어 한 **전범**이 될 수 있는 게 고전이다.

그러나 지식과 이론은 항상 기준을 문제삼고, 기준이란 객관적이며, 변통성變通性 없는 것이다.

전범이란 이와 달라 주체화될 수 있는 것이요, 활달하게 모든 곳에다 소위 활용할 수 있는 것이다.

고전에 대한 관심이란 그런 의미에서 기준 대신 전범을 구하는 심리의 반영일 수 있다.

마음 가운데 전범을 가지고 양식良識이 그것을 일상사에다 자유로 활용해 나가면서 전범의 완성되고 전아하고 절도節度[6] 있는 지적 성격이 재생산되는 게 교양의 형용 없는 전개과정이다.

그러므로 교양에 대한 관심은 넓은 의미의 지식에 대한 요구를 수반하며, 그 근저에는 사회심리의 개성화에의 경향이 성장하게 된다.

그러한 경향이 특히 경향문학 말기에 일어난 것은 우리에게 흥미 있는 것으로, 이유는 경향문학의 강한 이식성移植性과 절대화된 객관성에서[7] 구할 밖에 없다.

본시 조선문학을 이식문화라 하나, 경향문학은 그 사상내용의 국제성과 아울러 그 이식성이 아주 고도화된 것이었다 할 수 있다.

초기의 신문학도 경향문학과 같이 이식에 몰두하였음은 동일하나 거기에는 내셔널리스틱한 주체성이 있었다.

그러나 경향문학에 있어서는 그 내용의 국제성 때문에 이 집단적 주체성이나마 아주 포기되어 이식문화 그것을 이식문화라 생각하느니보다 오히려 자기를 외래문화에로 동화시켜 버리려고 한 경향까지 있었다.

이식문화란 외래의 지식을 이식하는 게 본무本務요, 그것을 주체화하는 것은 본시 당면임무가 아니다.

주체화란 곧 개성화인데 경향문학엔 내용의 국제성과 더불어 객관성이 존중되었던 만큼 문학이 개성의 의장衣裝을 입을 수가 없었다.

결국 극도로 지식적인 문학으로서 경향문학은 발전하게 된 것이다.

---

6 원문에는 '質度'로 되어 있으나 문맥상 '節度'가 적절한 것으로 보인다.
7 원문에는 '客觀性에'로 되어 있으나 문맥상 '객관성에서'가 적절해 보인다.

경향문학을 비지성적이라 비평하는 오늘날 그것을 지식적인 문학이라 함은 기이할지 모르나 리얼리즘문학이란 본래 교양적이기보다 지식적인 문학이다.

지식이란 전문적이고, 객관적이며, 비일상적이다.

그럼에 불구하고, 평가와 작가의 교양문제가 시끄러울 때는, 문학자에게 지식을 늘리라는 의미까지도 포함되었음을 간과할 수 없다.

그것은 그 시대가 문학을 하면서 문학 외적인 데다[8] 치중하고, 따라서 그런 방면의 지식을 늘려 가는 데 힘썼던 만큼 문학에 대한 전문적인 지식을 증대시키라는 의미가 경향문학 말기에 접어들면서 교양문제로 제기될 필요가 있었다.

뿐만 아니라, 자기 지방의 고유한 문화고전과 전통에 대한 관심도 역시 이 교양논의 속엔 포함된 것이, 전체로 이식성과 국제주의에 대한 반성이 이 시기의 한 성격이 되던 때문이다.

그러므로 당시의 교양논의는 현재의 우리가 생각는 교양문제보다는 약간 성질이 복잡하고, 다단多端하며 이질적인 점이 많다 할 수 있다.

그러나 그렇게 다양한 내용을 잡연雜然히 담았던 교양문제일망정 전체로는 문학정신이 외부로부터 내부로, 혹은 일반자로부터 개성으로 귀환하는 반성심리의 한 표현이었던 것은 주목해야 한다.

즉 지식을 주체화하려는 시대적 지향의 한 표현으로서 …….

동시에 오늘날 만일 교양문제가 우리 문단에 있어 시대의 문제가 될 수 있다면, 그것 또한 집단 대신 개성이 생의 단위가 된 시대에 적응한 성격의 이론이라 할 수 있다.

---

8 원문에는 '데가'로 되어 있으나 '데다'의 오식으로 보인다.

지식을 이런 교양의 형식으로 문제삼는 것이 옳고 그름은 지금 이야기할 바가 아니고 단지 민족이나 계급과 분리하여 자유로운 개성의 형성이 아직도 우리 사회의 한 과제인 것과 마찬가지로 모든 지식이 교양이 되어 일신상에 혼연渾然한 문학이나 작가를 가져보겠다는 것도 역시 우리 문학의 한 과제임은 사실이다.

　그것은 우리의 사회나 문학이 한 번도 완전히 시민적이 되지 못했다는 특수성에서 오는 부족감의 충족욕이다.

　그러나 교양 있는 작가란 작가에 있어서의 지식이라는 게 항상 주체화되어야 한다는 의미에서 기다려지는 것이나, 교양적인 문학이라는 것, 다시 말하면 원만한 문학이란 것은 우리의 시대가 희망하지 아니할지도 모른다.

시민문화의 종언[*]

　지난번 세계대전이 문화 위에 초래한 결과를 상세히 매거枚擧하자면 한이 없는 일이나 만일 그것을 일언一言에 요약할 수 있다면 우리는 전쟁의 결과 문화로부터 비로소 19세기가 청산되었다고 말할 수가 있지 아니한가 한다.

　바꿔 말하면 연대표적으로는 1900년부터 20세기다 칭할 수 있으나, 사실상으로는 1918년 이후에 20세기는 문화 — 뿐만 아니라 사회생활 전반에 — 위에 전개되었다는 말이다. 다시 말하면 서구적인 시민적인 문화의 가치가 권위를 표하였다. 우리는 대전 이후 금일에 이르도록 소위 전후의 예술이라든가 전후의 사상이라든가 철학이라는 것을 대단히 많이 보아왔다. 이런 것들은 그 실상과 내용의 가치 여

●『매일신보』, 1940.1.6.

하는 별문제로 하고 모두[1] 대전에 의하여 상실된 예술과 사상의 권위를 회복하려는 세력이었던 것만은 사실이다. 대전이 종식된 지 벌써 20년. 만일 이 세력이 조금만치나마도 '르네상스' 이래 19세기까지 서구 아니 세계에 군림했던 문화의 가치를 재생산할 수 있고 그 권위를 연장시킬 가능성이 있었다면, 우리는 현재 만족할 수는 없을지언정 어느 정도의 성과는 구경할 수 있을 것이다. 그러나 불행히 20년에 긍한 탐구와 모색은 기존한 문화의 위기의식과 장래에 대한 투시 불가능에서 오는 불안의 심정이[2] 남았을 뿐이다.

그리하여 위기의식과 불안의 심정이 현대문화의 성격이 된 것이다. 이러한 정신상태는 현대문화 가운데 깊은 '페시미즘'을 만연시켰다. 어떤 서구인이 말한 것처럼 이것은 세기말의 연장일지도 모른다. 물론 19세기 말의 '페시미즘'과 현대의 '페시미즘'을 동궤同軌에 논할 수는 없다. 그러나 현대의 '페시미즘'은 세기말의 그것을 초월하려는 20년에 긍한 노력이 수포로 귀歸한 후에 재림한 '페시미즘'이다. 그것은 일층 심화되고 확대 재생산된 '페시미즘'이다. 세기말에는 단순한 정신적 분위기요 기분이었던 것이 현대에 와서는 하나의 사상으로서의 성격과 체모體貌를 갖추었다. 이것은 두려운 상태다.

왜 그러냐 하면 사상의 생존을 비관하는 사상, 문화의 장래를 절망하는 문화라는 것은 그실其實 사상도 문화도 아니기 때문이다. 그것은[3] 단지 사상과 문화의 위독한 상태에 지나지 않는다. 이것이 우리가 서구문화라고 지칭하는 시민문화 3백년의 역사가 도달한 금일의 지점이다.

---

1 원문에는 '무두'로 되어 있으나 문맥상 '모두'가 적절해 보인다.
2 원문에는 '心情을'로 되어 있으나 문맥상 '심정이'가 적절해 보인다.
3 원문에는 '그것을'로 되어 있으나 문맥상 '그것은'이 적절해 보인다.

이러한 상황 하에 서구 각국에서는 오래 전부터 문화의 위기가 절규되고 사상의 불안이 탄식되고 정신의 장래가 염려되었다. 그래서 19세기 이래의[4] 시민문화의 가장 큰 협위叠威인 '토탈리즘'이 대두했을 때 서구의 문화인은 국적의 차이를 초월하여 문화의 옹호란 명제를 세워보았고 혹은 정신의 운명과 문화의 장래를 공동의 과제로 한 제3차의 국제회의가 소집[5]되었다.

그러나 문화는 제3차의 회의로서 좌우되는 것은 아니었다. 그것은 오직 문화의 위기가 하나의 세계적 과제라는 사실을 확인한 데 불과하였다. 뿐만 아니라 이러한 제諸 노력은 문화의 위기라는 것이 실상은 세계의 위기의 한 반영이라는 다른 한 가지의 중대 사실을 보여주었다 그러면 문화의 위기가 문화, 영·독의 노력만으로 구원되지 아니할 것은 명약관화다. 먼저 세계의 위기가 구해져야 한다. 거기에서 문화인들은 급작히 현실세계란 곳에 주의 관심을 경주하기 시작했다.

이 현상은 전후의 장구한 모색이 문화 위에 가져온 최대의 결과일 것이다.

발레리 같은 사람은 거기에서 두 가지의 인간을 발견했다고 말하였다. 한 사람은 구라파인이요 한 사람은 민족인이다.

그런데 결정론과 진화론과 그리고 오늘날의 거대한 서구문명을 창조한 것은 이 구라파인이라 한다. 그것은 과학문화를 창조한 사람이다. 즉 수다數多한 서구의 민족인이 객관성이란 것을 유일의 기준으로 하여 합일하였다.

그러나 민족인은 주관적이요 분리적이요 '토탈리즘'은 민족과 혈통의 고조자高調者이다.

---

4 원문에는 '래의'로 되어 있으나 문맥상 '이래의'가 적절해 보인다.
5 원문에는 '招集'으로 되어 있으나 문맥상 '召集'이 적절해 보인다.

여기서 '제諸 민족의 수다의 교환을 통하여 형성되고 혹은 개조된 정신'이요 이미 습속이며 기능이요 불가결의 것이 된 정신이 해체의 위험에 봉착하게 된 것이다.

이런 상황 가운데 이번 대전이 재발하였다. 전쟁은 인간을 더욱 민족적으로 분리하는 대규모의 파괴행위다. 그러면 문화는 다시 이제 장구히 구하기 어려운 파국에 들어간 셈이다.

그러나 여태까지의 서구문화를 형성했던 기초인 인간적 합일의 양식이 시민적 양식에 불과하였다면, 그 대신에[6] 전쟁의 결과 인간적 합일의 다른 양식이 발견된다면 문화는 다시 구출될 수도 있지 않을까?

허나 그것이 어떠한 양식일지? 그것은 오늘 논하기에 상조尙무한 문제가 아닐까 한다.

---

[6] 원문에는 '그신에'로 되어 있으나 문맥상 '그 대신에'가 적절해 보인다.

생산소설론

극히 조잡한 각서(覺書)

1

소설이 묘사할 수 있는 장면은 반드시 어느 한 장소에 국한되어 있는 것은 아니다. 인간생활의 어떠한 장면을 그려도 소설이 될 수 있을 뿐 아니라, 소설이란 본시 모든 생활 장면을 그릴 수 있는 자유를 가지고 있는 것이다. 단순히 한 장면에서만 아니라[1] 제재 일반에 있어서도 그러하며, 등장하는 인물에 있어서도 또한 자유로 선택할 수 있다.

그것은 소설에 묘사되는 장면이나 사건이나 인물이나 혹은 제재의 구속을 초월한 전체의 체계에 있어서 작자는 자기의 정신을 전개하

●『인문평론』, 1940.4.
1 원문에는 '아는라'로 되어 있으나 '아니라'의 오식이다.

기 때문이다. 다시 말하면 작가가 묘사되는 세계를 지배할 수 있기 때문에 모든 장면, 모든 인물, 모든 사건, 모든 제재를 임의로 선택하여 자재自在하게 처리하는 것이다.

그럼에 불구하고 소설의 취재를 생산에 국한함은 무슨 때문이냐 하면, 최근 소설이 제재에 대한 지배력을 상실하고 있기 때문이 아닌가 생각한다.

제재, 즉 묘사되는 세계에 대한 지배력이 상실되면, 작가는 그가 취택取擇한 장면, 사건, 인물 등으로부터 압도적인 영향을 받게 되며, 나중에는 아주 거기에 동화되어 버리게까지 된다. 이러한 상태는 곧 작가의 정신능력의 쇠퇴요, 또한 문학정신의 쇠퇴다. 문학이란 결국은 인간의 정신적 영위營爲의 한 형식이기 때문이다.

최근 조선소설에 있어 작가의 정신능력의 쇠퇴는 여러 가지 원인이 있겠지만 기본적인 경로는 작가들이 문학을 세계관으로부터 분리한 데서 출발하여, 시정市井을 편력하는 데서 촉진되었다.

시정소설에서 작가들은 완전히 세계관이란 것과 결별하였다. 그들은 작가의 눈으로 시정을 보고 시정을 그린 것이 아니라, 시정인이 되어 그것을 보고 그것을 그렸다. 다시 말하면 시정이란 제재를 지배하는 대신 그들은 시정에게 정복된 것이다.

그러므로 생산소설 가운데 기대할 것은 작가들이 시정을 지배할 능력을 얻게 함과 동시에 그것으로 일반 작가들의 정신능력의 부활과 제재에 대한 지배력의 재생의 계기를 삼자는 데 있지 않은가 한다.

요컨대 시정생활 가운데 침닉沈溺해버린 저회低徊하는 리얼리즘의 한 타개책일 것이다.

2

수년 전에 동경문단이 '생산 장면을 그려라' 하는 표어를 내걸었던 일이 있다. 이 표어는 오늘날 우리 조선에도 타당할 뿐만 아니라, 오히려 그 때의 동경문단보다도 더 필요할지도 모른다.

그 표어가 내 걸렸을 때의 동경문단에 비하여 오늘날의 조선문단은 더 한층 문학정신의 쇠퇴衰頹의 정도가 우심尤甚할지도 모르기 때문이다.

그 뒤의 동경문단이 '생산장면을 그려라' 하는 표어의 배후에 숨은 정신을 얼마나 살리었는지는 물을 것이 되지 못한다 하더라도, 좌우간 그 표어의 전통은 '토土의 문학'이 되어, 혹은 생활문학이 되어 또는 지금 말하는 생산문학이 되어 일본문학에 독자獨自한 지위를 차지하고 있으나, 우리 문학은 시정소설이나 그렇지 않으면 통속소설의 경지로 일층 급속히 활주하고 있는 때문이다.

통속소설이란 것은 더불어 논할 것이 없으나 시정소설이란 것은 소설에 있어서 작가가 자기의 사상을 형성하고 전개해 나가는 데 유일의 관건이 될 현실에 대한 관심을 몰각하기에 실로 적절한 물건이다.

시정이란 주로 소비하는 세계이고, 이 세계 가운데 침닉沈溺하면 자기들이 소비하는 물건이 어떻게 생산되고, 어떠한 과정을 통하여 우리의 수중에 들어와서 소비되는지를 도저히 알 수가 없다. 생산과 소비 가운데 인간이 차지하고 있는 위치라든가 그들이 서로 맺고 있는 관계라는 것이 어떠한 것인지는 더욱 알 수가 없다.

현실이란 생산과 소비의 통일물이다. 사람은 항상 무엇을 쓰고 있을 뿐만 아니라 만들고 있다. 바꿔 말하면 사람은 쓰고 만드는 것의 통일이다. 쓰는 측면에서만 인간을 그린다는 것은 마치 시정의 측면

에서만 세계를 보는 것처럼 인간을 전체에서 보지 못한다. 소비에서
만 아니라 생산과의 통일에서 세계를 볼 제, 비로소 전체로서의 현실
이란 것이 자태를 나타낸다. 현실이란 바로 인간이 생산하여 소비하
는 장소다.

그러므로 생산장소면을 그리는 것, 혹은 소설의 제재를 한번 생산
에다가 국한하고, 또는 그리로 전전轉轉시켜 본다는 것은 작가로 하여
금 현실을 전체에 있어서 보게 하는 길을 열어줄 수가 있다.

즉 리얼리즘을 평면적에서 입체적으로 끌어올린다.

3

그러나 생산이란 단순히 소비와 대비되는 개념은 아니다. 생산은
소비의 원천이다. 생산이 없으면 소비가 없다. 물건은 생산된 연후에
소비된다. 틀림없이 생산은 소비의 어머니다. 그러므로 생산적인 지
점에 작가의 관심이 돌아간다면 현실을 단순히 전체에 있어서 볼 수
있을 뿐만 아니라 실로 근원에 있어서 볼 수 있게 된다. 근원에 있어
서 보아진 현실은 단순히 막연한 현실이 아니라 구체적인 사회로서
나타난다. 일정한 기구機構를 가지고 독특한 성격을 가진 인간적 관계
로서 말이다. 현실이란 구체적으로는 언제나 사회다. 사회 가운데서
는 인간이 시정에서와 달라서 단순히 윤리적으로 있지 않고, 이해적
利害的으로 있다. 즉 개개인이 사회적 성질을 달리하고 있다. 사회적으
로 이해를 달리한 인간들의 불가사의한 관계, 그러면서도 불가분리
적不可分離的인 유기체성! 이것이 사회다.

생산소설이 농촌이나 어장이나 광산 혹은 공장을 그려서 도달하는 가장 중요한 지점은 이 사회다. 사회 가운데서 작가가 발견하는 것은 개개인의 사회적 성질뿐이 아니라, 실로 그 사회적 관계다. 그것은 우리가 통속소설이나 시정市井[2]소설에서 보던 정의적情意的 인간이나 윤리학적 세계와는 판이한 것이다. 뿐만 아니라 그것이 시정적 세계의 본질이란 점에 생각이 미칠 것이다. 여기에서 우리는 현실이란 것이 현상과 본질을 달리한 것임을 알게 된다. 소설은 실로 문학의 다른 장르나 다른 과학처럼 현상 가운데서 본질을 발견하는 사업임을 알 수 있다.

4

　　거기서 작가는 비로소 시정[3]세계에는 나타나지 않는 여러 가지 문제에 봉착할 것이다. 먼저 점유占有 혹은 소유의 문제, 즉 만들어지는 물건이 어디로 가는가? 어째서 그것은 그리로 가는가? 또는 그리로 가면 그 물건은 그 물건을 만든 사람과 어떠한 관계를 맺는가? 즉 생산의 결과에 대한 통찰이다. 생산과 그 결과를[4] 연결하는 일련의 과정이 그실은 사회적인 체제를 이루고 있는 것으로, 우리는 그것이 지방과 국가와 최고로는 현대의 세계라는 큰 자리를 형성하고 있음을 알게 될지도 모른다.

---

2 원문에는 '市民'으로 되어 있으나 '市井'의 오식으로 보인다.
3 원문에는 '市民'으로 되어 있으나 '市井'의 오식으로 보인다.
4 원문에는 '結果와를'로 되어 있다.

다른 생활 장면이나 제재를 통해서도 사회나 현대세계의 이러한 구조를 알기에 이를 수가 있을지 모르나 특히 생산소설에서 이 점을 이야기함은 실로 생산은 모든 것의 원천이기 때문이다.

국가란 것에 생각이 도달할 제, 우리가 생산의 결과란 것을 생각했을 때 불가피적으로 경제를 생각한 것처럼, 정치를 생각케 될 것이다. 국책이라든가, 전쟁이라든가, 혹은 그타의 제반 정치적 사실 내지는 정치적 기구라는 것을 따로이 깨닫게 될 수도 있다.

또한 더 나아가 현대의 세계란 것을 생각할 제 우리는 역사란 것에 한번 생각이 발전할지도 모른다. 즉 현대와 다른 여러 가지 세계가 각 시대를 형성하고 있었다는 사실 등등.

그러나 이것은 벌써 생산소설의 영역은 아니다.

생산소설은 사회를 발견하면서부터 사고가 국한되면서 노동이란 과정 가운데서 인간이 있는 상태에 관심하게 될 것이다. 자연과 물건, 즉 노동대상과 직접 관계하고 있는 순간에 인간의 내적 상태가 또한 생산소설의 주요한 측면이다. 단순하고 순수한 상태에 있는 인간의 탐구 혹은 그 성격의 제시다.

이것은 현대소설에 대한 분명한 기여일 수가 있을 것이다. 이것은 문학적으로는 가장 흥미 있는 점일지도 모른다.

새로운 현실과 새로운 인간의 발견으로 문학은 제 새로운 정신을 얻을지도 모른다.

이것이 생산소설에 대하여 기대할 수 있는 몇 가지 점이리라.

시와 현실과의 교섭(交涉)[•]

×

김기림金起林 씨의 시가 모더니즘의 태반胎盤을 뜨기 시작한 것은 작금간의 일이 아니다. 『기상도氣象圖』 전후부터 그는 현실이란 것을 여러 가지 방식으로 생각해 왔다. 그러나 추상적抽象的으로 생각해진 현실이란 항상 체험되는 현실과는 거리가 있는 것이다. '우리의 현실'이란 것이 언제나 예술적 체험의 대상이다. 특히 시는 더 많이 내면적으로 체험된 현실에 대하여 이야기하는 예술이다. 우리는 우리의 현실만을 체험할 수가 있다. 그러한 의미에서 「흰 장미薔薇같이 잠드시다」『인문평론』 일편一篇은 그가 발견한 '우리의 현실'이란 것의 풍모를

• 『인문평론』, 1940.5.

어느 정도까지 규지窺知케 하는 작품이다. 그것은 이 시인에게는 기발할 만치 이상하고, 우리에게는 평범할 만치 단순한 전통이 뿌리를 박고 있는 세계, 즉 이른바 동양적 세계다.

그러나 문제는 '소란騷亂한 세계'에서 '유현幽玄한 세계'를 발견하는 데 있는 것이 아니다. 양자가 교섭하면서 결과하는 또 하나의 차원세계次元世界를 발견하는 데 있다. 이것은 전혀 기림 씨 금후今後의 사업일 것이다.

×

김광균金光均 씨의 「향수鄕愁」,『인문평론』는 어느 시인이고 한 번씩은 건드려 보는—더구나 조선시인으로서는—주제를 이 시인이 어떻게 노래했는가가 퍽 흥미 있었다. 그러나 그의 노래도 역시 슬펐다! 이게 솔직한 나의 회상이다. 고향을 노래하면 반드시 서러워지는 심정, 그것은 향수에서 일어나는 페이소스에 그치지 않는다는 것은 적어도 조선 시에서만은 진리이다. "조그만 생활生活의 촛불을 에워싸고 해마다 가난해 가는 고향사람들"이란 조금도 유별난 발견은 아니다. 그렇다고 또한 허위가 아닌 것만은 사실이다. 그러면 진실이 아니냐?고 할지 모르나, 역시 이것만을 그대로 진실이라고 긍정하기 어려운 곳에 우리들의 얄궂은 심정이 있다. 그러므로 광균 씨의 이 작품은 분명히 과거의 씨氏로부터 일보一步 현실로 다가섰다고 말할 수는 있으나 진실을 발견했다고 말하기는 어렵다. 현실은 평범한 것이다. 그러나 진실은 독창적인 것이다.

우리의 기억할 부분이다.

×

김광섭金珖燮 씨의 「명상瞑想」『인문평론』. 단어마다 의미를 함축시키고 행마다 독립한 내용을 부여하여 시 전체의 사상을 살려보자는 의도는 이해할 수 있으나 시적 감수感受나 사고는 그리 단편적인 것이 아니다. 세계란 외적으로나 내적으로나 다같이 질서 있는 유기체다.

이것을 무시하고 감히 먼저 말한 작시상作詩上의 효과를 기대한다면 불가불 낡은 상징주의의 수법을 차용하지 아니할 수 없는 궁지에 빠진다. "동경憧憬도 믿을 수 없는 애수의 눈이 지친 정으로[1] 환상의 열列을 따라가느니" 운운의 이二행은 그런 호예好例다.

이것은 벌써 추상적 언어이고 예술적 언어는 아니다. 그것은 분명코 형해화形骸化한 상징주의다. 생생한 체험, 생생한 육체 그 일단一端을 절개해 보여주는 것을 우리는 이런 시인에게 기대한다. 애를 쓰고 평범한 단어에 의미 내용을 부여하려 하고 그것들을 모아 쥐어 짜놓은 듯한 작품은 작자도 쓰기 힘드는 일이거니와 읽는 사람도 적지 아니 힘드는 일이다. 거기서 피해를 입는 것은 언어일 뿐이다. 언어만 그 통에 멀쩡한 생목숨을 끊는다.

씨에게 무엇보다 먼저 언어를 다시 살려달라고 희망하고 싶다.

×

모윤숙毛允淑·노천명盧天命 양씨가 상당한 양의 작품을 발표했다. 그러나 우리는 자연을 볼 수 있는 이교도의 눈을 가진 모毛 여사에게

---

1 원문에는 '情으를'로 되어 있으나 '정으로'의 오식이다.

경탄치 아니할 수 없었다. 「해수海愁」,『삼천리』. 여사女史가 오래 쓰고 계시던 상징적 안경을 벗기 시작한 데 여러 사람과 더불어 축의祝意를 표하지 아니할 수 없다. 그러나 「하수河水로 간다」,『문장』 · 「대동강大同江」,『조광』은 구태의연하니 한쪽 눈마저 안경을 벗을 필요가 있다.[2] 숙녀가 편안경片眼鏡을 써서는 안 될 게다.

노천명盧天命 씨의 두 작품 중 나는『인문평론』의 「춘분春分」을 취하는데, '한고방 재워 놨던 석탄石炭' 운운의 빈약하고 평범한 이미지라든가 '얼레 시골은' 운운의 얄궂은 방언의 마법이라든가는 취할 바 되지 아니한다. 오히려 결미結尾 5행이 평범하나마 간결한 시구다. 이분의 작품을 많이 읽지는 못했으나 눈에 거슬리는 것은 '데코레이션'[3]이다. 순결과 솔직, 그러면서도 대담한 표현이 나의 항상 즐기는 바이다. 그러한 길에서 시인은 때로 무엇을 발견하든지 차라리 아무것도 찾지 못한 채 끝나든지 하는 때문이다.

×

여상현呂尙玄 씨 「나의 훈장勳章」,『인문평론』의 로맨티시즘, 이용악李庸岳 씨의 「술에 잠긴 쎈트헤레나」,『인문평론』의 소박성으로부터 청치精緻한 언어구사에의 관심 모두 가찬可讚할 정진이다. 그러나 여상현 씨의 다분히 유형적인 표현과 이용악 씨의 적지 않은 기교벽은 차츰 경계를 요한다. 「분수령分水嶺」의 소박하나마 그러나 생명력 있는 내용을 이 씨는 몇 개의 고운 말과 바꾸려 하는가? 오장환吳章煥 씨의 「향토망경시鄕土望景詩」,『인문평론』 "진종일 나룻가에 서성거리다 행인行人의 손을 쥐

---

2 원문에는 '있읍니다'로 되어 있다.
3 원문에는 「떼코렙」으로 되어 있다.

면 따뜻하리라"는 3행 속에 든 애수와 슬픔은 언제나 씨의 예술에서 맛볼 수 있는 감미로운 것이다. "예제로 떠도는 장꾼들이여 상고商賈[4] 하며 오고가는 길에 혹여나 보셨나이까" 하는 언역성서문체諺譯聖書文體를 기원의 표현에 차용한 것은 이 시인의 재능을 말하는 부분이다. 그러나 오씨는 그 슬픈 매너리즘에서 탈출할 길을 장만할 수는 없는가? 서정주徐廷柱 씨의 「슬픔의 강江물」『조광』 역시 훌륭한 재능의 표현이나 역작力作도 가작佳作도 아니다. 분발을 빈다. 그 중에 장만영張萬榮 씨의 「서정가抒情歌」『조광』는 분명히 이 계절에 즐거이 읽을 수 있는 '리리컬 포엠'이었다.

이 밖에 권환權煥 씨의 「아침의 출발出發」『조광』과 임학수林學洙 씨의 「종려수棕櫚樹」가 있으나 두 분이 다 산만하고 서술적인 표현 가운데서 아직 있어야 할 무엇을 찾은 것 같지 않아 그만둔다.

---

4 원문에는 '商買'로 되어 있으나 '商賈'의 오식이다.

소설의 현상 타개의 길[•]

병증(病症) 없는 환자

소설의 현황을 일언으로 매너리즘 가운데 있다고 말하는 것은 퍽 용이한 일이다. 그러나 그 매너리즘의 내용이 무엇인가를 말하는 것은 그리 쉬운 일이 아니다. 그런데 실상은 이 매너리즘의 내용을 밝히지 아니하고는 매너리즘을 운위하는 것이 완전히 의미 없는 일임이 또한 사실이다.

"환자는 가득했으나 병증은 없다." 어떤 사람이 서구西歐의 전후 불안을 지적하여 이러한 의미의 말을 한 일이 있는데 이것은 절망한 의사의 고백에 지나지 않는다.

• 『조선일보』, 1940.5.11~5.15.

그러면 우리가 자기 지방의 문학에 대하여 절망한 의사 이상의 무엇인가 하면 유감된 일이나 대답할 말이 없는 게 사실이다. 그러므로 결국은 대증對症 치료처방밖에 쓸 수가 없다.

"소재를 바꾸어 보시오" 하는 일부의 제언이 난치의 환자에게 "전지轉地나 해보시오" 하는 말과 조금도 다른 의미를 갖지 않는다.

전지轉地가 중증의 결핵환자를 쾌유케 하는 치료방법이 아님은 환자도 의사도 숙지하는 일이다.

전지란 그실 치료방법이 아니다.

자연요법이라는 것은 질환疾患을 고치는 방법이 아니라 질환이 저절로 낫기를 기대하여 자리를 옮겨보는 데 불과하다.

항상 자연요법, 전지요양에는 일종의 메시아 사상이 들어있음은 중증결핵을 앓은 경험이 있는 사람은 잘 알 것이다.

결국 소재를 바꿔본다는 것은 문학적인 전지요양에 지나지 않는다.

하물며 매너리즘이란 병증病症의 병원病源을 알지 못하고 발행하는 대증처방對症處方[1]이 절망한 의사의 탄식과 그리 차이가 있는 것이 아님은 슬픈 일이나 면할 수 없는 사실이다.

혹은 우리 의사들이 현대소설의 병원病源 진단을 일반으로 기피하고 있는지도 모른다. 그것은 다른 원인도 있겠지만 경솔한 진단이 왕왕 환자의 치료에 의미를 이루지 않기 때문일지도 모른다. 예例 하자면 공식적 판단이란 마치 질병을 고치자면 먼저 몸이 튼튼해야 한다는 진단과 마찬가지기 때문이다. 중증의 환자를 향하여 "당신의 체력이 약해서 병이 낫소" 하면 오직 환자를 아연케 할 따름이다. 그러나 몸이 약하기 때문에 병이 났고, 또한 병이 났기 때문에 몸이 약해졌으니

---

1 원문에는 '處症處方'으로 되어 있으나 오식으로 보여 바로잡았다.

먼저 몸을 건강히 하면 저항력이 늘어 병이 나을 것이라고 하는 말은 직접의 진단도 아니요 치료방법도 아니나, 그러나 환자의 상태의 진실을 이야기한 것임에는 틀림없다. 그렇기 때문에 그 질환이 대증요법으로 근치根治되지 아니할 바에는, 그의 체력이 약해진 근본원인과, 그의 몸이 다시 건강해질 가장 적절한 방법을 생각지 아니할 수 없게 된다.

여기에서 소재를 고쳐보라는 전지轉地 요법은 오직 비근卑近한 요법에 지나지 않는다.

그러면 환자의 몸을 건강히 하려면 먼저 질병을 고치는 것으로부터 시작할 것이기 때문에 병을 그대로 두고 환자의 몸을 건강히 할 방도를 강구한다는 것이 모순되지 않느냐 할지 모르나, 현대의학은 그러한 방법에 의하여 상당한 치료성과를 거두고 있는 것이 또한 사실이기 때문에 소위 간접진단, 간접요법이란 것을 생각할 수 있다.

그러므로 결국 현재 우리가 이야기할 수 있는 한계내의 소설현황에 관한 담의談議는 자연 간접요법의 역域을 넘지 못할 것이다. 그것은 다른 말로 하면 일종의 현상론 내지는 현상비평에 한정되는 것이다.

정신의 기피(忌避)

그런 의미에서 최근 수년간의 우리 소설이 걸어온 길에 가장 비근한 특징이 정신의 기피에 있었다는 것은 누구나 또 용이히 지적할 수 있는 사실이다. 정신을 기피했다는 것은 바꾸어 말하면 소설이 어떤 정신내용의 표현형식에 불과한 지위에서 탈출하여 자기로서 자립하려는 운동이라고 볼 수 있다. 이러한 경향은 물론 소설로서는 당연한 일이라 아니할 수 없다. 소설은 언제나 소설 이외의 아무것도 아니며, 또 소설 이하 혹은 소설 이상[2]의 아무것도 아니기 때문이다. 그러나 소설의 자기로서의 완성이 소설 가운데서 정신에 속하는 일체의 미립자까지를 소청掃淸하고 달성되는 것은 아니다. 소설은 그것 자신이 벌써 하나의 정신의 표현형식이기 때문이다. 그러므로 소설은 숙명적으로 정신에 대하여 자기를 폐쇄할 수는 없다. 어떠한 소설 가운데에는 언제든지 그 소설에 상응한 질량의 정신이 함유되어 있는 것이며 그것은 철학으로서의 정신이나 과학으로서의 정신처럼 오직 소설로서의 정신일 따름이다. 소설이 소설 이외의 혹은 소설 이하 급及 이상[3]의 아무것도 아니라는 말은 결국 소설에 있어서의 정신은 소설로서의 정신 이외에 아무것도 아니라는 의미에 불과하다.

그러므로 소설이 어느 시기에 어떠한 정신을 기피하기 시작했다는 것은 소설이 새로운 정신상의 욕구를 제출하기 시작했음을 의미하게 된다. 요컨대 정신에 대한 소설의 기피라는 것은 재래의 정신내용에 대한 소설의 기피태도요, 그것은 또한 당연히 새로운 정신에 대하여 소설이 자기의 요구를 피력함을 의미하게 된다. 그런데 우리 소설계의 최근년의 특징이라고 할 정신에 대한 기피는 먼저 재래의 소설이 의거하고 있던 정신내용에 대한 새로운 소설의 분리운동이다. 논리의 순서에 의하면 새로운 소설은 당연히 자기가 의거할 새로운 정신내용을 표명해야 할 것이다. 그러나 재래의 소설이 의거했던 정신 대신에 새로운 소설에 상응하는 정신내용은 이렇다고 할 무엇이 표현되지 아니했다. 이것은 곧 새로운 소설이 재래의 정신을 방축放逐한 대신 새로운 정신을 건립하지 못함을 의미하는데, 그것은 우리의 약

---

2 원문에는 '이하'로 되어 있으나 문맥상 '이상'이 적절해 보인다.
3 원문에는 '이하'로 되어 있으나 문맥상 '이상'이 적절해 보인다.

간의 비평이 지적한 것처럼 소설에 있어서의 정신의 상실이라 말할 수 있다. 이 현상은 비단 소설에만 한하는 일이 아니고 비평과 시 일반에 있어 정신의 상실은 주요한 문학적 특징이라 할 수 있다.

그런데 비평에 있어 정신의 상실은 항용 논리의 획득에 끝났다고 하는데 소설에 있어서의 정신의 상실은 무엇을 결과하였을까? 이것의 해답을 얻기 위하여 우리는 현대소설을 다시 한 번 반독反讀할 필요가 있다. 또한 현대소설에 관하여 세워진 비평을 읽을 필요가 있다. 여기에서 우리는 최근 수년간을 가리켜 기술주의技術主義의 시대 혹은 문학주의의 시대라고 논단論斷한 비평을 연상한다. 기술주의 혹은 문학주의란 무엇이냐 하면 그것은 기술에의 편중 혹은 문학에의 편중을 의미하는 말임이 사실이다.

그것이 문학으로부터 정신이 거세된 결과이다. 허나 그렇다고 현대문학이 기술적 정교精巧에의 정신이나, 문학적인 완성에의 정열로 충만되었느냐 하면 유감이나 그렇다고 대답할 수가 없다.

우스운 말 같지만 오직 문학을 유지하기 위한 혹은 소설을 쓰는 것만으로 온갖 것에 대신시키는 일종一種 편의便宜적인 공장工匠의 의식이 문학의 정신에 대신하였다고 말할 수가 있다. 이것은 문학에 있어서 건강의 전체적인 붕괴현상이다.

구성력의 요망

공장工匠이라는 것은 기물器物을 만드는 것을 천직天職으로 하는 인간이다. 따라서 공장의 의식이라는 것은 자기가[4] 만드는 기물의 정교한 완성의 정신이다. 그 완성 가운데 자기의 생명과 열정이 완전히 연소되어서 후회하지 않는 것이다. 그것이 공장의 본래의 정신이다. 그러나 편의便宜한 공장의 의식이라는 것은 오직 기물의 제작만을 일삼는, 바꾸어 말하면 타락한 공장의 정신이다. 제작하는 것만을 일삼는 것은 제작되는 기물의 질과 그 완성에 대하여는 책임을 지지 않는다. 구조의 정교와 기물의 완성에 대하여 그는 무관심하게[5] 제작한다는 사실로 일체가 충분하다.

문학에 있어서 공장의 의식을 배척하지 않고, 또 편의적인 공장의 의식을 비난하는 것은 실로 이러한 이유에 기인한다. 공장의 의식은 작품의 정교한 구조와 그 견고한 완성을 위하여 필요한 물건이다. 문학은 다른 문화와 달라 언제나 제작하는 측면이, 바꾸어 말하면 공정工程이 따르는 때문이다. 그러므로 또한 문학에서는 정교와 완성에의 정신을 상반相伴치 않은 공장의 의식을 부단히 기忌하게 된다. 이러한 현상은 조잡한 제조, 남작濫作을 결과하기 때문이요, 남작은 문학에 있어 공장의 의식과 제작의 정열에의 모독일뿐더러 실로 제작의 뒤에 숨은, 또한 제작품製作品의 안에 들은 정신의 경시요 그것에의 모욕이기 때문이다. 문학으로서 또는 전언前言한 소설로서의 정신은 그것이 담아질 작품의 정교한 구조를 욕구하고 완미完美한 형성 가운데서만 그 존재를 온전히 할 수 있기 때문이다. 따라서 불완전한 제작품, 남조濫造된 작품 가운데서 정신은 정말 문학으로서의 혹은 소설로서의 정신이 되지 못할 뿐더러 실로 소설로부터의 정신의 탈락을 결과한다.

소설에 있어서의 정신의 탈락은 먼저 말한 정신에 대한 소설의 기

---

4 원문에는 '자기의'로 되어 있으나 문맥상 '자기가'가 적절해 보인다.
5 원문에는 '無觀心하여'로 되어 있으나 문맥상 '무관심하게'가 적절해 보인다.

피에서 비롯하여 소설에 있어서 본래적인 공장의 의식의 상실에서 완성되는 거와 같은 감이 있다. 그것이 현하現下의 소설계라고 나는 또한 생각키에 이른 것이요 이것이 매너리즘의 원인이라고 생각하는 것인데 어째서 그러한 사실이 이제서야 명확해지느냐 하면 먼저 말한 정신에 대한 소설의 기피가 소설에 대한 정신의 일방적 지배로부터 소설이 소설로서의 정신으로 돌아오는 것과 같은 감을 각 방면에 환기했기 때문이다. 한동안 문학에의 귀환이란 말이 사용된 것은 저 간這間에 사정을 이야기하는 사실이다. 그러나 정신의 종복從僕으로부터의 문학의 자립은 결국 문학으로서의 정신의 수립에 있는 것인데 우리 문학—소설은 수삼년에 긍亘한 방황에도 불구하고 문학으로서의 혹은 소설로서의 정신을 수립함에 이른 것 같지 않았다. 그러기 위하여는 공장工匠의 의식좋은 의식만이 아니라 실로 그것과 더불어 인간의 정신을 아울러 갖지 아니하면 아니 된다. 공장의 의식 가운데 인간의 정신은 침투되고 그것이 공장의 혈액의 마디마다 미쳐서 제작 가운데 연소燃燒되어야 할 것이다. 그러나 불행히 우리 문학은 방황했을 뿐 재생되지는 아니한 채로 오늘날에 이르렀다. 주지하는 바와 같이 오랜 방황이라는 것은 있을 수 없는 것이다. 방황은 어떠한 의미로이고 귀착歸着을 요구한다. 귀착되지 아니한 채의 방황은 와해瓦解[6]로 끝나기 때문에! 그러므로 본의 아닌 편의적 귀착보다는 방황이란 왕왕 훨씬 진지하다. 여기에 경향문학의 퇴조 이후 우리가 조선소설의 분열기라고 하는 괴로운 기년간幾年間에 볼만한 작품이 생산된 이유가 있다. 혹자는 세태와 풍속의 정치한 묘사를 가지고[7] 혹자는 체험과 사색의 고백을 가지고 각각 현대정신의 어떤 일면의 표현에

---

6 원문에는 '互解'로 되어 있으나 '瓦解'의 오식으로 보인다.
7 원문에는 '가리고'로 되어 있으나 '가지고'의 오식으로 보인다.

성공하였다. 그러나 그 두 가지도 단일한 전체 가운데 통일될 것은 각인各人에 의하여 본능적으로 요구되었을 것이다. 묘사와 고백만으로는 한 시대가 소설 가운데 표현될 수는 없기 때문이다. 한 시대가 소설 가운데 들어가려면 적어도 독특한 입체적 구성을 필요로 한다. 세태도 풍속도 아니요 체험도 고백도 아니며 그것들이 들어있는 사회적 우주인 현실은 구성된 소설 가운데에만 수용될 수 있는 것이다.

구성력에 의하여 만들어지는 소설의 양식은 불가불 장편이 아닐 수 없다. 장편소설 논의는 세태적 경향과 내성적內省的 경향[8]의 통일에 대한 작자들의 희망을 표현한 현상이었다. 그리하여 몇 편의 장편이 사실 씌어졌다. 그러나 이것들은 주지하는 바와 같이 그 형태가 장편임에 불과했다.

마치 현하現下의 소설이 그 형태에서 겨우 문학인 것처럼! 요컨대 소설로서의 정신에서 훨씬 먼 곳의 것들이다.

그러면 이것이 무엇이냐? 이것이 방황의 한 귀착점이란 데 의의가 있고 오랜 방황은 안이하고 타락한 공장의 의식으로 달려가고[9] 있는 데 현재의 소설의 특색이 있다. '서술적敍述的 리얼리즘'과 통속화의 방향! 이것이 절망한 의사의 일-인이 현대 조선소설 위에 내려보는 유일의 병상病狀 진단이다.

요는 다시 한 번 용기 있는 청년의 열정과 지혜 있는 인간의 정신이 부활되어야 할 것이다.

---

8 원문에는 '향(向)'으로 되어 있으나 문맥상 '경향'이 적절해 보인다.
9 원문에는 '다라가고'로 되어 있으나 문맥상 '달려가고'가 적절해 보인다.

동경문단과 조선문학[*]

×

조선문학이 최근 갑자기 동경문단에 주목을 끌고 있다. 신건^{申建}이란 분의 역편^{譯編}으로 된『조선소설대표작집^{朝鮮小說代表作集}』, 장혁주^{張赫宙} 씨 등이¹ 역편한『조선문학선집^{朝鮮文學選集}』전3권, 1권 기간(^{旣刊})이 상재^{上梓}됨을 계기로 대기^{待期2}하였었다는 듯이 5월 호 동경발행 각 문예잡지에는 조선 문학의 소개 내지 논평이 일시에 게재되었다. 주요한 것을 제목만 뽑아 보면『신조^{新潮}』에 익명으로 된「조선문학에 대한 일─ 의문」이라는 권두 평론, 장혁주^{張赫宙} 씨 필筆「조선문단의 대표작가」,『문학계^{文學界}』에 무라

---

1 원문에는 '등의'로 되어 있으나 문맥상 '등이'가 적절해 보인다.
2 원문에는 '시기(侍期)'로 되어 있으나 '대기(待期)'의 오식으로 보인다.

야마 도모요시村山知義 씨 필「조선문학에 대하여」, 한식韓植 씨 필「조선문학 최근의 경향」 등 2편,『공론公論』에 아사미 후카시淺見淵 씨 필「조선작가론」,『문예文藝』에 백철白鐵 씨 필「조선문학통신」,3월호부터에서인가 계속되어오는것 등과 그 외 다른 문장 가운데서 조선문학에 언급한 사람으로 하야시 후사오林房雄 · 하루야마 유키오春山行夫 · 가와카미 데쓰타로河上徹太郎 씨 등이 있다.

　이러한 현상은 물론 두 권의 소설집이 역간譯刊된 것이 직접 동기나 동경문단이 조선문학에 관심하기 비롯한 것은 결코 이번에 돌발한 현상은 아닐 것이다.

　일찍이는 동경문단의 주조主潮가 사회적인 방향으로 흘렀을 때 조선과 대만이 문학적인 제재의 대상으로서 혹은 인접지방의 문학으로서 관심을 끈 일도 있다. 장혁주張赫宙 씨가『개조改造』에 데뷔한 것도 이러한 조건 가운데서였으며 잡지『문학평론文學評論』이나『개조』나『문학안내文學案內』에 역재譯載되었던 조선작가의 작품들도 또한 동경문단이 외지外地에 대하여 관심을 피력한 표현이었다.

　더욱이『문학안내』가 특집한「조선문학 소개호紹介號」에는 금반今般 동경에 소개된 대부분[3]의 작가가 소개되었음에 불구하고 현재에 볼 수 있는 것과 같은 반향反響을 일으키지 아니했다. 그것은 근근僅僅 3,4년간의 일이다. 그럼에 불구하고 최근에 간행된 두 권의 번역이 환기한 동경문단의 반향은 적어도 최근 3,4년 이래로 동경문단이 경험한 어떠한 변화의 소산이 아닐 수가 없다. 그것을 가리켜 동경문단이 조선문학을 똑바로 평가하기 시작한 결과라든가 혹은 그간에 조선문학의 수준이 상승된 결과라고 생각한다면 약간 어리석다 아니할 수 없

---

3 원문에는 '대부'로 되어 있으나 '대부분'이 적절해 보인다.

다. 물론 3,4년의 동경문단이 조선문학을 바로 평가하였다고도 말할 수 없는 것이요 그동안의 조선문학에 발전이 없었다고도 말할 수는 없다.

그러나 동경문단의 예술적 감식력이나 평가의 수준이 3,4년간에 우변尤變하였다는 것도 우스운 일이거니와 그간에 조선문학이 동경문단으로 하여금 괄목케 할 만한 진보가 없었다는 것도 누구보다 우리가 잘 아는 사실이다.

조선문학을 급작스러이 밝은 각광 앞으로 끌어낸 것은 역시 동경문단의 새로운 환경이다. 물론 그것은 시국時局이다. 시국이 비로소 일본문학 앞에 지나支那와 만주와 그리고 조선이라는 새 영역을 전개시켰다. 이른바 대륙에의 관심이다. 만주 더구나 조선은 새삼스러이 시국이 전개한 새로운 영역에 속하지 아니할지 모르나, 그러나 지나라는 것이 일본의 앞에 출현하면서 만주 그 중에도 조선이라는 것의 객관적 위치가 선명히 드러나고 그 중요성이 새삼스럽게 인식된 것도 역시 사실이다. 다시 말하면 단순한 국내의 특수한 일 지방으로서가 아니라 지나 사변이라는 돌연한 대사변을 통하여 출현한 대륙이라는 것의 한 부분 혹은 그것과 연결된 중요지점으로서 각개의 지역이 전혀 신선한 양자樣姿를 정물呈하고 일본문학의 면전에 출현한 것이다. 다시 말하면 시국이라는 추상적인 것이 일본문학의 새로운 환경이 아니라 그실은 대륙이라는 광대한 영역이 일본문학의 새로운 현실이 된 것이다. 주체적으로는 또한 일본민족의 새로운 환경으로서 대륙의 제諸 민족이 등장한 것이다. 여기에서 정치적, 경제적인 대상으로서만 아니라 정신적, 문화적인 대상으로서 이들의 민족과 그들의 문화가 등장하게 되는 것이 또 당연한 순서다. 대륙이라고 개칭概稱되는 영역 가운데는 몇 개의 민족의 현실이 있고 문화가 있기 때문이다. 그것들과 협동하고 그것들을 동화시켜 가는 것이 현대일본의 대도大途인 까닭으로 먼저 그것들을 숙지하고 이해할 필요가 제기되는 것이다. 대륙 제 민족의 문학에 대한 관심의 대두는 전혀 이러한 사정의 반영이다.

먼저 지나의 현대문학이 번역되고 만주문학이 소개되고 그 다음에 조선문학이 약간 역간譯刊된 것은 실로 저간의 사정을 이야기하는 사실이다.

일지사변(日支事變)이나 제2차 세계대전의 발발과 더불어 민족의 문제가 다시 일반의 관심을 환기하고 그것이 발기(勃機)가 되어 지나의 현대문학이나 만주작가의 작품이 소개되기 비롯했다. 그들의 민족을 포섭하기 위하여 그들의 민족을 이해하려는 일반의 기운을 반영하여서다. 그 파조(波潮)를 따라 현대 조선작가도 소개되기 시작하였다.

는 『공론』 5월호 소재 「조선작가론」의 필자 아사미 후카시[淺見淵] 씨의 말은 다분히 진실일 것이다.

문학이란 단순히 사회적 필요로만 교류된다고 할 수는 없다 할지 모르나 그러나 아무리 우수한 문학이라도 그것이 이식될 현실적 조건 없이는 교류되지 않는 것이다. 걸작일지라도 타국이 그것을 받아들일 준비나 욕구 없이는 이식되지 아니하는 법이다. 여러 가지 걸작 가운데 유독이 몇 작품이 혹은 여러 가지 민족의 문학 가운데서 그 민족의 문학이 선택되는 이유는 전혀 사회적 현실적인 제諸 필요에 있다.

여기에 비하여

만주문학이나 조선문학의 대두는 최근 1,2개월의 현저한 현상이다. 이것은 국책(國策)에 편승한 것도 아니오 엑조티시즘도 아닌 순정한 문학적 기운이라고 나는 생각한다. 즉 그들의 작품은 각개의 민족문학의 전통 위에 입각한 현대문학이 아니요, 또 일본 현대문학의 식민적 지점(支店)도 아니며 세계문학이 이 20세기라는 시대에 지방적으로 개화한 근대문학의 일종이라는 것을 분명히 말할 수가 있다.

고 한 『문학계』 편집후기 중의 가와카미 데쓰타로河上徹太郎 씨의 견해는 "일시적 현상이 아니라 항구적으로 우리의 문학권에 들어올 수 있게 됨을 희망한다"고 한 역시 『문학계』에 실린 「조선문학에 대하여」 중의 무라야마 도모요시[村山知義] 씨의 말과 더불어 순문학측의 의견을 대표하는 것일 것이다.

물론 조선문학에의 관심이 순정한 문학적 기운의 소산일 수도 있고 또한 우리 문학이 낡은 전통의 직접의 연장이 아닌 것도 어느 정도의 사실일 수가 있으며 이 현상이 항구화할 것을 우리도 희망하는 일이나, 그러나 전체로 이 현상의 동인動因은 혹 소박하다고 말할지 모르나 아사미 후카시[淺見淵] 씨의 견해가 정당한 것이다. 이 점을 착오하고 오직 조선문학이 이제야 진가를 발휘할 때가 왔다고 생각하는 사람이 있다면 후일 타인의 웃음을 살 것이다.

그런데 특히 사변이 있은 뒤 오늘날에 이르러 이러한 외지外地 문학이 주목을 끌게 된 원인은 물론 사변이 이제야 비로소 문화상의 문제를 제기할 계단에 달하였다는 사정도 있겠지만, 그보다도 우리의 주목할 점은 최근의 일본문학이 일종의 침체기에 입入한 데 원인이 있기도 하다. 무조건하고 어떤 신선한 것 특이한 것 자극적인 것을 요구하는 기분이 대륙의 문학을 요구하는 듯한 감이 있다.

'고정古丁'이란 만주작가의 소설을 비평하면서 "수개월 내 두 가지

잡지의 문예시평을 맡아가지고 있는데 매월 잡지를 열심히 읽어 가는데 불구하고 정면에서 맞붙어 시평하고 싶은 소설을 만나지 못해서 곤란했다. 그러므로 만주소설이나 조선소설을 읽어 감심感心해 가지고 이런 문장의 외도를 하는 것인데 심히 딱한 일이다"고 한『문학계』의 하야시 후사오[林房雄]의 말은 그 한 사람의 잡설雜說에 그치지 아니할 것이다.

×

다음으로 우리의 관심을 끄는 문제는 조선문학이 동경문학자의 눈에 어떻게 비추었느냐 하는 점이다.

이러한 의미에선 지난번『모던일본』조선판에 실린 김사량金史良 씨의 「조선작가를 이야기한다」라든가『문학계』에 실린 한식 씨의 「조선문학 최근의 동향」,『신조』에 실린 장혁주 씨의 「조선문단의 대표작가」 등의 글은 우리에게 흥미도 적고 또 익益하는 바도 적을뿐더러 그 중에는 부정확한 소개까지 있어 별로 취할 바가 적다. 역시 내지內地 작가의 감상이 우리에겐 흥미도 있고 또한 생각케 하는 점이 있다.

직접 작품을 쓰고 원문으로 읽어 조선문학이라는 것이 일종 문화적 일상 필수품이 되어 있는 우리들에 비하여 하나의 생활현실과 언어를 달리한 그들은 그만치 우리 문학을 원경遠境에서 바라볼 수 있기 때문이다. 우리가 극히 주목해 보던 것이 그들에게 미미할 수도 있고 우리가 주의하지 않고 보던 것이 그들에게 있어서는 독특하게 확대되는 수도 있으며 우리에게 진부한 것이 그들에게는 신선할 수가 왕왕 있는 때문이다.

그러나『공론』에 실린 아사미[淺見] 씨의 조선작가론과 기타 1,2의 단편적인 감상 이외에 아직 조선문학에 대한 전체적 견해란 것을[4] 볼 수 없으나 이것은 조선문학이 동경문단에 소개된 것이[5] 일천日淺한 때 문일 것이다. 아마 조금 더 책이 역간되고 시일이 경과되면 우리들에게 심히 흥미 깊은 제諸 견해에 접할 수 있을 것으로 예상된다.

그것은 전기前記 『공론』 소재의 일문一文만으로도 능히 우리의 흥미를 끌기에 족하기 때문이다. 그런데 미리 말해 둘 것은 아사미淺見 씨의 일문이 동경의 순수문학자의 견해라느니보다 더 많이 국민주의적인 견지에 서있는 듯한 것이다.

그러므로 그의 견해에는 정치문제와의 적지 않은 견강부회牽强附會가 있다. 그럼에 불구하고 그의 견해는 우리가 보아 대단히 흥미가 있다.

주로 그가 조선문학에서 느낀 바 감상을 적은 부분을 소개하면 다음 같다.

그는 장혁주 씨가 작년 『문예』에 발표한 「조선의 지식인에게 소訴함」이라는 일문을 모두冒頭에 인引해 가지고 그 문장 가운데서 장씨가 적발했다고 하는 조선 민족의 성격적 결함이 동시에 장씨를 위시하여 다른 조선작가들의 작품의 제재가 되었다 하고 역시 장씨에 의하여 매거枚擧된 격정성, 비침착성, 정의심의 결핍, 질투심 등을 들었다.

이러한 것들이 과연 조선인의 이른바 성격적 약점이 아닌지는 오인吾人과 같은 배輩가[6] 감히 관지關知치 못하는 바이고 더욱이 그러한 성격적 약점이 조선 사람을 금일의 운명 중에 있게 했는지는 더욱이 알지 못하나, "현대 조선작가들의 작품을 통독해 보면 대부분의 작품

---

4 원문에는 '것이'로 되어 있으나 문맥상 '것을'이 적절해 보인다.
5 원문에는 '소개되어'로 되어 있으나 문맥상 '소개된 것이'가 적절해 보인다.
6 원문에는 '輩의'로 되어 있으나 문맥상 '輩가'가 적절해 보인다.

은 의식했든지 아니하고 있든지 간에 조선 민족의 이러한 성격적인 약점의 척결에 붓이 집중 되어있다"고 한 아사미 씨의 감상은 퍽 흥미 있는 것이다. 이 필자에 의하면 이 점이 즉 "작품 가운데 척결된 민족의 특이성이요 조선문학의 제1의 특색도 역시 이 점에 개재해 있는 것처럼 생각된다"고 함에 이르러 더욱 주목에 치値한다 아니할 수 없다.

문학이 인간의 거울이란 점에서 이 이야기는 더욱 음미될 여지가 있다. 작가들이 자기의 약점의 척결에 종사한다는 것은 문학적으로 강고한 리얼리티를 추구하고 있다는 것이요, 다른 의미에서는 그들이 자기의 약점에 대하여 가혹할 만치 객관적이요, 그것은 동시에 그것에 대한 증의憎意의 표현이 아니면 아니 된다. 또한 자기의 약점에 대하여 가혹하게 증오하고 있는 정신은 곧 자기의 진보와 개조에 대하여 이상한 열정을 가지고 있다는 사실의 반영이다. 그것은 일종의 이상주의의 현실적 표현이라 할 수 있다. 그가 자기를 현재의 지점에서 일단 더 높이려고 하는 점에서 분명히 이상주의자다. 그러나 또한 그 이상주의는 자기에 대한 무한한 사랑, 자기의 생존과 유지에 대하여 무류無類한 집착력의 표현이기도 하다.

역사적으로 보면 또한 새로운 문화와 낡은 문화와의 투쟁의 표현이기도 하다. 신선한 생명, 새로운 제너레이션의 성생成生과 발육을 위하여 장애가 되는 제 유물에 대하여 증의憎意하고 그것의 무가치를 척결하는 것은 언제나 새로운 문화의 가장 중요한 임무였기 때문이다. 만일 어떠한 것이 조선인의 이른바 성격적 약점이고 그것의 척결에 작가들의 노력이 집중되었다면 조선의 작가들은 바로 그것들로부터 새로운 인간들이 해방되기 위하여 싸우는 일면을 표현하고 있을 것이다. 그러한 점이 조선문학의 특이성이 될 수 있는 것도 현재와 같이 대大과도기에 처해 있는 조선의 문학으로 당연한 것일지도 모른다.

그런데 이러한 민족적 약점의 척결을 주요 제재로 택하고 있는 작가로 먼저 아사미 씨는 장혁주 씨를 택하였다. 그 이유는 장씨가 누구보다도 제일 의식하고 그것의 척결에 종사하고 있기 때문이라 한다.

「권權이란 사나이」, 「갈보」 등을 예 들어 그 가운데 있는 격정적 성격을 이야기한 것은 물론 장이란 작가의 가장 특이한 점을 이야기한 것은 사실이나 그것이 격정에 대한 민정民情의 익몰성溺沒性을 방불彷彿시키고 있다고 하는 것은 아무래도 과장이다.

그러나 한 민족의 성격적인 약점을 척결하면서 능히 민족을 초월한 인간성에 접촉하고 있다든가, 그것이 보편적인 인간의 약점에 미치고 있다고 이야기한 점은 수긍할 수 있다. 문학은 모두 이러한 특수성에서 출발하나 결국의 가치는 그것이 보편적인 곳에 미침으로 발휘되기 때문이다. 그러나 문학은 언제나 진부한 말이나 보편적인 것을 특수 가운데서 발견해야 하는 것이므로 아사미란 사람이 말하는 민족의 성격적 약점의 척결에 조선작가의 현대적 특징이 있다면 현대 조선문학의 성격은 전체로 부정적인 성격의 문학이라 할 수 있다. 건설적인 것에의 애정이라든가 성장하는 것에의 정열보다도 부정되어야 할 대상에 대한 증의憎意와 가혹한 소탕의 의식에 의하여 성격화되었을 것이다.

장혁주 씨의 문학에서 이것을 발견하는 것은 그리 기이하다 할 수 없거니와 그는 누구보다도 자연주의문학의 영향 가운데서 출발한 작자이기 때문에 유진오兪鎭午 씨의 소설에서 그것을 발견한다는 것은 대단히 흥미가 있다.

「김강사와 T교수」를 위시로 장혁주 씨의 「우수인생憂愁人生」과 김사량 씨의 「광光의 중中에」와 같은 작품을 취급하고 "조선 민족의 무의식적으로 왜곡된 민족적인 비굴한 신경이 우리들의 마음을 암연케 한다"고 하였는데 이 소설에 등장하는 어느 인물을 비평하는 말로서는 심히 시사적이다. 그것은 분명히 조선 사람들이 새로운 현실과 접촉하고 그 가운데서 생활을 영위해 가는 데서 생겨난 특이한 성격의 하나다. 이러한 성격이 잔인하고 비굴卑屈[7]하고 몰염치한 것으로 특색을 이루는데, 그것은 그가 불리한 환경 가운데서 미미한 역량을 가지고 자기의 생을 유지하기 위하여 악착齷齪하는 동안에 발생한 것으로, 지나의 매판의식과 같이 타기唾棄할 성질의 것이나, 그러나 이러한 현상은 또한 특이한 환경이 어떻게 인간성을 유린하는가의 좋은 예가 아닐 수가 없다.

요컨대 그것은 격정이 아니라 살아가기 위하여 악귀와 같이 타산적이요 현실적으로 된 인간의 자태다. 그러나 장혁주 씨의 「우수인생憂愁人生」이나 김사량 씨의 「광光의 중中에」나 유진오 씨의 전기前記 작품이나 모두 이러한 인간을 그리는 데 가혹한 증의憎意만이 아니라, 그것을 그리는 작가의 마음 가운데는 인간을 그렇게 만든 현실 가운데 사는 애수와 그렇게 된 인간에 대한 깊은 슬픔의 정이 흐르고 있는 것을 보지 아니하면 아니 된다. 이것은 조선문학을 이해하는 데 중요한 관건이 되는 것이다. 그러나 아사미 씨는 이러한 부분에까지는 고의로인지 혹은 우연인지 관심이 미치지 아니했다. 이것은 그가 유진오 씨의 「창랑정기滄浪亭記」나 「가을」을 보고 단순히 인텔리의 민족 신경神經을 취급한 것으로 이색 있는 작품이라고 가볍게 처치한 것으로 명백하다.

유씨의 이 작품은 분명히 「T 교수」 같은 소설에서 지배紙背에 숨어 표현되지 않은 애수와 슬픔을 끌어낸 작품이기 때문이다. 그것은 단

---

7 원문에는 '臭屈'로 되어 있으나 '卑屈'의 오식으로 보인다.

순히 신경이 아니고 심리이고 의식이고 전통에 속하는 물건이다.

그 다음에 아사미 씨가 든 것으로 대륙성이 있다. 대륙성이라는 것은 누구나 조선을 지역적으로나 문화적으로나 내지에서 구별하여 만주와 지나와 더불어 대륙의 한 부분이라고 하기 때문에 그러한 평가를 내리는 것인데, 아사미 씨도 이 점에 관해서는 장혁주 씨가 조선문학이 지나문학보다도 서구문학의 영향을 받았음에 불구하고 역시 지나에 가깝다고 하였는데 그것은 우리로서 일리가 있다고 생각된다.

왜 그러냐 하면 조선의 근대문학은 서구문학의 압도적 영향 하에서 성립하고 발전되었음에 불구하고 그것은 자기의 전통과 유형무형리有形無形裏에 결부되어 독특한 도정途程을 걸었기 때문이다. 그러나 구체적으로 대륙적인 점이 무엇이냐고 물으면 역시 대답하기 용이치 아니한 것인데 아사미 씨는 그것을 이른바 대륙적인 망막감茫漠感이라고 말하였다. 이광수李光洙 씨 「무명無明」을 위시로 이효석李孝石 씨의 「메밀꽃 필무렵」 「돈豚」, 안회남安懷南 씨의 「투계鬪鷄」에서까지 이러한 특징을 발견하였는데, 그러한 작품들의 특색이 소위 현실을 초월한 표묘감漂渺感이란 말로 일괄되느냐 하면 약간 의문을 두지 아니할 수가 없다. 왜 그러냐면 먼저 말한 현실에 의한 인간성의 악귀와 같은 왜곡을 보는 일면에 이러한 특색의 출처가 문제되기 때문이다.

그러나 만일 이러한 망막감이 역시 조선문학의 일 특징이라고 하면 그것은 인간성이 악귀처럼 왜곡되는 반면에 어떠한 악조건 가운데서 생존할 수 있는 강한 생활력 때문이 아닌가 한다. 그것 없이는 유머를 수반한 망막감이라는 것이 발생할 수 없기 때문이다. 그것은 하나의 이른바 대륙적인 낙천주의라 말할 수 있다.

아사미 씨가 김동인金東仁 씨의 「붉은산」이나 이태준李泰俊 씨의 「농군」을 이러한 견지에서 본 것은 진실에 가깝다 아니할 수 없다. 「농군」 같은 것은 아사미 씨의 말대로 조선 사람들 가운데 있는 강하고 집요한 생활력의 표현이라 할 수 있다.

망막감茫漠感이 만일 과거의 커다란 역사를 짊어진 대륙 제諸민족의 현대적 특색이라면 집요한 생활력은 그들 가운데 숨은 문화와 역사의 전통이 현대 가운데서 창조력을 발휘하는 가장 적실한 표현일지도 모른다. 이러한 제점諸點으로 보면 현대 조선문학이 반드시 부정적 성질의 문학에 그치지 않는 것도 알 수 있는 일이고 단순히 조선인의 이른바 성격적 약점의 척결에만 노력이 집중되었다는 것도 과장에 흐른 감이 없지 않다. 그런 의미에서 조선문학의 방향을 일반적으로 리얼리즘의 집요한 추구 가운데 둔다는 것이 타당할 것이다. 이 점은 아사미 씨를 위시로 각인의 거의 일치된 견해 같다. 사실 우리의 생각이나 느낌이 엄격한 리얼리즘으로 여과되어야 한다는 것은 우리 자신이 동경문단의 여러 사람의 견해를 통하여 끌어낼 수 있는 일반적인 결론인 동시에 또한 그 리얼리즘은 무엇을 방향으로 하여 집중되어야 할 것이라는 것도 이 위에 소개한 제諸견해에 비추어 보아 우리의 깊이 생각할 바가[8] 아닌가 한다.

×

끝으로 한 가지 더 이야기 할 점은 전체로서 조선문학에 대하여 동경 문단인들이 가지고 있는 견해의 문제다. 이러한 것으로서는 누구나 이구동성으로 언어의 문제를 드는데 그것의 대표적인 것은 『신조』에 실린 「조선문학의 일 의문」이라는 일문一文이다.

---

8 원문에는 '바이'로 되어 있으나 문맥상 '바가'가 적절해 보인다.

먼저 익명인匿名人은 지금까지 전연 조선문학이 국내國內[9]에서 한각閑
却되어 있던 것이 아니라 동경문단에선 조선 출신 작가가 1,2인 활동
하고 있었는데 또한 그것만으로는 국내의 관심이 조선문학에 미쳤다
고 할 수는 없다고 말한 다음 조선문학이 동경문단의 주목을 이끌지
못한 것은 책임이 전혀 조선문학 자신 위에 있다고 자못 확신있게 이
야기하였다.

조선문학이라는 것이 아직까지 국내에서 한각된 이유의 하나는 그들 조
선문학이 주로 국어[10]에 의하지 않고 조선어로 쓰여졌다는 점에 있다고 생
각한다.[11] 조선의 고전이라고 한다면 그것을 일본어로 옮기어 감상한다는 일
도 당연히 생각되는 일이나 현대의 조선문학이 조선어로 쓰여진다는 것은
이 국내에서는 어쩌면 아주 예상도 못하던 일일지도 모른다.

언어의 장벽 때문에 조선문학이 동경문단에 소개되기 어려웠다는
것은 조금도 신기한 발견이 아니다. 그럼에 불구하고 이 익명자가 자
못 거만히 이 말을 내어 던지는 데는 분명히 조선문학에의 비난이라
는 것보다 현재 일본문학에 대한 존대의 염念이 들어 있는데, 아마 이
익명인은 상당히 우둔한 비평가일 듯 싶다.

먼저도 말한 바와 같이 조선문학이 급격히 동경 방면의 관심을 이
끌어 역간되는 것은 조선 급及 대륙에 대한 시국적인 관심도 있거니
와 그와 못지 않게 깊은 슬럼프에 빠진 일본문학이 방수로放水路를 구
하여 방황하는 표현이기 때문이다.

---

9 여기서는 일본을 가리킨다.
10 여기서는 일본어를 가리킨다.
11 원문에는 '생각는다'로 되어 있으나 '생각한다'의 오식이다.

우리 조선작가들을 향하여 혹은 일본문학의 독자들을 향하여 이 익명자가 취하고 있는 포즈는 실로 상업적이다.

더욱이 힘을 주어 이 익명인이 고조高調하는 부분은 예의 언어문제인데 그가 말하고자 하는 의미는 다음의 일구一句에 요약되었다 할 수 있다.

"문화의 추요樞要한 위치를 점할 문학 위에 만일 영구히 조선문학이라는 것이 현재의 존재방법을 계속한다면 민족의 혼일적渾一的인 융화라는 것은 대체 어떻게 해결할 것인가? 조선문학에 대한 국내의 관심이 고조되는 때 이 의문도 또한 거기에 응하여 높아져야 할 것은 부정할 수 없다." 이 익명자는 이러한 말을 미말尾末에 가서 다시 한번 반복하였는데 그 의문은 퍽 흥미 있는 의문이라 생각한다.

여기에 비하면 전기 아사미 씨의 "이 양자의 접근은 결과로서는 조선문학이 단순한 조선만의 존재에 끝나지 아니하고 널리 일본문학으로서 포함[12]되는 새로운 단계에 도달되지 않은가 생각된다"고 말하면서 오히려 "그리고 이것은 일본문학을 위해서도 일단의 시야의 확충을 가져오는 의미에 있어서 실로 즐거운 현상이라고 생각되는데 그것과 더불어 겨우 근대문학의 맹아기를 탈한 현대 조선문학은 이러한 비약飛躍이 일층의 자극이 되어 참말로 내지 문단에 대항할 성숙기로 들어가지 않는가 하고 관측된다"고 한 것은 경청할 의견의 하나이다.

여기에다 『신조』의 '익명 평론'을 비교하면 그것은 문예잡지의 권두평론이라 하기엔 지나치게 소박하다 아니할 수 없다.

이러한 제 견해에 비하여 『문학계』에 실린 가와카미 데쓰타로 씨

---

12 원문에는 '抱슴'으로 되어 있으나 '抱含'의 오식으로 보인다.

의 후기는 역시 양식 있는 문학자의 견해 같다.

만주문학이나 조선문학의 대두는 최근 일이 개월의 현저한 경향이다.[13] 이것은 국책에 편승한 것도 아니요 엑조티시즘도 아닌 순정한 문학적 기운이라고 나는 생각한다. 즉 그들의 작품은 각각 그 민족문학의 전통 위에서의 현대의 것이 아니고 또 일본 현대문학의 식민지적 출장소도 아닌 세계문학이 이 이십세기라는 시대에 지방적으로 개화한 근대문학의 일종이라는 것을 똑똑히 말할 수가 있다.

좌우간 이러한 제諸 견해는 우리 조선문학을 위하여 모두 좋은 참고가 될 것은 사실이다.

---

13 원문에는 '경문(傾問)'으로 되어 있으나 '경향(傾向)'의 오식으로 보인다.

무너져가는 낡은 구라파*
문화의 신대륙(혹은 최후의 구라파인들)

16세기에 아메리카[1]는 주지하는 바와 같이 세계지리상의 신천지로 등장하였다. 그것은 최초 용감한 상인의 모험에 의하여 발견되고 뒤이어 수많은 구라파의 농민과 범죄자와 영락한 시민들의 도양渡洋으로 개척되어 갔다. 그러나 아메리카가 정말 세계경제의 새 영역領域으로 구라파의 면전에 나타나기 시작하기는 구주 제국諸國의 정부와 대★무역회사가 아프리카[2]의 흑인군群을 실어다가 대규모의 농업을 시작한 이후의 일이다.

그러나 이때까지 아메리카는 근근 구주의 대농장 혹은 대광산에 지나지 않았다. 바꾸어 말하면 대양大洋 무역과 식민지 약탈의 새로운

• 『조선일보』, 1940.6.29.
1 원문에는 '亞米利加'로 되어 있다. 이하 같음.
2 원문에는 '阿弗利加'로 되어 있다.

대상에 불과하였다.

역시 북미합중국이 출현하고 아메리카가 공업권으로 혹은 순수한 일개 경제 세계로 서구를 향하여 자기의 지위를 요구하게 되기 위하여는 구라파의 산업혁명이 필요했다. 근대세계를 형성한 기초가 된 이 기술적 조건의 이식으로 아메리카[3]는 자기의 농업을 재편성하고 공업을 생성시키고 정치를 수립하였다. 이때부터 아메리카는 구라파에 대하여 분명히 독립한 경제권이 되고 나아가서 정치권으로서 성질을 명백하기 시작했다.

그러나 역시 아메리카가 세계에 그 두각을 나타내기 위하여는 대영제국의 세계지배가 쇠퇴하기 시작하는 때를 기다리지 아니할 수 없었다. 1914~1918년 대전이 비로소 아메리카로 하여금 영국에 다음가는 세계질서의 주역으로 등장시켰다. 5년에 긍亘한 이 대전쟁이 미국의 참전으로 끝났다는 것과 윌슨 씨가 베르사이유 회의의 지도자이었다는 제諸사실은 감탄할 만한 사실이 아닐 수 없다. 그것은 단지 근대적 세계질서에 있어 구주의 영도권의 이분二分일 뿐 아니라 실로 구주의 영도권 자체의 이동의 가능성을 의미하는 사실이 아닐 수가 없다. 전패국戰敗國 독일뿐이 아니라 전승戰勝한 영국이나 불국佛國[4]에도 이러한 징후는 적지 아니한 사람들의 머리에 번득이었다.

그러나 문화의 이동이란 것은 누구나 꿈에도 염두에 올리지 못했던 사실이다.

그것은 최초부터 아메리카란 문화권이 아니었기 때문이다. 거기엔 잉카제국이 남긴 약간의 유적과 모간이 연구한 고대적 제諸현상이 잔재殘在할 따름이었다. 이것은 물론 서구인에게는 무연無緣한 물건이

---

3 원문에는 '亞米利亞'로 되어 있으나 '亞米利加'의 오식이다.
4 프랑스를 가리킨다.

다. 그들은 초기에는 물론 피스톨과 농구農具밖에 없었으나 부가 축적되어 책을 읽을 생활의 여유도 생기고 책을 저술할 심리적 여유가 생겼을 때에도 자기의 문화라는 것을 가질 수는 없었다. 에머슨Ralph Waldo Emerson이나 휘트먼Walt Whitman, 포우Edgar Allen Poe와 같은 대大예술가가 난 뒤에까지도 아메리카가 구라파의 문화적인 식민지였다는 것은 모든 관찰자의 일치하는 견해다. 그것은 첫째 아메리카의 전통이 결여하여 있었다는 데 원인이 있을 것이며, 또 하나는 미국민이라는 것이 혼합된 민족이라는 데 원인이 있을 것이다. 그리고 이 양자는 서로 불가분리적으로 교섭하여 더글러스 오버튼 같은 사람이[5] 말하는 문화의 비非통일성을 결과하였을 것이다.

이해에 의하여 개인들은 관계하고 편의에 의하여 각 민족은 연결되고 있었다.

금세기가 되어 생산의 높은 기술, 예하면 기계 공업이 아메리카적 질서의 미를 받치고 있게 되었는지도 모른다. 그러므로 아메리카의 신화가 없는 대신 기계가 있다고 말하게 되는 것이다. 기계는 사회적으로는 이익과 편의의 상징인 동시에 정신적으로 합리성의 표현이다. 그러므로 만일 기계를 신화에 대신한다고 할지라도 그것은 정신적으로는 구라파적 합리성의 연장에 불외不外하게 된다. 이것은 19세기의 구라파 정신과 또한 같이 논하지 아니할 수 없다. 이것이 또한 아메리카가 쇠망기에 임한만일 그렇게 볼 수 있다면[6] 구주문화의 최후의 존속지로서의 소지素地다.

이번 전쟁이 만일 서구에서 19세기를 최후적으로 청산한다면 서구에 다음 올 것은 20세기의 문화일 것이다. 그러나 그것이 게르만문화

---

5 원문에는 '사람의'로 되어 있으나 문맥상 '사람이'가 적절해 보인다.
6 원문에는 '업다면'으로 되어 있으나 문맥상 '있다면'의 오식일 듯하다.

의 지배가 아닌 것은 민주주의가 혈족주의에 의하여 교대될 수 없다는 사실과 방불하다. 그러나 토탈리즘의 승리가 진행한다면 민주주의 정치의 최후의 잔존殘存 영역에로 또한 옮기지 않을 수 없는 것도 상상할 수 있는 일이다. 그런 의미에 아메리카는 구라파문화의 최후의 서식지가 될 뿐만 아니라 문화의 신대륙이 될 수도 있다.

끝[了]

예술의 수단[*]

×

가령 예술을 하나의 표현이라고는[1] 그대로 수긍하지 아니한다 할지라도 예술이란 표현에 있어서 완결한다고는 말할 수가 있다.

마치 세부시공에서 건축의 공정이 완료하는 것처럼 예술의 제작과정은 표현에 와서 그 절정에 도달한다. 절정이란 완결의 순간이다.

10년이나 20년 동안 뇌리에서 구상되어 성격의 세세한 특징, 온갖 시추에이션, 그들이 서로 갈등하며 화해하는 행위, 그들이 서로 규환叫喚하고 속삭이는 회화會話, 혹은 그들의 생애를 둘러싼 온갖 배경이 눈을 감으면 훌륭한 그림이나 음악처럼 원숙해 있다 할지라도 그것

---

[*] 『매일신보』, 1940.8.21~8.27.
[1] 원문에는 '表現이라는'으로 되어 있으나 문맥상 '표현이라고는'이 적절해 보인다.

이 완성되는 것은 두어 행의 즉흥시와 마찬가지로 표현의 일순간—瞬間이다. 그러므로 이 일순간이라는 것은 예술의 제작에 있어 신비로울 만치 위대한 순간이 아닐 수 없다. 이 순간이야말로 오랜 노력의 총 결과를 결정하는 순간이기 때문이다.

표현이란 결국 그 전前 사람들이 무엇을 '어떻게'라고 하는 방식으로 생각한 것과 같이 내용이 형식으로 화化하는 과정을 이름이다.

×

그러면 표현이란 말과 제작이란 말과는 어떠한 관계를 가지고 있는가? 내용이 형태를 획득하는 과정을 왕왕 우리는 제작과정이라고도 부르는데 엄밀히는 표현과 제작은 구별되는 말이다.

제작이란 말은 그 어원에서와 같이 생산상生産上의 개념이다. 도구를 가지고 재료를 요리하는 과정, 즉 재료에다 기술을 가하여 인간의 의지를 실천하는 그것이다. 제작되는 것은 그러므로 재료도 아니고 도구도 아닌 제3의 것이다. 이 제3의 것이란 결국 먼저 말한 바와 같이 재료가 도구를 통하여 인간의 의지가 형태화한 것인데 이 인간이 생각한 것의 형태화란 의미에서 볼 때 생산이나 제작은 하나의 표현의 성질을 띠게 된다.

그러면서도 제작이 표현에서 구별되는 것은 재료 도구 등 형체 있는 것으로부터 출발하여 역시 형체 있는 것의 형성에서 종결하는 대신 표현은 형체 없는 것으로부터 발원하여 형체 있는 것의 형성으로 끝내기 때문이라고 위선 구별할 수가 있다.

그러나 이러한 구분이 절대적인[1] 것이 아닐뿐더러 조각과 같은 예술에 있어 표현은 영영 구별키 어려울 만치 제작에 접근하고 만다.

석고와 각도劊刀란 공업원료와 기계와 전혀 구별키 어려울 만치 유사하게 인간의 면전에 나타난다.

각도를 가지고 석고를 주물러서 인간은 인체를 만들어낸다. 이것이 가죽을 놓고 칼로 썰어서 신발을 만드는 직공과 다른 것이 무엇이냐?

원료, 인간, 도구라는 공식이 통용하는 한에서 조각가와 화공靴工은 구별되지 아니한다.

그럼에도 불구하고 화공과 조각가가 다른 것은 또한 사실이다. 이것은 곧 제작과 표현이 같으면서도 또한 어디인지 엄연히 다른 것과 마찬가지다.

요컨대 이 차이라는 것은 결과에 있어서 만인이 한가지로 구별할 수 있는 그것이다. 사람들은 구두와 '미로의² 비너스'의 가치를 혼동하진 아니한다.

아무리 훌륭한 구두도 '미로의 비너스'의 부러진 손끝만 못한 것이다.

걸작이 아니라 할지라도 일편의 회화에 그보다 수배數倍되는 가격의 공업생산품과는 직접의 가치비교가 성립하지 아니한다.

이것은 예술과 공업을 동일한 가치평가의 수준을 가지고 율律할 수 없는 무엇이 그 가운데 잠재해 있기 때문이다.

그것은 다른 것이 아니라 제작과 표현이 그 출발과 연원에 있어 전연 별개의 지점에서 출발했기 때문이다.

즉 제작은³ 인간의 경제적인 의지의 실현과정인 반면에 표현은 인

---

1 원문에는 '절대적의'로 되어 있다.
2 원문에는 '머로의'로 되어 있으나 '미로의'의 오식이다.
3 원문에는 '製作인'으로 되어 있다.

간의 정신적인 의지의 실현과정이다.

사람들이 예술이나 문화와 공업이나 정치의 가치를 직접으로 비교하지 못하는 것은 경제와 정신을 한 가지 저울 위에서 달아볼 수가 없기 때문이다.

그러므로 제작이나 표현이 인간이[4] 생각한 것을 형태화시킨다는 점에서 근사近似하다는 것은 또한 제작과 표현이 그 형태에 있어 유사하다는 것을 의미하는 데 불과하다.

그러나 표현과 제작은 다같이 '표현한다' '제작한다' 하는 말의 의미에서 볼 수 있듯이 주체적인 내용을 가지고 있다.

그것이 '표현되고' '제작되고' 하기 위하여는, 즉 객체로 되려면 반드시 외부의 조건의 매개를 받지 아니하면 아니 된다.

다시 말하면 인간의 기도한 바가 실현되기 위하여서는 인간의 의도만으로는 불충분하다. 그것은 아직 표현과 제작의 단초에 지나지 아니하다.

그것은 결국 정신이 아닌 '물物'에 의하여 매개되지 아니할 수 없다. 그래야 비로소 주체적인 의도는 객체적인 존재로 전화한다.

이 매개하는 '물物'이란 것이 곧 우리가 이야기하는 수단이다.

예하면, 제작의 의도를 실현하는 데는 도구가 필요한 것과 같은 것이다. 도구란 제작의 결정적 수단이다. 도구 이외에 제작에서는 원료라는 것이 필요한 것은 주지의 사실이나 원료는 단순한 자연으로서 제작과정에서 수단으로는 부차적인[5] 것이다. 도구만이 제작에 있어 결정적 의의를 갖는다. 이것이 곧 생산수단이다.

그러나 표현의 수단이라는 것은 문학의 언어, 회화의 색채, 조각의[6]

---

4 원문에는 '人間의'로 되어 있다.
5 원문에는 '부착적의'로 되어 있다.

석고나 대리석 혹은 나무, 음악의 음_{내지는 그것의 도구로서의 악기}, 무용의 인체와 같이 종별에 따라서 다양하면서도 제작의 도구보다는 다른 점이 있다.

무엇인고 하니 정신의 표현에 있어서는 수단의 존재는 극히 한정되어 있는 점이다.

도구는 집 짓던 망치로 책상도 만들 수 있고 기계를 깎던 선반_{旋盤}으로 총이나 대포를 깎을 수가 있으나 표현수단에서는 그러한 대체가 불가능하다.

피아노로는 음악밖에 시를 연주할 수는 없는 것이며 언어로 조각을 할 수는 없는 것이다.

다시 말하면 예술의 수단이라는 것은[7] 표현과 거의 단원적_{單元的}으로 결합되어 있다. 즉 언어라는 것의 존재를 전제로 하고서만 문학은 있을 수가 있는 것이며, 그 외의 음악 조각 회화 그타_他가 모두 그 표현의 수단에 의해서 한정받고 있는 것이다.

그러한 의미에서 예술이란 표현수단에 의한 정신내용의 한정, 적절한 의미의 한계상황이라 할 수 있다.

예술에 있어 조화라는 것은 그러므로 표현수단과 정신내용과의 사이에 성립해있는 와해키 어려운 한계상황이라 할 수 있다.

그 한계는 내용에 의하여 부단히 위기_{危機}[8]로 인도되고 있으나 또 수단에 의하여 부단한 안정 가운데로 반려_{返戻}되고 있는 것이다. 항상 움직이면서 안정하고 있는 것이 예술의 조화라 할 수 있다.

그러나 제작수단이라는 것은 제작에 대하여 예술과 같이 한정적은

---

6 원문에는 '조각에'로 되어 있다.
7 원문에는 '것을'로 되어 있으나 문맥상 '것은'이 적절해 보인다.
8 분명하지는 않지만 '위기(危機)'로 보인다.

아니다. 선반이 발명되기 전에도 이미 기幾세기 동안이나 대포가 있어왔다. 금일과 같은 진보된 기계 없이라도 광산은 채굴되어온 것이다. 제작에 있어 수단의 진보는 양量의 증가나 그렇지 않으면 성능의 변화나 혹은 새로운 제작의 매개의 역할을 해왔으나 그것은 예술에서와 같이 정신에 대해[9] 단원적으로 관계하여 오지는 아니했다.

예술에 있어서는 지금이나 예나 예술의 수단이 언어, 색채, 음, 대리석 등이라는 데는 변함이 없었으나 부단히[10] 고정한 수단으로 높은 생명을 만들어오고 또 그 수단 자체를 고양시켜왔다.

전체로서 우리가 조심할 것은 역사적으로 제작은 낡은 수단으로부터 별리別離해 오면서 진보된 대신 예술은 낡은 수단에 고착하고 그것 가운데로 침잠해 들어가 버림으로써 오히려 진보해온 것이다.

이것은 제작에 있어 수단과의 관계란 예술에 있어서의 그것과 같이 밀접치 아니한 증거다. 즉 제작은 도구에 의하여 막대한 한정은 받으면서도 또한[11] 수단의 의의라는 것이 가변적인 데 불구하고 예술은 일견一見 그렇지 않을 듯하면서도 수단의 의의는 불변적이라 할 수 있다.

예술에 있어 수단은 거의 숙명적이고 신성한 것이다.

언어에서 떠나면 문학은 존재할 수 없는 것이 아닌가?

그런데 정치에 이르러서는 수단은 극도로 목적화되고 만다. 목적을 위하여는 수단을 고르지 아니하는 것이 본래 정치다. 정치가 만일 수단의 양부良否를 가리고 있다 하면 실로 두려운 결과에 봉착하고 만다. 즉 정치 목적이 관철되지 못할 뿐만 아니라 자기가[12] 정치적 존재

---

9 원문에는 '대한'으로 되어 있으나 문맥상 '대해'가 적절해 보인다.
10 원문에는 '不斷의'로 되어 있다.
11 원문에는 '또한 또한'으로 되어 있다.

라는 것의 위험을 직접 경험하지 아니할 수 없다.

전쟁을 어떤 독일의 장군은 정치의 연장이라고 했지만 어떤 의미에서 전쟁이란 그 연장인 것보다 절정인 때가 있다.

일-국가 일-민족의 전 운명을 도睹한 전쟁이 단순히 그 국가 그 민족의 정치의 한 연장임에 그칠 수는 없다. 그 전쟁의 승패가 곧 그 국가 민족의 흥망의 분기점이 될 때 전쟁은 분명히 정치의 한 절정이다.

그러한 경우에 정치가나 사령관은 단지 어떻게 하면 목적을 관철할 것인가를 생각할 자유가 허여許與되어 있을 따름이다.

가령 윤리적으로 생각할 때에는 그 전술戰術이 결코 정당하다고 생각할 수 없는 때에 정치는 그 윤리성을 무시하면서까지 그 전술을 채용하는 것이다.

그것은 모두 효과적, 즉 목적의 관철을 위하여 필요 적절한 때문이다.

어떠한 정치의 수단도 이 범위를 넘어갈 수는 없다.

정치에서는 죽느냐 사느냐 흥하느냐 망하느냐 이기느냐 지느냐 하는 윤리가 지배하기 때문에 수단이라는 것은 무기武器로서만 생각될 따름이다.

이것은 제작의 공구가 가지고 있는 공리성功利性의 집중된 표현이다.

예술의 수단에 비하여 정치의 수단은 극도로 대칭적對稱的인 것은 이 때문이다.

---

12 원문에는 '自己의'로 되어 있으나 문맥상 '자기가'가 적절해 보인다.

×

　예술의 수단이 표현되어야 할 것을 충분히 표출한다는 기능에 있어서는 무기나 도구와 구별이 될 것이 없으나 예술의 수단이 가진 특색은 수단의 완성을 통하여 내용—정치의 목적, 제작의 대상—이 완성된다는 것이다.

　예술에 있어서의 사상은 수단의 완성을 통하여 비로소 사상으로서 완성한다. 수단이 시도되지 아니한 예술은 상상할 수 없을뿐더러 수단을 갖지 아니한 예술의 사상이라는 것도 따라서 있기 어렵다.

　그것은 예술에 있어서의 수단이 순수하다는 것, 또 예술의 사상의 표현에 필요한 수단이라는 것은 그 예술의 사상의 □□□ 유일의 수단만이 상상된다는 의미를 갖게 된다.

　전쟁은 대포 대신 기관총을 사용할 수도 있고 기관총이 없으면 소총으로 그것을 대신할 수 있으나 석고나 대리석이나 나무 이외의 것으로 조각은 성립할 수 없다. 동시에 색채 이외의 수단으로 된 회화, 음音 이외의 수단으로 된 음악이란 존재할 수가 없다.

　예술의 수단이란 것은 그러므로 순수할 뿐 아니라 한편으로 엄격한 것이다. 이 순수성과 엄격성이 예술의 수단으로 하여금 신성하다는 말을 듣게 하는 이유다.

　이것은 문학의 수단인 언어 이외의 수단에 의한 문학이란 존재할 수 없는 것이거니와 동시에 일반적인 언어란 것은 없다.

　그 점이 언어와 다른 예술의 수단인 음, 회구繪具, 대리석과 다른 점이다. 언어는 구체적인 물건이다.

　즉 언어는 수단이란 말과 같이 추상적抽象的[13]인 개념이고, 정말 존재하는 언어는 영어나 불란서어나 독일어나 이태리어나 또는 일본어나 지나어 같은 것이다. 문학의 수단으로서의 언어란 이러한 언어를 의미한다.

그러므로 문학으로서의 사상은 곧 추상적인 의미의 일반언어를 수단으로 하여 가지고 있는 것이 아니라 구체적인 언어를 수단으로 하여 가지고 있는 것이다.

그것이 시험되지 않고 혹은 그것과 떠나서 문학의 수단으로서의 언어란 생각할 수 없는 것이며 또한 문학의 존재라는 것도 생각한다면 우스운 일이다.

---

13 원문에는 '披象的'으로 되어 있으나 '抽象的'의 오식으로 보인다.

창조적 비평 *

1

　만일 10여 년 전부터 시작하여 오늘까지 우리의 문예평론을 읽어오는 독자를 상상할 수 있다면, 우리는 그 사람과 더불어 꽤 흥미있는 대화를 교환할 수가 있을 것이다.

　그러나 우리는 그 독자로부터 감회라든가 평단의 변천에 관한 그무슨 얄궂은 회상을 들으려는 것은 아니다.

　2,3의 어구語句의 성생成生과 소멸과 혹은 그 부침소장浮沈消長에 대한그의 기억에 의거하고 싶을 뿐이다.

　일례로 작년 10월에 창간된 『인문평론』에 실린 이원조李源朝 씨의

　•『인문평론』, 1940.10.

「비평정신의 상실과 논리의 획득」이란 논문의 모두冒頭에 "일찍이 그 예를 볼 수 없으리만치 침체 부진하는 근래의 우리 평단"이란, 어세語勢가 자못 격월激越한 말이 사용되었는데, 이러한 말이 과연 몇 번이나 우리 비평사 상에 쓰어졌는지 알고 싶다.

그 독자에서 우리는 대략 이러한 말을 들을 수 있지 않을까 한다.

즉 근래의 평단 침체와 부진이 과연 일찍이 그 예를 볼 수 없었는지 있었는지는 속단키 어려우나 평단의 부진이 문단 침체—그것은 물론 소설과 시 등의 창작을 의미한다—란 말과 대개는 동시에 사용되었다는 대답을 들을 것 같다. 그럴 듯한 말이다.

사실 우리의 비평이 창작의 침체에 관해서 요란스러히 경종을 울린 것은 작금간에 한한 일도 아니요, 또 1,2차에 그치는 것도 아니다.

근래의 빅 토픽으로 다수한 비평가를 동원한 신세대론, 성격론, 그 타他가 기실은 제각기 다른 제목을 내어 걸은 문단침체론이었다. 그러던 것이 방향이 틀어지면서 어느 틈에 "일찍이 그 예를 볼 수 없으리만치 침체 부진"이라는 격월激越한 어조로 우리 비평 자신이 심판될 날이 도래한 것이다.

이 상태는 마치 열심으로 환자의 병증을 설명하고 있던 의사가 하룻날 돌연히 자기 자신 가운데서 환자와 똑같은 병증을 발견한 것과 마찬가지다. 이 의사는 환자의 병을 고치기 전에 먼저 자기의 병을 고치지 아니할 수 없는 것이다. 바꿔 말하면 환자에게만이 아니라 의사 자신에게도 다른 의사가 또 하나 필요하게 된 셈이다. 즉 둘이 다 환자란 말이다.

결국 문학 전반의 부진이 비평과 창작에 균등하게 표현된 것이다.

그러면 대체 몇 번이나 이러한 시기가 우리 문학 발전 노상路上에 있었는가?

선량한 독자의 기억에 의하건대 이번까지[1] 약 3회 째가 아닌가 할 듯싶다. 첫번 약 15,6년 전 초기 신문학으로부터 신경향파문학이 생탄生誕할 시대, 백조 일파의 청년들이 문학은 사멸한다고까지 절규한 뒤를 이어 신경향파가 등장하였다. 그 다음에는 신경향파를 단초로 한 경향문학의 치세治世가 종언終焉할 때, 휴머니즘이 찬부 양론의 요란한 음향 속에서 논의될 때, 문단과 평단은 지금과 비슷한 용모를 정呈해가지고 붕괴와 침체와 부진의 소리가 들려왔다.

그것이 벌써 6,7년 전이다. 그 다음 지금에 이르도록 무엇이라고 이름하기가 곤란하니까 결국 순문학의 시대라고 하는 시대가 경과하면서 우리가 당면한 판국이 또한 "일찍이 그 예를 볼 수 없으리만치 침체 부진한" 오늘날이다.

요컨대 침체 부진이란 말은 탄생 이래 우리 문단과 평단에 두 번 회귀한 셈이다. 그러나 이 회귀설을 좀더 자세히 음미하면, 우리의 오랜 독자에게 다시 물어보고 싶은 두 개의 어구를 골라낼 수가 있다.

하나는 '하지 아니하면 아니 된다'는 말이요, 또 하나는 '하다' 혹 '한 것이다'라는 말이다.

주지하듯 두 가지 말이 다 어미에 씌어지는 말이요, 또한 그 두 가지 말의 어느 하나가 어미에 붙고 아니 붙는 데서 평론의 내용과 성질은 심히 다르지 아니할 수 없이 중요한 말이다.

지금 우리의 평론을 읽으면 '하지 아니하면 아니 된다'는 말을 어미에 달아 쓰는 사람은 전연全然 없어지고, 동시에 이 말이 현대 와서는 아주 사어死語가 된 것이 사실인데, 대체 어느 때부터 '하지 아니하면 아니 된다'는 말은 사어가 되었을까? 신문학의 초창草創 이후 신경

---

1 원문에는 '이번알래'로 되어 있으나 문맥상 '이번까지'로가 적절해 보인다.

향파, 경향문학에 이르기까지 비평 내지 평론적 문장은 모두 '하지 아니하면 아니 된다'는 말로 끝을 맺었다는 것이 우리의 친애하는 독자의 속임없는 고백일 것이다. 더구나 경향문학은 센텐스마다[2] 모두 '하지 아니하면 아니 된다'는 말로 어미를 삼다시피 한 문학일 뿐 아니라, 심지어 '하라!' 하는 명령적 구호까지가 비평과 평론에 상용되었다.

'하도다' '하였도다' 식의 영탄적인 어미가 없어진 뒤 '하여라'에서 비롯하여 '하지 아니하면 아니 된다'는 말은 조선 문예비평의 기백과 용기와 결단을 표징하는 생생한 언어였다.

그러던 것이 우리의 시대, 현대 조선문학이라는 것의 세대가 문단의 주류에 올라서면서 이 말은 어느 틈인가 소멸하고, '하다' '한 것이다'라는 식의 보고적 내지는 설명적인 어미가 일반화하였다. 이것은 현대비평 내지는 평론의 보고적·설명적 성격을 표시하는 가장 적절하고 여실한 말이라는 것은 특별히 나이 먹은 독자의 연고年故를 빌지 아니할지라도 우리가 스스로 생각해낼 수 있는 사실일 것 같다.

2

이 세 마디의 어구를 중심으로 한 낡은 독자와의 대화에서 우리가 자기반성을 위하여 끄집어 낼 수 있는 결론은 대략 다음과 같은 것이 아닌가 한다.

---

2 원문에는 '「센텐스」마다'로 되어 있다.

첫째 부진론의 회귀인데, 첫째 번 침체기는 낡은 '하지 아니하면 아니 된다'에 대하여 새로운 '하지 아니하면 아니 된다'에 의하여 타개되었던 시대요, 둘째 번 부진은 '하지 아니하면 아니 된다'는 말이 나오기는 나왔으나 그것이 권위를 확립하지 못하고 유야무야 간에 '하다' '하였다'로 암묵리暗黙裏에 일치된 때요, 현재의 '하다'와 '하였다'는 결국 어떤 '하지 아니하면 아니 된다'는 것에 의하여 다시 구원되어야 할 것으로되, 그 '하지 아니하면 아니 된다'는 것보다 '무엇을 할 것인가?'란 명제가 우리의 면전에 출현해 있는 것이 현대다. 자기가 '무엇을 할까?'를 알지 아니하면 남에게 그것을 '하지 아니하면 아니 된다'고 말할 수는 없는 것이다.

그러므로 우리가 비평과 평론에서 이러이러'하다' 이러이러'하였다'라는 어미를 써온 것은 비평가들이 무엇무엇을 '하지 아니하면 안 된다'는 말을 독자에게 들려주지 아니했을 뿐만 아니라, 실로 그들 자신이 '무엇을 할 것인가?'까지를 생각하기를 기피했던 시대, 혹은 생각치를 아니했던 나태의 시대라 아니할 수 없다.

따라서 '하지 아니하면 아니 된다'라는 말을 쓴 시대에 '무엇을 할 것이냐?'는 실로 비평과 평가評家의 한 전제에 불과하였을 것이다.

그런 때문에 '하지 아니하면 아니 된다'는 시대의 비평과 평론에 있던 용기와 결단은 비평가의 자신自信의 자연스러운 소산이었다.

그러나 '하다'와 '하였다'의 오늘날, 비평과 이론이 보고와 설명에 그쳤다는 것은 비평가의 용기와 결단의 문제가 아니라 실로 비평적인 신념의 결여의 불가피한 결과라 할 수밖에 없다.

그러한 비평에[3] 필연적인 것은 화술과 수사의 발달이다. 논리란 이

---

3 원문에는 '批評의'로 되어 있으나 '비평에'가 적절해 보인다.

론적 사유의 표현 양식이다. 이론적 사유는 체계의, 체계는 세계관의 산물이다.

그런 의미에서 현대비평이 정신을 상실한 대신 논리를 획득했다는 이원조 씨의 견해에 나는 찬의贊意를 표할 수가 없다. 논리적 사유가 없는 곳에 논리의 획득이 있을 수 없고, 세계관의 형성 없이 이론적 사유가 가능할 수 없는 것이다.

우리들의 비평이 엄밀한 철학적 내지는 문예과학적인 범주와 개념을 거개擧皆 사용하지 않고, 주로 설화說話와 은유 등의 문학적 언어를 비평적·평론적 문장 가운데서 구사하고 있다는 것은 누구나 의심할 수 없는 사실이다.

설화에 의한 논리란 것은 논리학을 아니 가진 철학과 마찬가지로 있을 수 없는 일이다.

비평정신의 상실과 더불어 논리도 붕괴했다! 차라리 우리의 고백으로서는 이 편이 솔직할 것이다.

결국 오늘날 직접의 문제로 되어 있는 비평 기준의 결여라는 것은 비평 정신의 상실의 당연한 결과이며, 이것이 또한 문장 가운데 비평적인 신념의 존재를 허락치 아니하는 근본 원인인데, 우리에게 있어 초미의 급무急務는 결합하기 전에 분리요 획득하기 전에 포기다.

먼저 보고적·설명적인 비평으로부터의 깨끗한 분리요, 일찍이 내가 해석비평이라고 부른 것의 아낌없는 포기다.

새로운 정신과 새로운 논리의 획득을 위하여, 불필요하게 친절한 안내자 의식과 수다스러운 요설饒舌과 깨끗이 결별할 일이다.

오늘날 벌써 보고적·설명적인 평론, 해석적인 비평의 시대가 종언하고 있다는 것은 우리가 비평의 새로운 기준을 예상하고 있다는 사실에서 명백하지 아니한가.

3

그러나 '하라!'라든가 '하지 아니하면 아니 된다'라든가의 명령적·고압적인 어구를 이른바 문학적인 평론에서 빌려와야만 비평에는 정신의 부활과 더불어 논리가 재건된다고는 생각하고 싶지 않다.

이런 점에서 이원조 씨의 '제3의 입장'설은 약간 음미할 여지가 있다.

'제3의 입장'이란 이씨 자신이 그것을 여론에다 비유한 데서 알 수 있듯, 작가와 비평가와의 상관관계에 있어 그것은 또한 씨가 말하듯 "역사적인 시대의식 또는 사회의식이란 데서 구하지 아니하면 안 된다"고 할 수밖에 없다.

평론·비평과 작품과의 사이에서만 아니라 작품과 작품과의 사이에 있어서도 시대정신과 사회의식이란 것은 평가의 중요한 힘이 되는 것은 사실이다.

마치 그것은 개인과 개인과의 상대에 있어 시비의 소재를 판단하는 여론과 같이 시대정신과 사회의식은 자못 명쾌히 비평과 창작 혹은 작품과 작품과의 확집確執을 결말지을 수가 있다.

그러나 여론의 참가로 개인간의 시비가 판명되듯이 문학 가운데서도 시대정신이나 사회의식의 참여로 문제는 유감없이 해결될 것인가? 하면 이씨 자신이 고전의 경우를 들어서 그것의 보편타당성을 의심한 것처럼 산술算術과 같이 맞아떨어지지 않는 무엇이 있다.

바꿔 말하면 이른바 제3의 입장과의 일치 여부에 의하여 문학적 평가의 사업은 완료하지 못한다는 것이다.

문제는 차라리 그런 곳에 있다느니보다 오히려 비평이면 비평, 작품이면 작품 자신 가운데 있지 아니한가 한다. 즉 그 비평과 그 작품이 얼마나 훌륭하냐 하는 곳에!

이 훌륭하다는 것의 평가 기준을 객관적인 곳에[서] 구하려면 불가불 제3의 입장이란 것을 생각할 수밖에 없지 아니하냐 하는 데서 이씨의 전인前引한 견해가 나온 것인데, 나는 시대정신 혹은 사회의식이라는 것을 넘어서 보다 본질적인 어떤 것을 생각함으로써 문제를 정립시키는 게 옳지 아니한가 한다.

한 시대에 있어 그 시대정신은 정히 가치있는 것이요, 그 사회에 있어 그 사회의식은 중요한 것이다. 그러나 그러한 시대정신과 사회의식은 그것이 서 있는 시대와 사회를 떠나서는 가치의 평가가 심히 달라지지 아니할 수 없을 것이다. 바꿔 말하면 상대적인⁴ 것이다. 그러나 우리는 상대적인 것, 일시적인 형식을 통하여 자기를 표현하는 절대적인 것, 본질적인 것의 존재를 생각할 수 있지 아니할까? 적어도 고전 작가란 이러한 기준의 상정 없이는 평가할 수 없는 것이다. 뿐만 아니라 그것은 현대문학에서 시대적인 것, 사회적인 것과 문학과의 잉여물剩餘物을 처리하는 데 거의 우리가 생각할 수 있는 유일한 길이다.

예例 하면 그러한 것으로 진실이란 것을 생각해보자. 그러면 진실한 것비록 그것에의 도달이 언제나 한정적이라 할지라도······은 영원한 것이다.

이 추상적으로 진실이란 것은 구체적으로는 역사적으로 표현되는 것, 다시 말하면 시대적·사회적인 형식 가운데 표현된다. 그러한 의미에서 문학이 영원한 진실이란 것을 표현하기 위하여 시대적인 것, 사회적인 것을 하나의 형식으로서 향수享受한다는 것은 정당한 것이다. 왜 그러냐 하면 작가는 자기가 체험한 시대, 자기가 산 사회를

---

4 원문에는 '相對的의'로 되어 있으나 문맥상 '상대적인'이 적절해 보인다.

통하여서만 진실한 것과 접촉할 수 있기 때문이다. 더욱이 그 시대, 사회를 초월함으로 그 시대, 사회와 결부할 수 있는 것이다.

그러므로 작가는 진실에 대한 자기의 지향이 살아나가기 쾌적하다고 느껴질 때 즐겨 그 시대 급及 사회와 결부되는 것이요, 또 그렇지 못한 경우에는 그 시대 급及 사회와 절연하게 될 수도 있는 것이다.

그러면서도 작가가 자기가 체험하는 시대와, 사는 사회와 교섭하는 것은 변함이 없는 사실이다.

전자에 있어서는 긍정적으로! 후자에 있어서는 부정적으로!

따라서 문학이 소위 제3의 입장, 즉 공인된 입장과 일치한다는 것은 비평의 기준이 될 만한 철칙은 아니다. 오히려 그 시대 급及 사회와 작가와의 교섭의 성질 여하에 의하여 아무렇게도 될 수 있는 일이다. 일치하는 것도 있을 수 있는 일이요, 배치⁵되는 것도 역시 있을 수 있는 일이다.

만일 시대정신이나 사회의식을 이렇게 해석하지 않고, 진실한 것이 각 시대와 사회를 통하여 표현되는 유일의 형식으로 생각한다면 또한 별문제다. 그러한 것은 현대비평에도 고전비평에도 한 가지로 통용될 수 있는 원리다. 진리는 항상 구체적이란 말이 있고, 영원한 것은 항상 일시적이란 말이 있는 것처럼⋯⋯. 허나 그것이 과연 시대정신이나 사회의식이란 일시적·상대적 개념으로 불러질 수가 있는가는 또한 재고를 요하는 문제다. 여하간 지금에 문제되는 것은 어디까지나 공인될 입장으로서의, 신용 있는 지폐와 같은 입장의 문제, 즉 백철白鐵 씨의 '사실수리설事實受理說'이나 토탈리즘이 시대의 정신으로서 혹은 사회의 의식으로서 이야기될 때는, 문제는 스스로 전

---

5 원문에는 '肯馳'로 되어 있으나 '背馳'의 오식으로 보인다.

자와 엄숙하게 구별된다. 이씨의 제3의 입장은 이 점에서 명쾌한 개념으로 구별을 시試하지 아니했을 뿐더러 우리로 하여금 그것을 위선 후자의 것으로 한정하여 생각케 할 것을 요청하는 문장이 아닌가 한다.

다시 이야기를 돌이켜 시대에[6] 동화한 작가가 위대할 수 있는 것처럼, 사회에서 유리遊離한 작가도 역시 위대할 수 있다면 — 사실 많은 작가가 자기의 시대에서 고독했다! — 결정적인 것은 제1의 입장의 문제다.

작가가 그러한 것처럼, 비평도 시대의 정신을 전파하고 또는 사회의 여론을 대변하는 것만으로 자기의 가치를 형성하는 것이라면, 문학은 중세에는 신학의, 근대에는 자본의 노복奴僕의 지위를 일보도 떠나보지 못할 것이다.

이러한 이야기는 작품에서는 오늘날 그다지 문제가 되지 아니하는 것이나, 비평에서는 아직도 더 구명될 필요가 있는 문제다.

비평은 이른바 쓰지 않는 비평가인 독자의 의견을 대변한다고 보아져오기 때문이다.

물론 선량한 독자의 의견을 대변하고, 비평가 그 자신이 선량한 독자의 한 사람으로서 작품에 대하여 발언한다는 것은 지극히 필요한 일이요, 또 이러한 점은 비평의 주요 기능의 하나다.

그러나 비평은 작품이 그 시대와 사회의 정신과 의식만을 전파하지 않고 그것을 넘어서 진실에 육박하고 있는 것처럼, 비평도 작품에 나타나 있는 그 시대와 사회의 정신과 의식을 통하여, 또한 중요한 것은 그것을 넘어서 고차의 진실이란 것의 탐구에 종사하는 것이다.

---

6 원문에는 '時代의'로 되어 있으나 문맥상 '시대에'가 적절해 보인다.

즉 작품이 작가가[7] 체험한 시대와 산 사회를 수단으로 하여 진실로 향하듯이, 비평도 작품을 수단으로 하여 자기의 고유한 사상세계의 탐구와 건설을 위하여 열중한다.

그렇지 않으면 비평가는 정말 작가의 비서요, 창작에 낙제한 사강 사私講師의 지위에 떨어지고 만다.

이것은 또한 이른바 제3의 입장과 비평의 교섭 방식에 있어서도 역시 동일한 것이다.

비평이 제3의 입장을 입장으로 하여가지고 시대정신이나 사회의식의 힘, 즉 여론의 힘을 빌어 작품을 재단하고 평가하며 영도하려는 경우가 있을 수 있으나, 그것은 우연히 비평의 정신이 시대의 정신 가운데 자기의 반려를 발견한 때에 한하는 일이다.

그렇지 않고 비평이 단순한 제3의 입장의 대변자임에 그치는 때는 그것은 문학비평이 아니라 다른 어떤 비평의 소박한 연장에 지나지 않는다.

우리 비평사 상의 어떤 시대가 이러한 결함이 불소不少하였다는 것을 오늘날 벌써 우리는 반성할 수 있는 시기다.

그러므로 현대비평의 저미低迷를 다시 무조건한 제3의 입장의 도입으로 해결하려는 기도는 충분히 경계하지 아니하면 아니 된다.

어디까지나 문학을 수단으로 한 자기 사상세계의 전개, 문학이 비평가가 사상적으로 독자와 교섭하는 과정에 불과한[8] 비평, 거기서는 오직 언제나 제1의 입장이 문제될 따름이다.

그것을 나는 창조적 비평이라고 부르고 싶다.

훌륭한 철학처럼, 훌륭한 예술처럼, 모든 것에서 떼어놓아도 능히

---

7 원문에는 '作家와'로 되어 있으나 '작가가'의 오식으로 보인다.
8 원문에는 '不過하는'으로 되어 있다.

독행獨行할 수 있는 비평, 그러한 비평은 독자적일 뿐만 아니라 창조적이다. 창조의 길에서 고독을 두려워할 필요는 없다. 나는 이 고독이 시인이나 철학자에게만 있는 것이 아니라 비평가에게도 있는 것이라고 생각한다.

8월 29일

신문화와 신문[*]

　민간 신문의 20년사가 조선의 신문화 위에 기여한 바의 공과功過를 이야기하기엔 아직 너무 시일이 상조尙무한 감이 없지 않다. 민간신문의 존재가 이미 과거의 사실에 속했다는 것은 부동의 일이나 그러나 그것이 역사에 속한다 하기엔 그 사실이 우리와 시간적으로 너무 접근해 있기 때문이다. 우리들 가운데서 역사로[1] 자각되기 위하여는 역시 일정한 시간이 필요한 것이다.

　이 시간은 과거가 역사가 되기 위하여 필요한 간격, 즉 지나간 일이 역사로서 자기의 형태를 완성하기 위하여 냉각되는 시간이다. 아직 냉각되지 않은 따라서 아직 형태화되지 않은 사실, 방금 역사적 사실이 되어가고 있는 도중에 있는 일에 대하여 이야기한다는 것은

●『조광』, 1940.10.
1 원문에는 없으나 문맥상 '역사로'를 집어넣었다.

그러므로 정적으로는 안 된 일이고 논리적으로는 애매한 일에 속하지 아니할 수 없다.

말하자면 그것은 추억담의 범위를 넘어가지 아니한다.

×   ×   ×

지금으로부터 20년 전 민간 삼三 신문의 허가는 당시의 조선 총독 고故 사이토 마코도齋藤實 각하가 조선 민중에게 베푼 최대의 정치적 시여施與에 속한다는 것은 주지의 사실이다.

어떠한 경로와 어떠한 이유로서 민간에 일간신문 3개의 발행권을 허許했든지 간에 민간신문은 병합 이후 오래 두색杜塞되었던 조선 사람이 전체생활을 영위하는 유일한 형태였다. 미미하나마 자주적인 동시에 자기를 위한 생활의 형태를 갖는다는 것, 그것은 은폐되고 오래 활동이 정지되었던 제력諸力으로 하여금 일제히 용약케 하는 기회가 되지 않을 수 없었다.

다시 말하면 조선의 민간신문이 탄생하면서 연演한 가장 큰 역할이 이조 5백년간 내지는 병합 이후 소위 무단정치의 10년간 여러 가지 사정으로 정체되고 두색되어 있던 민간의 문화적 창조력의 유발자誘發者였다는 데 있었음을 의미한다.

이러한 성질은 다른 어떠한 곳의 신문에도 발견할 수 없는 특수성이나 그 특수성은 또한 문화라는 말이 당시의 조선에 있어 어떻게 생각되었는가 하는 사정에 의하여 더욱 명백히 알 수 있게 되지 아니한가 한다.

현재 명백히 한정된 내용을 가진 개념으로서 우리가 사용하고 있는 문화라는 말보다 당시 사람들이 생각하고 또 그 속에 담으려고 한 문화라는 말은 심히 성질이 다르다.

물론 문화라는 것은 정치는 아니다. 또 그것이 다르다는 것도 당시의 사람이 모르지는 아니했다. 그러나 지호知乎 부호否乎 생호生乎 사호死乎라는 말을 당시의 신문사설에서 발견할 수 있듯이 문화 가운데 당시의 사람들은 정치가 결정적 순간에 선택하는 어떤 수단만 빼어놓고서 모든 것을 문화 가운데 함축시키고 모든 것을 문화적 성장과 원숙에 의하여 달성해보려는 낭만적인 희망을 품고 있었던 것만은 사실이다.

그러므로 민간신문이 조선사람의 문화적 제력諸力의 진작과 촉발을 위한 중심이 되었다는 것은 또한 조선 사람의 일반적 활동력의 유발자였다는 의미도 된다. 단체적·경제적·문화적인 제諸 활동이 신문의 활동을 중심으로 혹은 신문의 활동이 미치는 선에 연沿하여 광범히 또 활발히 움직이기 시작한 것은 자연스러운 일이다.

뿐만 아니라 그 다음으로 민간 신문이 신문화 형성에 기여한 것은 조선의 지리와 사람들의 생활 가운데 있는 봉건적 격절隔絶의 제유물을 타파한 점에 있지 아니할 수 없다.

신문은 분립된 각 지방의 경험을 서로 교환시키어 서로서로가 타他지방의 경험에서[2] 배우고 그것에 비교하여 자기를 판단할 기회를 주었을 것이며, 또한 그 가운데 비非지방적인 즉 일반적인 견해를 끌어내는 가장 정확한 수단이 되었던 것은 사실이다.

그리고 다른 반면 신문은 중앙의 사정을 지방에 소개하는 중요한 전도자가 되었었으며 또 그것에 의하여 지방의 문화적 경제적 후진성의 제거를 용이하게 한 것도 사실이다.

---

2 원문에는 '經驗에'로 되어 있으나 문맥상 '경험에서'가 적절해 보인다.

왕왕이 사설이 거기에다 일반적 견해를 부가하고 방향을 지시한 것은 부정치 못할 사실이다. 당국은 역시 신문의 이러한 역할 가운데 민도民度의 향상을 기대하였으리라고 믿고 또 어느 정도로 신문은 그러한 공헌을 하지 아니했는가 한다.

요컨대 초기의 민간신문은 한말韓末의 그것들과 같이 아직 맹아기에 있는 민중적인 문화적 창조력을 유발하고 그것을 전토적숲土的으로 계발하여 조직하는 자의 역할을 한 것이다.

× × ×

이러한 역할은 신문의 그 다음의 중요한 성질이고 또 그것을 통하여 가장 많이 조선 사람에게 공헌한 선전이란 것을 생각하면 더욱 중요성을 띠지 아니할 수 없다.

선전이라면 우리는 곧 광고라는 상업적 측면과 그렇지 않으면 무슨 위험사상의 그것을 연상하나 선전이란 경험의 교환을 일층 효과 있게 한 보도 이외에 다른 것이 아니다.

일례로 조선신문과 사립학교 문제 내지는 향학열의 문제와의 관계를 생각하면 이 점은 곧 명백해질 것이다. 지금에는 별로 그렇지 아니했으나 당시의 신문을 보면 학생의 일거일동, 각 학교의 조그만 소식까지 하나 빠지지 않고 신문이 보도하고 있어 지금 그때 신문을 들쳐보면 웃을 만한 정도였는데, 그러한 기사가 그때 학생들에게 얼마나 큰 자부심과 용기를 주었는지는 지금 앉아 좀 상상하기 어려운 정도가 아닐까 한다.

더욱이 고학생이라든가 외지 유학생에게 제공한 신문의 스페이스는 그들에 대한 사회의 동정과 더불어 경의를 의미하였으며 그들에겐 노력과 인내심을 길러주었던[3] 것이다.

사립학교의 설립, 그것에의 투자도 최근까지 의인義人이란 말을 써왔던[4]만큼 그들의 주머니에서 몇 십, 몇 백만의 대금을 끌어낸 주요한 힘은 역시 신문이었다. 이것은 사실의 보도이면서도 결과에 있어서는 사실의 선양, 그러한 일을 하는 뜻의 선전으로 결과하였음을 알 수 있다.

이것은 시종일관하여 조선의 민간 신문이 조선사람에게 끼친 큰 공적의 하나로서 비단 교육에 한하는 것이 아니라 사회단체의 운동이 활약할 때는 또 그러한 방면에 역시 적지 않은 역할을 연演했다.

각 단체의 조그만 통상 회합, 간부의 동정을 위시로 격원隔遠한 소小지방단체의 원유회園遊會, 기부금 모집에 이르기까지 신문이 보도하기를 잊지 아니했다는 사실은 먼저 말한 교육의 경우와 마찬가지로 신문이 그들의 내부적 생활에 보이지 않은 동력의 하나였음을 생각케 한다.

이러한 예를 매거枚擧하려면 끝이 없는 것으로, 일언一言으로 하면 선전자로서의 민간신문은 민중의 자주적인 제 활동의 단순한 보도자였을 뿐만 아니라 일보 나아가서 그 활동의 내부적인 힘을 촉발하고 신문 그 자체가 민중활동의 보이지 않는 그러한 유력한 동력의 하나였다는 것을 의미한다.

스포츠에, 오락에, 연예에, 하다못해 경제 상업 등에 이르기까지 민간 제 신문이 끼친 공헌은 막대한 바가 있다.

---

3 원문에는 '길렀던'으로 되어 있으나 문맥상 '길러주었던'이 적절해 보인다.
4 원문에는 '써웠던'으로 되어 있으나 '써왔던'의 오식으로 보인다.

×　×　×

　그 다음으로 민간신문은 의견 교환의 가장 중요한 무대였던 점이다. 의견의 발표라는 점에서 볼 때 민간신문의 가장 큰 특징特長은 민중의 의견의 발견이다. 사이토齋藤 각하가 『매일신보每日申報』라는 반관지半官紙가 있는 데 불구하고 민간신문을 허가한 것은 다른 의미도 있겠지만 그 신문을 통하여 조선 민중의 의견을 듣고 그것을 조선통치에 자資코자 한 데 중요한 의미가 있었다는 것은 사실이다.

　그런 의미에서 초창 당시에 신문은 상당히 격월激越한 어조로 통치에 관한 민간의 의견도 발표하고 조선인의 요구하는 바도 제출하고 또한 민중의 향방에 관한 논설도 실어 왕왕 압수도 당하고 발행정지도 당하며 개인의 형사상 처분까지 받은 일이 있었으나, 초기를 지나 쇼와昭和 연대에 들어서면서부터 조선신문에서 이러한 민중의 대변자적 또는 지도자적 성격은 점차로 희박해지고 주로 의견교환의 무대로 화한 감이 있게 되었다.

　이러한 성격은 조선의 사회사조가 내셔널리즘으로부터 소셜리즘으로 전이한 뒤의 현상이 아닌가 한다. 위선 내셔널리즘과 소셜리즘의 이론투쟁의 전개로부터 시작하여 그 다음으로는 소셜리즘 내부의 제 경향 제파諸派의 이론적인 토론이 전개되면서부터 민간신문은 무대의 성질을 정로定露하였다.

　이러한 의견교환의 무대가 전개되면서 조선의 독자의 경험의 교환자로부터 의견의 교환자로 옮아갔으며, 또한 사실들을 통한 계몽보다도 이론들을 통한 교양 판단력의 수련이란 경지로 나간 것은 문화적인 진보라 아니할 수 없다.

　독자들은 마치 의회를 방청하는 것과 같은 느낌을 신문 위에서 교환되는 의견의 대립을 통하여 받았을 것이다. 이것은 문예논쟁에까지 미쳤던 것으로 교양있는 독자에게 있어 이 사실은 즐거운 추억의 하나일 것이다.

× × ×

그 다음으로는 조선 사람을[5] 국제생활에 접근시킨 점일 것이다. 근대문화는 전통이 세계문화와의 교류를 통하여 형성되는 것으로, 내부에 있어 봉건적 제諸 대립의 잔재를 소탕하는 사업과[6] 국제문화의 수입은 결정적으로 필요한 두 가지의 것으로, 민간신문이 직접 혹은 간접으로 이 방향에 끼친 공적은 불소不少할 것이다.

세계정치 세계경제 세계문화 이런 것은 우리가 지금도 반관지半官紙와 민간지로 해서 곧 느낄 수 있듯이, 제일면에서 오피셜한 것보다 국제적인 것이 역시 민간지에서는 제일의적第一義的으로 취급되었다.

그 외에 문학의 발전 더구나 비평과 이론, 장편소설의 성생成生 발전 급及 보급에 끼친 공적은 무엇보다도 큰 것이나 다른 이가 이야기함이고 또 다른 기회가 있을 것 같아서 언약을 아니 하나 비평과 장편소설은 학예란과 연재소설이란 두 가지 형태를 통하여 조선문학사상 영구히 잊을 수 없는 존재다.

더욱이 소설을 순조선문純朝鮮文으로 용어를 고정시킨 것이 소설의 독자를 부인에게 한정하고 생각한 신문의 공적이 아닌가 하는데, 우리 문학에 있어 그것은 귀중한 선물의 하나였다. 또한 그 사실과 더불어 생각나는 것은 조선문의 보급, 그것의 문장상 지위의 확립에 있

---

5 원문에는 '사람은'으로 되어 있으나 '사람을'의 오식으로 보인다.
6 원문에는 '事業의'로 되어 있으나 '사업과'의 오식으로 보인다.

어 조선신문이 끼친 공헌은 문학에 끼친 그것에 결코 못하지 아니할 것이다. 이것은 단지 지면에 의한 간접의 그것보다도, 일시−時는 문맹타파운동과 같은 직접의 운동을 통한 것도 기억될 일이다.

끝으로 민간신문을 이야기할 때 그것이 단순한 사업이었을 시대와 상업으로서의 의의와 지위를 획득한 시대를 갈라서 봄이 필요한 것을 일언−言하고 미비한 이야기를 모두 뒤로 미루고 그만둔다.

시단(詩壇)은 이동한다*

　금년의 시단詩壇은 분명히 작년의 연장延長이다. 본질적으로 구별될
아무 변화도 없다. 함에 불구하고 시詩는 변화한다. 시단詩壇은 이동
한다. 작년의 상상이 금년엔 사실이 되었다. 어느새 맹아萌芽가 엽간葉
幹이 되었다. 시詩에 있어 새로운 요구는 이미 기교만능에 대한 훌륭
한 반동에까지 성장하였다. 요구에 의하여 시는 시작되었고 언어는
표현에 만족할 것이다. 언어의 과분過分한 발호를 억제해야 한다고
하지만 그것은 여러 사람에게 □이 벌써 한 전통이다. 우리 시 가운
데에는 아직 사치奢侈를 용인할 만한 여유는 없었다. 이것이 우리의
빈곤의 상징이라도 좋다. 허나 파리까지도 몰락하지 않았느냐? 하물
며 우리에게 있어서이랴. 이 처지에 어찌 몰락한 파리의 유행을 따

● 『매일신보』, 1940.12.9~12.16

를 것이냐?

　그러므로 작금간昨今間의 시가 언어의 문양紋樣에서 쉽게 탈출한 것은 비단 시가 다시 전[1]의 질서를 회복하였다는 의미만이 아니라 우리의 시가 자기의 전통으로 회귀함을 의미한다. 이러한 회귀운동에 있어서 오장환吳章煥·서정주徐廷柱·윤곤강尹崑崗·김광균金光均[2]·이용악李庸岳·이찬李燦 등의 젊은 시인의 공적은 심히 큰 것이다. 그러나 이 시인들이 같은 경향의 작가가 아님도 세상 주지周知의 일이며 또 그것을 엄호掩護한 비평의 성질도 단일하지 아니했다. 퇴폐파頹廢派, 경향시파傾向詩派, 모더니즘 등등의 온갖 조류가 반反기교주의에서 일치한 것은 하나의 우연에 불과할까? 경향시파라는 그것이 현대에서 어떻게 변모되고 어느 곳에서 자기의 위치를 재발견하든 간에 기교주의의 최초부터의 대립자임을 면치는 못할 것이다. 그러나 모더니즘은 경향파와 같이 기교를 무시하지 아니하는 것 아니냐 할지 모르나 결코 모더니즘은 시詩로부터 내용을 축출하려고 음모한 것은 없었다. 그것이 오히려 경향시파를 향하여 형식의 정당한 지위를 용인하라고 요청한 데 불과한 것이 우리의 상태였다.

　하면은 퇴폐파만일 그렇게 가칭(假稱)할 수 있다면 — 또한 물론 그것은 전(前) 세기말의 그것과는 구별된다는 어째 기교주의적일 수가 없느냐? 한 말로 말하면 이들이 정신精神 기근饑饉 속에서 탄생한 시인들이기 때문이다. 그들에게 먼저 필요한 것은 정신적 만족이었다. 그들의 광란과 몸부림과 통곡은 본능적 기근과 소박한 동경을 은폐하는 수단에 불과하였다. 그들은 희망을 갖지 않았다는 것을 자랑한 것이다. 그러므로 그들에게 있어 기교주의라는 것은 철지난[3] 비단의상에 불과하였다. 두둑한 솜옷이 필

1　원문에는 '저'로 되어 있으나 문맥상 '전'이 적절해 보인다.
2　원문에는 '金光植'으로 되어 있으나 '金光均'의 오식으로 보인다.

요한 청년들에게 홑겹 비단옷이란 얼마나 반감을 자아내는 대상일까?

하여간에 한 시時일지라도 언어의 문양紋樣이 시단을 풍미했다는 것은 불쾌한 기억에 처處하는 일이요 불합리한 사실이다. 그러므로 이러한 시적 풍습이 먼저 열광한 청년 시인들의 손으로 물리쳐졌다는 것은 당연한 순서이며 또한 모더니즘과 경향시파의 후예들이 기민하게 이들을 엄호하고 이 분위기를 촉성促成시킨 것은 자연스러운 일이다. 그렇지 않으면 시詩 가운데서 정신의 완전한 사멸을 맞이할 것이기 때문이다. 시가 요구에 의하여 쓰여지지 않고 실로 재주에 의하여 쓰여지게 되겠기 때문이다. 예술 대신 기예技藝가 시단을 풍미하게 된다는 것은 얼마나 두려운 일이냐?

그러나 두려운 것은 시의 기예화技藝化와 위기에서만 발견되는 것은 아니다. 오히려 시에 나타난 현실의 자태姿態에서 우리는 더 한층 심각한 경이驚異에 직면하였다. 신뢰할 현실은 어디 있느냐.

나는 시정배(市井輩)와 같이
현실(現實)을 모르며 아는 체하였다.[4]

— 오장환(吳章煥)

이것은 현대의 불행한 파일럿으로 탄생한 어떤 젊은 시인의 노래의 한 구절이다. 일찍이 지난날의 시가 현실에 대한 깊은 신뢰의 염念에서 우러난 데 비하여 현대의 시가 그렇지 못한 데서 출발하였다는 것은 놀라운 일이 아닐 수 없다. 『성벽城壁』과 『헌사獻詞』 등 두 권의 시집을 가지고 우리의 시대에 들어온 오장환 군에게서 볼 수 있듯 젊

---

3 원문에는 '철게운'으로 되어 있으나 문맥상 '철지난'이 적절해 보인다.
4 원시에는 "현실을 모르며 아는 것처럼 믿고 있었다"로 되어 있다.

은 시정신은 현실을 발견하자마자 경이驚異하였다. 그가 말하듯 현실을 모르면서도 아는 체 하였을 때 그들은 시정배와 같이 명랑할 수 있었다. 이 말은 오늘의 현실에 있어 안한安閒할 수 있는 것은 오직 시정배에 한限한다는 사실의 반증이 아닐 수 없다. 그것은 현실을 모르기 때문이요 혹은 현실을 모르면서도 아는 체 하기 때문이다. 이 현실이란 어떠한 현실이냐? 하면은 물론 시와 조화할 수 없는 현실, 바꾸어 말하면 육체만이 활약活躍[5]하고 있는 현실이다. 그것은 아름다운 정신과 통할 수 없는 존재일 따름이다.

우리의 시대의 시가 경이와 같이 시작했다는 것은 상서롭지 아니한 일이다.[6] 그러나 우리의 현실이 먼저 시 위에 경이될 대상으로서 나타났다는 것은 또한 우리의 현실의 한 상징이 아닐 수 없다.

이 시대에 있어 만일 경이하지 아니하는 시인이 있다면 어떠한 시인일까? 물론 그러한 시인으로서 우리는 시정배와 같은 시인을 들 수 있는 것은 두말 할 것 없다. 어디까지나 현실에서 나서 그 깊은 비밀에 부딪힌 순결한 정신에 한限하는 것이 또한 물론이다.

서녘에서 불어오는 바람 속에는
오갈피 상나무와
개가죽 방구와
나의 여자의 열두발 상무상무

노루야 암노루야 해낭루야
네 발톱에 상채기와

---

5 '活躍'으로 보이나 확실하지 않다.
6 원문에는 '일이니'로 되어 있다.

퉁숫소리와

서서 우는 눈먼 사람
자는 관세음

서녘에서 불어오는 바람 속에는
한바다의 정신병과
징역시간과

— 서정주(徐廷柱), 「서풍부(西風賦)」

이 시는 그에게 있어 그다지 가작佳作에 속하지 아니하는 작품일지
는 모르나 오장환 군과 같이 나와 한결같이 암울한 노래의 작자로 오
늘에 이른 이 시인의 풍모를 알기엔 충분한 시다.
"한 마디의 정신병과 징역시간과"
이것이
"카인을 만나면 목놓아 울리라"는 오장환 군의 울음과 대비되는
부분이나 그런 그에게 경이는 있지 않는다…….
"내 칼 끝에 적시어 오는 것 숙아 네 생각을 인제는 끊고 시퍼런
단도短刀의 날을 닦는다"「밤이 깊으면」의 일절—節, 서정주
여기에서 우리가 부딪칠 수 있는 것은 피할 수 없이 절박한 어떤
심정의 절정이다. 만일 통소通笑 가운데서 우리가 얼마간이라도 현실
과 멀어질 수 있다면 여기서 웃음은 유폐되어 시는 더 한 걸음 오히
려 현실에 육박할 수밖에 없다. 인정할 수 없는 현실을 향하여 기피
할수록 거기에 육박하는 심정이란 참을 수 없는 것이다.
그러므로 "징역시간"! 이것이 이러한 시인들에게 있어 시간의 내

용이 된다. 시간이란 본래 우리에게 있어 가치 있는 창조와 생활의 유락愉樂으로 충만되어야 할 것이다.

함에도 불구하고 노복奴僕에게 주어진 시간처럼 가책苛責한 것으로 그 내용이 전성轉成된다는 것은 시간이 전개하는 현실이 그들에게 있어 끝까지 거리가 있는 것이기 때문이다.

"단도短刀다!" 하는 불길한 규환叫喚은 마치 기도처럼 그들에게 있어 유일한 구원의 소리로 들려진다. 기피할수록 거기에 접근하는 상황에 있어 도저히 그들의 복수는 불가능하기 때문이다. 그 대신 거기에서 일보一步도 옮겨서지 않는 가혹한 정신은 오직 일직선으로 데카당스의 독한 꽃의 붉은 색채를 발하게 되는 것도 어찌할 수 없는 일이다.

광란과 탕란蕩亂 가운데서 전율하는 무망無望이 그대로 결정結晶한 채 그것은 현실에 대한 하나의 준엄한 심판이 될 수 있는 동시에 또한 어떤 정신의 고매高邁한 상태와 방불할 수 있다. 시속時俗에 대한 시정배와 같은 협조와 완전한 절연에 있어 퇴폐가 전하는 높은 향기는 늠렬凜烈한 정신의 상태에 가까울 수 있기 때문이다. 서정주의 예술은 이런 점에선 오장환보다 좀더 앞서 있는 한 정점이나 그러나 또한 그만치 구하기 어려운 것이다. 여기에서 우리는 비로소 현대적 퇴폐에서 떠나오지 아니할 수 없다.

왜 그러냐 하면 자기에 대한 준엄한 가책이란 것이 그들이 외부에 대하여 피력한 것과 같은 정도로 요구되기 때문이다. 이 성실誠實은 일찍이 보들레르Baudelaire의 최대의 가치였다. 이른바 19세기의 데카당스는 약한 자의 가면을 쓴 강한 자의 예술이었다. 악한 자의 가면을 쓴 선한 자의 정신이었다. 그러나 현대의 퇴폐라는 것은 악한 자의 가면을 쓴 악한 자라고는 아니하더라도 약한 자의 가면을 쓴 약한

자 자신이라는 것은 은폐할 수 없기 때문이다.

현대의 시정신은 어떠한 광란과 탕란 가운데서일지라도 스스로의 무력無力에 대하여 망각을 자취自取할 수는 없기 때문이다. 우리는 현대의 퇴폐가 자기의 무력을 광란 가운데서 잃어버릴까를 두려워하는 자이다. 보들레르는 부도不道 가운데서 윤리를 표현하였다. 그러나 현대적 퇴폐의 예술 가운데서 작자 자신들이 가지고 있는 건강성이란 것이 어떤 것인지 우리는 알기 어렵다. 바꾸어 말하면 우리는 자기의 불건강성 때문에 현실을 기피할 것을 두려워한다. 자포自暴가 자기自棄 때문에 광란하고 무기력 때문에 도피한다는 것은 결국 방탕에 불과하기 때문이다.

그러므로 현대적인 퇴폐의 시가 실속實俗에 대하여 결백하기 때문에 공감하면서도 그것이 방탕에 대신할 것을 명백히 보이지 않기 때문에 또한 나중에 거리를 설정하는 것이다. 우리가 퇴폐에 대하여 공감하는 이유가 그것이 퇴폐적이기 때문이 아니다. 오히려 그것이 왕성한 현실에 대한 의욕과 인생에 대한 부절不絕한 호기심의 불가피한 결과이기 때문이라는 것은 오장환 군의 시를 이야기할 때도 피력한 말이다. 바꾸어 말하면 그 부정否定 가운데서 강한 긍정의 의식이, 또한 그 절망 가운데서 희망의 강고한 보장保障을 발견하기 때문에 퇴폐란 것은 비로소 하나의 심판일 수 있다.

그것은 육체적인 비대肥大에 대한 모욕일 수 있고 동시에 정신의 승리에 대한 예언일 수 있기 때문이다. 다시 더 말하면 자포自暴와 자기自棄가 아니라 인간 생활의 조화와 통일에 대한 깊은 신앙의 명료한 표현이기 때문이다. 이러한 요소가 현대적 퇴폐 가운데 과연 담아질 수 있는지 없는지는 다른 문제나 여하간 그것이 퇴폐의 정신에 대한 위선爲先의 판단표준이 되는 것만은 사실이다. 그러한 것을 가지고서야 비로소 퇴폐가 하나의 정신으로 평가될 수 있기 때문이다.

그러나 스스로에 대한 가책만으로 시는 구원되는 것이 아니다. 현실이 발견되어야 한다. 그러한 현실이란 시의 정신과 모순하지 않는 대상이요 세계다. 19세기의 데카당스, 구체적으로 보들레르 역시 이 세계를 발견하지 못한 채 끝난 사람이다. 그러므로 그는 자기가[7] 산 시대와 세계에 생탄生誕한 것을 후회하였다. 신에 대한 반역! 그것은 자기를 그 시대에 생탄케 한 그 섭리에 대한 원한이었다. 그럼에도 불구하고 그가 신에 대하여 사모하였다는 것은 그에 있어 성격의 분열, 정신의 내부적 결렬의 최대의 표현이나 동시에 그러한 것이 있지 않은 자연과 영원에 대한 성실의 발로였다. 허나 그러한 희구가 19세기 말에 만족될 리 없었다. 요컨대 시대의 현실 가운데, 즉 소여所與의 현실 가운데 사는 수밖에 도리가 없을 때 시의 정신은 데카당스의 상모相貌를 정呈할 수밖에 없다. 그러므로 희망 대신에 시가 살아가는 길은 스스로의 성실밖에 없게 되는 것이다. 그러나 오늘날의 시대에 있어 이러한 것이 그대로 반복될 수 있는가는 의문이 아닐 수 없다. 어느 곳에서이고 현실은 다시 발견되어야 한다. 허망 가운데서 불리워지는 실유實有, 절망 가운데서 찾아지는 희구, 이러한 노력은 자연 눈물겨웁다.

가차움도 멀어지는 어둠이노라
깊은 속, 마음 속에서[8] 마음으로 흐르는— 모든 사랑이
강물이여! 아
이다지 그대의 숨결은 재재바른가
어둠을 밟으며

---

7 원문에는 '自己'로 되어 있으나 문맥상 '자기가'가 적절해 보인다.
8 원시에는 '마음에서'로 되어 있다.

말없이 말없이 검은 우단을 밟으며

시냇물을 따라

강물을 따라

사슴 모양 슬픈 눈을 하여가지고

소년들의 가슴 속에 술이 뛰고 노는 것

끝끝내 보기만 하여왔노라

등불을 받아…… 침침한 목노의 등불을 이마로 받아……

　　　　　　　　— 오장환, 「신생(新生)의 노래」[9]의 일절(一節)

　강물을 노래한 일련의 시에서 오장환 군이 금년에 들어 시험한 것은 보이지 않는 시대의 속을 흐르는 것에 대한 모색이요 사모思慕였다. 어두운 밤에 흐르는 강물은 시간이요 현실의 비밀일 수 있을 것이다. 그러나 시간의 신비와 현실의[10] 비밀이라는 것은 전혀 알지 못하는 것으로 그에게 주어진 것은 아니다. 그에게는 끝끝내 보기만 하였던 시간과 현실이 있었다. 여기에서 그의 신생新生에 대한 사모는 "끝끝내 보기만 하였던" 시간과 현실에 대한, 역亦 "끝끝내 보기만 하였던" 자기에 대한 회한의 정과 혼합되는 것이다.

　진종일

　나루ㅅ가에 서성거리다

　행인의 손을 잡으면 따뜻하리라

　　　　　　　　— 오장환, 「향토망경시(鄕土望景詩)」의 일절

---

9 「강물을 따라」(『인문평론』, 1940.8)의 착오이다.
10 원문에는 '現實은'으로 되어 있으나 문맥상 '현실의'가 적절해 보인다.

이 행인들이라는 것은 우리에게 이미 무엇인지 자못 알기 어려운 점이 있다. 그것이 "끝끝내 보기만 하였든"에의 사람들인지 혹은

고향 가차운 주막에 들려 누구와 함께 지난날을 이야기하랴

—오장환,「향토망경시」의 일절

전나무 우거진 마을
집집마다 누룩을 디디는 소리 누룩이 뜨는 냄새[11]

—同上

어둠을 밟으며
말없이 말없이 검은 우단을 밟으며 시냇물을 따라 …… 강물을 따라 ……
이제는 보람도 없는 회상(回想)이 외로운 이의 어깨를 집어……

—오장환,「강물을 따라」의 일절

가운데 나타나는 세계인지[12] 분간하기 어렵다느니보다 두 가지가 혼합된 것이 그의 시의 세계일지 모른다. 왜 그러냐 하면 이들의 체험이라는 것은 이 두 가지 혼합[13]이기 때문이다. 전통과 현실의 혼유混有! 이것은 분명히 이 시대의 정신적 특징이 아닌가 한다. 오히려 그들이[14] 생각하는 앞으로의 현실의 비밀이라든가 지나간 시대라는 것은 모두 전통 가운데서 나타난다는 것이 정당할지도 모른다. 오 군의

---

11 원시에는 '내음새'로 되어 있다.
12 원문에는 '世界인지웃'로 되어 있으나 '세계인지'의 오식으로 보인다.
13 원문에는 '混合이의기'로 되어 있으나 '혼합이기'의 오식으로 보인다.
14 원문에는 '그들의'로 되어 있으나 문맥상 '그들이'가 적절해 보인다.

시는 더구나[15] 이러한 색채가[16] 농후한 것이다. 이 가운데서 '사랑'에 대해[17] 시인이 갈망하는 것은 인간의 행복일지도 모른다.

이러한 지점에까지 오면 우리는 다시[18] 이용악李庸岳 군을 발견할 수 있다. 역시 그에게 있어서는 무엇이고가 찾아지고 불러지고 있다.

날이 갈수록 새로이 닫히는 무거운 문을 밀어제치고……

조그마한 자랑을 만날지라도
함부로 푸른 하늘을 대할지라도 내사
모자를 벗어 반갑게 흔들어 주리라
숱한 꽃씨가 가슴에서 튀어나는 깊흔 밤이면
손뼉소리 아스랍게 들리는 손뼉소리……

— 이용악, 「해가 솟으면」의 일절(一節)

이 간절한 심정 가운데는 일찍이 「낡은 집」에 대한 서정보다도 "숱한 꽃씨가 가슴에서 튀어나오는" 아름다운 밤에 대한 사모가 면면綿綿하다. 닥쳐올 시대의 종자種子에 대하여 생각하는 것은 오늘날의 모든 시가 들어앉아 있을 수 있는 세계요 또한 금년의 시단이 이동하면서 발견한 첫째의 세계다. 그러나

멀리 모— 든 사람들의
이름을 들으며 호올로 거리로 가리

---

15 원문에는 '더우나'로 되어 있으나 '더구나'의 오식으로 보인다.
16 원문에는 '色彩의'로 되어 있으나 문맥상 '색채가'가 적절해 보인다.
17 원문에는 '對한'으로 되어 있으나 문맥상 '대해'가 적절해 보인다.
18 원문에는 '다시 우리는 다시'로 되어 있으나 문맥상 '우리는 다시'가 적절해 보인다.

욕된 나날이 정녕 숨가쁜

곱새는 등곱새는[19]

엎드려 이마를 적실 샘물도 없어

— 이용악, 「해가 솟으면」의 종구(終句)

라고 이내 절망하고 탄식하는 것은 무슨 연유일까? 이 시보다 조금
먼저 쓰여진 「술에 잠긴[20] 쎈트헤레나」라는 시에서 우리는 다음과 같
은 일절—節을 발견할 수가 있다.

　놀 다리라도 있으면 돌층계를 기어내려 집이랑 모아 불지르고 어두워 거
리 흙인 듯 어두워지면 나의 가슴엔 설레이는 가슴도 구름을 헤치고 솟으려
는 소리개도 없으리

이 두 작품의 완전히 공통한 분위기는 그가 아직 아무 것도 갖지
아니한 것을 증명하는 사실이다. "엎드려 이마를 적실 샘물도" 없었
으며 "구름을 헤치고 솟으려는 소리개도 없으리"라는 것도 한 가지
로 뛰어나올 수 없는 페시미즘의 세계다. 찾아질 무엇이라는 것은 여
기에서 오직 불러지고 있을 따름이다. 그러면서도 그가 오장환과 다
른 것은 현대에 있어서만 그것이 찾아지는 것이요 그 외의 세계에 대
하여 그가 사모의 정을 피력하기를 경계하기 때문이며, 서정주와 구
별되는 것은 데카당스 가운데로의 탐닉耽溺으로부터 솟아나오려는 노
력 때문이다. 그것은 심히 미약하나마 다른 정신적 태도의 하나다.
그럼에도 불구하고 그의 시가 보다 더 독자적이지 못한 것은 페시미

19　원문에는 '등뭅새는 등뭅새는'으로 되어 있으나 오식으로 보인다.
20　원문에는 '저저진'으로 되어 있으나 '잠긴'의 오식이다.

즘 가운데서 찾아질 것으로 향하여 직재直裁하게 기울어져 있지 않기 때문이다. 비통하다는 것은 주지와 같이 경향시의 말기에서 비롯하여 퇴폐시에 와서 일반화한 공통한 분위기다. 그 때문에 자기의 몸을 이 공통한 분위기 가운데 너무 방심하고 내맡기면 자기 스스로의 자태의 명백성을 잊어버리기 쉬운 것이다. 그러므로 이로부터의 시는 먼저 말한 바와 같이 시단의 이러한 이동 가운데서 자기의 예술의 독특한 재산의 축적을 위하여서는 먼저 각자가 자기에 있어서만 찾아질 수 있는 것을 하루바삐 맡기는 데 있다. 주지와 같이 이것은 극히 곤란한 일이나 그러나 귀중한 일이다.

> 한낮의 꿈이 꺼질 때 바람과 황혼은
> 길 저쪽에서 소리없이 오는 것이었다
> 목화꽃 희게 희게 핀 밭고랑에서
> 삽사리는 종이쪽처럼 암탉을 쫓는 것이었다
> 숲이 얄궂게 손을 저어 저녁을 뿌리면
> 가늘디 가는 모기울음이 오양간[21] 쪽에서 들리는 것이었다
> 하늘에는 별떼가 온빛 온빛
> 웃음을 얽어놓고
> 은하는 북으로 북으로 기울어지는 것이었다.
>
> — 윤곤강(尹崑崗), 「마을」

어떤 이가 이 시인을 가리켜 김광균金光均과 더불어 풍경시파風景詩派라고 이름한 이유가 이 작품에서 곧 알아진다. 모더니즘의 탁류 가운

---

21 원문에는 '그 양간'으로 되어 있으나 '오양간'의 오식이다.

데 등장하여 이미지즘의 영향을 몽蒙한 김광균이 이른바 풍경시의 경향으로 들어간다는 것은 이해하기 어렵지 않으나 경향시파의 말기에서 출발하여 「대지大地」의 길을 거친 이 시인이 그러한 길로 들어선다는 것은 간단하게 수긍되지 아니하는 점이 있다. 모더니즘과 경향시가 분명히 별개의 것이라는 것은 더 말할 것이 없거니와 이미지즘의 영향을 새로이 받는다는 것은 약간 돌발적이기 때문이다. 이번에 간행된 시집 『빙화氷華』와 『대지』와의 사이에는 주지周知하듯[22] 『만가輓歌』와 『동물시집』 두 권이 있다. 물론 『빙화』의 이 경향은 『동물시집』에서부터 비롯한 것이요 그 시집을 중간에 넣지 않으면 또한 『대지』와 『빙화』를 연결시킬 방법이 없으나, 그러나 『만가』와 『동물시집』이 가지고 있던 어떤 관계를 『빙화』에 와서 이 작자가 극히 용이한 방법으로 청산하는 것 같은 경향이 보이기[23] 때문에 이러한 의문을 제출하는 것이다.

　『만가』와 『동물시집』은 『대지』와 『만가』가 뗄 수 없는 관계에 있듯이 그러한 관계에 있었다. 『대지』에 있어 작자가 체험한 새로운 사실과 시와의 부조화의 광란狂亂은 『만가』에선 위선爲先 제명題名이 말하듯 지나간 시대에의 혹은 그 시대와 함께 지나가려는 자기自己에의 송장送狀의 곡曲이었고 나아가서는 새 시대라는 것도 드디어는 물러가리라는 암시를 통하여 작자는 역사라는 것을 통하여 현실을 보는 듯한 사고의 흔적이 있었다. 그러나 이러한 견지見地가 추상적이라는, 비현대적이라는 것은 우리가[24] 공통으로 느낀 것이며 따라서 현대에서 무엇인가를 발견하는 것이 생사의 과제가 되었을 때 작자를 구한 것은

---

22 원문에는 '지주(知周)하듯'으로 되어 있으나 '주지하듯'의 오식으로 보인다.
23 원문에는 '모히기'로 되어 있으나 '보이기'의 오식으로 보인다.
24 원문에는 '우리의'로 되어 있으나 문맥상 '우리가'가 적절해 보인다.

『동물시집』을 통해서 볼 수 있는 아이러니와 패러독스였다. 머무를 줄 모르고 비대肥大하는 생명 없는 사실에 대하여 또는 그 가운데서 인간의 위력으로써 작용할 수 없는 자기 자신에 대하여 아이러니컬한 노래는 그것들의 내부를 절개切開하는 분명한 수단이 될 수가 있는 것이었다. 다시 말하면 현대와의 아이러니컬한 교섭은 시를 추상성이나 비非현대성으로부터 구하는 최선의 길은 아니라 할지라도 가능한 최량最良의 노선의 하나가 되기엔 충분하였다. 그 길을 통하여 시는 현대와 현실의 심부深部를 제법 들여다 볼 수 있었다. 또한 시는 자기의 고고孤高한 자유를 향유할 수 있었기 때문이다. 그러나『빙화』에 이르러 작자가 전개하고 있는 세계는 일찍이 『만가』를 거쳐 아이러니컬한 세계를 발견할 제 혼합되었던 모더니즘보다도 이미지즘[25]의 요소가 급속도로 시인을 사로잡은 결과다. 회백색의 고요한 풍경화를 그려가면서 혹은 그러한 회화繪畫를 알아놓고 작자가 생각하고 피력하는 것은 무엇일까?

다만 홀로 외롭게 슬픈 마음이기에
밤도 깊어 자지러지는 이 거리로 왔다.

— 윤곤강, 「분수」의 일절(一節)

나는 슬픈 생각에 젖어
어둠이 묻은 풀섶을 지나는 것이었다.

— 윤곤강, 「황혼」의 일절

---

25 원문에는 '이지즘'으로 되어 있으나 '이미지즘'의 오식으로 보인다.

마음이 외로워 언덕에 서면

가슴을 치는 슬픈 소리가 들렸다.

— 윤곤강, 「언덕」의 일절

　애수와 고독, 이 감정이 아름다운 것이 아니라고 누가 말하랴. 그
것은 퇴폐의 감정과 더불어 현대의 가장 시적인 정서에 틀림이 없다.

만약 내가 속절없이 죽어

어느 고요한 풀섶에 묻히면

말하지 못한 나의 기쁜 이야기는

숲에 사는 작은 새가 노래해주고

밤이면 눈물어린 금빛 눈동자 별떼가

지니고[26] 간 나의 슬픈 이야기를 말해주리라

그것을 나의 벗과 원수는

어느 작은 산모롱이에서 들으리라

고 시작하여

한 개 별의 넋을 받어[27] 태어난 몸이니

나는 울지 마라 슬퍼 울지 마라

---

26 원문에는 '거닐고'로 되어 있으나 '지니고'의 오식이다.
27 원문에는 '빗어'로 되어 있으나 '받어'의 오식이다.

나의 명²⁸이 다— 하여 내가 죽는 날 나는 별과 새에게 내 뜻을 싣고 가리라

고 끝나는 「별과 새에게」란 노래는 『빙화』 중의 압권이요 작자의 이러한 감정을 노래하여 고조^{高調}에 달한 작자일 뿐 외^外라 우리의 시대가 남기는 시 가운데 으뜸간다고 하여도 과언이 아닐 아름답고 고운 노래다. 누가 이렇게 애절하고 아름다운 노래를 듣기 싫어하랴만은 그가 말하듯 「말하지 못한 나의 기쁜 이야기」의 편린도 아니고 그것이야말로 어떤 형식으로이고 우리의 듣고 싶은 바요 또한 이²⁹ 일로부터 자라나는 어린 정^精이 체험할 두려운 방황을 구원해주기 위하여 또한 우리의 시대의 시가 남겨놓을 의무가 있는 것이다.

얼굴도 모습도 없는 슬픔이기에 이 한밤 보이지 않는 발자취를 마음은 가늠한다.

— 「분수」의 일절(一節)

들을 보면서 날마다 날마다 나는 가까워오는 봄의 화상을 찾고 있었다

— 「언덕」의 일절

밟으면 자욱도 없을 언 눈길을 설레이는 마음은 더듬어간다.

— 「눈 쌓인 밤」의 일절

어둠의 문 저—쪽에서 부르는 소리 나지 않고
동쪽 언덕으로 종소리 울려오지 않아 찬밤의 숨결에 오도도 떠는 안타까

---

28 원문에는 '맥'으로 되어 있으나 '명'의 오식이다.
29 원문에는 '이고'로 되어 있으나 문맥상 '이'가 적절해 보인다.

움아

— 「빙하」의 일절

이것은 우리에게 있어 괴롭고 슬픈 기록이나 시대에 있어서는 뒷날에 우리로 하여금 그리 영예롭지 못하게 하는 정서가 아닌가? 그렇기 때문에 모두가 경이로 되는 것이다.

낡은 비오롱[30]처럼
바람이 부는 날은 서러운 고향

— 김광균(金光均), 「향수」의 일부

을 발견하고 있는 것을 나는 「향수」의 작자를 위하여 즐거워하면서도 또한 안타까워하는 이유가 여기에 있다. 이것은 분명히 현대의 정서이면서도 현대의 정서이기 어려운 것은 그것이 현대의 떳떳한 주민의 것이 아니요 에트랑제의 것이기 때문이다.

애여 이 속엔 들어오지 마라
몸뚱아리는 벌레가 파먹어
구멍이 숭숭 뚫리고

넋은 하늘을 찾다가
땅에 거꾸러져서 미쳐난다.

---

[30] 원문에는 '내 오공'으로 되어 있으나 '비오롱'의 오식이다.

애여 이 속엔 들어오지 마라.

― 윤곤강(尹崑崗), 「비애」의 일부

작자는 그것을 알지 않는가? 그러면서도 그곳에 틀어박혀 있는 것
은 그 밖에를 나아갈 길이 없고 또한 나갈 수 없는 것이기 때문인지
는 알 수 있는 것이다. 그러나 작자에 있어 저렇듯 고대苦待되고 찾아
지는 것은 무엇일까? 그렇기 때문에 「비애」와 같은 노래가 쓰여지는
것이며 그것은 또한 그곳으로부터 탈출할 길을 믿기 때문이 아닐까?
뿐만 아니라 작자는 일찍이 「별과 새에게」서 말하지 못한 나의 기쁜
이야기를 암시하지 아니했는가? 그것이 무엇인지 모르고 또한 알 수
도 없는 일이나 그러나

땅덩이가 바로 저승인데
사람들은 그걸 모르고
밤낮 썩은 동아줄에다
제 목을 매어달고 히히 웃는다
제 목을 매어달고 해해 웃는다

― 윤곤강, 「희망」

고 하는 노래 가운데서 번뜩이는 비수를 작자는 더 날카로이 연마鍊磨
할 줄 모르는지 알 수 없다. 『동물시집』으로부터 자라 아이러니즘의
한 성과를 이 시에서 보는 것은 나쁜이 아닐 것이다. 비록

어름장이 꺼지어 가라앉는
그 밑에서 용은 솟아난단다

는 훌륭한 구절이 믿어지지 아니 하는 사람에게 있어서도 "땅덩이가 바로 저승"이라는 선언에는 동의할 것이 아닌가?

이 시인은 너무나 많은 종류의 것을 가지고 그 가운데 한 가지도 완성해내지 못하는[31] 듯한 감이 있는 것은 그를 위하여 취取하지 않는 바이다. 여러 가지 이 고비를 통과하면서 시인은 부절不絶히 자기를 부富케 하면서 동시에 깨끗이 해야 한다. 그렇지 않고 지나는 길녘마다에서[32] 잡초를 꺾으려고 들면 모든 체험이 방황으로 결과하는 수가 많다. 방황이라는 것은 결국 자기에 대한 의식이 없이 여행하는 사람과 마찬가지로 노력하고 얻는 것이 적은 바가 되고 마는 것이다. 윤곤강의 시가 독특한 스타일을 아니 가졌다는 비난은 그가 귀중한 체험을 방황의 희생으로 바치는 결과일지도 모른다. 사실 그의 시에는 여러 가지 양식이 편중한 대로 혼재하여 있을 뿐더러 때로는 이미테이션의 흔적까지를 지적할 수 있게 되는 이유도 여기에 있다. 그렇다고 전혀 자기의 양식의 획득이 무연無然한 사람이면 또한 별문제다. 그러면 분명히 우리가 신뢰할 수 있는 무엇이 있기 때문이다.

---

31 원문에는 '한못하는'으로 되어 있으나 '못하는'의 오식으로 보인다.
32 원문에는 '길녘마다내서'로 되어 있으나 '길녘마다에서'의 오식으로 보인다.

고전의 세계*
혹은 고전주의적인 심정

고전으로 돌아가는 현대인의 심정이 미래에보다는 더 많이 과거에
관계하고 있다는 것을 어찌 부정하랴. 미래란 기대에서만 소유되는
것이다. 먼 희망에의 즐거운 기대만이 우리의 괴로운 노고를 능히 위
로할 수 있는 것이다. 기대 없이 스스로의 노고 가운데서 자기를 포
기하지 않고 유지시키는 것은 잔인한 금욕뿐이다. 이것이 인내라고
불려지는 것이다. 실로 수도囚徒의 육체야말로 인내의 최량의 소재다.
인내란 거기선 단순히 생의 도덕일 뿐 아니라 생의 양식樣式이기도 하
다. 인내가 생의 도덕인 동시에 그 양식이 되어있는 생이란 어떠한
생이냐? 그것은 오직 사死가 아니라는 의미에 있어서 단지 생일 따름
이 아닐까? 그러한 생이란 생의 최후의 혹은 최저에의 양식에 지나지

• 『조광』, 1940.12.

않는다. 장구한 병고에 의하여 육체적 정신적인 제諸 능력을 상실한 인간, 바꾸어 말하면 빈사의 인간의 생이다. 그것은 사死의 일순一瞬 전前일 뿐더러 사死의 제 일보이기도 하다. 즉 사死의 최초의 형태임과 동시에 생의 최후의 형태다. 최저의 형태의 생이란 것도 역시 생의 부정의 제 일보요, 생의 긍정肯定[1]의 최후 계단이다. 극도로 구속된 생, 그러나 생이란 본래 자유로운 것이다. 그러기 때문에 인간의 것이다. 모든 자유로움에서 격리된 생, 그것은 실로 아직 생명이 유지되어 있다는 한限에 겨우 생일 따름이다.

이러한 경우에 사람을 파멸에서 구하는 것은 인내뿐이란 것은 먼저 한 말이다. 그러나 인내의 연옥에서도 인간은 자기의 노고에 대한 어떤 위로를 갖는 법이다. 그러한 위로의 최선 최량의 것이 미래가 가져오리라고 생각되는 희망에 대한 즐거운 기대라는 것이 역시 먼저 한 말이다.

그러나 사람은 단지 미래에서만 사는 것이 아니다. 사람에겐 미래와 동시에 과거라는 것이 주어져 있다. 기억 가운데서 소유할 수 있는 세계라는 것이 바로 그것이다. 어째서 인간에겐 또한 그러한 두 가지의 세계라는 것이 주어져 있을까? 생이란 시간 가운데의 현상이기 때문이요, 사람이란 역사 가운데의 존재이기 때문이다. 미래와 과거와 더불어 있었고, 또한 과거와 미래 가운데 있는 것이 사람이란 것은 신이 인간에게 베푼 최대의 은총일지도 모른다. 기대할 것이 없는 사람에게 있어 기억이란, 그것이 비록 뼈끝에 사무치는 것일지라도 아름다운 희망보다 즐거운 것이다. 기억을 통하여 사람은 마음대로 추억 가운데 침닉沈溺 할 수 있기 때문이다. 그러므로 노인에게 있

---

1 원문에는 '旨定'으로 되어 있으나 '肯定'의 오식으로 보인다.

어 기억력이 쇠퇴한다는 것은 생명이 쇠멸해 간다는 것보다 더 슬픈 것이다. 그것은 아름다운 엘레지다. 그러나 사死를 위하여 불러지는 노래는 엘레지에서는 아니 된다. 장식葬式을 위하여는 항상 만가輓歌가 준비되어 있다. 죽는 사람 입에서도 만가가 불러지지 아니하는 것은 이 까닭이다. 그가 죽은 뒤에 회장자會葬者의 입을 빌어 비로소 만가는 불러지는 법이다. 그러므로 엘레지란 것이 생에 대한 최후의 집착의 발언인[2] 것처럼, 기억의 세계에의 침잠 가운데로 생의 보람에 대한 희구에 어떤 섬광이 번뜩이지 아니한다고 부정할 수도 없는 것이다. 이것은 과거 한 세계 가운데로 들어가는 인간의 극히 미미한, 그러나 또한 심히 복잡한 심리의 일단이다. 과거한 세계로 들어간다는 것이 곧 고전의 세계로 돌아가는 것일까?

×

우리는 먼저 엘레지란 것이 생에 대한 인간의 최후의 집착의 발언 이라고 하였다. 혹은 그것은 단순한 미련의 발로라고 해두어도 좋다. 어쨌든 전혀 사死에 대하여 불러지는 노래의 일단이 생의 보람과 관계하고 있다는 것이 중요하다. 탄식까지가 희망과 관계하고 있다는 사실을 잊을 수가 없다. 이것을 우리는 또한 기억의 세계로 침잠하는 순간에 번뜩이는 생에 대한 어떠한 희구의 섬광이라고 한 일도 있다. 생에 대한 희구! 그것은 기억에 보다, 더 많이 기대에 관계되는 사실이 아닐까! 이리하여 과거의 세계로 들어가 버리는 사람은 그 순간에 한 개 모순에 빠지고 만다. 기억 가운데서 기대를 갖는다는 것은 나

---

2 원문에는 '發言일'로 되어 있으나 문맥상 '발언인'이 적절해 보인다.

무에서 물고기를 구하는 것이다.

이 모순 앞에 비로소 고전이 자태를 나타내는 것이다. 고전이란 것은 단순히 과거의 세계를 의미하는 말이 아니다.

그것은 단지 과거 가운데 속할 따름이다. 그러면 과거에 속하면서도 고전은 어떻게 단순한 과거의 세계와 다른가? 고전이란 이미 지나간 문화라는 점에서 그것은 분명히 과거의 것이다.

그러나 과거란 것은 현재에 의하여 부단히 부정되는 시간인 것을 잊어서는 아니 된다. 동시에 과거의 문화라는 것도 현대의 문화에 의하여 항상 부정되는 것이 사실이다. 창조란 부단한 부정이기 때문이다. 바꿔 말하면 사死에 의해서만 생탄生誕은 가능하다. 대지에 떨어진 곡식알이 썩어서 죽어야 또한 새 곡식이 싹트는 것이다. 즉 부정되는 것은 사死하는 것이다. 그러나 사死라는 것은 생의 완결이 아닐까? 동시에 부정이란 것은 긍정의 완성이다. 죽기 전에는 어떠한 생명도 완전하지 않고, 부정되기 전에는 어떠한 존재도 완성되어 있지 않다. 부정되어서 죽으면 존재는 비로소 완전할 수 있다.

"아름다운 것은 멸滅해가고 멸해가는 것은 아름답다." 그 시는 결코 단순한 퇴폐의 표현이 아니다.

결국 과거過去한 것만이 완성된다. 죽은 것만이, 부정된 것만이 비로소 완미하다. 요컨대 자립해 있고 독존獨存해 있다.

뉴턴I. Newton만이 결국 완성되어 있다. 아인슈타인A. Einstein은 또는 플랑크Max Planck[3]는 완성되어 있지 않다. 그들은 아직 한정되어 있지 않기 때문이다. 요컨대 독자獨自의 세계를 아니 가지고 있다. 독자의 세계는 독자의 형식을 가지고 있는 법이다. 형식이란 표현의 한정인

---

3 원문에는 '프랭크'로 되어 있으나 문맥상 양자역학의 창시자로 불리는 독일의 저명 물리학자 '막스 플랑크'가 적절해 보인다.

때문이다. 그러나 시간적 한정에 의하여 뉴턴이 자기 세계를 완성했다는 것은 어떠한 의미를 가질까? 그것은 곧 뉴턴의 『프린시피아』가 금일에 와서는 통용되지 아니한다는 의미밖에는 되지 않는다.

우리는 현재의 물리학을 이해하기 위하여 낡은 뉴턴의 물리학으로 돌아갈 필요는 없다. 뉴턴 물리학에 가치 있는 것은 이미 현대 물리학 가운데 전승되어 살아있다. 현재의 물리학은 뉴턴의 발전이다. 즉 과거의 뉴턴이란 인간의 의미는 전부 현대 물리학 가운데 섭취되어, 현함現陷을[4] 초월하여 독립할 가치가 없다.

그런 의미에서 과거는 모두 현재 가운데 흡수되어 버리고, 뉴턴 물리학이란 존재가 독자적인 세계란 것은, 그것이 유물로서의 의미밖에는 없다. 그것은 과거의 문화 가운데서 구별되는 고전의 세계이기보다는 더 많이 단순한 과거의 세계에 불과하다. 문화의 이러한 시상時相, 연속적은 물리학에만 아니라 경제학·기술사·정치사, 기타 여러 가지 영역에서 발견할 수가 있다.

원시사회에서 고대사회, 고대사회에서 봉건사회, 봉건사회에서 시민사회에의 노정은 분명히 발전의 선인 동시대에, 각개의 사회는 다음 사회로 전이되면서부터 즉 완성함으로써 영원히 죽어버리는 것이다. 그것 중의 임의의 일자一者가 복구된다면 인간문명의 질서를 파괴하게 된다. 정치의 역사에 있어서도 역시 동일한 것이며 기술의 세계에는 더욱이 이것이 명백하다. 증기기관의 발명은 분명히 당시에 있어 위대한 사실이다.

그러나 석유발동기, 전기엔진이 발명되면서부터 그것은 영원히 죽었다. 내연기관의 역사가 어떠한 일이 있더라도 증기기관의 세계로

---

4 원문에는 '現陷를'로 되어 있으나 '현함을'의 오식으로 보인다.

돌아갈 수는 없다. 증기기관의 의미는 가치 있는 부분만이 현대적인 엔진에 흡수되어 발전되어 있다.

여기에 있어 시간의 연속성이란 것은 과거가 부정되면서부터 완성된다는 단속적斷續的인 시상時相을 완전히 지배하고 있다. 이것들은 연속되어 흘러오는 시간 위에서 이미 지나간, 다시 말하면 부정되고 죽어간 과거의 세계에[5] 속할 따름이다.

그러나, '미로의 비너스'와 호머Home의 시는 어떻게 되는 것일까? 그것 역시 미켈란젤로Michelangelo와 단테Dante 가운데 흡수되어 그것의 독자獨自한 가치는 소멸되었을까? 물론 '미로의 비너스'나 호머의 시도 그것이 과거하면서 즉 부정되고 사死하면서 완성되고 완미完美로워졌다. 그러나 아인슈타인 아래 뉴턴을 필요로 하지 않는 것과 마찬가지로 미켈란젤로 앞에 '미로의 비너스'가, 단테 앞에 호머가 무가치하냐 하면, 어떠한 곳에서도 '미로의 비너스'와 호머의 시는 독립하고 완전한 세계로서의 의미를 상실하지 아니한다.

즉 여기서는 마치 연속적인 의미의 시간이 작용하지 아니하는 것 같다. 과연 이러한 세계에서는 연속적인 시간은 통용되지 아니하는가? 즉 예술의 세계에는 발전이 없는 것일까?

여기서 우리는 발전이란 것의 의미를 밝혀야 할 과제에 봉착한다. 발전이란 본질적으로는 연속적인 시간의 전개상이다. 낡은 것은 새로워지면서 제 가치를 전개해간다. 새롭다는 것이 벌써 낡은 것에 대립하는 하나의 가치요, 또한 그것은 낡은 것에 대립함으로써 이미 낡은 것에 비하여 우월하다. 즉 시간의 연속적인 선 위에서 가치는 갱신되면서 확대된다. 이 연속적인 시간 위에 나타나는 가치의 확대 재

---

5 원문에는 '世界의'로 되어 있으나 문맥상 '세계에'가 적절해 보인다.

생산이 발전이다. 그러므로 연속적인 의미의 시간의 전개상이 발전이라고 할 수 있는 것이다.

이러한 과정에서 시간은 하나의 선으로서 나타난다. 과거 현재 미래라는 것이 질서정연하게 배열되어있다. 그러므로 발전 가운데서는 과거란 모두 현재 가운데 함축되고, 현재 가운데 탄생한다. 이러한 경우에 있어 우리는 유독 과거를 관심할 필요가 생기지 않는다. 현재를 아는 것으로 우리는 충분하다. 왜 그러냐 하면 발전의 시상時相 가운데 있어서 과거란 항상 현재 가운데 자기의 일체를 계시하기 때문이다.

그러면 단테를 두고 혹은 괴테Goethe를 두고 우리가 특별히 호머로 돌아갈 필요는 조금도 발생하지 아니할 것이 아닌가? 그런데 이러한 필요가 발생하는 것이 아까도 말한 바와 같이 예술과 문화의 세계다.

바꿔 말하면 호머와 단테는 단순히 괴테의[6] 초석이 아니다. 동시에 '미로'의 비너스의 의미나 가치는 미켈란젤로에 그치는 것이 아니다. 비록 단테 가운데[7] 호머가 발견되는, 괴테 가운데 단테의 모습이 나타나는 일이 있을 때라도, 호머의 연장인 때문에 단테가, 단테의 발전인 때문에 괴테가 가치 있고 의미 있는 것이 아니다. 그것에 즉하지 않고 실로 그것에 대하여 있기 때문에 단테나 괴테는 위대한 것이다. 다시 말하면 모방에 의해서가 아니라 독창獨創 때문에 예술은 자기의 가치를 취득하는 것이다. 예술에 있어서 선행한 것의 모방이란 것은 가장 무가치한 것으로 평가되는 것이다. 독창적이 아니라는 것은, 선행한 것에 대하여 에피고넨이 그들의 의미와 가치의 발전을 가져온 것이 아니라, 오히려 그들의 의미와 가치의 타락을 가져오기 때문이다. 그러므로 예술에서는 발전 대신에 항상 독창이란 것이 가치

---

6 원문에는 '괴테에의'로 되어 있으나 문맥상 '괴테의'가 적절해 보인다.
7 원문에는 '가운데가'로 되어 있으나 문맥상 '가운데'가 적절해 보인다.

평가의 기준이 되어있다. 독창이란 것은 자기 완결적인 것을 의미한다. 각개의 예술의 세계는 제각기 독립한 의미와 가치를 가지고서 혼자서 완결되는 세계다. 거기에선 독창적인[8] 발전이 있는 것이 아니라 결정結晶적인 중단이 있다. 여기에 있어서 시간은 일방적인 역사적 상승으로 표현되지 않고, 또한 직선적인 발전으로 전개되지 아니한다. 그러므로 예술과 문화의 역사는 여러 개의 고봉高峯의 연립이다. 고봉들은 모두 제각기 중심을 가진 독립한 세계임은[9] 물론이다. 이 고봉과 고봉 사이를 연결하는 것은 먼저도 말한 바와 같이 발전의 관계가 아니다. 요컨대 연속적인 시간이 아니다. 그 관계는 결국 비非연속적으로 절단되어 있다.

이것이 고전의 세계의 존재형식이다. 그러면 고전과 고전이 서로 절단되어 있으면서 어떻게 그것이 동일한 과거라는 시간적 범주 가운데 속해 있는가? 바꾸어 고전들은 비연속적으로 서로 절단되어 있으면서도 과거라는 시간 가운데 연속되어 있다. 이것이 또 고전이 실로 고전인 이유이다. 즉 고전이란 시간을 초월하는 데서 비로소 고전으로서의 의미를 취득하고, 고전으로서의 가치를 형성한다. 그러면서도 또한 고전은 과거라는 명백한 시간 가운데 예속되어 있다. 이것은 고전 가운데에 분명히 모순된 성격이다.

그것은 고전의 세계 가운데 표현되는 시간이 연속적인 시간이 아니고 실로 단속적斷續的인 시간인 때문이다. 마치 시간을 초월하면서 시간에 예속되어 있는 것과 마찬가지로, 고전은 단속적이면서 연속되어 있다. 즉 비연속적인 연속! 이것이 고전을 포함하고 있는 예술의 역사의 특수성이다. 그러므로 역사에 있어 기술과 과학이 시간의

---

8 원문에는 '流創的인'으로 되어 있으나 '독창적인'의 오식으로 보인다.
9 원문에는 '世界한 世界임은'으로 되어 있으나 '세계임은'의 오식으로 보인다.

연속성의 표현이라면, 예술과 문화는 시간의 비연속성의 표현이라 할 수 있다. 즉 전자는 연속적으로 과거 가운데 있고 후자는 비연속적으로 동일한 과거 가운데 있다. 바꾸어 말하면 전자는 연속적으로 연속하고, 후자는 비연속적으로 연속한다.

그러므로 단순히 예술에 접한다고 할 제 우리는 임의의 걸작_{걸작만이}^{고전이다}으로 충분하나 역사에 있어서는 걸작 아닌 것도 필요하다. 수많은 걸작 아닌 것이 걸작과 걸작의[10] 사이에 있기 때문이다.

✕

그러나 걸작과 걸작과의 절단된 간격을 충전하고 그것을 연결하는 것이 걸작 아닌 것들이냐 하면 그렇지 아니하다. 먼저 우리는 고전만이 즉 걸작만이 시간을 초월한다고 했다. 즉 영원하다.

그러면 걸작이 아닌 것은 시간의 노예요, 시간의 지배 하에 있다는 것은 시간의 경과와 더불어 사멸하는 것이다. 즉 일시적인 데 불과하는 것이다. 따라서 걸작 아닌 것은 사멸에 의하여 위선 고전과[11] 고전 사이를 연결할 자격을 상실한다.

그러면 고전과 고전과의 사이에 절단을 이어가는 것, 즉 예술의 역사의 비연속의 연속의 표현은 무엇일까?

여기에서 우리는 다시 걸작 아닌 것, 즉 범작凡作[12]이나 졸작의 문제로 다시 한번 돌아갈 필요에 직면한다.

왜 그러냐 하면 걸작 아닌 것이 비록 영원하지 못한다 하더라도

---

10 원문에는 '傑作과'로 되어 있으나 문맥상 '걸작의'가 적절해 보인다.
11 원문에는 '古典과 古典과'로 되어 있으나 '고전과'의 오식이다.
12 원문에는 '風作'으로 되어 있으나 '凡作'의 오식으로 보인다.

그것이 일시적인 것은[13] 먼저도 말한 바와 같거니와, 그것이 일시적이었다는 것은 시간상에 존재했다는 것을 의미하기 때문이다. 시간상의 존재였다는 것은 곧 그것이 전승傳承되는 물건이기 때문이다. 연속적인 것이라는 것은 모든 일시적인 존재로서 성립한다. 연속적인 시간의 기본형식인 발전이란 것이 결국은 이미 존재했던 것이 사멸하면서 다음 것에다 자기의 의미를 계시하고 끝남을 의미하는 것이 아니었던가. 그것으로 발전에 있어서 과거는 모두 현재 가운데 함축된 것이다. 이러한 의미에서 연속적인 시간의 내용은 모든 일시적인 것으로서 성립한다고 말할 수 있는 것이며, 동시에 일시적인 것은 전승되는 물건이라는 사실을 긍정할 수 있게 된다. 바꾸어 말하면 예술사에 있어서 걸작 아닌 것은 예술적인 전승의 수단이 된다. 예술에 있어서 전승은 걸작 아닌 것을[14] 통하여 된다고 말할 수가 있다.

이러한 예를 우리는 아류亞流라는 현상에서 들 수 있다. 아류란 걸작의 모방이다. 모방은 흔히 걸작을 모독하고 그것을 개악改惡한다. 그러면서도 걸작의 모습이 아류를 통하여 전승된다는 사실은 모방의 이상이 걸작을 따르려는 데 있는 것을 보아 짐작할 수가 있다. 걸작을 따르려는 의식을 통하여 아류들은 스스로 일시적인 무가치한 현상에 그치게 하고, 불본의不本意하게도 걸작의 모습을 사람에게 전하는 데 그친다. 그러나 아류를 통한 걸작의 전승을 통하여 우리는 걸작의 모습이 손상되고, 그것의 의미가 모독된다고 했다. 그러면 아류란 걸작의 파괴지 그 전승이 되느냐고 할지 모르나, 전승이란 이러한 모독을 통하여 행하여지는 것임을 우리는 알아야 한다. 사람은 아류에 전승된 걸작에 대하여 분명히 그 모독을 책責한다.

---

13 원문에는 '것인'으로 되어 있으나 '것은'의 오식으로 보인다.
14 원문에는 '것은'으로 되어 있으나 '것을'의 오식으로 보인다.

그러나 아류에 대한 이 비난 속에는 걸작에 작㈜한 존경이 숨어 있음을 잊어서는 아니 된다. 이상하게도 모독을 통하여 그것의 존경에 도달하는 것은 종교에서 잘 볼 수 있는 현상이다. 사람은 배신자가 신을 모독했다고 신을 경멸하지는 않는 것을 잘 안다. 모독을 죄악이라고 느끼는 심리 속에는 항상 신에 대한 신성한 숭앙이 들어있는 법이다. 이 숭앙에 의하여 종교에서 사람들이 다시 신에게로 일보 접근하는 것과 같이, 사람들은 역시 걸작에로 한걸음 다가서는 것이다.

　바꿔 말하면 아류는 사람들로 하여금 걸작에로 인도하는 것이다. 이 모방의 변증법이 전승의 양식이라면, 창조의[15] 변증법은 고전에서 탈출하여 새로운 자기세계를 건설하는 데서 또한 아류는 전승의 형식이 된다. 모든 걸작은 이렇게 해서 창조되었기 때문이다. 즉 걸작 아닌 것은 걸작과 걸작과를 매개한 것이다.

　이 매개를 통하여 고전의 비연속성은 연속된 것이다. 그러나 매개자는 매개하면서부터 자기의 사명을 다한다. 즉 그것은 영원히 소생하지 않는 과거의 것으로 죽어간다. 그러나 예술의 역사를 비연속의 연속이라고 할 것 같으면, 예술상의 발전은 발전 아닌 발전이 아닐 수 없다. 예술사에는 발전이 없다는 것은 연속적인 발전이 없다는 것이고, 예술이란 모두 그 자신이 하나하나 생탄生誕했다 사멸한다는 의미는 아니다. 그러면 예술에 있어 역사는 불가능하다. 왜 그러냐하면 예술에 있어 과거라는 것은 현재와 미래의 관계가 없이 되기 때문이다. 현재와 미래와 관계가 없는 시간이란 성립되지 아니한다. 과거가 만일 현재와 관계가 없다면 우리가 고전에 돌아간다는 것도 불가능한 일이요, 더구나 미래에 남는다는 것은 더욱 불가능하다.

---

15 원문에는 '創造는'으로 되어 있으나 문맥상 '창조의'가 적절해 보인다.

이러한 사실은 고전의 영원성과 완전히 배치된다. 그러므로 예술사 위에는 비연속적인 것을 연속시키는 것, 즉 전승의 결과가 표현되어야 한다. 이것이 전통이라고 불려질 수 있을 것이 아닐까. 예술사에 있어 정신적인 것이나 형식적인 것이나 모두 면면히 흘러내려 오는 것이 사실이다. 이것은 단순히 고전과 고전과의 사이를 매개하는 것도 아니요, 오히려 고전과의 단속과 독립해서 연속되어 있는 것이다. 이것은 고전의 특수적인 측면을 대표하는 것이다. 고전은 일정한 시대에만 아니라, 특수한 풍토, 고유한 민족 가운데 나서 독자獨自[16]의 사고와 감수感受의 양식 가운데 안아졌음에 불구하고 보편적인 것으로 세계와 영원 가운데 나아가서 독립한 것이다. 그러므로 전통이란 전승한 자에 의하여 소유된 고전들이다. 즉 나의 고전이란 말은 전통에서 성립한다. 사람이 고전에서 발견하는 것은 세계의 고전이나, 들어가는 길은 항상 나의 고전이다. 그런 의미에서 전통이란 고전에로 들어가는 도로다. 전통이란 또한 그의 의미에서 현대인에 있어서 고전주의적인 심정의 태반이다.

사람은 향가에서 희랍希臘[17]을 볼지 모른다. 그러나 우리는 희랍을 통하여 향가에 들어가지는 않는다. 우리의 향가를 통하여 희랍에 도달할 것이다. 우리의 향가라는 마음은[18] 결국 전통에의 의식이 아닐까?

물론 예술의 역사는 고전과 전통의 통일인 것만은 사실이다……

— 전통이란 언제나 생각해보고 싶은 문제의 하나다. 결국 이것은 고전을 생각하는 마음의 준비에 불과하다.

---

16 원문에는 '獨白의'로 되어 있으나 '獨自의'의 오식으로 보인다.
17 그리스
18 원문에는 '마음을'로 되어 있으나 문맥상 '마음은'이 적절해 보인다.

현대의 서정정신[●]

서정주(徐廷柱) 단편(斷片)

잔치는 끝났드라. 마지막 앉아서 국밥들을 마시고
빠알간 불 사루고,
재를 남기고,

포장을 걷으면 저무는
하늘. 일어서서 주인에게 인사를 하자.
결국은 조금씩 취해 가지고
우리 모두다 돌아가는 사람들.

목아지여

● 『신세기』, 1941.1.

목아지여
목아지여
목아지여

멀리 서 있는 바닷물에선
난타(亂打)하여 떨어지는 나의 종(鐘)ㅅ소리.

이 시는『신세기新世紀』11월호에 실린 「행진곡行進曲」이라는 서정주
씨의 작품이다.

그 음향의 높이로써, 그 색채의 농심濃深으로써, 또한 그 인상의 선
명과 박력의 긴급을 겸함으로써, 우리 젊은 시단에서 씨와 어깨를 겨
눌 사람은 그리 많지 아니하다.

「헌사獻詞」의 화미華美한 통곡과,『와사등瓦斯燈』그 중에도 「설야雪夜」
의 애절한 리리시즘과『분수령分水嶺』의 소박한 엘레지 등이 겨우 이
러한 압도적인 예술 앞에서도 자기를 주장할 수 있음을 생각할 제 씨
는 분명히 우리 젊은 시단 제일류의 시인이다.

그런 의미에서 씨의 예술의 비밀은 오늘날에 있어선 해명을 요청
하는 과제라 할 수 있다. 시인이란 언제나 자기만의 비밀을 작품 속
에 담아 가짐으로써 나중엔 정신의 한 지표가 되는 것이다. 그런데
이 시적 비밀의 본질이 어떠한 것이고 간에 그것이 능히 자기를 주장
하기 위하여는 첫째 새로울 것과 다음으로는 그 새로움이 고유할 것
임을 요한다. 새로움이라는 것은 물론 비교상의 의미이고, 새로움이
곧 고유해야 한다는 것은 가치상의 의미다. 시간적으로 새로운 것이
라는 것은 반드시 가치 있는 것을 의미하지 않음은 신기한 것도 새롭

기 때문이다. 따라서 고유한 의미를 함축해 있을 때만 비로소 새로운 것은 하나의 독자獨自한 가치가 될 수 있다. 그러므로 새로움이 곧 고유하기 위하여는 먼저 새로워야 할 것도 사실이다. 그러한 의미에서 서정주 씨의 시는 분명히 새롭다.

대체 서정주 씨의 어디가 새로우냐 하면, 먼저 그가 회상할 수 없는 사람인 점에서 새롭다. 주지와 같이 시인들이 현대에 있어서 무력해지고 고독해지면서 화려했던 청춘의 회상 가운데로 돌아갔다. 이 시인과 대척對蹠되는 그러한 시인으로 안용만安龍灣 씨를 들 수가 있다. 같은 이십대의 시인임에 불구하고 청춘에의 회상은 현대에 있어서의 생명의 샘이 되어 있다.

그것은 반드시 회상 가운데 안주安住의 땅을 발견함을 의미하지 않는다. 과거에의 회상이 오히려 현대에 있어서의 용기가 되고, 나아가서는 오늘날의 희망이 되기 때문이다. 이러한 것을 우리가 이해하면서도 우리가 회상의 정신 가운데 안심하고 정착하지 못하는 것은 그 가운데서 우리는 현대와의 정면교섭의 기회를 찾지 못하기 때문이다. 그런 의미에서 「헌사獻詞」의 작자는 서정주 씨의 유일한 반려라 할 수 있다. 뉘우칠 과거도 없다는 것이 그들에게 있어서는 유일唯一의 실존이다.

그렇다고 또한 내다볼 수 있는 미래의 길이[1] 나타난다면 용이하게 시인은 그리로 향하여 질주할 수 있는 것이다. 우리 조선의 모더니즘은 비록 관념 위에서일망정 다행히도 그러한 길을 가지고 있던 예술이다. 감성의 활발한 도약은 현대에 대한 비평의 정신으로 능히 통어統禦할 수 있었을지 모르며, 또한 반대로 그러한 정신이 감성의 활발

---

1 원문에는 '길에'로 되어 있으나 문맥상 '길이'가 적절해 보인다.

한 도약의 원천이었을지도 모른다. 그러나 보는 바와 같이 「행진곡」의 시인은 그러한 의미의 희망도 가질 수 없는 사람인 점에서 분명히 새롭다. 요컨대 그는 철두철미 현대의 아들이다.

시대의 체험 가운데로 들어가는 최초의 날로부터, 바꿔 말하면 정신적인 탄생의 날로부터 용기를 고무鼓舞할 유산의 위세도 빌지 못하고, 또한 부단히 청년들을 의기소침에서 분기憤氣시키는 과제의 부름도 받지 않고 땅에 떨어진 많은 사람 가운데 하나였다. 어떠한 신의 축복도 없이 세상에 나온 생명이란 것은 존재 그 자체가 벌써 신의 의지의 거역일 것이다.

그러나 그 자신에 있어서는 아무 것에 대한 모반謀叛도 아니요, 오직 날마다 지상에 현란絢爛한 자연自然한 생명임에 지나지 아니한다. 그러면서도 그러한 생명이 어째서 죄없이 불의의 의식에 번뇌해야 하는가? 그러한 물음이 자기에게로밖에 향할 곳이 없을 때 고독이란 것은 분명히 비참한 것이다. 더욱이 그 물음에 대하여 자기밖에 대답할 사람이 없을 때 비참悲慘은 일층 가중될 것은 명백한 일이 아닌가?

이러한 것은 일찍이 「헌사獻詞」의 작자를 이야기할 때도 언급할 일이 있으나 '카인을 만나면 목놓아 울리라'는 그의 통곡 속에는 날마다 생명의 향연에서 향락하면서도 에호바[2]에의 의식, 구원에의 동경이 숨쉬고 있었다. 그러나 '멀리 서 있는 바닷물에선 난타하여 떨어지는 종鐘ㅅ소리'의 행진곡의 음향을 듣는 젊은 시인 가운데는 마왕魔王 루시퍼의 교의敎義가 더 많이 울려 있다. 그러면서도 이 시인의 마음 가운데 항상 어떤 모반의 의식이 떠나보지 아니 하는 것도, 술과 고기와 육체와 곡식이 자유로 맡겨지지 아니한 때문도 아니다.

---

2 여호와.

땅 속에서 그를 부르는 오늘날의 아벨의 피라는 것이 그를 안한安閑히 버려두지 않기 때문이 아닐까? 요컨대 그는 죽이지 아니하고 살인자가 되는 것이다. 그에게 덮어씌워진 허물없는 죄라는 것은 무엇일까?

이러한 지점에 이르면 그는 벌써 독자獨自의 시인이다. 이것은 벌써 이 시인에게 실은 거대한 또 가혹한 과제이기 때문이다. 그는 저지르지 않고 죄인이 되고 체포되지 않고 이미 영어囹圄의 인人이 된 것이다. 여기는 현대에 있어 순결한 정신이 뜻하지 않고 빠지는 함정이다. 이 나락奈落과 심연을 알지 못하는 사람은 행복할 지 모르나, 그러나 그는 정신적으론 가난한 사람들이다. 만일 현대 젊은 시인과 작가들의 몰沒이상주의를 비난의 의미에서 공격한다면, 분명히 이 정신적 빈곤을 가리킴일 것이다. 어느 작가가 말한 것처럼 현대의 신인을 정신없는 문학이라고 질책叱責한 것은 이러한 의미일 것이다. 이러한 작가들이 지금 우리가 이야기하는 시인들과 한 가지 생탄生誕의 날을 택하였음에 불구하고 아직 평범한 곳에 머물러 움직이지 아니함은 그들이 자기의 시대의 체험 가운데서 인간의 가치의 시금석이 되는 과제와 치열熾烈[3]하게 대립하고, 그것을 향하여 몸을 던지는 고결한 정신이 결여되어 있기 때문이다. 그것은 물론 우리가 먼저도 말한 것처럼 어느 방도方途를 향해서이고 현대로부터의 도망이 아니고 현대에의 침잠이며 그것과의 타협하지 않는 동서同棲다. 그러므로 현대에밖에 살 곳이 없음에 불구하고 날마다 그의 마음을 사로잡는 것은 현대로부터의 별리別離다. 이 모순 가운데서 그들은 자기의 생의 지표를

---

3 원문에는 '熾立'으로 되어 있으나 '熾烈'의 오식으로 보인다.

세우는 것이다. 이상李箱은 일찍이 소설 「종생기終生記」 가운데서 '그는 날마다 죽었다'고 말한 일이 있다. 날마다 죽는 것으로 또한 날마다 사는 것이다. 그것은 각각刻刻으로 이별하면서 평생을 동거하는 부부와 같다. 생과 사라는 것이 마치 행복과 같이 이곳에서 구별될 가능성이 있지 아니한 것이다. 그러므로 우리는 시인이

결국은 조금씩 취해 가지고
우리 모두 다 돌아가는 사람들.

이라 하지만 이 말을 액면대로 믿을 수는 없다. 그가 돌아갈 곳이라는 것은 그가 출발한 곳이기 때문이다. 결국은 또 다시 조금씩 취해 가지고 떠났던 곳으로 모두 다 돌아올 사람들이다. 그것은 마치 뇌옥牢獄 속에서의 질주와 같은 것이다. 가는 것이 오는 것이고, 뛰는 것이 떨어지는 것이다.

이러한 것을 유폐幽閉의 정신이라고 할지, 절망의 도주라 할지, 좌우간 이 시인의 비밀은 우리 현대 서정시의 가장 의의 깊은 곳에 얽매어 있는 것은 사실이다. 동시에 많은 신인들의 기도企圖가 공허히 돌아간다 하더라도 이 시인이 현대에서 모든 안일安逸을 거부했다는 의의만으로도 충분히 한 가치를 이룰 것이다.

기독교와 신문화[●]

우리의 신문화가 기독교와 교섭한 것이 멀리 그 배태기胚胎期에까지 소급한다는 것은 기독교국이 아닌 지방으로서는 자못 기이한 일이라 아니할 수 없다. 구라파제국과 같이 전래로 기독교가 국교가 되어 왔다든지 혹은 소위 기독교문화권 내의 민족이라면은 신문화의 탄생과 기독교와의 교섭은 물론 불가분리의 일이다.

교권으로부터의 해방이라든가 종교의 개혁이라던가 하는 문예부흥기의 운동에서 우리는 이러한 교섭의 심원한 역사를 볼 수가 있다.

그러나 우리의 신문화가 탄생함에 있어 기독교와의 교섭이 반드시 있어야 한다는 이유는 아무데도 없었다.

주지와 같이 신문화라는 것은 근대문화, 바꾸어 말하면 시민사회

● 『조광』, 1941.1.

의 문화다. 자유경쟁과 개인의 자유가 신성한 원칙으로 선언되는 사회에 있어 종교라는 것은 벌써 제1의적 의의를 상실하는 것이다. 종교에 대한 시민적 태도를 법문화한 신교信敎의 자유라는 것은 신교의 구속에 대한 반反명제로서 그것은 신교信敎의 자유와 더불어 불신교不信敎의 자유를 보장하는 것이다. 그것은 단순히 정권을 교권으로부터 분리한 표현일 뿐 아니라, 신교란 것을 전혀 사소한 개인의 사사私事로 돌려버린 무엇보다도 유력한 증거다. 종교를 믿는지 안 믿는지 그런 것은 국가나 사회가 관지關知할 바 아니라는 것이다. 그러므로 시민사회의 문화는 근본적으로 기독교와의 교섭이 없었을 뿐만 아니라 그 후에선 정신문화상의 한낱 관습으로서의 의미밖에 아니 가지게 되었다.

그럼에 불구하고 우리조선뿐만 아니라 지나, 내지가 다 비등하나의 문화는 신문화의 배태와 더불어 기독교와 교섭하기 시작했다는 것은 무슨 이유일까. 다시 말하면 신문화의 태생이 있기 전까지는 기독교라는 것을 알지 못하다가 신문화의 생성을 전후해서 비로소 기독교를 알았다는 사실이[1] 서구의 문화사의 상식으로는 이해되지 아니한다. 이 점은 우리 조선의 기독교사나 근대문화사를 이해하는 데 극히 중요한 전제로서 지방에 따라 여러 가지 특수한 이유를 들 수 있으나, 역시 근원적이요, 공통한 조건은 조선사회의 근대화가 자주적으로 수행되지 못하고 거기에 따라 신문화의 생성에 독자성이 결여한 때문이라 할 수밖에 없다. 자기 사회의 내부에서 시민이 성장하여 봉건제가 와해되지 못하고 외래의 세력에 의하여 그것이 부자연하게 붕괴될 때 그것은 마치 미숙한 과실을 두들겨 따는 것과 비슷하여 그 속에 배태된

---

1 원문에는 '實事이'로 되어 있으나 '사실이'의 오식으로 보인다.

종자도 역시 미숙한 채로 세상에 나오는 것이다. 미숙한 밤[栗]은 항상 그 송이를 제 힘으로 아람 벌지 못하기 때문이다.

그러므로 조선에 있어 기독교가 신문화와 맺은 관계라는 것은 아직 자체 내부에 있는 시민의 힘으로 와해될 수 없는 봉건제를 외부에서 타격에 의하여 붕괴시킨 역할과 그 속에서 미처 충분히 성육成育되지 못한 시민문화의 종자를 일찍 세상에 내어보내고, 어느 정도까지 그것의 성장을 도운 데 지나지 아니하는 것이다.

×

그러나 주지와 같이 기독교의 교리 가운데는 봉건제의 와해瓦解² 를 촉진시킬 요소도 없는 것이며, 또한 시민문화를 생육시킬 영양이 들어있는 것도 아니다. 여기에서 우리는 조선에 있어서의혹은 동양 일반에 있어 기독교라는 것을 서구의 기독교와 구별하여 생각할 필요가 생긴다.

무엇보다 동양의 기독교라는 것은 동양 무역의 선견先遣³ 부대로서 들어왔고 내지乃至는 정치적 경영의 전초前哨로서의 의미를 가지고 들어온 것은 지나의 역사에 비춰 명백한 사실이다. 비록 신심이 두터운 신부나 선교사 개인의 고결한 자기희생이 그러한 모든 사실을 초월한다고 하더라도 그들을 실어온 배는 상선이요, 군함이요, 아메리카⁴ 발견 이후 팽배한 세계시장 개척열과 모험심의 소치라는 것은 움직일 수 없는 사실이다. 그러므로 전체로서는 서구의 신흥한 상업 자본주의의 동점東漸에 수반한 현상이라 보지 아니 할 수가 없다. 따라서

---

2 원문에는 '互解'로 되어 있으나 '瓦解'의 오식으로 보인다.
3 원문에는 '先遺'로 되어 있으나 '先遣'의 오식으로 보인다.
4 원문에는 亞米利加로 되어 있다.

동양에 온 기독교도들은 불타佛陀와 공맹孔孟과 샤먼에의 깊은 신앙 속에서 깰 줄 모르는 동양인에게 최초부터 그리스도의 복음을 선전하고 사도전使徒傳을 읽힌 것은 아니다. 자명종와 지구의와 화약과 총포와 악기와 서적을 가지고 왔다.

요컨대 종교와 더불어 과학 문명을[5] 가지고 왔다. 본질에 있어 그것들이 상품견본이요 선교의 수단일 때가 있을 수 있었으나 받아들이는 편에서 보면 성질의 여하가 문제로 되기보다 정밀한 기술과 고도의 문화가 놀라웠을 뿐이다.

중종 때 통사通事 이석李碩이 서양 사정을 주보奏報[6]하였다는 이후로 선조 때에[7] 이광정李光庭이 구라파여지도歐羅巴輿地圖를 가져오고, 인조 시에 정두원鄭斗源이 역서, 천문서, 천리경, 화포, 염파화焰破花[8], 자명종 그타他를 가져오고, 혹은 연암燕岩이 풍금소리를 듣고 오고, 성호星湖가 서양화를 보고 오고 또 누구가 서양의학, 산학算學[9], 역학曆學 등을 수입했다는 사실을 이루 매거枚擧키가 번거로울 만하여 그들의 저서에는 일일이 거기에 대한 여탄餘嘆이 표현되어 있다.

'기설其說이 극시極是,'[10]라든가 '기언其言이 유리有理'[11]라든가 '비허탕야非虛蕩也'[12]라든가 '차此는 불역지논야不易之論也,'[13]라든가 '중토인中土人이 소미급所未及,'[14]이라든가 '성인聖人이 부생復生에 필종지의必從之矣'[15]라

5 원문에는 '科學을 文明을'로 되어 있다.
6 임금께 아뢴다는 뜻이다.
7 원문에는 '宣朝에'로 되어 있으나 문맥상 '선조 때에'가 적절해 보인다.
8 화약을 뜻한다.
9 수학을 뜻한다.
10 그 말이 지극히 옳다는 뜻이다.
11 그 말이 일리가 있다는 뜻이다.
12 헛된 말이 아니라는 뜻이다.
13 이것은 바꿀 수 없는 논리라는 뜻이다.
14 중국사람이 미치지 못할 바라는 뜻이다.

고 까지 극찬한 것은 비단 성호 일인에 그치는 일이 아닐 것이다. 조선의 학문발전의 최초의 광지光芝라고 일컬어지는 지봉芝峰을[16] 비롯하여 유형원柳馨遠, 이익李瀷, 안정복安鼎福, 이원명李願命, 김만중金萬重, 박지원朴趾源, 홍양호洪良浩, 정약용丁若鏞에 이르는 모든 학자들이 연경燕京의 학계에 수입된 새 학풍에 경이하고, 또한 그것의 수입을 뜻했다. 이러한 문화와의 접촉 내지는 수입이 우리 신문화와 관계할 것은 당연한 일로, 그것은 우리 신문화의 전통[17]이 되고 또한 그 정신적 원천이 된 실사구시학實事求是學의 생성과 발전에[18] 직접 간접으로 기여함이 컸으리라는 것은 상상에 남음이 있다. 그것들은 모두 서구에서 신흥한 시민문화의 단편이요, 그것과의 접촉은 성리론의 형이상학에 의하여 장구한 동안 지배되고 있던 우리의 중세문화가 자기를 반성하는 데 가장 큰 자극이 되었을 것은 또한 당연한 일이다. 이 반성은 이조사회에 있어 봉건제의 와해瓦解[19]의 표현이요, 시민층의 성장의 정신적 반영이었다. 이러한 조건이 내부로부터 어느 정도까지 배태되어 불원간 사회의 표면에 형태를 나타내려고 태동하고 있을 시기에 서구 근대문화의 신선한 단편이 안전眼前에 나타난 것은 곧 그들의 각성을 시급히 촉진한 것이다. 그러므로 숙정肅正[20] 이후 조선학문의 주조主潮가 된 실사구시학의 성립에 있어 기독교도의 손을 통한 서구문화의 수입은 청조 고증학과 아울러 사학斯學의 생성 급及 발전상 이대二大 원천이라 할 수 있다.

---

15 성인이 다시 태어나도 반드시 이것을 따를 것이라는 뜻이다.
16 원문에는 '芝峯으로'로 되어 있으나 문맥상 '芝峯을'이 적절해 보인다.
17 원문에는 '傳說'로 되어 있으나 '전통'의 오식으로 보인다.
18 원문에는 '發展이'로 되어 있으나 문맥상 '발전에'가 적절해 보인다.
19 원문에는 '互解'로 되어 있으나 '瓦解'의 오식으로 보인다.
20 숙종과 정조를 가리킨다.

더구나 청의 고증학이 명明 때부터 수입된 서양문화의 깊은 영향을 몽蒙한 것임을 생각할 제 우리의 실학이 양자兩者에 대해[21] 똑같은 관계를 맺었다는 사실은 당연한 일이다. 뿐만 아니라 고증학이 그러한 것처럼 우리의 실학도 자기들이 기도하고 있는 실사구시의 정신이라든가 궁극의 학문적 이상이 서구문화의 실증정신이나 과학사상과 공통될 뿐 아니라, 거기에의[22] 도달이 그 완성과 같이 생각되었던 것이다. 그러므로 '성인聖人이 부생復生에 필종지의必從之矣'라고까지 말했을 것이다. 그런 때문에 또한 우리는 기독교도의 손으로 가져온 서구문화의 편린이 그것을 가져온 사람의 의도가 어디 있었든지 간에 우리의 신문화의 생탄生誕에 있어 단순히 뗄 수 없는 관계가 있었다고 말할 뿐 아니라, 커다란 공헌이 있었다고 보는 것이다. 왜 그러냐 하면 서구문화가 후진한 동양 제국諸國에 유입됨에 있어 정치적 경영의 전초로서든가, 그렇지 않으면 선교의 수단 혹은 그 수반물隨伴物로밖에 들어올 수 없기 때문이다. 서양문화를 순수히 문화적으로 받아들이기에는 동양 제국은 너무나 뒤떨어져 있었고, 또 후진 지방은 근세에 있어 모험적 점거와 시장과 선교의 대상 이외에[23] 다른 도리가 없었기 때문이다.

×

그러나 조선에 있어서 서구문화 급及 기독교의 수입은 직접 서양인의 손으로 가져온 데서 비롯하지는 아니했다. 주지와 같이 그것은 지나와 조선의 봉건적 주종관계의 표현이었던 입연사신행차入燕使臣行次

---

21 원문에는 '對한'으로 되어 있으나 문맥상 '대해'가 적절해 보인다.
22 원문에는 '거기에서'로 되어 있으나 문맥상 '거기에의'가 적절해 보인다.
23 원문에는 '일外의'로 되어 있으나 문맥상 '이외에'가 적절해 보인다.

를 통하여 된 것이다. 다시 말하면 사신 행차의 부수副隨한 선물로 따라 들어온 셈이요, 또 한편으로 조선인 자신이 지나에 가서 그것을 가져온 셈이다. 그러므로 직접으로 그것을 가져온 것은 아니지만, 사실상으로는 가서 구해온 모양이 되었다. 이러한 사실은 일본이나 지나와 다른 것으로 조선에 있어 서구문화와 기독교 수입의 한 특징이 되어 있다. 그러나 이러한 특수성이 조선에 있는 것은 유독이 조선이 동양 제국 중 신문화 수입의 욕망이 강해서가 아님은 그것이 전기前記와 같이 입연사신행차의 우연한 선물이란 사실에서 명백한 것이다. 일본과 지나에 먼저 도래한 서학西學 서교西敎가 조선에 오지 아니했음은 조선이 국제 통상로 상의 요충에 있지 아니했다는 지리적 조건과 거기에 의한 서양인의 조선 지식 부족의 소치에 불외不外할 따름이다.

그러한 가운데도 지나와의 봉건적 주종관계가 서구문화 유입의 수로水路가 되었다는 것은 기이한 운명이기도 하고, 또 한편으로는 다행한 일이기도 하다.

입연사신이라는 것은 소위 성절聖節, 정삭正朔, 동지冬至, 경조慶弔 등의 모든 기회에 내왕한 것으로 일년에도 수차에 긍亘 할 때가 있으며, 또 인수人數도 상사上使 · 부사副使 · 서장관書狀官 각 1명, 당상관堂上官 2명, 상도사上道事 2명, 질문연사관質問筵事官[24] 1명, 압물종사관押物從事官[25] 8명, 압폐종사관押幣從事官[26] 3명, 압미종사관押米從事官[27] 2명, 청학신체아淸學新遞兒[28] 1명, 의관 1명, 사자관寫字官[29] 1명, 화원畵員 1명, 군관 7인, 우어별

---

24 질문하는 사람을 뜻한다.
25 국경무역시 부정물품을 단속하는 이를 뜻한다.
26 오늘날로 말하면 금융감독관을 뜻한다.
27 오늘날로 말하면 농수산물을 단속하는 이를 뜻한다.
28 오늘날로 말하면 통역관을 뜻한다.
29 오늘날로 말하면 속기사를 뜻한다.

관偶語別官 1명, 만상군관灣上軍官 2명 등의 상하 각종의 관원과 그 외에 속원屬員, 인삼 상인들이 다수多數히 수행하여 때로는 근 이백 명에 달할 때가 적지 아니했다 한다. 고급교양을 가진 사람으로부터 전문 기사자技師者와 각종의 계급으로 구성된 이러한 사신단은 과학·기술·종교에 이르는 다양한 문화를 수입하는 데 꽤 적당한 인원들일 뿐 아니라, 2백 명씩 연평균 4회만 왕복한다 하더라도 8백[30] 명이 경성으로부터 북경을 내왕하는 것이니 교통능력이 저열한 당시로 보아 실로 거대한 문화교류의 기회라 아니할 수 없다. 이러한 기회를 이용하여 단순히 과학만이 수입된 것이 아님은 과학이 그들의 정략 급及 선교의 수단이요 부수물이었다는 사실로 보아 당연한 일이다. 즉 기독교가 수입된 것이다. 이른바 천주교 즉 구교舊敎다. 특히 천주교 즉 구교가 신교新敎보다 먼저 동양에 건너온 이유에 대하여는 항용 서구에는 이미 종교개혁과 시민사회의 발흥으로 구교의 발전이 무망해져서 동양으로 선교의 무대를 구했다는 조건을 드나 여하튼 중세적 종교 구교가 근대문화를 가져왔다는 사실이 우리에게는 그보다 더 흥미가 있는데, 그것은 선교사 자신들이 문예부흥기에 서구 천지를 석권하는 시민문화의 교양을 가지고 있었다는 사실과, 또 후진 지방의 선교에 종교 외의 수단, 예하면 정교한 상품·기술·과학 등이 필요한 사실로 보아 수긍할 수 있는 것으로, 지나에는 먼저도 말한 것처럼 명만역萬曆[31] 때부터 야소빈사耶蘇貧士[32] 마테오 릿치Matteo Ricci, 한명[漢名] 이마두[利瑪寶]가 들어온 이후 요원燎原[33]의 화火처럼 퍼져 있었고 교회는 지

---

30 원문에는 '四百'으로 되어 있으나 문맥상 '8백'이 타당해 보인다.
31 명나라의 연호
32 원문에는 '貧土'로 되어 있으나 '貧士'의 오식이다.
33 원문에는 '暸原'으로 되어 있으나 '燎原'의 오식으로 보인다.

나에 있어 서구문화의 대학처럼 되어있었다. 3백 여의 교회가 전숰지나에 있고, 북경에는 대사원을 짓고, 또한 이러한 선교의 자유를 전숳혀 정부에 대한 학문적 공헌의 대가로[34] 얻은 것은 그들의 문화적 존재를 일층 똑똑히 하는 것이다. 이러한 별세계에 쇄국 조선의 사신이 들어가서 당목瞠目치 아니할 수 없음은 당연한 일이다.

그들은 지나의 문물에 접하는 동시에 또한 북경 시중에 우뚝 솟은 천주당주로 남당(南堂)이라 한다을 우러러보고, 혹은 유랑한 풍금소리를 듣고 벽화를 보고, 혹은 선교사들과 필담筆談할 기회를 얻어 서양에 대한 지식을 얻는 것이 그들에게 얼마나 신기했던가는 상상할 수 있는 일이다.

구주선교사가 아직 발자취를 들여보지 못한 일(一) 왕국에 있어 복음의 빛을 빛내기 위하여 필시 천주께서 보내시었을 한 사람의 개종자의 이야기를 귀하는 위안으로써 들으시리라고 믿습니다. 지나의 동부에 위치하는 조선 반도야말로 이 나라인데 그 국왕은 자기를 신하라고 보이기 위하여 지나의 황제에 대하여 매년 사절을 파견하며 막대한 헌상품을 지나 황제에게 바치지만, 또한 이것에 지지 않는 수다(數多)의 물품을[35] 황제로부터 하사받기 때문에 하등 손실이 없습니다. 이들 조선으로부터의 사절은 매년 연말을 기하여 지나를 내방하고, 종자를 데리고 우리 성당을 방래(訪來)하며, 우리 역시 그들에게 종교서적을 줍니다. 이들 귀족의 자제 중 연령(年齡) 27세, 신진 기예, 학식 풍부하며 이 진리를 믿은 자가 있었습니다. 성총(聖寵)이 전혀 그에게 있고, 심혈을 다하여 이것을 배운 뒤 이 종문(宗門)에 귀의할 것을 결심하였습니다. 세례를 받기 전에 우리들은 여러 가지 질문을 하였는데

---

34 원문에는 '對象으로'로 되어 있으나 문맥상 '대가로'가 적절해 보인다.
35 원문에는 '物品의'로 되어 있으나 문맥상 '물품을'이 적절해 보인다.

모두 만족한 대답을 얻었습니다.

그 중에도 국왕이 이 운동을 금하여 신앙의 포기를 강요하면 어쩔까를 물은 즉 주저하지 않고 그는 진리를 밝히는 이 종문을 포기하기보다는 오히려 가책(苛責)과 죽음을 감수하겠다 하였으며, 또 이어서 일부다처를 엄금하는 복음의 신조를 잊지 않을 것, 또 합법적인 대처(帶妻)는 물론 여하한 여자도 취치 않을 것을 이야기했고, 그는 조선을 향하여 떠나기 전에 자기 부친의 동의를 얻어서 드 그라몽드 사회 하에 세례를 받고 피에르라는 영명을 받았습니다. (…이하 략…)

이것은 1784년 11월 모일부某日附로 북경에[36] 있는 선교사 벤다봉이란 사람이 구라파로 보낸 글인데, 문중文中에 말한 27세의 청년이란 것은 유명한 이승훈李承薰을 말한 것이다.

무엇이 이들 신진 기예한 양반 자제의 매력의 대상이 되었는가는 얼른 지적하기 어려우나, 생각건대 천주교가 곧 그들의 서구문화에 대한 경이와 학문적 욕구를 만족시키리라고 생각한 데서 나온 것이 아닌가 한다. 사실 조선에 있어 천주교의 신앙은 이러한 형식으로 전파된 흔적이 농후하다.

상층 양반 지식층에게는 과학문화의 체현자體顯者로서 오인誤認되고, 하층 인민에게는 반反봉건적인 평등사상의 표현수단으로 받아들인 것이다. 서양인이 곧 천주교도요, 실증정신이 곧 천주교요, 서양문화가 교회문화처럼 생각된 것은 당시의 북경에[37] 와 있던 천주교의 성질, 또는 선교사의 교양과 교회의 사정으로 보아서도 그러할 뿐 아니라 천주교 이외의 서양과 서양인을 모르던 당시인으로서는[38] 또한 그렇게

---

36 원문에는 '北京 있는'으로 되어 있으나 문맥상 '북경에 있는'이 적절해 보인다.
37 원문에는 '北京'으로 되어 있으나 문맥상 '북경에'가 적절해 보인다.

생각되었을 것이 무리가 아니다. 또한 그들 양반 청년들이 어느 정도의 시민적 개혁과 실증적 학문에 대해서 정열을 가지고 있었다 하더라도 그들은 역시 군주주의자였고 성리학으로부터의 점진 이상의 것을 희구하지 아니했던 것으로[39] 보아 지나에 왔던 초기 천주교라는 것은 그들의 싹트기[40] 시작한 근대의식과 모순하지 아니했을 것이다.

그러나 평민이나 농민간에 전파되던 천주교라는 것은 이와 좀 성질을 달리하는 점이 있다. 천주의 아들로서 모든 사람이 형제라는 소박한 관념은 일군一君 아래 형용할 수 없는 사회적 차별의 구속 밑에 살아오는 그들에게 일대 복음이 아닐 수 없다.

일군 아래 다 같은 신하요 백성이기를 욕구하고 있는 그들 가운데 그러므로 천주교는 들어오자마자 문자대로 요원지화燎原之火의 세勢로 전파된 것이다. 요컨대 준엄한 봉건적 분제分制에 대한 불만과 그것의 타파의 요구와 소박한 천주교의 설교는 우연히 일치한 것이다. 우리는 이러한 사실의 토대가 된 당시에 있어 중인의 성장과 피폐한 농민의 상황을 충분히 염두에 넣어둘 필요가 있다.

요컨대 전체로서 이조 말기에 있어 천주교의 수입은 이조 봉건제 붕괴의 중대한 자극물이었고 촉진제였다.

×

그러므로 이조 정부는 전력을 다하여 이것의 방어에 당當한 것이다. 새 문화는 언제나 낡은 문화의 붕괴의 폐허 속에서 생탄生誕하는

---

38 원문에는 '當時人이로서는'으로 되어 있으나 '당시인으로서는'의 오식으로 보인다.
39 원문에는 '것으리'로 되어 있으나 '것으로'의 오식으로 보인다.
40 원문에는 '싹드기'로 되어 있으나 ' 싹트기'의 오식으로 보인다.

것이기 때문에, 우리의 신문화도 먼저 생탄의 순간부터 오랫동안 창조적으로서보다[41] 파괴적인 것으로 존재하여온 것이다. 예하면 실학을 우리는 조선에 있어서 근대적 문화의 단초라고 말하고 있으나, 그 실은 주지하듯 아직[42] 그것은 자기의 형이상학과 체계를 아니 가진 단편의 학문임에 지나지 아니했다.

그 가운데서 오직 우리는 신문화에의 지향을 이른바 실사구시의 정신 가운데서 발견할 따름이다. 그러나 어째서 실학의 의의가 거대하냐 하면은 그것은 실로 공허한 성리론적 사변의 반反명제이기 때문이다. 그것의 의의는 그러므로 성리를 위주로 한 유학의 권위를 실망시키고 그것의 와해瓦解[43]를 촉진한 데 있다.

실학 그 자체 가운데는 유학이 세계의 문화상에서 차지하는 독자적인 가치도 없거니와 또한 서구의 사학斯學이 달성한 것과 같은[44] 세계적 의미를 갖는 발견도 있지 아니하다. 그러므로 먼저 말한 것과 같이 그 지향 그 성질에 있어서 그것은 신문화일 따름이다. 그러나 성리론의 공허한 사변과 대립하는 데는 위선 무엇보다 실사구시의 정신이 선행하여야 하는 것은 동서가 다름이 없다. 그러므로 실학이란 평인이나 민간의 천주교 신앙과 같이 구문화 붕괴의 한 과정이며 그것의 표현이다. 천주교의 수입도 또한 그것이 근소한 과학적 선물을 대동하였다 하더라도 신문화 위에 끼친 공적이라는 것은 역시 실학의 생성이나 평등사상의 조성을 통하여, 혹은 전래 신앙의 와해[45]를 통하여, 또는

---

41 원문에는 '創造的으로서 모다'로 되어 있으나 문맥상 '창조적으로서보다'가 적절해 보인다.
42 원문에는 '하즉'으로 되어 있으나 '아직'의 오식으로 보인다.
43 원문에는 '互解'로 되어 있으나 '瓦解'의 오식으로 보인다.
44 원문에는 '까은'으로 되어 있으나 '같은'의 오식으로 보인다.
45 원문에는 '互解'로 되어 있으나 '와해'의 오식으로 보인다.

직접으로 구문화 질서 가운데의 침입으로써 낡은 문화의 와해[46]를 촉진한 데 의의가 있다. 오히려 창조적으로 신문화 건설에 기여하고 협력한 것은 개국 이후 조선에 들어온 신교新敎에서 볼 수가 있다.

언어·교육·언론·과학 등의 보급을 통하여 신교는 반세기간 신문화 육성의[47] 유력한 협조자였다. 그러나 신교 자신自身[48]도 조선의 신문화 건설의 원조가 직접의 목적은 물론 아니었다.[49] 외교기관과 같이 들어오고 상인과 같이 들어와서 정치와 상업의 예봉을 어느 정도까지 유柔하게 만드는 게 그 주요 목적이었을는지도 모른다. 그러나 여기에서도 그 숨겨진 의도를 물을 필요는 없다. 현해탄을 건너온 개화 일본의 세력과 같이 영미를 배경으로 한 신교가 우리 신문화 건설 위에 끼친 공로는 길이[50] 잊혀지지 아니할 것이다.

신교에 대하여 자세히 이야기하지 못함은 유감이나 다음의 기회가 또 있겠기에 극히 조약粗略히나마 이것으로 각필擱筆한다.

---

46 원문에는 '互解'로 되어 있으나 '와해'의 오식으로 보인다.
47 원문에는 '育成이'로 되어 있으나 문맥상 '육성의'가 적절해 보인다.
48 원문에는 '自信'으로 되어 있으나 '자신(自身)'의 오식이다.
49 원문에는 '하니었다'로 되어 있으나 '아니었다'의 오식으로 보인다.
50 원문에는 '기꾀'로 되어 있으나 '길이'의 오식으로 보인다.

문예시평*
여실(如實)한 것과 진실(眞實)한 것

✕

박태원朴泰遠 씨의 「투도偸盜」를 읽으면서 나는 이 소설을 집어던지지 않고 읽어 내려가는 이유가 어디 있는가 하는 것이 문득 생각나서 '여실如實하다'는 문구文句가 머리에 떠올랐다.

무미無味한 이야기, 건조한 서술, 지리한 사실事實, 아무래도 독자를 매료할 요소가 있지 않다. 작자일지라도 감동을 가지고 이 작품을 쓰지는 아니했을 것 같다. 결코 창작의식의 고조라는 것은 느껴지지 아니하는 소설이다. 이 작품이 만들어진 동력動力이라는 것은 필시 소설가의 인내력을 제하고는 없을 것이다. 허나 독자라는 것은 인내력을

• 『삼천리(三千里)』, 1941.3.

가지고 즉, 고통을 참아 가면서도 남의 소설을 읽는 것은 아니다. 예술작품의 감상鑑賞에 있어선 고통이라기보다도 일반一般으로 어떠한 의무감일지[라]도 구애되기를 싫어하는 것이다. 그러한 것이 비록 극히 유용하고 때로 고귀한 것일지라 독자에게 어떤 요구의 태세를 취할 제 흔히는 책장을 덮는다. 다시 말하면 소설은 참아가면서 읽는 것이 되지 못한다. 허나 소설가들에게는 인내력이란 것이 필요하다. 표현이란 결국 감동感動의 억제抑制[이]기 때문이요, 또한 형성形成하는 고통의 산물이기 때문이다. 이것을 다른 말로 하면 독자를 괴롭히지 않고 읽히는 수단을 만들어 내기 때문이다. 즉 강권强勸하지 않고 끝까지 독자를 잃지 않는 소설은 먼저 거기에 씌어진 이야기[가] 거짓말은 아니라는 정도의 신용을 얻을 필요가 있다. '여실하다.' 이것은 결국 작자 혹은 작명作名에 대한 독자의 최저 신용 수준이다. 돌이켜서 「투도偸盜」를 여실하기 때문에 끝까지 읽었다는 말은 작자를 신용하고 읽었다는 말에 지나지 아니한다. 요컨대 거짓말은 아니었다.

허나 거짓말은 아니라는 것과 참되다는 것은 비슷하면서도 상당히 의미가 다른 말이다.

거짓[1]은 아니라는 것은 작자가 쓴 것은 긍정肯定한다는 수동적受動的 의미요, 참되다는 것은 작자가 아니 그럴지 모르겠다고 의심할 때라도 자청自請해서 아니 그것은 그렇다!고 역점力點을 묻혀 말하는 능동적能動的[2]인 의미를 가지고 있다. 그러므로 여실하다는 것은 표현과 기술에 관한 기준이요, 진실眞實하다는 것은 표현과 기술을 넘어서 본질적인 부분에 관계되는 근원적인 기준이다. 그러므로 소설에서소설뿐 아니지만 진실하기 위하여는 먼저 여실해야 하나, 여실은 하나 진실하지

---

1 원문에는 '그것'으로 되어 있으나 '거짓'의 오식으로 보인다.
2 원문에는 '態動的'으로 되어 있으나 '能動的'의 오식으로 보인다.

는 미처 못할 경우가 있다. 따라서 진실한 것에는 감동하는 것이나 여실한 것에는 동감同感하는 데 그치는 것이다. 사실 「투도」를 읽고 여실하다는 문구를 생각한 나의 감상感想 속에는 작자에의 동감同感이 숨어 있는 것을 발견할 수 있는 동시에 감동하지 못한 불만도 표현되어 있었던 것이다. 이것이 또한 「투도」의 작자가[3] 주로 인내력에 의하여 작품을 썼으리라는 호기적인 상상을 해본 근저이기도 하다.

이것은 또한 「투도」가 분명히 소설의 기술에 의하여 씌어졌다는 사실의 설명도 되는 것이다. 왜 그런고 하니 소설의 기술이라는 것은 소설적 픽션을 독자로 하여금 여의如意하게 느끼도록 만드는 수단의 총화이기 때문이다.

×

그러면 진실하다는 것은 어떠한 것일까? 먼저 그것은 기술을 초월하여 본질적인 부분에 관계되는 근원적인 것이라는 추상적인 말은 했는데 물론 우리가 알고 싶은 것은 구체적인 경우다.

『인문평론人文評論』에 실린 현민玄民의 「산울림」이라는 소설이 있다. 그 소설 끝에 가서 주인공이 산에 올라 '라 마르세즈La Marseillaise'[4]를 부르는 장면이 있는데 거기서 우리는 그럴듯하다는 정도를 좀 넘어 차! 하는 감탄사를 섞어 가벼운 감동을 맛볼 수 있는 사실에 접할 수 있다. 그러나 낡은 동지와 늙은 애인과 돌아오지 않는 청춘을 '라라라' 몇 마디 노래에서 불러보는 회고의 감상에서 우리가 느낄 수 있는 진실이란 무엇일까? 인생이란 덧없구나 하는 영탄詠嘆일까, 혹은 가 버리면

---

3 원문에는 '作者로'로 되어 있으나 문맥상 '작자가'가 적절해 보인다.
4 원문에는 '라─르세─유'로 되어 있다.

그만인 인생에 대한 참회懺悔인가? 현대에 있어서 진실한 것이란 하나의 윤리일 수 있는 물건이라야 하지 않을까? 영탄과 참회가 그것이 될 수 없는 것은[5] 자명한 일이다. 즉 「산울림」도 여실하면서 진실하지는 아니한 소설이다. 동同 작자의 『춘추春秋』에 실린 「젊은 아내」란 소설은 거기에 비하면, 독자에게 타이프라이터를 치는 '마미'라는 여자는 우리가 흔히 '아내'라고 이름하는 여성에 비하여 새로운 여자이고, 또 새로운 여자이어야 한다는 당위를 수긍하길 요구하는 작자이다. 요컨대 작자는 독자에게 스스로의 생각을 진실로 향수享受하라고 요구한 것이다. 그것은 독자가 받아들이지 아니하는 한 진실되지 못할 것은 물론이거니와 독자를 강요하는 점에서 또한 여실하기도 어려울 수밖에 없었다. '마미'를 만나보고 김모의 부인이 느끼는 야릇한 패배감이라는 것은 결코 거짓말이 아닐 것이다.[6] 두 여자가 서로 서로 생각하는 것은 여실히 그리는 속에서 진실한 것에 통하는 길이란 것이 열릴 것임에 불구하고, '마미'의 승리에 대하여 작자는 최초부터 끝까지 의심하려 하지[7] 아니했다. 더 명백한 말로 하면 부인과 타이피스트는 구舊와 신新의 관념을 대변하였기 때문이다. 과연 그러한 것이 신구의 본질이고, 또 사실에 있어 그렇다 하더라도 인물을 유형을 만든다는 것은, 흔히 대중소설이나 그전 경향문학傾向文學이 써 오던 전도前道가 있는 것이라 숙려熟廬 없이 전철을 밟기가 두려운 일이다.

헌데 환심歡心이라는 것이 진실한 것과 중대한 관계가 있음을 벌써 이 두 소설에서 대강 알 수 있었는데, 김남천金南天 씨의 「맥麥」에 이르러서는 작자가 진실한 것의 발견을 위하여 명백하게 관념을 추구하

---

5 문맥상 '것은'이 빠진 것으로 보인다.
6 원문에는 '아니리 아니했다'로 되어 있으나 문맥상 '아닐 것이다'가 적절해 보인다.
7 원문에는 '마지'로 되어 있으나 문맥상 '하지'가 적절해 보인다.

고 있다는 사실을 지적할 수 있다. 김남천 씨는 모든 작자에게 관념의 작자였다는 점에서 씨의 작품의 관념 추구는 주목할 만하다. 관념을 추구한다는 것은 작가에게 있어 본능적으로 관념이란 것이 진실한 것과 맺고 있는 관계가 의식되기 때문인데, 그러나 관념의 추구를 통하여 과연 진실은 발견되는 것일까? 먼저 우리는 「투도」를 이야기할 제 소설에 있어 진실한 것으로 통하는 좁은 문은 여실한 것이라는 말을 한 일이 있다. 여실한 것의 고조된 정점에서 우리는 그렇듯! 하고 탄성을 발하는 수가 있는데, 거기에서 우리가 주의할 점은 우리의 감동의 근원은 소설 감상鑑賞에 있어 항상 진실된 관념에서가 아니라 진실된 여실성如實性에서 오는 사실이다. 그러므로 우리는 그 감동의 순간을 여실한 것의 정점이라고 말한 것이다. 우리의 마음 가운데서 여실한 것의 절정이 물러간 뒤 비로소 진실한 것의 관념이란 것은 생겨나는 것이다. 그러므로 진실한 것의 관념이란 말은 실상 스스로 모순되는 말이라 아니 할 수 없다. 왜 그러냐 하면 진실이란 감동하는 순간의 상황이기 때문이다. 즉 여실한 것의 절정이 아직 우리의 마음속에 있고, 진실한 것의 관념이란 것은 미처 생겨나기 전의 형상形象과 관념의 미분명未分明 상태를 가르쳐 말하는 것이기 때문이다. 그러므로 여실한 것의 절정이 지난 뒤이기도 하며, 바로 현실의 정점이 지난 뒤이기도 하며, 또는 사고의 정점이 지난 뒤이기도 하다.

그러므로 관념의 추구를 통하여 진실에 도달하려는 소설적 기도라는 것은 직접으론 관념에서 진실로 들어갈 수는 없는 것이다. 관념의 추구를 통하여 사람이 도달할 수 있는 것은 철학에서 말하듯 진리가 있을 뿐이다. 역시 관념은 여실한 것의 영역으로 돌아오지 아니할 수 없다. 여실한 것을 통하면서 관념이란 것이 자기를 생명 있는 것, 형체形體 있는 것으로 바꿔지지 아니하면 아니 된다. 모든 것이 여실한 것이 되기 전에는 진실한 것의 좁은 문은 영원히 열리지 아니하는 것이다. 「맥麥」은 가까이는 거동去冬에 발표된 「경영經營」의 속편이요, 멀리는 「낭비浪費」의 연장인데, 첫째 지적되어야 할 점은 이 관념성이다. 즉 관념의 추구를 통하여 진실한 것으로 들어가 보겠다는 절망적 사업을 위하여 작자는 먼저 새 관념이란 것을 결정할 필요에 직면하였다. 왜 그러냐 하면 주지와 같이 김남천 씨가 가졌던 그 전 관념은 그 자신에 의하여 계절季節 지난 외투처럼 폐물이라 생각되었기 때문이다. 여기에 길게 그런 것을 소개할 필요는 없으나 「맥麥」에도 나와 있는 '나를 위해서 살아야 한다'든가 '살기 위해서는 수단을 가지지 말아야 한다'는 일종 상식화된 마키아벨리즘, 어떻게 보면 프래그머티즘이라고도 볼 생각이 그의 최근 1,2년간 소설의 지주가 되어 있는 관념이다. 이것은 그의 문학관에도 나타나 있어 제백사除百事하고 소설이 살아야 한다는 문학적 수단불관론手段不關論이 되어 있는 것이다. 헌데 인간에 있어서나 소설에 있어서나 수단이 목적과 상관하고 있는 것은[8] 소설에서 여실과 진실이 관계하고 있는 것과 매 한가지다. 왜 관념의 채택이란 것이 그에 있어 급선무였는가 하는가 하면 그가 관념 없이는 소설 쓰기 어려운 작가였다는 소질과 또 새 시대에 살려면 새 관념이 필요했다는 단순한 이유에서다. 관념의 전후前後 변전變轉을 그가 애써 연건聯建붙이려고 든 것도 또한 그의 새 관념의 시민권을 위하여 역시 수단을 가릴 필요가 없기 때문이다. 허나 소설에서는, 이 아니라, 소설에서야말로 수단은[9] 미대美大한 의미를 정呈하는 것이다.

벌써부터 시작하여 「맥麥」에서도 흔적이 역력한 통속소설은[10] 소설

---

8 원문에는 '것을'로 되어 있으나 '것은'의 오식으로 보인다.
9 원문에는 '手段을'로 되어 있으나 '수단은'의 오식으로 보인다.

에 있어 여실성이란 수단을 무시한데서 오는 소설의 한 보복報復이다. 어떤 평론가가 말한 것처럼 그는 경조부박輕佻浮薄한 풍속風俗을 통하여 진실을 보려는[11] 것이 아니라 풍속의 진실성을 믿으려고 하고 있는 것이다. 그러므로 풍속까지를 포함한 사회의 현상現象 부면部面에서 일어나는 온갖 우연한 것이 진실의 논리로 바꿔지면서 그의 소설에는 예술성과 통속성이 혼돈되어 버린다. 그의 소설이 여실치 아니한 많은 부분을 가지고 있는 것은 또한 이 여실한 것의 경시에서만 오는 것이 아니다. 관념의 비진리성非眞理性에서도 유래한다. 소설에 있어 관념은 진리일 때에만 소설의 여실성과 모순하지 아니한다는 것은 주지의 일이나 김남천 씨와 같은[12] 경우에서 관념의 비진리성이 곧 소설의 비진실성非眞實性뿐만 아니라, 그 비여실성非如實性을 초래하리라는 것을 용이하게 상상할 수가 있다.

요컨대 그가 관념의 작가일 수밖에 없다는 약점은[13] 현재에 있어 그가 사로잡힌 진리일 수 없는 관념과 더불어 그의 소설에 이중二重으로 언짢은 결과를 나타내고 있다. 하나는 관념적 문학임을 면免치 못하는 점에서, 또 하나는 통속화通俗化의 점에서 「맥麥」과 같은 작품은 그의 전작 「경영經營」과 더불어 그로 하여금 사려思慮 있는 작가로서의 성장을 방해하고 있다.

작자는 일언一言으로 말하면 모든 현대인을 '으제니 그랑데' 시대의 인물로 색칠하고 있는 것이다. 오시형吳時亨과 그 애인의 관계와 성격, 또 그 여자와 시형과의 관계와 성격 등이 모두 작자의 관념으로 여실

---

10 원문에는 '通俗小說의'로 되어 있으나 '통속소설은'의 오식으로 보인다.
11 원문에는 '몰냐는'으로 되어 있으나 '볼냐는'의 오식으로 보인다.
12 원문에는 '같을'로 되어 있으나 '같은'의 오식으로 보인다.
13 원문에는 '弱點을'로 되어 있으나 '약점은'의 오식으로 보인다.

하지도 진실하지 않게 되어버렸다. 목적을 위하여 수단을 가리지[14] 않는 것이 현대의 윤리인지? 이 작자에게 시일時日을 오래 격隔해서 다시 한번 물어보고 싶은 과제다.

×

『삼천리三千里』에 실린 한설야韓雪野 씨의 「아들」을 읽고 나서 곧 느낄 수 있는 것은[15] 이 작가에게서 어느덧 「이녕泥濘」을 쓰던 전후의 흥분이 사라진 점이다. 그러나 제작적制作的인 긴장이 풀어졌다는 의미의 말은 아니다. 「아들」은 분명히 그럴게다 하고 수긍할 수 있을 만큼 작자의 제작자로서의 손의 긴장은 풀리지 않고 끝까지 지속되었다. 공부를 시키려고 애를 쓰던 아들이 입학시험에 2년씩 낙제落第를 하고 남의 집 용인傭人으로 들어가는 과정이 줄기차게 그려졌으나 그러나 그 아들에 대하여 아비는 희망도 아니 가진 대신 또 낙망落望의 기색도 나타내지 않고 있다. 허나 술을 먹는 데 이르러서는 역시 「이녕泥濘」과 「술집」 등의 울발鬱勃한 기분에 접할 수 있으나, 여기 와서 우리가 발견할 수 있는 것은 아들이 타온 월급으로 술을 먹고 몇 푼 안 남은 봉통封筒을 들여다 보매 "암만 해도 바닥이 보이지 않으니…… 하면 술을 칵 처먹고 죽었다가 살아 날 수는 없나" 하는 일종 야릇한 답답증症이다. 진실이라기는 두렵고 거짓이라기엔 단언斷言할 용기가 없는 장면場面, 이것과 목적을 위하여 수단을 가리지[16] 않는 것을 현대 윤리라고 믿는 생각의 우심尤甚한 거리에 우리는 새삼스레 놀

---

14 원문에는 '가지지'로 되어 있으나 문맥상 '가리지'가 적절해 보인다.
15 원문에는 '것을'로 되어 있으나 '것은'의 오식으로 보인다.
16 원문에는 '가지지'로 되어 있으나 문맥상 '가리지'가 적절해 보인다.

라지 아니 할 수 없다.

우리는 유토피아를 그 옵티미즘 때문에 믿을 수 없다는 사람에게 동감할 수 있다면 또 한 편으로 시니시즘[17]을 그 퇴폐성과 무위無爲때문에 믿기 어렵다는 말에도 동감하여야 할 것이다. 허나 그 가운데의 길이 수단불관론手段不關論이 아닌 것만은[18] 단언할 수가 있다.

×

여하간如何間 진실한 것이란 많은 사람이 긍정하고 있는 것 가운데 참여한다는 의미만은 아니다. 관념이란 것은 최량最良한 경우에 일지라도 우리에게 공동共同한 것의 한 부분을 나누어주는 데 불과하다. 그것은 어디까지나 남의 것으로서의 생소함을 면치 아니한다. 요는 우리가 즐겨 자취自取하는 이 가치를 가져주는 데 결정적決定的이다. 다시 말하면 우리 자신에 의하여 당연한 것이고, 때로는 열애熱愛라는 것이[19] 많은 사람 가운데 존중돼 그것이 드디어는 멸滅하지 아니하는 의미를 함축해야 한다. 무엇이 그러한 것이고 간에 이것이 또 지금에 없는 것이어서는 아니 된다. 예하면 지나간 날에는 통용되던 것이건만 하는 감상感傷이나, 혹은 꼭 미구未久에 그것이 성립할텐데 하는 것이어서는 신앙信仰의 대상이나 연모戀慕의 상대는 될지라도 진실한 것은 아니 된다. 진실되다는 것은 우리가 스스로 순간마다 그것에[20] 경탄하는 것이 아니면 아니 된다. 박노갑朴魯甲 씨의 「백년일일百年一日」이란

---

17 원문에는 '러시니즘'으로 되어 있으나 '시니시즘'의 오식으로 보인다.
18 원문에는 '것만을'로 되어 있으나 '것만은'의 오식으로 보인다.
19 원문에는 '것의'로 되어 있으나 '것이'의 오식으로 보인다.
20 원문에는 '그것의'로 되어 있으나 문맥상 '그것에'가 적절해 보인다.

소설에서 보듯 항상 오늘 소용되어 주는 반면反面을 가지고 있지 아니하면 아니 된다. 「백년일일」은 동감할 수 있는 사고와 더불어 작자가 가지고[21] 있는 여실한 표현의 능력이 상승하고 있음을 증좌證左하는 소설이다. 그러나 오늘 당장에 소용되어 주는 것만이 모두 진실하냐[22] 하면은 그렇지 아니한 것이다.

그러므로 근자近者의 소설이 일상세계나 생활주변生活周邊[23]을 배회하면서 끝내 거기에 안주하는[24] 것이 아닐까? 일상생활에서 모든 것은 당장에 소용되지 아니해서는 아니 된다. 그러나 문학이 관계하고 있는 것은 채만식蔡萬植 씨가 「근일近日」에서 이야기하고 있듯 어느 때나 존중되는 일반적 의미를 갖는 것은 아니다. 일반적 의미라는 것은 또한 진실한 것이 항상 순간마다 그것이 아니면서 종래에는 도달하려고 하는 지점이 아닐까? 「근일近日」과 같은 거칠고 지리하고 완전감完全感 없는 소설에서 우리는 작자의 이러한 근저根底의 불안과 초조라는 것을 상상할 수가 있다.

이 밖에 이야기하고 싶은 소설이 있으나 계속 중의 것도 있고, 지면도 넘어서 그만 할애하니 필자 역亦 섭섭한 일이다.

---

[21] 원문에는 '가리고'로 되어 있으나 '가지고'의 오식으로 보인다.
[22] 원문에는 '眞實하여'로 되어 있으나 문맥상 '진실하냐'가 적절해 보인다.
[23] 원문에는 '因邊'으로 되어 있으나 '周邊'의 오식으로 보인다.
[24] 원문에는 '安住하지 못하는'으로 되어 있으나 문맥상 '안주하는'이 적절해 보인다.

농촌과 문화[•]

×

　동양은 일반으로 농업지대라고 말 할 수 있다. 상세詳細한 통계는 매거枚擧할 수 없으나 현재라도 인구를 직업별로 분류한다면 농업에 종사하는 자가 절대 다수를 점하고 있을 것이다. 물론 직접으로 농경에 종사하는 인구만을 계산한다면 예상보다 적을지 모른다. 그러나 농업 가운데는 축산・잠업・임업, 그타他 여기에 준할 수 있는 산업이 포함될 수 있는 것으로 이러한 사정은 국별國別이나 지방별에 따라 약간의 차이는 있다 할 수 있으나 동양 전반을 통하여 근본 성격은 공통되리라 믿는다.

• 『조광』, 1941.4.

그 가운데서 그 중 공업화되었다고 하는 일본을 예 든다 하여도[1] 우리가 주지하듯 국가의 주요 산업은 농업이요, 기본 인구는 역시 농민이다. 이러한 사정은 동양에 있어 생산력이 발전이 아직 저위低位에 있는 것, 자세히 말하면 공업 생산이 전全 인구의 생활과 사회 기구機構[2]를 근본적으로 개조할 만큼 보편화普遍化[3]·고도화되지 못했음을 의미한다. 이러한 상태의 기저에는 물론 지나支那나 인도에서 볼 수 있듯 동양의 광대한 지역이 서구 열강의 식민지 내지는 반半식민지적인 지배 하에 있기 때문이다. 이 정치적 사정은 퍽 중대한 원인이 되어 있다. 그러한 정치적 조건 하에서 농업국은 선진 제국諸國에게 원료를 제공하고 그들에게서 가공 상품을 매입하기 때문에 자연 동양 제국은 서구 제국에 대하여 실로 광대한 촌락의 의미를 가진 데 불과하였다.

그러나 서구 제국과의 교섭 당초부터 독립한 국가로서 당당히 그들의 기술을 수입하고 또 그 수준을 초월하는 방향을 걸어 한 세기가 가까운 일본이 부분적으로는 고도의 공업화 수준에 도달했으면서도 전체적으로는 아직껏 농업국으로서 역域을 넘지 아니하고 있는 원인은 어디에 있을까? 거기에는 지나나 인도에 작용하고 있는 정치적 이유 이외에 다른 이유, 즉 먼저 말한 생산력의 저도低度, 공업의 비非보편화 비非고도화에서 원인을 구하지 아니할 수 없다. 1세기 가까운 기간에도 미처 그러한 제諸 조건이 극복되지 아니한 이유는 또 여러 가지 점에[서] 구할 수 있을 것이나, 일언으로 우리는 여태까지보다도 더 장구한 시간과 노력을 필요로 한다는 말은 충분히 확신을 가지고 할 수 있을 것이다. 왜 그러냐 하면 부분적으로 도달된 공업화의 고

---

1 원문에는 '하야'로 되어 있으나 문맥상 '하여도'가 적절해 보인다.
2 원문에는 '構機'로 되어 있으나 '機構'의 오식으로 보인다.
3 원문에는 '普通化'로 되어 있으나 '普遍化'의 오식으로 보인다.

도高度라는 것은 국가생활 전반에 긍亘한 생산력의 지표가 되는 것은 아니기 때문이다. 생산력의 전체적인 향상의 지표라는 것은 공업에서만 아니라 농경의 공업화·기계화에서 구해지기 때문이다. 그러므로 이러한 경우에 있어 나타나는 현상은 생산력 발전의 불균형이다. 공업 그 중에도 특정한 영역에 있어 선진국의 수준을 능가할 만한 고도에 도달되어 있는가 하면, 농경에 있어서는 수십 년 래來에 종래 불변不變해오는 저도低度 생산력이 의연히 지배적으로 되어 있다. 이러한 현상은 농업국이 단시일에 선진 제국의 생산 수준을 추급하는 데서 불가피하게 결과하는 상태다. 그러므로 이러한 국가에 있어 농촌문제라는 것은 결국 국가의 고도 생산력을 보편화하는 문제에 불과하다. 따라서 이러한 문제가 다른 반면에서는 농촌의 공업화란 형식으로 제기되는 예를 우리는 또한 볼 수가 있는 것이다. 그러므로 이러한 경우에 있어 농촌이란 것은 항상 공업화되지 아니한 지방, 바꿔 말하면 아직 고도화된 생산력의 혜택을 받지 못하고 있는 지역으로서의 의미를 갖게 된다. 그것은 곧 국토에 있어서 근대화되지 아니한[4] 지방임을 의미하게 된다. 그러므로 동양을 일괄하여 농촌지대라고 하는 말이 정곡正鵠을 얻은 것이라면, 그 말은 곧 동양은 후진지대라는 말과 같은 의미를 갖게 되고, 또한 농업과 공업의 유리遊離, 농촌과 도시의 차이라는 문제는 이러한 후진 지방에서 그 중 티피컬하게 제기되는 것이라고 말할 수가 있다. 왜 그러냐 하면 양자의 거리란 전술前述한 바와 같이 공업의 일방적인 고도화와 농업의 일방적인 정체 가운데서 최대한으로 표현되기 때문이다.

농민을 다스리는 자가 천하를 다스린다는 말은 고대에만 통용되는

---

4 원문에는 '아니아니한'으로 되어 있으나 '아니한'의 오식으로 보인다.

것이 아니다. 오늘날에 있어서도 현실적인 의의를 표시하고 있는[5] 것은 농촌이 아직도 현실 상에서 막대한 의의를 가지고 있기 때문이다.

즉 농촌은 현대의 농업국에 있어서도 결국 부차적 현실이 아니라 결정적인 현실이기 때문이다. 다시 말하면 농촌의 문제는 아직도 국가에 있어 결정적 현실의 문제다. 그러므로 농촌의 문제는 항상 국가나 사회의 전체적 동향이 문제될 때면 반드시 제기되는 것이며, 국민과 사회 성원의 통일이 필요할 때면 또한 반드시 농민의 거대한 자태가 전면에 나타나는 것이다. 농민이란 명치유신과 문명개화에서 볼 수 있는 최초의 근대화의 시기로부터 금일에 이르도록 국가사회가 거대한 동태를 취할 때마다 역사적 현실의 한가운데로 등장한 수삼차數三次의 사실에서 우리는 이러한 예를 볼 수가 있다. 그 등장이란 것은 결코 일찍이 안일한 사조가 생각하듯 단순한 계몽의 대상이라든가 혹은 기술 수여의 대상이라든가 하는 소극적 성질의 것이 아니라 무시할 수 없는 현실로서 자기의 압력壓力을 대동한 것이었다.

오늘날 제국帝國의 장기전 하에서 총후銃後의 문제가 초미의 과제로 제기되면서 무엇보다 먼저 내외지內外地를 통한 농촌의 현실이란 것이 자태를 나타낸 것은 전혀 이러한 역사적·현실적 사정에 유래하는 것이다.

그것은 결코 국민적 결속結束[6]의 강화의 문제라든가 국가적 태세의 정비라는 이른바 시국적인 화제가 아니라, 거듭 말하거니와 실로 역사적 현실의 최대의 내용의 하나로서의 의의를 갖는 것이다. 왜 그러냐 하면 소극적으로는 생산력, 국가기구 가운데 서있는 불균형을 시정하기 위하여, 적극적으로는 국가사회 전체를 고도의 정치적·경제

---

[5] 원문에는 '있지 아니한'으로 되어 있으나 문맥상 '있는'이 적절해 보인다.
[6] 원문에는 '結果'로 되어 있으나 '結束'의 오식으로 보인다.

적 수준으로 향상시키기 위하여 문제의 중심은 항상 농촌에 있기 때문이다.

X

그러면 문화문제의 하나로서의 농촌이 된 것은 어떠한 것일까. 먼저 우리는 동양에서[7] 혹은 농업국에서 특히 농촌문제가 제기되는 것은 그곳이 후진 지방이기 때문이라 했다. 그러면 결국 문화문제의 대상으로서의 농촌이란 것은 문화적으로 뒤떨어진 지방, 미처 발달하지 못한 인구의 문제라고 생각할 수가 있지 아니할까? 사실 현대문화의 수준에서 볼 때 농촌이란 것은 문화화되어야 할[8] 대상의 문제다. 그러나 농촌이란 것이 단순히[9] 교육되어야 할 지역, 혹은 농촌이란 것이 향상되어야 할 민도民度의 문제로서 그러느냐 하면 그렇지 못한 사정이 우리의 현실 가운데 있다. 그것은 주지와 같이 동양의 현대문화란 것이 내지와 조선을 물론하고 일반으로 이식 문화이기 때문이다. 높은 문화의 이식이 그르다는 것은 아니다. 그것은 전통주의의 한 과오過誤에 속할 따름이다. 그러나 이식문화라는 것은 이식하는 편에서 보면 문화적 창조의 한 전前 계단에 불과하다. 문화의 이식은 창조의 한 계기가 되지 아니하면 아니 된다. 그러므로 동양의 현대문화 혹은 내지나 조선의 현대문화가 아직도 문화이식의 시대를 초월하고 있지 못하다고 하면, 우리의 시대는 아직 창조의 시대를 개시하고 있지 못하다는 의미가 된다. 이식된 문화는 주지와 같이 전통을 토대로

---

7 원문에는 '東洋을'로 되어 있으나 문맥상 '동양에서'가 적절해 보인다.
8 원문에는 '되여할'로 되어 있으나 '되어야 할'의 오식으로 보인다.
9 원문에는 '眞純한'으로 되어 있으나 문맥상 '단순히'가 적절해 보인다.

하여 비로소 창조적 과정에 오르는 것이다. 따라서 우리의 현대문화가 미처 이식성을 초탈하지 못하고 있다는 말은 결국 이식된 문화와 전통문화의 교섭이 정당히 수행되어 있지 못하다는 의미다. 이러한 현상은 전술前述한 생산이나 기술에 있어서와 같이 단시일에 급격한 근대화의 과정을 통과함에 있어 뒤떨어진 문화가 불가피적으로 정묵하는 성격이다. 무엇보다도 초미의 급무는 서구의 문화를 이식하는 데 전력專力하지 아니할 수 없었던 것이 우리 현대문화의 운명이었다. 전통과의 교섭이라든가 거기로부터 오는 창조적 장래라는 것은 미처 배려할 여유를 가지고 있지 아니했다는 것이 문화사적 현실이었다. 만일 이 기간동안에 전통과 창조에 대한 의욕[10]을 가졌었다면 그것은 낭만적 회고에서든가 유토피아적 희구에 지나지 아니했을 것이다. 그러므로 농촌이라는 것은 현대에 있어 문화전통의 유력한 기반으로서의 의미를 가지게 된다. 농촌에는 낡은 생산과 낡은 생활이 있을 뿐만 아니라 낡은 문화가 있다는 데 중요한 의미가 있다. 물론 낡은 문화의 전통이 전혀 농촌 가운데 보존되어 있다는 데는 약간 음미할 여지가 있다. 즉 외래문화에 대하여 전통이라고 평가할 문화는 농촌에만 아니라 오히려 과거의 궁정 속에 혹은 서민 속에 보다 더 유력한 재산이 되어 축적되어 있을지도 모른다. 그러나 농촌이 또한 그러한 문화전통 중에 중요한 자莊를 가지고 있을 뿐만 아니라 우리의 농촌 가운데는 궁정문화나 서민문화 가운데서도 이미 소멸되어가고 있던 고유문화의 오리지널리티가 함유되어 있다는 중요한 사실을 무시해서는 아니 된다. 그것은 고대의 문화다. 내지나 지나의 고대문화의 전승 경로는 별문제로 하고라도 조선의 고대문화는 주로 농촌을 통

---

10 원문에는 '意義'로 되어 있으나 문맥상 '意慾'이 적절해 보인다.

해서 전승될 고유한 조건이 또한 근대 이전의 조선문화 가운데 있었다. 조선문화란 근대 이전에도 역시 이식문화의 성격을 가지고 있었다는 특수사정에 유래하는 것이다. 수·당隋·唐[11] 문화의 동점東漸 이후 반도의 제諸 시대가 주로 지나문화의 이식에 의하여 형성되고, 근대에 이르기까지 그 역域을 넘지[12] 못하고 있었던 때문이라는 것은 필자가 연전年前에 시험한 어느 논책論策 가운데 피력한 바와 같다.

상층과 하층의 엄격한 아세아적 격절隔絶 가운데서 상층은 주로 이식된 지나문화에 의하여 생활하고, 하층은 주로 고유문화의 연장 가운데 기幾천년을 살아왔기[13] 때문에 몇 차례 왕조 문화가 찬란한 성과를 남겼음에 불구하고 조선의 고古문화는 주로 하층인민의 머릿속에서 연명해올 수밖에 없었다. 이러한 상하의 문화적 격절의 회복과 고대문화의 부흥이 근대에 와서 수행될 기회라는 것은 물론 서구의 르네상스에서 볼 수 있듯이[14] 서민문화—시민문화의 건설을 통하여 할 것임은 물론이다. 그러나 주지와 같이 조선의 서민문화는 아직 시민문화라고 불러질 수 없을 만치 유소幼少할 때에 맹아萌芽 채로 발전이 조해阻害되고, 새로운 이식문화의 거대한 파랑波浪 속에 휩쓸린 것이다. 이러한 조건 가운데 문화전통이라는 것은 민중 가운데 그 중에도 농촌 가운데 그 잔해를 보존할 수밖에 없는 것은 극히 불가피한 일이 아닐 수 없다.

어느 나라의 농민을 물론하고 그들의 신앙과 습속, 설화, 가요 가운데 소박하게나마 고문화의 유물이 남아 있는 것은 사실이나, 조선에

---

11 원문에는 '隨·唐'으로 되어 있으나 '隋·唐'의 오식으로 보인다.
12 원문에는 '넣지'로 되어 있으나 문맥상 '넘지'가 적절해 보인다.
13 원문에는 '살왔기'로 되어 있으나 문맥상 '살아왔기'가 적절해 보인다.
14 원문에는 '있듯기'로 되어 있다.

있어서 문화전통과 농촌의 관계라는 것은 예상보다 긴밀한 것이다.

따라서 문화문제의 대상으로서 농촌은 조선에 있어 특히 중요한 과제가 되는 것이다.

즉 창조의 기반으로서의 전통의 문제에서 농촌은 일층 중요시되어야 한다.

×

그러나 농촌이 또한 이식문화가 주체화하는 과정 위에서 교섭되는 문화전통의 함유물로서만[15] 문제성을 갖는 데 불과하다 하면, 여기에 또 하나 다른 면이 나타난다. 그것은 우리가 한 세기 가까이 이식해오던 서구문화가 몰락기에 들어섰다는 사실에서 노현露顯되는 측면이다.

우리는 단순히 여태까지 이식해오던 문화를 자기화하여야 할 뿐만 아니라, 그 이식해오던 서구문화 자체가 당면한 한계를 초월하여야 하겠기 때문이다. 서구문화는 바로 그 한계에 직면해서 몰락하고 있기 때문이다. 따라서 우리 문화의 과제는 우리가 여태까지 이식해온 서구문화—즉 근대문화—를 우리 문화전통 깊이 교섭시켜야 하는 데 있을 뿐만 아니라 근대문화—즉 서구문화—의 당면한 한계를 초월하여야 한다는 데도 있게 된다. 즉 이중의 과제가 우리의 앞에 제출된 것이다. 이 가운데 전자는 우리 문화에게만 특수한 문제이나 후자는 현대문화의 공통한 과제다. 그런데 현대의 특질은 특수한 문제의 해결과 공통한 과제의 개명開明[16]이 서로 분리되어 수행되기 어려운 점에 있다. 자기가 이식한 문화의 주체화 없이 현대문화의 일반

---

15 다음에 '農村이'란 단어가 이어지나 문맥상 빼는 것이 적절해 보인다.
16 글자의 해독이 어려우나 '開明'으로 보인다.

과제를 푼다는 것도 불가능한 일임은 자명한 일이다. 왜 그러냐 하면 아직 주체화되지 아니한 이식문화의 과제만을 추구한다는 것은 자기 문화의 이식성을 폐기廢棄[17]하지 못한 채 그것을 연장하고만 있기 때문이다.

또한 방금 위기에 직면한 근대문화의[18] 한계에 대한 의식과 그것을 초월하는 데 대한 배려 없이 그 문화와 전통과의 교섭만을 꾀한다면, 스스로가 즐겨 근대문화의 한계를 자기문화 가운데 배태胚胎하는 것이기 때문이다. 즉 근대문화의 고유한 한계 하에 자기의 문화적 창조를 제한하는 것과 마찬가지다.

요컨대 현대의 우리 문화 — 일반 동양문화 — 는 해결하기에 지극히 곤란한 두 가지 과제가 서로 얼크러진 한 가운데 들어 있는 것이다.

그러므로 문제는 결국 한 군데 집중되는 것인데, 과정은 두 갈래가 있게 된다. 하나는 전통과의 교섭 — 즉 이식문화의 주체화 — 과정 가운데서 근대문화가 자기의 한계를 초월할 계기를 발견하든지,[19] 또 하나는 서구문화가 몰락의 한계를 초월하는 과정 가운데서 전통이 이식문화를 주체화하는 계기가 발견되든지 양단 간의 하나가 발견되지 아니하면 아니 된다. 즉 이식문화의 주체화와 근대문화의 한계 초월이 단일한 계기를 통해서 되어질 수밖에 없다는 사실이다. 이것이 두 가지 과제가 집중될 일점一點이다. 그러나 두 가지 길 중 어느 길을 통해야 하리라는 선택의 문제는 먼저도 말한바와 같이 자기모순에 빠져버리는 의미 없는 일이다.

그러나 주체화와 한계초월이 아울러서 수행되는 문화과정이란 어

---

17 원문에는 '抛棄'로 되어 있으나 문맥상 '廢棄'가 적절해 보인다.
18 원문에는 '近代文化를 그'로 되어 있으나 문맥상 '근대문화의'가 적절해 보인다.
19 원문에는 '發見하는지'로 되어 있으나 '발견하든지'의 오식으로 보인다.

떠한 것인지? 그것은 물론 알 수 없는 과제다. 그러나 문화문제의 대상으로서 농촌을 문제삼는 마당에서 돌아보아야 할 것은 농촌 가운데서 현대문화의 윤리적 기초를 발견해 보자는 견해다. 이 견해는 최근 동경 방면에서 농촌에 대한 문화적 관심이 높아지면서 볼 수 있는 극히 흥미 있는 견해의 하나인데, 그것은 이식문화의 주체화과정을 통해서 근대문화가 한계를 초월한다는 말과는 약간 구별할 필요가 있는 것이 아닌가 한다. 농촌 가운데서 현대문화의 윤리적 기초를 발견해 보자는 것은 농촌에 남아 있는 고유문화의 전통 가운데서 새로운 세계문화의 지표를 찾아보느니보다 전통의 농촌적인 소재所在 가운데서 어떤 원리의 발견을 꾀하는 것이 아닌가 한다. 원리라는 것은 일반적인 것, 보편타당적인 것이다. 이 일반적인 것 가운데서 현대문화가 한계를 초월하는 어떤 윤리적 기초를 탐색해보자는 것일 것 같다. 농촌이란 곳은 문화의 이념이 있는 곳이 아니라 인간의 생산태生産態 ─ 기초적인 생 혹은 생의 원형질이 있다고 생각되기 때문이다. 문화의 근대적 한계라는 것은 ─ 모든 역사적 한계와 마찬가지로 ─ 이념의 구속의 산물이기 때문이다. 문화를 구속하여 그것을 한계로 몰아넣은 이념이라는 것은 위선 문화를 그 이념으로부터 분리함으로써 문화의 한계초월은 비롯하기 때문이다. 그러나 문화라는 것은 본래로 이념적이라는 성격을 잊어서는 아니 된다. 그러므로 문화의 위기는 항상 특정한 이념에 기초를 둔 문화의 위기의 표현이다. 따라서 문화가 한계를 초월하려고 하는 것도 문화를 지배하던 낡은 이념을 벗어나서 새로운 이념의 지배 하로 들어가려는 운동이라 할 수 있다.

그러나 이념이라는 것은 문화가 인간의 것인[20] 것과 마찬가지로 인

---

20 원문에는 '것임'으로 되어 있다.

간을 그 궁극窮局의 기준으로 하고 있는 것이다. 그러므로 현재의 근대문화가 재래의 한계를 벗어나 새로운 이념의 지표를 탐색하는 데 척도는 어느 때나 마찬가지로 인간에게 있는 것이다. 따라서 근대문화가 자기를 극한계極限界로 몰아넣은 이념으로부터 분리하면서 시작되는 한계초월의 과정은 문화가 다시 한번 인간으로 돌아오는 과정임을 의미한다. 동시에 장래將來할 문화의 지표라는 것은 다시 인간에 의해서 제출되리라는 것은 우리가 당연히 예상할 수 있는 논리적 순서다.

어째서 현대의 어떤 사람이 농촌을 돌아다 본 것일까?[21] 그 돌아다 본 의미는 생산태에 있는 인간, 기초적인 생, 생의 원형질이라고 부를 수 있는 것에 대한 사모의 표현인 것이라는 것은 전언前言한[22] 바와 같다.

그러면 과연 우리가 농촌에서 그러한 것을, 즉 새로운 문화의 이념적 토대가 될 인간을 발견할 수 있는 것일까? 이것은 누구나 간단히 대답하기 어려운 문제에 속한다 아니할 수 없다. 왜 그러냐 하면 순수한 생산태 가운데 있는 인간이라는 것은 농민에 그치는 것이 아닐 것이며, 또 어느 의미에서 농민은 이른바 순수한 생산태 중의 인간이라기엔 약간 주저할 점이 있기 때문이다. 다름이 아니라 농민은 다소간 소小소유자이기 때문이다. 근소하나마 그들에겐 어느 정도의 생산수단이 사유私有되어 있는 것이다. 순수한 생산태 중의 인간이라는 것은 경제적으로 순수히 생산자인 외에 다른 아무 성격도 가지고 있지 아니한 인간이기 때문이다. 즉 생산수단으로부터 아주 자유로운 인간이란 것을 상상할 수 있기 때문이다.

---

21 원문에는 '것이요'로 되어 있으나 문맥상 '것일까'가 적절해 보인다.
22 원문에는 '前言'으로 되어 있으나 문맥상 '전언한'이 적절해 보인다.

그러나 이른바 현대문화의 윤리적 기초의 단편이란 것이 예例 하면 퇴폐한 문화에 대하여 건강한 문화, 혹은 소비적인 문화에 대하여 생산적인 문화를 대비할 때와 같이 농촌에서 발견되리라는 것은 위선 의심하지 아니해도 좋을 일이다.

그렇기 때문에 농촌이란[23] 특수한 의미에서도 단순히 문화적으로 계발啓發될 대상이 아니라 창조의 지반地盤의 하나라고 — 전통의 보유자保有者로서 — 말할 것이며, 일반적인 의미에서도 또한 발견의 중요한 수단의 하나로서 — 생산태에[24] 서있는 인간으로서 — 평가코자 할 것이다.

그러나 이러한 모든 문제, 그 중에도 주체화와 한계초월의 집중적 해결은 문화의 세계에보다 더 많이 행위의 세계에 기대함이 많은 것을 이야기해두고 그친다.

---

23 원문에는 '이라는'으로 되어 있으나 문맥상 '이란'이 적절해 보인다.
24 원문에는 없으나 문맥상 '에'를 집어넣는 것이 적절해 보인다.

소설(小說)의 인상(印象)[●]
다섯 편의 단편(短篇)을 읽은 감상

금년에 소설을 많이 읽지 못한 탓으로 널리 문단의 진보進步[1]를 이야기하지 못함은 유감이다. 새삼스레 신문 잡지를 모아다가 읽을 겨를도 없고, 나의 다하지 못하는 책무를 대신할 분이 또한 적지 않겠기로 부득이 다섯 편의 단편을 골라서 간단한 인상을 적기로 했다.

×

지난 여름에 작고한 이효석李孝石 씨에겐 두 편의 작품이 있었다. 이것이 고인의 절필絶筆이 되었는가 하면 새삼스레 애석의 염念을 금할 수가 없다. 뛰어난 재질을 가진 작가였다.

● 『춘추』, 1943.1.
1 원문대로이나 '進路'의 오식일 수도 있어 보인다.

그의 업적은 고인의 이름을 오래도록 전하기에 족할 것이다. 그러나 거금 내가 이야기하고자 하는 것은 물론 그런 점이 아니다. 고인의 절필이 된 두 편 소설 가운데 「풀잎」이란 단편이다.

방제傍題로 '시인 월트 휘트먼Walt Whitman을 가졌음은 인류의 행복이다'란 긴 구句가 붙어 있다. 「풀잎」이란 바로 휘트먼의 시집 『리브즈 오브 그래스』를 습용襲用한 것이며, 소설 가운데서 주인공 '준보'가 그의 애인 '실'에게 다음과 같은 네 구절의 휘트먼을 읽어주는 장면이 있다.

×

태양이 그대를 버리지 않는 한, 나는 그대를 버리지 않겠노라.

파도가, 그대를 위해서, 춤추기를 거절하고, 나무잎이 그대를 위해서, 속살거리기를 거절하지 않는 동안, 내 노래도 그대를 위해서 춤추고, 속살거리기를, 거절하지 않겠노라.

×

나는 그대에게 한 가지 약속을 하노라―그대가 나를 만나기에 적당한, 준비를 하기를, 나는 요구하노라.

내가 올 때까지, 성한 사람 되어 있기를 요구하노라.

×

그때까지, 그대가 나를 잊지 않도록 나는 뜻깊은 눈초리로, 그대에게 인사하노라.

○

여인, 앉은 여인, 걷는 여인, 혹은 늙고 혹은 젊고
젊은 이는, 아름다우나 ─늙은이는 젊은이보다 더욱 아름다웠다.

○

나는 여성의 시인이며, 동시에 남성의 시인이니라. 나는 말하노라. 여자
됨은, 남자됨과 같이, 위대한 것이라고.
또 말하노라, 남자의 어머니됨같이, 위대한 것은 없노라고.

○

영웅이 이름을 날린대도, 장군이 승전을 한대도, 나는 그들을 부러워하지
않았노라.
대통령이 의자에 앉은 것도, 부호가 큰 저택에 있는 것도 내게는 부럽지
않았노라.
그러나 사랑하는 사람들의, 우정을 들을 때, 평생 동안, 곤난과 비방 속에
서도, 오래오래 변함없이,
젊을 때에나, 늙을 때에나, 절조를 지켜 이것에 넘치고, 충실했다는 것을,
들을 때, 그때, 그는, 머리를 숙이고, 생각하노라, 부러워서 못견디면서 황급
히 그 자리를 떠나노라.

×

나중 두 구절은 분명치 않으나 처음 두 구절은 첫째 구절이 「어떤 창부에게」란 시의 일부분이요, 둘째 구절은 「아름다운 여인들」이란 시다.

이러한 경우에 읽혀질 수 있는 많은 시구 가운데서 휘트먼을 작자가 골랐다는 것은 나에게 한 놀람이었다.

마음이 성가실 때는, 시를 읽는 게, 첫째라우. 난 벌써 여러 해 째, 그 습관을 지켜오는데, 세상에 시인같이 정직하구, 착한 종족이 있을까. 그 외엔 모두 악한이요, 도적인 것이다. 시인의 목소리만이 성경과 같이 사람을 바로 인도하구, 위로해주거든요 — 무얼 읽으실까.[2] 하이네? 쉘리? 예이츠?

하고 물은 다음,

휘트먼은 이때요 오래간만에 휘트먼을 읽어볼까요 예이츠들과는 다른 의미로 좋은 시인이죠 그는 한 계급의 시인이 아니라, 전 인류의 시인이예요 아무와도 친하게 이야기하구, 똑같이 사랑하는 가장 허물없는 스승이예요 월트 휘트먼 — 인류가 아마두, 예수 다음에 영원히 기억해야 할 꼭 하나의 이름이 이것이예요. 나는 그를 읽을 때 용기가 솟구, 희망이 회복되군해요"

하였다.

---

2 원문에는 '읽으심까'로 되어 있다.

누구나 부러워하던 과민할 만치 연한 그의 감수력感受力은 오로지 얇은 피부의 소치이거니 생각되었다. 사실 그의 감수력은 날카롭기보다도 민속敏速했다. 그는 섬세한 소설가라느니보다는 오히려 예민한 예술가였다. 자연과 인생에 대한 그의 향수 태도에서 이렇게 생각해 오던 나에게 휘트먼을 이야기하는 작자의 고백은, 위에 인용한 대화에서 보듯, 전에 없이 침중沈重한 맘이 더 했음을 느꼈다.

용기의 재생과 희망의 회복回復[3]! 그것은 구원을 바라는 간절한 심정의 표백이 아닐까?

소설 「황제」를 통해서 우리는 작자가 운명이란 것에 관심을 기울임을 본 일이 있다. 고도孤島의 내옹奈翁[4]은 그실 한 사람에[5] 지나지 않았다. 그러나 내옹奈翁은 자기를 영원한 황제라고 믿었던 것이다. 운명은 벌써 오래 전에 내옹奈翁을 저버렸었다.

작자는 숙명의 한 무력한 사도에 지나지 않은 내옹奈翁, 평범한 생애를 가진 많은 사람들과 다르지 않은 사람의 아들 보나파르트를 이야기함으로써 운명이란 것의 모습을 우리에게 이야기했다. 운명은 이름도 없는 시민과 같이 내옹奈翁을 장중掌中에 넣고 희롱했던 것이다.

작자는 감수感受로부터 통찰로 움직이고 있는 듯싶었다.

「황제」, 「풀잎」, 「서한書翰」은 문장의 톤도 현저히 전날과 달라진 듯 하였다. 작자의 심정은 분명히 평정해지면서 원숙圓熟해 갔다. 그러나 한편 사람의 존재의 근원적인 불안이란 곳에 작자는 접근하고 있지나 않았을까?

"사랑은 왜 두 사람만의 뜻과 주장으로서 족한 것이 못될까?"

---

3 원문에는 '日復'으로 되어 있으나 '回復'의 오식으로 보인다.
4 나폴레옹을 가리킨다.
5 원문에는 '사람의에'로 되어 있으나 문맥상 '사람에'가 적절해 보인다.

「풀잎」의 주인공이 부인을 여의고 새로이 나타난 여인과의 애정관계로 들어가는 데서 봉착하는 장애에 대해서 작자가 차탄嗟歎한 말이다. 물론 지극히 평범한 말이다. 그러나 내옹柰翁도 역시 생애의 끝에 이르러 이러한 차탄嗟歎을 발했던 것이다 세상에 불가능한 것이 없다고 믿었던 사람에게서도 인생은 범부凡夫에게서와 마찬가지로 불가사의했다.

작자는 애정에[6] 있어서 이 불가사의와 다시 직면했던 것이다. 이것은 사랑에서나 인생에서와 마찬가지로 문학에서도 지고한 문제에 속한다.

나는 이런 곳에서 소설가인 작자가 시인에게로 귀의하려는 심정이 이해되는 것 같은 감이 든다.

시의 세계가 신앙의 세계와 비슷한지 아닌지는 다른 문제나, 사람이 귀의할 수 있는 세계인 것은 사실인지도 모른다. 이것은 비단 시에 국한된 것도 아닐 것이다.

모든 예술이 시인의 지고한 영혼을 간직하고 있는 것이다.

작자는 그래서 마치 귀의를 필요로 하는 사람과 같은 혼란과 동요 가운데서 휘트먼에게로 인도되지 아니했을까.

「풀잎」은 분명히 작자의 혼란의 상 그것이었다.

작자는 마치 그러한 애정관계를 비난하는 제삼자에 대한 항변의 서書인 것처럼 이 소설을 썼다. 또한 여인에 대한 애정의 열렬한 고백인 것처럼 이 소설을 썼다.

애정의 자유에 관해서, 그 평등에 관해서 자연을 노래하는 휘트먼처럼 용장勇壯히 외쳤다.

---

6 원문에는 '愛情의'로 되어 있으나 문맥상 '애정에'가 적절해 보인다.

거기엔[7] 예술로서 가지가지의 평정과 따라서 필요한 균정均整이 상실되었다. 작자는 이 소설에서 절제할 수가 없었던 것이다.

'세상'과 '거리의 소문'[8]이라는 것은 작자가 지극히 마음을 쓰고 있었음에 불구하고, 그것은 내옹奈翁의 문전에서 졸던 영국의 위졸衛卒과 다름이 없다.

운명이란 더 먼 곳에서 — 작자가 일찍이 「황제」에서[9] 이야기한 것처럼 — 주인공과 교섭하고 있는 것이다.

「풀잎」 가운데서 작자는 불행히 이러한 교섭에 관해서 이야기하기에 이르지 못하고 말았다.

그러나 내가 이야기하고자 한 것은 결코 이 소설의 실패에 관해서가 아니다. 고인에 대한 예의도 아닐뿐더러, 그러한 비평은 어느 때나 제일 용이한 일이기 때문이다.

작자가 시인에게 동경한 것처럼, 정직하고 겸허하게, 일찍이 자기가 한 여인을 사랑한 것과 같이 한 소설을 썼다는 것과, 그러하므로 작자는 행복되었다는 평범하나 아름다운 이야기와 더불어 고인을 추모하고 싶은 일념에서 이 작품을 고른 것이다.

그의 명예를 위하여서는 수많은 작품이 기다리고 있을 것이나, 고인의 행복과 아름다운 면모를 전하는 작품은 「풀잎」 이외에 다시 손을 꼽기 어려울 것이다.

행복을 위하여, 사랑의 행복을 위하여 한편의 소설쯤이 실패한다는 것을 그리 인색하게 생각할 필요는 없다.

---

7 원문에는 '거가엔'으로 되어 있으나 '자기엔'의 오식으로 보인다.
8 원문에는 '손문'으로 되어 있으나 '소문'의 오식으로 보인다.
9 원문에는 '「皇帝」에게서'로 되어 있으나 문맥상 '「황제」에서'가 적절해 보인다.

×

유진오兪鎭午 씨의 소설 「신경新京」은 다음과 같이 끝을 막았다.

'오래 살면―'

문득 철은 아까 휙 자기가 입 밖에 낸 이 말, 그리고 삼주가 일부러 되풀이한 이 말을 생각하였다. 정말이다. 사람이란 오래 살고야 볼 일이다. 어디 어느 모퉁이[10]에서 행운이 기다리고 있는지, 알 수 없는 일 아닌가. 그러자 철에게는 죽은 욱의 생각이 새삼스레 긴하고 가슴을 치밀어 올라왔다. 오래 살아야 할 생을 설흔 여섯의 젊은 나이로 가버린 욱. 욱은 역시 불행한 사나이다.

영원히 계속되는 '내일'을 저버리고 망양한 망각의 바다로 배 저어 간 욱. 아 욱의 영혼은 지금 어느 하늘 아래를 떠도는 것일까.

'오래 살아야―'

살아 있다는 오직 그 간단한 사실에 대해, 철이 그처럼 행복과 감사를 느낀 것은 처음 일이었다.

죽은 사람을 생각할 때 흔히 우리는 이러한 감상을 느낄 수 있다. 아무려나 죽는 사람만 불쌍하다는 것은 언제나 듣는 소리다. 산다는 것은 그만치 좋은 것이다.

그러나 행복이란 데 대해서 우리는 늘 다른 정의를 가지고 있다.

행복이란 우리가 변하지 않고 그대로 있기를 희망하는 상태라고 어느 사람이 말한 일이 있다. 조금도 변하지 않고 영원히 이랬으면 좋겠

---

10 원문에는 '보통이'로 되어 있으나 '모퉁이'의 오식이다.

다는 상태란 여간 만족한 경지가 아니다. 그것이 행복이란 말이다.

그러나 산다는 것은 부단한 변화다. 변하지 않고 살 수는 없다. 그러면 어떻게 산다는 것이 곧 행복일 수 있을까. 사는 것이 죽는 것만 못하다는 속담이 있다. 결국 행복된 사람은 생이 변화하지 않기를 바라는 것이며, 그렇지 못한 사람은 생이 변하는 것이기를 희망하는 것이다.

불행한 사람에게 생이란 변화하는 것이기 때문에 행복된 것인지도 모른다.

「신경新京」의 작자의 말과 같이 행운이 어느 모퉁이에 기다리고 있는지도 모르기 때문에 ……

그러나 이것은 행복 자체는 물론 아니다. 행운의 도래를 대망待望하고 그것이 오기를 믿음으로써 현재가 위로될 수는 있다. 그것은 불행의 근소한 경멸, 사실상의 경멸이 아니라 기분상의 경멸에 지나지 않는다. 상태는 결코 개선되어 있지 아니하다.

소설 「신경」 가운데서 작자가 생의 행복에 대하여 이야기하는 점은 이렇게까지 형이상학적이 아닐지는 모른다. 그러나 서투른 용무를 띠고 여행을 떠난 백면白面의 교사가 여러 가지 신산한 경험을 맛본 뒤에, 옛날의 여인을 만나고 또한 거기서 구우舊友의 부음을 들었을 때, 느낀 생의 행복감은 과연 어떤 것일까? 단순하고 투명한 감상感想이 아니었음은 사실이다.

죽음은 왕왕 우리에게 생의 헛됨을 가르친다.[11] 금시에 「신경」에서 같은 즐거운 해후는 또한 이따금 우리에게 생의 감사로움을 전하는 것도 사실이다.

---

11 원문에는 '아르킨다'로 되어 있다.

이 소설이 이효석의 죽음과 관계하여 씌어졌음을 생각할 때 이 느낌은 더욱 깊다.

비록 사소한 것이나 살아있으면 즐거움이 있을 수 있고, 죽는 사람에게는 그것마저가 주어지지 아니한다. 우리는 생에 대하여 조그만 일일망정 감사할 수 있는 선물을 받으니까?

먼저 「풀잎」에 대하여 피력한 나의 감상에 비하여 「신경」의 작자는 일종 다른 느낌을 가지고 있다.

「풀잎」의 작자가 그 주인공과 같은 환경 가운데서 세상을 떠났다는 데 대해서도 「신경」의 작자나 나나 다 같이 한 의견이 있을 수는 있다. 그러나 「풀잎」의 작자는 결코 불행하게 세상을 떠나지는 않았다. 오직 「신경」의 작자의 말과 같이 오래 살지 못한 것이 불행할 따름이다.

그러면 「풀잎」의 작자를 다시 더 행복하게 할 것은 무엇인가? 물론 더 오래 사는 것이다. 하지만 연장된 생애 가운데서 그의 행복을 보장할 것은 무엇인가?

예例 하면 「신경」의 주인공이 여지旅地에서 만난 것과 같이 옛 여인과의 해후라는 것도 즐거운 일이다. 막연한 대망待望의 위로도 있을 수 있는 일이다. 그러나 행복이란 것은 항상 생 그 자체 속에서 나타나는 것이다.

오래 살고 볼 일이다라고[12] 생각하는 「신경」의 작자가 드는 조건도 생 그 자체 가운데 구비되어야 할 요소의 하나임에는 틀림없다.

그러나 위선 사는 즐거움이라는 것에 대하여 주인공의 신경행新京行은 충분히 이야기하고 있지 않았다. 그 미말尾末이 근근히 있는 사람

---

[12] 원문에는 '일이다 고'로 되어 있다.

의 감명을 자아낼 따름이다. 근소하나마 거기에는 내부의 충실이란 것이 느껴지기 때문이다.

이러한 생의 즐거움이라는 것은 사람의 내부의 충실로써만 이루어지는 것이다.

제삼자가 어떻게 저런 불행한 사람이 살아갈 수 있는가 하고 의심할 경우에도 본인은 능히 행복될 수가 있는 것은 오로지 그 사람 내부가 생의 강한 의욕과 명석한 지혜로 충만되어 있기 때문이다.

전체로 「신경」은 이러한 충실감을 느낄 수는 없는 작품이다. 작가의 정신이 이완되어 있는 것은 지리한 이야기와 거친 필치에 역력히 나타나 있다. 하잘 것 없는 여행에서도 눈이 따가울 만한 인상과 면면한 여정을 느낄 수 있는 탱글탱글한 마음의 긴장은 늘상 우리가 준비해두어야 할[13] 지보至寶다.

작가의 마음이 수은 알처럼 응결했을 때, 하잘 것 없는 모든 것이 광망光芒을 발하는 것이다.

이 소설이 끝날 무렵에 혹은 정말 소설은 시작되려고 했는지도 모른다.

심란한 것뿐, 무슨 이렇다 할 병이 있어서도 아니요, 자기 체질에 저혈(猪血)이 맞으리라는 무슨 근거를 가져서는 아니었다. 손이 바쁘던 때는, 어서 이 잡무에서 헤어나 조용히 쓰고 싶은 것이나 쓰고 읽고 싶은 것이나, 읽으리라 염불처럼 외어왔으나 이제 막상 손을 더 댈래야 댈 수가 없게 되고 보니 그것들이 잡무만은 아니었던 듯 왈칵 그리워지는 그 편집실이요 그 교

---

13 원문에는 없으나 문맥상 첨가하는 것이 적절해 보인다.

실들이었다.

이태준李泰俊 씨의 소설 「사냥」은 이렇게 영롱한 감상의 피력에서
비롯한다.

사람이 안정한다는 것은 손발이 편안해지는 데 있는 것은 아니었다. 한
은 한동안 문을 닫고 손발에 틈을 주어보았다. 미닫이 가까이 앉아 앙상한
앵도나무[14] 가지에 산새 내리는 것도 내다보았고 가랑잎[15] 구르는 옹달진 마
당에 싸락눈[16] 뿌리는 소리도 즐겨보려 하였다.
그러나 하나도 마음에 안정을 가져오지 않을 뿐 아니라 점점 신경을 날
카롭게 메마르게 해주는 것만 같았다.
이번 사냥은 이런 신경을 좀 눅여보려는 한갓 산책에 불과한 것이었다.

소설 「사냥」은 결국 이러한 산책의 조그만 에피소드에 지나지 않
았다.

오래간만에 촌길을 걸을 것, 험준한 산마루를 달려볼 것, 신에게 받은 자
세대로 힘차게 가지를 뻗은 정정한 나무들을 쳐다볼 수 있을 것, 나는 꿩을
떨구고, 닫는 노루와 멧돼지를 꼬꾸라뜨린 것, 허연 눈 위에 온천처럼 용
솟음쳐 흐르는 피, 통나무 화로불에 가죽채 구어 뜯을 짐승[17]의 다리, 생각
만 하여도 통쾌한 야성적인[18] 정열이 끓어올랐다.

---

14 원문에는 '앤도나무'로 되어 있으나 '앵도나무'의 오식이다.
15 원문에는 '가락잎'으로 되어 있으나 '가랑잎'의 오식이다.
16 원문에는 '싸란눈'으로 되어 있으나 '싸락눈'의 오식이다.
17 원문에는 '김승'으로 되어 있으나 '짐승'의 오식이다.
18 원문에는 '야성적은'으로 되어 있으나 '야성적인'의 오식이다.

편안한 생활 가운데서 주인공의 마음에 괴어오르는 불안과 초조는, 그가 일찍이 교단에서 또는 편집실에서 보내던 분망한 생활과 하나의 대조를 이루어서 심상 가운데 들어 있다. 그때 주인공은 필시 이른바 손발의 편안을 희망했을 것이다. 그러나 손발이 편안해지면서 주인공이 깨달은 것은 "사람이 안정한다는 것은 손발이 편안해지는 데 있는 것은 아니었다"는 사실이다. 정신의 안정이 내신內身의 편안에 으뜸간다는 깨달음은 편안한 생활의 내용의 공허에서 오는 자각[19]이다. 편안한 생활 가운데 주인공은 정신의 샘이 고갈해가고 있는 초조를 느낀 것이다.

일찍이 편안한 생활을 염불처럼 외어 희구하던 주인공이 이러한 정황에 섰다는 것은 무어라고 말해야 좋을까. 문자대로 모순이다.

그러나 인간은 누구나 다소간 이러한 정신과 육신의 해결하기 어려운 모순 가운데 살아가고 있는 것이 아닐까?

유진오 씨가 「토끼」를 읽고 말한 것처럼 이태준 씨의 주인공을 현대지식인의 대표적 타입이라고 말해야 옳을지 아닐지는 별문제로 하고, 작자는 이 소설에서 지식인의 생의 근본적 모순을 개시한 것은 움직일 수 없는 사실이다. 뿐만 아니라 이러한 모순은 고상한 의미의 인간의 존재가 부단히 놓여져 있는 상태다. 이러한 모순으로 말미암아 인간의 생활은 복잡해지고, 그 복잡한 대립을 통하여 인간은 변화해가는 것이다. 그것이 외부와의 대립이든지 또는 내부의 모순이든지 간에 언제나 생은 그렇게 대립하고 모순함으로써 심화되어 간다.

생이란 결국 어떠한 의미로 보든지 간에 변화이고 전이轉移다.

그렇다고 나는 「사냥」이 그러한 방대한 명제의 해결을 위하여 씌

---

[19] 원문에는 '白覺'으로 되어 있으나 '自覺'의 오식으로 보인다.

어졌다고 하는 것도 아니요, 또는 작가가 그리하지 아니했다고 비난하는 것도 아니다.

작가는 그러한 주제와 정면에서 맞붙을 수도 있는 것이요, 또 임의의 이야기 가운데 그것의 조그만 모습을 발견할 수도 있는 것이다.

그것은 오로지 작가의 자유와 천품과 소질에 의한다. 작가는 자기의 방법을 가지고서만 거기에 대하여 이야기할 수 있을 따름이다.

돌이켜 「사냥」을 보면, 작자는 언제나 이러한 주제를 취급할 때와 같이 예하면 「토끼」,[20] 신변의 사소한 에피소드를 골랐다. 작자도 미리 말한 것처럼 사냥은 무료한 생활의 한 산책에 지나지 않는다. 거기에는 그 이상의 아무 의미도 없다. 그러면서도 「사냥」이 읽는 사람에게 감명을 주는 이야기가 되고 아름다운 소설이 된 비밀은[21] 뜻밖에 평범한 것이다. 사냥이 주인공의 다른 생활과 마찬가지로 충실한 생의 장소가 될 수 있었기 때문이다. 어떠한 의미에서이고 충실한 정신, 긴장한 마음은 모든 인물에서 각각 인간의 면모를 발견하는 것이요, 모든 장소에서 인생의 깊은 비밀과 해후하는 것이다.

차가 창동을 지나니 자리가 수선해지는 바람에 한은 깜빡 들었던 잠을 깨었다. 집이 있는 서울이 가까워오나 조금도 반갑지 않았다. 한은 생각하였다. 단돈[22] 삼십원으로 달아날[23] 수 있는 그 양복조끼에게는 세상이 얼마나 넓으랴! 싶었다.

---

20 「토끼 이야기」를 가리키는 것으로 보인다.
21 원문에는 '비밀(秘密)한'으로 되어 있으나 '비밀은'의 오식으로 보인다.
22 원문에는 '뜬돈'으로 되어 있으나 '단돈'의 오식이다.
23 원문에는 '달라날'로 되어 있으나 '달아날'의 오식이다.

「사냥」의 이 결미는 작자의 정신이 어느 때나 초점에 모두어져[24] 있다는 좋은 예다. 간표簡漂하나 함축 있고, 이야기에 품위를 부여하는 것은 단순히 수련修練에서만 체득되는 것이 아니다. 충실한 정신의 밀도와 인생의 고상한 목적에 닿아 있는 심정만이 기품을 가질 수 있는 것이다.

「사냥」은 금년의 단편 중 으뜸가는 작품일 뿐 아니라 근자의 문단에서 뛰어난[25] 예술이다.

예술의 가치는 제재의 종류에 따라서 정해지는 것도 아니며, 주제의 여하에 따라 좌우되는 것도 아니다.

생활을 항상 고상하게 만들려는 노력과 그것을 아름답게 형성해가는 천품天稟에만 의존하는 것이다.

×

장사하는 회사에 다니는 이상, 그 회사에서 영위되는 장사에 대해서 한 사람 몫의 지식과 수완을 가져야 하는 것은 당연한 일입니다. 주판도 잘 놓아야하고, 장부 조직도 알아야 하고, 자기 부서이든 아니든 언제 어느 때에 맡겨도 대차대조표나 결산보고서쯤 어렵지 않게 꾸며 바칠 실무적 수완을 가져야 되리라 생각합니다.

김남천金南天 씨의 소설 「등불」의 주인공인 소설가가 취직을 한 다음 어떤 후배에게 보내는 편지의 일절一節이다.

취직을 한 이상 그 직업에 충실해야 한다고 말하면 단순하다.

---

24 원문에는 '모디어'로 되어 있다.
25 원문에는 '뛰어나는'으로 되어 있다.

주인공의 어버이나 그 회사의 사장이 응당 주인공에게 들려주었을 훈화다.

그러나 작자가 주인공으로 하여금 그 후배에게 보내는 편지의 일절로서 이 말을 시킨 동기는 결코 자기의 어버이나 사장의 훈화를 재록再錄하는 데 있지 않았다.

소설가로서가 아니라 한 사람의 회사원으로서 주인공이 전생轉生하는 각오로서 이야기된 것이다. 거기에는 당연히 직업에 충실하라는 이상의 의미가 있는 것 같다.

고가高價[26]에 필요한 지식을 쌓고 수완을 닦아 능란한 상인이 되어야 한다고 주인공은 청년에게 말하고 있다. 요컨대 상인으로 성공하지 아니하면 안 된다는 말이다. 성공이라는 것은 직업에의 충실이란 것을 넘어서 하나의 인생 태도를 가르치고 있는 것이다.

소설가가 시세를 못 만나서 주판을 따지고 앉았으니 웬만한 실수나 잘못은 관대히 보아줄 게라는 그러한 동정심은 회사로서도 온당한 처분이 아니거니와 나로서도 유쾌치 않은[27] 대웁니다. 소설가였거니 하는 생각이 행동의 한 가닥이라도 나타난다면 나의 인격이나 수양의 부족한 탓입니다. 일에 익숙치 못하고 장사 방면에 아무런 재능도 경험도 없는 나인 줄은 알면서도 만년 견습사원의 칭호는 기분이 허락치 않습니다. 회사는 결코 실업자 구제소이어선[28] 아니되니까요. 자선사업의 혜택을 받을 만치 자기의 능력이 노쇠했다고 생각하기에는 우리들은 너무 젊으니까요.

---

[26] 원문에는 '高賈'로 되어 있으나 '高價'의 오식으로 보인다.
[27] 원문에는 '유쾌히 않은'으로 되어 있으나 '유쾌치 않은'의 오식이다.
[28] 원문에는 '에선'으로 되어 있으나 '이어선'의 오식이다.

사실 소설가는 결코 인생의 고급 관객은 아니다. 모든 사람과 같이 산 사람이다. 우리는 「등불」의 주인공과 예술가의 문약文弱에 대하여 한가지로 비난의 말을 던질 수 있다. 예술가는 좀더 군세고 산 존재가 되어야 한다. 「등불」의 주인공의 말과 같이 문학에 종사하는 것만이 인류의 복지에 공헌하는 유일의 길이라고 생각하는 사람이 있다면 그것은 하나의 편견인지도 모르고, 또 사람의 모든 직업이 인류의 복지에 공헌하는 것인지도 모른다. 그러므로 「등불」의 주인공은 소설가로부터 수완 있는 상인이 됨으로써 또한 인류의 복지에 공헌하려고 생각했는지도 모른다.

그러면서도 「등불」의 주인공이 가정에 돌아가 등촉을 밝히고 서책을 펴놓고 행복을 느끼는 것은 무엇을 의미하는 것일까?

그는 과연 수완 있는 상인으로서 그러하는 것과 같이 소설가로서도 역시 인류의 복지에 공헌하려고 노력하는 것일까?

우리는 다시 「등불」의 주인공이 그 후배에게 주는 편지 가운데서 다음과 같은 일구一句를 읽을 수가 있다.

문학에 대해서 불같은 열의와 칼날 같은 결벽성을 가지고 있는 군에게는 군이 종사하고 있는 직업, 농장의 경영에 금후도 전력을 다하여 힘쓰라고 부탁하고 싶습니다. 이 길이 곧 문학하는 정신에 통하는 길이라는 것을 현명한 군은 어렵지 않게 발견할 것입니다.

이 말은 후배 김군에게 보내는 편지의 일절一節이면서 또 주인공 자신의 견해의 표명이기도 하다.

여기서 우리는 소설가인 「등불」의 주인공이 상업에[29] 열중하려는 근거를 발견할 수 있다.

요컨대 상인이 되는 길은 곧 문학하는 정신과 통하기 때문이라 한다.

과연 상업과 문학은 그렇게 쉽사리 서로 통해지는 것일까. 작자는 소설의 주인공으로 하여금

"문제는 안한한 생활 태도에 있지 않고 생명의 충실감을 가지는 곳에 있으니까요."

"그제나 이제나 변함없는 나의 생활 신념은 주어진[30] 환경 속에서 최선을 다하여 살아나간다는 성실, 그것뿐입니다."

라고 하는 두어 구절의 이야기를 빌어 두 세계의 교통을 성립시키려고 하였다.

그러나 예술가에 있어서 생명의 충실감이라는 것은 결코 아무것에 대해서나 함부로 열중하는 데서 오는 것은 아니다. 생명이란 언제나 가치 높은 것을 위하여 약동躍動해야 하는 것이다. 최초부터 인간의 생명에게는 이런 중요한 사명이 부여되어 있고, 그것을 수행해가는 엄숙한 생을 통하여 무한히 팽창되며 충실해가는 것이다. 그러므로 생이란 어느 때나 인간의 자기보존 이상의 동기로 말미암아 영위되고 있는 것이다. 인생의 고귀한 목적을 위한 노력과 실천만이, 모든 고상한 인생에서와 마찬가지로, 항상 예술가의 생의 불변한 내용이 되는 것이다.

그러므로 환경의 변화라는 것은 생의 본질을 근저로부터 변화시키는 것이 아니다. 근근히 생의 양식을 변경할 따름이다.

「등불」의 주인공도 이러한 환경 가운데서 문학을 키워나가려면,[31]

---

29 원문에는 '商業의'로 되어 있으나 문맥상 '상업에'가 적절해 보인다.
30 원문에는 '주워진'으로 되어 있으나 '주어진'의 오식으로 보인다.
31 원문에는 '퀴워 나날려면'으로 되어 있으나 '키워 나가려면'의 오식으로 보인다.

문학에 대한 '우월감'과 '자부심'과 '사명감' 등을 갖지[32] 아니하면 안 된다고 말했는데, 아마 전편을 통해서 가장 바른말에 속하는 말일 것이다.

그러나 이러한 자부심과 긍지를 가진 사람은 「등불」의 주인공과 같이 비굴해서는 아니 된다.

주인공은 타인의 사업, 즉 장사에 대해서 깊은 양해와 존경을 표시할 수 있는 겸허한 마음을 가지라고 말했는데, 사실은 반대로 질투와 부러움과 비굴한 허영을 가지고 있는 것이다.

이것은 인생에 대한 주인공의 깊은 오해의 소산이거나 작자의 명백한 허위로밖엔 보이지 않는다.

왜 그러냐 하면 어떠한 환경 가운데 처해 있음을 물론하고 소설가의 최선한 생이란 것은 예술의 완성을 위한 신고辛苦라든가, 그것을 통하여 기여하려는 인생의 지고한 목적을 위한 노력의 권외圈外에 있을 수는 없기 때문이다.

모든 것은 이 두 가지 노력과 그것들이 결합되어 있는 단일한 목적에 종속되지 아니하면 아니 되는 것이다.

상업이든 농업이든 혹은 그 외의 여하한 직업이든가를 물론하고, 예술가에 있어선 생활의 한 수단에 불과한 것이다. 뿐만 아니라 모든 고상한 동기로 영위되는 생의 경우에서도 그것들은 실로 수단 이상의 지위를 차지하지 못하는 것이다.

상업이 문학에 통하든 통하지 아니하든 그것은 문제가 아니다. 문제는 양자 가운데 어느 것이 수단이며 어느 것이 목적이냐 하는 곳에 있다.

---

32 원문에는 '가치'로 되어 있으나 '갖지'의 오식으로 보인다.

그러나 「등불」의 주인공은 이 목적과 수단의 명백한 관계를 모호하고 불분명하게 만든 것이다. 이렇게까지 명백한 양자의 관계가 어째서 불분명하게 되어 있는 것일까? 우리는 먼저 이러한 혼동混同이 혹여 주인공의 오해의 소치나 아닌가 하고 말한 일이 있다 그러나 이것은 결코 주인공의 오해가 아니었다. 왜 그러냐하면 주인공은 분명히 문학과 상업에서 한 가지로 성공하고 싶다는 욕망을 포회抱懷하고 있기 때문이다. 거만巨萬의 부를 축적해가면서 인기 있는 소설을 써간다는 것은 남자의 본회本懷에 속할지 모르나, 그러나 우리가 지킬 박사와 하이드 씨의 참극慘劇에서 보는 것과 같이 주인공이 예술가인 경우에는 더욱 현저하게 두 가지의 성공을 위하여 귀중한 한 가지를 상실하지 아니할 수 없게 된다. 그것은 인간 그것의 상실이요 희생이다.

「등불」의 주인공은 결국 인간을 상실하고 인생을 희생한 것이다.

그는 오해에서가 아니라 명백한 허위를 의식하고 진실처럼 고백함으로써 자기의 인간을 방기한 것이다.

왜 그러냐하면 그의 육체에선 시신詩神만이 아니라 이미 영혼까지가 떠나갔기 때문이다.

본시 상업과 예술이라는 것은 용이하게 통하지 않는다기보다도, 절대로 모순하는 두 개의 다른 세계다.

그럼에도 불구하고 주인공은 상업과 문학의 교섭을 고집함으로써 자기가 상인이 되고 있다는 사실을 음폐陰蔽[33]하려 하고 있다.

이것은 허위로 말미암아 부도덕한 기도企圖다. 우리는 그가 후배에게 주는 편지의 어법에 주의하지 않을 수 없다.

즉 그는 문학도 상업에 통한다고 말하는 대신 상업도 문학에 통한

---

33 원문대로이나 '隱蔽'의 오식일 수도 있다.

다는 어법을 사용하고 있다.

그러나 회사에 돌아가선 반드시 그는 이와 반대로 문학도 상업에 통한다고 어법을 고칠 것이다.

문학은 주어일 수도 있고 술어일 수도 있는 것이다. 요컨대 편의에 따라 얼마든지 변할 수 있는 것이 「등불」의 주인공에 있어서의[34] 문학과 상업의 위치다.

이것은 동시에 얼마든지 고칠 수 있는 그의 인생 태도의 반영이다. 그는 실로 둘 이상의 인생 태도를 가지려 하고 있는 것이다.

우리는 사람이 둘뿐 아니라 세 개의 인생태人生態를 갖는다 해도 거기에 관여할 필요는 없다. 그러나 「등불」의 주인공에 있어서 문제가 되는 것은 그것이 '생명의 충실감'이라든가 '최선의 노력'이라든가 하는 유의 미명 하에 은폐되려는 사실이다.

하물며 주인공은 이것을 성실이란 모호한 외피로 덮으려 하고 있다.

이것은 다른 사람에게 피해를 끼칠 위험이 농후한 음험한 기도企圖다.

우리는 언제나 주위에서 망토를 입은[35] 신사를 경계하지 아니하면 아니 될 것이다.

그에게 있어선 상업이 문학에 통하는 것이 아니라, 사실은 문학이 상업에 통하고 있는 것이다. 다시 말하면 문학을 상업처럼 경영코자 하는 것이다. 뿐만 아니라 인생 그 자체를 음험한 상략商略에 의하여 움직여 가려고 생각하는 것이다.

그는 결국 실제의 상인보다도 훨씬 악질의 상인이려고 벼르는 것이다.

---

34 원문에는 '있어서이'로 되어 있으나 '있어서의'의 오식으로 보인다.
35 원문에는 '입을'로 되어 있으나 문맥상 '입은'이 적절해 보인다.

그러나 이 소설이 읽는 사람으로 하여금 혐오의 정을 일으키게 하고 불쾌한 인상을 느끼어[36] 하는 이유는 결코 주인공이 그러한 인물이기 때문은 아니다.

오히려 이러한 인물이야말로 소설에 취급하기 알맞은 성격일지도 모른다.

아무렇지도 않은 시정의 범속한 이야기요 범속하기 때문에 훌륭하게도 보이는 이 소설 가운데서 나중에 불쾌한 인상을 안고[37] 돌아서는 이유는 전적혀 작자가 주인공의 무가치하고 비열한 행위를 찬미하고 있기 때문이다.

다시 말하면 주인공이 곧 작자였던 것이다. 놀라운 사실이라 아니할 수 없다.

즉 「등불」 가운데서 작자는 예술의 정신을 완전히 내어버린 것이다.

분명히 예술 이외의 다른 목적을 위하여 이 소설은 씌어졌다. 그것은 결국 주인공의 목적과 같은 목적을 위하여 씌어진 것이다.

대체 예술의 정신이 이처럼 저하低下해간다면 장차 어느 곳까지 전락해야 할 것인가.

끝으로 우리가 명기銘記해야 할 것은 가령 예술가는 훌륭히 장사를 할 수가 있다 하더라도 근본적으로[38] 장사치는 결코 예술가가 될 수는 없다는 사실이다.

모든 정열이 시의 대상이 될 수 있다 하더라도, 오직 금전에 대한 애정만은 시의 대상이 될 수 없다는 러스킨John Ruskin의 말은 정말일지도 모른다.

---

36 원문에는 '느끼어'로 되어 있으나 문맥상 '느끼게'가 적절해 보인다.
37 원문에는 '않고'로 되어 있으나 '안고'의 오식으로 보인다.
38 원문에는 '根本'으로 되어 있으나 문맥상 '근본적으로'가 적절해 보인다.

×

　문서방은 아무렇지도 않은 듯이 마당 한구석에 있는 댓돌(집을 뚜드리는)
에 주저앉아서 무섭게 느린 동작으로 주섬주섬 담배 연모를 꺼낸다. 먼저
오른 조끼 주머니에서 한 뼘은 되는 골통대를 꺼내서 두루마기 앞섶자락에
내놓은 다음 왼쪽 두루막 옆구멍으로 손을 넣어서 쌈지를 꺼내어 손바닥에
한줌 놓고, 침을 퇴퇴 몇 번 뱉어서 녹녹이 축인 다음, 대통에 몽글려 담고,
이쪽 주머니, 저쪽 주머니 한참을 부시럭거려서 성냥을 꺼내어 황대가리가
겨우 뵐까말까한 정도로 바짝 내려다 쥐고는 황지에 드윽 그어 붙인다. 불
을 붙이고는 성냥불을 엄지 손구락과 둘째 손구락 끝으로 싹 부벼서 성냥곽
을 열고 황대가리가 안붙은[39] 쪽을 골라 석박귀로 되집어 넣는다.

　위에서 인용한 이무영李無影 씨의 소설 「문서방」의 일절은 정경情景을
방불케 하여 그 사람의 성격과 심정을 표현하는 좋은 예의 하나다.
　이 작가가 낙향 이후 농촌생활의 관찰를 통하여 소설을 쓰려고 하
는 태도는 소설가로서의 옳은 길이다. 이 소설이 건조무미하리만치
평범하면서도 읽는 사람을 잃지 않는 이유가 전혀 이곳에 있다.
　이러한 문학 태도도 분명히 좋은 작품의 기초가 될 수 있다.
　그러나 인생은 물론 자연도 질서가 있고, 그 한 부분 한 부분이 전
체와의 관련을 가졌으며, 따라서 의미가 있는 것이다.
　그러므로 관찰이란 것은 항상 관련의 인식과 의미의 발견과 결합
되어 있는 것이다.
　물론 이 소설의 후반부를 차지한 것과 같은, 관찰에[40] 의하지 않은

39　원문에는 '아붙은'으로 되어 있으나 '안붙은'의 오식이다.
40　원문에는 '觀察의'로 되어 있으나 문맥상 '관찰에'가 적절해 보인다.

관련, 발견에 의하지 않은 의미의 도입이라는 것은 경계해야 하는 것이다. 그러나 관찰하는 것만으로 끝나는 관찰이란 것도 역시 경계해야 하지 않을까.

그러한 관찰은 소설이라기보다도 차라리 소설을 쓸 준비라고 말할 수가 있는 것이다.

근자의 이무영 씨에게서 좋은 소설을 쓸 준비가 진보되고 있다는 것을 느낄 수 있는 것은 든든한 일이나, 감탄할 예술에 접할 수 없는 것은 이 때문이다.

현하(現下)의 정세와 문화운동의 당면임무[●]

1

8월 15일 직후의 혁명적 앙양昻揚의 와중에서 출발한 우리 문화통일전선운동文化統一戰線運動은 지극히 복잡한 양상을 정呈해가고 있는 현하의 정세에 비추어 다시 한번 검토를 가해 볼 시기에 도달하지 아니했는가 한다. 당시의 정세는 본질적으로 조선에 대한 일본의 제국주의적 기반基盤의 단절과 민중의 혁명적 앙양昻揚을 명확한 방향으로 지도할 추진력의 부족에 있었다. 이 현상은 물론 제국주의적 기반으로부터의 이탈이 독자의 힘에 의하지 않고 전쟁종식에 수반한 결과이었다는 데서 초래된 사태다.

•『문화전선』, 1945.11.

그러나 한 번 제국주의적 속박의 줄이 끊어지자 광범한 민중의 자연 발생적 궐기와 함께 억압되었던 제諸 세력은 일제히 활동을 개시하였다.

이 가운데는 노동자계급의 정치적 경제적인 제 요구로부터 민족 부르주아지의 독자적인 자본주의 발전의 요구까지가 포함되어 있었다.

이러한 제 요소가 민족해방과 국가독립이란 선을 따라 분류奔流처럼 범람汎濫하였다.

우리 문화통일전선운동文化統一戰線運動의 중심인 조선문화건설朝鮮文化建設 중앙협의회는 정히 이러한 혁명적 앙양昻揚과 동란動亂의 파도 가운데서 출발한 것이다.

문화의 해방, 문화의 건설, 문화전선의 통일 등의 세 가지가 당시 우리가 내건 표어라는 것은 선언에 표시된 바와 같다.

36년에 긍亘한 일본 제국주의의 문화적 지배로부터 더구나 전쟁 수행을 기화奇禍로 우리에게 강요한 조선문화 쇠멸정책이 남긴 참담한 폐허로부터 우리문화를 해방하지 아니하면 안 된다는 것은 재언再言을 요要치 않거니와 문화의 해방이란 정치상의 해방과 같이 단순하지 아니하다는 데 이 표어의 또 한 가지 다른 의미가 있었다.

문화적 지배의 영향이란 정치상의 지배가 단절된 뒤 상당한 동안 그 잔재가 남아 있는 법이다. 정치상의 해방이 실현된 뒤에라도 문화적 해방투쟁은 장구한 동안 계속된다는 것은 혁명과 문화의 역사상 허다한 실례를 볼 수 있다.

불란서佛蘭西 혁명 후 귀족주의 문화에 대한 투쟁이 백 년 이상 계속되었고[1] 10월혁명이 지난 뒤 소련의 부르주아 문화잔재에 대한 투쟁은 금일까지 계속되고[2] 있다.

---

1 원문에는 '하였고'로 되어 있으나 문맥상 '되었고'가 적절해 보인다.
2 원문에는 '하고'로 되어 있으나 문맥상 '되고'가 적절해 보인다.

동시에 이 해방투쟁이 문화의 건설공작과 병행하고 내지는 그것에 의하여 지도되지 아니하면 안 될 것은 당연한 일이다. 새로운 문화의 건설원칙이 없이 우리가 문화 가운데 있는 제국주의적 영향의 잔재와 투쟁할 수는 없기 때문이다.

이러한 의미에서 우리 문화운동이 종래의 반제국주의적인 요소의 통일전선에서 출발한 것은 당연하였다.

그리하여 문화해방과 문화건설이란 통일전선 가운데는 민족해방과 국가독립이라는 정치적 앙양의 내용을 형성했던 제 요소가 함유되어 있었다.

2

그러면 이러한 통일전선은 현재의 정세 하에서도 과연 유지될 수 있고 또 유지할 필요가 있는가?

우리는 여기서 다시 문화운동의 배경이 되는 정치정세에 대하여 다시 일별할 필요가 있다.

15일 이후 북으로서는 소련군이 38도까지 내주來駐하였고 남으로서는 아메리카³군이 역시 삼십팔도까지 진주하여 수도 경성은 미군의 군정 하에 놓이게 되었다.

바꿔 말하면 일본 제국주의로부터 조선의 해방이 독자적 역량에 의하여 전취戰取되지 아니하고 국제관계의 상극相剋에 의하여 초래되

---

3 원문에는 '아美利加'로 되어 있다.

었다는 사실이 구체화된 것이다.

그 위에 소련과 미국의 정치경제적인 성격의 상위相違와 이해의 차이라는 두 가지 사실에 의하여 정세는 한층 교착되고 복잡화하였다.

분명히 정세는 복잡화되어 신중한 판단을 필요로 하나 현하의 정치적 과제가 다음의 점에 있음은 사실이다.

우선 일본 제국주의의 잔존한 제 세력을 일소할 것. 민족의 완전한 해방과 국가의 자주독립을 촉성促成해야 할 것. 또한 이 모든 것을 진정한 민주주의적 원칙에 의하여 수행하지 아니하면 안 될 것 등등이다.

요컨대 일본 제국주의의 기반이라는 지배적 사실이 상실된 이외, '코민테른'이 6회 대회 강령에서 제시했던 '민족의 완전한 해방과 토지관계에 있어 봉건적 잔재의 소탕'이란 식민지운동의 기본과제는 아직 과제대로 남아 있다.

바꿔 말하면 우리의 앞에는 이른바 부르주아 민주주의혁명의 근본과제가 그대로 남아있음을 의미한다.

그러나 여기서 한 가지 주의할 것은 조선의 부르주아 민주주의 혁명을 누가 담당하느냐 하는 문제다.

주지와 같이 이 혁명은 자의字意⁴가 말하듯 원칙적으로는 부르주아계급의 역사적 사명에 속하는 것임에 불구하고 조선의 부르주아지는 역사적 사회적으로 이 사명을 수행할 능력이 극히 적은 경지에 있다.

첫째는 조선의 부르주아지가 미처 생육生育되기 전, 조선이 일본 제국주의의 식민지가 되었기 때문에 충분하게 성장치 못한 것.

둘째는 제국주의의 품안에서 길려온 조선 부르의 소협력 기업이나 매판으로 성격화되고 전쟁을 기회로 성장한 소수의 부르주아지는 연

---

4 원문에는 '字義'로 되어 있으나 '字意'의 오식으로 보인다.

합국의 전쟁 범죄자적 또는 민족 배반적 위치로 전화轉化된 것.

등등의 제 조건은 조선의 부르주아 혁명을 극히 소수의 진보적 부르주아지와 그타他는 주로 중간층·농민·노동자계급의 손으로 수행하지 아니할 수 없는 사태에 이르게 하였다.

그러나 15일 이후에 전개되고 있는 제 사태의 진행은 이러한 여러 계층의 상호관계와 혁명성 위에 현저한 변화를 초래하고 있다

첫째는 노동자계급을 중심으로 한 혁명세력의 급격한 대두와 조직적 성장. 둘째는 새롭게 가해지는 신래新來 외국 자본주의 압력의 증대다.

일본 제국주의의 유산 상속을 꿈꾸는 부르주아지에게 첫째의 사실은 그들의 몽상夢想의 실현을 절망화시키고 있으며 둘째의 사실은 외래세력과의 결탁과 타협이 약소한 부르주아지에게 유일한 혈로처럼 보이기 시작한 것 등이다.

이 사실을 토대로 하여 일부 민족 부르주아지와 완미頑迷한 토착지주와의 반동적 동맹의 실현이 한층 더 확충될 수 있으며 거리낌 없는 외력外力 의존의 새로운 사대주의가 대두하고 있다.

말할 것도 없이 이 경향은 토지관계에 남아 있는 봉건적 요소의 청소와 민족의 완전해방 급及 자주독립에 정면으로 대립하는 것이며 노동자계급을 중심으로 한 제 세력의 혁명성을 일층 더 명백히 드러내게 된다. 환언하면 정세의 진행에 따라 제 계급의 기본적 대립이 본래의 형태로 첨예화되고 있다.

그러나 이러한 계급적 대립의 첨예화로 말미암아 통일전선의 유지는 불필요해지느냐 하면 그렇지 아니하다.

첫째로는 완미한 토착 지주의 일층의 반동화와 일부 민족 부르주아지의 저항5에도 불구하고 현하의 과정이 부르주아 민주주의혁명이

란 원칙에는 변화가 없는 것. 둘째로는 봉건적[6] 잔재와 외력 의존주의에 대한 깊은 반감이 광범한 제 계층 가운데 치열히 일어나고 있으며 그 영향은 반동세력의 영향 하에 있는 대중을 그들에게서 분리시키고 있는 것.

셋째로는 자기 국가의 기초가 되는[7] 민족통일에 대한 열망이 반동세력의 공포에도 불구하고 목적으로 고조되고 있는 것.

등등의 사실은 민족의 단일한 연합전선의 가능성을 증장增長시키고 있으며 혁명화에[8] 더욱 박차를 가하고 있다.

그리하여 이 통일전선의 전개과정을 통하여 혁명의 추진력으로서의 노동자계급의 성격과 능력이 밝혀지며 동시에 그 영도성에 대한 동맹자와 수반자의 신뢰가 깊어지는 것이다.

이러한 제 사실은 현재의 정세 하에서 통일전선의 필요와 의미를 재확인하는 것이며 또 그 전개의 방향을 스스로 암시하는 바가 있는 것이다.

3

정치에 있어서와 같이 문화운동의 기본방향이 통일전선에 있어야 할 것은 다시 의논할 여지가 없다.

---

5 원문에는 없으나 문맥상 '저항'을 집어 넣은 것이 적절해 보인다.
6 원문에는 '封근的'으로 되어 있으나 '봉건적'의 오식으로 보인다.
7 원문에는 '되고'로 되어 있으나 문맥상 '되는'이 적절해 보인다.
8 원문에는 '革명化우에'로 되어 있으나 문맥상 '혁명화에'가 적절해 보인다.

문제는 어떻게 하여 이 정세의 추이에 뒤떨어지지 않고 적응하느냐에 있다. 그것은 출발점에서 내어걸었든 일반방침을 구체화하고 실천해 나가는 데 있을 것이다.

먼저 우리는 문화운동이 현하 전개되고 있는 민족통일전선의 일익 ─翼이라는 원칙을 운동의 기본방침으로 삼지 아니하면 아니 된다. 따라서 정치에 있어서와 같이 모든 종류의 분열주의와 분파 행동과 싸우는 것을 첫째의 임무로 삼으면서 부단히 뒤따라 발생하는 자연발생적인 혹은 소단체의 운동을 한 방향으로 규합 통일하기 위하여 노력해야 할 것이다. 이와 동시에 이 통일운동의 근본정신이 될 원칙을 수립하고 추진의 방향을 명시해야 한다. 왜 그러냐 하면 문화의 통일전선은 담합에 의한 일시의 타협이나 무원칙인 형식상의 통일이 아니라 우리나라의 부르주아 민주주의혁명을 수행하기 위한 광범한 전선의 일익이기 때문이다.

그렇다고 문화운동이 바로 정치운동의 직접의 일환으로 의무를 지는 것은 아니다. 문화의 기능과 그 기능에 적응한 형태로 독자의 임무수행에 종사하는 문화의 투쟁이다. 요컨대 문화 자체의 문제를 해결함으로써 전체 문제해결에 기여하는 것이다.

정치적 용어를 그대로 빌면 현하 문화운동의 근본과제는 문화상에서 부르주아 민주주의혁명을 수행하는 데 있다 할 수 있다.

이 혁명도 정치에 있어서와 마찬가지로 일찍이 신흥 시민계급의 문학적 대변자이었던 신문화의 창설자들에 의하여 수행되어야 할 것이다.

그러나 역시 정치에 있어와 같이 그들은 이 임무를 완전하게 수행할 능력이 부족했었다.

그래서 문화의 전술 분야를 통하여 근대적인 의미의 독자적인 민족문화의 수립이란 큰 과제를 해결치 못했고 우리의 현대문화에서 볼 수 있는 일종 기형적인 혼합문화를 남겨놓고 말았다.

일본 제국주의의 문화지배가 남긴 악惡잔재, 이조 봉건[9]사회에서 물려받은 봉건[10]적 잔재, 새로 이입된 부패기 시민문화의 단편, 이러한 제諸 요소가 오늘날의 조선문화다.

왜 문제를 일부러 원칙적으로 세우느냐 하면 현재라는 시기가 모든 문제를 원칙에서 출발해서 해결해야 하고 또 해결할 수 있는 혁명의 시기이기 때문이다.

문화에 있어서도 혁명의 시기이기 때문에 우리는 정치에 있어서와 같이 문화혁명의 본질을 규정해야 한다.

계속해서 제기되는 문제는 이 문화혁명의 담당자의 문제다. 먼저 말한 바와 같이 창시기創始期의 부르주아지는 이 문화혁명을 자기가 수행해야 할 것임에도 불구하고 미수未遂로[11] 넘어와 금일에 이르른 것이요, 현재에 부르주아지가 이 혁명을 수행할 수 없는 것은 정치의 경우와 동일하다.

따라서 이 문화혁명의 담당자도 문화혁명에 있어서 가장 혁명적 계급인 노동자계급을 위시한 농민과 중간층과 진보적 시민으로 형성된 통일전선에 속하게 된다.

그러므로 문화전선의 임무가 일본 제국주의적 문화지배의 영향으로부터, 문화의 봉건적 잔재로부터 해방되기 위한 투쟁과 더불어 부패기 시민문화의 침윤浸潤에서 자유롭기 위하여 우리 문화의 기초를 인민 속에 수립해야 할 건설적 임무가 따르는 것이다.

---

9 원문에는 '封근'으로 되어 있으나 '봉건'의 오식으로 보인다.
10 원문에는 '封근的'으로 되어 있으나 '봉건적'의 오식으로 보인다.
11 원문에는 '未遂대로'로 되어 있으나 문맥상 '미수(未遂)로'가 적절해 보인다.

왜 문화건설의 기초를 인민에 두어야 하느냐 하면 일본의 수중에서 성육成育한 일부 무력한 부르주아지나 반동적 지주가 일본 제국주의 문화지배의 영향과 봉건문화의 잔재에 대하여 투쟁적일 수 없을 뿐만 아니라, 부패기 시민문화의 침윤에 대하여 어떤 의미로서이고 특권적인 층層은 그것과의 타협에서 오히려 쾌적을 느끼기 때문이다.

이러한 모든 요소의 철저한 지양자止揚者로서 운명을 타고난 노동자 계급을 중심으로 한 인민만이 차등此等의 요소에 대한 혁명적 투쟁자일 수가 있다.

4

일본 제국주의 문화지배의 영향은 언어·사상·생활의 전 영역에 미쳐 있는 것으로 새로운 정치체제를 토대로 한 교육 문화 전반의 개혁을 통해서 전개되어야 할 것이다. 따라서 이러한 전반적인 소탕 공작에 활발히 참가하고 독자의 창의創意를 가지고 이 공작의 전개에 기여해야 할 것은 물론이나 문화운동은 또한 독자의 견지에서 이 잔존한 영향의 청소를 위하여 특별한 투쟁에 종사할 필요가 있다.

누구나 일본 제국주의 문화지배의 영향이라고 하면 정치적·민족적 색채가 분명하므로 판별이 용이하리라고 생각하나 문화운동은 무의식적인 세계에 남아 있는 이 영향의 잔재와 싸운다는 특별히 곤란한 실천에 종사한다는 것을 잊어서는 아니 된다.

언어·사고·신앙·풍속·취미 등의 광범한 영역에 이 영향은 보이지 않게 숨어들어 있는 것이요 그것은 또 제국주의적 문화지배의 산물이라고 생각되지 아니하는 영역에까지 미쳐 있음을 주의할 필요가 있다.

문화에 있어서 봉건적 잔재는 우리가 청산해야 할 가장 큰 대상의 하나인데 이 경향은 주지와 같이 현재에 있어 가장 애국적인 형태인 국수주의로 나타나고 있다. 국수주의란 즉 배외주의의 면을 가지고 있기 때문에 이것을 곧 일본 제국주의 문화지배의 영향과 직접으로 결부된다는 것은 우리가[12] 피해 오는 바다.

그러나 문화의 봉건적 잔재가 사회관계 가운데 있는 봉건적 잔재의 반영이요 이 봉건적 잔재는 일본 제국주의가 조선을 지배하는 유력한 발판이었음은 주목할 일이다.

사회적으로나 문화적으로나 조선의 완전한 근대적 발전은 일본 제국주의가[13] 희망하지 않는 바이었고 제 관계에 있어 봉건적 유제는 조선을 가혹한 전前 자본주의적 방법으로 착취하기에 필요하였던 것이다.

일본 제국주의 치하에 있어 이들 봉건층의 사상이었던 국수주의가 도무지 일본에 대한 위험사상이 아니었음은 우연한 일이 아니다.

현재의 순간에 있어 이러한 요소는 신래新來 자본주의가 조선 안에서 실현하려고 하는 정치적 경제적 목적의 새로운 발판이 되리라는 문제는 고사해놓고 문화의 영역에서만도 우리의 투쟁의 정면의 대상이 된다.

역사와 과학과 예술에 있어 국수주의는 신비주의적 관념론적 미망의 중심이요, 세계문화의 최고 성과를 수입하지 아니하면 아니 될 이 순간 배외주의는 퇴영적 보수주의적인 미망의 토대가 된다.

---

12 원문에는 '우리의'로 되어 있으나 문맥상 '우리가'가 적절해 보인다.
13 원문에는 '帝國主義의'로 되어 있으나 문맥상 '제국주의가'가 적절해 보인다.

또 하나 우리의 주의를 요하는 것은 봉건주의가 사대주의의 일면을 가진 점이다.

국수와 배외의 외모를 가진 봉건주의가 어떻게 그 내부에 사대사상을 품고 있느냐 하는 것은 일견 불가능한 일이나 우리 봉건적 제관계가 현대사회 가운데 남은 중세의 잔재라는 것을 생각하면 용이히 이 문제를 해명할 수 있다. 다시 말하면 봉건적 잔재라는 것은 현대에서는 자생自生할 수 없는 존재다. 언제나 제국주의적인 식민적 지배 가운데서 기생하지 아니하면 존립은 불가능한 것이다. 따라서 국수와 배외는 그 외모요 본질에 있어서는 외력의존 즉 사대주의로 일관되어 있는 것이다. 결국 사대주의란 봉건적 제 잔재의 무력無力의 표현이다.

그러므로 문화의 봉건적 잔재는 필요에 의하여 혹은 기회를 좇아 국수적으로 또는 사대적으로 자기를 표현한다.

진보적인 세계주의를 대할 때 국수적 면모를 정로하는 것이요 비非진보적인 세계주의에 대하여는 무無절조한 사대적 면모를 드러내놓고 마는 것이다.

진보적 부르주아지의, 중간층의 또는 일반 근로자층의 모든 문화적 발전과 조선문화의 새로운 건설을 위하여 봉건적 잔재는 깨끗이 청산되어야 한다.

그 다음으로는 약간 용어가 이상하나 몰기적沒期的 시민문화가 우리 문화 위에 미친 영향을 주의 깊게 청산할 필요가 있다.

조선의 부르주아지가 그 생성기에 있어 시민적 문화의 완성[14]이란 역사적 사명을 수행치 못하고 위축되고 만 뒤 그들이 서구에서 받아

---

14 원문에는 '完全'으로 되어 있으나 '완성'의 오식으로 보인다.

들인 것은 몰락기의 시민문화 이른바 20세기 문화의 제 단편이다. 이 몰락기 시민문화는 시민문화가 생성기와 발전기에 가지고 있는 진보적이요 건강한 요소를 상실하고 몰락기에 든 부르주아지 계급의 불건강하고 퇴영적인 요소로 충만되어 있었다.

문화의 여러 가지 영역에 나타나 있던 퇴폐적 경향이라든가 관능주의라든가 기타 제종諸種의 경향은 모두 문화의 순수주의라는 그늘 밑에 자기의 반反사회적인 본질을 숨겨두고 있었다.

순수주의라는 것은 중간층을 지배하던 정치적인[15] 중립에 토대를 두었다느니보다 서구문화의 부르주아적 자족自足의식에 더 많이 근거를 가지고 있었다. 우리는 이 순수주의를 깨뜨리고 그 경향이 문화의 발전상이 아니라 몰락상임을 명시하고 진보적 계층의 문화적 발전 위에서 자기의 새로운 내용을 발견하도록 노력해야 한다. 우리는 또 문화에 있어 사상적 무관심이란 것이 일본의 강압 하에 있었을 때는 거기에 대한 정치적 무관심이라고 생각할 수 있으나 전민족이 완전해방과 국가독립을 위하여 투쟁하지 아니하면 아니 될 현재에 있어서는 반동적 역할을 연演함을 천명해야 한다.

아직 문화부면의 적지 않은 영역, 불소不少한 층이 순수주의의 미몽 가운데 있는 실정을 생각하여 이 방면에서의 투쟁은 극히 주의 깊고 또 주밀周密하게 수행되어야 한다. 고답적인 질책이라든가 불용의不用意한 곤봉 비평은 이런 방면에서의 투쟁에서는 성공하지 못하는 법이다.

예하면 전쟁 중 문학의 일면에서 발생했던 퇴폐적 경향은 당시의 중간층을 지배했던 깊은 절망감의 표현임을 알아야 한다. 그들에 새로운 희망은 동터왔고 또 그 희망 위에 우리는 명확한 방향을 지시하

---

15 원문에는 '政泊적인'으로 되어 있으나 '정치적인'의 오식으로 보인다.

고 그리로 유도할 주밀한 계획을 갖지 않으면 문화투쟁은 성공하기 어려운 것이다. 물론 이러한 과제가 일조일석에, 더욱이 아직도 계속되고 있는 혁명적 흥분 속에서 그리 쉽사리 성취되기를 바랄 수는 없으나 전쟁 중 또 그 이전에 일본 제국주의가 우리 문화에 직접 또는 간접으로 남긴 상기한 제 요소와 비非인민적 분위기는 일소할 필요가 있다.

그리하여 우리 자신이 현재 가지고 있는 문화를 이 투쟁을 통하여 인민 전체의 문화로 성장시켜가는 한편 인민 자신의 손으로 생산되는 문화 또는 노동자계급, 농민, 일반 근로자 자신의 문화적 창조자를 만들어내고 그것의 육성을 조력하여 조선문화가 명실 공히 인민 자신의 문화가 되도록 노력하지 아니하면 아니 된다.

요컨대 문화활동의 기초와 목적을 한 가지로 인민에 둘 것, 이것이 현재 우리의 문화통일전선 운동의 기준이요 노선이 되어야한다.

문화에 있어서 모든 반反인민적인 것과의 투쟁, 이것이 또한 문화통일전선의 투쟁목표가 되지 아니하면 아니 된다.

이리해야만 문화통일전선은 명목만이 아니라 실질에 있어 추이推移해가는 새 정세와 호흡을 같이할 수 있으며 문화건설중앙협의회의 조직도 거기에 적응하도록 새로운 기초 위에서 재조직되어야 한다.

요컨대 8월 15일 직후 혁명적 앙양 가운데서 응급으로 만들어진 조직으로서의 결함을 청산해야 한다.

5

이러한 새 방침과 그것의 실천기관이 될 수 있는 새 조직을 가짐으로 문화통일전선은 새로운 발전계단으로 들어갈 수 있는 동시에 현하現下 수행되고 있는 민족통일전선운동의 최량最良의 일원으로서의 임무를 수행할 수 있다.

여기서 결어結語를 대신하여 우리 운동과 정치와의 관계에 대하여 수언數言을 비費하고자 한다.

본질적으로 문화가 정치와 떠날 수 없다는 이론적 해명보다도 현하의 조선 정세를 경험하는 가운데 얼마나 문화가 정치와 불가분의 존재라는 것을 사실을 들어 지적할 필요가 있다.

정치가 모든 생활관계의 집중적 표현이란 말이 지금처럼 사실화되어 나타날 시기라는 것은 극히 드물다. 그렇다고 문화를 곧 정치의 한 수단에 불과하다고 생각한다면 왕년의 과오를 되풀이하는 것이다. 단지 우리는 문화에 대하여 정치가 우위에 섰다는 것을 문화 종사자에 대한 정치가의 우위가 아니라 다음의 사실을 통하여 솔직히 표명해야 한다.

삼천만 인민의 절대다수의 행복과 불행이 앞으로 수립될 정부의 성격과 지대한 관계를 가진 현재 문화가 정치의 권외에 선다는 것이 대체 허용될 것인가.

문화종사자 각 개인이 다른 사람이 아닌 조선 민족의 일원이라는 엄밀한 사실에 있어 또 문화가 민족생활의 중요한 일-분야라는 의미에서 문화운동은 정권 수립과정에 있어 하나의 정치적인 의무를 지고 있는 것이다.

다음으로 어떠한 정치적 환경 아래서 문화는 발전의 보장을 받을 수 있는가 하는 측면이다. 나치스 독일에서 문화가 어떠한 운명에 봉착했다는 것은 우리가[16] 이미 숙지하는 사실이다.

그러면 문화의 발전을 위하여 호적好適한 정치적 환경과 부적不適한 정치적 환경이란 것이 있음을 우리는 부정할 수 없다.

결국 정치적 의미에서만 아니라 문화적인 견지에서도 문화는 자기 발전상 보다 좋은 환경이 될 수 있는 정치라는 것을 희망하고 요구하지 아니할 수 없다.

그것은 물론 진보적인 정치다. 반동적인 정치란 나치스 독일에서 같이 문화를 파괴하지 않았는가.

정치의 진보성이란 또 결코 막연한 것이 아니라 그것의 추진력이 되어 있는 계급의 역사적 성격에 의존한다는 것은 주지의 일이다.

우리는 우리나라의 진보적인 정권의 수립을 위한 광범한 투쟁의 일익이라는 것을 자각하지 아니하면 아니 된다.

요컨대 우리의 운동은 정치적으로나 문화적으로나 한걸음 구체화될 시기에 도달한 것이다.

---

16 원문에는 '우리의'로 되어 있으나 문맥상 '우리가'가 적절해 보인다.

문학의 인민적 기초

제국주의 일본[1]의 패전敗戰으로 말미암아 실현된 조선의 정치적 해방의 결과 자동적으로 문학도 일본의 지배를 벗어났다. 그것은 조선의 정치적 해방이 일본이 포츠담 선언을 수락한 자동적 결과인 것과 전혀 흡사한 것이다.

요컨대 퍽 유감된 일이지만 문학의 해방은 정치의 해방과 같이 우리 자신의 투쟁에 의하여, 다시 말하면 우리 문학 자신의 힘으로 오늘날의 상태에 이른 것은 아니다.

여기에 우리가 연합국과 그 군대에 대하여 감사와 경의를 표表하는 이유가 있다. 그러나 일본이 대륙과 태평양에서 패전한 결과로 나타난 우연한 사실이냐 하면 결코 그런 것은 아니다.

● 『중앙신문』, 1945.12.8~12.14.
1 원문에는 '帝國主日本義'로 되어 있으나 '제국주의 일본'의 오식이다.

장년간長年間 망명생활의 고초와 싸워온 지조 높은 혁명가의 형언할 수 없는 노력과 세계의 어느 나라에도 비길 수 없이 잔인하고 참혹한 백색 테러 밑에서도 굴하지 않고 인민의 선두에서 싸워온 영웅적 지도자들의 노력이 정치적 해방을 초래한 중요한 요소인 것이다.

우리 문학이 정치투쟁의 영역과 비길만한 지조와 용기를 표시하지 못했다는 것은 대단히 부끄러운 일이나, 그러나 만일 전쟁을 이유로 저 야만스런 일본 제국주의가 극히 몽매한 문예정책을 강제하고 있을 때 그 저류低流를 흐르는 한 줄기의 생명이 없었더라면 오늘날 우리가 이 자리에 서서 우리 문학의 재건을 이야기할 기회는 아직은 오지 아니했을지도² 모르는 것이다.

그것은 일본 제국주의의 전쟁정책과 그것의 문학적 용병인 국민문학國民文學이 성행할 때 그것은 먼 옛날 일 같으나 8월 14일 날까지 천하를 풍미風靡했다.³ 우리는 겨우 불철저한 비非타협을 유지하려⁴ 노력한 데 불과했다.

그러나 제국주의의 문학적 용병들이 신문학 유사有史 이래⁵ 반半세기간의 전全재산을 통털어 일본에 팔아넘기려고 들 때 중요한 작가들이 자기의 영역을 의연히 지킬 수 있었다는 것은 허술히 평가할 수 없는 일이라고 생각한다.

이 점은 그들이 표시한 미약한 정치적 태도보다 훨씬 더⁶ 중요시될 필요가 있다고 나는 생각한다. 그렇다고 우리가 작가의 정치적 태도를 과소過少하게 평가하려는 것은 결코 아니다. 의연히 작가의 정치적

---

2 원문에는 '아니햇을거도'로 되어 있으나 '아니했을지도'의 오식으로 보인다.
3 이하에 나오는 경어체는 문맥에 맞게 모두 일반체로 고쳤다.
4 원문에는 '하라는'으로 되어 있으나 문맥상 '하려'가 적절해 보인다.
5 원문에는 '來'로 되어 있다.
6 원문에는 '더 훨씬 더'로 되어 있으나 문맥상 '훨씬 더'가 적절해 보인다.

태도라는 것은 중요하기 짝이 없는 것이나 그들의 문학적 예술적 성격과 행정行程이라는 것은 대단히 중요한 것이다.

우리는 지난 반동기反動期 중에 정치와도 문학과도 다 결별했던 적지 않은 작가도 기억할 필요조차 있다.

그러면 전쟁의 반동기를 통하여 우리의 중요한 작가들이 지키고 내려오던 예술적 특징은 대체 어떤 것이었는가?

이것의 검토는 우리 문학의 보다 더 구체적이고 완전한 해방과 재건을 위하여 극히 중요한 일이 아닐 수가 없다.

우리 문학의 재건을 위하여 밝혀야 할 근본문제의 중요한 열쇠의 몇 개가 이 가운데 들어있는 까닭이다.

이 기간을 통하여 작가들을 지배한 공통한 특징의 하나로 우리는 먼저 문학이 될 수 있으면 정치라든가 사상이라든가 하는, 요컨대 사고의 근본문제를 애써 회피한 점을 들지 아니할 수 없다.

작가들의 이러한 비非정치주의에는 다른 원인도 들 수 있으나 주요한 것은 정치나 사상에의 접근이 곧 문학의 예술적 사멸을 의미했기 때문이다. 그때에 있어 문학이 정치로 접근한다는 것은 제국주의 일본의 정신적 용병이 되는 것이요 조선어를 버리고 일본어를 사용하게 되는 까닭이었다. 우리는 그러한 경향이 어떠한 결과를 낳았는가는 최근 수년간에 우리 문학계를 독점했던 소위 '국민문학國民文學'에서 더 설명할 필요가 없는 예증例證을 들 수 있다.

그러므로 작가들은 일본 침략정책과 문화에 대한 야만스런 절멸絶滅정책, 아주 뿌리 채 조선문학을 없애 버리자는 정책에 대하여 공연公然히 반대할 수 없는 정세 밑에서 자연히 나타난 현상이 정치에 대한 회피적 태도였다.

정치에 대한 이러한 극도의 경계와 애써 표시하려던 무관심은 좋게 보면 그것에 대한 소극적인 저항이었다.

그 결과로 문학상에 나타난 현상이 일시 우리 비평계에서 세태소설론이라든가 시정市井에의 편력遍歷이라든가[7] 하는 제목으로 논의되던 문학정신의 원심적 운동이다. 이런 경향의 작가들은 자기 자신에 대하여 이야기하는[8] 대신 자기를 둘러싼 주위 외계에 대해서 주로 관심을 경주傾注한 것이다. 이 경향은[9] 지나치게 주관적이었던 그 이전 시대의 문학에 대한 반성의 한 결과이면서 동시에 정치와 직면하는 위험을 피하려는 작가의 정신적 태도의 한 표현이었다.

문학정신의 이러한 원심운동과 병행하여 내성문학이라든가 심리소설이라든가 하는 제목으로 역시 비평계가 문제삼았던 어떤 문학정신의 구심적 운동이 또 일방一方에서 일어났던 것을 잊어서는 아니된다.

이 경향 역시 지나치게 객관적이려는 종래의 문학에 대한 반성의 한 결과이면서[10] 동시에 모든 문제를 개인의 혹은 일신상의 각도에서 취급하는 데 머무르려는 퍽 조심성스러운 작가의 정신적 태도의 반영이었다.

결국 문학에 있어서 객관성과 주관성의 통일이라는 근본원칙이라든가 묘사와 주장의 통일이라는 문학적 조화의 현상은 공석空席 채로 비워놓았던 셈이다.

먼저도 말한 것과 같이 이런 현상은 좋게 말하면 종래의 문학의 사상적 예술적 결함에 대한 반성이요 극악한 정치와 사회 현실[11]에

---

7 원문에는 '遍歴이라는가'로 되어 있으나 '편력(遍歴)이라든가'의 오식으로 보인다.
8 원문에는 '이애하는'으로 되어 있으나 문맥상 '이야기하는'이 적절해 보인다.
9 원문에는 '一傾向은'으로 되어 있으나 문맥상 '이 경향은'이 적절해 보인다.
10 원문에는 '結果이서면'으로 되어 있으나 '결과이면서'의 오식으로 보인다.
11 원문에는 '實現'으로 되어 있으나 '현실'의 오식으로 보인다.

대한 소극적 저항이라고 볼 수가 있으나, 비판적으로 보면 문학에 있어 정신적 예술적 통일의 결여라고 보지 아니할 수 없다. 이것은 우리 문학이 일본의 제국주의적 문예정책에 대하여 정면으로부터 싸울 만치 강력하지 못했던 결과라고도 말할 수 있으나 타방他方으로는 우리 조선문학이 일본의 제국주의적 압박에 전면적으로 항복해 버릴 만치 약하지도 않았다는 사실의 증좌證左이기도 하다고 나는 생각한다.

그러나 문학이 사상적 예술적으로 내부의 통일을 완성[12]하지 못했다고 하는 치명적 결함이 아닐 수 없다.

성격론이라든가 모랄론이라든가의 형태로 우리 비평이 이 문제에 관하여 약간 접근했던 일은 있으나 여기에서[13] 근본적인 해결책을 발견하지 못한 채 국민문학운동이 대두하여 일본 제국주의에 대한 조선문학의 무조건 항복을 제안하는 그 이외의 문학운동에 대한 완전한 금압禁壓의 철쇄鐵鎖를 엮은 채 지난 8월 15일에 이르고 말았다.

당면한 현금現今 우리 조선문학의 과제는 당연히 중심을 떠난 이 두 가지 경향, 즉 원심운동과 구심운동의 통일을 어떻게 하면 달성할 수 있느냐 하는 데 있다[14] 아니할 수가 없다.

문학에 있어 사상과 예술의 통일을 위하여, 객관과 주관의 조화를 위하여, 바꾸어 말하면 문학에 있어서 진정한 의미의 조화, 희랍의 그것에게도 비길 수 있는 아름다운 문학의 건설을 위하여 우리는 방금 이러한 중대 과제에 당면했다.

조선문학이 이러한 대大과제에 봉착한 것은 우리 신문학 초창기 이래 처음 오는 시기라고 나는 생각한다.

---

12 원문에는 '完全'으로 되어 있으나 '완성'의 오식으로 보인다.
13 원문에는 '여기에'로 되어 있다.
14 원문에는 '있지'로 되어 있으나 문맥상 '있다'가 적절해 보인다..

왜 그러냐 하면 우리 문학으로 하여금 이 통일을 조지^{阻止}하던 근본적인 장벽은 제거되었기 때문이다. 우리는 아무 거리낌 없이 문학과 정치, 문학과 사상의 통일과 밀접한 관계에 대한 공공연한 선언을 발^發할 자유를 가졌기 때문이다.

오직 문제는 우리 문학 내부에 있을 따름이다. 우리들 자신만 노력하면 이 통일과 조화의 방향은 쉽사리 발견될 수 있는 것이다.

그런데 여기서 한 번 다시 더 회고할 것은 연전^{年前}에 우리가 이러한 통일을 위하여 시험하던 성격론과 모랄론이다. 이 두 방식의 시험이 어째서 문제의 근본적 해결의 열쇠를 잡을 수 없었는가 하는 점이다.

나는 간단히 말하여 성격론은 제목 자신이 설명하듯 지나치게 문학론적이었고 또 모랄론 역시 제목 자신이 의미하듯 문제를 과도히 개인주의적인 각도에서 제기했던 때문이라고 본다.

두 가지가 다 당시의 정치적 문학적 정세로 보아 불가피한 일이라고 하겠으나 그러나 이 논의는 문제해결을 위한 근본적 열쇠인 문학에 있어 사회와 개인이 통일될 진정한 계기를 발견하지 못한 것은 비판되지 아니하면 아니 된다.

이러한 계기의 발견만이 시정을 묘사하는 문학 가운데 굳세고 커다란 주인공을 부여하는 것이며 내성^{內省}과 심리의 세계를 저회^{低徊}하는 문학에 광대한 현실세계를 부여하는 것이다.

그 계기란 그럼 무엇이겠는가?

그것은 새로운 인간의 발견이요 거기에 따른 새로운 현실의 발견이다.[15] 역사는 어떤 주인공에 의하여 만들어지고 그들은 어떠한 현

---

15 원문에는 '發見임나다'로 되어 있으나 '발견이다'가 적절해 보인다.

실 가운데서 나는가. 이 제목은 결코 단순한 소설론의 주제도 아니요 또 간단한 정치론의 제목도 아니다. 생각컨대 그것은 해방된 우리 민족 전체가 방금에 당면해 있고 또 당장에 해결하지 아니하면 아니 될 운명적 과제의 한 부분이라고 나는 생각한다. 전개된 이 현실 가운데 우리의 생의 근본방향을 어디에 두느냐 하는 원칙상의 엄숙한 문제이다.[16] 이 과제의 일단一端을 우리 문학도 해결하기 위하여[17] 용감히 뛰어들어야 하고, 또 특히 일반 임무가 문학에게 부여하는 특별된[18] 과제의 해결을 위하여 문학도 또한 자기 스스로의 방법을 가지고 노력하지 아니하면 아니 된다.

그럼 이 길은 어떠한 길일까? 일언一言으로 말하여 이 길은 우리가 인민 가운데로 가는 데서 시작되는 것이다. 인민에의 길만이 우리 문학 가운데 있는 제諸 모순을 해결할 단서를 제공한다. 문학에 있어서 객관성과 주관성, 개인과 사회, 개성과 보편성, 심지어는 민족성과 세계성이란 복잡한 모순은 결코 문학 내부에서는 해결되는 것이 아니다. 왜 그러냐 하면 이러한 제 문제는 본시 문학 내부에서 발생한 것이 아니라 그 외부에, 즉 사회조직에 토대 깊이 근원을 두고 있는 것이기 때문이다.

그러므로 문학이 인민 가운데로 간다는 것은 문학이 자기 자신 위에 부과된 임무의 해결을 위한 노력임과 동시에 현실 전체의 근원적 과제를 해결하기 위한 일반사업에 참가함을 의미하게 된다.

그러면 어째서 인민으로의 길은 이 모든 것의 해결의 관문이 되는가.

---

16 원문에는 '問題'로 되어 있으나 문맥상 '문제이다'가 적절해 보인다.
17 원문에는 '하야'로 되어 있으나 문맥상 '위하여'가 적절해 보인다.
18 원문에는 '徊別된'으로 되어 있는 것 같으나 문맥상 '특별된'이 적절해 보인다.

여기서 우리는 근자에 흔히 쓰는 인민이란 개념의 내용을 밝힐[19] 필요가 있다.

인민과 극히 근사한 개념으로 국민·민족·민중이란 말이 있다. 국민이란 간단히 말하여 일정한 국가에 속한 민중의 총칭總稱이라고 볼 수 있지 않을까? 민족이란 개념도 역시 국민과 비슷하여 비록 독립한 국가에 법적으로 속해 있지 않고 과거의 조선 민족과 같이 타국他國의 지배 하에 있을 때라도 인종적 또는 언어적, 그타他 약간의 주로 자연사적 공통성을 가진 일정한 인간의 총칭이라고 볼 수 있다. 거기에 비하여 민중이란 이 위의 두 가지 말과는 약간 다른 점이 있다. 한 국민 한 민족 가운데서도 민중이란 대중이란 말과 같이 주로 피치자被治者를 가리키는[20] 말이다. 그렇다고 반드시 피치자 또는 피압박의 인민층만을 민중이라고 부르느냐 하면 그렇다고만 대답하기 곤란한 점도 있을 것이다. 불란서 혁명의 주체가 누구인가를 생각하면 우리는 곧 민중이란 말에 가장 가까운 실체를 포착할 수 있다. 민중이란 결국 만인평등설萬人平等說과 더불어 19세기적인 개념일지도 모른다. 그러나 인민이라는 것은 그렇지는 않은 것 같다. 노동자나 농민, 그타他 중간층이나 지식계급 등을 포섭하는 의미에 있어 이 말 가운데는 피착취의 사회계급을 토대로 한다는 일종 농후한 사회계급적인 요소가 보다 더 많은 개념이다. 현대가 민중이란 말 대신에 인민이란 말을 쓰는 것은 아마 현대에 있어 사회적 모순의 해결에 국가적 민족적인 여러 가지 문제보다도 기본적인 문제로 되어 있기 때문인 것 같다.

그러면 문학이 인민에게로 간다는 것은 다시 말하여 문학이 현대

---

19 원문에는 '발칼힐'로 되어 있는 것 같으나 '밝힐'의 오식으로 보인다.
20 원문에는 '가르치는'으로 되어 있으나 문맥상 '가리키는'이 적절해 보인다.

의 사회적 모순의[21] 해결의 일단一端과 관계를 맺는다고 생각할 수 있다.

그것은 문학자가 속한 국가 사회 전체의 진보와 발전, 행복과 융성을 위한 행동임과 동시에 문학이 자기 자신의 문제를 해결하기 위한 행동인 것은 먼저도 말한 바와 같다.

그러나 인민의 사회계급적 내용이 먼저도 언급한 것처럼 단일하지 않다는 것을 여기서 지적하지 않을 수 없다. 노동자계급 농민계급 중간층 등의 각기 다른 사회계급적 차이는 어떻게 또 해결짓겠는가. 우리는 이 가운데서 노동자계급이 가장 혁명계급이란 것을 잘 알고 있다. 참 그들은 잃을 것이라고는 철쇄鐵鎖밖에 아니 가진 계급이기 때문이다.

그타他의 인민의 내용을 형성하고 있는 계급은 정도의 차는 있으나 다분히 소시민성을 가지고 있는 계급이라고 볼 수가 있다.

그러나 우리 조선에 있어, 더구나 전국의 부富의 대부분이 제국주의 일본의 수중에 있던 우리나라의 현하의 형편으로 보아 인민층은 우리 민족의 압도적 대다수를 형성하고 있고 그들은 상호간에[22] 정도의 차이는 있다고 하더라도 해방된 우리나라에서 어떤 형태로이고 특권계급적인 지배나 특권계급적인 기구의 형성과 이해를 달리하고 있다는 것은 부동不動의 사실이다.

그들은 절대로 우리 조선이 인민의 조선이 되기를 욕구하고 있다. 하물며 우리 '인간의 마음의 기사技師'라고 하는 문학자가 우리 민족의 압도적 대다수의 행복과[23] 무관無關한 소수 특권자류의 복리福利를 위하

---

21 원문에는 '矛盾的에'로 되어 있으나 문맥상 '모순의'가 적절해 보인다.
22 원문에는 '相互間의'로 되어 있으나 문맥상 '상호간에'가 적절해 보인다.
23 원문에는 '幸福을'로 되어 있으나 문맥상 '행복과'가 적절해 보인다.

여 일한다는 것은 상상할 수 없는 일이 아닐까. 문학은 이 한 가지 이유만으로도 인민의 기초 위에 서지 아니할 수 없는 것이다.

하나 우리 문학에 있어 그보다도 중요한 것은 일본의 제국주의적 압박 때문에 표면에 내세울 수 없고 전연全然히 주장할 수 없던 정치와 문학과의 깊은 관계, 문학의 사상성에 대한 절실한 욕구가 인민 가운데서만 정당한 해결을 이룰 수 있다는 사실이다.

우리 민족의 대다수의 행복을 목적으로 하는 정치, 또한 우리 민족의 대다수의 복지와 타他민족 타他국가와의 진정한 우의, 세계의 공통하고 동일한 해방을 목표로 하는 세계관만이 문학이 관계를 맺을 수 있는 정치요, 문학이 욕구하는 대상이 될 사상이기 때문이다.

바꿔 말하면 그들 가운데서 진리의 역사적 체현자體顯者를 발견할 수 있기 때문이다. 뿐만 아니라 일찍이 우리가 문학 가운데서 잃어버렸던 주인공, 잃어버렸던 현실세계를 인민 속에서 발견할 수 있다면은 얼마나 다행한 일일까.

이기주의가 아니라 사회성과 모순矛盾하지 않는 진정한 개인, 평판平板한 현실이 아니라 개인의 내부와 밀접히 연결連結[24]되어 있는 현실세계, 이런 것을 우리가 특권계급 속에서[25] 찾을 수 없는 것은 움직일 수 없는 사실이다.

여기에 우리 문학이 여러 가지 차이와 상위相違에도[26] 불구하고 인민 속으로[27] 가지 아니하면 아니 될 이유가 있다. 그러므로 오늘날 문학과 인민과 맺어진 인연이라는 것을[28] 나는 벌써 숙명적인 것이

---

24 원문에는 '連絡'으로 되어 있으나 '連結'의 오식으로 보인다.
25 원문에는 '속의'로 되어 있으나 문맥상 '속에서'가 적절해 보인다.
26 원문에는 '相違의도'로 되어 있으나 문맥상 '상위에도'가 적절해 보인다.
27 원문에는 '속에으로'로 되어 있으나 '속으로'의 오식으로 보인다.
28 원문에는 '것은'으로 되어 있으나 문맥상 '것을'이 적절해 보인다.

라고 생각한다.

그러나 문학이 인민으로 가는 길, 다시 말하면 문학의 기초를 인민의 토대 위에 수립하는 공작은 결코 일조일석에 달성되는 것은 아니다.

우리 문학 가운데 있는 여러 가지 전前 시대의 유물, 예하면 봉건적 잔재라든가 퇴폐사상이라든가 무근거無根據한 고고주의孤高主義, 순수주의, 퇴영적인 향토취미, 개인주의 등 요컨대 일본 제국주의 치하에서는 어느 정도 존재의 개연성蓋然性을 가진 요소가 오늘날에는[29] 청산해야 할 대상이라는 것을 밝힐 필요가 있다.

강연 초고

문화에 있어 봉건적 잔재와의 투쟁임무[•]

일본 제국주의의 야만스런 문화지배가 끝난 오늘날 아직도 싸워야 할 문화적 반동이란 무엇일까?

먼저 우리는 36년간 우리에 강요되었던 제국주의적인 일본교육의 추악한 잔재와 청소를 위한 적지 않은 노력이 필요함을 잊어서는 아니 된다.

언어와 정신과 심지어는 성명과 의복에 이르기까지 우리 조선 민족으로 하여금 일본인이 되기를 강요해 왔다. 더욱이 최근 이 전쟁기간 중의¹ 야만스런 교육정책은 아주 노골화하여 조선 민족의 전_全 생활을 일본화하려고 덤비었다.

우리의 사랑스런 형제와 자녀들의 적지 않은 수효가 우리 글을 잘

• 『신문예』 창간호, 1945.12.
1 원문에는 '중 이'로 되어 있으나 문맥상 '중의'가 적절해 보인다.

쓰지 못하고 읽지 못하며 자기의 모어母語로써 의사意思와 감정을 자유롭게 표현하기 어려운 비탄할 지경에까지 이르렀었다.

일방一方 그 야만스럽기 비할 데 없는 소위 '황민화皇民化교육' 정책에 의하여 우리 청소년의 머리 속에 과학과 진보의 이념 대신에 원시신앙과 몽매蒙昧를 주입하기에 전력을 다한 것이다.

이는 비단 교육뿐 아니라 물론 문화의 다른 영역까지 미쳐서 최근의 10년간은 우리 조선의 신문화사상 하나의 온전한 암흑기를 출현시키었다.

이 암흑기를 틈타서 모든 종류의 비열한들은 세계의 어느 제국주의 국가의 문화정책에도 비길 수 없는 극도로 저질하고 추악한 야만정책에 타협하고 아부하여 조선 민족의 문화적 멸망을 위하여 전력을 다한 것이다.

우리는 이러한 내·외국인에 의한 문화적 압박에 대하여[1] 민중의 저항과 문화 종사자의 노력에도 불구하고 조선 민족의 생활과 머리 속에 그 추악한 조류가 적지 않이 삼투한 것을 부정해서는[2] 아니된다.

더욱이 정치상 제도상의 지배의 영향에 비하여 교육적 문화적인 지배의 영향의 청소淸掃가 훨씬 뒤떨어진다는 사실을 명기하지 아니하면 아니 된다.

문화의 해방과 동시에 시작되는 문화의 건설의 출발점에 있어 우리는 먼저 문화 전반에 긍亘한[3] 일본 제국주의적인 문화지배의 잔재를 완전히 청소하는 일에서부터 발족發足할 필요가 있다.

---

1 원문에는 '對하여 보인다'로 되어 있으나 문맥상 '대하여'가 적절해 보인다.
2 원문에는 '否主해서는'으로 되어 있으나 '否定해서는'의 오식으로 보인다.
3 원문에는 '互한'으로 되어 있으나 '亘한'의 오식으로 보인다.

× × ×

그러나 일본 제국주의적인 문화지배의 잔재를 일소一掃하는 공작工作은 결코 민족적 국수國粹 문화의 건설을 의미해서는 아니 된다.

조선 민족의 완전한 자유와 해방의 달성은 극도로 발달한 현대과학과 그 성과를 전 인민에게 미치게 하고 인민 자신이 스스로 창조의 주인공이 되는 문화의 건설과 병행하는 것이다.

이러한 문화는 조금도 배외주의적排外主義的이 아닐 뿐만 아니라 또 소호少毫의 국수주의적 자기도취와도 무관한 것이다.

그러면 일본 제국주의적인 문화잔재의 소탕과 더불어 제기되는 민족적 국수주의의 경계警戒는 무슨 필요에서 발생하는 것이냐 하면 대략 다음과 같은 이유에서 신문화 건설운동이 민족적 국수주의로 일탈할 위험성이 잠복해 있는 까닭이다.

장구한 제국주의 일본이 우리 민족문화의 성장을 극도로 억압해온 결과 우리의 내재해온 감정의 지향이었다.

모든 일본적인 것을 청산하고 먼저 민족문화로 돌아오자[4] 하는 강렬한 주관적 욕구로 말미암아 문화의 과학성과 세계성에 대하여 소홀하기 쉬운 심리적 약점을[5] 현재 우리 문화가 가지고 있음을 부정해서는[6] 아니 된다.

이러한 감정의[7] 지향이라든가 심리적 약점은 제국주의 일본의 문화압박이 낳은 산물인 만큼 8월 15일 이전까지는 어느 정도의 저항

---

4 원문에는 '도오자'로 되어 있다.
5 원문에는 '弱點은'으로 되어 있으나 문맥상 '약점을'이 적절해 보인다.
6 원문에는 '否主해서는'으로 되어 있으나 '부정해서는'의 오식으로 보인다.
7 원문에는 '感情이'로 되어 있으나 문맥상 '감정의'가 적절해 보인다.

력일 수도 있었고 그만큼 존재할 개연성을 가지고 있었다.

그러나 어디까지나 그것은 소극적인 요소에 불과하였고 저항 가운데서도 새로운 가치를 낳아가는 창조적인 요소는 아니었다.

일본 제국주의의 기반羈絆이 완전히 끊어진 오늘날 단순히 문화압박의 소극적 저항 요소에 불과했던 민족적 국수주의의 존재 개연성은 이미 소멸한 것이 아닐까?

지금엔 오직 새로운 가치의 창조만이 문화의 유일한 과제이기 때문이다.

뿐만 아니라 이 민족적 국수주의의 감정은 우리 문화 가운데 남아 있는 비현대적인 요소, 구체적으로 말하여 봉건주의적인 잔재와 깊은 혈연血緣을 맺고 있음을 잊어서는 아니 된다.

이것은 감정이나 심리와는 전연 별개의 현실적 토대 위에 서 있는 독자의 문화체계, 다시 말하면 봉건적 제諸 관계의 엄연한 유물遺物의 문제다.

주지와 같이 우리 조선은 자기 자신의 힘으로 봉건적 제 관계를 타파하고 근대사회로 들어서기 전에 제국주의 일본의 마제馬蹄 하에 유린되었다. 이 결과 조선의 근대적 발전의 모든 길은 그들의 마수로 두색杜塞되고[8] 문화 역시 자유로운 현대화의 길을 걸어갈 수 없었던 것이다. 요컨대 잡다한 봉건적 유물을 내포한 채 조선문화는 조선의 철저한 현대화를 극도로 두려워하는 일본 제국주의의 치하에 살게 된 것이다. 극히 제한된 현대화의[9] 기초에 있어서 봉건적인 불구不具한 조선이 그들의 침략과 착취의 대상으로 제일 적당했던 것이다.

왜 그러냐 하면 봉건적 유물의 잔존은 조선 민족의 경제와 문화의

---

8 원문에는 '社塞되고'로 되어 있으나 '杜塞되고'의 오식으로 보인다.
9 원문에는 '現代化와'로 되어 있으나 문맥상 '현대화의'가 적절해 보인다.

x

현대적 발전을 조지阻止하는 유력한 공간槓杆이었기 때문이다. 다시 말하면 간악한 저 일본 제국주의는 조선 민족 자신의[10] 힘으로 조선 민족 자신의[11] 발전을 조지시키려고 하였다.

문화에 있어 봉건주의는 민족 상층부에 있는 일부 귀족·지주층의 이데올로기적 반영이었고 귀족·지주층은 또한 일본 제국주의가 조선 민족을 지배함에 있어 필요한 협동층이었음을 잊어서는 아니 된다.

이러한 점에서 우리는 봉건주의가 주관적 의사 여하如何에 불구하고 우리 민족의 문화적 통일과 그 현대적 발전을 조해阻害하여 전 인민에 기초를 둔 문화건설의 장애물임을 면免하기 어려운 것이다.

미신과 신앙 대신에 문명과 과학을, 지방주의와 편협한 국수주의 대신에 세계적인 의미의 민족문화를, 문화의 독점獨占 대신에 인민적 공유共有를 새 문화의 모토로 하지 않으면 아니 된다.

문화에 있어 친일적 요소의 소탕과 더불어 우리는 문화에 있어서 봉건주의와도 단호한 투쟁을 전개하지 않으면 아니 될 이유가 여기에 있다.

---

10 원문에는 '自身이'로 되어 있으나 문맥상 '자신의'가 적절해 보인다.
11 원문에는 '自身이'로 되어 있으나 문맥상 '자신의'가 적절해 보인다.

조선문화의 방향[*]

8월 15일은 우리 문화사상文化史上에도 큰 선을 그은 시기다. 8월 15
일 이전과 이후는 전연 다른 두 시대가 될 것이다.

이 날을 기하여 우리나라의 전全 생활을 지배하던 일본 제국주의의
지배가 끝났다.

우리 문화도 동시에 이 기반羈絆으로부터 떠났다. 오랫동안 억압되
었던 우리나라의 모든 요구와 더불어 문화도 자유로운 발전의 요구
를 내어 걸었다.

정치상의 자유와 더불어 문화에 있어서도 아직 완전한 자유가 실
현되지 아니했다 하더라도 우리 문화가 일본 제국주의의 지배를 벗
어나서 걸어가기 비롯했다는 것은 사실이다.

• 『민성』, 1945.12.

동시에 이 사실은 이로부터 전개될 새로운 문화사의 출발점이 될 것이다.

그러면 이 민족적 흥분과 혁명적 앙양 가운데서 영위되고 있는 문화공작工作 속에서 새로운 문화사의 몇 페이지가 만들어지고 있는 것이 아닐까?

우리는 이 엄숙한 사실事實을 자각하지 아니하면 아니 된다. 역사과정은 이미 시작되고 있으며 진행되고 있다. 여기에 문화공작의 방향이 물어지는[1] 이유가 있다.

× × ×

외부의 억압과 지배를 받지 않는 자유로운 발전의 길!

그것 때문에 먼저 우리는 일본 제국주의의 지배 하에서 문화를 이탈시킬 필요가 있었다.

이 제일 요건이 실현되었음에도 불구하고 우리 문화가 아직 완전히 자유롭지 못한 것은 물론 정치상의 이유에 의한 것이라고 생각할수 있으나, 그러나 우리는 우리 문화의 자유로운 발전을 조해阻害하고 있던 내부의 원인을 발견하지 아니하면 아니 된다.

첫째 일본 제국주의의 지배가 정치로서는 문화 위에서 우선 제거되었다 할 수 있으나, 영향으로서 남아 있는 우리 문화 가운데 흔적은 아직 널리 청소淸掃되어 있지 않다.

이것은 소위 '국민문화운동'의 영향이라든가 '정신총동원운동'의 영향을 말함이 아니라 언어·관습·취미·양식 등의 영역에 남아 있

---

1 원문에는 '문어지는'으로 되어 있으나 '물어지는'의 오식으로 보인다.

는 보이지 않는 영향이다.

일본 제국주의가 정치적으로 문화를 지배한 영향은 쉽사리 청소할 수 있으나 문화적으로 문화를 지배한 영향의 잔재는 앞으로 오래 걸려서 청산되는 것이다.

그 다음으로 중요한 것은 봉건적 잔재다. 8월 15일 이후 탁류와 같이 범람한 낡은 형태의 '애국열', 무궁화 백두산을 위시로 하여 낡은 신군 단지까지 털어 가지고서 자유와 해방을 표현한 비현대적인 제諸 요소, 이것들은 현대 조선문화를 한말韓末 문화의 연장으로 생각하고 있다.

이러한 요소들은 비단 오늘날만 아니라 일본 제국주의 지배 하에서도 우리 문화의 진정한 발전을 조해阻害하고 있었던 것이다.

조선의 문화 해방과 재건을 국수國粹 문화의 해방으로 생각해서는 안 된다.

민주주의라는 것을 의회제도의 실시라고 생각해서는 딱한 일이다. 문화에 있어서 우리는 이 시기에 일체의 비非민주주의적인 요소, 바꿔 말하면 비非근대적인 잔재, 그 대표적인 것으로 봉건주의적 문화 잔재를 일소하는 데서 출발하지 아니하면 아니 된다.

문화에 있어서도 혁명의 슬로건을 내어걸어야 하는 이유가 여기 있다. 그러지 아니하면 우리 문화는 일후日後에도 역시 반식민적半植民的 문화의 후진성을 극복할 수가 없는 것이다.

낡은 잔재를 그대로 이끌고 그것이 또 자유 독립의 새 의장을 떨쳐 입고 국수주의의 형태로 나타남으로써 세계를 향한 우리 문화의 눈과 귀를 가리고 나면 우리 문화의 운동은 참담하기 짝이 없는 경지境地에 이르고 마는 것이다.

이러한 문화에 있어서의 소위 부르주아 민주주의 혁명은 역사적으로 보면 한말 기미己未 전후의 조선 부르주아 문화 창시자 자신이 수행해야 되는 것이었으나 그들은 이 임무를 완전히 수행하지 못한 것이다. 당시에 그들은 있는 힘을 다하여 봉건 정신과 국수주의에 대하여 반항한 흔적은 신문화의 역사를 통해서 짐작할 수 있으나, 그러나 그들은 우리 문화 위에서 이것을 일소하지 못했던 것이다. 조선의 시민계급은 이러한 자기에게 부여된 당연한 임무를 완수할 만큼 계급적으로 성장해 있지 못했고 또 그만치 혁명성은 극히 약했었다. 그러나 이내 조선 시민계급의 역사적 혁명성과 문화적 진보성은 정지되고 말아 오늘날에 이른 때문에 그 과제가 역시 금일까지 밀려온 것이다.

이것을 일본 제국주의의 기반羈絆을 벗어나면서[2] 전개될 새 문화가 해결하지 아니하면 안 되게 되었다.

그러면 이 문화혁명의 임무는 누가 담당해서 수행하는가? 한말이나 기미 전후에 수행하지 못한 부르주아지가 지금에 와서 이 임무를 수행하리라고는 상상할 수는 물론 없다. 그러면 지금에 있어 부르주아 민주주의적 문화혁명이란 일종의 담당할 주인공이 없는 혁명이라 할 수 있다. 불가불 다른 혁명적 계급이 이것을 대행할 밖에 도리가 없는데, 이 대행자란 누구일까?

순수문화를 표방하는 소위 순수문화인 층이겠느냐 하면 그렇지 못하다. 세력관계의 우열을 따라 어느 쪽으로든지 자유로 부단히 동요하는 소시민의 대변자인 순수문화가 이 혁명의 주인공이 될 수는 없

---

2 원문에는 '벗어나면'으로 되어 있다.

다. 오직 그 가운데 진보적인 요소만이 봉건적 요소에 대하여 비타협적일 수 있을 뿐이다.

결국 가장 혁명적인 계급인 노무자勞務者 계급이 영도하는 민주주의 문화혁명 전선의 동반자로서 이 혁명에 참가할 수 있을 뿐이다.

농민, 소시민, 지식인, 진보적인 부르주아지의 문화적 대변자를 이끌고 노동자계급은 부르주아 민주주의적 문화혁명의 제諸 과제를 해결하는 것이 이로부터 전개되는 문화사의 양상이다.

따라서 순수주의라는 것이 비非 봉건적인 요소인 것만은 사실이나,[3] 몰락기 서구 시민문화의 좋지 못한 영향이란 의미에서, 또 소시민적 타협성—중립은 언제나 무한히 타협적이다—의 표현으로 새로운 비판의 대상이 되어야 한다.

× × ×

이러한 여러 가지 역사적 부채負債를[4] 청산하면서 조선의 문화는 자기의 역사 생활 가운데로 들어가야 하는데, 그 방향이 우리가 일찍이 부채를[5] 청산할 때와 마찬가지로 노동자계급을 선두로 한 광범한 인민 대중 가운데 있다는 것은 바꿀 수 없는 운명임을 알아야 한다.

문화의 완전한 해방을 토대로 한 조선문화의 건설을 위해서 그러함과 동시에 세계문화 가운데 완전히 자립할 수 있는 조선문화를 건설해가기 위해서 더욱 그러하다.

이 역사적 자각이 없으면 누구를 물론하고 조선문화를 반半식민지

---

3 원문에는 '事實이다'로 되어 있으나 문맥상 '사실이나'가 적절해 보인다.
4 원문에는 '負借를'로 되어 있으나 '부채(負債)를'의 오식으로 보인다.
5 원문에는 '負借를'로 되어 있으나 '부채를'의 오식으로 보인다.

적 문화 — 독립한 후진국은 다름 아닌 반식민지다 — 로 떨어뜨리는 책임을 져야 한다. 우리는 조선문화의 진정한 발전, 자유로운 장래를 위하여 이 반식민지화^{半植民地化} 문화 탁류와[6] 전력을 다하여 싸워야 한다.

---

6 원문에는 '濁流로'로 되어 있으나 문맥상 '탁류와'가 적절해 보인다.

민주주의 민족전선[*]
통일전선의 민주주의적 기초

1

이미 일본 제국주의가 패망하기 전 카이로와 포츠담에서 민족해방과 국가독립의 실현이 약속되었던 조선이 8월 15일을 당하여 민족통일의 구호를 외친 것은 다음과 같은 몇 가지 이유에 기인한다.

첫째로 조선 민족은 일본 제국주의의 지배 하에 있는 동안 정치적 사회적으로 통일되어 있지 못했었다.

대별大別하여서 일본 제국주의와 타협하고 굴복하고 그 앞잡이가 되어 일본 제국주의의 조선 지배를 용이케 함으로써 자기들의 번영을 영위한 일군―群이 우리 민족 가운데 존재하여 왔고, 이와 반대로

• 『인민평론』 창간호, 1946.3.

일본 제국주의와 타협하지 않고 반항하고 모든 면에 있어 제국주의적 압박과 착취를 방해하여 투쟁한 일부분이 또한 우리 민족 가운데 일관하여 존재해 왔었다.

조선 민족 가운데 존속되어 오던 이 반일적 반제국주의적 부분은 또한 당연히 일본 제국주의의 주구로서 우리 민족의 압박과 착취를 가중시키던 일군과 날카롭게 대립하고 격렬하게 투쟁하여 왔다.

그들은 종족적으로 조선 민족의 일부이나,[1] 정치적으로는 일본 제국주의의 일부분이었기 때문이다.

이와 동시에 일본 제국주의에 의한 자본주의의 이식은 조선 민족 내부에 새로운 사회적 대립을 발전시켰다. 낡은 이조 봉건사회의 신분적 대립 대신에 계급적 대립을 양성한 자본주의는 또 민족의 내부 투쟁의 새로운 형태로 계급투쟁을 전개시켜 제국주의 지배를 중심으로 한 정치적 분열과 아울러 민족 내부의 분열도 일층 다양화시켰다.

여기에 우리는 또 미처 일소되지 못한 채 제국주의의 지배 하에 든 이조 봉건사회의 유물인 신분적 대립의 잔재가 다양한 내적 분열을 보다 더[2] 복잡화시킴을 망각할 수 없다.

대략 이러한 몇 가지 요인이 조선 민족의 단일 행동을 저해하여 와서, 조선 민족이 일본 제국주의에 대하여 기도했던 몇 차례의 반일 운동과 계속되어 오던 투쟁의 전全 과정을 제약하여 온 것이다.

둘째로 종래의 조선 민족의 전全 생활과 활동이 일본 제국주의의 기반羈絆 속에 구속되어 왔고 그것으로부터의 이탈이 친일 요소를 제除한 민족 각 계층의 요망이었던 만큼, 이 기반이 끊어지자 대립을 계속하여 오던 민족 내부의 제층諸層은 제각기 독자의 정치적 욕구欲求를

---

1 원문에는 '일부이다'로 되어 있으나 '일부이나'의 오식으로 보인다.
2 원문에는 '다보더'로 되어 있으나 '보다 더'의 오식으로 보인다.

들고 활동을 개시하였다. 8월 15일 직후의 혁명적 혼란이란 것은 순전하게 이 각이혹異한 욕구에 의하여 개시된 각층의 활동 방향과 성질의 불일치에 있었다. 각 계층 앞에 종래의 상태를 양기揚棄할 가능성이 발생하고 새로운 지위를 형성할 희망이 전개될 때 각 계층은 또한 제각기 최고의 지위에 도달하려는 충동에 의하여 행동하는 것이 혁명기의 특색이다. 이리하여 민족 부르주아지에게는 자본가적 독재를, 프롤레타리아에게는 노동자계급의 독재를 실현할 수가 있는 것과 같은 환상이 이 시기의 정치투쟁의 성격을 격렬하게 만든 것이다.

셋째로 이와 같은 여러 가지 부정적 요인과는 반대로 민족의 통일을 요청하는 긍정적[3]인 요인이 현실 가운데 존재하고 있는 것이 또 점차로 명백하여지기 시작했다.

민족의 완전한 해방을 기초로 하여 통일국가를 형성하고 싶다는 욕구는 일본 제국주의적 압박으로부터 해방되고자 하는 욕망과 더불어 민중 가운데 뿌리 깊게 잠재하여 왔다는 것이 8월 15일 직후 민족통일에 대한 그들의 자연발생적 요망 가운데 역력히 나타났다.

이 요망 가운데는 제국주의 지배에 의하여 전 영역에서 독자적 발전을 저지당했던 민족 각층의 공통한 기분이 반영되어 있었고, 이 기분 가운데는 미처 민족통일을 기초로 한 근대국가의 형성 이전에 식민지화한 조선사회의 역사적 현실이 은연히 암시되어 있었다.

사회·경제·문화의 각반各般에 긍亘한 전근대적 잔재는 종래로 일본제국주의가 조선을 지배하는 한 발판이었고, 이식된 자본주의는 이러한 전근대적 제諸 잔재를 토대로 첩적疊積된 일종의 기형적인 중층重層이었던만큼, 민족통일과 국가독립의 토대가 될 조선사회의 민주주의적

---

3 원문에는 '背定的'으로 되어 있으나 '긍정적'의 오식으로 보인다.

혁명이란 역사적 과제는 해결되지 못한 채 보류되어 왔기 때문이다.

이 과제의 해결을 불가능케 한 것이 제국주의 지배요, 이것을 미해결 채로 보류해온 것이 식민지적 착취의 본질이었기 때문에 일본 제국주의적 기반의 단절은 이 과제의 해결 가능성을 실현한 것이다.

통일은 대립을 전제로 하는 것이라면 또 대립이 지양될 계기를 발견하지 않고는 일로一路 분열로 전개하는 것이 논리의 순서라면[4], 이 계기로서 조선 민족 앞에 제기된 것이 전기前記한 역사적 과제다. 조선 민족의 독자적 발전의 질곡이 되었던 제국주의 지배의 모든 요소를 근멸根滅하고 조선 사회의 근대적 발전 — 이것은 민주주의적 발전이다 — 을 방해하던 전前 근대적 제諸 잔재를 제거하여, 정치·경제·사회·문화 전반에 민주주의적 발전의 대도大道를 열고 자주독립국가를 건설하자!

이 과제를 민족적 내부 대립의 근본을 이루고 있는 토착 자본가계급과 노동자계급이 한 가지로 인정할 수 있다면 민족통일전선의 형성은 가능한 것이다.

전근대적 제諸 관계의 청산과 민주주의적 건설은 이 두 계급의 통일 합작으로써만 수행되기 때문이다.

2

그리하여 조선의 자주독립과 민주주의적 발전의 공간槓杆이 될 민

---

4 원문에는 '順字라'로 되어 있으나 문맥상 '순서라면'이 적절해 보인다.

족통일전선의 실현 가능성은 객관적으론 조선 현실의 역사적 사회적 본질에 의하여 보장되고, 남은 문제는 여기에 참여할 주체인 각 계층이 각자의 사명의 민족적 공통성을 자각하는 것뿐이었다.

주지와 같이 이 자각에 있어 결정적 역할을 연演하는 것은 노동자계급이었다. 왜 그러냐 하면 위에 언급한 과제라는 것은 역사적으로 보아 자본가계급의 사명에 속하는 것이요, 현실적으로도 부르주아 민주주의 변혁에 속하는 것이며, 또 유약한 토착 자본가계급은 독력獨力으로 이 과제를 해결지을 수 없기 때문이다.

만일에 노동자계급이 지금 단계를 프롤레타리아 혁명의 시기라고 규정한다면 민족전선의 실현은 불가능하고 격렬한 계급투쟁을 예상하지 않으면 안 될 것이다.

사실 이러한 분열을 초래할 위험한 요소가 노동자계급 진영 일부에 존재해 있었던 것은 사실이었다. 그러나 조선 노동자계급을 대표하는 정당의 결정적 의견이 이러한 극좌적 견해를 부정함으로써 민족통일전선은 구체화될 계단으로 옮긴 것이다.

8월 15일로부터 인민공화국 정부가 수립되는 약 1개월 간이 이러한 자각의 구체적 실현의 제1기로서, 이 기간을 우리는 혁명적 통일전선의 시기라고 이름지을 수 있을 것이다. 아직도 수도를 위시하여 전국 각지에 일본 군경이 편만偏滿하고 해외의 제諸 세력이[5] 귀국할 날을 예상할 수 없는 이 시기에 국내에 남아[6] 일본 제국주의와 싸워오던 여러 세력이 통일전선을 결성하여서 투쟁한 성과가[7] 인민공화국의 탄생이었다. 이 통일전선을 혁명적이라고 부르는 이유는 다음

---

[5] 원문의 판독이 어려우나 문맥상 '세력이'가 적당해 보인다.
[6] 원문의 판독이 어려우나 문맥상 '남아'가 적당해 보인다.
[7] 원문에는 '成果와'로 되어 있으나 문맥상 '성과가'가 적절해 보인다.

의 제점諸點에 기인한다.

첫째로 이 통일전선운동이 패잔 일본 군경의 단말마적 도량跳梁 하에서 우리 민족의 제諸 권익을 보위하고 장차 권력기관으로 발전할 자치활동에서 출발한 만큼 전체로 혁명정권의 방향으로 걸어가고 있었다.

둘째로 이 활동에 참가한 요소가 주로 종래 지하에서 일본 제국주의와 직접 투쟁하던 혁명세력과 그 투쟁에서 희생되었던 출옥한 정치범, 또 그 주위에 집결될 수 있는 급진적 분자, 그리고 이 여러 요소를 영도한 중심적 추진력이 혁명적 노동자계급의 조직이었던 것.

셋째로 민족 자본가계급의 정치적 역량이 극히 유약하고 또 상당한 부분이 태평양전쟁 중 대일 협력자이었던만큼 이 계급에 대한 민중의 신뢰가 퍽 박약한 대신, 제국주의적 압박의 굴레를 벗은 직후의 혁명적 진영이 전국을[8] 지배하고 있었다. 이 과정에 있어 민족통일전선의 형성 기준— 원칙이라기보다 이것은 기준이라 함이 적당하다 — 으로서 친일파와 민족 반역자의 제외를 부르짖은 것은 혁명적 통일전선에 적응適應한 일종의 혁명적 결벽의 반영인 윤리성의 표현이라고 볼 수 있다.

원칙에 의한 통일이 아니라 독립을 위한 민족의 대동단결이라 하더라도 종래의 배족자背族者는 당연히 제외될 것이기 때문이다.

그러나 소위 친일파, 민족 반역자의 제외는 윤리적일 뿐 아니라 정치적인 의미가 있었다. 이 요소는 조선 민족의 반역자일 뿐만 아니라 조선을 지배하고 있던 일본 제국주의 세력의 일부분이기도 하기 때문이다. 요컨대 일본 제국주의와의 싸움은 8월 15일로서 끝난 것도

---

8 원문의 판독이 어려우나 문맥상 '전국을'이 적당해 보인다.

아니요, 일본군의 무장해제나 재류일인在留日人의 철귀撤歸로서 막음하는 것도 아니다. 실로 36년간의 지배를 통하여 조선 민족 내부에 부식扶植해 놓은 온갖 세력을 일소함이 민족해방의 제일 전제요, 그것의 완수는 민주주의 조선 건국의 제일보가 되는 것이다. 만일에 이것을 소탕하지 아니하면 국제 파시즘 전선의 일익―翼을 조선 내에 방치하여 두는 결과가 되며, 이 방치된 잔재는 또 다시 조선 내에 있어 반反민주주의 세력 형성의 핵이 될 위험성을 내포하고 있기 때문이다. 그러므로 친일 요소의 제거가 함유하는 정치적 의의는 국내 민주주의 건설과 세계 민주주의 옹호의 이중의 면에서 실현되는 것, 즉 해방된 조선 민족이 그 건국의 제일보에 있어 세계 민주주의전선에 실천적으로 참가함을 의미한다.

따라서 전근대적 요소―봉건적 잔재―의 청산과 아울러 일본 제국주의적 요소의 소탕을 역사적 현실적 과업으로 한 조선의 민주주의적 재건은 국제적으로는 반反파시즘―반反군국주의 전선에의 적극적인 참가로 말미암아 비로소 진정한 의미의 세계의 진보와 역사의 발전에 기여할 수 있게 되는 것이다.

3

그러나 먼저도 말한 바와 같이 통일전선에 있어 친일파·민족 반역자의 제거 문제는 주로 참가 자격으로 혹은 성원의 기준으로서 제기되어가지고, 이승만李承晩 박사의 무원칙 통일론이 제창될 때까지는 그 정치성이 이론적으로 표면에 나타나지는 않았다. 그때까지는 주로 실천의 면에서, 즉 윤리적인 의미로 친일파가 문제된 데 불과하였다. 일부 우익정당의 간부 가운데, 또 미국군정청의 관리배로, 혹은 혁명적 흥분이 식어가는 정계에 암약하는 부동浮動 투기자로 이들은 문제될 따름이었다.[9] 그러나 이때부터 점차로 우익 진영에 있어, 또는 반동세력 내부에 있어 친일 요소의 비중과 연演하는 역할은 나날이 증대되어갔다. 일면에서 유약한 토착 자본가의 정치세력 증대를 획책하여 지주층의 동맹을 촉성시키는가 하면, 군정과 민주주의적 진보세력과의 이간을 도모하고 좌우진영의 대립을 국제관계에 연장시켜 남북조선과 미소 상극相剋[10]에까지 발전시키고자 한 것이 그들이었다.

일언一言으로 말하여 그들의 활동은 모든 종류의 반진보적 반민주주의적 세력의 교착제膠着劑의 작용을 하고 민족통일전선의 최대의 암으로 화하여가고 있었다.

이렇게 친일 요소의 제거 여부가 자주독립과 민족통일의 정치 원칙에까지 높아지고 있는 때 이승만 박사의 "덮어놓고 뭉치자"는 무원칙 통일론이 등장한 것이요, 이 이론의 구체적 표현이 독립촉성중앙협의회의 운동이었다.

이 운동을 통하여 독립촉성중앙협의회에서 친일파·민족 반역자라고 지목될 분자를 제외할 것과, 진보적 민주주의 노선을 중심으로 한 민족통일전선을 결성하자는 좌익의 제안 가운데 비로소 이 문제의 원칙성이 확인되었고, 또 이박사의 무원칙 통일론의 위험성이 지적되었다.

그리하여 주지와 같이 독립촉성중앙협의회는 좌익이 제시한 두 가

---

9 원문에는 '다름이었다'로 되어 있으나 '따름이었다'의 오식으로 보인다.
10 원문에는 '상괄(相刮)'로 되어 있으나 '상극(相剋)'의 오식으로 보인다.

지 조건을 하나도 실현하지 못하므로 민족통일전선으로서의 가치를 상실하고 우익 각파의 대변 기관으로 전화轉化되고 말았으며, 이승만 박사의 무원칙 통일론은 그의 반소 반공 연설로 결과하여 그 반민주주의 본질을 천하에 폭로하였다.

이 기간을 우리는 민족통일전선운동에 있어 원칙의 확립기, 또는 그 원칙을 중심으로 한 논쟁의 시기라고 말할 수가 있다.

왜 그러냐 하면 이 기간에 있어 민족통일의 원칙이 명백해졌을 뿐 아니라, 그 원칙을 중심으로 한 논쟁을 통하여 정계 상층의 합종연횡合從連衡이 기초로부터의 대중통일전선과 연결될 유대를 발견하였고, 조선 안의 통일전선이 결국은 국제 민주주의 연합전선과 불가분의 연관성을 가졌음이 실천에 있어 명백해졌기 때문이다.

실로 이승만 박사의 무원칙 통일론은 친일파 민족반역자는 물론, 각양의 반동세력이 민족통일전선에[11] 참여할 자격을 이론적으로 보장하였고, 사실에 있어 그 이론은 민주주의적 진보세력에 대립되는 각종 반동세력의 통일 지침으로 화하여 행동의 구호로서 그의 반공 연설은 던져진 것이라 할 수 있다.

그러나 이 연설이 고 히틀러 총통의 반소反蘇 연설과 본질을 같이함에 이르러 민중은 아연하지 않을 수 없었다. 조선뿐만 아니라 박사의 연설은 중국문제까지 미쳐 공산당의 배제만으로 중국은 통일이 가능하다는 견해를 피력하여 박사는 드디어 웃음을 천하에 사고 통일전선의 화려한 무대에서 돈암장敦岩莊의 깊은 골방으로 들어간 것이다.

주화駐華 미국 전권특사 마샬 원수의 견해와도 반대되는 이박사의 이 기발한 정견은 중국뿐만 아니라 현대의 여하한 나라에 있어서도

---

11 원문에는 '민족통일전선의'로 되어 있으나 문맥상 '민족통일전선에'가 적절해 보인다.

민주주의자로서의 자격을 영원히 상실할 수밖에 없었다.

4

그러나 통일전선운동은 중경重慶에 망명했던 소위 '대한민국임시정부' 일행의 귀국을 맞아 별다른 각도에서 재출발하게 되었다.

이 일행을 맞음으로 먼저 실제적으로 문제된 것은 주지와 같이 인민공화국 정부와의 관계였다. 인민공화국 정부는 전에도 언급한 바와 같이 8월 15일 직후 혁명적 통일전선을 토대로 성립된 것이나, 그 가운데는 이승만 박사를 주석으로 한 외에 임시정부 요인 급及 기타 해외 망명가亡命家들의 상당한 수가 들어 있었다. 그리하여 인민공화국 정부는 장차로 확대될 규모의 통일전선이란 것도 어느 정도로 고려하여 성립한 것이라 할 수 있었음에도 불구하고, 임시정부 일행이 집단적으로 귀국함에 이르러 문제는 대략 다음의 두 가지 의미로 달리 전개되었다.

첫째는 해외세력이라는 것이 한두 개인의 가입 혹은 흡수로 취급할 수 없는 단체적 성질을 가진 것.

둘째는 명칭에서부터 두 집단은 정부로서의 형식을 가지고 있는 것.

고쳐 말하면 해외 세력은 연안延安의 독립동맹獨立同盟이나 중경의 임시정부나 어느 것을 물론하고 하나의 정치집단 내지는 정당에 가까운 존재인 것. 인공과 임시정부와는 정부라는 형식에서 오는 미묘한 정치적·심리적 확집確執이 예상되지 아니할 수 없었다.

그리하여 임시정부 일행의 귀국 이래 정치 부면에 나타난 중요한 현상은 임시정부 일행 자신들의 침묵과 우익 급及 반민주주의 각 진영의 일치한 임시정부 지지 성명과 그것을 중심으로 한 정치운동의 전개였다. 이와 반대로 좌익과 민주주의 제諸 진영은 자연히 인민공화국의 지지파로 화하여 국내 정세는 두 개의 정부를 중심으로 한 대립으로 변화하게끔 되었다.

좌익 급及 민주주의 진영이 인민공화국을 지지하는 이유는 전에도 말한 바와 같이 그들 자신이 인민공화국을 형성시킨 토대였기 때문에 이해할 수 있는 사실이나,[12] 우익 급 반민주주의 진영이 임시정부를 지지하는 이유는 분명치 않았다.

친일파 민족반역자 군群이 망명 혁명가의 집단인 임시정부를 지지하는 것도 우스운 일이요, 자본가 · 지주층이 명백히 우익 정권이라고 규정하기도 어려운 혼합집단을 지지하는 이유도 알 수 없었거니와, 봉건적 반동층까지가 이 단체를 지지함은 더욱 알기 어려운 일이었다.

임시정부가 만일 진정한 애국자의 집단이었다거나 혁명가의 단체였다면 국내 반동진영의 일제一齊 지지란 여간 거북한 것이 아니었을 것이다. 그러나 임시정부 일행은 어쨌든 이 모든 것에 침묵으로 대하였다. 반동진영이 이 침묵을 암묵의 화답이라고 생각했는지 어쨌는지는 알 수 없으나, 그 일행을 혁명세력으로 이해하고 대우하려는 민주주의 진보세력에 일말의 불안한 인상을 준 것만은 사실이다.

그러나 입국 전부터 우익 반동층의 지지를 받고 입국하여 이러한 정부활동의 중심으로 화한 임시정부 일행이 자기의 본질을 표명하는 것은 실천의 마당이었을 것은 물론이었다.

---

12 원문에는 '사실이다.'로 되어 있으나 문맥상 '사실이나,'가 적절해 보인다.

그리하여 민중은 이 일행이 실천에 있어 무엇을 하느냐 하는 것을 주시하게 되었다.

그러는 동안 일반이 기우杞憂하고 예상하던 확집確執은 임시정부의 인민공화국 무시 태도에서 점차로 명백하여지기 비롯했다.

공산당은 상대로 하나 인민공화국은 상대로 아니 한다!는 임정의 견해 속에는 자기들만이 정부일 수 있다는 독선론이 뿌리박고 있음은 물론이다.

이러한 의미의 확집은 임정 측뿐 아니라 인민공화국 측에도 존재할 수 있는 것이요, 또 그것이 확집인 한 각자의 독선이 근저를 이루고 있을 것은 물론이다.

그러면 양방의 확집은 어떠한 성질의 것일까?

임정은 인공보다 더 오래 전에 된 정부라는 것, 인공은 국내의 대중적 기초와 혁명세력의 결집을 토대로 하였다는 것 이외에 확집의 이유로서 내세울 것이 없을 것은 물론이다.

성립의 역사와 성립의 내용을 다투는 마당에서 판단을 내릴 것은 대중이요, 그 방법은 물론 총선거다. 그러나 총선거를 실시할 수 없는 현재, 또는 총선거가 실시될 때까지의 과도정권으로서 양자 중 어느 편이 권력을 장악하느냐가 문제요, 확집도 이러한 기한부의 것이었다.

그러나 이 기한이 조선 민족의 장래에 있어 또는 그들 자신에 있어 극히 중요한 의미를 갖는 것인 만큼 한층 심각한 성질을 띠지 않을 수 없다.

여기서 이러한 확집을 제거하고 민족통일전선을 촉진시키기 위하여 국내·국외 혁명세력의 민주주의적 연합을 토대로 한 과도정권인 공도 임정도 아닌 제삼정권 수립론이 대두한 것이다.

이 방법에 의해서만 민족통일전선의 최대의 암초인 인공, 임정의 확집을 제거하고 동시에 비민주주의적 반동세력의 통일전선 침입을 방지할 수 있으며,[13] 조선의 민주주의적 발전을 보장할 수 있다고 생각되었기 때문이다.

이러한 공작은 비공개리에 계속되었던 것이 사실이요, 좌우 양익兩翼의 동률同率 합작론에까지 발전하였던 사실이 공산당 측의 발표로 판명되었다.

그러나 이 공작이 불성공한 채로 다시 통일전선운동은 침체되어 오다가 거랍去臘 삼상회의三相會議의 발표를 계기로 파괴적 비약을 수遂하고 말았다.

12월30일 임정의 일방적인 반탁 국민동원운동의 열화같은 전개와 1월1일 인공측의 무조건 해체 제안 거부로 임시정부 일행은 국내의 온갖 반동세력의 사실상의 중심이 되고, 국제적으로 반민주주의 열列의 일익임을 스스로 실천을 통하여 표명하였다.

이른바 '법통론法統論'을 내세움으로 임정의 고집이 비민주주의적 전제주의였음이 폭로되고, 조선의 민주주의적 발전에 관한 국제결정을 반대함으로써 그들이 세계 파시즘과 동궤同軌의 존재임을 세계에 공개하였다.

이러한 의미에서 삼상회의 결정에 관한 태도는 조선에 있어 민주주의의 시금석이요, 민족통일전선의 원칙으로서가 아니라 원리로서 반파시즘[14]과 민주주의가 확립되지 아니하면 안 될 시기에 이른 것이다.

즉 대동大同한 단결을 의미하는 민족통일도 아니요, 친일 요소만의 제외를 기준으로 하는 민족통일전선도 아니요, 봉건적 요소를 청산

---

13 원문에는 '있었으며'로 되어 있으나 문맥상 '있으며'가 적절해 보인다.
14 원문의 판독이 어려우나 문맥상 '반파시즘'이 적절해 보인다.

하기 위한 민주주의적 통일도 아니요, 망명 정치가와 국내 정객[15] 가운데 뿌리박고 있는 국수주의와 전제專制사상, 머지않아 국제 파시즘의 재연의 온상이 될 수 있는 온갖 반동 요소를 제외하는, 국내적 국제적으로 일치된 반파시즘 민주주의민족전선이 우리 통일전선의 전개 노선이 되지 않으면 아니 되는 이유는 이 때문이다.

---

15 원문에는 '국정내객(國政內客)'으로 되어 있으나 '국내 정객'의 오식으로 보인다.

비평의 재건(再建)*

사회생활의 급격한 변화는 우리의 문학생활을 근본적으로 변모시켰다. 선결문제는 새로운 사회생활에 적합한 문학의 성격을 규정하는 데 있다. 우선 이론의 활동이 모든 것에 앞설 수밖에 없었다. 오랫동안 침체되어 있는 우리의 문학활동은 단순히 재출발의 시련과 직면해 있을 뿐만 아니라 어떻게 어디로 향하여 재건하느냐 하는 근원적인 문제에 착(着)하여 있었기 때문이다.

그리하여 여하간 일정한 결론에 도달한 것은 사실이다. 그러나 이동안에 창작활동은 방향의 결정을 기다려 대기하고 있었느냐 하면 그렇지 아니했다. 이론의 활동과 더불어 창작의 활동도 동시에 출발하였고, 그것은 또 당연한 사실이었다. 이론의 활동이 비교적 확호(確乎)한

• 『독립신보』, 1946.5.1.

결론에 도달하기까지 약간의 시간을 요했던 것과 같이 창작의 활동도 약간의 방황을 경과經過한 것은 피避치 못할 일이었다.

그러나 이론의 방황과 창작의 방황은 약간 그 성질이 다르다. 이론은 소정의 결론에 도달하기 위하여 창작보다는 짧은 시간을 요要하는 것이요, 또 규정된 방향 위에서 제래提來의 방황을 청산하고 새로운 전환을 기획하기란 비교적 덜 힘드는 일이다. 물론 이러한 이론적 방황에 대한 자기비판과 새로운 방향으로의 전환이 아직 충분치 못함은 은폐할 수 없는 사실이나 창작활동의 질은 이와 전혀 성질이 다르다.

8월 15일 이전의 오랜 예술적 사고나 표현 습성의 정리란 것도 중요한 문제이거니와 8월 15일 이후에 우선 시작해놓고 본 창작활동의 정리와 재출발은 이론의 영역에서와 같이 간단하지 아니한 것이다. 이론이 명확한 규정 위에 선 때일지라도 창작은 손바닥을 뒤집듯 방향을 고칠 수는 없는 것이다. 그리하여 지금 우리의 창작계는 이론의 분야와 같이 명백하지 못할 뿐 아니라 8월 15일 직후의 동란과 흥분 가운데서 출발했던 여러 가지의 요소를 그대로 지니고 있다.

이 상태는 궁국窮局에서 말하면 먼저도 말한바와 같이 문학생활 토대인 사회생활의 급격한 변화에 기인하는 불안정이나, 이 상태를 초래한 직접의 원인은 오늘날까지 비평활동이 개시되어 있지 못한 데 원인이 있다. 앞서가는 이론과 뒤쳐진 창작과의 관계를 조절할 기능은 비평이 감당해야 하는 것이다. 이론적 규정을 창작적 실천에다 매개媒介할 뿐만 아니라 창작적 실천의 경험을 이론적 활동에로 매개할 것도 비평이기 때문이다. 창작활동만이 아니라 이론활동 위에도 현재 이러한 결함은 나타나 있다.

그러면서도 창작적 실천의 경험을 조금도 이용하지 않고 창작적 활동에 대하여 조금도 영향을 미치지 못하는 창작방법에 관한 이론이 쓰여짐은 우려할 일이 아닐 수 없다. 실천에서[1] 멀어가는 간격, 이 상태는 하루바삐 메우지 아니하면 아니 된다.

추상화해가고 있는 이론이 구체적인 창작적 실천과 연결되기 위하여, 저조低調해가고 있는 창작이 일반적 문제와 결합하기 위하여 비평은 이제야 본래의 기능을 발휘할 때다. 그러나 비평은 재건되어야 한다.

8월 15일 이전 부득이 기술에만 편중하던 직장적織匠的 비평은 청산되어야 한다. 동시에 1930년대에 횡행하던 공식주의적公式主義的 비평의 재생은 극력極力 억제해야 한다. 이 두 가지의 위험을 극복하지 아니하면 우리의 문학생활은 순수문학과 개념문학概念文學의 구救할 수 없는 진흙바닥으로 화할 우려가 충분히 있다. 유감이나마 현재의 이 현실은 벌써 창작계의 일부에는 발생하고 있는 것을 잊어서는 아니된다. 예술적 발전과 사상적 성장의 유력한 협조자로서 새로운 비평은 재건되지 아니하면 아니 된다. 이러한 비평은 분명히 이론의 발전과 문학의 성장 위에 멸滅하지 않는 기여를 할 것이다.

---

1 원문에는 '실천의'로 되어 있으나 문맥상 '실천에서'가 적절할 듯하다.

조선 민족문학 건설의 기본과제에 관한 일반보고[*]

1

모든 영역에서 조선 민족의 독자적 발전과 자유로운 성장을 저해하고 있던 일본제국주의의 붕괴는 문학의 영역에 있어서도 독자적 발전과 자유로운 성장의 새로운 전기를 만들어내었다.

우리 민족의 모어母語로 표현되고 우리 민족의 사상·감정을 내용으로 한 조선문학이 제국주의의 지배 하에서 순조로이 발전할 수 없었음은 불가피한 일이었다. 생활을 지배하는 자는 문학을 지배하고 생활에서 예속된 민족은 문학에서도 예속되는 것이다.

더구나 뒤늦게 자본주의적 발전의 도상에 오르고 황급히 제국주의

● 『건설기의 조선문학』, 조선문학가동맹, 1946.6. 이 글은 조선문학가동맹에서 주최한 제1회 조선문학자대회에서 기조연설로 행해진 것이다.

적 계단으로 돌입하지 아니할 수 없었던 일본 제국주의 자신이 후진 국이었다는 사정은 그 밑에 예속된 조선 민족의 불행을 한층 더 깊게 하였다.

일본의 조선 통치는 근대 제국주의국가의 식민지 지배라느니보다 도 고대에서 볼 수 있는 강한 민족에 의한 약한 민족의 정복의 성질 을 다분히 가지고 있었다.

로마[1]에 침입한 게르만족이나 폴란드[2]에 나타난 몽고족과 같이 일 본은 통치자이기보다 정복자에 가까웠다.

첫째로 일본이 전래의 문화수준에 있어 조선보다 높지 못했던 것.

둘째로 자기의 문화를 가져오지 못하고 제3자의 문화를 매개媒介한 데 지나지 못한 것.

셋째로 그런 때문에 조선을 통치하는 대신 민족적으로 동화시키고 자 한 것.

이러한 몇 가지 점에서 조선 민족은 일본 제국주의에 지배되어 있 었다느니보다 차라리 정복되어 있었고 일본 제국주의의 후진성은 일 관하여 36년간 조선 민족의 전 생활에 작용하고 있었다.

합병 이후 10년을 계속한 소위 무단정치의 광폭한 행동 가운데 또 일차대전 뒤 10여 년 동안 이른바 문치文治시대를 피로 물들인 반일 투쟁에 대한 중세기적 공격을 통하여, 그리고 만주침략 이후 태평양 전쟁 기간 중 무모하게도 강행한 동화정책 속에 후진後進한 제국주의 국가의 비非근대적인 식민지 약탈정책인 군국주의는 그 잔인한 본성 을 유감없이 발휘하였다. 그러므로 근대적 제국주의국가의 지배 하 에 사는 다른 식민지 제국諸國이 향유하고 있는 피압박 민족의 사소한

---

1 원문에는 '라마(羅馬)'로 되어 있다.
2 원문에는 '파란(波蘭)'으로 되어 있다.

권리까지도 우리 조선에 있어서는 허용되지 않았다.

조선어와 조선문학, 조선의 산천과 조선 민족이 받은 수난의 역사에 비하면 '큐리부인'전은 오히려 행복된 기록이라 할 수 있었다. 조선 민족은 이 미개한 침략자의 채찍[3] 아래 오직 노예가 될 자유밖에 아무 자유도 가지지 못했던 것이다. 이러한 유래없이 가혹한 조건 하에서 조선의 민족생활이나 문학이 여하한 의미에서고 발전할 수 있다는 것은 상상키 어려운 일이 아닐 수 없다.

거기에 또 한가지 불리한 조건은 조선 민족 자체가 극히 후진한 민족이었다는 불행한 조건이 첨가되어 있었음을 잊어서는 안 된다. 조선 민족은 오래인 역사와 전통을 갖고 있었음에도 불구하고 그 구할 수 없는 아세아적 봉건사회의 장구한 꿈을 미처 깨우기 전에 영맹獰猛한 침략자의 독아毒牙에 물린 바 되고 만 것이다.

모든 의미의 근대적 개혁과 민주주의적 발전의 제諸 과제를 어느한 가지 수행하지 못한 채 사멸하고 있는 봉건왕국으로 식민지화의 운명을 더듬었다.

그리하여 민족생활 가운데 광범하게 남아 있는 봉건적 제 관계는 제국주의적 착취의 호개好個의 지반이 되고 난폭한 비非근대적 약탈의 편의한 온갖 수단을 제공하였다. 이리하여 봉건적 잔재는 일본 제국주의가 조선을 지배[4]하는 데 불가결한 발판이 되고 조선의 근대화와 민주주의적 개혁은 일본 제국주의의 극히 싫어하는 바가 되어 조선에 있어서 민족 독자의 발전의 기초가 될 민주주의 개혁은 일본 제국주의가 조선을 지배하는 한 영원히 달성될 수 없는 죽은 과제로 화하고 있었다.

---

3 원문에는 '채축'으로 되어 있다.
4 원문에는 '지배을'로 되어 있으나 문맥상 '지배'가 적절해 보인다.

그러므로 조선에 있어 반봉건적 투쟁은 일본 제국주의에 대한 투쟁이 되지 아니할 수 없었고 일본 제국주의에 대한 투쟁은 또한 언제나 내부에 있어 봉건잔재에 대한 투쟁과 연결되지 아니 할 수가 없었다. 조선에 있어 일본 제국주의 지배의 철폐야말로 조선의 근대화와 민주주의적 개혁의 유일한 전제였던 것이다.

일본에 대한 연합국의 승리에 의하여 비로소 조선 민족 앞에 이 전제가 만들어진 것이다.

우리가 일본 제국주의의 패망을 가리켜 조선문학의 독자적 발전의 길을 여는 전제를 창조하였다고 하는 것은 이 때문이다.

2

그러므로 구舊조선 개국 이래, 일제 하의 36년간 불소不少한 노력이 경주되어 왔음에도 불구하고 진정한 의미의 조선 민족문학 수립의 과제는 이 전제의 실현 위에서 처음으로 근본적 해결의 계단으로 들어서는 것이다.

왜 그러냐 하면 먼저도 말한 것과 같이 민주주의적 개혁을 수행하지 못하고 일본의 식민지가 된 조선은 근대적인 의미의 민족문학을 형성할 시간과 조건을 한 가지도⁵ 갖지 못했었기 때문이다. 민족문학은 한 민족을 통일된 민족으로 형성하는 민주주의적 개혁과 그것을 토대로 한 근대 국가의 건설 없이는 수립되지 아니할 뿐 아니라 조선

---

5 원문에는 '가지로'로 되어 있으나 문맥상 '가지도'가 적절해 보인다.

과 같이 모어母語의 문학이 외국어 — 한문 — 문학에 대하여 특수한 열등지위에 있었던 나라에서는 정신에 있어 민족에 대한 자각과 용어에 있어 모어로 돌아가는 '르네상스' 없이 민족문학은 건설되지 아니하는 것이다.

주지와 같이 우리나라에서는 천 년 이상 중국의 문자로 표현된 한문문학에 대하여 모어의 문학은 종속적 지위에 떨어져 있었다. 이 원인이 동양문화사 상에서 점하는 중국문화의 탁월한 지위와 우리의 고유한 문자의 발명이 지연된 것에도[6] 있다고 하지만, 이 명예롭지 못한 역사를 20세기 초두에 이르도록 청산하지 못한 것은 전혀 조선의 봉건왕국이 과도하게 장수했던 때문이다. 민주주의적 개혁, 근대국가의 건설만이 한문과 국문, 혹은 한문문학과 모어문학의 부자연한 위치를 고칠 것이요, 이것을 고쳐야 조선 민족은 비로소 자기의 진정한 민족문학을 건설할 수가 있는 것이었다. 한문 대신에 국문이, 한문문학 대신에 국어문학이 지배적인 위치에 서려면 당연히 한문을 숭상하고 국문을 천시하던 문화적 사대주의의 물질적 기초인 봉건사회가 파괴되지 아니하면 안 될 것은 물론이다.

그러므로 부당한 지위에 있던 국어문학을 정당한 지위로 회복시키고 그것을 질적으로 근대적인 민족문학에까지 발전시키자면 조선 민족 생활 전반에 긍亘[7]해서 민주주의적 개혁이 수행되어야 하는 것이었다.

이 혁명은 주지와 같이 역사적으로 조선 시민계급의 손으로 실천될 것이었다. 그러나 이 과제를 수행할 시민계급의 연령은 극히 어리고 이 혁명이 실천될 희망은 먼 장래에 상상할 수밖에 없는 시기에

---

6 원문에는 '곳에도'로 되어 있으나 문맥상 '것에도'가 적절해 보인다.
7 원문에는 '호(互)해서'로 되어 있으나 문맥상 '긍(亘)해서'가 적절해 보인다.

조선은 일본에 예속되고 말았다. 동시에 이 개혁의 실천과 그 임무를[8] 담당한 시민계급의 손으로만 건설될 수 있는 조선 민족문학은 미처 건설의 기도企圖가 착수되기도 전에 일본 제국주의의 문화적 지배 밑으로 예속되고 만 것이다.

요컨대 문학 상에 있어서도 민주주의적 개혁을 통과하지 않고 조선문학은 일본 제국주의 지배 하에서 근대문학의 수립과정을 걸어 나오게 되었다는 변칙적이고 기이한 운명의 길을 더듬게 되었다.

봉건사회의 문학으로부터 일약一躍하여 제국주의 치하 식민지 민족의 근대로의[9] 비약, 이것이 오늘날까지 우리가 영위해 오던 온갖 문학생활의 본질이었다.

그러므로 조선 신문학의 40년 역사는 단순히 제국주의 치하에서 식민지 민족이 영위한 문학이었다는 의미에서만 특이한 것이 아니라 문학사적 발전의 법칙으로 보아서 민족적으로는 민족문학 수립의 역사적 계기요 문학적으로 보면 근대문학 성립의 현실적 계기였던 근대적·시민적 개혁의 과제를 해결하지 아니하고 고유한 봉건적 문학과 외래한 근대적 문학이 기계적으로 연결 접합되었다는 사실에서 변칙적인 것이다.

조선 신문학사 상에 나타나는 온갖 부자연성, 비법칙성은 모두 여기에 기인하는 것이다. 결국 제국주의에 의하여 유린된 문학의 혼란과 황폐의 한 표현에 불과한 것이었다. 그러므로 신문학의 전사全史를 장식하는 여러 가지 유파와 각양各樣의 사조가 혹은 교체되고 혹은 서로 투쟁하였음에 불구하고 문학사 상에 있어 민주주의적 개혁의 과제의 해결은 그대로 보류되어 있었고, 이 과제가 보류되어 있는 한

---

8 원문에는 '임무을'로 되어 있으나 문맥상 '임무를'이 적절해 보인다.
9 원문에는 '근대(近代)로서의'로 되어 있으나 문맥상 '근대로의'가 적절해 보인다.

모든 문학 유파와 사조의 변천은 견실한 민족문학으로서의 성격을 형성하기 어려웠다. 우리는 신문학사의 각 유파와 사조의 변천이 유행의 변화와 같았고 모두가 모방과 같은 감을 주었음을 역력히 기억하고 있다. 신문학의 역사가 이러한 감을 준 원인은 물론 여러 곳에서[10] 구할 수 있으나, 근본적인 이유는 민주주의적 개혁에 의하여 신문학 전체가 민족생활 가운데 충분히 뿌리를 박고 있지 아니했기 때문이다.

3

이러한 현상은 결국 우리 민족의 기구한 운명과 변칙적인 역사생활의 소산이나 그와 동시에 신문학은 또 조선 민족이 변칙적으로나마 근대화의 길을 걸어가고 있었다는 사실의 표현임은 움직일 수 없는 일이다.

이조 말엽 이래 귀족의 문학으로부터 점차로 중인과 평민의 문학으로 옮겨오던 시조라던가 새로운 시대의 문학적 주인공이 되면서 쾌하지세快河之勢[11]로 일반화되던 '이야기책'의 발전이 벌써 미미하나마 이조 봉건사회 가운데서 머리를 들기 시작한 시민계급의 문학적 생활을 표현한 것이요, 개국 이래 일한日韓합방에 이르기까지 문학계의 주인공이 된 신소설과 창가가 역시 이 시대의 시민계급의 급격한

---

10 원문에는 '곧에'로 되어 있으나 문맥상 '곳에서'가 적절해 보인다.
11 원문에는 '결하지세(決河之勢)'로 되어 있으나 '쾌하지세(快河之勢)'의 오식으로 보인다.

성장을 말하는 문학이었다.

다른 기회에도 여러 번 지적한 바와 같이 신소설과 창가는 낡은 형식에다 새로운 정신을 담은 문학이었다. 이 새로운 정신이란 일본과 기타 외국으로부터 흘러 들어온 근대사조의 영향임은 물론이나 이 가운데는 또한 조선 시민계급이 조선의 민주주의적 개혁과 근대국가를 수립하자는 역사적 욕구가 표현되어 있음도 부정해서는 안 된다.

이러한 역사적 · 사회적 조건 가운데서 이인직李人稙 · 이해조李海朝 등의 신소설과 유명무명한 작가의 손으로 된 다수多數한 4 · 4조의 창가가 쓰여졌고, 이러한 문학적 시험을 통해서 초기의 소설과 신시가 만들어졌다. 신소설과 창가가 구시대문학의 연장이었다면, 새로운 소설과 신시는 형식 · 내용이 다같이 신시대에 적합한 문학이었다. 이러한 형태의 문학이 일본의 영향과 또 일본을 통하여 수입된 서구문학의 직접적인 모방에서 나온 것은 부정할 수 없는 사실이었다. 그러나 이러한 영향을 받고 또 그것을 모방한 동기 속에는 조선 시민계급의 문학적 이상이 반영되어 있었다. 그들이 비록 사회적으로나 문학적으로 일체의 봉건적인 것을 타파하고 명실 공히 시민의 문학을 수립할 계단에 이르지 못하였다 하더라도 외래한 서구문학을 대하자 그것이 자기 계급이[12] 이상理想하는 문학적 형태임을 직각直覺한 것이다. 일한합병 전후를 통하여 생산된 시와 소설은 조선 시민계급의 이러한 상태를 여실히 반영하고 있었다.

유치한 내용, 졸렬한 형식이 비록 서구적 소설이나 시의 형식은 모방했다 하더라도 신소설과 창가로부터 그다지 먼 거리[13]를 떠난 것은

---

12 원문에는 '계급(階級)의'로 되어 있으나 문맥상 '계급이'가 적절해 보인다.
13 원문에는 '구리(矩離)'로 되어 있으나 '거리(距離)'의 오식으로 보인다.

아니었다. 솔직히 말하면 이 시대의 문학은 겨우 조선 근대문학 건설의 한 단초에 불과하였다.

이러한 시기에 조선은 일본 제국주의의 식민지로 정복되고 3·1봉기가 일어난[14] 1919년까지 조선 민족의 전全 생활은 헌병정치의 야만스런 마제馬蹄 하에 유린되고 말았다. 문학 역시 미문未聞의 참담한 운명 가운데 침묵하지 아니할 수 없어 완전히 암흑한 10년간이 계속하였다.

이동안 쓰여진 한두 개의 작품이 우리 신문학사 상에 아직도 기억될 수 있는 것은 그전에 쌓여온 약간의 문학적 시험과 일본 제국주의에 대한 조선 민족의 반항의식을 근대문학의 형식 가운데 담았기 때문이다.

이러한 가운데 1차 대전이 종식하고 3·1의 대봉기가 일어나자 조선인의 민족적 자각은 전면적으로 앙양되고 세계를 풍미하던 약소민족 해방운동의 혁명적 파조波潮는[15] 조선 전토를 휩쓸었다.

실로 현대 조선문학의 토대가 된 본격적 신문학운동은 이와 같은 일본 제국주의에 대한 반항운동의 일익으로 파생하여 무단정치의 폐지와 문치文治로 표현된 일본 제국주의의 소량의 양보를 틈타서 급격히 발전하기 비롯하였다.

형태적으로는 조선문 신문잡지의 허가와 약간의[16] 언론활동의 완화를 이용하여 문학은 가능한 온갖 방법으로 조선 민족의 의견을 표시하려 하였고 문학적 형식의 최대한의 발달을 도모하였다.

이 사업의 영도적 세력이 된 것은 물론 시민계급이요 그것을 대변

---

14 원문에는 '일어날'로 되어 있으나 문맥상 '일어난'이 적절해 보인다.
15 원문에는 '파조(波潮)은'으로 되어 있으나 문맥상 '파조는'이 적절해 보인다.
16 원문에는 '약간(若干)한'으로 되어 있다.

하는 소시민들이었다. 따라서 1920년대 전후의 신문학 가운데는 약간의 반봉건성과 반제성이 표현되어 인권의 자유라던가 인성人性의 해방 등에 대한 기초적 요구가 들어 있었다.

그러나 계급으로서 유약한 조선의 시민은 신문학의 진보성을 철저히 추진시키지 못했다.

그들은 일본 제국주의에 대하여 철저하게 반항할 수 있을 만큼 혁명적이지 못하였고 이미 지도적 시민층의 일부는 봉건적 지주와 야합하여 일본 제국주의와의 타협의 길에서 활로를 개척하기 비롯하고 있었다.

여기에서 3 · 1봉기 후 불과 2,3년이 못가서 신문학은 조선 시민계급의 정신적 반항이기보다도 더 많이 조선현실에 대한 소시민층의 비관적 기분과 급진적 반항의식의 표현수단으로 화하고 말았다. 이것이 1922~24년[17] 전후 조선문학의 주조를 이룬 자연주의문학의 특색이다. 그리하여 이 시대의 문학의 급진적 일면은 새로이 대두하는 노동자계급의 문학운동과 봉착하면서 그 자신의 역사적 사명을 끝맺는[18] 순간에 도달하지 아니할 수 없게 되었다.

바꿔 말하면 신문학의 급진성은 프롤레타리아문학의 혁명성과 결부되든가 그렇지 아니하면 '데카다니즘'[19]과 절망의식의 심연으로 전락되었다.

이 과정을 통하여 조선의 시민계급은 조선의 민족문학 건설에 있어 기여할 수 있는 역량과 시간이 얼마나 적고 짧다는 것을 유감없이 표시하였다.

---

17 원문에는 '1922~24'로 되어 있다.
18 원문에는 '끝막는'으로 되어 있다.
19 원문에는 '메카다니즘'으로 되어 있으나 '데카다니즘'의 오식으로 보인다.

4

이러한 조선 시민계급의 문학적 단명과 더불어 새로이 대두한 프롤레타리아문학은 그것 역시 일본의 직접의 영향과 일본을 통해서 들어 온 소련蘇聯의 간접적 영향을 받은 것은 물론이나, 원칙적으로는 조선에 있어 근대적 노동계급의 발생과 그 계급적 자각의 정신적 표현이었다. 그러므로 조선의 프롤레타리아문학은 조선의 노동자운동의 영향 하에 그리고 그 일익으로서 발생한 것이다.

그런데 3·1봉기를 계기로 전개되었던 민족운동이 1923,4년경 노동자운동의 대두로 말미암아 교체되다시피 퇴조한 것은 문학의 발전 위에서도 중대한 의의가 있다. 왜 그러냐 하면 민족해방운동에 있어 노동자 운동의 대두가 민족운동의 혁명성의 상실과 시기를 같이하였던 것과 마찬가지로 문학의 영역에서 거의 동일한 현상이 나타나 있기 때문이다.

민족운동의 혁명성의 상실은 말할 것도 없이 조선 민족해방운동에 있어 시민계급의 진보성의 상실이다. 그와 반대로 노동자운동이 민족해방운동 가운데서 영도적 위치에 서게 되었다는 것은 사회주의 사상이 수입된 때문이 아니라 조선의 노동자계급은 시민계급이 탈락한 뒤 민족해방운동 가운데서 불가피적으로 중심적 역할을 늘지 아니할 수 없었기 때문이다.

그러므로 1924,5년대로부터 10년간 프롤레타리아문학이 이론적·창작적[20]으로 문학계의 주류를 이룬 것은 단순히 외래사조나 문학적 유행의 결과도 아니며 조선문학이 이미 역사상에서 민족문학 수립의

---

20 원문에는 '창조적(創造的)'으로 되어 있으나 문맥상 '창작적'이 적절해 보인다.

과제가 해결되었거나 과거의 일로 화했기 때문도 아니다.

조선의 시민이 힘으로 미약하고 그 진보성이 역사적으로 단명하였다 하더라도 근대적인 민족문학 수립 과제는 의연히 전全민족 앞에 놓여 있는 것이었다.

그럼에도 불구하고 민족문학 수립 운동이 계급문학운동으로 바뀐 것은[21] 이 시기에 있어 문학적 진보와 민족해방의 정신이 계급문학의 형식으로밖에 표현될 수 없었기 때문이다. 바꿔 말하면 타협화하고 있는 시민에 대한 반대투쟁을 추진하면서 노동자계급은 자기의 반제국주의투쟁을 계급적 형식으로 전개한 것이다.

그리하여 속칭하는 바와 같이 계급문학과 민족문학의 대립시대가 출현하였다.

그러나 이 시대가 단순한 양파兩派의 분열시대로 조선의 민족문학 발전은 정체되었느냐 하면 그렇지 아니했다.

양파의 분열과 대립에도 불구하고 조선문학의 발전은 의연히 쉬지 않았고 오히려 조선의 민족문학 수립에 필요한 여러 가지 문제가 이 대립투쟁을 통하여 밝혀졌다.

첫째로 프로문학은 종래의 신문학 위에 몇 가지 중요한 예술적 기여를 했다. 내용에 있어 미약한 진보성과 계몽성을 혁명성과 대중성의 방향으로 발전시켰고 형식에 있어 '리얼리즘'을 확립한 것은 큰 공적에 속하는 일이었다. 더욱이 중요한 사실은 프로문학은 협애한 소수자로부터 문학을 민중에게 해방하였다.

둘째로 대립투쟁을 통하여 종래의 민족문학 가운데 있는 반봉건성과 국수주의적 일면이 노정되었다. 이 두 가지 요소는 옳은 의미의

---

21 원문에는 '것을'로 되어 있으나 문맥상 '것은'이 적절해 보인다.

민족문학 수립과정에 있어 분명히 배제되어야 할 비非근대적 요소였음에도 불구하고 초창기 이래 일관해 신문학에 부수되어 오던 요소이다. 이 점은 신문학의 비非진보적 측면이며 조선 시민의 경제적 후진성과 정치적 약점의 반영으로 프로문학 측의 공격이 주로 여기에 집중되었음은 정당하였다. 더구나 1920년대만한 진보성도 가지지 못한 당대의 시민문학이 프로문학 측의 공격을 받아 격렬히 반발하면서 드러낸 측면도 이것이었다.

셋째로 프로문학은 수입된 사조의 모방으로 기인[22]되는 공식주의적 약점을 드러내었다. 종래의 신문학 가운데 들어있는 긍정될 요소와 새로이 대두하는[23] 예술문학 가운데 들어있는 좋은 의미의 민족성을 부르주아적이라고 하여 부정하는 과오에 빠졌다. 반제국주의적이요 반봉건적인 민족문학 수립의 과제가 역시 장래에 있다는 사실도 그다지 고려되지 아니했고 문학유산의 계승이라든가 예술적 완성이라든가 하는 문제도 적당히 취급되지 아니했다. 통틀어 민주적인 민족문학의 수립이 부단히 현실적 과제로 살아있고 그것을 수행할 주요한 담당자로서의 역사적 사명에 대한 자각이 부족했음은 반성되지 아니하면 아니 된다.

이러한 문학적·정치적 분열의 과정을 통해서 프로문학은 자체 가운데 내포된 결함을 인식할 수 있을 정도로 예술적·정치적으로 성장해 갔고 그와 대립한 진영에서도[24] 초기의 신문학과는 확실히 구별되는 신선한 작가와 시인이 성장하였다.

만일[25] 프로문학의 정치적 공식주의와 그 밖의 문학의 국수적 잔재

---

22 원문에는 '기곤(基困)'으로 되어 있으나 '기인(基因)'의 오식으로 보인다.
23 원문에는 '대두(擡頭)할 수 있는'으로 되어 있으나 문맥상 '대두하는'이 적절해 보인다.
24 원문에는 '진영에서'로 되어 있으나 문맥상 '진영에서도'가 적절해 보인다.

와 예술지상주의를 청산할 수 있었다면 넓은 의미의 예술적 협동과 높은 의미의 민족문학의 수립이란 과제로 접근할 수 있는 지점에 도달하고 있었다.

그러나 불행히 우리나라의 모든 경향의 문학은 문학에 있어서의 민주주의적 개혁과 진보적인 민족문학의 수립이란 역사적 과제에 대한 충분한 이해와 자각을 가지고 있지 못했다.

5

그러는 사이에 양심있는 조선의 작가와 시인에게 협동을 촉진시킨 정치적 변화가 생기生起하였다. 일본 제국주의는 드디어 세계전쟁의 막을 연 것이다. 우선 1930년에 만주침략을 개시하면서 가장 반일적인 계급운동과 프로문학운동을 공격하고 중국에 대한 일층 대규모의 약침掠侵 전쟁을 시작하면서 모든 종류의 진보적 운동과 진보적 문학에 대한 더 한층 가혹한 압박에 착수하였다. 실로 이때로부터 조선민족의 희생을 토대로 하여 침략전쟁을 성취시키자는 일본 제국주의의 야망은 노골적으로 조선반도에서 실행되고 민족생활은 미증유의 도탄 가운데로 들어간 것이다.

조선의 문학은 일제히 공포와 위협과 가속화하는 박해의 와중으로 몰려 들어가면서 대략 다음의 세 가지 지점에서 공동전선을 전개하는 태세를 취하였다.

---

25 원문에는 '만일의'로 되어 있으나 문맥상 '만일'이 적절해 보인다.

첫째 조선어를 지킬 것.

둘째 예술성을 옹호할 것.

셋째 합리정신을 주축으로 할 것.

조선어의 수호는 우리나라의 작가가 조선어로 자기의 사상, 감정을 표현할 자유가 위험에 빈瀕하고 있었던 것이 당시의 추세였을 뿐만 아니라 모어의 수호를 통하여 민족문학 유지의 유일한 방편을 삼고 있었기 때문이다.

예술성의 옹호를 통하여 모든 종류의 정치성을 거부할 자세를 갖춘 것은 일견 민족주의를 내용으로 삼던 종래의 민족문학이나 '맑시즘'을 내용으로 삼던 종래의 프로문학의 본질과 모순하는 것과 같으나 이 시기의 특징은 문학의 비非정치성의 주장이 하나의 정치적 의미를 가지고 있었다. 바꿔 말하면 일본 제국주의의 선전문학이 됨을 거부하는 소극적 수단이었었다.

합리정신의 문제는 주로 평론활동에 국한되었었으나 비합리주의로 무장한 '파시즘'이 동아東亞에서 일어나고 있던 당시 조선문학은 비교적 마찰이 적은 논리적 측면에서[26] 이것과 대립한 것이다.

이 기간 동안의 협동 가운데서 조선의 문학자들이 남긴 업적은 결코 적은 것이 아니었고, 또 하나 기억할 것은 조선의 문학자들이 신문학 이래 처음으로 공동노선에서 협동했다는 사실이다.

그러나 세계 '파시즘'의 발광에 끊일 줄 모르는 침략정책은 조선문학의 이러한 상태를 오래 지속치 못하게 하였다.

태평양전쟁은 전全 영역에서 조선 민족의 생활을 근저로부터 뒤집어놓았다. 봉건적 지주층과 대부분의 자본가들은 즐겨 일본 제국주

---

26 원문에는 '측면(側面)에'로 되어 있다.

의의 도구로 화하고 민중은 사死와 기아의 구렁으로 내몰렸다. 조선
민족의 생과 사의 시기가 드디어 도래하고 만 것이다. 그리하여 문학
위에도 철추鐵鎚가 내려 조선어 사용의 금지, 내용의 일본화에 의해서
만 조선인의 문학생활은 가능하게 되었다. 몇 사람의 문학자는 주지
와 같이 이 길을 선擇하고 그 길 만이 조선의 문학이 살 수 있는 것이
라고 말하였다.

조선인을 일본 제국주의의 노예를 만드는 운동의 일익으로서의 국
민문학, 이것이 태평양전쟁 개시기로부터 작년 8월 15일에 이르는
동안 조선을 지배支配한[27] 유일의 문학이었다.

그리하여 종래에는 민족적이냐 계급적이냐 또는 진보적이냐 반동
적이냐 하는 방법으로 생각되던 문제가 이 시기에 이르러서는 민족
적이냐 비민족적이냐 혹은 친일적이냐 반일적이냐 하는 형식으로 제
기되기에 이른 것이다.

그러므로 친일문학은 존재하였고 반일문학은 존재할 수 없었던 것
이다. 그러나 유감스러운 일은 우리 문학이 용감한 반일문학의 기치
를 높이 들고 싸우지 못한 사실이다.

이러는 동안에 일본 제국주의의 운명의 날은 돌아와서 전쟁은 종
식되고 조선 민족은 자동적으로 일본 제국주의의 기반羈絆을 떠났다.
그리하여 먼저도 말한 바와 같이 정치적·문화적으로 독자적 발전과
자유로운 성장의 가능성이 전개되자 문학에 있어서도 문제는 친일적
이냐 반일적이냐 하는 데로부터 다시 한번 전회轉廻하여 근본적인 지
점으로 돌아오게 되었다. 바꿔 말하면 해방된 조선 민족이 건설할 문
학은 어떠한 성질의 문학이어야 하느냐를 자문해야 할 중요 국면에

---

27 원문에는 '문배(文配)한'으로 되어 있으나 '지배(支配)한'의 오식으로 보인다.

서게 된 것이다.

계급적인 문학이냐?

민족적인 문학이냐?

우리는 솔직히 문제를 이러한 방식에서 주관적으로 세웠던 사실이 있음을 인정하지 않으면 안 된다. 어떤 사람은 계급문학이어야 한다고 주장한 것도 사실이요 민족적인 문학이어야 한다고 말한 것도 사실이다.

그러나 이만치 중대한 문제는 항상 객관적으로 제기되어야 하는 법이다.

그러면 조선문학사의 가장 큰 객관적 사실은 무엇이냐? 하면

첫째로 일본 제국주의 문화지배의 잔재가 남아 있는 것.

둘째로 봉건문화의 유물이 청산되지 아니한 것.

등등인데 어째서 이러한 유제遺制가 아직도 잔재해 있는가 하면 조선의 모든 영역에 있어 민주주의적 개혁이 수행되어 있지 않기 때문이라는 것은 여러 번 말한 바와 같다.

조선문학의 발전과 성장의 가장 큰 장애물이었던 일본 제국주의가 붕괴된 오늘 우리 문학의 이로부터의 발전을 방해하는 이러한 잔재의 소탕이 이번엔 조선문학의 온갖 발전의 전제조건이 되는 것이다. 그러므로 이것의 제거 없이는 어떠한 문학도 발생할 수도 없고 성장할 수도 없는 것이 현실이다. 그러면 이러한 장애물을 제거하는 투쟁을 통하여 건설될 문학은 어떠한 문학이냐? 하면 그것은 완전히 근대적인 의미의 민족문학 이외에 있을 수가 없다. 이러한 민족문학이야말로 보다 높은 다른 문학의 생성, 발전의 유일한 기초일 수가 있는 것이다.

이것이 우리가 이로부터 건설해 나갈 문학의 과제이며 이 문학적

과제는 또한 이로부터 조선 민족이 건설해나갈 사회와 국가의 당면한 과제와 일치하고 공통하는 과제이다.

여기에 문학 건설의 운동이 조선사회의 근대적 개혁의 운동과 조선의 민주주의적 국가 건설의 사업의 일익이 될 의무와 권리가 있는 것이다.

문학자는 재능과 기술과 그리고 인간으로서 성실과 예술가로서의 양심을 가지고 우리나라의 민주주의적인 민족문학의 건설을 위하여 노력하고 그보다 더 큰 노력과 희생으로써 조국의 민주주의적 국가 건설을 위하여 싸워야 한다.

이상이 나의 생각에 의하면 조선문학 건설의 기본과제에 대한 문학자와 문학가동맹의 임무라고 믿는다. 이 임무의 수행을 위하여 우리 문학자는 개인의 노력을 동맹의 노력으로 집중하고 동맹의 노력을 또 민주주의적 국가수립에 관한 전국적 사업에 집중하지 아니하면 안 될 것이다.

조선소설에 관한 보고[•]

보고자 안회남 씨의 결석으로 인하여 대행한 연설 요지

조선의 현대소설이 전前 시대의 이야기책으로부터 출발하였다는 것은 주지의 사실이다. 이조 봉건사회 붕괴기에 있어 평민문학을 대표하고¹ 있던 이야기책이 새로 발흥하는 시민적 문학의 건설자들에 의하여 맨 먼저 주목되었다는 것은 당연한 사실이다. 그러나 우리가 말하는 현대소설, 즉 서구적 조건을 구비한 소설양식에 비하여 소박하고 유치할 뿐 아니라 어느 의미에서는 이질적인 요소를 다분히 포함한 이야기책이 새로운 문학적 표현의 토대가 된 데는 다른 이유가 있다.

여러 가지 경우에 말하는 것이지만 조선 시민계급의 유약성, 다시 말하면 새로운 시대의 사회적·문화적 지향을 가졌으면서도 실제에 있어 그것을 건설할 역량이 결여되었기 때문에 그들은 낡은 문학에

• 『건설기의 조선문학』, 조선문학가동맹, 1946.6.

1 원문에는 '대표가고'로 되어 있으나 '대표하고'의 오식으로 보인다.

다 약간의 개량을 가함으로써 새로운 창조에 대신한 것이다. 이것이 이른바 신소설이다. 일언一言으로 말하여 신소설은 낡은 형식, 즉 그전 이야기책의 형식을 그대로 보유하면서 약간의 새로운 정신을 담은 데 불과한 것이다. 이러한 신소설이 나온 뒤에 종래의 이야기책은 일괄하여 구소설이란 명칭으로 불려지게 되었다.

그러면 신소설과 구소설은 어디에 차이가 있느냐? 하면 형식에도 물론 약간의 개량이 가해졌다고는 하지만 기본적인 것은 먼저도 말한 바와 같이 새로운 내용을 담은 데 있다. 새로운 내용이란 그때 말로 하면 개화사상, 즉 시민정신이다. 신소설이란 결국 새로운 내용과 낡은 형식의 절충물, 조화되지 아니한 접합체에 불과한 것이다. 그러면 어째서 새로운 내용은 새로운 형식을 창조하지 아니하고 낡은 형식을 이용하느냐 하면 그 원인은 먼저도 말한바와 같이 일반적으로는 시민정신의 정도가 극히 유치했다는 데 귀착하는데, 특히 이야기책의 형식과 새 정신이 큰 파탄 없이 결합하였는가 하면 그 때의 시민정신이란 것이 문명개화라는데 대한 막연한 요구와 새로운 논리라는 데 국한되어 있었기 때문이다. 이야기책이야말로 봉건사회 내에 있어 저도低度한 발전계단이었던 평민의 논리적 교훈을 낭독체 설화로 표현한 것이기 때문이다.

이야기책이란 먼저도 이야기했지만 현대소설에 비하면 실로 원시적인 형태에 가까운 설화문학이요, 그것도 서구의 설화나 민간의 전승과도 달라 형식과 내용 공히 중국의 영향을 받은 것이어서 생경하기² 짝이 없는 것이었다.

이러한 낭독체·설화형·교훈담과 현대소설과의 차이는 본질적이

---

2 원문에는 '생경하고'로 되어 있으나 문맥상 '생경하기'가 적절해 보인다.

어서 그것의 연장이나 발전 위에서 현대소설의 건설은 기대하기 어려운 것이었다. 결국 신구를 막론하고 이야기책은 일체로 양기揚棄되고 현대소설로 비약하지 아니하면 안 되는 것이다.

그리하여 신소설의 창시자요 대표적 작가였던 이인직을 위시로 한 이해조李海朝, 최찬식崔瓚植 등의 작품은 십 년도 생명을 유지하지 못하고 과도기의 문학으로서의 운명을 만들 수밖에 없었다.

$$\times \quad \times \quad \times$$

이광수李光洙가 근본에서 이야기책을 양기하고 서구의 소설을 들여다가 조선의 소설문학 건설의 출발점을 삼은 것이다. 이李가 단편에서 자기의 문학적 사업을 시작했다는 것은 이 사실의 웅변스런 증거다. 단편이란 근본에서부터 서구의 것이요 동양의 것이 아니며 이야기책의 것이 아니요 소설의 것이다. 거기에는 낭독도, 설화, 교훈도 있을 수 없으며 오직 사람과 사람의 생활이 있을 수밖에 도리가 없는 것이었다.

신소설이 나온 지 5,6년 뒤인 1908,9년경에 시험된 이광수의 소박한 단편소설은 신소설의 역사적 운명에 종언을 고하게 한 것이요, 낭독소설이 전혀 새로운 시기, 즉 본격적인 예술문학의 계단으로 발전했음을 의미하는 것이었다. 분명히 이광수의 단편은 이야기책의 전통적 형식으로부터의 완전한 분리요 예술적인 일대 비약이었다.

여기에 이르러서 새로운 내용이 있을 뿐 의연히 낡은 형식의 지배하에 있었던 조선의 근대문학은 새로운 내용에 적합한 새로운 형식의 획득에 성공한 것이다. 이것이 이광수의 단편의 역사적 의의다.

그러나 이 시험이 미처 일반화되기 전에 주지와 같이 조선은 일본 제국주의에 침략되어 민족생활의 일체의 발전은 저지되고 소설의 발전 위에다 근본적인 타격을 여與하였다. 직접의 정치적 압박은 물론, 일체의 출판활동의 금압으로 인하여 소설 역시 한번 획득된 토대를 이용하기 어려웠다. 그리하여 신소설은 다시 일반 독서계에 군림하고 그것은 갈수록 비속화되고 타락되면서 자꾸만 생산되었다.

그러나 일방으로 당시의 유일한 신문이었던 『매일신보』를 통하여 현대소설의 새로운 수입이 계속되었으니 그것이 소위 번안소설이다. 이상협李相協·조일제趙一齋 등에 의하여 「불여귀不如歸」라든가 일인日人이 서양 통속소설에서 의역 개작한 「눈물」 등이 이 시대의 대표적인 소설문학이라 할 수 있다. 번안이란 일종 역자가 의역하여 자의로 개조한 것인데, 이것은 소설적으로 보면 일종의 통속소설이요 조선소설의 형식변천사 상에서 보면 신소설과 현대소설의 중간 계단에 속하는 것이라고 볼 수 있다. 어쨌든 이광수의 『무정無情』이 『매일신보』에 연재될 때까지 조선 사람이 서양소설 맛을 본 것도 이 번안소설이요 현대소설 형태에 접해본 것도 이 번안소설에서였다.

그러나 「눈물」이나 「불여귀」에서 보는 바와 같이 이 시대의 번안소설은 책 모양, 인쇄체제로부터 문체에 이르기까지 더 많이 신소설적이었음을 잊지 말아야 할 것이다.

이광수의 『무정』이 나옴으로써 조선소설은 번안소설에서 완전히 구별되었다.

그의 시작試作 단편은 조선의 소설 독자에 의하여 도무지 관심되지 아니했음에 불구하고 장편 『무정無情』은 일반에 크게 주목하는 바 되었음은 흥미 있는 사실이다.

첫째는 이야기책이나 신소설만 읽던 독자에게 짧은 이야기 한 토막을 잘라놓은 듯한 단편은 소설같지 아니했고, 둘째로 역시 장편이 그래도 이야기가 있고 사건 발전의 기복 등이 있어 독자가 만족할 수 있었던 것.

셋째로는 『무정』 자체가 가진 예술적 약점이[3] 소설 감상력이 부족한 당시의 독자의 수준과 우합偶合되었던 것 등이다.

『무정無情』의 작자는 현대적 장편소설을 근본적으로는 신소설과 번안소설로부터 구분시키는 데 성공하였으나 부분적으로는 신소설과 번안소설과 결부되어 있었기 때문에 당시의 독자는 『무정』을 가리켜 잔소리가 많다고 비난했지만, 현대소설의 견지에서 보면 잔소리 즉 묘사의 노력이 아주 부족하였고 또 약간의 교훈성이 인도주의의 명의 하에 현저히 들어있었던 것이다.

1919년[4] 3·1봉기가 지나고 근소하나마 조선문학 발전의 새로운 가능성이 허여許與되자 현대소설은 염상섭廉想涉·김동인金東仁 등의 자연주의를 통하여 본격적 발전의 궤도로 오르게 되었다.

김동인의 소설에서 이광수의 교훈성의 잔재는 일소되고 염상섭의 소설에 이르러 비로소 사실적인 생활의 묘사 가운데 심리와 성격을 갖춘 진정한 소설이 탄생한 것이다. 염상섭의 제諸 단편과 약간의 장편은 조선 현대소설 발전사 상의 한 고봉을 이루는 것이다.

빙허憑虛 현진건玄鎭健 역시 자연주의 조류 가운데 탄생하였으나 벌써 자연주의가 하향기의 비탈길을 걷던 시대에 나온 작가요, 지극히 감상적인 지점에서 출발했던 나도향羅稻香이 프로문학이 발흥하기 비롯한[5] 1924·5년대의 과도기에서 창백한 광망光芒과 같은 심리묘사의 재능을 발휘하고 요절한 것이다.

---

3 원문에는 '약점(弱點)인'으로 되어 있으나 문맥상 '약점이'가 적절해 보인다.
4 원문에는 '1918년'으로 되어 있으나 '1919년'의 오식이다.
5 원문에는 '버릇한'으로 되어 있으나 '비롯한'의 오식으로 보인다.

× × ×

1924·5년대는 사상으로도 시민적 사상과 사회주의적 사상이 교체되던 전환기이지만 문학사적으로 주요한 의미를 갖는 시기였다.

프로문학은 민족해방운동사 상에 있어 시민계급의 영도적 역할의 상실과 노동자계급의 정치적 성장 급及 진출을 토대로 한 사회주의 사상을 기초로 하여 출발되었지만 문학적으로는 자연주의문학의 성과 없이는 새로운 발전이 약속될 수 없었다.

그러나 자연주의문학을 토대로 성장한 작가는 단지 프로문학, 즉 당시의 신경향파 작가들만은 아니었다.

이태준李泰俊·채만식蔡萬植·최서해崔署海·이기영李箕永·한설야韓雪野·송영宋影 등 최근 15년간 우리 문학의 중심이 되어온 작가들이 모두 자연주의소설이 달성해놓은 수준을 토대로 출발했고 성장한 것이다.

그리하여 대체 두 가지의 큰 계열로 발전한 것인데, 첫째는 이태준을 기점으로 한 민족주의적 혹은 순문학적인 방향과 둘째는 최서해·이기영 등으로[6] 사회주의적 혹은 계급문학적인 방향으로 분기되어 왔다. 여기에 관하여서는 일반보고 가운데 언급하였으므로 중복을 피하거니와 소설적인 특징을 2,3가지 지적하면 다음과 같다.

첫째, 이태준을 중심으로 하여 채만식·박태원朴泰遠·안회남安懷南 등에서 볼 수 있는 특성은 우선 자연주의의 전통을 그대로 계승하여 주로 소시민의 생활감정의 묘사에 치중했고, 주로 소설의 예술적 측면의 완성에 주요한 노력이 경주되었다.

둘째, 이기영·최서해·한설야를 중심으로 하여 송영·조명희趙

---

6 원문에는 ',으로'로 되어 있으나 문맥상 '등으로'가 적절해 보인다.

明熙 · 김남천金南天 등에 이르러서는 우선 자연주의문학의 한계를 탈출하여 농민이나 노동자 혹은 재외동포 등 민중의 생활감정[7]을 표현하였고 소설의 예술적 측면보다는 사상적 방향을 중시하여 온 것이 사실이다.

이리하여 초기에서는 민족적 문학과 계급적 문학의 형태로 대립되던 이 두 조류는 각각 독자獨自의 길에서 예술적 · 사상적 성장과 완성을 향하여 전진하면서 1930년대 이후로는 순문학과 계급문학의 형태로 관계하게 되자 소설계에는 또 하나 다른 요소가 부가되었다.

그것은 당시 중간파 혹은 동반자 문학이라고 지칭되던 일단一團의[8] 작가들이다. 예하면 이무영李無影 · 유진오兪鎭午 · 이효석李孝石 등인데, 이 사람들은 계급문학에 가깝기도 하고 때로는 순문학에 가깝기도 한 독자의 경지에 있었다. 이렇게 작가가 양적으로도 증가되고 질로도 다양화되면서 소설은 예술적 · 사상적으로 장족의 발전을 수遂하게 되었다.

× × ×

이러한 조건 가운데서 1932년에 일본의 만주침략이 개시되면서 조선에 대한 새로운 압박이 가해지기 시작했다.

그 압박의 예봉은 말할 것도 없이 반일운동의 주동세력이었던 공산주의운동에 대한 맹렬한 공격으로 집중되고 이와 동시에 문화적으로도 프롤레타리아문학에 대한 노골적인 박해로 표현되었다.

프롤레타리아문학 단체와 그 성원에 대한 정치적 박해는 자연히

---

7 원문에는 '생감활정(生感活情)'으로 되어 있으나 '생활감정'의 오식이다.
8 원문에는 '일국(一國)의'로 되어 있으나 '일단(一團)의'의 오식으로 보인다.

그 문학운동의 전면적 퇴조를 결과하게 되었다. 이 제국주의적 압박이 프롤레타리아문학 진영 내 일부의 정치적 동요를 일으켰음도 역시 부정하기 어려운 사실이다. 그러나 이 박해의 와중에서 프롤레타리아문학은 과거의 공식주의, 정치 중심주의 내지는 예술성의 무시 경향에 대한 자기비판의 사업을 전개하였다. 소련 문학운동의 방향 전환과 사회주의적 사실주의 이론의 수입을 통하여 자기의 정치적 동요를 변호하려는 일부 경향과 싸우면서 조선의 프롤레타리아문학은 비교적 성과 있게 수난의 과정을 자기비판과 재출발의 새로운 계기로[9] 만들려고 노력한 것은 사실이다.

그러나 계속하여 확대되는 일본의 중국 침략전쟁의 진전은 조선에 대한 압박을 가중하고 이 결과로 문학에 대한 정치적 압박은 미증유의 중압이 되면서 있었다.

프로문학의 재건은 물론 민족적 경향에 대하여서까지 압박의 촉수는 확장되고 조선어 자체에까지 진동은 파급할 우려가 발생하기 시작하였다.

때마침 서구에서는 독일 '파시즘'이 횡행하여 민주주의와 문화 일반의 위기가 절규되었으며 전쟁의 위험은 각각으로 증대하고 있었다.

주지와 같이 서구에서는 전쟁과 '파시즘'의 위험을 앞두고 문화의 옹호와 '휴머니즘'의 고양高揚의 소리가 높게 되고, 조선에 있어서는 종래의 민족적 문학, 계급문학 혹은 순문학의 차이는 점차로 의미가 없이 되고, 조선문학에 대한 일본 제국주의의 전면 공격을 앞둔 어떤 종류의 통일전선에의 구심적 동향이 움직이게 되었다.

'휴머니즘' 논의를 거쳐 지성론의 계단에 이르는 동안 이 경향은

---

9 원문에는 '계기(契機)를'로 되어 있으나 문맥상 '계기로'가 적절해 보인다.

점차로 증대되고 있었으나, 그래도 문학계에는 적지 아니 종래의 민족적 경향과 순문학의 한 그룹 또 과거의 프로문학을 중심으로 한 '휴머니즘' 지성론자의 한 그룹이 혹종或種의 간격과 차이를 가지고 있었으나, 일본의 대미 선전을 신호로 한 일본적 문학운동의 전개를 계기로 문학계는 친일계와 비非친일계로 양분되고 말았다. 도도히 흘러 들어오고 강력하게[10] 내려누르는 정치적 압력을 피하기 위하여 우리 문학은 예술성의 옹호를 구호로 일치결속하게 되었다. 조선어의 수호와 예술성의 고지固持로써 문학에 대한 일본 제국주의자의 요구를 거부하는 구실로 삼은 것이다.

이 황당한 고난의 와중에서 소설은 유표有標한 주제를 피하여 시정의 묘사로, 세태의 표현으로 혹은 연대기적인 기술로 방황하면서 '리얼리즘'의 길을 닦고 있었다.

소설이 주제를 피하고 있었다는 사실로 이 시대의 문학의 고민과 작가의 고충을 추측할 수 있거니와 동시에 우리가 통감한 것은 주제의 회피가 주인공의 결여를 초래한다는 중대한 결함의 발견이었다. 조선문학과 같이 성장기의 문학 또는 조선 민족과 같이 수난하는 민족의 문학이 자기의 주인공을 갖지 못한다는 것은 비통한 사실이 아닐 수 없다. 당시의 용어에 의하면 소설에 그려지는 환경과 주인공의 괴리 혹은 묘사와[11] 표현의 분리는 작가들로 하여금 이 두 가지의 새로운 통일에 대한 열렬한 원망顧望을 자아내지 아니할 수 없었다.

무엇이 이 통일을 실현하느냐? 그것은 물론 문학 자체로서는 불가능하다는 사실은 체험한 일이요 동시에 명약관화의 일이었다. 결국 새로운 현실의 전개만이 이것의 가능성을 창조해낼 것이다. 우리는[12]

---

10 원문에는 '강력(强力)하고'로 되어 있으나 '강력하게'의 오식으로 보인다.
11 원문에는 '묘사(描寫)의'로 되어 있으나 '묘사와'의 오식으로 보인다.

전쟁 중에 늘 이것을 생각했고 기다렸다.

8월 15일은 드디어 우리에게 새 현실, 우리 문학의 유사 이래의 위대한 새 시대를 열어놓았다.

주인공과 환경이, 그려지는 사실과 표촉 정신이 통일될 가능성을 제시한 것이다. 우리의 문학, 오랫동안 수난하고 방황하던 우리의 소설의 무한한 발전을 약속하는 새 시대가 도래한 것이다.

이 시대는 우리 민족의 해방과 우리나라의 민주주의적 개혁, 민주주의적 건설의 길에서 동터오고 있는 것이다. 우리 자신이[13] 그것을 위한 사업에 몸소 참가하고 그 사업 가운데 새로 탄생하고 성장하는 인간들과 새로 전개되는 현실을 옳게 보고 인식함으로써 우리의 소설문학은 또한 자기 자신의 새로운 시대를 맞이할 것이다.

---

12 원문에는 '우리'로 되어 있으나 문맥상 '우리는'이 적절해 보인다.
13 원문에는 '자신(自身)이 이'로 되어 있으나 '자신이'의 오식으로 보인다.

조선에 있어 예술적 발전의 새로운 가능성에 관하여[•]
민족문화건설전국회의에서 보고한 연설 요지

1

일본 제국주의가 붕괴한 이래 조선의 문화 건설 내지는 예술적 창조에 관해서 여태까지 논의된 여러 가지의 노력을 통하여 우리는 대체로 다음과 같은 결론을 얻는 데 성공하였다.

첫째로 문화 또는 예술의 영역에 있어 일본 제국주의가 지배하던 흔적을 일소해야 할 것.

둘째로 종래로부터 우리의 문화적·예술적 발전의 장애물이 되어오던 문화와 예술 위에 남아 있는 봉건적 잔재를 청산할 것.

셋째로 새로운 건설에 있어 외국문화의 섭취와 고전의 정당한 계

•『문학』 창간호, 1946.7.

승을 방해하는 국수주의적 경향을 배제할 것.

이리하여 진정한 의미의 근대적인 조선문화 내지는 예술 창조의 윤곽을 획劃한 것이요, 이렇게 그어진 윤곽 속을 통하여 건설될 문화와 예술은 자연히 민족문화 내지 민족예술이라고 규정하게 된 것이다.

그러면 이 세 가지 규정에 의하여 그어진 윤곽은 어떻게 해서 우리의 당면한 문화 건설 내지 예술적 창조를 민족적인 것이라고 규정하는 목표와 실천적으로 연결되는 것일까? 혹은 창조적인 실제와 관련하는 것일까?

우리는 이상에 열거한 세 가지 한정限定이 문화·예술운동의 강령적인 규범이 되어 있는 중요성에 비추어, 또 우리의 단체 혹은 개인이 그 규범을 통하여 새로운 가치의 창조에 착수해야 할 현하現下의 시기의 요청으로 보아, 여기에 관하여 일단의 구체적인 해명이 필요하다고 생각한다.

왜 그러냐 하면 우리들의 행동의 규범은 이제 창조의 지침이 될 필요가 있기 때문이다.

우리의 사업은 지금 추상적인 논의로부터 구체적인 실천으로 전이해야 할 계단에 직면해 있는 것이다.

여기서 우리는 문화건설과 예술적 창조가 규범이 지시하는 목표의 추구에 의하여서만은 달성되지 아니한다는 사실을 잊어서는 안 된다. 규범이라는 것은 주지와 같이 실천에 있어 목표의 추구를 한정하는 제약이다. 바꾸어 말하면 목표의 추구자가 실천에 있어 목표에의 도달을 확실히 하기 위하여 자기 스스로가 설정한 행위의 제약에 지나지 않는다.

그러나 중요한 것은 이러한 주관적으로 설정한 제약을 객관적으로 제약하는 조건의 존재를 인식하는 일이다. 그리하여 주관적으로 설정한 제약이 객관적인 제약의 조건과 모순하지 아니할 때, 비로소 규범은 목표를 추구하는 실천에 객관적 진실성을 부여하는 현실적 조건이 되는 것이다.

바꾸어 말하면 실천에 있어 성공의 가능성을 부여한다. 문화건설과 예술적 창조에 있어 실천적 성공의 가능성은 문화건설과 예술적 발전의 객관적인 가능성의 존재를 가리킴은 물론이다. 이러한 가능성을 기초로 하여서만 문화건설과 창조적 실천은 진실의 실현의 보장을 받으며 동시에 이 보장의 자각이야말로 창조의 정신적 원천이 되는 것이다.

우리는 문화건설과 예술적 창조의 확고하고 위대한 정신의 발견과 수립을 위하여 문제를 이러한 각도에서 제기하는 것이다.

2

그러면 우리의 문화건설과 예술적 창조의 규범은 현하의 조선에 있어 문화적·예술적 발전의 객관적 가능성과 여하한 관계를 가지고 있는가? 그것은 과연 모순하지 않고 일치하는 것일까? 그렇지 않으면 우리가 설정한 규범은 객관적인 가능성과 얼마나한 낙차가 있는 것일까?

여기서 우리는 대담 솔직히 조선에 있어 문화적·예술적 발전의 가능성을 규명하고 그 결과를 우리가 설립해놓은 규범과 비교하지 아니하면 아니 된다. 규범은 항상 현실적 실천의 경험과 비교되지 아니하면 아니 되기 때문이다. 주로 역사적·사회적인 기초 위에서 설립된 우리의 규범은 문화적·예술적인 실천의 경험에서 검토받지 아니하면 안 될 것은 당연한 일이 아닌가?

이것은[1] 의심할 여지가 없는 사실이다. 여기서 우리는 작년 8월 15일의 사건과 더불어 발생했다고 볼 수 있는 조선에 있어 문화적·예술적 발전의 가능성에 대한 고찰에 앞서 8월 15일의 사건이 오기 전 역시 조선에 있어 문화적·예술적 발전을 저해하던 제諸 조건을 먼저 검토할 필요가 있는 것이다.

그것의 분석·규명을 통하여 우리는 새로운 조선에 있어 문화적·예술적 발전의 제 조건을 발견할 단서를[2] 얻을 수 있는 것이다.

작년 8월 15일 이전 조선에 있어 문화적 예술 발전을 저해하던 첫째의 조건은 주지하는 바와 같이 일본 제국주의의 지배다. 일본 제국주의가 조선 민족으로부터 수탈한 여러 가지 자유 가운데 문화적·예술적인 자유가 포함되어 있음도 주지의 사실이다. 그리하여 8월 15일 이후 조선 사람에게 말하는 자유가 회복되자 이구동성으로 일본 제국주의는 조선 민족으로부터 정치적·경제적·문화적·예술적인 자유를 빼앗었었다고 비분강개하는 것이다.

그러나 일본 제국주의의 조선 지배와 문화예술과의 관계는 그다지 간단한 것이 아니다.

우리는 정치적인 지배자는 문화에 있어서도 피지배자를 지배한다는 19세기에 발견된 원칙을 잘 알고 있지만, 일본 제국주의가 조선 민족을 문화적으로 지배한 것은 검열의 수단만을 가지고 하지 아니한 것과 마찬가지로, 일어 교육이나 신도神道 선전만으로도 지배한 것

---

1 원문에는 '이것을'로 되어 있으나 문맥상 '이것은'이 적절해 보인다.
2 원문에는 '논서(論緖)을'로 되어 있으나 '단서를'의 오식으로 보인다.

은 아니다. 정치가 복잡한 것과 마찬가지로 문화도 복잡한 것이며 혹은 그 이상 다단多端할지도 모른다. 하기야 일본이 망할 무렵 식민지 지배에 있어 정치적 수단과 문화적 방법의 구별조차 헤아릴 수 없을 만치 초조하여 날뛰던 수년간이 있었음을 우리는 기억하고 있다. 민족과 문화를 전면적으로 부정하고 무모하게 전개하던 '내선일체'라든가 '황민화운동' 등은 제국주의의 정상한 지배수단은 아니다. 이것은 패망에 직면하여 초조하던 제국주의의 발악 이외에 아무것도 아니다.

제국주의 지배와 문화와의 관계는 오히려 평화시대에 정상한 형태로 나타나 있다고 볼 수가 있다. 발악의 광분이 아니라 지배의 방법이 역연歷然히 보이기 때문이다. 그 증거로 우리는 검열을 통하면 일정한 한도 내에서나마 문화적·예술적 활동을 할 수 있지 않았는가? 문제는 실로 여기에 있는 것이다. 검열이란 것은 물론 일본 제국주의가 조선 민족의 문화적·예술적 활동을 구속하고 압박하던 직접의 정치적 수단이다. 그러나 중요한 것은 조선인의 모든 문화적·예술적 활동을 금지하지 아니하고 검열을 통해서 그 어느 일부분만은 허락한 점이다. 그러면 검열이 인정할 수 있는 정도의 '부분의 자유'라는 것은 어떠한 것이었는가?

이 '한도 내의 자유'란 것이 사실은 발악의 광분이 아닌 지배의 수단의 표현인 것이다.

제국주의는 우리에게 조건부의 자유를 주는 형식을 통하여 무조건한 예속의 내용을 거둬들이려고 한 것이다. 그러므로 제국주의에 의하여 허여許與되는 자유라는 것은 식민지 민족이 해방될 수 있는 자유가 아니라 반대로 제국주의에게 예속될 수 있는 자유, 그 근소한 자유의 향유로 말미암아 해방의 의욕을 망각할 수 있는 성질의 것이었다.

조선 민족의 문화적 · 예술적 발전을 저해한 둘째 번의 조건인 봉건적 유제遺制, 혹은 더 널리 말하여 전前근대적인 일체의 문화적 · 예술적 잔재는 제국주의로부터 존속을 인정받고 원조받은 사실을 잊어서는 아니 된다. 민족생활의 새로운 발전 상 하등의 기여함이 없는 봉건적인 반동 지주층의 문화예술과 전근대적인 미신 신앙을 장려함으로써 제국주의는 봉건적 구각舊殼을 깨뜨리고 근대적 발전의 대도大道로 진출하려는 조선 민족의 강렬한 욕구를 방해하고 또 마비시킨 것이다. 이것이 검열제도의 역할이었던 것이다.

그리하여 우리 민족이 일본 제국주의로 하여금 문화적 · 예술적 활동의 자유를 형식적으로나마 인정하지 아니할 수 없게 만든 3 · 1봉기 이후, 문화 종사자와 예술가들의 불소不少한 노력에도 불구하고 조선의 문화예술은 완전히 근대화되지 못하고 오늘날에 이르도록 전근대적 · 봉건적 유제의 질곡 아래 발전을 저지당하고 있는 것이다.

이것은 일면 일본 제국주의가 조선 민족을 착취하던 필요한 토대의 하나로서 봉건적 제諸 관계를 이용하였다는 사회경제적 사정에 유래하였음은 여러 연구자가 지적해온 바이지만, 동시에 우리의 문화적 · 예술적 발전을 부패시킨 서구의 몰락기[3] 시민문화의 독소와 함께 봉건적, 전前 자본주의적 잔재라는 것은 일본 제국주의의 검열제도의 간악한 계획에 의하여 배양되어온 것이다.

그러므로 일본 제국주의 치하에 있어 조선의 문화예술은 낡은 문화와 예술의 한 연장이면서 동시에 중도반단적이요 불철저하게 근대화된 문화예술의 혼합물임을 면치 못한 것이다. 바꿔 말하면 반은 봉건적이요 반은 근대적인 기형! 이것이 조선의 근대문화였고 민족예

---

[3] 원문의 판독이 어려우나 문맥상 '몰락기'가 적절한 듯하다.

술이었다. 이것은 조선 민족을 구성하는 역사적 시대를 달리한 두 가지의 계층의 생활과 세계관의 표현이었음은 물론이나, 이 사실은 또 제국주의에 의하여 근대적 통일을 저지당하고 있는 민족생활의 이중성의 반영이기도 하였다.

그러나 조선에 있어 제국주의적 목적에 의한 자본주의의 발전은 민족생활의 이중성을 일층 복잡화하여 삼중의 중층을 만들어내었다. 노동자계급의 생탄生誕과 성장이 그것이다.

그리하여 봉건적 지주, 근대적 자본가, 노동자계급, 즉 제각기 역사적 시대를 달리하는 세 가지의 기본적 계급이 한 민족 내부에서 자기 활동을 전개할 가능성이 생겼고, 문화예술 역시 세 갈래로 분화될 가능성이 발생하였다.

사실로 봉건적·근대적인 문화예술 위에 다시 노동자계급의 문화예술의 활동이 전개되었다.

그러나 조선에 있어 계급문화·예술의 활동은 이러한 이유에만 근원하는 것이 아니다. 다른 기회에도 지적한 것과 같이 조선의 자본가계급이 지주와 더불어 반동적 동맹을 체결하고 일본 제국주의에 접근해감으로 인해서 조선 민족의 자유와 해방을 희구하는 문화예술은 노동자계급적이고 아니고를 막론하고 계급문화·예술운동의 선을 따라간 데서 유래한 것이다.

그러나 근대적으로 성숙한 민족문화·예술과 그것의 성립을 통하여 섭취한 문화적·예술적 유산의 소화를 토대로 하지 못한 '계급예술'은 충분히 성숙하지 못했다.

결국은 모든 것이 미숙하고, 개개가 허약하며, 제각기 불철저한 제종諸種의 문화예술이 난립하고 혼합하여 위대한 예술 창조물과 문화적 업적의 생산은 기대하기 어려운 상태로 화하고 말았다.

그럼에도 불구하고 개개의 시대나 개개인의 종사자에게서 일정한 업적을 발견할 수 있고 그것이 미미하나마 일관한 발전의 선상에서 연결되어 있음은 다음의 두 가지 사실에 기인한다.

첫째로는 조선의 현대문화와 예술이 한말과 3·1운동의 두 번의 시기로 나누어서 표현된 민족의 근대적 자각을 기초해서 성립하였던 것.

둘째로는 여하한 조건 하에 여하한 형식으로임을 물론하고 해방과 자유를 향하여 움직이던 민족의 생활과 정신을 기축으로 하였던 것.

다시 말하면 조선의 문화예술은 근대적 자각을 통하여 성립하고 반제국주의적 정신에 의하여 연장·발전한 것이다. 물론 이 성립은 반단半端의 것이고, 이 발전은 변칙의 것이었으며, 그나마도 태평양전쟁의 발발은 제국주의로 하여금 조선 민족생활의 일체를[4] 절폐絶廢시킬 폭력정치로 비약시키고 만 것이다.

그리하여 조선에 있어 문화예술의 재건과 그 발전을 위하여서는 일본 제국주의 지배의 폐지가 무엇보다도 선결적인 조건이 된 것이다.

3

요컨대 일본 제국주의의 붕괴로 말미암아 조선에 있어 문화와 예술을 저해하던 근본 조건은 자동적으로 해결된 셈이다. 이와 동시에 일본 제국주의의 비호 밑에서 유지되고 배양되던 봉건적·전근대적

---

4 원문에는 '일절(一切)을'로 되어 있으나 '일체를'로 쓰는 것이 적절해 보인다.

인 제諸 요소는 일순에 고립화되고 말았다. 다시 말하면 제국주의의 손을 떠난 봉건적·전근대적 요소는 고립화됨으로써 그 역량이 지극히 약화되었고, 그만치 그것을 청산할 가능성은 증대한 것이다.

그리하여 일본 제국주의의 지배가 남긴 모든 흔적을 일소하고 단일한 민족문화의 건설과 완전한 근대적 의미의 예술적 창조를 방해하던 봉건적·전근대적 잔재를 일거에 청산함으로써 문화적·예술적 발전의 대도를 개척할 가능성은 전개된 것이다.

이 기회야말로 한국 말년의 개화운동에서, 또 3·1운동 전후의 봉기에서도 해결하지 못하고 숙제로 내려온 철저徹底的인 민주적 개혁을 토대로 한 근대적 문화예술, 서구적 의미의 진정한 민족문화와 예술을 건설할 수 있는 것이었다.

이 가능성은 먼저 열거한 제3의 현상인 민족생활의 이중성 혹은 중층성을 반영한 문화예술의 혼돈상을 청산하고 통일된 문화예술로서의 새로운 출발을 할 수 있는 현실적인 보장 조건을 만들어주는 것이기도 하였다.

실로 현재야말로 개화 이후 5,60년간 모든 문화 종사자와 예술가들의 고난에 찬 외국문화 수입과 창조적 노력이 결실할 수 있는 역사적 순간이었던 것이다.

그러나 주지와 같이 이렇게 위대한 역사적 비약과 성장의 순간에 제회際會한 조선의 문화와 예술은 뜻하지 아니한 여러 가지 곤란에 봉착하고 있는 것이다. 이 곤란은 단순히 문화와 예술의 분야에만 국한한 것이 아니요, 오히려 정치와 사회의 영역에서 생성하고 있는 제諸 사정의 반영인 것은 물론이다.

다른 여러 가지 사정은 고사하고 이 문제의 해명에 있어 근본적 의의를 갖는 사실은 대체 다음의 몇 가지에 속한다.

첫째 일본 제국주의 지배의 잔재가 일거에 소탕하기 어려운 정치 사정 하에 있는 것.

둘째로 봉건적·전근대적 제 요소가 일제의 수중을 떠나서 고립한 것은 일순간이요, 일본 제국주의 대신 새로운 동맹자층을 발견하여 그것과 결합한 것.

셋째 이 동맹이야말로 과거 제국주의 지배 시대에 일본 제국주의와 야합하여 대다수[5] 인민의 압박과 착취에 협력하고 그 혜여惠與 이윤으로 생활하던 반동적 자본가라는 것.

그리하여 이 반동적 자본가층을 중심으로 한 지주와의 동맹은 일본 제국주의의 잔당을 산하傘下에 집결하고 반反민주주의 십자군을 형성하기에 이르러 조선 민족생활의 민주주의적 개혁과 근대적 통일과 대립하고 있는 것이다.

이 사실은 조선에 있어 문화적·예술적 발전의 전제조건이었던 일본제국주의의 붕괴로 말미암아 우리 앞에 전개된 문화적 예술 발전의 새로운 가능성, 즉 일제 지배 흔적의 소탕, 봉건적·전근대적 요소의 청산, 이중성 급及 중층성의 양기揚棄는 차등此等 양기될 대상의 집결로 형성된 반민주주의 십자군으로 말미암아 다시 새로운[6] 장애에 직면하게 된 것이다.

그리하여 조선문화와 예술 발전의 가능성은 일제지배 시대에 있어 제국주의 지배의 철폐가 선결조건이었던 것과 동일한 의미로 반민주주의 십자군의 격파 없이 불가능한 상태에 빠져 있게 된 것이다. 결국 일본 제국주의 지배의 붕괴로 말미암아 발생된 문화예술 발전의 새로운 가능성은 하나의 막연한 약속으로 화하고 있고, 이 가능성의

---

5 원문에는 '다대수(多大數)'로 되어 있다.
6 원문에는 '새운'으로 되어 있으나 문맥상 '새로운'이 적절해 보인다.

실현을[7] 위하여 반민주주의 십자군의 진출을 분쇄하지 않는 한 문화와 예술의 발전은 실천적 도정으로 들어갈 수 없는 것이다.

요컨대 반세기[8] 간의 노력과 투쟁으로 겨우 일본 제국주의 지배의 손아귀를 벗어난 조선의 문화와 예술은 해방된 국토 위에서 문화와 예술의 새로운 적인 반민주주의 십자군과 직면하게 된 것이다.

문화와 예술에서 정치의 과제가 물러간 것이 아니라 일층 첨예하고 격렬하게 정치와 직면하였고, 정치적 현실의 와중에 서게 된 것이다.

저 반민주주의 십자군은 우리 조국을 문화와 예술의 발전과 비약의 기초가 될[9] 민주주의 세계로 만드는 대신, 문화와 예술을 퇴보시킬 반#봉건적 전제국가의 두려운 악몽을[10] 꾸고 있기 때문이다.

장구한 동안 자유 발전과 찬란한 개화를 꿈꾸던 우리 문화와 예술이 다시 또 정치와 직면하고 그 와중에서 지내야 한다는 것은 쓰라린 일이다. 그러나 문화와 예술의 문제는 그 자신만으로 해결되지 아니함을 일본제국 지배시대에 너무나 뼈아프게 체험해온 것이다. 문화도 예술도 이러한 때는 하나의 정치였다는 것이 또 사실이었다.

결국 우리는 구름 속에서 잠시 얼굴을[11] 내놓았던 푸른 하늘과 같은 문화예술적 발전의 새로운 가능성의 실현을 위하여 약속된 역사의 전개를 위하여, 우리 민족의 숙제인 민주주의적 개혁의 실현을 광범한 사업 가운데서 자기 스스로의 임무로[12] 자각해야 할 것이다.

이 자각은 일찍이 신문학을 생성시킨 개화기의 민족적 자각과 유

---

7 원문에는 '현실(現實)을'로 되어 있으나 문맥상 '실현을'이 적절해 보인다.
8 원문에는 '반세(半世)'로 되어 있으나 문맥상 '반세기'가 적절해 보인다.
9 원문에는 없으나 문맥상 '될'을 집어넣는 것이 적절해 보인다.
10 원문에는 '악다(惡多)을'로 되어 있으나 '악몽을'의 오식으로 보인다.
11 원문에는 '얼골'로 되어 있으나 문맥상 '얼굴을'이 적절해 보인다.
12 원문에는 '임무(任務)를'로 되어 있으나 문맥상 '임무로'가 적절해 보인다.

치하나마[13] 신문학의 오늘이 있게 한 3·1봉기 시대의 민족적[14] 자각의 연장인 것이며, 일본 제국주의에 대한 치열한 투쟁정신의 직접적인 발전인 것이다.

우리 민족생활을 다시 한 걸음 전진시킬 이 자각, 조국의 민주적 개혁의 달성을 염원하는 민족의 자각을 자각함으로써 우리 문화와 예술은 과거에도 발전의 원천인 창조적 정신을 배태하게 되는 것이다.

조선의 문화예술은 과거에도 이러한 정신에 의하여 생성 발전했고, 또 현재에도 이것에 의해서만 성장할 것이다.

우리는 이러한 의미에서 모든 문제를 문화와 예술 자신의 입장에서 좀더 생각할 필요가 있는 것이다.

---

13 원문에는 '유치(幼稚)한'으로 되어 있으나 문맥상 '유치하나마'가 적절해 보인다.
14 원문에는 '민거적(民擧的)'으로 되어 있으나 '민족적'의 오식으로 보인다.

인민항쟁과 문학운동[*]
3·1운동 제28주년 기념에 제(際)하여

3·1운동은 신문학운동의 출발점이었다

일본 제국주의 약탈자들의 침략과 자기들의 이익을 위하여서는 국가와 민족의 운명을 폐리蔽履와 같이 내어던진 특권계급의 매국으로 말미암아 비참한 식민지 노예가 되었던 조선 인민이 그 야만스런 무단정치 아래 신음한 지 10년만인 1919년[1] 3월 1일에 전개한 위대한 민족해방투쟁은 조선 인민들의 전 생활 위에 새로운 역사적 시대를 열어놓았다. 현대 제국주의의 식민지 지배라기보다도 오히려 이민족에 대한 잔인스러운 정복이었던 일본 제국주의자들의 무력 전제정치는 조선 인민의 위대한 반항력에 의하여 종막을 고하고, 이 투쟁 가

• 『문학』 3·1기념 임시증간호, 1947.2.
1 원문에는 '1918년(一九一八年)'으로 되어 있으나 '1919년'의 오식이다.

운데서 표시된 조선 인민들의 반제국주의적 반봉건적 요구를 유화시키기 위하여 일본 지배자들은 민족개량주의를 배양하는 새 노선을 선택하였다. 그것이 소위 문관정치로 표명된 새로운 식민지 정책이었다. 토착 자본가들에게 근소한 자유를 허여함으로써 그들을 조선 지배의 새로운 협력자로 획득하는 것이 일본 제국주의자들에게는 보다 현실적인 노선이었기 때문이다. 그러함으로써만 일본 제국주의자들은 조선 민족 전체에게 광범한 자유를 주는 것과 같은 환상을 산포散布하여 치열하게 타오르는 인민들의 반제 반봉건투쟁의 불길을 일시적으로나마 진압시킬 수가 있었던 것이다. 조선 인민들의 막대한 희생으로 싸워진 3월 1일의 대투쟁이 이러한 결과로서 끝맺는다는 것은 가릴 수 없는 패배요, 그 투쟁이 패배로 끝난 원인이 인민들의 투쟁을 최후까지 영도해나갈 공고한 전투당戰鬪黨의 결여, 민족해방의 유일한 영도계급인 노동계급의 미숙과 당시의 투쟁을 영도하였던 토착 자본계급의 타협과 굴복에 있었다 함은 이미 역사에 의하여 판명된 일이다. 그러나 이 대투쟁은 조선 인민들의 정치적 상태를 극히 형식적이고 또 조건적이라 할지라도 어느 정도로 변경시킨 것은 사실이다. 이러한 상태 가운데서 조선 인민은 3·1운동에서 발휘하고 앙양된 자기의 역량을 회신灰燼하지 않고 극히 제한된 조건에서나마 지속할 수가 있었던 것이다. 그것은 전술 인민의 흘린 피의 대가로 전취된 근소한 자유를 전혀 자기들의 번영에 이용하고 있는 민족 자본계급의 배반에 대한 반감과 일본 제국주의자들과 더불어 인민생활을 의연히 구속하고 있는 봉건 잔재에 대한 반항의 성장 가운데 표현되었다. 새로운 배족자背族者인 토착 자본가들에 의하여 개량된 현실이라고 선전되던 문관정치의 의연한 제국주의적 본질에 대한 환멸과 새로운 자유에 대한 갈망은 전 인민 가운데 팽배하였다. 이러한 현실과 이러한 인민들의 기분과 의욕을 대변하여 신문학이라고 불려지는 새로운 조선문학은 출발하였고 발전한 것이다. 만일에 3·1운동이 없었더라면, 한말의 개화운동을 배경으로 하여 태동胎動하고 무단정치의 암흑 속에서 기식氣息이 엄엄奄奄하던 신문학은 맹아 채로 썩어졌을 것이며, 일시적인 시험에서 끝나버렸을[2] 것이다. 3·1운동에서 흘린 인민들의 존귀한 피에 의하여 신문학은 표면화할 여유를 획득하였고, 또 3·1운동에서 발휘되고 앙양된 인민들의 위대한 정신으로 말미암아 그것은 과도적 문학의 상태를 벗어나 예술문학으로서의 생명을 얻은 것이다. 이리하여 위대한 3·1운동은 조선문학의 기원이 되었다.

인민항쟁은 오늘의 3·1운동이요, 그것은 새로운 민족문학운동의 출발점이다

3·1운동을 기원으로 하여 출발한 신문학이 그 잔혹한 일본 제국주의 지배 하의 26년간, 어떠한 경로를 밟아왔는가는 우리가 새삼스러이 노노呶呶할 필요가 다시 없을 것이다. 그러나 우리가 언제나 명기해 두어야 할 것은 조선문학이 자기의 사상적 예술적 생명을 상실하지 않고 유지할 수 있는 유일의 원천이 일본 제국주의와 봉건 잔재 급及 그것의 협력자인 토착 자본계급에 대한 반항과 투쟁에 있었다는 불멸한 사실이다. 진취적 시민과 영락하는 소시민들에 의하여 대표되었던 신문학 — 1918~1923,4년대의 문학 — 이 제국주의와

---

2 원문에는 '끝나버렸든'으로 되어 있으나 문맥상 '끝나버렸을'이 적절해 보인다.

봉건잔재 급 토착 자본계급에 대한 반항과 투쟁의 정신을 상실하면서부터 자기의 사상적·예술적 생명을 동시에 상실하였던 것은 조선문학의 이러한 운명을 웅변으로 말하는 것이다. 제국주의와 봉건잔재와 토착 자본계급에 대한 인민의 반항을 떠나서 문학은 존재할수 없었던 것이다. 다른 나라의 문학사에서 증명된 바와 같이 조선에 있어도 어떠한 계급에도 무관계한 순수문학은 있을 수 없었다. 조선 인민의 반제 반봉건적 투쟁의 의식을 새로운 형식으로 대변하는 형태가 계급문학이 아닐 수 없었을 때, 신문학은 민족주의문학을 부르짖으면서 사실상에서는 토착 자본계급의 문학으로 전락하였으며, 그 사이에 나타났던 순문학이라는 것은 방황하는 소시민의 문학에 불과하였다. 이것은 벌써 오늘날 논증이 필요치 않은 사실일 것이다. 그러나 1934,5년대 이후 일본 제국주의의 조선 인민에 대한 압박, 특히 그 문화에 대한 공격이 야만을 극하였을 때 표방되었던 문학의 독자성 혹은 순수성의 옹호는 이와 전연 다른 것이었다. 일부의 문학자들이 파렴치하게도 조선문학을 일본 제국주의 급及 봉건잔재와 일제의 주구인 토착 자본계급의 정치적 도구로 전용轉用함에 있어 조선문학은 자기의 정신을 순수주의의 가장假裝에 의하여 방어한 데 불과한 것이다. 일제적 국민문학에 대하여 순문학이 우월하였던 것은 결코 그것이 순수하여서가 아니라 그것이 근소하나마 민족적이었기 때문이요, 미미하나마 인민의 정신을 반영하고 있었기 때문이다. 1935년대 이후의 조선문학의 순수주의적 가장은 조선문학의 수난의 한 흔적에 불과한 것이다. 인민과 더불어, 인민과 함께만 살 수 있었던 조선문학이 8·15 이후의 걸어갈 길이라는 것은 그러므로 자명한 것이었다. 인민의 문학으로서의 민족문학을 건설하려는 우리 동맹의 노선은 실로 조선의 근대문학 30년사의 요약이요 결론이었던 것이다. 그러나 우리들에게 불행은 8·15로써 아주 종료되지 않았고, 조선 인민들에게로부터 투쟁의 과업은 영영 물러간 것이 아니었다.

자기의 손으로 직접 해방되지 못한 조선 인민의 절반은 다시 국제 반동과 거기에 아부한 친일파·봉건잔재·친파쇼 분자들로 말미암아 박해되고 신음하지 아니할 수 없는 운명에 봉착하였다. 일천 오백만 조선 인민은 뜻하지 않게[3] 8·15 이전과 흡사한 고경苦境 아래 놓이게 되었고, 그것은 방식과 형태의 새로움과 난폭하고 야만스러움에 있어 일층 인내하기 어려운 성질의 것이었다. 인민의 원수들은 조선 인민들에게서 회복되었던 자유를 약탈하려 하고, 돌아오려는 자유를 가로채려 하며, 일층 더 가혹한 철쇄를 인민들에게 선사하려 들었던 것이다. 그러나 36년간의 반제국주의 투쟁과 민주 독립을 위한 항쟁 가운데서 훈련되고 자각한 조선 인민은 위대한 작년 10월에 그 원수들을 향하여 최대한 회답을 여與한 것이다. 28년 전 3월 1일의 조선 인민이 그 원수들에게 던져준 회답보다도 더 명쾌한 회답을, 그들의 선배가 노예생활 10년만에 표시한 의사를, 노예화의 위험이 박두한 지 불과 1년만에 명쾌하게 표시한 것이다. 그리하여 일천오백만에게서만 아니라 삼천만에게서까지 상실하려던 위험을 제거할 충분한 가능성을 만들어내었고, 동시에 이로부터 획득될 조선 인민의 자유의 제일보를 가장 확실한 방법으로 구축하였다. 10월 인민항쟁은 실로 조선 인민의 모든 자유의 새로운 출발점이 된 것이다. 문학의 자유의 위기는 이리하여 구원되고, 투쟁과 승리의 새로운 길은 다시 열리게 된 것이다. 그리하여 인민항쟁은 조선문학의 새로운 기원이 되었으

---

3 원문에는 '않고'로 되어 있으나 문맥상 '않게'가 적절해 보인다.

며, 조선의 문학운동은 인민항쟁과 영원히 분리할 수 없이 결합된 것이다. 이로부터의 조선문학은 일찍이 신문학이 그러했던 것처럼 인민항쟁의 정신을 떠나서는 영구히 존재할 수 없을 것이다.

위대한 인민항쟁을 찬양하자!

위대한 인민항쟁의 영웅들의 불멸한 예술적 형상을 창조하자!

위대한 인민항쟁의 영웅들에게 영광과 영생의 노래를 드리자!

민족문학의 이념과 문학운동의 사상적 통일을 위하여[•]

1

이로부터 세워나가야 할 문학이 민족문학이어야 한다는 데 대하여서는 이제 별로 이론異論이 없어졌다. 제1회 전국문학자대회의 결정과 조선문학가동맹朝鮮文學家同盟의 강령은 이론적 실천적으로 이 노선을 확립하였다. 그러나 민족문학의 건설을 주요 목적으로 하는 우리 동맹의 창조적 실천에 있어서 대회의 결정이나 동맹의 강령이 충분하게 이해되어 왔다고 말할 수는 없었다. 대부분의 동맹원들에게 있어 대회의 결정이나 동맹의 강령은 문학창조의 실천적 지침이라고 생각되기보다는 더 많이 문학운동의 정치적 성격을 표현한 문서라고

•『문학』 3호, 1947.4.

이해되어 왔다고 봄이 사실에 가까울 것이다. 이러한 사실은 우리 동맹의 정치적 행동과 문학적 실천이 완전하게 조화되어오지 못한 데서도 충분히 엿볼 수 있었던 것이며, 또 개개의 동맹원에 있어서 정치적 이념과 예술사상이 충분하게 통일되지 못하였던 사례에서도 볼 수 있었던 것이요, 전체의 운동에 있어서 때로 지도부와 일반 동맹원 사이에 완전한 사상적 통일이 부족하였던 경우에도 표시되어 온 것이다. 동맹의 정치방침과 동맹원들의 예술행동은 마치 서로 관계없는 두 가지의 다른 체계를 가진 것처럼 생각되어온 흔적이 없지 아니하였다. 심한 경우에는 문학가동맹에 가입한 것과 자기의 작품 실천은 아무 상관이 없는 것처럼 생각하여온 사람조차 없지 않았다.

그러나 우리 동맹은 근사近似한 정치이념을 가진 문학가들의 단순한 정치단체는 물론 아니요, 그렇다고 문학가들의 무원칙한 동업단체는 더욱 아니다. 민족문학의 창조적 실천을 통하여 조선의 민주주의 건설에 이바지하려는 문학운동 단체인 것이다. 이러한 단체 안에서 전체나 개인을 물론하고 정치적 행동과 창조적 실천, 또는 정치적 이념과 예술사상이 일치하지 못하는 경우가 있다는 것은 괴이한 사실이라 아니할 수 없다. 대회의 결정이나 동맹의 강령이 집약적으로 표현하고 있는 민족문학의 건설이란 말 가운데 동맹 급及 동맹원들의 정치행동과 창조적 실천 또는 정치적 이념과 예술사상은 당연히 통일적으로 결합되어 있었을 것이다. 그럼에도 불구하고 어찌하여서 이러한 현상이 일어났는가 하는 것이 우리의 알고자 하는 문제다. 생각하기에 따라서는 문학가동맹을 먼저도 말한 바와 같이 비슷한 사상을 가진 문학가들의 정치단체라고 보기 때문에 그런 일이 생겼다고 볼 수도 있는 것이며 혹은 모든 문학가가 덮어놓고 뭉친 동업단체라고 생각하였기 때문에 일어난 착각이라고 말할 수 있으나, 결국은 문학가들이 민족문학이란 것을 제 마음대로 해석하고 있는 데서 결과한 사실이라고 보는 것이 진상에 가까울 것이다.

조선말로 쓰면 모두가 민족문학이 되는 것이며, 조선말로 쓴 것이면 죄다 민족문학이라고 생각하는 단순한 견해가 의외로 널리 퍼져 있는 것이 지금의 부정할 수 없는 현상이다. 그러므로 누구나 붓대를 잡으면 민족문학의 창조자라고 생각하고 있으며, 심지어는 여항閭巷의 야담사野談師 류까지가 스스로를 민족문학의 작자라고 착각하고 있는 형편이다.

말하자면 민족문학은 규정할 수 없는 막연한 개념으로서 모든 사람의 자의적 해석에 일임되고 말아버린 셈이다. 그런 때문에 민족문학의 건설을 자기의 사명으로 뚜렷이 내걸은 문학가동맹의 대회결정이나 강령의 제諸 규정은 일종의 정치적 구호로밖에 보지 않고, 기껏해야 문학에 대한 정치적 한정限定으로 해석하게 되는 것이다. 다시 말하면 민족문학의 사상적·예술적 본질에 대한 이론적 규정으로서가 아니라 자유분방한 민족문학을 외부로부터 한정하는 속박의 조건으로서 느끼게 되는 것이다. 그리하여 민족문학은 문학가동맹과 거기에 속한 작가들이 창조하여 나가는 예술적 실천의 대목표가 아니라 동맹의 조직의 편의상 다수한 작가들을 포용하기 위하여 선택된 구호라든가, 혹은 다른 목적을 가진 문학자들이 — 예하면 계급문학자 — 일시의 방편을 위하여 차용한 개념처럼 생각하는 경향조차 없지 않았다. 이러한 경향은 동맹의 사상적·예술적 노선에 대한 인식의 부족과 문학운동의 실천 목표인 민족문학 건설사업에 대한 철저한 자각이 부족한 데 기인함은 물론이다. 그러나 이와 같은 견해가 동맹의 사업과 문학운동 위에 얼마나 큰 지장을 주고 있는가는 동맹의 적들이 이와 동일한 견지에서 우리 동맹의 사업과 문학운동을 비방, 공격하고 있는 사실을 볼 때 일경一驚을 끽喫하지 아니할 수 없다. 동맹의 하잘 것 없는 적들은 우리 동맹이 전혀 민족문학 건설에 종사하고 있지 않다고 비방하고 있는 것이다. 그리하여 저속 야비한 정담政談, 야사의 강술講述을 가리켜 진정한 민족문학인 것처럼 과시하려는 자기들의 유치한 기도를 합리화하고자 한다.

그러나 민족문학이라는 숭고한 개념은 편의에 따라서 선택되는 구호도 아니며, 일시의 방편으로 차용될 수단도 아니다.

더구나 진부한 문학적 반동가 류의 견해를 합리화시키기 위한 구실은 더욱 될 수 없는 것이다. 민족문학은 우리 민족의 당면한 역사적 현실 가운데서 생성 발전하여 나아갈 대문학大文學의 사상적·예술적 본질이 통일적으로 표현된 개념이며, 그 목적의 달성을 위하여 전全 노력을 경주하고 있는 문학가동맹의 움직일 수 없는 실천 목표일 따름이다.

2

일시의 방편이나 수단으로서가 아니라 우리가 진심으로 그것의 건설에 전력하는 민족문학이 이와 같은 여러 가지 오해와 자의적 해석 가운데 방치되어온 원인이 동맹 내부의 이해 부족과 동맹의 적들의 곡해에 있었음은 전술前述한 바와 같거니와, 이와 동시에 민족문학에 대한 이념적 규정이 근본적으로 주어져 있지 못한 데 주요한 이유가 있었음을 또한 지적하지 아니할 수 없다. 대회의 결정이나 동맹의 강령, 또는 거기에 연沿하여서 부여된 몇 가지의 논책이 원칙적으로 민족문학의 내용을 정당 규정하였음에 불구하고 저와 같은 이론적 혼란을 방지하지 못한 것은 그 문서들이 민족문학의 내용을 주로 정치적 각도에서 규정지었기 때문이다. 우리는 이제 민족문학에 대하여 구체적인 이념의 규정을 부여하지 아니하면 안 될 시기에 이른 것이다. 그리하여 동맹의 정치적·예술적인 전全 실천의 사상적 통일을 완성하고 우리의 문학의 예술적 높이만 아니라 사상적인 깊이를 더하여가기 위하여 민족문학의 이념 내용을 밝혀놓아야 하며, 민족문학의 개념 가운데 자의로 쓸어 넣고 있는 온갖 불순한 관념을 청산하고 민족문학의 뚜렷한 이념의 원칙을 수립할 필요가 있다.

우리 민족의 자유와 행복을 실현하는 이념만이 민족문학의 이념임을 구체적으로 해명하고 그것을 공연히 선언하지 않으면 안 된다. 그러면 어떠한 이념이 민족의 자유와 행복을 실현하는 이념인가? 그것은 민족을 있는 그대로 인식하는 이념이다. 그러면 있는 그대로의 민족이란 어떠한 것인가? 그것은 구체적으로 보아진 민족이요, 구체적인 민족이란 것은 또한 역사적·현실적으로 보아진 민족임은 물론이다. 바꾸어 말하면 민족은 폐왕廢王도 아니요, 자본가도 아니요, 지주도 아니요, 어느 외국관서의 속리屬吏도 아니요, 바로 인민 그 자신이란 이념이다. 백년이나 천년 전의 찬란한 내력을 가진 조상도 아니요, 바로 헐벗고 굶주리며 살아가고 있는 우리들 자신이란 이념이다. 즉 우리들이 민족인 것이다. 그러므로 민족의 자유와 행복을 실현하기 위한 이념은 폐왕이나 자본가나 지주나 어느 외국관서의 속리들의 권세와 복리를 실현하기 위한 이념이 아니라, 노동자와 농민과 월급쟁이와 삯일꾼의 자유와 행복을 실현하는 이념인 것이다. 그러면 폐왕이나 자본가나 지주나 외국관서의 속리들의 권익을 실현하기 위한 이념은 민족의 이념이 아닌가? 그것은 민족의 이념이 아니다. 어찌하여서 그런 것이 민족의 이념이 될 수 없는가 하면 그런 것은 인민의 이념이 아니라 소수 특수자들의 이념인 때문이다. 그러면 이러한 특수의 소수자들은 우리와 같은 조선인임에도 불구하고 민족이 아니란 말인가? 그렇다. 민족이 아니다. 그러한 사람들은 우리와 같은 용모를 쓰고 우리와 다름없는 언어를 이야기함에 불구하고 인민이 아닌 때문에 민족이 아닌 것이다. 그러면 어찌하여서 인민만이 민족이요 인민 아닌 사람은 민족이 아닌가? 여기에서 우리는 삼천만이란 조선 인구 가운데 조선인의 탈을 쓴 조선 민족의 적이 섞여 있다는 주지의 사실을 생각할 필요가 있다. 같은 종족으로서 민족의 범주로부터 제외되는 인간이 존재한다는 것이 우리에게는 중요한 의미가 있다. 민족은 혈족과 달라서 역사적·사회적인 범주이기 때문에 같은 동족 가운데 어느 분자가 일정한 표준에 의하여 민족으로부터 제외되는 것이다. 이 표준은 친일파라든가 민족반역자와 같이 정치적으로 규정되는 수도 있으나, 원칙적으로는 역사적·사회적인 것이다. 자연적 존재인 혈족으로서의 종족으로부터 역사적·사회적으로 규정된 비非민족적인 것을 제외하고서 민족은 성립된 것이며, 또한 그러한 것들의 제외를 위한 투쟁을 통하여 민족은 형성되어온 것이다. 이러한 민족의 형성과정은 주지와 같이 두 가지 경우밖에 없다. 하나는 봉건사회로부터 자본주의사회로 넘어오는 근대의 경우요, 또 하나는 이러한 과정을 통하여 독립한 민족국가를 완성하기 전에 제국주의 제국諸國의 식민지가 된 제諸 민족의 해방투쟁으로 표현된 현대의 경우다. 결국 봉건주의로부터의 해방과 외래의 제국주의 급及 자기나라의 봉건잔재로부터의 해방이란, 두 가지의 투쟁과정을 통하여 사람들은 민족으로서 자기들을 의식하고 그 의식 밑에 결합하여 민족을 형성하는 것이다. 그러면 이 두 가지 경우의 민족형성 과정 가운데서 사람들은 자기들의 기왕旣往한 혈족 인간군으로부터 어떠한 종류의 인간을 제외하였는가? 그것은 말할 것도 없이 자유 평등한 인간의 집합체인 민족의 구성원리에 위반되는 인간, 즉 보통사람이 아닌 인간, 다시 말하면 특권층이 제외되었음은 말할 것도 없다. 첫째의 경우, 즉 봉건사회로부터 자본주의사회로의 전환기에는 봉건 왕과 귀족, 영주, 승려들이 제외되었다. 봉건사회 가운데서 보통사람이 아니었던 모든 사람, 즉 모든 특권계급이 제외되었다. 자본주의사회의 성립을 가리켜 평민의 시대의 탄생이라고 부르는 것은 이 때문이다. 평민이란 것은 시민부르주아지·농민·소시민의 여러 계급을 총칭한 것으로 봉건사회에서는 비非특권계급, 즉 피압박·피착취의 인민들이었다.

다시 말하면 인민 이외의 사람 — 왕후·귀족·영주·승려들을 제외함으로써 봉건사회로부터 자본주의사회로의 과도기는 민족이라는 새로운 인간 집합체를 형성한 것이다. 이 시대의 민족이 시민을 영도자로 한 농민, 소시민 등의 인민전선이었음은 물론이다. 그러한 인민전선만이 봉건적인 지방 분권을 타파하고 민족통일국가를 수립하였으며, 왕후의 전제지배를 넘어뜨리고 민주주의사회를 건설하였으며, 저도低度한 농업경제를 청산하고 고도한 생산성을 가진 자본사회를 전개시켜 사회를 새로운 단계로 추진시킨 것이다. 그리하여 봉건주의를 타도한 뒤의 자본주의사회를 시민사회라고 하는 것과 같이 시민사회는 왕후나 귀족, 영주, 승려의 특권자가 없어진 보통 시민들, 즉 인민적인 사회가 된 것이다.

둘째의 경우, 즉 상기한 바와 같은 전환을 미처 자기들의 힘으로 수행하기 전에 제국주의 국가에 의하여 정복된 나라의 주민들에 있어서는 주지와 같이 자기들의 사회 내부에 남아 있는 봉건잔재와 외래 제국주의 세력이란 두 가지 속박으로부터의 해방을 위하여 민족으로 결속하는 것이다. 그러면 이러한 결속을 통하여 형성되는 민족의 구성요소는 무엇인가? 말할 것도 없이 제국주의에 반대하고 봉건유제遺制의 청산을 주장하는 인민층들이다. 그러면 구체적으로 누가 제국주의에 반대하고 봉건유제를 청산코자 하는가? 형식적으로 보면 제국주의 세력이란 본래 외국으로부터 들어온 타민족이기 때문에 전全 민족이 거기에 반대할 것 같고, 봉건유제란 전前 자본주의적인 것이기 때문에 지주 이외의 전 계급, 즉 자본가·노동자·농민·소시민들이 모두 다 그것의 청산을 주장할 것 같다. 그러나 실제의 현실은 이와 다른 것이다. 제국주의는 토착 자본가와 봉건지주들을 식민지 지배의 유력한 수단으로 이용하고, 그들은 또한 제국주의가 자기 동족으로부터 수탈한 이윤 분배에 참여하고 있기 때문에 현실적으로는 제국주의에 반대하지 않는다. 그러므로 토착 자본가와 지주는 반제국주의 투쟁에 있어 식민지 민족의 편이기보다 더 많이 외래 제국주의의 편에 서 있다. 동시에 식민지 사회 내부에서 전개되는 반봉건 투쟁에 있어서도 토착 자본가는 지주들과 긴밀하게 결합되어 있는 제국주의를 매개로 하여 지주들과 결부되어 있기 때문에 봉건 유제의 완전한 청산에 동의하지 않는 것이다. 그러므로 반제·반봉건적인 인민전선을 기초로 한 식민지의 민족형성과정에 있어 자본가와 지주들은 스스로 인민으로부터 이탈하며, 동시에 민족으로부터 제외되는 것이다. 식민지 민족의 해방투쟁을 통하여 형성되는 민족의 구성요소는 결국 노동자·농민·소시민에 지나지 않는 것이며, 그것은 전前 세기의 경우에 있어서와 같이 민족 내부의 모든 특권층을 제외한 인민들의 인민전선적 집합체인 것이다. 요컨대 현대에 있어서도 민족은 인민이요, 인민만이 민족인 것이며, 민족의 이념은 인민의 이

넘이요, 인민의 이념만이 민족의 이념이 될 수 있는 것이다. 그러므로 인민의 이념을 이념으로 한 문학만이 민족문학이 될 수 있는 것이요, 인민의 이념을 이념으로 하지 않은 문학은 민족문학이 될 수 없는 것이다. 영英·불佛·독獨 등 르네상스 이후의 전全근대문학은 모두 이러한 인민의 문학이었다. 실로 인민만이 민족의 형성자요 인민만이 민족문학의 진정한 건설자인 것이다.

3

그러나 이렇게 하여서 건설되는 문학이 서구의 근대문학과는 판이한 문학이 될 것은 자명한 일이다. 왜 그러냐 하면 현대의 식민지에서 형성되는 민족이나 그들에 의하여 건설될 사회는 근대 서구의 그것과 근본적으로 다를 것이기 때문이다. 그러면 같은 인민들의 인민전선적 결합체로서 형성되는 민족들이 만들어내는 사회나 문학이 어찌하여서 그렇게 구별되는가? 그것은 민족을 형성하는 인민층의 구성 내용과 그것을 영도하는 세력이 다르기 때문이다. 근대 서구에 있어서는 시민계급이 노동자·농민·소시민들을 인솔[1]하고 반봉건투쟁을 영도한 전형적인 자본주의국가 건설운동이었기 때문에 시민계급이 민족을 대표하였고, 시민계급의 이념이 곧 민족 형성의 이념이 될 것이다. 그러나 현대 식민지에 있어서는 시민계급 대신에 노동계급이 농민과 소시민들을 인솔[2]하고 반제·반봉건투쟁을 영도하

---

1 원문에는 '인졸(引卒)하고'로 되어 있으나 '인솔(引率)하고'의 오식으로 보인다.
2 원문에는 '引卒'로 되어 있으나 '인솔(引率)'의 오식으로 보인다.

는 민주주의적인 독립국가 건설운동이 되기 때문에 노동계급이 민족을 대표하고 노동계급의 이념이 곧 민족 형성의 이념이 되는 것이다. 그러므로 근대 서구와 현대 식민지의 민족이념의 차이는 결국 시민계급과 노동계급의 사회적 본질과 역사적 역할의 차이요 그들이 제각기 체현하고 있는 세계관의 차이인 것이다. 근대 서구문학의 기초가 된 시민계급의 본질과 역할은 역사가 이미 증시證示하고 있으며, 그러한 세계관의 표현인 이념의 성질도 우리가 벌써 숙지하는 바이나, 그러나 이로부터 형성되는 현대 식민지의 민족과 그들의 문학의 기초가 될 이념에 대한 이해를 밝히기 위하여 요약하면 대략 다음과 같다.

첫째로 시민계급은 봉건사회에 대한 투쟁 가운데서 분명히 혁명적 계급이었으나 혁명의 승리와 더불어 그들은 혁명성을 포기하고 보수적인 계급으로 변화하였다.

둘째로, 시민계급은 혁명기에 있어 인민의 대표자였으며 민족의 형성자였으나, 혁명의 종료와 더불어 인민의 지배자로, 민족의 참칭자로 전락하였다.

셋째로, 시민계급은 혁명기에 있어 노동자·농민·소시민 등과 함께 인민전선을 결성하여 민주주의를 건설하였으나 혁명의 승리와 더불어 인민전선을 파기하고 민주주의를 포기하였다.

넷째로 시민계급은 혁명을 통하여 사회를 저도低度한 계단[3]으로부터 고도高度한 계단으로 발전시켰으나 혁명의 승리와 더불어 그것을 중지하였다.

이러한 사실들은 시민계급의 본질이 근본에 있어서는 봉건 귀족과

---

3 원문에는 '階級'으로 되어 있으나 '계단'의 오식으로 보인다.

마찬가지로 다른 계급의 수탈과 지배를 토대로 하여서만 존재할 수 있는 비⁺인민계급임을 말하는 동시에 그들의 역사적·사회적 역할이 극히 조건적이요 일시적인 데 불과함을 말하는 것이다.

그러므로 시민계급의 이념을 토대로 한 근대 서구문학자는 시민들이 건설한 자본주의사회가 그러한 것과 같이 문학의 역사상의 새로운 시기를 창조하였으나, 위대한 작가와 작품들은 대개로 시민계급이 혁명적이었던 르네상스기에 탄생한 데 불과하였으며, 또한 그 시기의 문학들만이 진정으로 인민의 문학이요 민족의 문학에 해당하였다. 시민계급이 한번 혁명성을 상실하자, 각 나라와 각 민족 가운데서는 위대한 작가와 작품은 나오지 아니하였고 문학의 발전은 정지되었으며, 문학들은 인민의 문학으로부터 특권자의 문학으로, 민족의 문학으로부터 민족의 지배자의 문학으로 변질하여 버린 것이다.

그러나 노동계급은 모든 점에 있어서 시민계급의 그것과 반대이다. 노동계급은 혁명의 시기에만 아니라 승리 후에 있어서도 혁명성을 버릴 수가 없는 것이며, 그들은 농민보다도 소시민보다도 인민이며 민주주의자이기 때문에 일관하여 인민의 영도자로, 민족의 형성자로서 강고한 인민전선을 유지하여 나갈 필요가 있는 것이다. 이러한 인민전선을 그대로 가지고 노동계급은 민족과 국가와 사회를 건설하여 나가는 것이다. 왜 그러냐 하면 노동계급은 시민계급과 달라서 어떠한 시기에 이를지라도 다른 인민들을 수탈할 필요가 없고 지배할 필요가 없기 때문이며, 자기의 이익과 다른 인민들의 이익이 모순할 염려가 없기 때문이다. 동시에 노동계급의 역사적·사회적 역할은 시민계급의 그것과 같이 조건적·일시적이 아니라, 무조건적이요 항구적이다. 노동계급은 실로 농민과 소시민들을 영도하여 자기의 나라로부터 제국주의를 구축駆逐하고 봉건 유제를 일소할 뿐만 아니라, 다른 나라의 인민들과 더불어 부패하여가는 자본주의를 극복하고 자기 민족과 인류사회를 더 높은 계단으로 발전시킬 사명과 임무를 가진 계급인 때문이다. 그들은 영구히 진보적이며 무한히 인민적인 것이다. 그러므로 노동계급에게 영도되는 현대의 민족형성과정은 시민계급이 영도하던 전前 세기의 그것과 달라서 민족 내부의 새로운 인간적 대립과 투쟁 — 계급대립과 투쟁 — 을 초래할 염려가 없는 것이며, 내 민족과 다른 민족, 내 국가와 다른 국가와의 대립과 투쟁 — 제국주의적 대립과 전쟁 — 을 야기할 우려가 없는 것이다. 이것이 현대의 민족이념이며 동시에 현대의 민족문학의 이념이 될 것이다. 그러면 이러한 노동계급의 이념을 토대로 한 현대의 민족문학은 어떠한 성격의 문학이 될 것인가? 그것은 무엇보다도 철저한 인민적 문학일 것이다. 특권자의 사상이나 감정을 표현한 것이 아니라 광범한 인민의 사상과 감정을 집약적으로 표현하고, 그들 모두에 의하여 애독되는 문학일 것이다. 그것은 또한 진정한 의미의 민족적 문학일 것이다. 지배자의 이익이나 필요에서 만들어진 문학이 아니라 민족의 이익과 민족의 필요에서 창조되는 문학이요, 전全 민족에 의하여 친애되는 문학일 것이다. 동시에 이 문학은 여태까지의 문학의 역사를 새로운 계단으로 높이는 문학일 것이며, 수많은 위대한 작가와 작품들로 대표되는 문학일 것이요, 그 발전과 번영이 정지되지 않는 문학일 것이다. 그 높은 민족성에도 불구하고 이 문학은 다른 나라의 인민과 다른 곳의 민족들에게 이익과 유락愉樂을 주고, 모든 나라의 인민과 모든 곳의 민족의 문화 위에 커다란 재산을 기여하는 문학일 것이다.

4

그러나 이러한 문학은 민족문학이 아니라 계급문학이 아닌가? 왜 그러냐 하면 이러한 문학의 토대가 될 이념은 민족의 이념이기보다도 인민의 이념이며 인민의 이념이기보다도 더 많이 노동계급의 이념이라고 말할 수 있기 때문이다. 그렇다. 현대의 민족문학은 분명히 노동계급의 이념에 기초하여 있고, 노동계급은 또한 자기의 이념이 인민의 이념으로 될 것을 주장하고 인민의 이념이 또 민족의 이념이기를 요청한다. 그러나 노동계급이 자기의 이념을 인민의 이념으로, 민족의 이념으로 요청함은 시민계급의 경우와 같이 자기가 인민과 민족의 특권적 지배자가 되기 위하여서가 아니라 자기와 더불어 모든 인민층이 목적의식을 가지고 통일전선으로 결합하는 것을 돕기 위함이다. 이 도움이 없으면 농민과 소시민은 제국주의와 봉건유제를 청산하고 민족을 해방하여 민주국가를 건설하는 전선에 자각적으로 결합되어 오기가 어려운 때문이다. 그러므로 민족형성의 기초인 이 인민전선에 있어 노동계급의 이념은 모든 인민이 자각적으로 결합되는 매개자인 것이다. 다시 말하면 이러한 경우의 노동계급의 이념은 계급적 자각의 매개자이기보다도 인민적 자각의 매개자인 것이다. 그 강렬한 반제국주의성에 있어서, 그 심오한 반봉건성에 있어서, 또 철저한 민주성에 있어서 노동계급의 이념은 진실로 민족적인 것이다. 그러면 어찌하여서 천성으로 세계적인 계급인 노동계급이 민족성을 매개하며, 본질에 있어서 사회주의적인 계급인 노동계급이 민주성을 매개하는가? 사람들은 여기에서도 노동계급의 이념에 기초한 문학이 민족문학이 아니라 계급문학이라고 의심한 것처럼 그것을 믿기 어려울 것이다. 그러나 식민지의 노동계급은 먼저 자기 민족을 제국주의와 봉건유제의 속박으로부터 해방하지 않으면 자기 자신이 해방되지 않는 계급임을 알아야 한다. 즉 민족해방은 계급해방의 불가결한 전제요, 그 제일보인 것이다. 그러므로 민족해방투쟁은 농민과 소시민들의 과업인 동시에 노동계급 자신의 과업이며, 식민지 노동계급에 있어 민족형성과 민주국가의 건설은 자기에게 부과된 피할 수 없는 임무의 일부분인 것이다. 이리하여 노동계급의 이념은 인민들의 반제국주의적 결합의 유대이며, 반봉건적 결합의 유대이며, 민주주의적 결합의 유대이며, 민족적 결합의 중심이 됨으로써 민족의 이념이 되는 것이다. 다시 말하면 인민들의 민주주의적 결합인 민족형성의 정신적 기초가 되는 것이다. 이러한 이념을 기초로 한 문학이 한 계급의 문학이 될 수 없는 것은 물론이다. 현상에 있어서 한 계급의 이념을 기초로 하였다 할지라도 본질적으로는 전全 인민의 문학이 되는 것이요, 따라서 전全 민족의 문학이 되는 것이다. 이러한 사실은 결코 현대에 비롯하는 것이 아니라, 먼저도 말한 바와 같이 근대 서구문학의 형성기에도 그대로 존재하였던 것이다. 그때에 있어서는 시민계급의 이념을 기초로 한 민족문학이었는 데 반하여 현대에 있어서는 노동계급의 이념을 기초로 한 문학이 민족문학이 될 따름이다. 단지 하나는 민족의 지배자가 민족을 참칭한 문학이었고, 다른 하나는 민족의 영도자가 민족을 대표하는 문학으로서 서로 다를 뿐이다. 그러나 이 차이가 근본에 있어 거대하게 다르다는 것은 먼저도 언급한 바와 같거니와 비겨볼 수 없이 상이한 두 가지의 민족문학을 서로 혼동하여서, 전前 시대의 민족문학이 건설되던 방법으로 현대의 민족문학을 건설하여 보려는 무모한 기도에 우리는 특별한 관심을 기울이지 않아서는 안 된다. 그것은 노동계급의 이념 대신에 토착 자본계급의 이념을 기초로 하여 식민지의 민족문학을 건설하려 들기 때문이다.

　그러나 현대에 있어 토착 자본계급의 이념을 토대로 하여서는 민족문학이 수립될 수 없다는 사실은 다음의 몇 가지 이유에 의하여 자명한 것이다.

　첫째로 토착 자본계급의 이념은 인민의 이념이 될 수가 없다. 왜 그러냐 하면 토착 자본계급은 인민이 아니기 때문이다. 따라서 그들은 민주주의적이 아니다. 둘째로 토착 자본계급의 이념은 민족적이 아니다. 그들은 민족의 일원이기보다도 더 많이 외래 제국주의의 매판이기 때문이다. 따라서 그들의 이념은 반제反帝적이 아니다. 셋째로 토착 자본계급은 직접으로 지주이고, 간접으로 제국주의를 통하여 지주들과 연락連絡되어 있기 때문에 그들의 이념은 반反봉건적이 아니다. 넷째로 전체로서 그들의 이념은 노동자와 농민과 소시민 등의 이익을 반영하고 있는 것이 아니라, 제국주의자와 지주와 토착 자본가들의 이익, 즉 인민들의 이익이 아니라 특권층의 이익을 반영하고 있는 것이다. 요컨대 어느 한 점에서도 현대의 민족문학의 이념과 공통성이 없다. 이러한 이념이 민족문학의 건설원리가 될 수 없는 것은 중언重言할 필요가 없을 것이다. 그럼에도 불구하고 토착 자본가들의 이념은 무엇을 빙자하여서 민족문학의 기초이려고 주장되는 것일까? 그것은 지나간 역사적 사실이 있을 따름이다. 즉 일찍이 전前 세기에 있어 시민계급의 이념이 민족문학 건설의 기초였던 일이 있었다는 사실이다. 이것은 전前 세기에 있어 민족형성의 영도자가 시민계급이었기 때문에 현대에 있어서도 시민계급이 그 임任에 당當하여야 한다고 주장하는 사상의 표현임은 물론이다. 그러나 먼저도 누언累言한 바와 같이 자본가들이 민족형성을 영도하고, 자본가들이 민족을 대표한 시대는 역사상에서 영구히 소멸하였다. 문학의 역사 위에서도 역시 이러한 시대는 다시 오지 않을 것이다. 그럼에도 불구하고 단순히 역사상에 있었다는 간단한 사실을 빙자삼아 시대와 현실에 맞지 않는 사업을 기도함은 무슨 까닭일까? 그것은 인민들이 결합됨으로써 이루어지는 진정한 민족의 형성과 그것을 기초로 하여 건설될 진실로 민주적이요 자주적인 독립국가 대신에, 특권자들의 결합으로 이루어지는 허위의 민족과 그것을 토대로 하여 수립되는 조금도 민주적이 아니요 자주적이 아닌 괴뢰국가를 수립하여, 제국주의의 주구요 인민들의 원수인 특권층이 지배를 누리고자 하기 때문이다. 그러므로 이러한 계급의 이념을 기초로 한 문학은 사이비의 민족문학, 즉 민족문학 같으면서도 조금도 민족문학이 아닌 문학, 본질에 있어서는 외국 제국주의와 내통한 자들의 문학이요 인민들의 원수의 문학이며 민족의 적의 문학인 것이다. 국수주의나 민족주의나 기타 온갖 방법으로 자기들의 민족성·우국성憂國性의 가면을 요란하게 이색移色하는 갖가지의 반동문학이야말로 모두 이러한 범주에 속하는 문학들이다. 우리는 진실로 인민적이요, 민족적이요, 애국적인 민족문학의 원칙을 뚜렷이 내세움으로써 이러한 허위의 사이비 민족문학의 기도를 구축驅逐하여야 한다. 또한 우리는 노동계급의 이념을 기초로 한 인민의 문학이야말로 진실로 민족적이요 애국적인 민족문학임을 공공연히 구명究明해야 한다. 일찍이 전前 세기의 서구 민족문학이 봉건사회에 대한 시민계급과 그들에게 영도된 인민들의 치열한 투쟁 가운데서 생성된 것 같이, 현대의 민족문학은 제국주의와 봉건유제에 대한 노동계급과 그들에게 영도된 인민들의 열렬한 투쟁 속에서만 발전할 수 있다는 사실을 고조高調하고, 인민들의 자유와 행복의 실현을 위한 고매한 노력 가운데서만 성장할 수 있다는 사실을 강조하지 않아서는 안 된다. 이 모든 투쟁과 노력으로 인민들을 결합시키는 이

넘으로서, 그 투쟁과 노력 가운데서 창조되는 우리의 민족문학 위에 풍부한 사상성과 높은 예술성을 부여하는 가치 높은 이념으로서 노동계급의 이념의 고귀한 의의를 고조하여야 한다. 우리는 결코 조직의 방편이나 운동의 수단으로서 민족문학의 구호를 내걸고 있는 것이 아니다. 민족문학의 외형 속에서 계급문학의 건설을 기도하고 있는 것도 아니다. 우리는 열렬한 애국심에서, 민족에 대한 진정한 충성에서, 진실로 민족적인 애국적인 민족문학 건설에 종사하고 있는 것이다. 문학가동맹은 이것의 실천을 주요 목적으로 하는 단체다. 그러므로 우리 동맹은 단일한 목적에 대한 공통한 자각에 의하여 모든 성원들이 결합되어 있는 단체가 되지 아니하여서는 안 된다. 문학운동의 사상적 통일을[4] 그 수준으로 높이기 위하여 새로운 노력을 경주할 필요가 있는 것이다. 이러한 목적은 전全 인민의 이념으로서의 노동계급의 이념, 전全 민족의 이념으로서의 노동계급의 이념, 민족문학의 이념으로서의 노동계급의 이념을 한층 더 고양하고 한층 더 깊이 파악함으로써만 달성될 것이다. 현재의 단계에 있어서의 노동계급의 이념은 노동계급만의 이념이 아니라 인민 가운데 포함된 모든 계층의 공동한 이념이기 때문이다. 그것은 과학적 세계관, 진보적 세계관의 확립의 문제와 동일한 것이 되는 것이다.

---

4 원문에는 '統一과'로 되어 있으나 문맥상 '통일을'이 적절해 보인다.

북조선의 민주건설과 문화예술의 위대한 발전[*]

우리 민족문화예술의 장구한 원수였던 일본 제국주의가 물러간지 불과 18개월 만인 오늘, 또다시 민족문화 · 예술의 옹호를 위하여 우리가 이러한 대회를 열지 아니하면 안 되게 되었다는 것은 비통한 일이 아닐 수 없습니다. 우리 민족문화 · 예술의 새로운 원수는 대체 어디에 숨었다가 이렇게도 빨리 우리 앞에 육박한 것입니까? 분명히 우리 민족문화 · 예술의 새로운 원수들은 우리의 낡은 원수인 일본 제국주의에 대신하여 성장하려는 우리 민족문화 · 예술의 목을 조르기 위하여 이빨을 갈고 우리 앞에 나타난 것입니다. 일찍이 일본 제국주의에 의하여 소중히 사육된 민족의 원수, 그들과 더불어 조선 인민을 약탈한 인민의 원수들은 지금 국제 반동의 새로운 보호를 받

• 『문학평론』 3호, 1947.4.

으면서 조국의 자유와 인민의 권리를 다시금 상매商賣하려고 남조선의 모든 권력을 부여받고 있는 것입니다. ××은 단순히 문화예술의 원수일 뿐 아니라 실로 인민의 X[원]수요 조국의 X[원]수입니다. 일찍이 일본 제국주의의 압정 하에 있을 때와 마찬가지로 우리 민족문화와 예술은 조국의 원수로 인하여 그 자유를 위협받고 있는 것이며 민족의 원수와 인민의 원수들 때문에 전율할 위험 가운데 빠져 있는 것입니다.

그러므로 우리 문화예술의 위기는 우리의 조국의 위기의 일부이며 인민의 권리의 위기의 일환一環임을 잊어서 안 됩니다. 다시 말하면 남조선에 있어 조국의 독립과 인민의 자유가 풍전의 위험 앞에 있는 것이기 때문에 문화예술에도 위기가 도래한 것입니다. 남조선의 민주독립과 문화예술이 직면하고 있는 이와 같은 위기와 투쟁하기 위하여 소집된 이 대회에서 우리가 북조선의 현실에 대하여 이야기할 수 있는 것을 우리는 진심으로 다행하게 생각지 않으면 안 될 것입니다. 지금에야말로 우리들 문화·예술가는 물론 남조선의 모든 동포들이 북조선에 대하여 깊이 관심하지 않으면 안 될 때가 왔다고 우리는 생각합니다.

그러면 북조선은 어떻게 되어 있습니까?

첫째로 북조선은 남조선과 달라서 민족의 원수와 인민의 원수는 모든 권력기관에서 제외되었을 뿐 아니라 민족생활의 전全 영역에서 완전히 숙청肅淸되었습니다.

붉은 군대는 친일파와 반동파를 조금도 원조하지 아니하였을 뿐만 아니라 조선 인민들이 자기들의 원수를 청산하는 사업을 극력 원조하였고 그들 스스로가 또한 조선 인민들과 더불어 직접으로 이 신성한 사업을 수㴻하여 주었습니다. 즉 붉은 군대는 진심으로 조선 인민을 해방하여 주었습니다.

둘째로 북조선은 남조선과 달라서 일체의 권력이 조선 인민들의 수중으로 돌아왔습니다. 위대한 붉은 군대는 일본 제국주의로부터 권력을 탈취하여 그것을 자기들의 수중에 넣어두는 대신 그 자리에서 조선 인민들의 정권인 인민들의 위원회로 넘겨주었습니다. 그리하여 북조선 인민들은 사실상으로도 국가의 주권자가 되었고 북조선만은 조선 인민의 나라가 된 것입니다.

셋째로 남조선과 달라서 민족의 원수를 청산하고 완전히 나라의 주인이 된 북조선 인민들은 자기들이 희망하는 대로 모든 개혁을 실시할 수 있게 되었습니다.

첫째 조선 인민의 8할을 수천 년 동안 무지와 암흑 가운데 속박하였던 토지로부터 농민을 완전히 해방하였습니다. 그리하여 북조선 농민은 농촌의 주인이 되고 오랫동안 조선의 경제와 문화를 뒤떨어지게 만든 봉건적 관계는 일소되었습니다.

둘째 농업 현물세現物稅가 실시되어 여태까지 농민생활을 파괴하고 있던 가혹한 부담을 제거하고 그들의 생활과 문화의 수준을 향상시키도록 하였습니다.

셋째 노동자의 8시간 노동제勞動制와 사회보험의 권리를 보장하는 노동법령을 실시하여 그들을 노예적·식민지적 착취와 압박으로부터 해방하였습니다.

넷째 장구한 동안 가부장적 봉건제도 하에 예속되었던 부인들은 그 구속에서 영원히 해방하여 남자와 더불어 민주건국에 동참하도록 하였습니다.

다섯째 일본인과 민족반역자의 소유였던 중요 산업과 경제기관을 국유화하여 토지개혁과 더불어 모든 산업과 경제를 인민적 방면으로 전환시켜 놓았습니다.

요컨대 조선 인민들이 피를 흘려가면서 열렬히 희구함에 불구하고 모든 것이 일제시대 그대로인[1] 남조선과 정반대의 현실이 북조선에는 전개되고 있는 것입니다. 즉 북조선에서는 우리가 말하는 일제 지배의 잔재와 봉건 유제遺制가 완전히 청산되고 전全생활이 민주독립의 대로大路를 걷고 있는 것입니다. 북조선이야말로 진정으로 해방되었고 북조선 인민들이야말로 새로운 역사를 창조하고 있는 것입니다.

× ×

우리 민족이 유사 이래로 처음 맞이한 위대한 역사적 시기에 처하여 있는 북조선에 있어 문화예술의 운명이 남조선과 전연 다른 것은 말할 것도 없습니다.

조선 민족의 문화예술의 발전을 저해한 근본조건이 일본 제국주의였던 것은 주지의 사실이요, 그것이 붕괴된 8·15 이후 조선의 문화예술은 우후雨後의 죽순竹筍처럼 성장하여야 할 것임에 불구하고 참혹한 운명 가운데 빠진 남조선과는 정반대로 북조선에서 문화예술의[2] 성장을 저지하는 장애물이 제거된 것은 물론 문화예술의 급속한 발전을 백방百方으로 조력할 온갖 조건이 구비된 것입니다.

위대한 붉은 군대는 문화에 있어서도 일본 제국주의의 독소를 일

---

1 원문에는 '그대X인'으로 되어 있으나 문맥상 '그대로인'이 적절해 보인다.
2 원문에는 '藝術을'로 되어 있으나 문맥상 '예술의'가 적절해 보인다.

소하도록 조선 인민들을 원조하고 주권을 장악한 조선 인민들은 우선 모든 문화기관과 예술시설의 주인이 되었고 그 모든 것은 문화·예술가들의 손으로 돌아왔습니다.

학교는 남조선과 같이 ✕✕나 모리배謀利輩의 수중으로 가지 않고 진정한 교육자들의 수중으로 돌아갔습니다. 극장은 남조선과 같이 흥행사나 모리배나 테러단의 자금 조달자의 수중으로 돌아가지 않고 연극인과 영화인의 수중으로 돌아왔습니다.

인쇄소는 남조선과 같이 반동파나 모리배의 수중으로 가지 않고 문학자와 신문기자와 저술가들이 자유로 사용할 수 있도록 처분되었습니다.

종이는 남조선과 같이 반동파나 모리배에게 불하拂下, 점유되지 않고 문화출판과 저술가들이 임의로 사용할 수 있도록 충분히 배급되어 있습니다.

영화기계나 필름이 없던 북조선에 새로운 영화예술을 건설하기 위하여 붉은 군대는 기재를 날라주고 있습니다. 이러한 제諸 조건이 주어진 동시에 북조선인민위원회는 민족문화·예술의 발전과 부흥을 위하여 문화·예술가들의 특별한 정치적 안호安護를 가加하고 그들의 단체들이 자유로 활동할 수 있도록 온갖 원조를 주고 있습니다. 토지개혁에 있어서도 문화건설의 공로가 있는 문화인들에게는 특별히 토지와 임야의 몰수를 면제시키고 문학예술총동맹文學藝術總同盟과 그 산하 제諸 단체에 대하여는 광대한 건물과 서적과 교통기관과 부속재산을 맡기었으며, 그 위에 또한 문화·예술가들의 생활과 활동을 원조하기 위하여 바로 북조선예술가후원회가 조직되어서 민간으로부터 또한 문화·예술가의 사업을 지원하고 있습니다. 요컨대 장구한 동안의 일제의 질곡으로부터 해방된 조선의 문화·예술가들이 마음 놓고 창조적 사업에 몰두할 수 있고 또한 그들이 즐거이 국가와 인민들을 위하여 활동할 수 있는 온갖 편의와 따뜻한 조건이 국가에 의하여 부여되고 있는 것입니다. 실로 북조선에는 문화예술의 자유만이 아니라 그 이상의 것이 부여되고 있는 것입니다. 그것은 마치 자라나는 식물을 더 빨리 더 크게 키우기 위하여 만들어진 온상溫床과도 같은 것입니다.

이러한 환경 가운데서 어찌 위대한 문화와 찬란한 예술이 꽃피지 않겠습니까.

지난 봄에 우리 문단의 기숙耆宿 이기영李箕永·한설야韓雪野 씨들³ 중심으로 한 불과 백명 전후의 적은 단체로 출발한 북조선예술총동맹은 결성된 지 불과 수개월 만인 지난 가을에 문학·연극·음악·미술·영화·무용·사진 등의 단일 동맹을 기초로 한 문학예술총동맹으로 재조직되었고, 그때 동맹 수 일만오천 명, 대부분의 시·군에 지부를 가졌으며, 수천 개의 써클을 가진 거대한 운동으로 성장하여 있었습니다. 이외에 과학기술총동맹科學技術總同盟·교육총동맹敎育總同盟·농촌기술총동맹農村技術總同盟·체육총동맹體育總同盟·보건총동맹保健總同盟들과 같은 총수 수십만의 회원을 가진 종합단체들을 병립하여서 조선민족 문화사상 일찍이 보지 못하던 일대一大 문화적 위관偉觀을 보여주게 되었습니다. 이 단체들이 연합하여서 북조선문화단체협의회北朝鮮文化團體協議會가 결성되었다고 합니다. 이러한 문화예술의 역사적 대진군은 먼저도 말한 바와 같이 정부 기관의 절대한 원조와 문화예술 단체에 주어진 각종의 특권 급及 편의와 문화·예술가들에게 주어진 너무나 자유로운 자유, 주체할 수가 없는 자유 가운데 수행되고 있는 것입니다.

---

3 원문에는 '氏을'로 되어 있으나 '씨를'의 오식으로 보인다.

인민의 정권만이 문화예술의 발전에 이러한 조건과 환경을 부여할 수 있다는 것은 문화인의 역할에 대하여 이야기한 다음과 같은 북조선인 민위원회北朝鮮人民委員會의 위대한 영도자 김일성金日成 장군의 말 가운데서 우리는 그 구체적인 증거를 목도할 수 있는 것입니다.

과거 어느 나라의 혁명 시기를 물론하고 민주개혁에 있어서 문화인들이 기여한 위대한 역할을 하였던 사실을 잊어서는 안 됩니다. 더구나 조선과 같이 지식이 부족하고 문화 정도가 낮은 나라에 있어서 문화인들의 위대한 역할을 결코 얕게 평가하여서는 안 됩니다. 만약 누가 오늘날 조선 민주개혁에 있어서 문화인들의 작용을 무시하거나 혹은 경시한다면 그는 실패할 것입니다. 또 민주건설을 원치 않는 자가 될 것입니다.

그렇습니다. 이 위대한 지도자의 말이야말로 북조선에만이 아니라 남조선에 그대로 적용되는 금과옥조金科玉條입니다. 우리 문화인들을 무시하고 경시할 뿐 아니라 미워하고 압박하고 X[박]해하는 남조선의 지X[배]자들과 그 수하의 ××들이야말로 김일성 장군의 말과 같이 민주건설을 원치 않는 자입니다. 또한 학원의 자유를 위해서 궐기한 학생들을 공부하기 싫거든 그만두라든가 공부를 그만두고 취직이나 하라고 폭언하는 X교행敎行X의 최고책임자나 테러단을 X[사]주하여 예술가들을 습격하고 인민의 자유와 행복을 노래하는 시인들을 체포·투옥하는 자들이야말로 김일성 장군의 말과 같이 자기들의 권력을 유지할 수 없을 것이며 몇 날이 못 가서 ××하게 실X[패]하고 말 것입니다. 진시황의 옛날로부터 히틀러에 이르기까지 문화·예술가를 박해하고 증오한 자들은 모두 망하고 말았습니다. 우리는 이러한 면에서도 북조선이 조선독립의 진정한 근거지요 자주독립과 민주건설의 완전한 모범인 것을 볼 수 있으며, 문화예술의 자유가 화려하게 꽃핀 아름다운 지역인 것을 엿볼 수 있는 것입니다.

× ×

나는 여기에서 번거로운 숫자나 자료를 열거하는 것을 구태여 일삼지 않겠습니다. 쉬운 예로 극장의 예를 들겠습니다. 여러분이 잘 아시고 경험하신 바와 같이 모리배와 반동파가 자기들의 주구를 시켜 관리하고 있는 대극장들은 우리 연극인들에게 상연의 기회를 주기를 싫어하고 혹시나 기회를 얻으면 제일[4] 서자書字도 잘 못 쓰는 지배인이란 자들이 각본 내용을 간섭하고 그러고서도 겨우 공연을 하게 되면 테러단이 오고 ××은 또 조금만 하면 잡아갑니다. 그러던 끝에 이번엔 유명한 1월 30일 고시가 나와 천하를 X기고 또 예술에다 아주 사형선고를 내렸습니다. 그러나 여러분! 북조선의 모든 극장은 문화예술총동맹文化藝術總同盟의 지령에 의하여 움직이고 북조선연극동맹北朝鮮演劇同盟과 영화동맹映畵同盟이 전全북조선 극장의 주인공입니다! 그러나 조선 최고의 극작가와 연출가와 연기자들로 구성된 남조선의 연극동맹은 어떻습니까? 극장[은]커녕 사무실로 쓸 방 한 간間이 없고 방이 생겨도 테러단 때문에 문패도 붙일 수 없습니다!

여러분! 이것이 X[현]실이라는 것입니다. 어떤 X[놈]이 이것을 X[해]방이라 하고 민주주의라 하고 어느 강X[도]가 남조선에 X[자]유가 있다 합니까? 우리 문화·예술가들을 속일 수는 없는 것입니다.

---

4 '제 이름'의 오식 아닐까?

또 우리를 영영 죽일 수도 없는 것입니다. 문화·예술가는 죽은 뒤에라도 영구히 말하는 인간입니다. 나는 증거를 하나 보여드리겠습니다. 지난해 여름 우리 연극동맹演劇同盟의 지도자요 조선의 최고 연출가의 한 사람인 나웅羅雄 씨는 굶주림과 테러와 ××의 압박을 못 이겨 북조선으로 간 것은 여러분은 잘 알 것입니다. 북조선에서 그는 중앙예술공작단中央藝術工作團이란 극단활동에 종사하고 있었습니다. 그런데 우연히 수일 전 평양平壤서 ××한 어떤 신문에 그 극단이 국립예술단체로 지정된[5] 북조선인민위원회의 결정서를 읽고 나는 감회를 금할 수 없었습니다. 이 중앙예술공작단과 그밖에 중앙교향악단中央交響樂團이란 두 단체가 국립예술단체로 지정되고 그들의 근거지로서 북조선서 제일 큰 평양 3·1극장을 국립극장으로서 그들에게 제공한다는 정부의 법령입니다. 거기에는 위원장 김일성 장군과 서기장 강양욱康良煜 씨의 서명이 있었습니다. 그러나 우리는 어떻습니까?

1월 30일에 저급 오락 이외의 사상성 있는 예술연극을 상연하면 투×[옥]하겠다는 ××의 고시를 받았습니다. 그리고 내가 속해 있는 문학가동맹文學家同盟과 우의동맹友誼同盟은 집을 나가라는 최후통첩을 몇 번 받았을 따름입니다. 그러므로 북조선에는 해방 후 1년 만에 약 300편의 희곡이 생산되고 남조선서는 10여 편의 희곡밖에 나오지 않았습니다. 우리는 이렇게 말할 수 있습니다. 우리 문화예술을 증×[오]하고 ×[박]해하는 자들의 말로末路를[6] 반드시 우리 눈으로 보고 기록할 수 있는 날이 오리라는 것을 단언하고 싶습니다. 그러므로 우리는 문화·예술인이 그렇게 우대되고 발전하는 북조선을 동경하면서도 그리로 가는 대신에 남조선까지를 북조선과 같이 ××기 위하여

---

5 원문에는 '指主된'으로 되어 있으나 '지정된'의 오식으로 보인다.
6 원문에는 '末路는'으로 되어 있으나 문맥상 '말로를'이 적절해 보인다.

피를 흘리고 싸우고 있는 것입니다.

여러분 우리는 전全 조선이 문화예술의 자유로운 개화開花의 영역이 되게 하기 위하여 문화예술의 원수와 철저히 싸우지 않으면 아니 되겠습니다. 문화의 적은 민족의 적입니다.

조선의 현대문학*

노혜경 옮김

1. 조선문학이 걸어온 길

조선의 현대라고 하면, 바로 『춘향전』이나 시조 같은 옛 문학에 대비되는 의미로, 일반적으로는 새로운 형태의 조선문학을 연상할지도 모르지만, 우리 조선 문학자들이 사용하는 현대라고 하는 용어는 좀 더 한정된 의미의 것이다.

우리는 현대라는 것의 앞에 근대라는 말을 쓰고 있다. 마치 서양인들이 19세기와 20세기를, 또는 내지 문학이 명치·대정·소화를 구별하는 것처럼 이것을 구별하는 것이다.

그것은 서구 문학이 한 세기 걸린 것, 또 내지 문화가 반세기를 필

• 『경성일보』, 1939.2.23~25.

요로 한 역사를, 우리는 불과 30년이 채 못 되는 동안에 통과했기 때문이다.

설령 그것이 아무리 통과하는 과정의 것이고 주마등을 보는 것 같은 것이었다 해도, 조선문학은 경험해야 할 모든 것을 경험한 것이다.

그래서 조선문학의 외부 관찰자들이 흔히 여러 가지 사상이나 이즘이 혼재混在한 것으로밖에 보지 않는 각각의 작가들은 설령 짧은 기간이라손 치더라도 한 시대의 문학적 담당자들이었던 것이다.

예를 들면, 이광수·김동인·염상섭 씨 같은 작가들은 지금도 여전히 집필활동을 하고 있지만, 이 사람들은 현대 조선문학의 한 유파나 경향이라기보다도 마치 현재 내지 문단의 나가이 가후[永井荷風]나 영국의 버나드 쇼 같이 이미 오래된 지나간 시절의 존속자에 불과하다.

이 사람들의 시대를 우리는 조선의 근대문학, 혹은 그들 자신의 용어를 사용한다면, 신문학의 시대라고 부르는 것이다.

이것은 합병전후에서부터 대전大戰 종전기에 이르는, 최남선 씨 등의 신문화 계몽운동 직후 약 십 년간에 걸친 시기로, 조선의 새로운 문학사상 가장 장엄하고 화려한 시기이다.

이것은 서구 문학사를 예로 들면 전자가 르네상스이고 후자가 18,9세기의 문학적 만개기滿開期에 해당하는데, 전자의 시대에 언어적·문화적 토대가 형성되고 후자의 시대에 현대문학을 가능하게 하는 모든 형식적 정신적인 체제가 완성을 본 것이다.

연대로는 1915,6년부터 1924,5년까지 약 십 년간 이 시기의 조선문학은 낭만주의에서부터 리얼리즘·자연주의 그리고 데카당스에 이르기까지 줄줄이 체험한 것이다.

즉 약 십 년간에 조선문학은 앞서 말했듯이 서구나 내지 문학이

백년 내지 오십 년 걸려서 통과한 시기를 체험한 셈이다.

그렇기 때문에 이들 여러 경향의 문학을 창조적으로 소화하지 않고 완전히 모방이라고 해도 좋을 정도로 거칠고 조잡하게 받아들인 것은 오히려 자연스러웠다.

그러나 그럼에도 불구하고 이 시기에 조선문학은 대大작가를 낳았고, 독자적인 문학으로서 외형과 내적 성격을 갖춘 것이다. 그것은 마치 질풍노도의 시대와 같은 모습이었다.

말하자면 시민문학의 형성과 난숙 그리고 조락凋落의 시대였던 것이다.

이에 이어지는 시대가 이른바 좌익문학의 시대로, 이 문학의 공과 죄는 논할 것까지도 없지만, 많은 외래적 관찰자들이 보듯이 이 문학도 결코 단순한 서구나 내지 문학의 모방적 산물이 아닌 것만은 사실이다.

최서해서거 · 이기영 · 한설야 · 송영 씨 등이 이 시대를 개척한 작가들이고 김기진 · 박영희 씨가 이론적 · 비평적 대표자들인데, 이들은 실제로는 구시대의 신문학 쪽에서 배출된 사람들로, 또한 그 직접적인 계승자들이었다.

2. 새로운 작가의 대두와 환경

물론 그 작품 · 이론 등 전반에 걸쳐 내지의 영향을 끊임없이 받고 또 모방도 적지 않았지만, 이것은 이 문학에만 고유한 현상이라기보다도 일반적으로 조선 신문학의 공통적인 성격, 바꿔 말하자면 아직 모방문화의 단계를 벗어나지 못한 조선문화의 운명적 성격의 일부분이었다고 말할 수 있는 것이다.

당시 이 문학을 그들은 스스로 신경향파라고 부르고 1931년에서 32년경까지 전성기를 누렸다. 이 문학운동에는 그 사이에 여러 작가와 비평가가 동반하였는데, 이기영·한설야·송영·김남천 등 뛰어난 작가를 배출했고, 또한 유능한 비평가를 문단에 내보내어 지금은 순문학의 견루에 서서 문단의 중진을 이루고 있다.

장편소설 『고향』은 이기영 씨의 작품으로, 경향보다도 그 문학에 있어서, 조선문학 중 기념비적인 작품인데 막대한 부수를 판매하였다.

$$\times \quad \times$$

그래서 우리 조선문학자가 현대문학이라고 부르는 것은 해당 문학이 퇴조한 이래 문단이 일단 순문학적인 분위기를 형성한 이후 약 5,6년간을 가리키는 것이다.

즉 사상이나 경향보다도 오로지 예술로서의 문학으로 우열을 겨루는 정신이 이 시대의 특징이다.

그래서 현대문단의 특징은 일찍이 존재했던 문단의 모든 그룹이 와해되었다는 것이고, 모든 작가·비평가가 각자 알몸 하나뿐인 개인으로 돌아갔다는 점이다.

이것은 조선문학이 문학외적인 사상이나 경향으로부터 벗어나 순수한 문학으로 돌아간 또 다른 표현이기도 하다.

그 대신 현대 조선문학은 과거와 같이 일괄하여 어떤 특정한 언어를 빌어 표현하는 것이 불가능하게 되었다.

우리들은 때때로 현대를 혼돈의 시대라 하고, 또 어떤 이는 사회적으로는 무력無力의 시대라고도 한다.

그것은 제쳐두고라도 현대 조선문학은 이러한 비평적 단안을 증명이라도 하는 듯이 작품이든 비평이든 각양각색이고, 참으로 헤아리기 어려울 정도로 복잡하고 다양한 경향들로 채색되어 있다.

한때는 내지처럼 전향문학이 유행한 적도 있지만, 그것도 바로 자취를 감추고 일찍이 좌익문학 전성시대에 이름도 없이 고고하게 순문학의 고루를 지켰던 일군의 작가가 어느 사이에 문단 표면에 모습을 드러내었다.

이태준·박태원·정지용 씨 등이 이러한 작가로, 그들이 그다지 힘들이지 않고 일약 문단의 중견이 될 수 있었던 것은, 한편으로는 좌익문학의 급격한 퇴조가 주요 원인이기도 하지만, 또 다른 의미에서 시대가 이러한 작가들을 맞이한 것이다.

무엇보다도 문학적이라는 사라져 가는 시대에 대한 하나의 반동, 하나의 반성으로, 요컨대 오랫동안 순문학의 고루를 지켜온 이들에게 주의를 돌리기 시작했다고 할 수 있다. 그러나 그들이 시대의 전면에 등장한 것은 오로지 이런 시대적 무대 전환이나 우연 때문만은 아니다.

그들에게는 실제로 무엇보다도 오랫동안 격한 정열과 공리주의에 지친 사람들을 즐겁게 하기에 족한 아름다움이 준비되어 있었고, 또한 행동하고 사색하기를 꺼리는 이들에게 적합한 고요한 관조의 세계가 형성되어 있었다.

어떤 의미에서 이 작가들은 심한 노무와 미칠 것 같은 정열에 몸을 내맡기고 있던 이들에게 휴식과 위안을 주는 역할을 했는지도 모른다.

게다가 그들을 문학의 주류가 되게 한 것은 과거의 계몽적이고 경향적인 문학에는 너무나도 부족했던 유려한 문장과 섬세한 뉘앙스,

아름다운 조선어 같은 것으로, 오랜 시간 동안 그것에만 전념한 결과로 적잖이 획득되어 있던 것도 사실이다.

이것은 분명히 과거의 조선문학에 비해 이들 작가들이 기여한 새로운 예술적 재산의 하나라 할 수 있다.

3. 내적 분열에 따른 신생면

그러나 한 세기를 십 년간에 살아버린 사람들에게 이런 문학이 오랫동안 만족을 준다는 것이 얼마나 어려운가는 결코 상상하기 어렵지 않을 것이다.

이런 한편으로 평단에서는 한때 내지 문단에서도 풍미한 적이 있는 휴머니즘의 물결이나 문화의 위기에 대한 경고나 지성을 옹호하는 소리 등이 어지러울 정도로 빠르게 부침浮沈을 되풀이하였다.

그리고 문학적으로는 리얼리즘론을 소리 높여 외쳐대며 간접 또는 직접적으로 이러한 문학순문학에 대한 불신을 호소하여 새로운 고도의 문학에 대한 요망이 고조되었다.

반드시 이런 압력 때문만이라고는 할 수 없겠지만 어쨌든 순문학이나 시와 같이 형식적인 문학은 몰리고 몰려서 극단적인 심리주의와 극단적인 객관주의로 분열되었다.

이 경향을 대표하는 작가로 우리는 흔히 이상이라는 작가와 앞서 언급했던 박태원 씨를, 또 『탁류』를 쓴 채만식 씨를 들고는 하는데, 이들은 바꾸어 말하면 내성內省적인 문학과 풍속또는 세태묘사 문학을 완성한 사람들이라 할 수 있는 것이다.

이 중에서 박태원 씨는 이상_{작년에 별세한} 본래 시인 출신과 더불어 심리주의 소설을 썼는데, 경성 청계천 부근을 스케치한 소설 『천변풍경川邊風景』이라는 장편을 계기로 단번에 풍속묘사 문학의 대표자와 같은 면모를 보여주었다.

채만식 씨의 소설 『탁류』는 신문에 발표된 장편인데, 이것을 단순히 풍속소설로 평해버리고 말기에는 이론의 여지가 있지만『천변풍경』에 비하면 덜 스케치적이다, 의도했던 방향이 주로 세태묘사이고 또 그로 인해 작품이 성공한 것도 사실이었다.

생각하건대, 풍속묘사 문학이라는 것도 이런 점에서 보면 시대의 정신적 동향과 불가분의 관계에 있는 것이고, 동시에 풍속묘사의 정신이라는 것을 자기를 자유롭게 주장할 수 없는 시대의 문학적 결과로 보는 것이 타당하다 할 수 있을 것이다.

하지만 심리주의 혹은 내성의 문학이라는 것은 대부분의 전향문학 작품이 이와 관계가 있는 것으로, 이상 외에 전前 프로작가 김남천 씨 등도 포함시켜야 하는데, 외향적인 의지와 정열이 패쇄되어 버렸을 경우 자연히 작가의 정신은 자기 내부로 향하는 법으로, 이 또한 현대 조선 인텔리겐챠의 하나의 정신적 표식으로 보아도 좋은 것이다.

그러나 이상은 결코 좌익문학의 관계자가 아니었다. 오히려 쉬르리얼리즘 계열 시인으로 출발했는데, 죽기 직전 죽음에 대하여 보들레르적인 사념에 빠져 오로지 인간의 생리적 심리의 심처深處를 소설을 통해서 분석한 보기 드문 재능을 지닌 작가였다.

그러나 우리가 같은 쉬르리얼리스트인 불란서의 시인 루이 아라공이 죽음의 직전 극단적인 객관주의로 바뀌고, 정치적으로는 모스크바에 동조한 예를 볼 경우 그 정반대도 진실이라고 추정한들 나쁠 리가 없다.

이 밖에도 앞서 언급한 김남천 씨는 내성소설이라고 볼 만한 많은 단편을 쓴 후 최근에는 『대하大河』라는 장편을 단행본으로 출판했는데, 작자의 의도가 조선소설의 이런 분열을 조화시켜보려는 야심적인 작품으로 최근 문단에 화제를 던지고 있음을 덧붙여 둔다.

실제로 조선문학은 이러한 내적 분열을 조화시키는 일에 있어서 하나의 새로운 시기時機를 열 것임에는 틀림없지만, 그를 위해서는 이전과는 다른 새로운 또 하나의 시대적 정신이 준비되지 않으면 안 될 것이다.

언어를 의식한다*

노혜경 옮김

1. '좋은 언어'와 '좋지 않은 언어'

작가는 태어나면서부터 언어에 사는 인간이다. 언어 없는 작가란
있을 수 없다. 도구가 없는 목수와 같이, 언어를 갖지 못하는 작가는
의미가 없다. 집을 지음으로써 비로소 인간이 목수가 되는 것이라면,
작품을 창작함으로써 또한 사람은 비로소 작가가 되는 것이다. 좋은
작가는 항상 숙련된 목수가 좋은 도구를 갖고 있듯이 좋은 언어를
갖고 있는 법이다.

도구와 언어, 이것은 목수와 작가에게는 모두 무엇과도 바꿀 수 없
는 귀중한 요소이다.

• 『경성일보』, 1939.8.16~20.

도구와 언어를 갖춘 후에 비로소 기술을 논할 수 있는 것이다. 또 기술을 갖춘 후에 의도나 정신의 선악善惡을 논할 수 있을 것이다. 반대로 기술의 능졸能拙이 없다면 의도나 정신의 선악을 물을 수 없다고도 할 수 있다.

그러니까 음악가가 음에 대해서 민감하듯이, 작가는 그 어떤 인간보다도 언어에 대해서 주의 깊다. 음 이외의 방법으로 음악가가 자신의 생각을 듣는 이에게 전할 수 없는 것처럼, 언어 이외의 수단으로 작가가 자기 독자에게 무언가를 전달하는 것은 불가능하기 때문이다.

이런 일을 필생의 천직으로 여기는 작가가 언어에 대한 연구에 열중하는 것은 지극히 당연한 일일 것이다.

이런 자명한 사실을 의심하는 사람은 역시 문학이라는 것을 이해하지 못하는 사람으로 단정할 수밖에 없다. 음의 성질이나 선율의 메커니즘에 열중하는 음악가를 의심하듯이, 이것은 조소할 만한 일이다.

그러나 세상사람들이 만약 음의 성질이나 선율의 메커니즘에 열중하는 음악가를 의심하지 않고 오로지 언어에 열중하는 작가만을 의심한다면, 우리는 어떻게 생각할 것인가.

당연히 모순이라 할 수 있다.

그러나 일부 사람들이 실제로 요즘 언어에 대한 작가의 의식을 의심하기 시작한 것을 목격하고 있지 않은가? 어찌하여 좋은 도구를 위하여 혹은 좋은 음을 위하여 연구에 열중하는 목수나 음악가는 불문에 붙이고, 언어 의식에 열중하는 작가만을 의심하며 나아가서는 비난하려고까지 하는 것일까.

근래에 우리 조선문단의 젊은 제군들이 『경성일보』 지상에서 벌이고 있는 논쟁을 나는 대단히 우스꽝스럽게 느끼고 있는 한 사람이다.

왜냐하면 그들은 언어를, 참으로 언어만을 논하고 있는 것처럼 보이는 반면에, 실은 언어에 대해서 아는 바가 너무나도 적고, 또한 논의된 것도 거의 없었기 때문이다. 특히 그들이 언어를 문학상의 언어로 한정하여 논의한 것에 비추어 볼 때, 더욱더 이런 느낌을 갖지 않을 수 없다.

언어란 풍토와 더불어 자연스러운 것이다. 남이 읽는데 적합하고, 또 자기가 표현하는 데 충분하며 동시에 아름답다면 그것은 문학에 있어서 좋은 언어이다. 반대로 읽기에도 표현하기에도 부적절하고 불충분하며 아름다워질 수 없다면 그것은 당연히 부자연스러운 언어이고 좋지 않은 언어이다.

2. 작가의 마음과 표현에 대한 의사

문학에 있어서 좋은 언어란 생각을 적절하고 충분히, 또 아름답게 표현하며 또한 그것을 많은 사람이 쉽게 읽을 수 있는 언어이다.

이러한 언어란 언제나 그 풍토에서 사람들이 일상적으로 말하고 읽고 듣는 언어이다.

그런 언어를 이제 와서 새삼스럽게 주장하고 고집하는 것도 우스운 일이지만 또한 그것을 낯을 붉히며 논박하는 것도 우스운 일이다.

왜냐하면 언어는 끊임없이 되살아나는 것이고, 또 언어는 마찬가지로 일조일석一朝一夕에 한두 사람의 힘으로 바꿔버릴 수 없는 것이기 때문이다.

잉글랜드 열도에서 일찍이 영어 대신에 지금은 사어死語가 된 켈트어가 사용된 시대가 있었고, 또 마찬가지로 앵글로 색슨어가 유행하기 시작한 시대에도 켈트어는 가족법에 대한 습관법과도 같이 잔존하였다.

작가들이 지금 언어에 대한 의식을 뭔가 폴리티칼하게, 어떤 의미에서는 내셔널리즘같이 해석하려는 생각은 일찍이 프로문학 전성기에 언어에 대한 관심을 예술지상주의적이라든가 반동적이라든가 하는 식으로 무리해서 폴리티칼하게 생각하려고 한 조책粗策한 사고와 대단히 공통점이 있고, 또는 누구든지 폴리티칼하게 보려 했다.

이런 사고방법의 잔재가 오늘날에도 여전히 남아있는지도 모른다.

문제는 그렇게 어정쩡하게 쉬운 곳에 드러나 있는 것이 아니고, 좀더 깊은 곳에 감추어져 있다. 그것을 알기 위하여 좀더 많은 탐구력과 인내력을 지녀야 한다.

우리는 그것을 위해서 표현에 대한 의지라는 것을 생각해야 한다.

도구는 만들기 위하여 있는 것이고 언어는 말하고 쓰기 위하여, 즉 표현을 위해서 존재한다.

표현하려는 의지는, 만들려고 하는 의지가 항상 도구를 원하듯이, 언어를 필요로 한다.

표현은 조작造作이 정교함과 편리함을 원하듯이 완벽과 미를 원한다.

완벽함과 아름다움을 위하여, 작가들은 최량最良의 언어를 원한다, 최량의 언어란 결코 우리의 폴리티칼한 두뇌들이 단정하는 것처럼 무언가 경향적인 편견으로 선택되는 것이 아니다.

주의해야 할 것은 작가들이 최량의 언어로서 가장 우선하는 조건은 사용하기 편함이라는 것이다. 사용하기 편한 언어가 아니면 표현의 완벽함도 아름다움도 기대할 수 없기 때문이다. 이러한 의미에서 작가는 장인의 심리와 공통점이 있다.

요컨대 표현 대상을 포착하는 데 가장 편하고 유효한 언어이다.

그것은 말할 것도 없이 그 작가가 태어나면서부터 듣고 사용해온 언어, 일상의 모든 용무를 불편함이나 부자연스러움 없이 마칠 수 있는 언어이다.

작가가 이러한 언어로 사기 작품을 만들어가는 것은 결코 무언가 도덕상 의무나 윤리의식 때문이 아니고, 오로지 장인정신 때문이라는 것을 이해해야 한다.

언어에 대해서 작가는 단지 이기적이고 공리적일 뿐이다.

언어를 구사하면서 원고지를 마주하고 있는 작가는 도구를 손에 들고 나무를 다듬고 있는 것처럼 창작 이외에는 관심이 없다.

3. 완벽하게 아름다운 표현과 작가심리

어떻게 완벽하게, 어떻게 아름답게 표현을 완성할 수 있을까?

그 열중하고 있는 작가의 심리는 참으로 냉철한 것이다.

우리는 독일의 직공이 프랑스 무기를 정신없이 열중하여 만들고 있는 순간을 상상해보면 된다.

기술이라는 것은 언제나 윤리를 거부하는 법이다. 윤리가 개입될 때에 기술이 이득을 보는 경우가 없기 때문이다.

이 제작에 대한 심리, 이것을 이해하지 않고서 우리는 작가들의 언어에 대한 의식을 이해할 수 없다.

밤을 꼬박 지새워야하는 괴로운 노작勞作의 몇 날 밤을 체험한 사람이라면, 이런 것은 쉽게 이해할 수 있을 것이다.

실제로 언제나 이러한 표현에 대한 불타는 의사意思 속에서 걸작은 탄생된 것이다.

그것은 치열하고 또한 엄숙한 일이다.

과거의 수많은 철학자들이 미의 근본조건을 표현의 완벽성에, 또 표현의 완벽을 무지한 제작심리에서 구한 데에는 이유가 있다.

그래서 만약 현재 우리 작가들이 가장 사용하기 좋고 자연스러운 언어가 사용하기 나쁘고 부자연스러워진다면, 누구 하나 권하는 사람이 없어도 스스로 그 언어를 버리게 될 것임에 틀림없다.

설령 그 언어를 버려서 윤리상 죄악을 범하고 형법으로 처벌을 받게 된다 할지라도, 그 인간은 진정한 작가인 것이고 표현의 완벽함과 미에 목숨을 걸고 있는 것이다. 성실한 예술가였다면 자연히 그 언어는 사어死語로 변하는 것이다.

이것은 조각을 상상해보면 한결 명백해진다.

진흙에 새기는 것이 아무리 손에 익은 사람이라도 대리석을 사용하는 것이 유리하고 완벽하게 아름답다는 것을 깨달은 뒤 여전히 진흙을 고집하는 사람은 없을 것이다.

그것을 계속해서 고집한다면 이 사람은 어리석은 조각가가 아니면 예술가로서의 생명을 그 순간부터 상실한 인간이다.

결국 문제의 요점은 어떤 언어를 버리는 것이 정말인가 아닌가 하는 공허한 논쟁에 있는 것이 아니고, 모든 것은 오늘날 작가들이 사용하기 불편한 언어가 사용하기 편하게 되고 나서 할 이야기인 것이다.

그렇지 않다면 처음부터 문어文語 따위는 염두에 두지 않는 것이 옳다. 그런 방법으로 문학을 생각하는 것은 어떤 의미에서도 문학에 기여하는 바가 너무나도 적다고 하지 않을 수 없다.

그렇다면 문학은 표현의 완벽함이나 미를 위한 것이지 내용은 없는 것인가 하면 그렇지 않다. 그렇기 때문에 언어의 문제는 앞에서부터 그렇게 조잡하게 생각할 수 있을 정도로 만만한 것이 아니라고 한 것이다.

표현에 대한 의사는 또한 전달에 대한 욕망이기도 하다. 즉 완전하게 이해되고 아름답게 읽히기 위해서 표현은 제작과정이 최대의 관심사가 되는 것이다.

제대로 표현되지 않은 것은 아무리 진실한 것, 가치가 있는 것이라도 독자가 충분히 이해하고 인상 깊게 기억하는 것은 불가능하다.

그리스인들은 진·선·미라는 말로 이데아를 설명했는데, 근거가 없는 것이 아니다. 이상적인 것은 모두 참되고 선하며 아름답지 않으면 안 된다는 것은 참으로 현실적·도덕적·예술적이어야 한다는 의미뿐만이 아니다.

참된 것은 선한 제작도정制作道程을 거쳐서 아름답게 만들어지지 않으면 안 된다는 의미를 포함하고 있다. 이런 과정을 거치지 않은 것은 참되고 선하며 아름다울 수가 없다.

왜냐하면 아름답지 않은 것은 형태가 없는 것이고, 형태가 없는 것은 선일 수 없으며, 또 선일 수 없는 것은 참될 수도 없기 때문이다.

4. 표현수단으로서의 정신표식

그리스인은 참된 것은 선이라고 생각하고, 선한 것은 아름답다고 생각했다. 바꿔 말하면 형태가 있는 것이라고 생각한 것이다. 왜냐하면 형태가 있는 것만이 실재적實在的이었기 때문이다. 실재적인 것만이 비로소 사람들에게 이해되고 감수되며 향유되니까 …….

작품이야말로 바로 이러한 것이 아니면 안 된다.

독자를 예상하지 않는 문학이란 생각할 수 없고, 또한 무의미한 것이다.

독자에 대하여 부단히 예상하고 깊이 고려함으로써 실로 작가는 어떤 한 언어에 집착하게 되는 것이다.

즉 작가에게는 쓰기 편하고 독자에게는 읽기 편한 언어가 바로 그것이다.

그것을 무시하고, 즉 제작도 향수享受도 고려하지 않고서 문학을 이야기한다는 것은 일종의 난센스일 것이다.

그것은 문학을 입으로 말할 뿐 머리로 생각하지 않는 증거이다. 만약 문학을 입으로만 지껄여대는 것이 아니라 진실로 성실하게 생각하는 사람이라면, 작가가 왜 그 정도로 강하게 독자를 고려하는가를 이해하지 않으면 안 된다

작가가 독자를 고려한다는 것은 두 가지 의미를 지닌다.

하나는 작품 심판자로서의 독자이다. 잘 되고 못 되었음, 미美와 불미不美, 선과 불선不善, 진과 부진不眞을 최초로 심판하는 것이 이 독자이다.

비평가도 한 사람의 독자에 지나지 않는다. 아무리 제 멋대로인 작가라도 독자들이 하나같이 자기 작품을 받아들이지 않는 경우 마음이 상하지 않을 사람은 없다. 가령 당대의 독자라는 것을 안중에 두지 않는 경우가 있더라도 미래의 독자를 생각하고 있는 것이다.

미래의 독자도 생각하지 않고 당대의 독자를 무시한다는 것 또한 웃기는 일이다.

어떠한 경우라도 독자의 심판으로부터 작가나 작품이 벗어날 수는 없다. 그것은 문학이 시작된 때부터의 숙명이다.

이것은 문학이 독자에게 지배당하는 것 같은 일면이지만, 그 다음에는 작가가 독자를 지배하려는 일면이 또한 문학의 독자에 대한 고려로서 나타난다. 즉 무언가를 독자에게 전달하고, 그것으로 독자를 감동시키고 교화시키려는 욕망이다.

이 욕망이야말로 실로 표현의 근원이었던 것이다. 이것은 문학에 있어 알파이며 오메가인 문학의 정신이다.

이 문학하는 정신과 독자 사이에서 비로소 표현의 문제가 성립된다. 표현하는 과정에서 작품이 성립된다.

그렇기 때문에 표현이 그러하듯이, 표현수단으로서의 언어는 정신의 표식이 아니다.

더군다나 한 걸음 더 나아가서 언어를 뭔가 국경 표식이라도 되는 것처럼 생각하여 소란을 피워대는 논의는 한시라도 빨리 성실함을 되찾을 필요가 있다.

술병에 물도 들어가는 법이다.

요점은 문학정신이란 역시 어디까지나 문학의 정신이지 폴리스의 다큐멘트가 아니다. 나는 이런 생각이 근시안적인 자들이라면 몰라도 국가백년지계를 생각하는 이들에게는 전해지는 바가 있으리라 믿는다.

완

이광수 씨의 소설 「무명(無明)」에 대하여*

노혜경 옮김

상

소설 「무명」은 조선어 문학잡지 『문장』의 작년 1월호에 발표되고 게다가 작년 가을 『모던 일본』 조선판에 번역되어 실린 것으로, 새삼스럽게 소개할 것까지도 없지만, 이번에 문예춘추사의 조선예술상에 추천되었다는 소식을 듣고 간단히 감상을 적겠다.

「무명」이라기보다도 이광수 씨가 조선예술상을 받는다는 것은 아마 무난할 것이다. 씨는 조선의 신문학을 창시한 사람이고, 또한 오랜 반생을 그 발달과 육성에 바친 공로자이다. 씨의 공적은 어떠한 형태로든 보상받아야 된다. 그러나 반드시 무슨 예술상이라든가 문

• 『경성일보』, 1940.2.15~16.

학상을 수상하지 않으면 안 된다는 법은 없다. 하지만 어차피 조선의 문학과 예술의 장려나 발달 촉진에 기여할 의도의 것이었다면, 설령 그것이 문학상이나 예술상이라도 나쁘지는 않을 것이다. 이런 의미에서 씨도 예술상의 수상을 받아들인 것이 아닐까 한다. 그리고 이 조선예술상 수상은 무난하다 할 수 있다.

그러나 작품 「무명」에 국한하여 말하면 여러 가지 이론이 있지 않을까 싶다. 그것은 물론 작품의 심사방법에 대해서이다. 이것은 작년도 조선문단에 「무명」보다 뛰어난 작품이 더 있었다라는 의미만은 아니다. 좀더 원리적인 의미에서이다. 저 졸렬한 번역을 통해서 원작의 좋고 나쁨을 알 수 있다는 것이 이상해서 견딜 수가 없다. 누군가가 본지本紙에서 말했듯이 심사위원 중에 조선어를 아는 사람이 하다못해 한 사람이라도 들어가지 않으면 안 될 것이다. 그것은 지금까지의 조선문학에 대해서뿐만 아니라 뻗어나가는 조선문학에 대해서 깊이 이해를 하지 않으면 안 되기 때문이다. 독자도 아시다시피, 어떤 한 작품에 대해서 문학상을 수여하는 경우에는 단순히 그 사람의 과거 업적을 표창한다는 의미뿐만이 아니라, 조선문학의 장래에 도움이 된다는 것이 경우에 따라서는 보다 큰 의미를 지니기 때문이다. 이런 의미에서 조선예술상 선정위원회가 「무명」을 뽑은 것은 오히려 나로서는 이광수라는 작가를 뽑은 것으로 이해되고, 또한 그 자리를 쉽사리 모면하려고 하는 임기응변주의가 몹시 두드러지는 것 같다. 이것은 편견에 지나지 않는다고 하는 사람이 있을지도 모르지만, 실제로 우리로서는 조선문단 중견작가들의 업적을 무시할 수가 없기 때문이다.

남의 경사스런 자리에 나가서 불만을 털어놓는 것 같아 말은 많이 않겠지만, 조선예술상을 앞으로도 존속시키고 싶다면 적어도 '커머

셜리즘' 이상의 안목으로 조선문학이라는 것을 대해주었으면 하는 것이 우리의 솔직한 바램이다. 쓸데없는 말을 하여 작자에게는 대단히 폐를 끼친 것 같지만, 어쩌면 이런 말들이 「무명」의 작자 자신이 하고 싶은 말이 아닐까 하는 대단히 건방진 마음으로, 또 무리하게 실례를 무릅쓴 것이다.

그런데 소설 「무명」에 대해서 얘기하자면, 이 소설이 이광수 씨의 근래의 역작임에는 의심할 여지가 없을 뿐만 아니라, 작년도 조선문단의 단편소설 중에서 수작인 것도 확실하다. 이 소설을 읽고 이광수 씨가 노익장을 과시하고 있다고까지는 못해도, 여전히 건재하고 있다는 느낌을 우리 후배들에게 준 것은 믿음직스러울 뿐이었다. 씨와 같은 시기에 문단에 나온 작가로 아직까지 씨만큼 필력과 수준을 유지하고 있는 작가가 없는 조선에서는 더더욱 그러하다. 이런 의미에서 이광수 씨는 가장 정진하고 있는 작가^{중견 작가 중에서}라 할 수 있고, 또 야심 많은 사람, 기개에 차있는 작가라 할 수 있다. 즉 우리가 존경할 만한 작가적 태도인 것은 물론이다.

하

하지만 소설 「무명」에서도 알 수 있듯이, 이씨는 원래 뛰어난 단편 작가가 아니고 오히려 장편에 능한 작가라 할 수 있다. 오해를 막기 위하여 분명히 해 두겠는데, 「무명」은 조선문단의 단편소설 기술을 대표할 만한 것이 아니다. 단편 기술에 있어서 「무명」을 쓴 작가보다 뛰어난^{확실하게!} 작가를 우리는 중견 중에서 몇 사람인가를 뽑아낼 수 있다. 하지만 「무명」이 비교적 평판이 좋은 것은 전에도 말했듯이 작가가 이광수라는 것을 생각하기 때문이기도 한데, 또한 한편으로 이씨가 지니고 있는 정련된 인생 관조의 눈과 그 여유 있는 예술적 태도 때문이기도 하다. 이 점은 젊은 작가들의 안정감이 없고 여유가 없는 태도에 비해 훨씬 뛰어난, 또 원숙한 거장의 태도라 하지 않을 수 없다. 사물을 보는 데에 당황하지 않으며 또한 놀라지 않고 사물의 본질을 안다는 것, 이것이 좋은 관조이다. 이런 태도는 흔히 프랑스의 모럴리스트들이나 내지의 심경소설 작가들에게서 볼 수 있는 것이다.

즉 좋은 의미로 인생에 통달하고 그것을 달관하는 것이다. 그런 경우 작가는 인생에 대해서 항상 담담할 수 있다. 이것을 우리는 반드시 모든 사람이 배워야 한다는 것은 아니지만, 문학으로서 확실히 매력 있는 것임은 부정할 수 없다. 이광수 씨는 겸허한 태도로 인생의 모든 면을 관조한다는 다분히 불교적인 시각을 근래에 길러온 사람이고, 소설 「무명」도 이러한 심경에서 '병감' 안의 여러 사람들이랑 그 사람들이 만들어내는 사건을 바라본 작품이다. 그 경우 작가가 하나의 거울에 지나지 않는다는 것은 내지의 심경소설과 마찬가지이다. 그렇기 때문에 이 소설 속에서도 여러 등장인물의 추악함이나, 이른바 사리사욕에 의해 움직이는 인생의 비열함이 차례로 그려지는데, '나'라고 하는 주인공만은 성자聖者와 같은 면모를 보여준다. 이 점을 조선에서는 젊은 비평가들이 맹렬히 공격했다. 물론 지극히 당연한 비난이라 할 수 있다. 자연주의 이래로 인간생활의 진실을 파헤친다고 하는 소설문학의 정도正道로부터 보면, 그것은 윤리적으로뿐만 아니라 문학적으로 불합리하기 때문이다. 그런 의미에서 「무명」속에 등장하는 인물들의 모습을 조금 더 선명하게 채색했어야 한다는 아쉬움도 남지만, 그러나 또 이러한 주인공의 설정으로 인해 소설 「무명」은 비로소 성립될 수 있었다고도 할 수 있다. 작자의 입장에서 보면 후자가 진실이다. 인생의 추악함을 바라보며 그리고 나서 탈해脫解한다고 하는 기묘한 관념이 이 소설에 일관된 아이디어이다. 이것은 내지의 소설과는 전혀 다른 점이다. 심경소설이란 이른바 심경, 즉 그것이 정적이라도 작가의 심리적 체험이라는 형식을 빌어서 이야기가 전개되는데, 이씨의 소설에서는 해탈이라고 하는 종교적 태도가 그것을 대신한다.

「무명」이라는 제목이 '무명지옥無明地獄'의 무명에서 따왔다는 점도 이 소설의 내용의 일단을 말해준다. 그만큼 심경소설에 비해 리얼리티내적인!가 적다.

하지만 「무명」은 조선 단편소설의 한 유형으로서 내지는 조선의 단편소설이 걸어야 할 길의 하나로서 의의가 있음은 분명하다. 그러나 작가의 명예를 위해서 꼭 이야기해두고 싶지만, 이광수 씨의 장편소설은 단편에 물론 「무명」도 그렇지만 비해 훨씬 뛰어나다. 이것은 또한 조선문학을 위한 해명이기도 하다. 우리는 씨를 비롯해서 많은 조선 장편소설이 내지의 독자나 문학자들에게 읽힐 수 있는 기회를 가졌으면 한다. (망언다사[妄言多謝])

조선문학통신[*]

현 문단의 구조

노혜경 옮김

소화 15년판 『조선문예연감』에 따르면, 약 179명이 문학자로서 등재되어 있다. 이 숫자는 연감의 문필가 주소록 중 시인·소설가·평론가·문학 연구가·외국문학 연구가라는 네 종류 안에 포함되어 있는 사람들의 총계이다. 물론 실제로 시단·소설단 혹은 평단을 짊어지고 가는 사람들의 수는 이보다 훨씬 소수임에 틀림없다. 그러나 문단이란 그 중추만이 아니라 또한 그 주변도 갖고 있는 것으로, 어느 나라라도 이 요소가 하나가 되어 이른바 문단사회라는 것이 형성되는 것은 사실이다. 만약 현대문학의 관례로서 소설작가를 문단의 중심이라고 친다면, 그 주변에는 바로 비평가의 무리가 활동하고 있고, 또한 비평가의 활동 시야 안에는 작가뿐만이 아니라 몇 개의 경향으

• 『문예』, 1940.6.

로 나뉘어져 있는 시인 집단이 서식하고 있고, 또한 다른 부분에는 번역이나 소개를 업으로 하는 외국문학 연구자가 일을 하고 있다.

그리고 최근의 특수한 현상으로서 고대 조선문학과 현대문학의 교섭이라는 곤란한 일을 문학 연구자라는 이름이 붙은 한 무리의 역사가나 고전 문학자들이 열심히 진보시키고 있다.

바꿔 말하면 앞서 언급한 연감에 실려있는 170여 명의 문학자들이 어떤 이들은 그 중요함에 있어서, 또 다른 이들은 중요하지 않음에 있어서 모두 제각기 조선문학이라는 사회구조상 불가결한 요소이다. 하지만 역시 이 영내의 문학적 성쇠를 좌우하는 것은 시인·소설가·비평가 등 세 가지 요소의 일이다. 예는 연감의 작품 연감에 수록되어 있다. 작품과 작가의 수를 조사해보면, 창작편전부 소설로 올해는 희곡이 없음 16명, 시와 시조조선 고유의 운률 고시가편이 16명으로 합계 42명, 즉 이들이 각자의 영역에서 지난 1년간 현역으로서 가장 활발하게 활동한 사람들이다. 그 내역을 자세하게 소개할 수는 없고, 횡과 종 두 방면으로 구분을 해보면, 먼저 경향은 소설과 시에서는 비교적 사회적 색채나 휴머니스틱한 정신을 담고 있는 것이 삼분의 이 정도이고, 그 나머지는 전통적이거나 내셔널한 경향의 작품이다. 비평이나 평론의 경우는 그러한 구분은 더욱 좁아져서, 대부분이 휴머니스틱한 기조에 입각하여 역사적이거나 주지적으로 사물을 보며, 그 중의 한 편만이 '전쟁과 조선문학'이라는 테마를 다루고 있다.

종으로 보면, 먼저 오십에 가까운 극소수의 작가를 비롯하여, 삼십대의 작가가 거의 대부분이고, 그 나머지가 이십대의 젊은 층이다. 그러니까 휴머니즘 내지 트래디셔널리즘과 삼십대의 제네레이션, 이것이 현대 조선문학의 주조이고 현 문단구조의 중핵이다.

문학이 조선에서는 일반 정신동향의 대부분의 지표가 어떤 점에서 보면, 이 구조내용은 흥미 깊다고 하지 않을 수 없다.

발표기관

문학작품이나 문학비평이 도대체 조선에서는 어떤 곳에 발표되는 가? 라는 질문을 때때로 조선에 오는 여행자들로부터 듣는데, 조선문 단은 그런 질문을 받을 만한 충분한 이유가 있다.

왜냐하면 현재 조선에는 문예잡지다운 문예잡지가 두 개 밖에 없 다. 『인문평론』과 『문장』이 그것이다. 두 잡지에 단편이 평균 열두 세 편, 시가 약 열 편, 평론이 약 예닐곱 편 실린다. 그렇다면 연감에 있는 240여 편의 소설과 200여 편의 평론, 그리고 360여 편의 시는 도대체 어디에 실렸는가? 먼저 소설은 『조광』과 오락잡지가 장·단 편 합쳐서 월 7~8편, 그 밖의 부인잡지가 하나, 농업·광업잡지·야 담잡지, 『비판』이라는 일반 평론잡지 (마찬가지로 휴간 중) 그밖에 동인 잡지를 비롯하여 『조선』·『동아』 두 민간 신문이 신년 현상을 시작 으로 일년간 적지 않은 지면을 8~9편의 장편과 십수 편의 단편에 제 공한다. 시도 같은 경로를 거쳐서 발표된다.

그 중에서 가장 특이한 것은 평단이다. 잡지에 실리는 평론은 각 잡지 합쳐서 백 편 미만이 아닐까 한다. 그러나 이것도 질로 말하자 면, 평단의 삼분의 이 정도의 비율을 유지해야 할 잡지의 문예평론은 실력을 갖추고 있지 않다.

평론은 뭐니뭐니해도 민간 두 신문의 학예란이 거의 전담하고 있 다고 해도 좋을 것이다. 매일 톱 평론을 필두로 그의 아류, 연구논문,

장기연재논문, 그 밖의 것들로 1면 13단 중 8,9단은 채우고 있다. 이러한 현상은 조선에 문예평론이 생겨났을 당시부터의 전통으로, 그 양에 있어서 뿐만이 아니라 그 질에 있어서 신문의 평론은 권위와 광범위한 독자를 확보하고 있다. 이것은 조선의 일간 신문이 폴리티칼한 비평을 충분히 발휘할 수 없는 방면으로 기형적으로 발달한 때문이 아닌가 생각한다. 크로프트킨의 러시아 비평관을 떠올리게 하는 구석이 있다. 어쨌든 일간 신문의 학예란 없이 조선의 문예비평은 생각할 수 없는 것이 현실이다.

현대 조선문학의 환경[*]

노혜경 옮김

조선문학의 위상에 대해서, 사람들은 여러 가지 해석을 하리라 생각한다. 그것은 물론 일본문학과의 차이에 대해서이다. 같은 영내에서 반세기에 가까운 동안 생활을 같이 해오면서, 여전히 고유의 형식과 내용을 가지고 자기의 길을 걷고 있기 때문이다. 현재 우리들은 동경에서 발행되는 일부 잡지에서 그러한 견해를 접해왔고, 또한 그에 가까운 의문이나 억측은 만약 조선문학의 내지內地에 대한 소개가 진행되면 될수록 더 한층 빈번하게 접하게 되지 않을까 생각된다. 하지만 이러한 여러 견해에 대해서 답하는 것은 평론이 아니라 작품이라는 것을 잘 알고 있고, 또한 실제로 어떠한 기회에 평론이 이들 과제를 만족시키는 것은 상당히 곤란하지 않을까 생각한다. 왜냐하면

• 『문예』, 1940.7.

조선에서 현대문학의 위상이라는 것은 먼 장래의 일이라면 알 수 없지만, 적어도 현대문학이 탄생하기 30년 전부터 이미 정해진 길을 따라 흘러가는 것으로밖에 생각할 수 없기 때문이다.

그래서 만약 정치적인 평가가 아니고 예술적인 겸허함으로 조선문학을 읽는 사람들에 대해서 바라는 것은 이 이미 정해진 길에 있어서의 현대 조선문학이라는 것에 대한 이해이고, 그에 대한 문화적인 애정이다. 예술은 비평받기 전에 먼저 사랑받지 않으면 안 되기 때문이다. 특히 다른 지역의 문화나 예술에 대해서 이러한 태도는 하나의 예의라기보다도 오히려 그것 없이는 다른 문화나 예술은 만족스럽게 향유되지 않는 것이기 때문이다. 그러니까 경박하게도 만약 난폭에 가까운 발언을 듣는 경우 참으로 우리는 자기의 문학이 이해받지 못함을 한탄하기보다도 문화의 단절을 마음 아프게 느끼게 되리라 생각된다. 이것은 문화나 예술의 세계에서는 슬퍼할 만한 일이다. 문화나 예술만큼 친화적인 것은 없기 때문이다. 그렇기 때문에 현재 우리가 가장 경계하고 있는 것은 우리 문학에 대한 경솔한 평가이며 억측이다. 아울러 국어[1]로 쓰여지는 우리의 평론에 만약 발언할 수 있는 기회가 주어진다면, 조선문학이 내지의 독자들에게 억측을 당하고 오해받는 것을 가능한 한 적게 하고, 우리의 작품이 이해되고 사랑받을 수 있도록 원조하는 것이 우선 주어진 일이 아닌가 생각된다. 이것이 또한 이 짧은 글을 내가 현대 조선문학의 아웃라인을 묘사하는 데 바치는 까닭이기도 하다.

나는 앞에서 현대 조선문학의 위상이라는 것이 그것이 태어날 때부터 정해진 길을 따라서 흘러가는 것이라 했지만, 이것은 억측이 아

---

1 일본어를 가리킨다.

니다. 그것은 조선의 현대문학이 초창기부터 오늘날에 이르기까지 현재와 같은 모습을 했다고 하는 것이 가장 타당했고 합리적이었다는 의미에 지나지 않는다.

한문에서 해방되지 않고 어떻게 현대문학이 탄생할 것인가? 조선문으로의 회귀가 현대 조선문학 탄생을 위한 첫 걸음이었음은 당연하다. 게다가 그것이 낡은 형태의 문학이나 전통적인 가요조로 돌아갈 수 없었던 것은 그 때 탄생한 것이 전통적인 문학의 연장이 아니라, 그야말로 현대적인 문학이었기 때문이다. 그것은 새로운 정신의 한 표현 형태였다. 문학에 있어서 새로운 형식의 발견 없이는, 또한 그것에 정착하지 않고는 자기를 완성할 수 없다는 것은 누구든지 알고 있는 사실이다. 이러한 경우 우리 선배들의 새로운 정신이 모색했던 최대의 형식적 주장이 새로운 조선문이었음은 상상하기 어렵지 않다. 그러나 그것은 이미 과거지사일지도 모른다. 하지만 아직까지 그 과정이 끝나지 않았다는 데 우리말에 신뢰를 가져야 할 필요가 있는 것이다.

우리의 문학은 일본 자연주의문학의 영향을 받게 됨에 이르러 혹은 그것을 통해서 서구 자연주의를 배우기 시작했을 때부터 이윽고 예술문학의 유년기에 들어갔다. 올해의 조선예술상을 수상한 이광수씨조차 실제로는 예술문학과 전前 예술문학의 쌍둥이다. 더구나 그가 현대 조선문학의 창시자임은 의심할 여지가 없는 것이다. 그렇다면 조선의 순수 예술문학의 역사는 엄밀하게 따져서 20년을 넘기지 않는 것이다. 게다가 이 사이에 문예사상이나 사회의 사상은 일본문학이 명치·대정·소화의 삼대를 통해서 경험한 모든 시기를 최단 시간 내에 통과했다. 이것을 서구문학에 비교한다면 백년에 상당한다. 이 사이에 작가들은 일할 만큼 일했지만, 문학은 거칠어질 만큼 거칠어졌고, 사람들은 지칠 만큼 지쳤다. 그래도 아직 이 무서운 편력을 그만둘 수 없는 것이 조선문학의 숙명이기도 하다. 이제부터라도 조선문학은 서구문학의 뒤를 좇아 일본문학의 견제를 받으면서 앞으로 앞으로 나아가지 않으면 안 된다. 이것은 어쩔 수 없는 일일지도 모르지만, 예술의 세계에서는 한없이 괴로운 일이다. 예술은 언제라도 각각의 시대에서 자기를 완성하지 않으면 안 되기 때문이다. 우리 문학은 완성은커녕 한 시대에조차 발을 멈추지 못하고 그야말로 자리를 덥힐 틈도 없이 한 시대에 접어들었나 싶으면 다음 시대로 옮겨가지 않을 수 없는 것이다. 알다시피 완성은 여유를 필요로 한다. 완성된 것이 부정을 당하고 파괴되는 경우에만 기대할 만한 새로운 것이 탄생하는 것이다. 그렇다고 해서 우리는 자신들의 문학사적 경험을 한결같이 무시하려는 것은 아니다. 그 중에서도 우리 문학은 마치 승합자동차에 태워져 여기저기를 타고 돌아다니면서 성장하는 소녀들처럼 발전해 왔다.

이것은 필경 현대 조선문학이 자신의 고전을 만들어낼 때 끝날 것이다. 하지만 이것 또한 먼 훗날의 일일지도 모르고, 혹은 전혀 이룰 수 없는 꿈일지도 모른다. 그러나 오랜 전통을 지니고 큰 시대를 살아가는 젊은 문학의 거짓 없는 염원임은 사실이다.

하지만 이것은 단지 형식, 특히 언어 등의 문제에 한정될 만큼 간단한 것이 아니다. 가령 그것들이 현대 조선문학이 탄생했을 때의 최초의 표식이었고 또 최후의 표식이 될 것이라 하더라도, 문제는 완전한 문학에의 길이라는 것에 달려 있다.

몹시도 거친 편력을 하는 동안에 이룰 수 없었던 과제에 대한 집중적인 반성은 또한 그것에 상응한 내용의 발견에 의해서만 완성된다. 그 때문에 또한 현대 조선문학은 형식이나 말이라는 것에 대해서 사람들이 상상하는 만큼 예민하지는 않다. 그것은 우리 문학이 아직 젊다는 증거일지도 모르지만, 그런 만큼 또한 우리 문학은 자신의 장래에 기대를 걸고 있다. 우리는 아직 노쇠하다는 것을 모르기 때문이다. 노쇠한 세계와는 이미 반세기도 전에 결별한 것이다. 우리 문학은 건강하지 않은지는 모르겠지만 젊은 육체 안에 있다. 가령 우리의 육체가 고통에 짓눌려 있는 때조차도 우리 몸이 젊고 발랄함에는 변함이 없다.

그것은 단순히 세대로 볼 때 젊은 것 뿐만이 아니라, 문화에 있어서도 다른 나라같이 포만하고 식상한 상태는 경험하지 않았기 때문이다. 그것은 물론 서구문화에 대해서이다. 우리는 아직 그것에 대해서 대단히 의욕적이다. 이것은 물론 조선이 후진 지방이기 때문이다. 그러나 우리는 뒤쳐진 만큼 젊다. 이 젊음은 버스에 태워져 여기저기를 돌면서 성장하는 소년과 같이 점차로 발전해 왔다. 형식에 있어서, 내용에 있어서, 질에 있어서 …….

그런데 우리 문학은 아무래도 자신의 고전을 만들어낼 만한 수준에까지 가지 않으면 안 된다. 이것은 하나의 큰 시대를 살아가는 문화의 허위가 없는 염원이다. 이 염원은 개개의 작품에 힘을 기울이고 있는 각각의 작가의 일에 가느다란 혈관이 되어 고동치고 있는 듯이 나에게는 생각된다. 이것은 사상적인 의미의 이야기가 아니다. 어떤 것이 쓰여 있든, 현대 조선문학이 탄생될 때의 최초의 표식은 또한 최후의 표식이 되는 것이다. 중요한 것은 완전하고 아름다운 문학에의 길이다. 거친 편력을 하는 동안에 이룰 수 없었던 과제에 대한 집중적인 반성은 그에 어울리는 내용을 찾아냄으로써만 이루어지는 것 또한 사실이다. 그 때문에 우리는 등장하는 것 중에서 정열을 느끼고, 때로는 희망조차도 꿈꾼다. 이것은 견해에 따라서는 뒤쳐진 문화에 부수적인 속성일지도 모르지만, 또한 노쇠하고 포만한 문화에 비해 보람이 느껴지는 점이기도 하다. 이것이 조잡하고 유치하면서도 현대 조선문학이 비평적으로는 지치지 않고 뻗어나갈 수 있는 기반이다.

하지만 여기에서도 우리는 여러 가지 억측이나 오해에 당면하지 않으면 안 된다. 왜냐하면 이 기반이라고 하는 것을 많은 사람들이 바로 정치적으로 해석하고 싶어하기 때문이다. 어째서 문학이나 예술의 세계에서까지 이런 풍습이 유행하는가를 나는 모르겠다. 그것은 단지 생활의 지리, 정신의 풍토에 지나지 않는 것이 아닌가. 동경에서는 벚꽃이 삼월 초에 피지만 경성에서는 사월 하순에 피고, 내지에서는 밀감이 열리지만 조선에서는 열리지 않는 것과 같은 이치이다. 경성의 벚꽃을 삼월 초에 피우려 한들 불가능한 것이다. 밀감을 일부러 조선에 가져 올 필요는 없는 것이다. 그것은 평범한 생활의 특수성에 불과하다.

현실의 개성에 불과하다. 고유한 환경에 불과하다. 고유한 환경 속에서 고유한 문학이 탄생하는 것은 조선에서는 열리지 않는 밀감이 내지에서 열리는 것과 같은 것이다. 밀감 대신에, 조선에서는 맛있는 단밤이나 잣이 열리는 것이 아닌가?

결국 조선문학은 우리 본래의 독특한 방식의 소산이다. 사람들은 객관적으로는 같은 세계에 살고 있으면서도 주관적으로 다른 환경을 체험한다.

이 체험이 이른바 '우리만의 현실'이고, 이 현실 속에서 전혀 새로운 인간이 형성되매, 그런 사람 가운데서 또한 새로운 사고방식이나 정감이, 독특한 양식이 생겨난다. 이것이 다름 아닌 독특한 문화이다. 사람들이 마치 같은 세계 안에서 다른 환경을 체험하듯이, 문화는 같은 것을 다른 방법으로 사고하고 다른 양식으로 느낄 수가 있는 것이다. 여기에 문화나 예술의 자유스러움이 있을 것이다. 이런 의미에서 본다면 우리는 우리 문학의 형식적인 면뿐만 아니라 정신적인 위상에 대해서도 억측이나 오해, 의구심을 품는 사람들의 마음이 순결함을 믿을 수 없는 것이다. 그런 사람들은 문학자의 시각으로 보기보다도 다른 시각으로 조선문학을 보기 때문이다.

이런 의미에서 민족문학의 전통 위에 선 현대문학이 아니며, 또한 일본 현대문학의 분점도 아닌, 세계문학이 이 이십세기라는 시대에 지방적으로 꽃을 피운 근대문학의 일종이라고 말한 가와카미 테쓰타로河上徹太郎 씨의 견해가 내지 문학자의 조선 문학관 중에서 가장 뛰어난 것이었다고 하지 않을 수 없다. 이 이상의 한계를 넘어 조선문학을 논한다든가, 또한 조선문학 자체의 사소한 배리에이션은 별개의 문제이다.

우리는 단지 현대 조선문학이 그 과거의 초창기에 또한 현대의 영역에 있어서 모두 고유한 자기만의 환경 속에 있다는 것을 조선의 작품을 읽는 사람들이 이해해주면 만족할 따름이다.